KB236722

고전 산문의 계보적 연구

朴湧植 외

국학자료원

서 문

21세기의 새봄을 맞았다. 그리고 나도 어느새 정년을 맞아 정든 교단을 떠나야 할 때가 되었다. 내 주위의 여러 고마운 분들이 나의 정년을 기념하는 뜻으로 논문들을 모아 주어 이 책이 세상에 나오게 되었다.

이 책은 우리 고전 산문문학을 계보학적 방법으로 조명해 보려는 의도 아래 기획되고 집필되었다. 주로 서사문학을 대상으로 삼고 있다.

문화적 현상에는 그 족보가 있기 마련이다. 예로부터 그 족보를 밝히고 정립하는 작업은 중요한 학문 방법의 하나로 이해되어 왔다. 이러한 계보학적인 관심이 단순히 복고적인 취향을 의미하는 것은 아니다. 오히려 창신(創新)의 발판이 될 수 있음은 국내외의 여러 사례에서 확인할 수 있는 바이다. 계보학적 학문방법은 삶의 방향감각과 균형감각을 일깨워주는 중요한 역할을 한다.

전체적인 대전제는 분명하지만 필자들의 개성을 존중하고 교통정리를 핑계로 일일이 간섭하려는 태도를 지양했다. 각 세부적인 접근방법과 자료 선정은 전적으로 각 필자들에 일임했다. 필자들은 중견학자로부터 소장학자, 국문학도에 이르기까지 다양하게 구성되어, 다양한 문제의식을 확인할 수 있다. 여기에 실린 글들은 각 필자들이 심혈을 기울여 우리 고전문학의 정체성을 새롭게 이해하려는 의욕이 담겨있다. 우리의 이러한 작업이 우리

문학의 성격을 밝히는 중요한 이정표가 되어 줄 수 있기를 바라마지 않는다. 좋은 글들을 보내주신 필자 여러분들과, 출판을 맡아준 국학자료원 식구 여러분들에게 깊이 감사 드린다.

　며칠 전 김기현 교수의 부음을 들었다. 여기에는 그분이 이승에 마지막으로 남긴 선물(글)이 실려 있다. 성현경 교수의 부음을 들은 지 얼마 되지 않아 이러한 소식을 다시 들으니 무상한 세월의 무게가 절실하게 와 닿는다. 성현경 교수와도 이 책의 집필문제로 설왕설래한 바 있거니와, 이 책이 완성되는 즈음에 두 분이 다시금 생각난다. 삼가 두 분의 명복을 빈다.

　　　　　　　　　　21세기의 첫 봄에, 朴湧植 삼가 씀.

차 례

제 1 부

한국 고전 서사문학의 계보적 조명

朴湧植[*]

차 례

* 건국대학교 국어국문학과 명예교수.

1. 서 언

　아라비아에 한 왕이 살고 있었다. 그는 왕비와 여인들로부터 배신당한 후 모든 여자에게 복수하기로 마음먹고 매일같이 결혼하여 다음날 아침이면 그 신부를 죽였다. 그렇게 삼년을 살았다. 그러던 어느 날 아름답고 총명한 여인 세라쟈드가 여인들을 구하기 위해 그 왕에게 자발적으로 시집가서 밤마다 왕에게 재미있는 이야기를 해준다. 그녀는 첫날밤 이야기로 왕을 매혹시킨다. 왕은 다음 날 아침 그 이야기의 종말을 알기 위해 그녀의 목숨을 하룻밤 더 연장한다. 그 다음 날에도 왕은 이야기를 듣기 위해 그녀를 살려두고 세라쟈드는 이렇게 하루하루 생명을 연장해 가서, 천 하루 밤이 지나자 왕은 끝내 자신의 잘못을 뉘우치고 그녀를 왕비로 맞아 행복하게 산다.

　우리가 잘 알고 있는 千一夜話, 즉 아라비안나이트는 이렇게 탄생되었다. 아름답고 지혜로운 그 여인 세라쟈드에게 이야기는 바로 삶을 담보해 주는 유일한 기반이다. 여기서 우리는 이야기의 계속은 삶의 지속임을, 이야기의 중단, 서사의 부재는 곧 죽음이라는 것을 알 수 있다. 이 점은 츠베탕 토도로프(Tzevetan Todorov)가 그의 저서 『산문의 시학』에서 이미 지적하고 있는 바이다. 이것은 비단 세라쟈드 한 사람에 한정되는 것이 아니라 모든 인간에게 두루 적용되는 것일 수 있다. 우리의 설화 속에도 '이야기 하나 해주면 '안잡아 먹겠다'는 이야기 좋아하는 맹랑한 듯한 호랑이가 등장한다. 그리고 갇혀진 이야기가 그들을 가둔 사람에게 복수한다는 내용의 이야기주머니설화도 있다.

　사람은 누구나 무수한 이야기 속에서 살아가고 있으며, 삶이 있는 곳에는 어디에나 이야기가 있다. 사람이 태어나서 성장하고 배우고 사랑하고

성공하고 병들어 죽는 일생, 그 자체가 한편의 이야기이기 때문이다. 모든
사람들이 자기의 이야기를 만들어 가는 이야기 속의 주인공이다. 역사라는
것도 결국 왕조와 국가를 단위로 전개되는 이야기에 지나지 않으므로, 누
구나 어느 시대나 어느 나라나 자신들의 이야기를 만들어 가고 있다. 그리
고 산다는 것은 이야기를 만들어 가는 것이라고 할 수 있다. 문학이 위기에
처하더라도, 인류가 지속하는 한 이야기는 위기에 처하지 않을 것이다. 우
리 민족도 우리 이야기와 함께 희노애락을 표현하고 그와 삶을 같이 해 왔
으며, 우리 민족이 지속하는 한 우리 민족의 이야기도 지속될 것이다.

이러한 이야기들을 문학적 관점에서 서사문학이라고 한다. 우리 민족도
우리 서사문학과 함께 그 삶의 결을 같이 해 왔다. 그러므로 한국 서사문학
에 등장하는 인물들의 행동방식은 한국인들의 삶을 현실적 또는 이상적 측
면에서 형상화한 것이다. 그리고 이들 서사작품 속에 등장하는 인물들의
삶은 전통시대 한국인들의 삶을 보여주는 축도이다. 이 글은 한국의 서사
문학에 나타나는 서사적 삶의 계보와 양상을 전반적으로 살펴보고, 이를
통해 미래 한국인의 삶의 방식에 대한 전망을 마련하기 위해 쓰여진다.

그러나 이러한 작업이 종결되려면 책 한권으로도 오히려 모자른 바 있
다. 그러므로 편의상 논의의 초점을 한정하고 들어가지 않을 수 없다.

첫째 인간의 삶이 그러하듯 그 인물이 처하는 시간적, 공간적 배경이 중
요한 삶의 환경으로 작용한다. 한국인들이 생각한 우주는 그들의 삶의 방
식을 결정하는 중요한 요소가 아닐 수 없다. 그러므로 시간적, 공간적 배경
이 어떠한 양상을 이루며 계열화될 수 있는지 검토하는 작업이 필요하다.

둘째, 삶의 주체인 인물 자체의 성격과 형상에 대한 접근이 필요하다. 인
간의 이야기는 인간으로부터 비롯될 수밖에 없는 것이기 때문이다. 한국
서사문학에 나타난 인물 형상과 그것들의 계보를 정리하는 작업은, 한국인
들의 인물형상과 그 계보를 이해하는데 매우 유용한 지침으로 작용할 수
있을 것이다.

셋째, 한국인의 일생과 그 삶의 방식을 계열별로 파악하는 작업이 필요

하다. 탄생에서 죽음에 이르는 각 삶의 마디에서 어떠한 방식으로 대응하고 있는가? 하는 점을 중점적으로 검토해 보고자 한다. 이를 통해 한국인들의 삶의 방식도 아울러 계보적으로 드러날 수 있을 것이다.

이러한 배경과 인물과 일생, 세 측면에 중점을 두면서, 한국인들의 서사 관습을 계보적으로 이해하는 글을 전개해 가고자 한다.

2. 배경 서사의 계보와 양상

인간의 삶은 시간과 공간 속에서 진행된다. 시간과 공간은 곧 우주이다. 宇는 空間이며, 宙는 時間이다. 동양인들은 天地四方, 四方上下를 宇라 했고, 往古來今을 宙로 이해했기 때문이다. 인간이 우주를 이해하는 방식의 차이에 따라 그 삶의 방식에도 차이가 나타난다. 바다 근처에 처한 사람들과, 사막에 처한 사람들과, 농토에 처한 사람들의 삶이 방식이 그 공간에 따라 다르고, 겨울에 처한 사람들과, 여름에 처한 사람들의 삶의 방식이 그 시간에 따라 다르게 나타난다. 이러한 시간의식과 공간의식을, 우리는 우주관이라고 한다. 우리의 삶이 그러하듯 서사문학 속에 등장하는 시공간은 매우 중요한 의미를 갖고 있으며 작품 속에서 중요한 기능을 수행한다.

1) 시간적 배경

일반적으로 신화 속의 시간은 시간과 공간을 초월한 초시간의 의미가 강하다. 그리고 시간 밖에서 시간 속으로 들어올 때의 태초의 시간이 주로 등장한다. 생명의 시작, 역사의 시작을 이야기 할 때, 주로 신화적인 시간이 등장한다. 그러므로 일상적인 경험으로 측정할 수 있는 범위를 넘어선 시간이다. 전설에서는 일반적으로 구체적인 시간이 제시되는 경우가 많다.

구체적인 시간을 제시함으로서 전설의 진실성을 뒷받침하고자 한다. 민담의 시간은 불특정하고 막연한 시간이다. 그래서 일반적으로 "옛날 옛적에"로 시작되는 경우가 많으며 이때에는 시간이 그다지 중요한 의미를 지니지 못한다.

소설이 생겨나면서 시간은 보다 더 구체성을 띠게 되지만 작품 속에서 시간이 구체적인 사건이나 의미를 형성하는데 까지 나아가지 않는 것이 대부분이다. 그러나 김시습의 『金鰲新話』를 비롯하여 구체적인 시기가 명시되어 있고 그것이 작품의 주제형성에 기여하고 있는 경우도 있다. 여타 시간이 비교적 명시된 작품을 들어보면 다음과 같다.

秦漢代 : 서동지전, 황부인전
삼국시대 : 적벽가, 華容道, 조자룡전
唐代 : 구운몽, 당태종전
宋代 : 조웅전, 숙향전
明代 : 사씨남정기, 유충렬전
고려 : 장인걸전, 이윤구전
조선 태종 : 김인향전
조선 세종 : 운영전, 홍길동전
조선 명종 : 신유복전
조선 선조 : 임진록, 사명당전
조선 인조 : 춘향전, 박씨전, 임경업전
조선 효종 : 허생전
조선 숙종 : 옥단춘전, 춘향전
조선 영·정조 : 이진사전, 한중록

조선전기에 나타난 傳奇類小說의 시간은 등장인물의 일대기까지 확대되지 않는 것이 일반적이다. 중요한 사건을 중심으로 전개되며 그 사건이후 삶의 변화와 추이에 대해 관심을 가지고 서술하지만 그 사건을 거친 이후전기적 인물은 더욱 내면에 침잠하게 되거나 아니면 죽게 되어 서술자의 관심이 오래 지속되지는 못한다. 영웅소설에 나타난 시간은 주로 탄생부터 죽음까지 서술하는 경우로, 주인공의 일대기라는 시간 범위를 보여준다. 풍자소설은 전기소설보다 더 짧은 사건중심적인 시간인 경우가 많다. 판소리계소설의 시간은 풍자소설의 시간구성보다 긴 범위이며, 전기소설보다는 길거나 같으며, 영웅소설보다는 짧거나 같다고 할 수 있다.

2) 공간적 배경

신화의 배경이 되는 공간은 天地와 宇宙이며 특별히 신성한 공간일 경우가 많다. 그래서 태백산이나 아사달 같은 신성한 장소를 배경으로 한다. 전설의 배경이 되는 공간은 전설 속 인물이 살았다고 하는 증거를 남겨둔 특정한 공간이다. 민담의 배경이 되는 공간은 뚜렷하지 않은 공간이다.

지리적으로 보면, 우리 서사문학의 공간적 배경은 주로 우리나라와 중국을 벗어나지 않는다. 『홍길동전』이나 『최척전』처럼 유구, 일본 등이 나타나는 경우도 있으나 이는 흔하지 않은 예이다. 『춘향전』의 배경이 되는 남원, 연암소설의 배경이 되는 서울의 市井, 『금오신화』의 배경이 된 남원, 송도, 평양, 경주 등은 사건 전개에 중요한 기능을 하면서 고도의 현실성과 향토적 상상력을 유발케 한다.

중국을 지리적 배경으로 한 작품은 원래 중국의 인물과 사건을 다룬 경우에 자연스럽게 나타나기 마련이다. 『적벽가』, 『華容道』, 『조자룡전』, 『당태종전』등이 그런 예라고 할 수 있다. 그리고 가상적인 인물인데도 중국을 배경으로 한 것으로 『조웅전』, 『숙향전』, 『사씨남정기』, 『유충렬전』등이 있는데, 많은 우리나라를 배경으로 한 소설 보다 중국을 배경으로 한 소설들이 우세하게 나타난다. 이렇게 중국이 지리적 배경으로 우세하게 나타나는 것은 중국에 대한 이국적 동경심과 허구상의 편의를 고려한 것으로 보인다.

지리적인 공간 뿐 아니라, 천상계, 수궁, 저승 등의 공간들도 인간 삶의 주변 공간들로 자주 등장한다. 천상계는 인간이 원래 살던 곳으로 다시 돌아가야 할 세계로 그려지기 일쑤였다.『옥루몽』,『옥린몽』등의 이상소설과 여타 영웅소설에 이러한 예가 매우 많다. 수궁은『심청가』,『수궁가』,「용궁부연록」등에 나타나는데 우리의 삶에 밀접한 영향을 주고 있는 것으로 다뤄 지고 있다. 저승은「남염부주지」의 경우처럼 살아서 가는 경우와『왕랑반혼전』,『당태종전』,『김학공전』처럼 죽어서 가본 경우로 나눠볼 수 있다. 지상과 천상, 지하, 수궁, 선계 등이 우리 서사문학의 주요 공간을 형성하고 있다.

3. 인물 성격의 계보와 양상

우리 서사작품에 등장하는 인물형은 여러 관점에서 다양한 방식으로 설명할 수 있겠으나 서사문학사의 전개과정에 비추어 설명하는 것이 용이할 것이다. 우리 서사문학사의 첫머리는 신화적 인물형이 장식하고 있다. 그 이후 소설이 발생할 때까지 전설적 인물형과 민담적 인물형이 주로 나타난다. 소설등장 초기에는 傳奇적 인물형이 나타나다가, 임병양란을 거치면서 영웅적 인물이 나타나고, 이후 중세로부터 근대로 이행하는 시기에 서민적 인물형과, 풍자적 인물형이 이어서 나타난다. 그런데, 신화적 인물형과 영웅적 인물형, 전설적 인물형과 전기적 인물형, 민담적 인물형과 서민적 인물형이 각각 설화와 소설 사이에서 동종의 계통을 형성하고 있다. 이들이 왜 동종을 형성하는지에 대해서는 좀더 자세한 논의가 필요하고 이글에서 그 논의를 진행할 것이거니와, 풍자적 인물형도 설화로부터 소설에 이르기까지 하나의 계통을 이루며 우리 서사문학사에 꾸준히 나타난다.

1) 전기적 인물

　전기적 인물형은 전설의 주인공과 그 행위로부터 기원을 두고 있다. 전설의 주인공은 흔히 다음과 같이 서술된다.

> 전설의 주인공은 한정될 수 없는 여러 종류의 인간이되 그의 행위는 인간과 인간, 또는 인간과 사물 사이에서 일어나는 예기치 않던 관계가 대부분이다. 따라서 전설의 주인공은 신화나 민담의 경우보다 왜소하며, 예기치 않던 관계를 성공적으로 극복하지 못하는 경향이 많다. 때로는 인간보다 사물이 중심이 된 전설도 있다.[1]

　전기적 인물도 전설의 주인공과 마찬가지로 인간과 인간, 인간과 사물 사이에서 예기치 못한 사건을 겪으며, 그 예기치 않던 관계를 현실세계 속에서 성공적으로 극복하지 못한다는 점에서 전설의 주인공과 상통한다. 예컨대, 이것은 『금오신화』에 등장하는 주인공에게 모두 나타나는 바이다. 「萬福寺樗蒲記」의 양생, 「李生窺墻傳」의 이생, 「醉遊浮碧亭記」의 홍생, 「南炎浮洲志」의 박생, 「龍宮赴宴錄」의 한생 등이 모두 기이한 인연으로 만남을 겪지만 그것을 현실세계속에서 성공적으로 구현하지 못하고 불우하게 죽음을 맞이한다. 그러므로 이러한 전기적 인간은 '고독한 인물형상'[2]으로 나타나게 된다. 그리고 고독하기 때문에 이에 보상심리로 애정사에 빠지기 쉽고, 밝은 현실세계보다는 어두운 비현실세계와 쉽사리 교류하게 되는 인물이며, 아울러 내면적이고 감상적인 인간으로 나타나게 된다. 단지 전설이라는 이야기 방식은 인간의 내면 심리를 자세히 포착하는 것보다 예기치 못한 사건 자체에 관심을 둔다. 전기적 인물형이 전설의 주인공과 다른 점이 나타난다면, 그들이 고도의 문학적 감수성을 지니고 자신의 정서를 세

---

1) 장덕순 외, 『구비문학개설』, 일조각, 1989, 19면
2) 박희병, 「전기적 인간의 미적 특질」, 『한국전기소설의 미학』, 돌베개, 1997, 36~41면 참조.

심하게 포착하고, 그것을 적극적으로 발휘한다는 점이라 할 수 있다. 이것은 외면적인 부귀공명을 적극적으로 추구하는 영웅적 인물이나 서민적 인물과 상이한 면모이다. 또한 전기적인 인물은 고독하기 때문에 우울한 인간이다. 그러므로 이들은 웃음의 정서보다는 울음의 정서에 가까이 다가가 있는 사람들이다. 이점이 전기적 인물과 골계적 인물의 정서적인 상이점이 되는 것이다.

또한 전설은 비극적, 운명론적으로 끝나는 경우가 많은데, 전기적인 인물들의 이야기도 운명론적으로 누군가와 만나거나 어떠한 사건을 겪게 되지만 결국 그 인연을 슬기롭게 극복하지 못하는 쪽으로 전개된다는 점이 공통점이다. 그래서 전기적 인물의 삶은 흔히 '不知所終'이라는 말로 종결되는 경우가 많다. 이것은 功名을 이루고 후손을 많이 남기며 영예롭게 천상으로 복귀하는 영웅적 인물의 죽음이나, 미녀를 얻고 부귀를 이루어 다복함을 얻게 되는 민담적, 서민적 인물형들의 종결부와 다른 점이 된다.

2) 영웅적 인물

영웅적 인물은 신화의 주인공에 그 연원을 두고 있다. 신화적 인물과 그 행위는 흔히 다음과 같이 일컬어진다.

> 신화의 주인공은 신이며, 그의 행위는 신이 지닌 능력의 발휘다. 여기
> 서 신이라고 하는 것은 보통 사람보다 탁월한 능력을 가진 신성한 자라
> 는 뜻이지 인간과 전적으로 구별되는 존재라는 뜻은 아니다.[3]

영웅은 신을 닮은 사람이다. 마치 신과도 같은 탁월한 능력을 타고난 사람이다. 우리나라 건국신화의 주인공들은 원래 부족신이었다가, 후대에 역

------

3) 장덕순 외, 『구비문학 개설』, 일조각, 1989, 19면.

사화하여 국조가 되었던 것이라 할 수 있다. 그러나 우리나라 건국신화의 주인공들은 신이라기보다는 인간이며, 그들의 행위는 인간의 능력을 뛰어나게 발휘한 영웅의 면모를 보여준다.[4] 그래서 우리 건국신화 및 서사무가의 주인공들과, 소설 주인공 홍길동, 유충렬 등의 모습은 영웅의 형상을 공통적으로 보여준다고 할 수 있다. 그 공통점은 대체로 다음과 같이[5] 정리할 수 있다.

> ① 고귀한 혈통을 지니고,
> ② 비정상적으로 태어나,
> ③ 어려서부터 비범했으나,
> ④ 일찍 버려지거나 고난에 부딪혀,
> ⑤ 구출자 및 양육자를 만나 살아나고,
> ⑥ 다시 죽을 고비에 이르렀으나,
> ⑦ 투쟁에 승리해 영광을 차지한다.

보통 신화의 결구는 숭고적이며, 종교적으로 끝이 난다.[6] 우리의 영웅적 인물형들도 그러한 모습을 보여준다. 다만 신화와는 달리 투쟁에 중점이 모아지고, 현세에 대한 관심이 강하게 나타난다고 할 수 있다. 특히 우리의 영웅소설에는 패배하는 경우가 드물다. 『임경업전』 같은 경우가 그런 드문 예라고 할 수 있다. 설화 속에는 아기장수 이야기를 비롯해 소설에 비해 상대적으로 많은 예가 나타나지만 전반적으로 볼 때, 패배하는 영웅의 형상은 흔치않게 나타나는 현상이며, 우리나라 영웅이야기에는 현세적 낙관주의가 짙게 깔려있다.

---

4) 장덕순 외, 같은 책, 38면.
5) 김열규, 「민담의 전기적 유형」, 『한국민속과 문학연구』, 일조각, 1971.과 조동일, 「영웅의 일생 그 문학사적 전개」, 『동아문화』제10집, 1971을 참조한 것이다.
6) 조희웅, 「한국 설화의 제 측면」, 『고전문학을 찾아서』, 문학과 지성사, 1976, 337면.

3) 서민적 인물

　조선후기에는 서민들의 이상과 삶을 다룬 서민소설이 널리 유행하게 된다. 그 대표적인 것이 판소리계소설이라 할 수 있다. 이들의 인간형상을 서민적 인물형이라 할 수 있다. 이들은 초세속적인 가치관보다는 食色을 기본으로 하는 현세적 가치를 중요시한다. 이러한 서민적 인물형들은 민담의 주인공에 근원을 둔 것임을 추단하기에 어렵지 않다. 또한 민담과 서민소설이 모두 흥미추구를 제일요소로 삼는다는 점, 선한 인간이 복을 받는 구조를 취한다는 점, 이야기가 허구임을 전제한다는 점 등 서로 공통점이 많다. 민담의 주인공이 지닌 이러한 성격은 다음과 같이 논의에서 더욱 확연해 진다.

> 　민담의 주인공은 일상적인 인간이다. 비록 초월적인 능력을 가진 인간이라 하더라도 그의 심리상태는 일상적인 차원에서 멀리 벗어나지 않는다. 민담은 주인공에게 관심이 집중되어 있어서, 타인과 부딪혀도 타인은 중요시하지 않으며, 난관에 부딪혀도 결국은 (쉽고도 재미있게 : 필자주) 이를 극복하고 만다. 그의 행위는 운명을 개척해 가는 것이다.[7]

　이러한 민담은 주로 희극적이며 낙천적으로 끝이 난다.[8] 이것은 『흥부전』을 비롯한 판소리계소설이 주로 보여주고 있는 구조이다. 서민적 인간형은 현세적 가치를 서슴없이 추구한다는 점에서 전기적 인간형이나 영웅적 인간형과 상이점을 보인다. 또한 선량한 보통 사람을 선호하고, 웃음을 추구한다는 점에서 골계적 인물형과 유사함이 있지만, 골계적 인물은 풍자를 통한 웃음을 추구하는 반면, 서민적 인물형은 선한 사람의 성공을 보여

---

7) 장덕순 외, 『구비문학개설』, 일조각, 1989, 19면.
8) 조희웅, 「한국 설화의 제 측면」, 『고전문학을 찾아서』, 문학과 지성사, 1976, 337면.

줌으로서 풍자적인 웃음보다는 낙관적인 웃음을 준다는 점이 상이하다.

4) 골계적 인물

전북 남원의 太學中과 김제의 정평구, 경북 영덕의 方學中, 충남 서산의 金福善, 개성의 떠거리, 전라도 일대의 막동이, 평양의 김선달 등은 종이나 머슴, 또는 하층민이거나 몰락양반이었는데, 상전을 골탕먹이며 관리나 부자를 곤란하게 만든다. 소설의 방자형 인물, 가면극의 말뚝이형 인물, 주지를 골탕먹이는 상좌형 인물, 천재시인 김삿갓 등이 골계적 인물이라 할 수 있다. 이러한 골계적 인물형은 힘있는 사람들을 속여먹거나, 또는 그들의 비리를 풍자하거나, 세상의 부조리를 고발하거나, 스스로가 부정적인 인물이 되어 세상을 풍자하는 웃음을 주는 사람들이다. 이러한 골계적 인물형은 조선후기에 매우 활발하게 나타나지만, 그 전통은 이미 「화왕계」의 백두옹에까지 소급될 수 있을 정도로, 그 연원이 매우 오래 되었다고 볼 수 있다.

부정적인 인물이 되어 웃음을 주는 인물들도 주목해볼 필요가 있다. 놀부, 옹고집, 뺑덕어미 등은 부정적인 인물형이면서 스스로가 웃음거리가 되고 비판의 대상이 된다. 방자, 말뚝이, 상좌 등은 그들의 상전을 은근히 속이고 그 비리를 풍자하여 웃음을 주는 역할을 한다. 또한 김선달 같은 이는 세상을 속여 세상사람들의 헛된 욕망을 풍자하는 역할을 한다.

4. 일생 서사의 계보와 양상

한국인의 서사관습은 傳양식과 밀접한 관련을 맺고 있으며 그것과 매우 닮아 있다. 고소설의 제목으로 '○○傳'이라는 형식이 일반적으로 쓰이고 있는 것은 고소설이 傳文學의 전통과 친근하다는 것을 암시하는 동시에 우리 서사문학사에서 전이 차지하고 있는 위상을 반증해 주고 있다. 傳은 역사의식에 기반을 두고 있다. 동양인들은 시공간 밖에 있는 초월적인 존재의 심판보다는 시공간 안에서 삶을 이어갈 후손들의 褒貶에 의한 심판, 즉 역사의 심판을 가장 두려워 했다. 그러므로 동양의 신은 역사였는지도 모른다.

전은 한 사람의 일생을 서술하면서 역사적 포폄의식을 기반에 깔고 가치 평가를 함께 수행한다. 傳은 일반적으로 탄생에서 죽음에 이르는 인물의 생애 전 과정을 서술하며, 이는 시간적인 순서에 따라 전개된다. 전과 소설은 공통적으로 탄생과 죽음, 그리고 功業을 이루는 과정을 중요시한다. 전에는 서술자의 가치관이 강하게 투영되는 반면, 소설에는 흥미적 요소가 강하게 수용되어 있다. 성공 과정의 서술은 전과 소설에서 모두 중시되는 부분이다. 다만 소설에는 그 성공이 역사적인 성공보다는 세속적인 성공을 추구하는 측면이 전에 비해 강하게 나타난다. 그리고 생애의 과정 중에서도 男女結緣譚이 전에 비해 상대적으로 중요한 비중을 지니고 있다.

설화와 전과 소설 등 우리 서사문학에서 다루고 있는 인생의 단계는 시간순서에 따른 순차적인 구성을 보이는 것이 일반적이며, 그 중요 단계는 誕生－結緣－苦難－回運－富貴功名－죽음9) 등의 과정을 밟으며 전개되는 것으로 알려져 있다. 이 탄생과 결연, 고난, 회운, 죽음은 누구나 겪는 인생의 과정이며, 부귀공명은 누구나 이루고 싶어하는 삶의 지향이다. 그러나 이러한 과정들은 각기 여러 가지 양상과 방식으로 나타난다. 여기서는 위의 여섯 단계를 받아들이되, 고난과 회운은 서로 긴밀한 연관이 있으므로 함께 다루어 보고자 한다.

---

9) 김기동, 『이조시대소설론』, 이우출판사, 1975, 제1장의 構成法 참조.

1) 출생

출생의 문제는 인간은 어디에서 오는 것인가, 인간이 어떻게 삶을 시작하게 되었는가 하는 근원적인 문제의식을 포함하고 있다.

우리의 서사문학에서는 인간의 고향을 하늘에 두고 있는 경우가 많다. 이러한 탄생은 신화와 영웅군담류소설과 몽자류 이상소설에 흔히 나타난다. 단군과 주몽은 하늘로부터 하강한 환웅과 해모수가 지상의 여인과 만나 낳은 경우이다. 이러한 탄생은 그들이 다시 하늘로 회귀해야 할 운명임을 암시한다. 수로왕은 줄을 타고 금빛상자에 담겨져 지상으로 내려온다.

이러한 신화적 탄생이 후대로 오면 소설 속에서 변형을 보이게 된다. 소설에서는 흔히 이 세상과는 다른 천상세계가 있고, 인간은 그곳에 살던 중에 어떤 잘못을 저지르고 그 벌로써 하늘로부터 떨어진 존재로 본다. 주인공이 남성인 경우에는 대게 천상의 선관이고, 여자인 경우에는 선녀이다. 즉 謫降모티브가 강하게 나타난다. 소설에서 출생을 거론하는 경우는 주로 영웅들의 출생을 다룰 때이다.

구운몽에는 초현실적인 세계와 현실적인 세계가 이원적인 형태로 등장하며, 주인공은 두 세계 사이에서 갈등하는 모습을 보여준다. 그러다가 초세속적 원리로 회귀하는 인간의 모습을 보여주고 있다. 구운몽 이후에 나타난 옥루몽이나 옥련몽 같은 작품도 이러한 적강모티브가 나타나 있지만, 그들의 원천인 초세속적인 세계에 대한 동경이 구운몽에 비하면 미약한 편이다. 다만 사후에 복귀할 세상으로 천상계가 설정되어 있을 뿐이다. 죄를 짓고 유배되어 인간계에 떨어졌으나 출생 이후 인간계에서의 삶을 충분히 긍정하고 있다.

출생의 원천이 땅으로 상정된 경우도 있는데 제주 三姓穴신화가 그것이다. 이것은 출산과 생장, 풍요를 의미하는 신화적 상상력으로부터 기인된 바가 크다고 하겠다. 이러한 대지의 형상은 소설에서는 '山川精氣'라는 말

로 대체되어 나타나기도 한다. 그래서 신재효본 춘향가의 첫머리는 다음과
같은 말로 시작된다.

> 절디가인(絕對佳人) 싱길 젹의 강산졍긔(江山精氣) 타셔 난다 져라손
> 약야계(苧蘿山若耶溪)에 셔시(西施)ㄱ 죵츌ᄒ고 군산만학부형문(群山萬
> 壑赴荊門)에 왕쇼군(王昭君)이 싱장ᄒ고 쌍각산(雙角山)이 슈려ᄒ야 녹
> 쥬(綠珠)가 싱겨시며 금강활이아미슈(錦江滑膩峨眉秀)에 셜도(薛濤)환츌
> ᄒ여더니 호남좌도 남원부는 동으로 지리산(智異山) 셔으로 젹셩강(赤城
> 江) 산슈졍긔(山水精氣) 어리여셔 츈향이가 싱겨구나.

　소설의 첫머리는 대부분 출생담으로 구성되는데, 그 내용은 자녀를 기다
리는 부모의 심정과 출생이 있기까지의 과정을 다룬다. 예를 들면, 혼인한
지 20년이 지나도록 자식을 보지 못하다가 명산대찰을 찾아 천지신명에게
간절히 기원하여, 주인공이 태어나게 된다. 이것은 천지가 만물을 생성시킨
다고 보는 동양의 전통적인 天地造化관과 밀접한 관련이 있다. 생명의 흐름
을 만들어가는 천지의 지극한 공덕에 힘입어 주인공이 태어나게 된다. 이때
부모는 산신, 선관, 불력, 용왕 등이 꿈에 나타나 아기를 점지해주는 꿈을 꾸
게 된다. 아들일 경우에는 청룡이 부모의 품에 안기거나, 딸일 경우에는 선녀
가 품에 안기는 꿈을 꾼다. 이렇게 胎夢의 암시를 받고 태어난 인물들은 태어
날 때부터 총명하고 비범한 재능과 용모를 보이게 된다. 이렇게 주인공은 천
지자연적의 힘의 점지를 받고 태어나 현실에서 이상을 추구하게 된다.
　작품의 서두에 시대와 지역이 언급되고 출생의 사연이 서술되는 과정에
서 필수적으로 나타나는 것이 '조상의 계보' 및 '아버지의 신분과 지위'이
다. 그리고 어머니의 내력이 아울러 나타나는 경우도 있다. 인물의 용모와
재능도 매우 중요하지만 그 출생신분도 중요하게 작용하고 있다. 인생에
있어서 출생을 중요시했다는 점은 출생 이후의 가변성과 개인의 능력을 통
한 발전에 한계가 있었음을 의미하는 것이기도 하다.

우리 고전소설에서 출생이 다루어지는 경우, 좋은 태몽과 좋은 집안에서 태어나는 것이 주인공들의 공통점이라 할 수 있다. 그러나 예외도 있다. 홍길동은 좋은 태몽과 좋은 집안에서 태어났으면서도 서출로 출생한다. 좋은 탄생몽조가 정실이 아닌 노비로 연결되면서 이 두 가지 사실 사이에서 빚어지는 갈등이 작품전체의 구조를 형성하게 된다. 다른 영웅적인 인물들은 고귀한 혈통과 비범한 재능을 타고났기 때문에 행복한 미래가 보장되고, 사회와의 대립의 여지가 약한 데 비하여, 홍길동의 경우는 뛰어난 재능을 타고났으나 서자라는 사회적 신분의 제약이 있으므로 반사회적 인물로서 사회 자체와 한판 대결하게 된다. 홍길동과 같은 인물로 춘향을 들 수 있다. 그녀는 길동과 마찬가지로 반쪽 양반에 지나지 않는다. 다만 여성이라는 점이 길동과 다르므로 그 대응방식이 다르게 나타날 따름이다.

2) 결연

사람의 일생 가운데 몇 가지 전환점이 있는데 그 가운데 가장 중요한 것 중의 하나가 바로 '인륜지대사'라고 하는 혼인이다. 이것은 출생 못지 않게 중요한 것이다. 혼인은 단지 한 개인의 문제에 그치지 않고; 가족과 가문의 운명과 결부되는 것으로 이해되었다. 실제로 많은 소설에서 여성의 역할이 남성의 일생에 지대한 영향을 끼친다. 박씨전에서 이시백이 병자호란에서 공을 세운 것은 모두 박씨의 도움 때문이었고, 구운몽에 나오는 양소유의 경우도 부인들의 힘으로 모든 일을 잘 해낼 수 있었다. 이런 이야기는 야담이나 힌문소설에서도 적지 않게 찾아볼 수 있다.

그리고 소설문학에서는 혼사와 관련하여 남녀간의 애정담이 중요한 부분을 차지하게 된다. 남녀의 인연은 상당수 하늘이 미리 정해준 것으로 이해하고 있다. 특히 소설 속의 주인공 남녀는 온갖 어려움을 무릅쓰고 하늘이 정해준 배필을 찾아 혼인하게 된다. 인연이 맺어지는 계기도 다양하다.

설화와 소설 속에는 부모들 간에 정혼으로 맺어지는 경우도 나타나지만 서로간의 직접적인 만남을 통해 인연을 맺는 경우도 있다. 김유신의 누이는 꿈을 사서 김춘추와 인연을 맺는다. 왕건과 이태조는 우물가를 지나다가 물에 버들잎을 얹어주는 여인과 인연을 맺는다. 「만복사저포기」 같은 작품에서는 부처와 내기를 해서 인연을 맺기도 한다. 인연을 맺는 과정에서 시가 중요한 기능을 한다. 「李生窺墻傳」에서 이생이나 「구운몽」에서 양소유가 모두 시를 화답하며 마음을 주고받는데 이러한 경향은 특히 傳奇소설이나 理想소설에서 잘 나타난다. 심지어 보쌈을 통해 인연을 맺는 이야기들도 전해진다. 인물형들과 관련해 보면, '전기적 인물형'과 '서민적 인물형'들에게는 특히 애정문제가 인생의 중요 주제로 취급되고 있음을 확인할 수 있다.

남녀간의 결연에 있어서, 남녀간의 신분격차가 크거나 서로의 개성이 상이한 경우는 특히 흥미를 끈다. 공주와 천민남자가 인연을 맺는 경우가 있는데, 바보 온달과 평강공주, 서동, 숯장수신랑이 그러한 경우이다. 영웅소설 속에서는 신분격차에 의한 勒婚모티브가 또한 잘 나타나는 소재이기도 하다. 이외에도 선녀와 결혼하는 나뭇꾼, 우렁색시와 결혼하는 총각도 있고 심지어 異物과 결연하는 경우도 있다. 이물과의 인연은 夜來者이야기가 대표적이라 할 수 있으나, 호랑이, 여우, 돼지 등 짐승과 결연하는 이야기도 적지 않다. 요컨대 신분과 지위 공간을 넘어선 결연의 양상이 다채롭게 나타난다.

3) 고난과 그 극복

누구나 인생에서 시련을 겪기 마련이듯이, 우리 서사문학의 주인공들도 고난을 극복하는 여러 가지 양상들을 보여준다. 고난과 투쟁하면서 자아를 형성하고 공업을 이룬다. 고난은 시기별로 크게 두 가지가 나타난다. 하나는 가족으로부터 독립하여 주인공이 하나의 인격체로 서기까지 겪어야하는 성장과정에서 자기와 투쟁해야 하는 고난이고, 하나는 자아를 정립한 후 세상에 나가 세상과 투쟁해야 하는 고난이다. 자기와 투쟁하고 세상과 투쟁해서 승리한 인물들은 흔히 영웅이라고 불린다.

영웅소설을 보면 주인공은 보통 7·8세를 전후로 해서 15세 정도를 사이로 난리 때문에 부모와 이별하는 시련을 겪게 된다. 이때에 주인공은 보통 道僧을 만나 병법과 음률을 배우게 된다. 소설 속에 인물들은 심상치 않은 고난을 극복해야 하므로, 규범화된 교육이외에 신비적인 인물로부터 난세를 헤쳐가는 실력을 길러야 하기 때문이다. 규범화된 교육이 인간의 의식적인 측면을 계발하는 교육이라 한다면, 도승과 같은 초인적인 힘을 가진 신비적인 인물에 의한 교육은 인간의 前意識적인 측면을 계발하는 교육이라고 할 수 있다. 이렇게 의식과 전의식을 모두 계발하고 문무를 모두 익힘으로서 주인공은 전인적인 인격을 형성하게 된다.

그후 이 영웅적 주인공은 15세를 전후로 才·德·色을 겸비한 여인을 만나 결연하게 된다. 그리고 그 무렵을 전후로 과거에 응시하여 장원급제 해 실력을 인정받는다. 그러나 곧 제2의 고난이 다가온다. 외적이 침범하거나, 간신이 모반을 일으키는 등 난리가 일어나고, 주인공이 出場하여 도승으로부터 배운 도술과 병법으로 큰공을 세우고, 그 과정에서 이별했던 배우자나 가족과 만나 재회의 기쁨을 누리게 된다. 그리고 결국은 一人之下萬人之上의 위치에 다다르게 된다. 민담 속의 인물은 부귀와 아름다운 여인을 획득하는 모습을 보여주면서 고난을 극복의 양상을 보여준다. 영웅소설의 인물이 功名추구에 중심을 둔다면, 민담 및 소설에 등장하는 서민형 인물은 富貴추구에 중심을 둔다. 민담 속에는 서민적 인물형과 함께 영웅적 인물형도 가끔 등장한다. 민담적 영웅은 흔히 他界여행의 고난과 怪賊退治의 고난을 극복해야 한다.

신화나 민담, 그리고 영웅소설이나 이상소설의 영웅적인 인물들처럼 고난을 극복하고 승리하는 인물형들이 있는 반면, 세상의 무게를 극복하지 못하고 패배하는 인간들도 있다. 이러한 경우는 전설과 傳奇소설에 주로 나타난다. 전설에서는 자아보다 세계가 우위에 서 있으므로 자아의 무력함과 패배가 잘 나타나 있다. 아기장수전설, 오누이힘내기전설 같은 것들이 대표적인 것이라 할 수 있다. 또 전기소설은 흔히 "不知所終"류로 종결되면서 주인공의 결론적인 패배가 드러난다.

그러나 전반적으로 볼 때, 우리 서사문학에는 실패한 이야기보다는 성공한 이야기가 많다. 실패한 이야기일 경우에도 경각심을 주기 위한 목적이나, 인간의 부질없고 덧없는 욕심을 경계하기 위한 목적이나, 미적인 아름다움을 주기 위한 목적의 실패담이 중심이 된다. 실패한 이야기가 개인의 삶에서 반복될 경우, 이것을 심리학 용어로는 '고착' 또는 '컴플렉스'라고 한다. 이러한 측면에서 볼 때, 한국인들은 전통적으로 낙관적인 인생관을 지니고 있었음을 알 수 있다.

4) 富貴功名의 의미

우리의 서사적 주인공들이 어떠한 삶을 사는 것이 이상적이라고 생각했는지, 삶의 목표를 어디에 두었으며 그것을 실현하는데 무엇이 필수적이라 생각했는지 살펴볼 필요가 있다. 현대인들의 삶의 방식을 반성해보는 좋은 거울이 될 수 있다.

이상적인 삶의 방식이 어떠한 것이었는지는 『삼설기』에 잘 나타나 있다. 『삼설기』에는 염라대왕이 염라국에 끌려온 세 사람에게, 그들을 다시 세상에 보내줄 테니 소원을 말해보라고 한다. 첫 번째 사람은 무관의 집안에 태어나, 주역을 읽어 천지조화를 알고 천문·지리·둔갑·병법 등 칠서를 달통하고 馳騁·弓馬를 익힌 후에 조정에 나아가 높은 지위를 얻고자 한다. 두 번째 사람은 명문가의 자제로 태어나 사서삼경과 춘추·통감강목·자치통감 등을 읽고 과거급제하여 높은 벼슬에 올라 영화를 누리기를 원한다. 세 번째 사람은 법가의 자제가 되어 모든 예절과 도리를 배우고 세상영욕을 물리치고 자연에 은거하여 살기를 원한다. 요컨대 문무를 익혀 현실

에서 부귀공명을 이루거나, 무릉도원을 동경하는 현실초월적인 삶을 목표
로 삼고 있다.

　현실에서 富貴功名을 누려 立身揚名하고자 하는 對社會的인 삶과, 부귀
공명을 싫다하고 歸去來하고자 하는 對自我的인 삶의 상반된 두 이상을 함
께 말하면 후자보다 전자에 중심을 두고 있다. 이상으로는 무릉도원과 같
은 선경을 꿈꾸었으면서도 실상은 현실에서의 이상을 추구했고, 은둔은 이
롭지 못한 현실에서 자신을 지키는 수단으로 흔히 이용할 따름이다. 영웅
소설에서 주인공이 어린 시절 은거하여 실력을 기르는 것도 그러한 경우에
해당한다. 우리네 삶이 그러하듯이 세속적인 부귀공명을 추구하지 않는 경
우란 거의 없다.

　김만중의 소설『구운몽』에는 이러한 귀족층들의 이상이 잘 나타나 있다.
성진은 선계에서 유생들의 삶을 동경하며 다음과 같이 말한다.

　　남이 세상의 나 어려셔 공밍의 글룰 넓고 자라 요슌ᄀᆞᆺ튼 님군을 만나,
　나면 댱쉬되고 들면 정승이 되어 비단옷술 입고 옥디룰 씌고 옥궐의 됴
　회ᄒᆞ고 눈의 고은 빗출 보고 귀에 됴흔 소리룰 듯고 은틱이 빅셩의게
　밋고 공명이 후셰의 드리오미 쏘흔 대댱부의 일이라. 우리 부텨의 법문
　은 흔바리밥과 흔병믈과 두어권 경문과 일빅여둛낫 염쥬분이라 도덕이
　비록 놉고 아름다오나 격막ᄒᆞ기 심하도다.

　부귀공명을 통해 세속에서 영달을 구하고 나아가 부모와 조상의 이름을
세상에 드리우는 양소유형 인간은 바로 전자의 이상을 대표하는 인간이라
할 수 있고, 부귀공명을 마다하고 신화적 仙境을 꿈꾸는 性眞형 인간은 후
자의 이상을 대표하는 인간이라 할 수 있다. 전기(傳奇)적 인물형은 주로
내면적이면서 초세속적인 가치를 중시한다. 그러므로 종국에는 세속적인
부귀공명을 마다하는 모습을 보여준다.

　서민들이 애독한 소설에서는 대부분 부귀공명이 삶의 목표가 된다. 대개

주인공들은 가난한 서민이거나 몰락한 양반의 후예로 태어나 다시 부귀한 자리에 오르는 경우가 대부분이다. 그런 경우에 관직이나 지위는 오로지 부귀를 준다는데 의미가 있다. 심지어 인간이 행하는 도덕적 선행까지도 이런 목적을 위한 수단이 되고 있는 듯한 느낌이 들 때가 있다. 효행이나 수절은 그것 자체로 의미가 있다기보다, 그것을 통해 고귀한 지위에 올라간다는 데 의미를 두고 있다. 서민소설에서 한 사람의 선행이 한 사람의 희생으로 끝나지 않고, 반드시 넉넉한 보상을 받는 것으로 마무리하는 것도 이와 무관하지 않다고 하겠다.

그런데 한문소설에 나타난 것은 이와 대조적이다. 한문소설에서는 양반의 이상형을 추구한다. 『양반전』과 『허생전』은 한쪽에서는 해체를 한쪽에서는 정립을 추구하면서 이상적인 양반의 모습을 제시하려 하였다. 내실보다는 외적인 형식만 따지는 양반에 대한 풍자와 해체를 의도한 것이 『양반전』이며, 양반이 나아가야 할 바른 이상을 보여준 것이 『허생전』이다. 허생은 상업을 해서 막대한 부를 축적했지만, 그 돈으로 부랑민들을 구제하고 남은 것은 바다 속으로 던져 버리고 다시 가난한 생활로 돌아간다. 이를 통해서 양반의 이상과 서민의 이상이 따로 존재하고 있었음을 알 수 있다.

현실적인 면에서 볼 때, 富는 자본을 축적하려는 욕망이며, 貴는 신분상 승의 욕망이며, 功은 역사에 기여하고자 하는 생각이며, 名은 명성을 얻고자 하는 욕구인데, 이는 인간의 보편적인 욕구이다. 그러나 현실을 중시하는 사람들 중에서도 그 이상을 향한 무게 중심이 각기 다른 양상으로 나타난다. 영웅적 인물형은 富貴보다는 功名을 이루어 역사적인 업적을 남겨 만세에 아름다운 이름을 남기고 싶어한다. 이에 비해 서민적 인물형은 민담적 인물형과 마찬가지로 공명보다는 부귀를 이루어 개인적인 만족을 얻고자 한다. 그러므로 그들은 명분보다는 食色이라는 인간의 근원적인 욕구 충족 이상을 추구하지 않는다. 그래서 특히 개인적인 富를 우선적으로 추구하는 삶은 현대 자본주의적 인물형과도 상통하는 점이 많다고 할 수 있다.

고전서사문학 속의 인물형들은 보다 폭넓은 삶의 목표를 제시하고 있다. 단순히 食色에 국한되지 않고, 가족과 사회와 국가를 위하는 삶을 제시하고 있다. 그리하여 자기 한 몸으로 끝나지 않고 후손과 사회에 이바지하는 인간형을 제시해 준다.

5) 죽음과 그 이후

우리 서사문학은 죽음을 행복한 결말로 다루고 있는 경우가 대부분이다. 특히 소설의 결말부에 이르면 주인공은 壽富貴多男子, 즉 오래 살고, 부유하게 되고, 귀하게 되고, 아들을 많이 두게 되어 죽어도 여한이 없는 지경에 도달하게 된다. 그리고 부부가 한날한시에 죽어 羽化登仙하는 것을 이상적인 죽음으로 본다. 우리 소설에서는 죽음 이후의 세계에 대해서 자세히 다루지 않는다. 그러나 죽음은 인간의 영원한 과제이므로 죽음이후의 문제를 다룬 경우가 없지 않다.『왕랑반혼전』,『당태종전』,『김학공전』같은 경우 저승 갔다가 돌아오는 것을 다루고 있다. 전설 및 傳奇소설의 여주인공은 특히 죽었으나 이승을 떠나지 못하고 이승의 남자들과 관계를 맺으며 나타나는 경우가 적지 않다. 죽음을 주제로 한 이야기들은 소설보다는 설화 속에서 더욱 다채로운 모습으로 나타난다. 설화 속에서는 죽어서 가는 곳이 저승, 선계, 천상계 등으로 나타나며 간혹, 용궁으로 가는 경우도 있다

5. 결 언

우리의 서사문학은 우리 민족의 삶과 함께 하면서 우리들의 삶의 방식을 형상화하고 반성하는 중요한 계기가 되어 왔다고 할 수 있다. 이러한

점을 중시하면서, 지금까지 배경, 인물, 그리고 삶의 단계라는 관점에서 우리 서사문학의 계보를 개략적으로 살펴보았다.

　우리 서사문학은 신화, 전설과 민담을 거쳐 소설의 시대로 전개되어 왔다. 그중 소설은 傳奇소설에서 영웅군담소설로, 그리고 판소리소설과 燕巖소설로 변모하면서 우리 서사문학사를 풍부하게 해왔다. 이에 따라 그 시간적, 공간적 배경 설정 양상이 변모를 거쳤음을 알 수 있었다. 인물형상도 신화적 인물형에서, 전설적·민담적 인물형으로 변모를 보였으며, 소설과 관련하여 전설적 인물형이 傳奇적 인물형과, 신화적 인물형이 영웅적 인물형과, 민담적 인물형이 판소리계 소설 등을 중심으로 형상화된 서민적 인물형과 매우 밀접한 계보적 연관성을 가지고 있다는 점에 접근할 수 있었다. 그리고 이러한 인물 형상들이 인생의 중요한 단계인 출생, 결혼, 고난극복, 부귀공명, 죽음에 대처하는 방식이 다르게 나타나고 있음을 대략 확인할 수 있었다.

　그러나 이미 서론에서도 밝힌 바 있듯이 이 글은 서설적 성격의 논의에 지나지 않으므로, 보다 많은 자료를 대상으로 보다 정밀한 논의가 뒤따라야 하는 것은 물론이다. 국문학계를 풍성하게 만드는 논의들이 풍성하게 일어날 것을 믿어 의심치 않으며 소략한 이 글을 마무리한다.

한국문헌설화 발전 계보 연구

-고소설 발전 과정의 一面과 관련하여-

金鉉龍[*]

차 례

* 건국대학교 국어국문학과 명예교수.

1. 서 언

  우리 고소설을 연구함에 있어서는 많은 경우 근원 설화를 운위(云謂)하게 된다. 이것은 그 발전 과정의 특수성에서 오는 것으로, 고소설 작가들은 독창적인 창작 작품만이 소설이 된다는 생각을 갖고 있지 않은 데에서 온 결과이다. 제재나 소재를 옛날의 설화나 소설에서 취(取)해 와서 얽어 잘 구성하면 훌륭한 소설이 되는 것으로 생각했다.

  여기에 한 가지 더 문제가 되는 것은, 옛날 사람들이 어려서부터 출세하기까지의 수학기간에 매일 독서하는 교재와 습득하는 지식 내용이 모두 중국의 전적이었고 한문(漢文)으로 쓰여진 것이었다는 점이다. 이런 과정에서, 우리 사람들의 습관과 생활 방식, 및 의식 구조가 중국과 같지 않은 데서 오는 정신적 갈등이 결코 적지 않았었다. 한문으로 된 중국 책을 읽고 또 생각을 한문으로 쓸 수 있는 수준까지 공부한 사람들이, 중국의 많은 설화와 소설들을 읽고는 우리의 정서에 맞지 않은 내용을 접했을 때, 또는 신기하다고 느꼈을 때, 새롭게 바꾸어 보고싶은 욕망을 갖게 되는 것은 자연스러운 현상이었다.

  뿐만 아니라, 옛날 중국의 소설들이 거의 대부분 이미 있었던 얘기나 역사 사실을 가지고 확대 발전하여 '연의소설(演義小說)'로 꾸미고 있는 현실을 접해온 우리 선인(先人)들은, 소설이란 이미 있었던 얘기를 개조하거나 또는 그 소재들을 모아 짜서 어떤 뜻을 담아 엮어 구성하면 되는 것으로 알고 있었다. 그래서 본고에서 논의하는 것과 같은, 문헌설화의 발전 계보를 추적하여 고소설 발전 과정과 연관지어 보려는 노력이, 반드시 필요하다는 결론에 도달하게 된다.

  본 연구는 얼마 전에 있었던 한국고소설학회 제50차 연구발표대회 때 필자가 연구 발표한 적이 있는데[1], 거기에서 발표한 내용을 중심으로 첨삭

하여 다시 작성한 것이다. 대상으로 하는 자료는 모두 필자의 저서 『한국문헌설화』[2]에 실린 설화를 가지고 전후 관계에 중점을 두어 고찰하게 된다. 같은 이야기의 설화가 표현을 달리하여 변개(變改) 되는 양상(樣相)을 자세히 고찰하여 연구하고, 이를 미루어 고소설 작자들의 소설 형성 과정에 유추(類推) 적용하여 이해를 돕고자 하는 것이다.

2. 확대 발전 구성

옛날 사람들은 하나의 간단한 이야기를 들었을 때, 이것을 다른 모습으로 개조하려는 뜻을 갖는 경우가 많았다. 설화나 소설을 창작하거나, 변개(變改)하여 새로운 작품으로 만드는 일은 학문이 깊다고 되는 일이 아니었으며, 모든 학자들이 누구나 할 수 있는 일도 아니었다. 일반적으로 '호사가(好事家)'란 별명을 듣는 사람들이 이 일을 담당했는데, 이런 사람들은 어떤 얘기를 듣거나 읽으면, 재미를 느끼기에 앞서 어떻게 하면 더 재미있게, 또는 자신의 관심사에 맞게 개조할 수 있을까 하는 생각이 먼저 머리에 떠오른다. 이러한 현상은 비유하면, 갑자기 감나무에 달린 빨갛게 익은 감을 볼 때, 미술가가 느끼는 감정과 배고픈 사람이 느끼는 감정이 같지 않음과 같다. 이제 구체적인 예를 들어보고자 한다.

1) 흥미 요소를 추가

이미 형성되어 있는 간략한 표현의 이야기를 볼 때, 어떻게 하면 더 재미

---

1) '한국고소설 형성과 문헌설화의 관계' (때 : 2000. 8. 16. 장소 : 단국대 공대 302호 강당)

2) 金鉉龍, 『한국문헌설화』 전7책, (총 4,017면, 건국대출판부 간, 1998. 8~2000. 8)

있게 나타낼 수 있을까 하는 생각이 머리를 스치게 된다. 여기에는 당시대
(當時代)의 관심사를 반영하는 것이 핵심인데, 시대 감각에 맞지 않는 내용
도 알맞게 고치는 것이다.

먼저 중국 얘기에, 처음 거울을 본 고부간(姑婦間)의 아주 간단한 얘기가
있었다. 이를 우리나라에서 어떻게 바꾸어놓았는지 보기로 한다.

(가)

한 백성의 아내가 거울을 몰랐다. 남편이 저자에서 사온 거울을 아내
가 비추어 보고 놀라면서, 그 모친에게 "남편이 한 여자를 데리고 왔습
니다."고 말했다. 이에 모친이 그 거울을 받아 비추어 보고는, "아니, 친
정 어미까지 데리고 왔구나."라고 말했다.[3]

(나)

깊은 산골에 사는 여자가 서울 시장에는 보름달 같이 둥글게 생긴
'청동경(靑銅鏡)'이 있다는 말을 듣고, 한 번 보고 싶었지만 볼 기회가
없었다. 마침 남편이 서울에 갈 일이 생기니, 여인은 '청동경'이란 이름
은 벌써 잊어버렸기 때문에, ㉠ 하늘의 보름달을 가리키면서 저와 같이
생긴 것을 사오라고, 남편에게 부탁했다.

남편은 보름 때에 시골에서 떠났는데, 서울에 닿아 하늘의 달을 쳐다
보니 그 동안 7, 8일이란 시일이 경과되어 하늘의 달은 하현(下弦)달이
되어 반달이었다. 그래서 시장에 가서 그 달 모양과 같은 물건을 찾으
니, 나무로 만들어진 머리 빗는 빗이 반달 같이 생겼기에, 그것을 비싼
값을 주고 사 가지고 왔다.

남편이 시골 집에 돌아왔을 때에는 다시 보름달이 되었다. 남편은 아
내에게 사온 빗을 꺼내 주면서, 서울에서 달을 보고 그와 같이 생긴 것
을 사왔다고 말했다. 아내가 빗을 보더니 하늘의 둥근 달을 가리키면서,
"이것이 저 달과 같으냐?" 하고 꾸짖었다.

남편이 달을 보니 보름달이기에 이상하여, "서울 달은 이 빗과 같은

---

3) 有民妻不識鏡 夫市之而歸 妻取照之 驚告其母曰 某郎又索一婦歸也 其母亦照曰 又領
親家母來也(『太平廣記』 권 262, 不識鏡)

모양이었는데, 시골 달은 다르니 이상하다.”고 말했다. 그러고 다시 서울에 갔는데 그때는 보름에 서울에 닿았다. 시장에 가서 보름달과 같이 생긴 것을 찾으니 거울이 있기에, 사서 잘 싸주는 대로 펴보지 않고 그대로 가지고 집으로 왔다.

집에 와서 아내에게 거울을 내주니, 아내는 아직 거울을 한 번도 본 적이 없고, 그래서 자기의 얼굴도 알지 못했다. 아내가 거울을 펴보니 ㉡남편 곁에 어떤 여자가 하나 앉아 있기에 화를 내고, 서울에서 새 첩을 얻어왔다고 하며 질투했다.

남편이 어이가 없어서 거울을 받아 비추어 보니, 아내 옆에 어떤 남자가 하나 앉아 있는 것이었다. 물론 남편도 자기 얼굴을 한 번도 비추어 본 적이 없어서, 자기 얼굴을 알지 못했다. 그래서 아내가 간부(奸夫)를 데리고 있다고 하며 화를 내고 꾸짖었다.

부부는 서로 외도(外道)한다고 의심하여, 거울을 가지고 고을 관장에게 가서 고소했다. 관장이 거울을 받아 비추어 보니, ㉢자기와 같은 관장 옷을 입은 관원이 하나 앉아 있기에, 급히 급창을 불러 “이미 교체될 새 관장이 도착했으니 빨리 교대하고 올라갈 준비를 하라.” 하고 명한 다음, 곧 업무를 파하고 떠날 준비를 했다. 관장도 물론 이전에 거울을 본 적이 없었기 때문이었다.[4]

우리나라에서 개조된 얘기는 앞의 중국 얘기와는 비교가 되지 않을 정도로 재미있게 구성되었다. 밑줄 친 ㉠에서 보는 바와 같이, 찼다 기울었다 하는 달을 끌어넣어 시간과 공간을 많이 연장 확대시키면서 흥미를 돋구고 있으며, ㉡에서처럼 간부(奸夫) 소재까지 끌어넣어 흥미를 고조시켰다. 그리고 ㉢의 어리석은 관장을 개입시킨 것은 하나의 탁견(卓見)으로, 어리석은 관장이 많았던 조선 중기 사회에 대한 풍자성(諷刺性)을 지니고 있다.

---

4) 夫妻訟鏡, 峽中女子 聞京市有所謂靑銅鏡 圓如望月影 常願一得見……以爲新官來到 急呼陪童曰 交代官已來 速爲封印 遂罷衙(洪萬宗 : 『蓂葉志諧』, 7번)

2) 구성하여 작품화

다음은 단순한 이야기를 점차로 확대 발전시켜 하나의 작품으로 만드는 과정을 보고자 한다. 이것은 소설로 발전해 가는 길목에 해당되는 이야기이다. 사실 기술(事實記述)이나 단순 평면 기록을 작품화로 재구성하여 나타내는 경우인데, 일반 호사가(好事家) 중에서 작가적 소양을 좀더 갖춘 사람들이 이 작업을 하게 된다.

우리 설화와 소설에는, 어떤 기생이 전혀 관계를 맺고 있지 않았던 한 남자가 곤경에 처한 것을 보고, 아무 조건 없이 그를 도와 출세시키는 고정(固定) 소재가 있다. 이것은 당대(唐代) 소설 「이왜전(李娃傳)」에서, 재산을 다 탈취한 다음에 박절하게 쫓아냈던 남자를 뒤에 다시 만나 도와주어 출세시킨다는 형태와는 바탕이 다르고, 우리 고소설 「옥단춘전(玉丹春傳)」에서의 기생 옥단춘이 취한 행동에 해당하는 경우이다.

그리고 또 우리 설화와 소설에는 여자의 치마폭에 시를 써주어, 이것이 치마가 흔들릴 때 다른 남자에게 발견된다는 소재가 있다. 옛날의 남자들은 '여성의 치마'라는 용어에서 상상을 통하여 매우 야릇하고 정감 어린 상징성을 느끼고 있었다. 그래서 기생의 치마에 선비가 시를 쓴다는 것은, 기생에게는 하나의 영광이요, 선비에게는 화제의 대상이 되었다. 이 일련의 이야기가 형성되는 과정을 보고자 한다.

(가)

민제인(閔齊仁, 1493~1549)은 젊어서 영특했다. ㉠ 「백마강부(白馬江賦)」를 지어 자부하면서 선배에게 평을 요구했더니, 차중(次中 : 9 단계 중 中間)으로 평가했다. 민제인은 불만스러운 마음에, 봄꽃이 피어 있는 남쪽 성곽에 올랐다가, 다시 숭례문(崇禮門) 위의 문루에 올라 그 부(賦)를 소리높이 낭송했다.

마침 ㉡ 장안 명기(長安名妓) 성산월(山星月)이 의정부 고관들의 뱃놀이에 가려고 남대문을 나서다가, 그 읊는 소리를 듣고, 남대문 위로 올

라갔다. 읊는 소리가 끝나고 성산월은 민제인에게, "어떤 선비가 여기에
서 부를 읊느냐?" 하고 물었다. 민제인은, 자기가 지은 부인데 선배로부
터 나쁜 평가를 받아 서러워한다는 얘기를 했다.

　곧 성산월은 함께 자기 집으로 가자고 제의했다. 민제인이 고관들의
노여움을 사면 어쩌냐고 하니, 성산월은 그것은 걱정 말라 하면서 자기
집으로 데리고 갔다. 민제인은 ⓒ 성산월 집에서 3일을 머문 다음, 성
산월의 요청에 따라 그 「백마강부」를 써서 성산월에게 주었다.

　성산월은 이 부를 가지고 고관들이 잔치하는 자리에 가서, 이 부를
노래로 부르니, 참가한 대신들이 모두 부채를 두드리며 감탄했다. 그리
고 그것이 어디에서 난 글이냐고 물어서, 성산월은 "제 심상인(心上人
: 사랑하는 사람)의 작품입니다." 하고 대답했다. ⓒ 이후로 「백마강부」
는 장안에 널리 전파되었다.

　이 「백마강부」는 애초에, ⓜ 끝에 붙은 '가(歌)'가 없이 지어진 것인
데, 한 문사(文士)가 뒤에 '歌'를 따로 창작해 이어 붙여 놓았었다. 마침
중국학자가 이 부를 보고 잘 되었다고 감탄하고는, "끝에 붙은 '가'는
분명히 처음 부 지은 사람 손에서 이루어진 것이 아닌데, 그것이 없었으
면 훨씬 더 좋았을 것을 안타깝구나." 하고 평했다.5)

　민제인은 중종 15년(1520)에 별시문과(別試文科)에 병과(丙科)로 급제했
고, 위 이야기로 보아서는 급제 전에 「백마강부」를 지어 이름이 났던 것
같이 생각된다. 그리고 이름난 기생 성산월이 이 「백마강부」를 노래로 잘
불러 널리 알려졌던 것으로 추측할 수가 있다.

　이러한 내용을 가지고 남대문을 끌어넣고 성산월이 우연히 민제인을 만
나 행운을 얻은 것처럼 유몽인(柳夢寅)이 설화를 구성했다. 유몽인의 설화
구성 심리를 연구해 보면, 위의 내용들이 모두 실제 사실이 아님은 틀림없
는 사실이다. 민제인은 급제한 뒤에 부제학(副提學)과 좌찬성(左贊成)을 거

---

5) 星山月者星州妓女也 選入長安 爲第一名姝……閔齊仁年少英邁昳麗 作白馬江賦 心
　自負 求正於先達 課以次中 決然不快‥……始篇末無歌 有一文士續之 適有中原學
　士 見之歎服曰 惜乎 此歌非賦之手也 無此益佳(『於于野談』, 再構本 66번)

쳐, 명종 즉위 때 위사 공신(衛社功臣) 2등이 되었다. 이때 을사사화(乙巳士禍)가 일어나니, 대윤(大尹) 일파의 갑작스러운 소윤 제거 행위를 반대했다. 그리고 뒤에 대윤이 몰락하고 소윤(小尹)이 정권을 잡았을 때, 또 소윤의 정책을 비판하다가 삭탈관직 당하고 공주(公州)로 유배되어 가서 죽은, 선비 정신이 투철하여 사람들의 추앙을 받은 인물이다. 이러한 민제인의 「백마강부」가 널리 기생들 사이에 불려지는 것을 가지고, 남대문과 성산월의 극적인 만남을 끌어넣어 유몽인이 일차적으로 설화를 구성한 것이다.

위 설화에서 보면 ㉠과 ㉣로 보아 「백마강부」는 민제인의 과거급제와는 전혀 관계가 없고, ㉡㉢으로 보아 이전에 알지 못했던 성산월에 의해 도움을 받고, 「백마강부」가 성산월에 의해 널리 전파되면서 민제인의 이름이 세상에 드러난 것으로 되어 있다. 그리고 ㉤에서 보는 것처럼, 선비들이 이 부(賦)를 칭찬하면서도 끝에 붙은 가(歌)는 나쁘게 평했던 것 같다. 남이 지어 이어 붙였다는 말은 물론 거짓으로 꾸민 것이 확실하다.

이것이 유몽인(1559~1623)에 의해 설화로 구성되고, 약 140년쯤 뒤 구수훈(具樹勳)의 「이순록(二旬錄)」에서 다시 작품화된 것을 보면 놀라울 정도의 모습으로 새롭게 나타난다. 유몽인도 상당 부분 허구로 꾸몄다고 생각되는데, 『이순록』에서는 아래서 보는 바와 같이 완전히 그 기본을 바꾸어놓고 있다.

(나)

㉠ 민제인이 과거에 낙방하고 초췌한 모습으로, 고향으로 돌아가는 길에 남대문 위 문루에 올라갔는데, 한 기생이 따라 올라왔다. 기생의 물음에 민제인은, "백마강 근처에 사는 사람으로, 과거 차 상경했다가 낙방하고 돌아가는 길인데, 이번 급제자의 글이 모두 내 글보다 못한데도 나만 낙방했다." 하고 불만스럽게 말했다.

㉡ 기생이 민제인에게 그 지은 글을 외워보라 하니, 민제인은 「백마강부」라고 말하면서 들려주었다. 읊는 소리를 들은 기생은 그 글을 자기 치마폭에 써주면, 어떤 방법을 강구하겠다고 하는 것이었다. 민제인은 이미 급제자도 발표되었고, 또 서울에 머물 여비도 없으니 소용없는

일이라고 말했다. 이에 기생은 자기 은비녀를 뽑아주면서, 이것으로 며
칠 간 서울에 머물러 있어달라고 했다. 그래서 민제인은 기생의 치마폭
에 「백마강부」를 써주고 기생의 은비녀를 팔아 생활하면서 며칠 동안
서울에 남아있었다.

ⓒ 이때, 이번 급제한 사람의 부친인 모 재상 집에서, 아들 급제를 축
하하는 잔치가 열렸는데, 이 기생이 거기에 참여하게 되었다. 거기에는
많은 대신들이 초빙되었고, 그래서 이번 과거의 시관(試官)도 참여했다.
여기에서 기생이 민제인의 「백마강부」를 노래로 부르니, 모두들 귀를
기울이며 감탄했고, 기생은 곧 그것이 쓰여진 치마폭을 펼쳐 보여주었다.

ⓔ 시험관이 자세히 보니 잘못 채점해 낙방시킨 사실을 발견하고, 조
정에 건의하여 다시 후정시(後庭試 : 추가 과거시험)를 실시하도록 했다.
그래서 백마강 제목으로 출제하니, 민제인이 백마강 근처에 살아 역사
적인 사실을 잘 알기 때문에 당연히 급제하게 되었다. 그 글 속에 특히
"강속의 꽃(百濟 宮女 象徵)은 웃으며 나와 맞고, 은은한 누각은 공중에
높이 뵈네.(江花笑而出迎 隱樓觀於層空)"란 구절이 좋았다.

ⓜ 중국 사람이 이 부(賦) 보기를 원해, 허균(許筠)이 끝에 몇 구절 첨
가해 보여주었다. 중국 사람이 보고 감탄하고는, "매우 훌륭한데 다만
끝 구절은 없는 것이 더 낫다."라고 말했다. 곧 그 끝 구절은 허균의 첨
가임을 얘기해 주었는데, 그 중국인의 감식력은 놀랄만한 것이었다.
이 「백마강부」는 이렇게 해 중국에까지 알려졌고, 『동문선(東文選)』
에도 실리게 되었으며, 기생들이 지금까지도 부르고 있다.6)

이렇게 완전한 허구로 구성해 놓았는데, 위 이야기에서 밑줄 친 부분을 보
면 놀라운 상상력이 발휘되어 있다. 「백마강부」를 과거 때 시험답안으로 제
출한 것으로 설정하고, 이를 기생의 치마에 써주었으며, 시관(試官)이 잔치에
서 치마에 써진 것을 보고 잘못 채점하여 낙방시켰다고 자인한 사실과, 재시
험을 실시해 다시 이 제목으로 출제했다는 등의 허구 구성은, 고소설 형성 상
황을 이해하는 데에 좋은 자료가 된다. 그리고 유몽인이 성산월을 허구로 끌

---

6) 閔立巖下第歸路 登南城門 行色憔悴 俄有一娼妓 亦上來 問曰……又入東文選 妓輩
尙今歌之(『二旬錄』上)

(가)

한 고을 관장이 건망증이 매우 심했다. 배씨(裵氏) 성을 가진 좌수(座首)가 매일 들어와서 관장을 배알하면, 관장은 들어올 때마다 성씨를 기억하지 못하고 다시 묻는 것이었다. 그래서 좌수가 매일 성을 말하는 것이 괴로워 관장에게 다음 같이 제안했다.

"성주(城主)께서는 밤새 저의 성(姓)을 잊으시고 매일 물으시니 몸둘 바를 모르겠습니다. 저의 성이 과일 배(梨)와 음이 같으니까 벽에 배를 그려놓고 보시면 기억할 수 있을 것입니다." 하고 말했다. 이에 관장은 참 좋은 방법이라면서 벽에 배를 한 개 그려놓았다.

그런데 그림이 서툴러서 배 꼭지가 좀 길게 그려졌다. 이튿날 좌수가 관장에게 들어가 배알하니, 관장은 벽에 그려놓은 그림을 보고는, "그대는 '몽둥이(끝이 뭉툭하고 자루 달린 망치)' 좌수가 아닌가?" 하고 말했다.

이 말을 들은 좌수는 일어나 절하고, "제 성은 '배'이고 '몽둥이'가 아닙니다. 성주께서는 벽의 그림을 잘못 보셨습니다." 하고 말했다. 관장은 이 말을 듣고 부끄러워하면서, "내가 몽둥이로 해석한 것은 자루(배 꼭지)를 너무 길게 그려서 그렇게 본 것이다."라고 해명했다.

그래서 좌수가 꼭지를 좀 짧게 잘라달라고 하니, 관장은 그림 앞으로 가서 칼로 꼭지를 모두 다 잘라버리고, "꼭지가 없어도 본체(本體)가 있으니 다시 또 잊지는 않겠지?"라고 말했다.

야사씨 왈(野史氏曰), 좌수가 그 관장의 건망증 때문에 배 그림을 그려 놓게 했고, 다시 꼭지를 자르게 해 둥글게 만들어 놓았으니, 다음날 수박이나 오리알, 또는 계란으로 착각하지 않았을까 그게 걱정이다.[8]

(나)

한 고을 관장이 건망증이 매우 심해, 좌수의 성씨를 매일 묻고는 잊어버리고 기억하지 못했다. 하루는 역시 또 좌수의 성을 물으니, 좌수는 '홍가(洪哥)'라고 대답했다. 그러니까 관장은 매일 성을 묻는 것이 민망해서, 종이에 '홍합(紅蛤)'을 하나 그려서 벽에 붙여 놓았다.

---

8) 畫梨記姓, 有一倅昏愚健忘 座首(鄕任之稱)裵姓者 每入謁 倅輒問其姓 座首者苦之 言于倅曰 城主每問民之姓……明日 座首入 倅仰視壁畫曰 君得非蒙同座首乎(蒙同者 圓鐵長柄 用於冶石者也)……(洪萬宗, 『蓂葉志諧』, 26번)

이튿날 그 좌수가 들어왔는데, 관장은 벽에 있는 홍합 그림을 쳐다보아도 여전히 성씨를 기억할 수가 없었다. 관장이 홍합 그림을 보고 한참 동안 연구하다가, 마침내 여자의 깊숙한 부분이 홍합처럼 생겼다는 것이 연상(聯想)으로 머리에 떠올랐다. 그래서 관장은 좌수를 보고, "그대 성이 보씨(寶氏)였지?" 하고 물었다.

이에 좌수는 "제 성은 보가(寶哥)가 아니고 홍가(洪哥)이옵니다." 하고 대답했다. 그러니까 관장이 웃으면서, "그렇지, 내가 홍합을 그려놓고도 역시 잊어버리고 다른 것을 생각했구나." 하고 말했다. 옆에서 듣고 있던 사람들이 웃음을 참지 못했다.[9]

앞의 설화는 배 꼭지를 길게 그려 돌 깨는 망치로 보았다는 순수 해학 설화로, 무능한 관장을 비꼬아 풍자한 이야기인데, 뒤에 개조된 이야기는 매우 상징성 짙은 음담(淫談)으로 표현하여 묘한 상상을 유발하고 있다.

같은 해학 설화이면서 개조된 설화는 무능한 관장에 대한 비판 정신이 완전히 사라지고, 순수하게 성적(性的) 충동을 자극하는 음담으로 변모되고 말았다. 이러한 것은 시대성을 반영한 것으로서, 고소설에서도 예외가 아님을 우리들은 작품을 통하여 보아 알고 있다.

2) 주제를 바꾸기 위하여

어떤 설화를 보고, 평소 자신이 표현했으면 하고 생각하고 있던 주제에 부합된다고 믿어지면 곧 그 이야기를 이용해 재구성하여 나타낸다. 여기에 가장 간단한 방귀 이야기를 예로 들어보고자 한다.

---

9) 邑倅善忘, 一邑倅健忘無雙 問座首之姓 翌日又忘之 如是多日 輒忘不記 一日 又問君姓何 座首曰 洪哥也 倅悶其每忘 畫一紅蛤 而付于壁上 翌日 座首入來見 則又忘之 見畫付紅蛤 而紅蛤亦忘 見畫紅蛤 貌似女子陰門 乃問曰 君之姓寶哥耶 (俗以女子陰門 爲寶池 故謂之) 座首曰 非寶哥 乃洪哥也 倅笑曰 是哉是哉 吾畫紅蛤 而亦忘之 聞者絶倒(『攪睡襍史』, 14번)

(가)

한 신부가 시집와서 화장을 곱게 하고 첫날 시부모에게 인사를 올리는데, 친척들이 모여 모두 예쁘다고 칭찬이 자자했다. 그런데 긴장했던 신부가 옷깃을 여미고 앉다가 그만 방귀를 뀌고 말았다.

이때 시어머니가 신부의 부끄러움을 덜어주려고, "우리 자부 복이 매우 많겠네. 나도 옛날 시집 와서 시부모에게 첫인사를 드릴 때 자부처럼 방귀를 뀌었는데, 이렇게 자식들 번창하고 행복하게 잘 사니, 정말 방귀는 복이 많을 징조다."라고 말했다.

애기를 들은 신부가 기뻐하면서 "앞서 가마를 내릴 때도 방귀를 뀌었습니다." 하고 말하는 것이었다. 그러니까 시어머니는, 그러면 복이 겹으로 많겠다고 말했다. 이어 신부가 다시 "어머님 제 바지 밑이 젖어 불결하게 되었습니다."라고 말하니, 역시 시어머니는 "애야, 복이 겹겹으로 더하여 엄청나게 많겠구나." 하고 말해 주었다. 옆에서 듣고 있던 사람들이 입을 막고 웃음을 참느라 애를 썼다.[10]

(나)

한 신부가 시집 와서 처음 시부모에게 인사를 드리고 술잔을 올리면서 방귀를 뀌었다. 옆에 있던 친척들이 입을 막고 웃음을 참는데, 유모가 얼른 앞으로 나와 "제가 나이가 많아 몸 아래 부분에 힘이 없어 조심성 없이 방귀를 뀌어 죄송합니다." 하고 말했다.

이에 시부모가 유모의 행동을 가상하게 여기고 비단 한 필을 상으로 내려주었다. 그러니까 신부가 그 비단을 빼앗아 챙기면서, "방귀는 내가 뀌었는데, 왜 유모가 상을 받느냐?" 하고 말했다. 옆에서 이 모습을 보고 있던 사람들이 웃느라 입을 가렸다.

야사씨 왈(野史氏曰), 유모가 주인의 실수를 자기가 한 것이라고 말한 것은 매우 훌륭한 처사이다. 그러나 신부는 비단에 눈이 어두워 상을 다투어 빼앗으니 비루(鄙陋)하기 짝이 없다. 인품(人品)의 고하(高下)는 출

---

10) 新婦多福, 一新婦初謁舅姑 濃粧盛飾 親戚傍觀者 嘖嘖稱歎 新婦斂容改坐 不覺放氣 姑氏不欲板之 遽曰 福哉吾婦 老身初謁時 亦如是 幸今子女滿堂 抵老無恙 此眞是福徵也 新婦喜而答曰 若爾下轎時 亦放氣 姑曰可謂疊福也 婦又曰 褌底小沾不潔 姑曰 這是添添福也 滿座掩口(宋世林, 『禦眠楯』, 65번)

생한 가문과 관계없다는 말이 헛말이 아니다.[11]

　앞의 설화는 순수 해학 설화로서, 소견 없는 어린 신부와 자부의 부끄러움을 덜어주려고 애쓰는 시어머니의 갸륵한 마음씨가 반영되어 있다. 이러한 아름다운 면만 나타나 있고, 나쁜 감정은 전혀 반영되어 있지 않다.
　이것을 다시 구성한 설화에서 보면, 시어머니 대신 신분이 낮은 유모를 등장시켜 상하 계층(上下階層)의 대립 관계를 설정했다. 그리고서는 상층인 신부가 하층인 유모보다 더 나쁜 인간으로 표현해, 상층 사회에 대한 비판과 비난을 심하게 암시했다. 인간의 인품은 출생 가문과 관계없다는 야사 씨의 평설은 사회 체제에 대한 강한 비판 정신이 반영된 표현이다. 이렇게 나타내게 된 것은 하천인 표상인 유모를 대립 설정했기 때문에 가능해진 것이다.

4. 인과관계에 따른 사건 창작

　어떤 사건에 결부하여 설화가 하나 형성되었는데, 얼마 후에 그 사건에 결부된 다른 사건이 벌어졌을 때, 앞의 설화가 그 사건을 모두 반영하지 못했다는 아쉬움이 남는다. 이때 뜻 있는 사람이 앞의 설화에 이어 뒤에 벌어진 사건을 결부하여 새로운 설화를 구성하게 된다. 그리고 거기에 미진한 점이 있다고 생각될 때 또 다른 설화가 이어 형성되는데, 이러한 설화의 연속은 소설 형성에 고무적인 구실을 했다고 믿는다.

---

11) 放屁爭賞, 一新婦初謁舅姑 六親咸集 婦濃粧盛飾 觀者嘖嘖稱歎 婦詣舅姑前 方奉酌
　　而進 忽放屁 親戚皆藏笑相顧 乳母叔然 欲自當之 遽起謝曰 小的年老 尻軟失禮 不勝
　　惶恐 舅姑善之 賞乳母一疋段 新婦奪其段曰 吾之放屁 爾何受賞 一座掩口 野史氏曰
　　乳母自當放屁 掩主之失 可謂善應變也 新婦動心於疋段 忘恥而爭賞 其意陋矣 人品
　　高下 不可以生地取也明矣(『蓂葉志諧』, 30번)

주지하는 바와 같이 인조(仁祖) 임금에게는 세 아들이 있었으며, 모두 병자호란 직후 청나라에 볼모로 잡혀갔다 왔고, 장남 소현세자(昭顯世子)는 임금 되기 전에 죽었다. 그리고 둘째 아들이 효종 임금으로 왕위에 올랐으며, 셋째 아들이 인평대군(麟坪大君, 1622~1658)인데, 이 인평대군에 관계된 설화를 보고자 한다. 인평대군은 득옥(得玉)이란 기생첩을 너무 사랑했고, 이 첩이 죽은 후에 인평대군은 상사(相思)의 정을 잊지 못했던 것으로 되어 있다. 그리고 얼마 후에 37세라는 아까운 나이로 인평대군이 사망하고, 이어 그 부인도 사망한 것으로 되어 있는데, 이와 관련하여 다음과 같은 이야기가 형성되었다.

(가)

득옥(得玉)은 성천(成川) 기생으로 재주와 자색이 뛰어났고 가무에 능했다. 인평대군(麟坪大君)이 관서 지방에 사신으로 갔다가 보고 사랑해 데리고 와서 시녀로 삼았다. 인평대군이 매우 총애해 잔치 때마다 득옥을 불러내 술을 권하게 하니, 인평대군의 처남 오정창(吳挺昌)이 보고 유혹해 몰래 은밀히 통정하고 있었다.

오정창 부인이 이를 투기(妬忌)해, 대군의 궁녀들과 모의하고 대군 궁(宮)에 있던 황금 50냥을 훔쳐낸 다음, 득옥이 훔쳤다고 인평대군 부인에게 무고했다. 그래서 인평대군 부인이 득옥을 문초하면서 매를 쳐 죽였다. 이 얘기를 들은 사람들은 득옥의 원통함을 말하고 동정했다.

하루는 인평대군 집 안방에 피가 많이 고였다. 그리고 인평대군이 병들었는데, 시중드는 사람들이 희미한 불빛 아래에서 보면 득옥이 인평대군 베개 옆에 앉아 있는 것이 보였다. 이러고 얼마 후 인평대군은 사망했다.

그 뒤 인평대군 부인 침실에 득옥이 나타나 말하기를, "부인의 심정이 어떻습니까? 저승에서 죄 없이 죽은 저를 가엾게 여겨, 대군과 다시 후원의 팔각정(八角亭)에서 즐기라고 했습니다. 지금 또한 부인은 저를 부러워하시겠지요."라고 말했다.

이후로 궁중에서 일보는 사람들이 밤에 후원 팔각정 근처에 가면 거문고 소리가 들렸다. 그리고 늘 득옥이 부인 앞에 나타났으며, 이로 인해 부인 역시 병들어 수월 후에 죽었다.[12]

이 이야기는 김종필(金宗弼)의 『풍암집화(楓巖輯話)』와 『기문총화(記聞叢話)』·『해동기화(海東奇話)』 등에 실려 있는데, 세 전적 모두 설화의 출전을 『국당배어(菊堂俳語)』로 밝히고 있기 때문에, 국당(菊堂) 정태제(鄭泰齊, 1612~1669)가 설화로 구성한 것이 틀림없다. 정태제는 인평대군보다 10세 위이고 11년을 더 산 인물이다. 또 정태제는 인조 23년(1645)에 청나라에 정조사(正朝使)로 가서 볼모로 가 있던 대군 일행의 귀환을 약속 받는 데에 공을 세우기도 했으며, 그리고 고소설 「천군연의(天君衍義)」의 작자이기도 하다.

그러므로 위에 나타난 인평대군과 득옥의 관계는 누구보다도 잘 아는 사람으로 볼 수 있으며, 따라서 득옥이 죽은 연유는 위에 나타난 내용이 사실이라고 보아도 틀리지 않을 것 같다. 물론 득옥이 죽은 이후의 일은, 인평대군은 상사(相思)로 환상에 잠기면서 병을 얻어 사망했다고 생각할 수 있으며, 그 부인은 득옥을 얽어 죽인 것에 대한 죄책감과 심리적 불안으로 환영(幻影)에 시달리다가 역시 죽었다고 생각할 수 있다. 아마 득옥이 매를 맞아 죽는 과정에서 원귀(冤鬼)가 되겠다는 악담을 했을 가능성도 충분히 예상할 수가 있다.

이렇게 하여, 1658년에 인평대군이 죽었고 1669년에 이야기를 쓴 정태제도 죽었다. 위 내용으로 보아 정태제 부인도 물론 이 무렵에 죽었다. 이런 다음에 1680년(肅宗 6년)에 남인(南人)들이 실각하는 '경신대출척(庚申大黜陟)' 사건이 터져, 영의정이었던 허적(許積)의 서자 허견(許堅)이 인평대군의 세 아들 복창군(福昌君)·복선군(福善君)·복평군(福平君) 등 이른바 '삼복(三福)'과 함께 역모를 꾀했다는 죄목으로, 이 세 아들이 모두 죽음을 당했다.

---

12) 得玉者成川妓也 姿色過人 琴歌俱妙……夫人每見得玉 因病 數月亦不起(金宗弼, 『楓巖輯話』, 80번)

이렇게 되니, 인평대군 집안은 온통 멸족을 당한 셈이고, 오직 인평대군의 증손자(曾孫子) 안흥군(安興君)만이 벙어리에 귀머거리였으므로 죽음을 면하고 살아 남아서 제사를 모시고 대를 이을 수가 있었다. 이 관계에 대해 『이순록』과 『성호사설(星湖僿說)』에서 다음과 같이 후속 설화를 구성했다.

(나)

인평대군은 시비(侍婢) 득옥을 사랑했는데, 대군이 중국에 간 사이 그 부인이 연못가에 있는 영파정(映波亭)에서 득옥을 죽였다. 그리고 대군이 돌아오니 부인은 득옥이 병들어 죽었다고 말했다. 이후로 대군 집에 대사(大事)가 있을 때에는 대낮에 득옥이 나타나, 담 위나 지붕 위에 서 있었고, 때로는 장독을 들어 던지곤 했는데 장독이 깨지지는 않았다.

얼마 후 대군 아들 정(楨 : 福昌君)과 남(柟 : 福善君)의 역모 관련 사건이 있었고, 가정에 변고가 크게 일었으니, 아마도 득옥이 재앙을 일으킨 때문일 것이다. 인평대군 부인은 오정창(吳挺昌)의 누이동생이다.13)

(다)

왕손(王孫) 복창군 정(福昌君 楨)은 인평대군의 아들이다. 복창군의 부인은 성품이 투기가 심해, 여자 종 득옥을 벌을 가해 죽였다. 뒤에 득옥이 대낮에 그 집에 나타나 지붕 용마루에 올라앉아 있으니, 보는 사람들이 모두 두려워 숨었다. 이후로 가정에 요변(妖變)이 생겨 가문이 멸족했다.

인평대군은 국가에 공을 세우고 병자호란 때 세 번이나 청 나라에 다녀왔고, 효종의 특별한 우애를 입었지만, 자손이 다 역옥(逆獄)에 관련되어 죽고, 오직 농아(聾啞)인 한 후손만 남아 제사를 잇게 되었으니 기이(奇異)한 일이로다.14)

---

13) 麟坪大君 眄侍婢得玉 大君赴燕後 夫人殺之於映波亭⋯⋯又有變 此蓋得玉爲祟而然 夫人卽吳挺昌之妹也(『二旬錄』下)

14) 冤婢妖作, 王孫楨卽麟坪大君之子 其夫人性妬 有婢曰得玉 虐刑而死⋯⋯惟一孫 生而啞且聾 獨以天刑得免 能奉祀不絶 亦異矣(『星湖僿說』人事門)

시대가 지나면서 이야기의 내용이 달라졌다. 『이순록』에서는 인평대군
의 부인이 남편 없는 사이에 죽였다고 했고, 오정창 부인 연관설은 언급하
지 않았다. 그리고 『성호사설』에서는 인평대군의 자부(子婦)가 득옥을 죽
인 것으로 바꾸어놓았다. 사실 온 집안 여인들이 득옥을 미워했을 테니, 큰
자부도 득옥의 죽음에 깊이 관여했을 것이다.

그런데 두 기록이 모두 인평대군 부부의 사망 이야기는 언급하지 않고
오로지 득옥의 요변에 의해 가문 멸망 사실에만 연관지은 점이 관심의 대
상이다. 집안이 멸망하는 대사건이 터지고 나니, 인평대군 부부의 사망 정
도는 문제가 되지 않는다고 본 것이다.

『지봉유설』의 기술(記述)에서 끝에, "비록 농아(聾啞)이지만 한 아이가
남아 대를 이은 것은 기이한 일이다"라고 말하고 있다. 역모 관련 사건에
가문이 멸족하면서 어찌 후손 하나가 남아서 대를 잇게 되었느냐는 문제를
가지고, 당시 사람들 사이에서는 화제가 되었던 것 같다.

이것과 관련하여, 후손 하나가 남게 되는 그럴 만한 이유가 있다는 내용
으로, 다시 다음과 같은 설화를 구성하고 있으니, 역시 후속 설화가 계속
기술된 셈이다.

(라)
인평대군의 손자(義原君이며 이름은 㰒)가 나이 40 가깝도록 아들이
없었다. 하루는 나무를 엮어 목도(木道)를 만들어 강에 띄워 타고 가면
서, 모래 쌓인 곳을 보니 죽은 사람 해골이 반쯤 노출되어 물결에 출렁
이고 있었다. 그래서 사람을 시켜 그것을 파내 비단 천을 가지고 잘 싸
서 정결한 곳에 묻어주었다.
그 날밤 꿈에 한 노인이 나타나 해골이 노출되어 혼백이 괴로웠는데,
묻어주어 고맙다고 사례하고는 그 은혜를 갚겠다고 말하고, 다음달에
효험이 있을 것이라 했다. 과연 그 부인이 다음달부터 태기(胎氣)가 있
어 옥동자를 낳았다.
아이가 태어나니 앞서의 그 노인이 꿈에 다시 나타나, "그대 집터가

가문을 보전할 수 없는 곳이어서, 할 수 없이 아이가 병신이 될 수밖에
없다. 그러나 생명에는 지장이 없게 하여 은혜를 갚도록 하겠다."라고
말했다. 그 뒤 과연 아이가 종두를 앓아 벙어리에 귀머거리가 되었지만,
성품이 착해 사람들의 칭송을 받았고, 글을 잘 했으며 부귀를 누리면서
환갑까지 살고 자손도 번창했다. 이 아이가 안흥군 숙이다.(安興君 埱 :
인평대군의 曾孫子임. 本文에 安興君 '瑛'으로 기록되었으나 잘못임)15)

이와 같이 노출된 해골을 묻어준 적선(積善)의 보은(恩報)에 의해 아들을
낳았고, 집터가 좋지 않아 농아(聾啞)로 되었었는데, 그것이 오히려 죽음을
면한 결과가 되었다는 운명론을 결부시켜 나타냈다. 이렇게 계속하여 뒤로
이어지는 사건에 대해 설화를 연결해 구성하는 것은 호기심을 자극하여 창
작 의욕을 북돋우는 결과가 될 수 있었다.

위 이야기에 나타난 사항을 표시해보면, '인평대군 → 복녕군 욱(福寧君
栯) → 의원군 혁(義原君爀) → 안흥군 숙(安興君埱)'으로 이어지는 4대에 걸
친 이야기가 된다. 그런데 재미있는 사실은, 노골(露骨)을 묻어준 사람은 인
평대군의 손자 의원군인데, 이 안편대군의 후손들을 더 이어 내려가 보면
다음과 같이 매우 홍미 있는 결과에 도달한다.

의원군 혁 → 안흥군 숙 → 진태(鎭台) → 병원(秉源) → 남연군 구(南延君
球) → 하홍선대원군응(興宣大院君 昰應) → 고종 희(高宗 熙)

이렇게 이어지는데, '남연군 구'는 영조(英祖)의 손자이며 정조(正祖)의
사촌인 은신군 정(恩信君禎)의 양자(養子)로 들어간다. 그래서 사람들은 남
연군을 영조의 증손자(曾孫子)로 알고 있으며, 이 남연군의 끝 아들이 바로
홍선대원군(興宣大院君)이고, 홍선대원군의 아들이 고종(高宗) 임금이다.

---

15) 一宗室 卽麟坪大君之孫也 年近四十……年過周甲 子孫至今圓吉 啞公子卽安興公埱
　　也(『東稗洛誦』 25번)

따라서 고종 임금을 영조 임금의 현손(玄孫)이라고 말하고 있는데, 사실은 인평대군의 핏줄이다. 그러니까, 고종 때 누군가가 인평대군으로부터 이어지는 이러한 줄기를 고찰해본 사람이 있었다고 하면, 다시 옛날의 노골(露骨)의 주인공인 꿈에 나타났던 그 노인 귀신과 득옥 귀신의 관계를 얽어, 또 하나의 명보(冥報) 관련 설화를 다시 구성했을 것으로 생각한다.

그러나, 아무도 위와 같은 인평대군 후손의 계보와 관련된 설화를 종합적으로 추적해보지 않아서, 고종이 기적적으로 임금 된 것에 대해서는 다음과 같은 묘지 관련의 별도 설화가 구성되기에 이르렀다.

(마)

홍선대원군 이하응(李昰應, 1820∼1898)이 헌종(憲宗) 기유(己酉, 1849)에 안성 청룡산(安城靑龍山)에 있는 부친 남연군(南延君)의 묘소에 성묘하러 가는데, 길가에 한 스님이 누워 일어나지 않았다. 종들이 가서 소리쳐서 꾸짖어도 움직이지 않기에, 홍선이 가까이 가서 보니 이승(異僧)같이 생각되었다. 그래서 부드러운 말로 얘기해 데리고 점사(店舍)로 가서 밥을 함께 먹으며 밤에 얘기를 하니, 이 스님은 풍수지리에 매우 밝았다.

이에 홍선이 부친 묘를 이장해야 하겠다고 말하니, 이튿날 스님은 같이 남연군 묘소로 가서 보고는 좋지 않다고 말하고, 한 곳에 왕이 날 곳이 있다면서 덕산 가야동(德山伽倻洞)으로 데리고 갔다. 그리고 거기에 있는 절 법당 뒤의 한 지점을 지시하고는, 이장할 날짜를 정해주면서 준비하라고 했다.

약속한 날 홍선이 관을 운반해 가니, 스님은 절 법당에 불을 질러 태우고, 타지 않은 구리 부처만 쇠망치로 부숴 골짜기에 묻었다. 그리고 지정한 자리에 남연군의 묘를 썼다. 이때 가야동에 오래 살고 있던 윤식(尹栻)이 와서 '왕기(王氣)'가 있다는 이 산에 묘를 쓸 수 있느냐고 항의하니, 스님은 남연군 역시 왕자왕손이니 상관없지 않느냐고 말하고 돌려보냈다.

이렇게 해 임자(壬子, 1852)에 고종(高宗)이 태어났고, 계해(癸亥, 1863)에 왕위에 오르니, 홍선이 대원군이 되면서 이후로 그 스님과 매우 가까

위졌으며, 그 묘를 다시 크게 만들고 각종 석물을 해 세웠다. 그리고 근처에 새로 보덕사(報德寺) 절을 지어 사치스럽게 시설을 꾸몄다. 이렇게 되니 오래 살았던 윤식은 세력에 밀려 그 곳을 떠났다.[16)]

이렇게 흥선대원군이 부친 묘소에 성묘하러 가다가 만난 이승(異僧)의 말을 듣고 남연군의 묘지를 옮겨서 임금이 될 아들 고종이 태어난 것으로 이야기를 꾸며놓았다. 이 얘기는 1886 - 1892 사이에 집필된 세압만록(鷄鴨漫錄)에 실려 있는데, 위에 인용한 얘기에 이어서 해인사의 보물을 그 스님이 훔쳐 가는 얘기와 또 남연군의 묘가 도굴 당했다는 얘기가 이어져 있다. 이 부분은 각주로 싣는다.[17)]

---

16) 憲宗己酉后 興宣君李昰應 往省于安城靑龍山親山 親山卽南延君墓也 行中適見道傍 有一僧偃臥不起 …… 興寅君李載元下來 知其无事 不復開壙 而上去令人寒心 掘變 无或碎佛之禍耶(『鷄鴨漫錄』乾)

17) 이후로 스님은 흥선 곁에서 대소사의 자문에 응했는데, 이 스님 이름이 정만인 (鄭萬人)이라고 하며, 왜승(倭僧)과 양승(洋僧)이라는 말이 있다. 이때 흥선이 그 스님에게 소원을 말하라 했는데, 스님은 해인사(海印寺)에 있는 팔만대장경을 인 판(印版)해 출간(出刊)하게 해달라 했다. 곧 흥선이 명령을 내려 팔만대장경을 인 판하는데, 경판(經板)을 모두 쌓아 놓았던 판각(板閣)에서 끌어내 먹을 묻혀 인쇄 하게 되니, 결국 경판 쌓았던 건물이 비게 되었다. 이때 스님은 가운데 건물이 비었을 때 그 안에 들어가서, 땅바닥을 파고 애초에 그 속에 묻어두었던 보물인 ‘해인(海印)’을 꺼내 훔쳐 달아났다.
이 스님이 본래 해인사의 보물인 ‘해인’을 훔치려고 했는데, 경판들이 가득 쌓여 있어 바닥을 팔 수가 없어서, 흥선을 대원군이 되게 해 경판 인쇄를 핑계로 다 들어내게 하고, 들어가 땅 속의 ‘해인’을 훔치려고 계획을 세운 것이었다. 이 ‘해 인’은 그것을 가지면 신통조화(神通造化)의 재능을 부릴 수 있는 보배인데, 해인 사에 언제 들어왔는지는 알 수 없고, 경판은 신라 지장왕(智藏王) 때 바다를 건너 들어왔다고 한다.
전설에는 ‘해인’이 묻혀 있었을 때에는 판각 건물에 새가 배설물로 더럽히는 일 도 없었고, 거미가 줄을 치지도 않았으나, ‘해인’을 훔쳐간 후로는 그렇지 않았 다고 했다. 가야산은 호중(湖中) 명산인데 흥선이 천장(遷葬)할 때와 고종이 탄생 할 때, 그리고 고종이 등극할 때 울음소리가 났다고 한다. 무진(戊辰, 1868)의 사 건 전에도 울었다고 하는데, 이해 4월에 서양(西洋) 도적들이 배를 타고 구만포 (九萬浦)로 들어와 이 흥선 선친 무덤을 도굴해 갔다.
도굴 당한 후 다시 무덤을 만들 때 관이 어디로 가고 없었는데, 일하는 사람들이 그냥 봉분을 만들어 아무 일 없는 것으로 보고했다고 한다. 홍인군 이재원(興寅

5. 소재를 이용해 다시 구성

앞서 기술된 설화 또는 중국 이야기 속에 표현된 시구(詩句)나 특수 소재를 끌어와서 독자들의 정서에 맞게 재구성해 놓은 작품이 있다. 먼저『서곽잡록(西郭雜錄)』에 실린 설화 한 편을 제시한 다음, 어떤 부분을 왜 바꾸었는지를 보고자 한다.

(가)

구봉서(具鳳瑞, 1597∼1644)가 전라도 관찰사로 갔을 때, 나주(羅州)의 한 사람이 아내를 죽였다는 옥사가 있었는데, 주장이 엇갈려 해결되지 못하고 의옥(疑獄) 사건으로 남아 있었다. 하루는 달밤에 구 감사가 뜰을 거닐다가, "아름다운 오동나무에 몸을 기대어 함께 달빛을 완상하다.(徙倚奇桐同翫月)"라는 글귀를 지었다.

그리고 아무리 생각해도 거기에 대한 대구(對句)가 생각나지 않아 고심하고 있는데, 갑자기 한 여자가 "등불을 밝히고 누각에 올라 각기 시를 짓는다(點燈登閣各成詩)라고 하면 되지요." 하면서 지나가는 것이었다.

'倚 → 奇, 桐 → 同'으로 변을 줄여 글자 형태를 바꾸어서 대조를 이룬 것에 대해, 역시 '燈 → 登, 閣 → 各' 등으로 줄인 글자를 이용해 절묘한 대구를 이루었다. 구 감사는 정신이 황홀해 방에 들어와 술을 한 잔 마시고 마음을 진정해 자리에 누웠다.

이때 문 밖에서 한 여자가 말했다. "저는 조금 전 시구를 지어 드린 여자인데, 원통한 일이 있어서 호소하려고 합니다. 앞서 다른 관장에게는 호소하려고 하면 놀라 기절하기 때문에 호소하지 못하고 있었는데, 대감께서는 정백(精魄)이 뛰어나시어 조금 전의 시구에 감응함이 있어서 아뢰려고 합니다. 허락해 주십시오."

君李載元)이 와서 보고도 무사한 것으로 알고 돌아갔다고 하니 한심한 일이다. 이렇게 도굴의 사고가 있은 것은 혹시 앞서 구리 부처를 부숴 버린 일에 의한 재화(災禍)가 아닌지 알 수 없다(앞 註와 같음).

이렇게 말하고 원귀(冤鬼)는 자기의 억울한 사정을 다음과 같이 호소했다.

이 여자는 남편과 함께 나주의 사족 집안 사람이었다. 친정에 있을 때 하루는 밤에 '點燈登閣各成詩'라는, 앞에서 여자가 지었던 그 시구를 읊으면서, 남편에게 대구(對句)를 지어보라고 했다. 그러나 남편은 대구를 짓지 못하고 부끄러워하다가,

"내 절에 가서 더 공부해 당신 시구의 대구를 지을 수 있을 때 내려오겠다." 하고는 이튿날 절로 떠났다.

남편이 절에서 공부하는데, 친구들이 신혼에 왜 절에와 이렇게 있느냐고 물어서 남편은 사실 얘기를 친구들에게 들려주었다.

이때 다른 방에 있던 한 선비가 이 얘기를 엿듣고 밤중에 몰래 여자의 집으로 달려와, 여자 종을 불러서 이제 시의 대구를 지었다고 말하고 대문을 열라고 해 여자의 방으로 들어왔다. 그러고는 불을 켜지 못하게 하고 급하게 동침을 요구하는 것이었다. 남자의 하는 행동이 아무래도 수상해서 여자가 거절하니까, 남자는 곧 여자를 칼로 찔러 죽이고 달아나 버렸다.

이렇게 되니 여자의 친정 집에서는 여자 종들의 말을 듣고 밤에 사위가 왔다간 것으로 알고 고발해서, 남편은 살처자(殺妻者)가 되고 말았고, 지금까지 해결되지 못한 의옥 사건으로 남아 있게 된 것이었다.

이 예기를 들은 구 감사가, "그 범인을 어떻게 알아내나?" 하고 물으니, 여인은 "백일장을 개최해 대감께서 지으신 그 '徙倚奇桐同翫月' 시구를 제목으로 내걸고 거기에 대구를 지으라고 하면, 저를 죽인 그 사람이 제가 지은 시구인 '點燈登閣各成詩'를 대구로 쓸 것입니다. 그러면 그 사람을 잡아 문초하시면 됩니다."라고 말했다.

구 감사는 여인이 말해준 대로 해 백일장을 개최했고, 그래서 그 시구를 쓴 사람을 잡아 범인을 밝힐 수가 있었다. 그리고 구속되었던 여인 남편이 풀려나 두 사돈 집안에 오해가 풀려 서로 붙잡고 울었다.[18]

위와 같은 우리나라 이야기에 소재를 제공한 설화는 중국 이야기이다.

---

18) 具監司鳳瑞 按湖南時 羅州有夫殺妻 疑獄積年未決……於是 翁扶其壻 父扶其子 查頓解仇 相握而泣(李文興, 『西郭雜錄』 21번)

그 설화는 중국 송(宋)나라 때 포청천(包靑天)으로 알려져 있는, 포증(包拯) 관련 설화를 모아 엮은『포공기안(包公奇案)』제31화로 실려 있다. 내용을 요약해 보면 다음과 같다.

(ㄱ) 허주 임안현(許州臨安縣)에 사는 사이(査彝)라는 선비가 장가가니 신부가 "등불 밝히고 누각에 올라 각각 공부한다(點燈登閣各攻書)"라는 시를 짓고, 여기에 대구를 지어야 동침하겠다고 했다. 신랑은 생각이 안 나 부끄러워 뛰쳐나가 학궁(學宮)으로 돌아가니, 친구들이 왜 첫날밤에 나왔느냐고 물었다.

(ㄴ) 친구들에게 신부와의 사이에 있었던 일을 말해주니, 정정(鄭正)이 란 학동이 듣고, 바로 뛰어나와 그 신부에게 가서 동침을 요구했다. 신부는 신랑을 쫓아 미안하던 차에 신랑이 다시 왔다고 생각하고, 남자가 하자는 대로 응해 잠자리를 흡족하게 가졌다.

(ㄷ) 그러고 정정은 새벽에 나갔는데, 아침에 진짜 신랑이 신부에게로 돌아오니, 신부가 밤에 다녀간 사실을 얘기하므로 신랑은 그런 사실이 없다고 말했다. 이에 신부는 곧 누구에게 몸을 더럽혔다고 생각하고 목을 매 자결했다.

(ㄹ) 경력(慶歷) 8년(1048) 8월 보름에 포공(包公)이 임안현에 와서 오동나무 밑에 의자를 내놓고 앉자 달구경을 하며, 시구 "의자를 옮겨 오동에 의지해 함께 달구경을 하네(移椅倚桐同玩月)」란 구절을 짓고 대구가 생각나지 않았다. 얼마 후에 방에 들어가 잠드니 한 젊은 여자가 와서, "그 시구의 대구는 '點燈登閣各攻書'라 하면 되지요.」라고 말하고 가는 것이었다.

(ㅁ) 포공은 생도들 시험에 '移椅倚桐同玩月'의 제목을 내고 글을 지으라 하니, 한 생도가 '點燈登閣各攻書'로 대구를 짓기에, 불러 와 누가 지어준 것이냐고 물었다. 이 사람은 바로 앞서의 신랑 사이(査彝)였고, 신부가 지은 시구라는 것과, 또 신부의 죽은 이야기를 다 들려주었다.

애기를 들은 포공이 "생도 중에 짓궂은 짓 잘 하는 사람이 있느냐?"고 물어서, 정정(鄭正)을 지목하기에, 포공은 정정을 엄하게 문초해 범죄 사실을 밝혀 처단했다.

앞서 우리 설화는 이 중국 포공 이야기에서, 첫날밤에 다른 남자에게 의심도 하지 않고 몸을 허락한 (ㄴ)의 여인 행실 부분을 우리 정서에 맞지 않는 것으로 보아 바꾸었다. 그리고 정조를 잃은 뒤에 자결한 (ㄷ)은, 후에 사건이 해결되었을 때도 정조를 잃어서 열녀로 포양(褒揚) 되지 못하기 때문에, 의미 없는 것으로 생각하여, 정조를 지켜 값진 죽음을 한 것으로 바꾸어 놓았다.

그리고 사건 해결 부분이 우리 정서에 맞지 않는다고 보았다. 시험을 실시해 범인을 바로 잡지 않고 간접적으로 신랑의 얘기를 듣고 범인을 문초한다는 것은, 심증(心證)만으로 자백에만 의지해야 한다는 불확실성이 내포되어 있다. 범인 자신이 쓴 시구(詩句)의 확실한 증거가 있어야 한다는 용의주도한 면이 결여되어 있는 것이다. 이는 명쾌한 것을 지향하는 우리 민족의 감정에 맞지 않는 것이다.

또 큰 사건의 해결인데도 감동 없이 끝맺은 결미(結尾) 구성이 우리 정서에 맞지 않았다. 옥에서 석방된 아들과 사위를 붙잡고 소리쳐 우는 화끈한 감동이 있어야 했다.

뿐만 아니라, 대구(對句)에 있어서도 ‘椅 → 倚, 桐 → 同’과 ‘燈 → 登, 閣 → 各’으로, ‘椅 → 倚’라는 부분이 반 조각이 아니어서 완벽한 대를 이루지 못하고 있는 것도, 철저한 것을 추구하는 우리 민족 정서에서는 불만이었다. 이런 면의 불만족스러운 점 때문에 소재를 빌어 새로 완벽하게 구성한 것이다.

6. 결 어

고소설의 형성에는 문헌설화가 큰 기여를 했다. 그렇지만 일단 소설로 형성된 뒤에는 소설로서의 독자적인 위치를 점하게 된다. 고소설을 연구하면서 문헌설화와의 관계를 논의하는 것은, 그 문헌설화가 어떠한 동기에서 고소설에 영향을 끼쳤고, 그 문헌설화는 형성된 고소설에서 어떠한 자리를 차지하고 있으며, 이것이 들어감으로써 소설이 어떠한 가치를 갖게 되었는가 하는 것에 의미가 있다.

모든 문화는 상호 유전(流轉)하면서 발전하기 때문에, 완전한 독창 문화란 사실상 있을 수 없다. 그런 속에서도 특히 우리의 고소설과 설화는 불가분의 관계를 가지고 발전하여 왔는데, 이 유기적인 관계가 분명히 우리 고소설 발전에 긍정적인 영향을 미쳤다고 생각한다.

설화가 고소설에 지대한 영향을 미쳤다고 보아, 본고에서는 먼저 설화 발전 과정의 한 부분을 고찰해 보려고 한 것이다. 설화가 발전하는 과정은 다양하지만, 그 중에서 이미 형성되어진 설화를 중심으로 개변(改變) 전이(轉移)에 의해 새로운 설화가 구성되어지는 경우를 고찰했는데, 실제 예를 든 작품에서 보는 바와 같이 매우 중요한 면을 엿볼 수가 있었다.

첫째로 간단한 이야기나 사실 기록에 흥미 요소가 첨가되고 시대적 관심사가 부연되면서 매우 재미있는 새로운 설화가 탄생됨을 볼 수 있었다. 다음은 설화를 통하여 작자의 어떤 의도를 반영하려고 하는 면에서의 새로운 설화 구성을 볼 수 있었고, 또 나아가 계기적(繼起的)으로 일어나는 사건을 쫓아서 새로운 설화가 창작되어짐을 보았다. 그리고는 옛날 선비들의 관심사였던 시구(詩句)나 관용어 등의 소재를 빌려와 새로운 감각으로 이야기를 재구성하는 경우도 고찰했다.

여기에서는 매우 적은 일부분의 설화를 대상으로 하여 대표적으로 고찰하였지만, 수많은 설화 자료 속에는 이상에서 고찰한 경우에 해당하는 예를 얼마든지 많이 발견할 수 있다는 점을 강조해 둔다.

참 고 문 헌

金起東, 『韓國文獻說話全集』(東國大 韓國文學硏究所, 1981)

鄭明基, 『韓國野談資料集成』(古文獻研究會, 1987)

蘇在英・朴湧植, 『韓國野談史話集成』(泰東)

柳夢寅, 『於于野譚』

洪萬宗, 『洪萬宗全集』(太學社, 1980)

『大東野乘』, 『稗林』, 『古今笑叢』

『太平廣記』, 『包公奇案』

金鉉龍, 『한국문헌설화』(建國大出版部, 2000)

제 2 부

阿娘型說話 再論

金基鉉[*]

차 례

1. 머리말
2. 阿娘型說話의 構造와 系列
3. 女性型 說話의 性格
4. 男性型 說話의 特徵
5. 結 論

* 순천향대학교 명예교수

1. 머리말

이 글은 廣布說話인 鬼神說話와 小說의 關係를 다루고 있는 만큼, 우선적
으로 귀신에 대한 概念부터 規定해놓아야 순서인 줄 안다. 종래 先人들의
鬼神說이나 民間人의 鬼神觀에 대하여는 이미 朴晟義교수가 다방면으로 文
獻을 섭렵하여, 우리 조상들의 귀신관의 共通點을 抽出해놓은 바가 있다.[1]
이 論文의 要點을 들어보면 다음과 같다.

① 人間을 비롯하여 生物은 물론, 無生物까지도 죽거나 또는 缺損 破壞
　되고 낡아지면 그 精靈은 鬼가 된다.
② 鬼神이란 것은 氣의 凝結體로서 陽氣는 상승하여 伸者(往者) 즉 神이
　되며, 陰氣는 下降하여 歸者(來者) 곧 鬼가 된다.
③ 귀는 즉 陰의 靈으로 광명을 기피하며 夜暗을 좋아하고, 강자보다는
　약자를 침범한다.
④ 인간에게 가장 교섭이 많은 것은 鬼와 魄인데, 위령을 잘하면 소멸하
　고 불충실하면 災禍를 일으킨다.
⑤ 魂과 神은 善者로서 귀와 백을 지배할 수 있는 존재이며, 불행한 인
　간이 기도하는 의뢰적 대상이 된다.

그런데 이러한 귀신관 내지 神明에 관한 사상은 古小說에 많이 나타나고
있음을 볼 수 있다. 판소리系 小說인 「沈淸傳」이나 「春香傳」에도 등장인물의
대화에 '귀신·神之靈矣·列位神明' 따위의 말이 자주 나타나거니와, 「萬福
寺樗蒲記」나 「李生窺墻傳」·「雲英傳」·「薔花紅蓮傳」·「仁香傳」·「達川夢遊
錄」 등 고소설에는 산 사람이 女鬼의 변신과 雲雨의 정을 나누고, 冤鬼가 나

---

1) 박성의, 「古代人의 鬼神觀과 國文學」, 高麗大 『人文論集』8輯, 1967.

타나 울며 하소연하거나, 公廳에 출현하여 伸冤하기도 한다.[2] 이 밖에도 『殊異傳』의 逸文으로 崔致遠(太平通載), 首揷石枏(「大東韻府群玉」권8), 竹筒美女(同권9), 『三國遺事』에 수록되어 있는 桃花女鼻荊郎(권1), 太宗春秋公(同), 處容郎望海寺(권2), 駕洛國記(同), 圓光西學(권4), 密本摧邪(권5) 등이 그런 것이다.

이와 같이 고대인의 귀신사상과 국문학과는 깊은 관계가 있는 것이다. 글은 우리나라의 귀신신원설화의 한 갈래인 阿娘型說話를 두루 살펴, 이것을 系譜化하는 동시에, 女性型과 男性型의 차이점 내지 특징을 밝혀보려는 것이 주목적이다.

근자에 고소설의 根源說話를 탐구하는 학자가 늘어가는 傾向인 바, 소위 판소리계 소설의 근원설화에 대하여는 어느 정도 整理가 되어 있다. 그러나 비판소리계 소설에 대해서는 필자의 과문한 소치인지는 모르나 현재까지 그 業績이 零星하기 이를 데 없다. 따라서 이 글은 또한 비판소리계 소설의 근원설화 탐색의 일환으로 試圖된 것이다.

2. 阿娘型說話의 構造와 系列

여기서 말하는 아랑형설화란 冤鬼가 公廳에 나타나거나 사람의 꿈에 나

---

2) 김기현, 「阿娘型說話考」, 『새국어교육』14 · 15 合, 1970.12.
　　김기현, 「金時習의 金鰲新話」, 『讀書新聞』, 독서신문사, 1971.5.9. 「김시습의 金鰲新話」(재수록), 『韓國古典에의 초대』, 독서신문사, 1972.5. 『韓國文學論攷』, 一潮閣, 1972.10.
　　김기현, 「薔花紅蓮傳의 形成」, 『한국문학논고』, 일조각, 1972.10.
　　김기현, 「薔花紅蓮傳의 한 異本—高大本 장이홍연전에 대하여」, 『語文論集』14 · 15 合, 고려대, 1973.7.
　　김기현, 「尹繼善의 達川夢遊錄 研究—登場人物의 出身分析을 중심으로」, 『순천향어문논집』3 · 4 合, 1997.12. 「尹繼善의 達川夢遊錄 研究(재수록)」, 『韓國古典文學論叢』, 한국문화사, 1998.4.
　　김기현, 「李生窺墻傳 考」, 『한국고소설강독』, 우리문학연구소, 1998.2.
　　김기현, 「雲英傳論」, 『한국고소설론』, 우리문학연구소, 1998.8.

타나서(현몽) 伸寃하는 설화를 의미하는 것으로서 혹 公廳出現說話라고도 불린다. 이것은 孫晋泰가 『朝鮮民族說話의 硏究』에서 최초로 '아랑형전설'이라 명명한 바 있다.[3]

먼저 이 설화의 類型別 特徵을 들어본다.

　① 官舍에 원귀가 항상 출현하여 橫死事件과 재앙이 일어난다는 것
　② 담력있는 최후의 한 사람이 寃女(혹은 寃男)를 위하여 복수 또는 雪
　　寃해준다는 것
　③ 그런 다음이면 원혼이 다시 출현하지 않아 平和가 持續된다는 것

이와 같이 아랑형설화의 모티프는 공식화하여 있음도 한 상식이다.

이제 論理展開의 필요상 인구에 오르내리는 아랑형설화를 하나 예시해 본다.

　　옛적 明宗 때의 일이었다 한다. 密陽府使에게는 阿娘이란 열아홉 살 난 어여쁜 딸이 하나 있었다. 그녀는 어려서 어머니를 여의고 乳母와 같이 있게 되었는데, 그 용모의 아름다움으로 그 부근 일대에 평판이 자자하였다. 그런데 부사 밑에서 일보고 있던 젊은 官奴 하나가 있어, 아랑의 美貌에 혹하여 연모의 불길이 타올라 마음을 억제할 수 없었다. 그는 아랑의 유모를 많은 돈으로 매수하기로 하였다.

　　어느 달 밝은 보름날 저녁, 유모는 아가씨에게 달구경도 하고 바람도 쏘일 겸 놀러 나가자고 유인하였다. 그녀도 생각이 있던 차라 쾌히 승낙하였다. 그리하여 유모와 더불어 청천명월을 바라보면서 嶺南樓 앞 뜰까지 걸어왔다. 달빛 어린 영남루 일대의 아름다운 경치를 이리저리 완상하고 있을 때, 유모가 살짝 빠져나간 사이에, 미리 약속하고 숨어 있던 관노는 별안간 아랑에게 덤벼들었다. 그녀는 죽을 힘을 다하여 그놈에게 반항하였다. 관노는 아랑의 완강한 저항에 어떻게 할 수가 없었던지, 그만 엉겁결에 칼을 빼어 찔러 죽이고 말았다.

---

3) 孫晋泰, 『朝鮮民族說話의 硏究』, 을유문화사, 1947. 39면.

이 무참한 아랑의 죽음을 아는 자는 兩人 외에는 아무도 없었고, 밀양 부사도 딸의 行方을 알려 하였으나 알 수가 없었다. 그 후 부사는 다른 곳으로 체직되고, 그 後任으로 여러 차례 부사가 도임했으나 어찌된 영문인지 그 이튿날 아침에는 죽고 죽고 하는 것이었다. 이 괴상한 事件이 계속해서 일어나므로 밀양부사로 가려는 이가 없었다.

그때 어떠한 분이 이 이야기를 듣고 밀양부사를 自願하였다. 나라에 서는 걱정하던 판이라 쾌히 승낙하였다. 부사는 관노에게 불켜는 초를 많이 구해들이게 하였다. 그리하여 밤이 되자 촛불을 사방에 대낮같이 켜놓고 잠을 자지 않고 있었다. 밤이 깊어오자 갈갈이 찢어진 옷을 입은 데다가 피투성이로 머리를 풀어헤친 한 처녀가 나타나 부사에게 공손 히 예를 하고는 이르기를, '제가 원하는 바가 있어 말씀드리고자 가까이 하면, 어찌된 일인지 부사가 혼돈하여 죽곤 하여 말씀드리지 못했습니 다'하면서 자기가 죽은 顚末을 자세히 말하고, '내일 흰 나비로 화하여 원수의 갓에 앉을 터이니 꼭 원수를 갚아 달라'는 말을 남기고는 사라 져버렸다.

오랫동안의 수수께끼를 비로소 알게 된 부사는 영남루 밑 대밭에 가 보았다. 과연 무참히도 칼에 맞아 죽은 처녀의 사체가 있었다. 그 이튿 날 부사는 관노들을 모아놓고 부임한 첫인사를 하고 있을 때, 어젯밤 유 령의 말대로 흰 나비 한 마리가 날아오더니 한 관노의 갓에 앉는 것이 었다. 부사는 그를 잡아 문초를 한 바 사실이 드러났으므로, 사형에 처 하여 아랑의 원수를 갚아주었다. 이런 일이 있은 후로는 부사가 죽는다 는 기이한 사건은 전연 없었다고 한다.4)

이상이 아랑형설화의 典型的 스타일이다. 이런 설화는 우리나라 각 지방 에 散在하여, 『靑邱野談』에도 同系의 설화가 보인다.

옛날에 密陽수령이 중년에 상처하였는데, 그에게는 다만 소실과 며느 리, 그리고 결혼하지 않은 딸이 있을 뿐이었다. 딸은 태어난 지 겨우 몇 개월만에 어머니를 잃고 유모 손에서 자랐으므로, 유모를 어머니처럼

---

4) 최상수, 『韓國民間傳說集』, 통문관, 1958, 187~189면.

따랐다. 유모와 별당에서 거처하였는데 밀양수령의 이 딸사랑은 유별났다.

그런데 어느 날 갑자기 딸아이가 유모와 함께 온데간데 없이 사라져 버렸다. 읍내 촌락과 마을을 두루 살펴보았으나 그들 모습은 찾을 수 없었다. 밀양수령은 놀라 정신을 잃더니, 狂症이 크게 일어나 껄껄 웃기도 하고 마구 떠들어대기도 하다가 소리지르며 뛰어다니는지라, 부득이 遞職하고 서울로 돌아왔는데, 이로 말미암아 곧 죽었다.

그 후 밀양수령을 새로 제수받은 자들은 도임하는 그 날로 모두 죽었다. 서너 수령이 매번 이같은 죽음을 당하니, 사람들은 모두 밀양관가를 凶家로 보고 여러 방법으로 밀양수령자리를 피하려고 하였다. 아무리 밀양수령을 임명하려 하여도 가기를 원하는 사람이 없는지라, 조정에서는 이 일을 크게 근심하였다. 모일에 朝參令을 내려 文官·蔭官·武官 등 모든 관리와 전에 관직을 가지고 있던 사람들을 대궐 안에 모두 집합시켜 자원자를 모집하려 하였다.

그때 한 무관이 있었는데, 그는 禁軍으로 오래 근무하다, 武臣兼宣傳官을 역임하여 가까스로 6品에 오르자마자 어버이의 喪을 당해 관직에서 떨려난 지 20여 년이 된 사람이었다. 나이가 60에 가까웠는데 춥고 배고픈 것이 뼈에 사무쳤으며, 한 벌의 옷으로 10년 동안 살았고, 사나흘 만에 한 끼 밥 먹는 것도 간신히 할 수 있을 정도였다. 이런 까닭에 문 밖을 나서지 못한 지도 오래였고, 소위 名士 宰相 중에 얼굴을 아는 사람은 하나도 없었다.

그는 밀양수령의 이야기를 듣고 자기 아내에게 말했다.

"내가 자원하고 싶은 마음은 절실하나, 죽는 것이 두려워 감히 마음먹을 수 없구려!"

아내가 말하였다.

"죽는 것은 매한가지입니다. 무엇을 두려워하십니까? 비록 도임한 날 죽는다 할지라도, 그래도 오히려 太守라는 명예는 얻은 것이요, 요행히 죽지 않는다면 그 얼마나 천만다행한 일이 아니겠습니까? 주저하지 마시고 반드시 자원하십시오."

무관은 아내 말이 이치에 맞다고 생각하였다. 조참령에 따라 대궐에 가서 남보다 먼저 반열에서 나와 아뢰었다.

"소신이 비록 재주는 없으나 그곳에 가기를 원하나이다."

임금이 가상히 여겨 政案을 열어 單付하니 당일로 조정에 작별인사를 하였다. 무관이 집으로 돌아와 걱정하며 탄식하였다.

"비록 당신 말에 따라 자원하기는 했지만, 나는 반드시 죽게 될 것이오. 나는 그래도 태수이름이라도 얻을 수 있으니 죽어도 진실로 한이 없으나, 집안식구들에게는 무슨 의미가 있겠소! 이제 永訣하려니 어찌 애통하지 않겠소?"

부인이 말하였다.

"이전 수령들이 죽은 것은 모두 당사자의 운명일 뿐입니다. 귀신이 어찌 사람을 죽일 수 있겠습니까? 제가 비록 여자지만 그 일을 감당할 수 있을 것 같으니, 부임길에 저와 동행하는 것이 어떻겠습니까?"

드디어 안사람을 거느리고 행장을 꾸려 출발하였다. 邑界에 도착하니, 소위 관속들이 차례로 現身하였다. 그들 낌새를 보아하니 그를 五日京兆로 인식하고서, 공경하고 삼가는 뜻은 전혀 없고 얼굴을 찡그리는 기색이 역력히 드러났으며, 안사람이 내려온 것을 더욱 두통거리로 여기는 기색이었다.

관아에 들어가니 내외 관사가 전혀 수리되어 있지 않았다. 허물어진 벽, 깨진 구들장 등 눈에 띄는 것이 온통 심란하여 정신을 어지럽혔다. 황혼 무렵이 되자 通引과 及唱輩들이 모두 수령에게 아뢰지도 않고 물러났다. 관아는 마침내 텅비어 한 사람도 없게 되었다. 부인이 말하였다.

"오늘밤은 실로 두려울 것입니다. 서방님께서는 모름지기 內衙에 들어가 거처하십시오. 제가 남자옷으로 갈아입고 관사에 앉아 동정을 살펴보겠습니다."

수령의 아내는 마침내 촛불을 밝히고 혼자 앉아 있었다. 三更에 이르자 갑자기 一陣陰風이 어디에선가 불어와 촛불이 明滅하고 한기가 뼈에 사무쳤다. 조금 후 방문이 저절로 열리더니, 어떤 한 처녀가 온 몸에 피를 흘리고 머리는 풀어헤친 채 발가벗은 몸으로 손에 朱旗를 들고 섬광같이 방안으로 들어왔다. 부인은 당황하지도 놀라지도 않으며 말하였다.

"너는 필시 풀지 못한 원한이 있어 호소하러 왔을 것이다. 내가 마땅히 너를 위하여 원수를 갚아줄 것이니, 모름지기 조용히 기다릴 것이요, 다시는 나타나지 말지어다!"

처녀가 삼가 사례를 하고 나갔다.

"귀신이 조금 전에 이미 왔다 갔으니 이제 두려워하실 것 없습니다. 바깥 관사에 나가 주무시도록 하십시오."

수령은 비록 몹시 두려웠으나, 부인의 거동을 보고는 할 수 없는지라 마음을 대담하게 먹고 東軒으로 나가 누웠다. 이리저리 뒤척이며 잠들지 못했는데, 하늘이 밝아질 무렵이 되자 문 밖에 인적이 많아지고 말소리가 洶洶하였다. 穴窓으로 엿보니, 그들은 바로 군교·아전·관노·사령·통인배 들이었는데, 어떤 사람은 멍석을 가지고 있었고 어떤 사람은 빈 가마니를 안고 있었다. 서로 모여 짝지어 이야기를 나누며 뜰 안을 가득 메우고 있었다. 그들이 서로 미루며 말하였다.

"네가 먼저 관사에 올라가 문을 열어라."

서로 바라다보며 눈치만 살필 뿐 아무도 먼저 올라가려 하지 않았다. 수령이 곧 의관을 바르게 하고 앉아 창을 밀며 말하였다.

"무슨 일이 있길래 이같이 흉흉한고? 가슴에 품고 손에 들고 있는 것들은 무슨 물건인고?"

아전배들은 크게 놀라 神人이 하강한 것이라고 여기고 창황히 달아나 피하였는데, 꼭 새와 짐승이 흩어지는 것 같았다. 그들이 곧 기러기나 집오리처럼 열지어 서서 공손히 절을 하자, 수령은 마침내 어제 숙직들지 않았던 놈들의 죄를 다스렸다. 首鄕과 首吏를 모두 내쫓고, 호령을 엄하고 밝게 하였다. 법으로 다스림이 질서정연하니 관속들은 두려워하여 감히 소리도 내지 못하였다.

그날밤 안에 들어가 부인에게 어젯밤 있었던 일을 물으니, 부인이 그 일을 낱낱이 말하였다.

"이는 분명 아무개 수령딸의 원혼일 것입니다. 필시 흉악한 놈의 손에 억울하게 죽었을 것인데, 세상사람들이 아무도 이 사실을 알지 못하고 도망간 것으로 알고 있는 것입니다. 그러니 모름지기 아무도 모르게 염탐하여, 만약 이름이 '주기'인 자가 있거든, 여러 말 마시고 엄한 형벌로 심문하여 공술을 받으십시오."

수령은 고개를 끄덕였다.

다음날 朝仕가 끝난 후 우연히 將校案을 살펴보니, 本廳 執事 중에 '周基'라는 성명을 가진 자가 있었다. 바로 그 즉시 관아 뒤에 威儀를 크게 베풀고 刑杖을 많이 갖추어놓은 후, 즉시 명령을 내려 주기를 잡아들였다. 흑백을 불문하고 곧장 결박하여 큰칼을 채워 형틀 위에 오려놓으니, 온 읍내 사람들이 놀라고 이상히 여기지 않는 자가 없었으나, 무슨 연고인지는 알지 못하였다. 수령이 이내 물었다.

"아무개 수령의 아기씨 거처를 너는 반드시 알 것이니, 형장이 가해지는 것을 기다릴 필요없이 하나하나 곧이 곧대로 불지어다!"

이 수령은 도임한 날 죽음을 면했던 까닭에, 사람들은 수령을 神明처럼 두려워하였으니 누가 감히 터럭 하나라도 속이고 은폐하리오. 하물며 이놈은 자신이 중한 범죄를 저질렀는지라, 사람들이 비록 알지 못한다 하더라도 마음으로는 항상 불안하였다가, 잡아들이라는 명을 듣고는 정신이 나가 얼굴이 흙빛으로 변했다. 감히 숨기려는 꾀를 내지 못하고 전후 곡절을 하나하나 상세하게 아뢰었다.

아무개 수령 행차가 嶺南樓를 보려고 나갔다 올 때, 이놈이 틈으로 행차를 엿보고 십분 정욕이 생겼었다. 또 그 처녀에게는 단지 유모 한 사람만이 있는데 함께 별당에 거쳐하며, 유모를 친어머니처럼 의지하여, 유모의 말이면 반드시 따른다는 소문을 듣고, 그놈은 드디어 재물을 많이 써서 유모와 두터운 교분을 맺은 뒤, 처녀를 꾀여 모처에 오게 하면 마땅히 千金으로써 보답하겠노라고 유모와 약속하였는데, 모처는 바로 내아 후원에 있는 竹樓였다. 죽루는 몹시 구석진 곳에 있는지라 내아와는 현격하게 떨어져 있었다. 죽루 아래 대나무숲이 십여 頃 있었는데, 이전부터 부녀자들이 종종 나가 즐기던 곳이었다. 유모가 재물을 탐내 드디어 처녀를 데리고 죽루 위에서 달을 감상하였다. 그놈이 대나무 숲 속에 몸을 숨기고 있다가, 갑자기 뛰어나와 곧바로 처녀 허리를 껴안고 대나무숲 깊은 곳으로 숨어들어가 강제로 더럽히려고 하였다. 그러나 처녀는 울부짖으며 끝내 말을 듣지 않으니, 그놈은 일이 이 지경에 이르렀으니 죽기는 매일반이라고 생각하고, 드디어 차고 있던 칼을 빼어 처녀를 찔러 죽였다. 또 유모를 죽이지 않으면 일의 기미가 쉽게 탄로날 것이라고 생각하여 유모도 잡아 찔러 죽였다. 그리고는 양쪽 겨드랑이에 시체 하나씩을 각각 끼고 담을 넘어 밖으로 나가 관가 主山의 인적이 이르지 않는 곳에 암매장하였으며, 지금까지 여러 해가 지났는 데도 이 일을 아는 사람이 아무도 없었던 것이다.

수령이 사유를 갖추어 감영에 보고하고, 그 날로 주기를 때려 죽였다. 처녀시체를 파내어보니 얼굴색이 살아 있는 것 같았고, 혈흔이 낭자하였다. 의복과 관을 다시 갖춰 殮襲하고 본댁에 연락하였다. 시체를 마주 들고 나가 선산 옆에 장사지낸 뒤, 죽루를 부숴버리고 대나무숲을 베어 버렸다.

이로부터 읍이 드디어 무사하게 되었고, 태수기 神明하다는 칭송이 온 세상에 떠들썩하게 전해졌다. 이로부터 누차 변방의 防禦使와 兵使·水使로 옮겨다니다, 평안도 통제사에까지 이르렀다. 이르는 곳마다 이전의 명성이 자자하니 명하지 않아도 행해지고, 위의를 갖추지 않아도 엄하여, 감히 속이고 숨기는 자가 없는지라 이르는 곳마다 잘 다스렸다고 한다.[5]

이 아랑계의 설화는 중국설화상에 보편화한 것인 바, 중국설화에는 아랑이 '解娘'으로 되어 있다. 고래로 우리의 설화는 중국설화의 영향을 많이 입었으므로 양자의 女名 사이에 있어서도 전승관계가 있지 않은가 의심하는 분도 있다.

중국의 아랑형설화로는 北齊 顔之推의 『還寃記』나 唐 李 綽의 『尙書故實』, 晋 干宝의 『搜神記』 등 허다하다. 그 중 우리 것과 가장 유사한 것은 宋代 洪邁의 『夷堅志』와 李昌齡의 『樂善錄』에 보이는 解三娘의 전설이다. 이 밖에도 元曲으로서 關漢卿의 『竇娥寃』 등이 있다.[6]

필자가 현재까지 조사한 바로는 우리나라의 문헌설화 및 구비설화 중 아랑형설화에 넣을 수 있는 것은 약 40종이었다.

이들 설화가 발생한 年代를 고증한다는 것은 현재로서는 불가능에 가깝다. 그 이유로서는 설화란 고정불변의 것이 아니라 流動性과 可變性이 있기

---

5) 『靑邱野談』 권 1 雪幽寃夫人識朱旗條.

6) 車相轍, 『中國文學史』 東國文化社, 1758, 李家源, 『中國文學史潮史』, 一潮閣, 1959.

로이다. 따라서 문헌에 정착된 것이라 하더라도 그것은 다분히 外來的인 요소가 없지 않고, 또 정착되기 훨씬 이전에 항간에 유전되었던 것임을 잊어서는 안 되기 때문이다.

이제 필자 나름의 推論이 허용되는 범위내에서 그 발생연대를 살펴본다면, 우리나라 아랑형설화의 최고의 것은 「長春郞・罷郞說話」・「金庾信說話」를 들 수 있겠다. 후자는 신라 惠恭王 때 김유신무덤이 갈라지더니 유신의 死靈이 未鄒王陵으로 가서 자기 자손들을 학대한다고 하소연한 설화로서 우리나라 아랑형설화(男性型)의 萌芽가 됨직하다. 이 밖에 상고설화로는 金后稷의 「諫墓說話」, 百濟池方(扶餘)의 「別神堂傳說」이 있다.

다음, 고려시대의 아랑형설화로는, 뱃사공인 「孫乭傳說」, 假面 제작자 「許道令傳說」, 이 밖에 「恭愍王說話」 등을 들 수 있겠다.

조선시대의 것으로 보여지는 것은 男性이 주인공으로 된 「端宗陵傳說」을 비롯하여 李太祖・世宗大王 등의 堂神說話, 그리고 「關羽墓傳說」・「林將軍說話」 등이 있고, 女性이 주인공으로 된 것은 죽음으로써 貞節을 지킨 密陽의 「阿娘閣傳說」과 漁夫의 딸로서 한 청년을 짝사랑하다가 상사병으로 죽었다는 安仁津의 「海娘堂傳說」, 南原의 민속설화인 「薄色春香說話」 등이 있다.

위에서 走馬看山格이나마 아랑형설화의 시대적 一瞥을 試圖해보았다. 그리고 이 설화의 패턴을 조선시대로 잡아보고 있으나(기본형), 이는 어디까지나 잠정적인 것이며 후고를 요하는 문제이다.

필자는 이들 설화를 편의상 基本型・變格型・特異型으로 삼대분하고, 또 주인공의 性別에 따라 女性型(처녀형)과 男性型으로 분류해보았다. 이들 중 밀양의 아랑각 전설류가 8종으로 단연 수위를 차지하는 바, 그 형성모티프의 성격이나 구조로 보아 차위인 남원민속설화(5종)와 단종릉전설을 함께 묶어서 기본형이라 하여보았다. 변격형이란 설화를 내용면으로 볼 때 그 형성모티프들이 기본형에서 좀 벗어난 것을 말하고, 특이형은 원귀가 출현하거나 현몽하기는 하지만, 단순한 堂神形態의 說明說話(신원설화)를

까닭없이 죽곤 하였다. 부사로 부임해오는 사또도 죽기가 일쑤였다. 그리하여 누각은 헐리고, 누구도 부사로 부임하려는 사람이 없게 되었다.

그런데 李進士라는 사람이 밀양을 지나가게 되었다. 허물어진 영남루에서 자고 있으려니까, 밤중에 문득 바람이 일어 촛불이 흔들리며, 대밭 쪽에서 곡성이 낭자했다. 이윽고 어떤 젊은 아가씨가 목에 칼을 꽂고 앞에 나타났다. 이진사는 '네 웬 요망한 귀신이냐?'하고 꾸짖으니, 아가씨는 자신의 원통한 사연을 울면서 호소하였다. 그런 다음 자기의 원수는 바로 관가에 있는 통인이라고 말하고 사라졌다.

이진사는 이튿날 아침에 부사에게 알려서 통인을 訊問하게 하였다. 한편 사람을 시켜 대밭을 뒤지게 하니, 아가씨의 시체가 나타났다. 부사는 통인이 죄를 자백했으므로 법에 비추어 그를 처형하였다. 그리고 시체를 檢查하니, 얼굴은 그때까지도 살아 있는 모습과 같았고, 다만 목에 칼자국이 난 데는 핏빛이 선명하였다.

부모는 딸의 시체를 거두어 서울에서 장사를 지내주었다.[7]

【別 說】

阿娘은 부친이 密陽太守로 부임할 때 따라갔었다. 그녀는 그 고을 통인과 유모의 음모에 빠져 어떤 날 밤 嶺南樓의 夜景을 보러 갔다.

그녀가 누상에서 달구경을 하고 있을 때 유모가 갑자기 없어지고, 白哥가 기둥 뒤에서 튀어나와 연정을 고백하였다. 단호히 거절하자 통인은 젖통을 쥐었으므로, 아랑은 더럽혀진 유방을 칼로 절단하였다. 백가가 맹렬히 劫迫하자 싱갱이가 시작되고, 필경 그녀는 통인의 칼에 被殺되어, 그 시체는 洛東江岸의 篁林 속에 던져졌다.

이튿날 태수는 각방으로 조사해보았으나 딸의 행방을 찾지 못했다. 야간에 도주한 것이라 믿게 되니, 양반가문에 그런 불상사가 난 이상 근신치 않을 수 없다 하여 京城 본가로 辭官退任하게 되었다.

그 뒤로 新官이 도임할 때마다 야반에 鬼神이 나와 몸에 상처 하나 없이 항상 변사하곤 했다. 이 때문에 밀양태수를 원하는 자가 없어 조정에서는 자원자를 모집하자 李上舍란 자가 自進 부임하게 되었다.

---

7) 장지연, 『逸事遺事』, 회동서관, 1922, 186면.

그는 도임 當夜에 관사에 촛불을 밝히고 독서를 하고 있었다. 별안간 음풍이 일어나더니 닫힌 문이 저절로 열렸다. 이어 산발한 데다 유방에 서 피가 뚝뚝 흐르는 여인이 목에 칼을 꽂은 채 그 앞에 나타났다. 그녀 의 呼訴로 下首者(살인자의 뜻－필자 주)가 관청의 소속임을 알고, 신태 수가 제3일 點考 때 백가를 포박하였다.[8]

이 전설 역시 전기한 『일사유사』의 것과 유사하다. 정인섭이 조사한 바 에 의하면 아랑의 성명은 '尹貞玉'이라 한다. 어떤 기록에는 訛傳인지 모르 나 '尹阿娘' 또는 '東玉'으로 나오기도 한다.[9]

아랑각전설의 내용은 앞에서 본 바와 같이 그 모티프들이 大同小異하나, 세부적인 면에 있어서는 차이가 있다.

그리고 1957년 9월 15일에 발족한 密陽民俗保存會에서는 제1회 阿娘祭를 베풀었고, 해마다 이어져 내려오고 있다.

밀양계 아랑설화로는 앞에 든 것 외에도 同系라고 볼 수 있는 이른바 哲 宗 때 法廷實話라는 것과 『靑邱野談』의 기록 등이 있다. 앞에서 예문을 보 인 숭양산인의 『일사유사』, 김영석씨담(『조선민족설화의 연구』), 김이재씨 담(『한국민간전설집』), 정인섭씨담(「온돌야담」)을 대비해본다. 편의상 장지 연은 A, 김영석은 B, 김이재는 C, 정인섭은 D로 표한다.

<table>
<tr><td>① 時代背景</td><td>(A) 옛날 밀양</td></tr>
<tr><td></td><td>(B) 옛날 어느 고을</td></tr>
<tr><td></td><td>(C) 조선 明宗 때 밀양읍 南川江上의 영남루</td></tr>
<tr><td>② 舊官과 그 家族</td><td>(A) 서울 어느 사대부(가족동반)</td></tr>
<tr><td></td><td>(C) 밀양부사</td></tr>
<tr><td></td><td>(D) 밀양태수</td></tr>
<tr><td>主人公</td><td>(A) 부사의 과년한 미모의 딸 阿娘(정숙·교양풍부)</td></tr>
</table>

---

8) 鄭寅燮, 「溫突夜話」 日文, 227～236면.
9) 車相讚, 『海東艶史』, 한성도서주식회사, 123면, 한국일보 1970. 6. 13.

		(B) 고을에 수청든 기생
		(C) 부사의 딸로서 19세의 미녀
		(D) 태수의 딸 尹貞玉
③ 殺人者		(A) 통인
		(B) 통인 某者
		(C) 관노
		(D) 통인 백가
	下手人	(A), (B), (D) 유모
④ 殺人場所		(C) 嶺南樓 앞뜰
		(D) 영남루상
	殺人方法	(A) 처음에 칼로 한 팔을 자르고, 목을 찌름
		(B) 칼로 목을 찌름(반생반사)
		(C) 칼로 찔러 죽임
		(D) 아랑이 칼로 자기 유방을 절단, 통인의 칼에 피살
	屍體遺棄場所	(A) 대밭
		(B) 客舍 뒤 고목 속에 거꾸로 쳐넣음
		(C) 영남루 옆 대밭
		(D) 낙동강변 篁林
⑤ 遺家族		(C) 딸의 행방을 탐문(타처로 체직)
		(D) 탐문, 야반에 도주한 것으로 단정, 근신차 사관 퇴임(본가로 상경)
⑥ 新任府使		(A) 行客(이진사)
		(B) 불우인(호탕한 기질과 담력의 소유자), 郡守로 부임
		(C) 新府使(어떤 분)
		(D) 新太守(李上舍)
	對備策	(A) 허물어진 영남루에서 그냥 잠
		(B) 廳舍에서 獨宿, 촛불을 수없이 밝히고 밤 들기를 고대
		(C) 촛불을 많이 밝히고, 자지 않고 대기

	(D) 官舍에 촛불을 밝히고 독서
⑦ 出現前兆	(A) 홀연 바람이 일고, 촛불이 혼들리며, 대밭 속에서 곡성이 낭자
	(B) 찬 기운과 함께 一陣狂風, 開門, 周易을 읽자 정적일순, 개문, 냉기
	(D) 음풍이 일고, 문이 열림
冤鬼의 모습	(A) 젊은 아가씨(목에 칼이 꽂힘)
	(B) 산발, 전신에 피를 홀리는 妖怪
	(C) 갈갈이 찢어진 옷, 피투성이, 산발의 處女幽靈
	(D) 산발, 유방에 유혈, 목에 칼 맞은 여인
呼訴方法	(A) 울면서 호소(살인자를 通引이라고 지적)
	(B) 본형(美姬)으로 다시 들어와 공손히 절함(통인이라고 지적, 안장해줄 것을 호소, 再拜하고 퇴장)
	(C) 흰 나비로 化하여 원수의 갓에 앉겠다고 함
	(D) 관청 所屬이라고 지적
⑧ 이튿날의 珍風景	(B) 下人들이 시체를 치우려고 거적대기를 가지고 들어오다 大驚失色
⑨ 處 刑	(A) 의법처단
	(B) 통인을 고문하여 자백받음
	(C) 문초하여 자백을 받음(사형)
	(D) 白哥를 포박(처형)
⑩ 檢 屍	(A) 살아 있는 모습과 같고, 목에 칼자국이 선명
	(B) 목에 칼 맞은 시체가 古樹 속에 到置됨
	(C) 칼 맞아 죽은 변사체
治 葬	(A) 부모가 서울로 運柩하여 安葬
	(B) 목의 칼을 뽑고, 묘지를 구하여 안장
	(C) 阿娘祠 건립, 매년 음력 4월 보름에 제사
⑪ 後日譚	(B) 그 후로는 요괴가 없어짐
	(C) 부사가 죽는다는 사건이 全無

(2) 海娘의 情炎(變格型)

江陵市에서 동쪽으로 나가면 명주군 강동면 安仁津이란 어촌 뒤 산 밑에 사당 하나가 있다. 이는 海娘堂이란 陰祠인데, 다음과 같은 전설이 전한다.

옛날 동해바닷가 안인진 漁村에 한 어부가 살고 있었는데, 그에게는 과년한 딸 하나가 있었다. 그 처녀는 어느날 바닷가에 나갔다가, 그곳서 일하고 있는 한 아름다운 靑年을 본 후로 날이 갈수록 연정이 타오르기 시작했다. 마침내 그녀는 해변에서 일하고 있는 그 청년에게 請婚하려 고 굳게 결심했다. 그리하여 이튿날 그녀가 갔을 때, 그 청년은 고깃배 를 타고 바다로 향하여 떠나고 있었다. 그런 후로는 청년을 영영 볼 수 없게 되자, 처녀는 마침내 병들어 죽고 말았다.

그녀가 죽은 후 이 어촌에는 큰 야단이 났으니, 그것은 고기가 조금도 잡히지 않고 재앙이 많은 것이었다. 그러던 어느날, 그 어촌 사람들의 꿈에 그녀가 나타나 말하기를 '나는 시집을 한 번도 가보지 못하고 이 렇게 冤魂이 되었소. 내일부터라도 나를 위하여 祠堂을 짓고 남자의 腎 을 만들어 걸어주시오. 그러면 고기도 많이 잡히게 될 것이오.'하고는 사라져버렸다. 어촌사람들은 모두 이상하게 생각하여, 꿈에 그 처녀가 말하던 대고 사당을 짓고, 오리나무로 남자의 신을 만들어 걸고 빌었더 니, 과연 그 이튿날부터는 고기가 많이 잡히므로, 어촌 사람들이 그 후 로는 그것을 많이 만들어 걸게 되었다고 한다.[10]

이것은 남자의 腎을 깎아 바치면 어획이 풍요해진다는 男根崇拜의 堂神 說話로서, 강릉에서 蔚珍을 연결하는 해안지대에 민속으로 내려오는 한 패 턴이다. 아랑형설화 중 이색적인 것이다.

강릉해변에서 三陟 쪽으로 가다 보면 安仁津부락 바로 이웃 산기슭에 서 낭당이 있고, 그 위에 海娘堂이 있는데, 堂神인 해랑은 '女神'이다. 이 전설 은 풍요다산 및 해상에서의 안녕을 위한 신앙형태에 대한 후세적 변화, 후

---

10) 최상수, 『韓國民間傳說集』, 435~436면.

세적인 설명설화로 여겨지는 바, 지금은 性器 봉납물은 없고, 두 개의 '神體' 위패와 초상화만 당내에 나란히 걸려 있다. 안인리의 남근은 오래 전에 없어졌으나, 삼척군 遠德面 新南里 海城隍堂에는 지금도 보존되어, 해마다 춘추의 성황제를 통해 남근숭배사상을 유포시키고 있다. 그런데 안인진의 이 두 개의 위패에 대하여, 그곳 사람들은 다음과 같이 풀이하고 있다.

> 하나는 海娘之神位이고, 또 하나는 金大夫之神位로 되어 있는데, 전에는 그 腎을 떼어가는 사람은 急煞을 맞아죽었다. 그러나 지금은 해랑이 혼인을 했기 때문에, 오히려 신을 깎아 바치면 여신에게 간통을 시키는 결과가 되므로 바친 자가 급살을 맞아 죽는다 한다.[11]

鄭漢淑의 단편소설 「海娘祠의 慶事」는 이 전설을 제재로 한 것이다.

(3) 春香의 悲願(基本型)

車相讚의 『海東艶史』에는 다음과 같은 전설이 나온다.

> 南原에 사는 春香이란 처녀는 천하의 박색이었다. 官妓 月梅의 딸로서, 하도 추물이어서 나이 30세에 가깝도록 通婚하는 자조차 없었다. 그녀가 蓼川에서 빨래를 하다가 이도령을 본 뒤로는 솟구치는 연정으로 마침내 병이 되고 말았다. 이 사실을 안 월매는 한 계책을 세워 돈으로 房子를 매수하였다. 그리하여 이도령을 廣寒樓에 오게 하고, 시비 香丹을 말쑥하게 차리어, 그를 유인해서 술을 취하게 한 후에 雲雨의 정을 맺게 하였다. 이도령이 깨어보니 너무도 박색이라 무료하여 나오려고 하였다. 이때 춘향모가 밖에서 기다리고 있다가 땅에 엎드리어 간청하기를, 情標라도 하나만 달라고 하기에, 소매 속에 감았던 비단수건을 끊어주고 돌아왔다. 얼마 아니 되어 이도령은 사또의 瓜滿으로 서울로 올라갔다. 춘향은 이도령을 사모한 끝에 광한루에 가서 그 수건으로 목매어 죽었다.

---

11) 安仁里長 李氏談.

邑人들이 이 연유를 알고 불쌍히 여겨, 이도령이 가던 任實고개에다 장사를 지내니, 이것이 현재도 부르는 '박색고개'라 한다.[12]

이 전설은 「春香傳」 근원설화의 一傍系로서 그 내용이 아랑형설화와는 무관할 듯하나, 이와 동계의 남원의 民俗說話를 몇 가지 살펴보면 역시 아랑계 설화의 범주에 듦을 알 것이다.

【第1話】
鄭魯湜의 『朝鮮唱劇史』에는 다음과 같은 이야기가 나온다.

南原邑에 노기의 무남독녀가 있었다. 이 처녀는 얼굴이 醜薄하고 時任府使의 아들과의 情事가 있었다. 이부사는 해임되어 上京 후 일가가 영락부진하였다. 춘향이 미천한 몸으로 양반자제에게 허신한 것이 광영이고, 또한 연정이 날로 깊어갔다. 그래서 守節하면서 李夢龍이 영달하여 다시 자기를 찾기를 학수고대했으나, 千里遠隔에 소식이 돈절하였다. 필경은 원한을 품고 자살하고 말았다. 그 후로 남원 一 郡에는 대흉재가 들어, 내리 3년 동안을 계속하였다. 전군민이 기아상태로 男負女戴 流難丐乞의 참상을 빚게 되자, 농민과 부녀들은 흉재의 원인은 원귀 춘향의 소치라고 迷信하고 防災策에 대한 의논이 飛騰하였다. 시임 吏房이 治者의 입장에서 백성들의 미신의 歸趨를 諒解하고, 춘향전을 지어서 이것을 巫女의 살풀이굿에 올려 그 원혼을 위로하였다. 그것으로 과연 설원하였던지 흉재는 곧 登豊으로 바뀌고, 따라서 인심도 안정되었다.
이래 춘향전은 여러 文士의 붓으로 添削을 가하여 소설이 되고, 남원을 비록하여 그 인근 군에서는 무당들의 춘향살풀이굿이 성행했다. 廣大들은 그 가치를 인정하고 唱劇調로 옮겨서 부르기를 시작하여, 창극으로 改作할 때에 많은 부연과 윤색을 거쳐 오늘의 춘향전을 이루었다 한다.[13]

또 純祖時人 趙在三의 『松南雜識』에는 아래와 같은 기록이 보인다.

---

12) 차상찬, 『海東艶史』 薄色고개, (주) 漢城圖書, 243면.
13) 정노식, 『朝鮮唱劇史』, 조선일보사, 1940, 15면.

湖南諺傳 南原府使李道令 眄童妓春香 後爲李道令守節 新使卓宗之殺

之 好事者哀之 演其義爲打詠 以雪春陽之冤 彰春陽之節云 (上點 필자)

이 기록을 보면, 그가 살던 槐山지방에도 春陽(春香)의 廣大打詠이 유포
되었다는 사실과 이 緣起說話가 打殺이란 비극적 결말(冤死)과 부합되는 바
가 있어 흥미롭다.

【第2話】
　　南原에 얼굴이 매우 추하여 시집갈 수가 없어서 自殺해서 원귀가 된
처녀 春香이가 있었다. 그 후 南原府使로 부임하는 족족 죽으므로, 어느
大作家가 이 소설을 지어서 위로한 뒤로는 무사하였다.[14]

　　남원에 춘향이라는 얼굴이 매우 추한 妓生이 있었다. 그녀는 이도령
을 위하여 수절하다 원사했다. 그 후 이곳에는 흉년이 들어 비가 오지
않았다. 당시 梁進士가 백지 석 장에 그녀의 사실을 지었다. 광대로 하
여금 廣寒樓에서 노래를 부르게 하고 祈雨祭를 지냈다. 그러자 대들보
위에서 웃음소리가 나더니, 얼마 아니 되어 비가 오기 시작했다.
　　그 후 이 석 장의 원고가 늘어서 현재의 춘향전이 되었다. 나는 지금
으로부터 70년 전 李容準부사의 治下에 남원에 살았다. 그때 광대·기
생들이 함께 春香稧를 만들어 춘추에 제사지내는 것은 보았다.[15]

위에 열거한 남원의 민속설화들은 모두가 추녀 춘향이를 실재인물화하
고 있다. 이에 대하여 李在秀는 『韓國小說研究』(382면)에서 이는 근거없는
道聽塗說이라 단정하였다. 현재도 남원에서는 춘향에 대한 偏愛症 때문에
실재인물로 보고자 하는 사람이 있고, 춘향을 우상화하여 '春香祭'까지 지
내고 있지만, 춘향과 이도령은 광대가 창조해낸 架空的 人物이라는 것이다.

---

14) 金台俊, 『朝鮮小說史』 학예사, 1939, 196면.
15) 金東旭, 『春香傳研究』, 연세대학교, 1965, 56면.

이상으로써 아랑형설화 중 女性(처녀)이 주인공으로 된 여성형 아랑형설화를 살펴보았다. 그 共通點을 추출하면 다음과 같다.

① 주인공은 미모의 처녀다(혹 추녀도 있다).
② 부사(태수)의 딸이다(혹 기녀, 어부의 딸).
③ 통인(관노)에게 피살된다(혹 상사병으로 사망).
④ 몽달귀가 공청에 나타나 時任부사를 변사케 하거나, 마을에 큰 재앙을 입힌다(때로는 現夢한다).
⑤ 최후의 1인이 부사를 자원한다.
⑥ 원귀는 죽을 때의 형상 그대로 夜半에 나타나는 바 그 前兆가 무시무시하다.
⑦ 원귀의 말을 듣고 雪冤해주거나 慰靈하면 다시 나타나지 않는다. 그런 다음이면 전화위복으로 풍년을 맞거나, 어촌에서는 豊漁의 수확을 본다.
⑧ 이 때문에 망령을 위한 祠堂 및 奉物, 미화한 小說이 생겨나고, 살풀이굿도 유행하게 되었다.

이와 같이 여성형 설화는 主人公이 한결같이 처녀들이며, 그 題材가 애정문제로 야기되는 사건인 만큼 여성적이고 로맨틱하다. 형식상으로는 「해랑당전설」 1편을 제하고는 모두가 基本型들이다. 수적으로 보아 이 아랑형설화의 절반을 차지하는 것도 여성형이며, 또 가장 伸冤說話로서 문학적 가치가 있는 것도 여성형 설화라 하겠다.

4. 男性型 說話의 特徵

이 男性의 신원설화들은 본격적인 아랑형설화는 아니나, 다같이 鬼神說話이고, 또한 그 類似點 때문에 별도로 정리해본 것이다.

이에는 아랑형설화의 基本型에 해당하는 寧越의 「端宗陵傳說」이 주목할
만한 자이다. 變格型·特異型이 대부분인 바, 「金庾信說話」를 비롯하여 「恩
山 別神堂」·「孫乭風」·「許道令」·「林將軍」 등등의 설화가 있다. 역시 여
성형 설화와 마찬가지로 대개는 堂神形態의 설명설화로 나타난다.

(1) 端宗의 孤魂(基本型)

이것은 魯山墓(단종)의 전설이다. 宣祖 때 修築, 肅宗 때 莊陵을 追封한 바
있다.

　　단종대왕이 昇遐하여 冬乙旨山에 안치한 후 50여 년이 된 中宗 때부
터는, 寧越에 군수가 부임하면 그 翌日에는 죽기를 수차에 亘하니, 영월
은 당시 흉지로 세상에 알려지게 되었다. 그리하여 영월군수로 가라면
누구나 머리를 흔들던 때, 즉 중종 26년에 공교롭게도 판서 朴忠元이 나
라에 득죄하여 파면당하게 되었다. 조정에서는 이를 치죄하느니보다 흉
지 영월군수로 보내면 저절로 죽을 것이고, 정부에서는 생광도 되므로
일거양득의 격으로 裁可發令하였다. 영월군수로 배명도임하자, 그는 폭
사의 원인을 탐색하기 위하여 당야에 관가 내외 사방에 燈燭을 밝히고
관복을 입고 대기하였다. 그러나 홀연히 잠이 들었던지 비몽사몽간에
과연 단종대왕의 行次가 들므로, 빨리 나아가서 맞아들였다. 왕이 상좌
에 앉아 말하기를 '네가 方可謂之 사람이로구나. 대개 내가 평소에 이곳
에 오면, 그 용렬 비겁한 위인들이 기절하여 自驚自滅하였던 것이 한심
하더니, 너는 그렇지 않으니 謂之巨人이로구나. 내가 너에게 부탁할 일
이 있으니, 나와 같이 가자' 하기로 따라갔던 바, '내가 이곳에 있으니
청소도 하고 수리도 하라' 이 말 한 마디로써 왕은 보이지 않고 깨어보
니 꿈이었다. 그는 이상스럽게 생각하고 날이 밝기를 기다렸다.
　　이때 침소 밖에서 六房官屬들이 모여 수근거리며 군수장례 지낼 공론
이 분분하므로, 군수는 크게 기침을 하면서 '너희들은 무슨 공론이냐?'
하고 크게 호령하니, 일반관속들은 죽은 줄 알았던 원님이 이같이 의기
등등하니 과연 名官이라고 칭찬이 자자하였고, 군민 전체가 위풍기세에

기가 죽었다 한다. 육방 관속에게 명하여 端宗墳墓를 탐사하라 하니, 관
민일동이 찾아본 결과, 嚴興道의 아들 嚴好賢이 그 아버지를 따라 단종
의 묘소를 한 번 본 일이 있었다 한다. 군수 박충원이 그를 불러 제물을
갖추어 가지고 따라가본즉, 과연 夢見한 바와 틀림이 없었다. 그 자리에
제물을 陳設하고 祝文을 읽었더니, 이후로 一切 무사했다고 한다.16)

이것은 端宗王의 堂神例이거니와, 이 밖에도 太祖大王의 堂神을 모시는
三陟의 例와 恭愍王·世祖大王 등의 당신을 모신 곳이 몇몇 곳에 있다. 그
러나 여기서는 일일이 거론하지 않는다.

(2) 羅將亡靈의 진노(變格型)

신라 제37대 惠恭王 때 金庾信의 무덤이 갈라져 유신의 사령이 未鄒王陵(竹
現陵)으로 가 子孫들을 虐待한다고 호소한 이야기다. 그 내용은 아래와 같다.

제37대 惠恭王 때(779) 4월에 갑자기 회오리바람이 金庾信公의 무덤에
서 일어났다. 그 속에 한 사람은 駿馬를 탔는데, 장군의 모습과 같았다.
또한 갑옷을 입고 무기를 든 마흔 명 가량의 사람들이 그 뒤를 따라와
서 竹現陵으로 들어갔다. 조금 후에 능 속에서 마치 진동하며 우는 소리
가 나는 듯하고 혹은 호소하는 듯한 소리도 들렸다. 그 말은 이러했다.
"臣은 평생에 난국을 구제하고 삼국을 통일한 공이 있었으며, 지금은
혼백이 되어서도 나라를 鎭護하여 재앙을 제거하고 환란을 구제하는 마
음만은 잠시도 변함이 없습니다. 지나간 庚戌年에 신의 자손이 아무런
죄도 없이 죽임을 당했으니, 이는 군신들이 저의 功烈을 생각해주지 않
는 것입니다. 그러하오니 신은 다른 곳으로 멀리 옮아가서 다시는 나라
를 위하여 애쓰지 않겠사오니, 임금님께서는 이를 허락하소서."
未鄒王은 대답했다.
"나와 公이 이 나라를 지키지 않는다면, 저 백성들은 어떻게 하겠소.
공은 다시 그전처럼 힘써주시오."

---

16) 『江陵年鑑』, 1954, 218~219면.

김유신이 세 번이나 청해도 미추왕은 세 번 다 허락하지 않으니, 회오 리바람은 이에 돌아갔다.

惠恭王은 이 소식을 듣고 두려워서 대신 金敬信을 보내어 김유신의 능에 가서 사과하고, 김공을 위하여 公德寶田 30결을 鷲仙寺에 내려 명 복을 빌게 했다. 이 절은 김공이 평양을 쳐서 평정한 후에 복을 빌기 위 해서 세웠기 때문이다.

미추왕의 혼령이 아니었더라면 김유신공의 노여움을 막지 못했을 것 이니, 나라를 진호함이 크다고 아니할 수 없다. 그러므로 나랏사람들이 그 덕을 생각해서 三山과 함께 지사지내어 폐지하지 않고서, 서열을 五 陵의 위에 두어 大廟라고 불렀다고 한다.[17]

『東京雜記』에 보이는 金后稷의 諫墓說話도 이와 다소 유사점이 있어 기 억해둘 만하다.

(3) 百濟將帥의 哀話(變格型)

충남 扶餘郡 서북쪽으로 20리 되는 은산면 恩山里 뒷산 堂山재에 別神堂 이라 하여 나직한 기와집이 있고, 그 안 북쪽 벽에는 山神靈이 범을 안고 있는 그림 簇子가 걸려 있다. 이 堂집을 서편으로 안고 북쪽에서 오는 냇물 이 흐르며, 앞에는 비교적 넓은 광장이 있다. 이 별신당에 모신 족자로 인 하여 옛날부터 부여군은 물론 靑陽·公州·保寧 등 각 郡까지 들썩하도록 제사가 거행되는데, 그 기원은 대략 百濟가 망하던 거금 1천여 년 전이라 한다. 『韓國民間傳說集』에는 다음과 같은 전설이 보인다.

恩山 別神堂 안 북쪽 벽에는 山神靈과 호랑이가 있는 簇子 셋이 걸려 있다.

지금으로부터 일천 수백년 전, 百濟가 멸망한 뒤의 일이었다. 이곳 恩 山은 물론 그 근방 고을이 모두 染病으로 날마다 수백명씩 죽어가고 있

었다. 이때 어느 동네에 사는 한 노인의 꿈에 金투구와 쇠갑옷을 입은
장군 한 사람이 白馬를 타고 나타나서 하는 말이, '나는 百濟나라 장수
로 나라를 위하여 戰場에 나가 잘 싸웠으나, 衆寡不敵으로 드디어 죽고
말았소. 내 몸과 많은 軍士들의 骸骨이 지금 아무 山 아무 곳에 흩어져
묻혀 있어 不安하니, 당신이 나의 해골과 군사들의 그것을 좋은 곳에 묻
어주오. 그럴 것 같으면 그 공으로 당신네 동네에 橫行하는 病魔를 없게
할 것이오. 그리고 또 3년에 한 번씩 제사를 지내주기 바라오' 하고는
어디론지 사라지고 말았다. 노인은 그 병마를 退治해준다는 말에 깜짝
놀라 깨어보니 꿈이었다. 노인은 그 꿈이 하도 이상하여 이튿날 동네사
람을 불러다놓고 그 꿈이야기를 하고, 洞民들과 함께 꿈에 지시한 곳을
가보았다. 그곳을 파보니 해골이 흩어져 묻혀 있었다. 그리하여 吉地를
택해서 뼈를 安葬하고, 갖은 祭需를 차리어 정성껏 제사를 지내며, 巫堂
을 불러 굿을 하였다. 그러자 그 염병은 얼마 안 가서 없어졌다.

　　그 뒤 그 제사를 '벌신'이라 부르고, 3년에 한 번씩 성대히 지내게 된
것이라 하는데, 윤달이 드는 해는 陰曆 2月 中旬부터 下旬까지 제사를
지낸다고 한다. 만일 제사를 잘못 지내면 좋지 못한 病이 생겨서 사람들
이 많이 죽는다고들 하여 극진히 지낸다.[18]

　　崔常壽는 別神의 '別'은 '벌'의 音讀으로서, 마을 또는 골의 뜻인, 곧 洞神
이라고 하였다. 또 柳漢尙은 '別神'은 儒敎觀念에서 雜神을 意味하는지, 혹
은 地方이니까 本神이라고 부르지 못함인지 알 수 없다 하였다.[19]

　　어쨌든 恩山「別神堂傳說」은 別神굿과 관련되는 堂神例이거니와, 堂內에
山神圖와 호랑이의 그림이 걸려 있다는 것으로 보아 慶北 靑松郡 眞寶面 眞
寶里에 보(旗)를 身體로 여기는 堂神形態(洞祭)와 유사하다. 그 '보'는 범(虎)
이 그려져 있고, 太祖大王(李太祖)이 범을 탄 그림이라 한다. 이것은 어디서
날아와서 10里 밖인 후평리 2동의 堂樹에 걸렸던 것이, 밑에 가시나무에 걸
려 찢어졌다. 그 사실이 사또의 꿈에 現夢하여 '내가 아무갠데 여기 있기

---

18) 최상수,『韓國民間傳說集』, 378～379면.

19) 유한상,「河回別神假面舞劇臺詞 後記」,『국어국문학』20호.

불편하다' 하여 사또가 가져다가 堂을 지어 모셨다. 나중에 太祖大王의 影幀을 모시고 影堂이라 하고, 函을 짜서 그 보를 모셔두었다. 보가 있을 때는 靈驗은 대단했으나, 그 후에 紛失되었다 한다.[20)

【別 說】

洪思俊의 『百濟의 傳說』에는 다음과 같은 이야기가 나온다.

　　옛날 이곳 恩山은 물론 온 郡內에 큰 傳染病이 돌아서, 동네마다 날마다 수천명씩 죽어가므로 어찌할 도리를 몰랐다. 다만 목숨을 하늘에 맡기고 醫藥의 힘을 빌 줄 몰랐던 것이다. 이리하여 거의 동네에 殘存者는 손가락으로 헤어볼 만큼 되었을 때에, 어느 마을 90이나 된 老人이 하루는 꿈을 꾸었다. 꿈에 5,60세 가량 되어 보이는 將軍 하나가 나타나 보이는데, 머리에는 금투구를 높직이 쓰고, 몸에는 쇠갑옷을, 발에는 가죽신을 신고 白馬에 올라앉았는데, 그 기상이 매우 의젓하였다. 그 눈망울은 황소눈에 눈귀가 좌우로 날카로운 칼날같이 위로 째지고, 코는 다리미자루 거꾸로 매달린 것 같으며, 입은 한일자로 째어져서 길이가 서너 치 가량 되는데, 입술도 상하로 빚이 마치 개 잡아먹은 범의 아가리와 같고, 귀는 대문짝을 좌우로 열어젖힌 것과 같았다. 키는 9尺이나 되고, 팔이 무릎에 늘어진 體軀는 얼른 보아도 일국 大將감으로 百萬 軍兵을 수족같이 움직일 勇略이 있어 보였다. 그 장군은 말에서 내려 마루 위에 올라서자 무거운 입을 천천히 열어 말하기를, '나는 옛적 어느 나라의 장수다. 나라를 위해 갖은 고초를 당하며 악전고투한 끝에 빼앗겼던 城들을 상당히 많이 회복하여 王의 총애를 받았다. 그러나 國運이 다하였던지 奸臣의 참소로 나는 얼울한 죽음을 당했다. 또한 이곳 恩山은 古戰場이어서 死者의 靈魂들의 마음이 安定되지 못할 뿐더러 骸骨이 흩어져 있을 것이다. 나의 몸이 묻힌 곳이 대단히 불안하니, 네가 나의 해골과 여러 장수들의 해골을 적당한 곳에 묻어 다오. 그 공으로 너의 동네에 지금 流行하는 病魔를 退治할 터이니, 부디 헛되이 듣지 말고 銘心하라'

---

20) 張籌根의 앞의 論文.

이렇게 말하고 자기와 및 군사들의 유해가 묻힌 곳을 낱낱이 일러주며, '3년에 한 번씩 제사를 지내 달라'고 부탁하고는, 백마에게 오르자 간 곳이 없었다.

90세 노인이 流行病을 낫게 해준다는 말에 깜짝 놀라 정신을 차려보니 꿈이었다. 곧 그 이튿날 洞民들을 모아놓고 지난밤 꿈이야기와 해골 묻힌 곳에 가서 다시 안장할 것을 말했다. 동민들은 노인의 명령대로 하되, 유골은 산수 좋은 곳에 안장하고, 그 이튿날 祭需를 정히 차리고 극진히 제사를 올렸다. 慰靈祭 탓인지 그 후 얼마 아니 되어 무서운 병은 씻은 듯 없어져버렸다.

그 후부터 이 제사이름을 '별신'이라 부르고, 3년에 한 번씩 성대히 지내게 되었다. 만일 그렇지 않으면 유행병이 저절로 일어나서 사람을 많이 죽인다 한다.[21]

이 別神굿을 함으로써 무사하게 되는데, 그 후부터 윤달 드는 해 2月 中旬과 下旬에는 반드시 굿을 성대히 거행한다. 이 祭典(無形文化財 9號)은 1주일을 계속하며, 매일 한 번씩 5방진대를 돌아보므로 祭物구경은 물론, 황홀한 甲옷과 많은 사람이 질서정연히 행진하는 것을 구경하려고 일부러 百里 내외의 남녀노소들이 운집한다고 한다.

이 「별신당전설」에는 둘 다 金투구에 鐵甲을 입은 백마 탄 百濟將帥가 나타났다 하였고, 그는 戰場에서 勇戰하였으나 衆寡不敵으로 勢窮力盡하여 전사한 部下들의 骸骨과 함께 山野에 딩군다 하였다. 이로 볼 때 혹 黃山벌의 名將 階白이거나, 百濟의 再建을 꾀했던 王族 福信일 듯하다. 그런데 당내에 山神 및 三虎像이 걸려 있다니(혹 騎虎老人像의 訛傳인지는 모르나) 모순되는 內容의 接合이라 하겠다. 斯界 研究家들의 後考를 기다릴 수밖에 없으나, 필자의 管見으로는 이것은 장수의 堂神例로서 後世的 變質이 아닐까 한다.

그런데 洪思俊은 이 別神祭를 검토한 결과, 옛날 어느 時代의 軍隊가 陣을 치고 행군하는 것을 보여주므로 將兵의 慰靈祭가 아닌가 생각된다고 하

---

21) 홍사준, 『百濟의 傳說』, 통문관, 1956, 72∼74면.

고, 다음과 같이 合理的인 考證을 하였다.

> 이같이 福信이 애매히 죽었다는 史實과 恩山別神의 內容에 있어서 傳說이나마 장군이 애매히 죽었다는 것, 武官服色을 제사 지내는 사람들이 입는다는 것 등이 보통 山神祭나 굿이 아님을 알 수 있겠다.[22]

(4) 孫乭(孫石)의 죽음(特異型)

이것은 우리나라 風神에 관한 傳說로 보기도 한다.

> 高麗 때 어느 王이 江華島로 파천차 바닷길로 거둥하였다. 그때 뱃사공으로 孫乭이란 자가 있어 배를 저어갔었다. 그런데 王이 가만히 보니까 배가 여울을 향하여 가므로, 왕은 뱃사공에게 여러 번 주의를 시켰다. 손돌은 점점 더 험한 곳으로만 배를 들어가게 하므로, 왕은 '이는 필연코 손돌이란 놈이 무슨 흉계를 품은 게 분명하다' 생각하고, 侍人에게 분부하여 손돌의 목을 베게 하였다. 그리하여 다행히 危險한 목을 노 저어 나왔다고 한다.
> 그리고 그날이 10월 스무날이었는데, 해마다 이 날이 되면 큰 바람이 일어나서, 바다에는 큰 배가 들어갈 수가 없다고 한다. 이 大風이 이는 것은 억울하게 죽은 손돌의 冤魂이 큰 바람이 되어 떠나가는 배를 破船시키는 것이라 전해온다. 이런 일이 있은 뒤에 그 험한 목을 '손돌목'(孫乭項)이라 부르며, 또 10월 스무날 일어나는 바람을 '손돌 바람'(孫乭風)이라 한다고.[23]

> 高麗 때 어느 王이, 戰亂이 일어나 江華島로 파천하게 되어 바닷길로 배를 타고 가게 되었다. 이때 孫乭이 왕에게 '바람이 일어나 뱃길이 위험하게 되겠사오니, 안전한 곳에 쉬었다가 가시는 것이 좋겠다'고 여러 번 아뢰었다. 王은 그러지 않아도 파천하는 不安한 몸이라 모든 것이 疑

---

22) 洪思俊의 앞의 책, 77~79면.
23) 최상수, 『韓國民間傳說集』, 23~24면.

心스러운데, 그 말이 이상하게 들렸다. 그를 의심한 나머지 反逆罪로 몰아 근신에게 분부하여 그 목을 베게 하였다. 그러자 갑자기 큰 바람이 일어나 도저히 뱃길을 노 저어갈 수 없으므로, 싣고 가던 왕의 말(馬)머리를 베어 억울하게 죽은 손돌의 靈을 위로하는 제사를 지내고야 무사히 강화도에 到着하였다 한다.

그래서 해마다 이 날이 되면 그 원혼이 큰바람이 되어 분다고 하며, 손돌의 목을 베었던 곳을 '손돌목'이라 부른다.[24]

이 밖에도 손돌풍이 불 때는 날씨가 매우 추우므로 '손돌추위'란 말이 생겨났다고 한다.

【別 說】

朝鮮 仁祖 때 뱃길이나 노젓는 데 단연 首位인 孫乭이란 자가 漢江에 살고 있었다. 李适亂을 맞아 上이 江華로 잠시 避身할 때, 손돌이 그 案內人으로서 저어가게 되었다. 그런데 도중에 여울을 향해 점점 速力을 내므로, 왕이 의심하고 목을 베게 하였다. 그런데 배가 더욱 흔들리므로, 손돌의 遺言대로 바가지를 띄워 물의 골수를 제대로 찾아서 目的地까지 이르렀다.

후에 왕은 애매히 죽은 손돌을 위해 그의 무덤 앞에 사당을 짓고 해마다 제사를 지내게 했다. 그러나 지금은 堂집은 물론, 碑石도 흔적이 없다 한다.[25]

이 손돌은 실존인물이었던 듯, 金浦에 그의 무덤이 있고, 辭說時調와 신소설 「江上奇遇」에도 '孫乭목'이란 말이 나오고 있다.

물 우힛 沙工 물 알엣 沙工놈들이 三四月 田稅大同 실라 갈 쎄,
一千石 싯는 大重船을 작위 다햐 꿈여내야 三色果實 멀이 ᄀ즌 것 ᄀ

---

24) 최상수, 위의 책.

25) 尹淸波 編著, 『傳說 따라 三千里』

초와 필이 巫鼓 둥둥 침여 五江城隍之神과 南海王之神께 손 곳초와 告祀

홀 쎄 全羅道ㅣ라 慶尙道ㅣ라 蔚山밧아·羅州밧아·七山밧아 휘

　도라 安興목이라 孫乭목·江華ㅅ 목 감돌아들 쎄 平盤에 물 담듯시 萬

里滄波에 가는 듯 돌아요게 고스레 고스레 事望 일게 호오쇼셔.

　이어라 이어라 저어 이어라 배 씌여라 至菊叢 南無阿彌陀佛[26]

(5) 許道令의 죽음(特異型)

이것은 假面 제작자에 대한 傳說이다.

　高麗 中葉 이전까지 安東郡 豊川面 河回洞에 許氏들이 世居하는데(高
麗 末까지 安氏, 朝鮮 初부터 柳氏가 세거하여 왔다), 許道令이 있었다.
허도령은 꿈에 神에게서 假面 제작의 命을 받았다. 그리하여 作業場에
서 外人이 들어오지 못하게 금줄(禁索)을 치고, 매일 沐浴齋戒하여 전심
전력으로 가면을 제작하고 있었다.

　그런데 허도령을 몹시 思慕하는 處女가 있었다. 그녀는 戀戀한 心情
을 달랠 길 없어, 하루는 허도령의 얼굴이나 보려고 휘장에 구멍을 뚫고
愛人을 엿보았다. 禁斷의 일을 저지른 것이었다. 入神之境이던 허도령은
그 자리에서 吐血하고 숨을 거두었다. 그리하여 '이매탈'은 未完成인 채
턱없는 가면이 되고 말았다.

　그 후 마을에서는 허도령의 靈을 慰勞하기 위하여 城隍堂 근처에 壇
을 지어 매년 祭를 올렸다. 住民들은 別神行事 외에는 가면을 못 보게
되어 있다. 부득이 보아야 할 경우에는 신에게 고하고 난 후라야 되며,
가면을 함부로 다루면 變怪가 난다고 주민들은 두려워한다.[27]

(6) 關羽의 복수심(特異型)

이것은 關羽廟의 傳說이다.

---

26) 金壽長, 『海東歌謠』
27) 柳漢尙의 앞의 글 後記

平壤 鎭衛隊의 뒤쪽 높은 곳에 南向하여 서 있는, 丹靑이 찬란한 집이
있다. 이 집은 西廟라고 하는 關羽를 모신 祠堂이다.

옛날, 이 서묘를 세울 때에 많은 人夫들이 일하고 있었는데, 그 중에
呂라는 姓을 가진 한 사람이 있었다. 어느날 기왓장을 메고 지붕에 올라
가려고 하였다. 그러나 웬일인지 갑자기 눈이 캄캄해져서, 깜박 정신을
잃은 새에 발을 헛디디어 떨어져 죽고 말았다. 그 후로 呂姓을 가진 사
람은 결코 서묘에 가지 못하게 되었다고 한다.28)

경남 東萊區 校洞에 雲長 關羽를 모신 關羽廟가 있으니, 이 고을에서
는 그곳을 모두 影堂이라 부른다.

朝鮮 中葉, 이 묘를 지을 때의 일이다. 여러 人夫들이 기왓장을 지게
에다 지고, 사다리를 밟고 그 묘 지붕으로 올라가 내려놓고 하였다. 그
중에 呂姓을 가진 사람이 그 지붕에 막 발을 들여놓으려는 찰나였다. 갑
자기 눈앞이 캄캄해지고 정신을 잃어 그만 떨어져 죽고 말았다. 그 뒤에
도 이것을 모르고 呂哥姓을 가진 이가 이 묘 안에 들어오다가, 갑자기
눈에 피를 흘리며 氣絶하였다고 한다. 이래 지금은 呂氏姓을 가진 이는
이 묘 안에 들어가지 않는다고 한다.29)

이것은 옛날 中國 三國時代에 蜀나라 장수 關羽가 呂蒙의 손에 죽었으므
로, 관우는 그 怨恨으로 그렇게 呂姓을 가진 사람을 자기의 靈이 있는 근처
에 오기만 하면 죽인다는 「關王廟傳說」이다. 우리 나라의 關羽廟는 壬辰亂
때 구원병으로 온 明將의 말과 慕華思想에서 빚어진 副産物이다. 당시에 中
國小說「三國志演義」의 流行과 더불어 이런 관우묘전설이 일반화한 듯하다.
서울 동대문 밖 東廟에도 이같은 터부가 있어, 필자도 어려서부터 익히 보
고 들어보던 터이다. 李孝石의 初期短篇 「都市와 幽靈」은 이 동묘를 舞臺로
하고 있다.

---

28) 최상수, 『韓國民間傳說集』.
29) 최상수, 위의 책, 192~193면.

(7) 林將軍의 現夢(變格型)

이것은 林慶業將軍의 색다른 傳說이다.

> 約 5,60년 전의 일이다. 서울 麻浦에 사는 金음문이란 者의 꿈에 林慶
> 業將軍이 나타나서 '내 祠堂을 修築해주면 너의 소원을 들어주마'하였
> 다. 그는 곧 延坪島로 가서, 이미 퇴락한 林將軍의 사당을 깨끗이 改修하
> 였다. 그 후 과연 김음문은 많은 조기를 잡아 巨富가 되었다. 이로부터
> 漁夫들은 반드시 이 사당에 祭物을 바치게 되었다.[30]

이것 역시 丙子胡亂을 背景으로 한 傳說的 英雄 임경업장군의 緣起說話
로서 일종의 堂神形態의 설명설화이다. 이와 유사한 「林將軍說話」들이 西
海 海岸과 諸島嶼에 흩어져 있을 것으로 추측된다.

위에서 男性型 阿娘型說話를 살펴보았다. 그 共通된 性格으로 다음과 같
은 점을 推出할 수 있겠다.

> ① 주인공은 男子로서 王이나 將帥가 대부분이다. (혹 뱃사공도 있다)
> ② 戰死하거나 怨痛하게 죽는다.
> ③ 疾病을 퍼뜨리고, 大風을 일게 한다.(혹 新任府使를 變死케 함)
> ④ 사람들에 現夢하여 對策을 지시한다.(사당・제사 등)
> ⑤ 亡靈을 慰勞하면 無事하다.(단 關王廟에는 呂氏勿入)

이와 같이 남성형 설화의 主人公은 왕후 장상이며, 題材 역시 男性的이
고 다양하다. 반면에 그 梗概가 비교적 단조롭고, 실제로 冤鬼는 나타나지
않고 現夢하는 것이 특징이다. 이 중 基本型에 해당하는 것으로는 「端宗陵
傳說」이 公廳出現說話에 값한다 하겠다.

---

30) 서울大學校 文理大 學術調査團의 「白翎・大靑・延坪・小靑 諸島學術調査報告」

4. 結 論

지금까지 논해온 바를 骨子만 추려서 정리하면 아래와 같다.

① 阿娘型說話는 鬼神說話의 일종으로서 冤鬼가 公廳에 출현하거나 사람들에게 現夢하여 伸冤하는 설화이다.

② 國文學과 鬼神說話는 밀접한 관계가 있는데, 특히 古小說에는 阿娘型說話를 제재로 한 것이 많아 古典研究의 좋은 資料가 된다.

③ 예컨대 「薔花紅蓮傳」의 後半部는 아랑형설화의 基幹모티프와 일치하고 있어, 基本型의 아랑형설화를 小說化한 것임이 명백하다. 그 模倣作인 「仁香傳」도 신데렐라系와 阿娘系 說話의 二元的 影響下에서 형성된 것이다. 특히 작품의 插話로서 古墳의 冤魂이 나오는 「金就景傳」은 아랑형설화 중 男性型(端宗陵, 恩山 別神堂傳說)과 공통되며, 愛情小說로 불리는 「淑英娘子傳」이나 계모형 가정소설 「鄭乙善傳」·「콩쥐팥쥐傳」 등에도 아랑형설화가 나온다.

④ 아랑형설화의 萌芽는 멀리 新羅로 소급하여 「長春郎·罷郎說話」나 「金庾信說話」에서 찾아볼 수 있으나, 朝鮮時代에 發生되었으리라고 推斷되는 密陽의 阿娘傳說이 가장 유명하다.

⑤ 우리 나라의 아랑형설화 중 특히 密陽系 설화와 「關羽廟傳說」은 中國의 「解娘傳說」이나 「三國志演義」에서 영향을 받은 바 없지 않겠으나, 보다도 고대인의 鬼神觀에서 배태된 것으로 보아야겠다.

⑥ 우리 나라의 아랑형설화를 찾아보면 각지에서 허다히 발견되는 바, 현재 필자의 手中에는 약 40種이 있다. 이를 系譜化하면 男性型과 女性型의 두 系列로 나뉜다. 이것을 형식상 달리 分類하면 基本型·變格型·特異型의 三分法이 가능하다. 그런데 內容上으로는 대부분이 堂神形態의 說明說話로 나타난다는 것이 이 설화의 特徵이라 하겠다.

최근에 젊은 작가 김영하가 장편 『아랑은 왜』(문학과지성사, 2001. 2)를

창작하여 아랑전설에 대한 관심을 불러 일으켜 주목된다. 그는 아랑전설에
담긴 비밀을 시대별로 다르게 꾸며, 마치 퍼즐을 풀듯 세 가지 측면에서
상상력을 구사하여 독자에게 즐거움을 선사하고 있다.

아랑형설화는 이처럼 문학성이 풍부하여 고소설로도 많이 창작되었거
니와, 특히 基本形인 아랑각전설(여성형)은 앞으로도 현대적 변용이 소설뿐
아니라 다른 장르에도 확산될 것으로 예측된다.

오줌 꿈을 사는 이야기의 전승 양상과 문학치료학적 의미

정운채[*]

차 례

---

[*] 건국대학교 국어국문학과 교수.

1. 서 론

　프로이트는 히스테리 환자를 치료하면서, 환자의 의식으로부터 지워진 기억을 되살리기 위하여 처음에는 최면을 사용하였으나, 곧 최면의 불완전함을 알아차리고서 자유연상법을 개발하였고, 최종적으로는 꿈 해석으로 나아갔다. 이러한 과정을 통하여 프로이트는 의식의 너머에 무의식이 있음을 발견하였고, 바로 이 무의식 속에 의식으로부터 지워진 기억이 생생하게 보존되어 있음을 알게 되었다. 그러니까 무의식 속에 잠겨 있는 기억을 의식으로 다시 퍼 올리기 위한 도구가 처음에는 최면, 다음에는 자유연상, 그리고 최종적으로는 꿈이었던 것이다. 프로이트는 더 나아가 일상생활에서의 농담이나 예술활동도 꿈과 유사한 심리기제가 작용하고 있음을 밝혔는데, 이로부터 문학 연구는 꿈과의 관련을 피할 수가 없게 되었다.

　그런데 프로이트가 꿈을 이용하여 환자를 치료한 것처럼 문학을 이용하여 환자를 치료하고자 할 때 한 가지 점검해야 할 중요한 문제가 있다. 프로이트가 환자를 치료할 때 이용한 꿈은 환자 자신의 꿈이었는데, 우리가 환자를 치료하고자 할 때 이용할 문학도 환자 자신의 문학이어야 하는가 하는 것이다. 만일 환자 자신의 문학이어야만 한다면 문학치료는 창작치료에 국한될 수밖에 없고, 수많은 문학 유산들은 문학치료를 위한 참고 자료 정도의 구실을 하고 말 뿐 직접적으로는 그다지 큰 역할을 하지 못할 것이다. 뿐만 아니라 평소에 좋은 작품을 읽고 가르치는 일 또한 그 의의가 매우 제한적일 수밖에 없을 것이다. 만일 환자 자신의 문학일 필요가 없다면 문학치료는 창작치료와 함께 감상치료도 가능할 것이며, 그리하여 수많은 문학 유산들은 문학치료를 위한 엄청난 자원이 될 것이며, 평소에 좋은 작품을 읽고 가르치는 일의 의의도 매우 커지게 될 것이다.

이 논문에서는 김유신(金庾信)의 누이 문희(文姬)가 언니인 보희(寶姬)의 오줌 꿈을 사서 김춘추(金春秋)의 아내가 되고 문무왕(文武王) 법민(法敏)을 낳았다는 이야기를, 문학치료 가운데 특히 감상치료에 대한 한 가지 실마리로 삼아 논의해 보고자 한다. 이 이야기는 『삼국사기(三國史記)』와 『삼국유사(三國遺事)』에 실려 있으며, 『고려사(高麗史)』와 『신증동국여지승람(新增東國輿地勝覽)』에서는 보육(寶育)의 둘째딸 진의(辰義)가 언니의 오줌 꿈을 사서 당나라 숙종(肅宗)과 인연을 맺어 아들 작제건(作帝建)을 낳았다는 이야기로 바뀌어 있다. 이른바 선류몽(旋流夢)과 매몽(買夢)이 결합된 형태인 셈인데, 장덕순의 『한국설화문학연구』[1]와 김현룡의 『한국문헌설화』 제6책[2]에 관련 자료들이 일목요연하게 잘 정리되어 있다.[3] 그리고 주목할 만한 논의로는 이 이야기를 성모신앙과 관련지은 김상기[4]의 논의, 거인설화와 관련지은 권태효[5]의 논의, 홍수설화와 관련지은 김재용[6]의 논의 등이 있다. 모두 이 이야기의 위상을 드러내는 데 기여한 성과들이다. 여기서는 이러한 연구 성과들을 두루 수용하면서 논의의 방향을 문학치료학 쪽으로 돌려 보고자 한다. 특히 그 전승 양상을 세심하게 살피면서, 이것이 문학감상치료의 가능성 및 방법론과 어떻게 관련될 수 있는지를 천착해 보려는 것이다.

---

1) 張德順, 『韓國說話文學硏究』, 박이정출판사, 1995. 이 책은 1970년에 서울대출판부에서 간행한 『韓國說話文學硏究』를 城山 張德順 先生 著作集으로 재간행한 것이다.

2) 金鉉龍, 『한국문헌설화』 제6책, 건국대학교출판부, 2000.

3) 임동권의 「방뇨몽고」(『한국민속논고』, 집문당, 1984)와 김열규의 『한국민속과 문학연구』(일조각, 1985)에서도 자료들이 검토된 바 있다.

4) 김상기, 「국사상에 나타난 건국설화의 검토」, 『동방사논총』, 서울대출판부, 1986.

5) 권태효, 「'선류몽'담의 거인설화적 성격」, 『口碑文學硏究』 제2집, 한국구비문학회, 1995.

6) 김재용, 「한국의 홍수 이야기 연구」, 『口碑文學硏究』 제6집, 한국구비문학회, 1998.

2. 오줌 꿈을 사는 이야기의 전승 양상

오줌 꿈을 사는 이야기로서 우리 나라에서 가장 오래 된 문헌은 『삼국사기』 권제육(卷第六) 신라본기(新羅本紀) 제육(第六) 문무왕(文武王) 상(上)의 처음 부분에 기록된 것이다.

> 문무왕(文武王)이 즉위(卽位)하니, 휘(諱)는 법민(法敏)이요, 태종왕(太宗王)의 원자(元子)이다. 어머니 김씨(金氏)는 문명왕후(文明王后)이니, 소판(蘇判) 서현(舒玄)의 막내딸이며, 유신(庾信)의 누이이다. 그 맏누이가 꿈에 서형산(西兄山) 꼭대기에 올라가 앉아서 오줌을 누었더니 나라 안에 가득 퍼졌다. 꿈을 깨어 막내와 더불어 꿈 이야기를 했더니, 막내가 장난으로 말하였다. "내가 언니의 이 꿈을 사고 싶습니다." 그리하여 비단 치마를 주어 값을 치렀다. 며칠 뒤에 유신(庾信)이 춘추공(春秋公)과 더불어 축국(蹴鞠)을 하다가 그만 춘추(春秋)의 옷고름을 밟아서 떨어뜨렸다. 유신(庾信)이 말하였다. "우리 집이 마침 가까우니, 청컨대 가서 옷고름을 답시다." 그리하여 함께 집으로 가서 술을 차려 놓고서, 조용히 보희(寶姬)를 불러 바늘과 실을 가지고 와서 꿰매라 하였다. 그 맏누이는 일이 있어서 나오지 못하고, 그 막내가 나와서 꿰매어 달았는데, 엷은 화장과 가벼운 옷에 빛나고 고와서 사람을 눈부시게 하였다. 춘추(春秋)가 보고서 좋아하여, 이에 혼인을 청하여 예를 올리고, 곧 아이를 배어 아들을 낳으니 이가 법민(法敏)이다.[7]

김유신의 막내누이가 언니 보희의 선류몽을 비단치마를 주고 샀는데, 며

---

7) 文武王立 諱法敏 太宗王之元子 母金氏文明王后 蘇判舒玄之季女 庾信之妹也 其妹(姊)夢登西兄山頂 坐旋流徧國內 覺與季言夢 季戲曰 予願買兄此夢 因與錦裙爲直 後數日 庾信與春秋公蹴鞠 因踐落春秋衣紐 庾信曰 吾家幸近 請往綴紐 因與俱往宅 置酒 從容喚寶姬 持針線來縫 其姊有故不進 其季進前縫綴 淡粧輕服 光艶炤人 春秋見而悅之 乃請婚成禮 則有娠生男 是謂法敏.

칠 뒤 춘추공의 옷고름을 꿰매 준 것이 인연이 되어서 춘추공과 결혼하여 문명왕후가 되었고, 아들 법민을 낳았는데, 문무왕으로 즉위하였다는 이야기이다. 이를 서사단락으로 나누어 다시 정리해 보면 다음과 같다.

① 김유신(金庾信)의 맏누이 보희(寶姬)가 꿈에 서형산(西兄山) 꼭대기에 올라가 오줌을 누었더니 나라 안에 가득 퍼졌다.
② 꿈 이야기를 들은 막내누이 문희(文姬)가 비단 치마를 주고 그 꿈을 샀다.
③ 며칠 뒤 김유신이 김춘추와 더불어 축국(蹴鞠)을 하다가 김춘추의 옷고름을 밟아 떨어뜨렸다.
④ 김춘추를 집으로 데리고 와서 김유신은 술을 차려 놓고서 보희를 불러 꿰매라 하였다.
⑤ 보희는 일이 있어서 나오지 못하고, 문희가 나와서 꿰매었는데, 김춘추가 그 아름다운 자태를 보고 좋아하였다.
⑥ 김춘추가 혼인을 청하여 예를 올리고, 아이를 배어 아들을 낳으니, 곧 문무왕(文武王) 법민(法敏)이다.

이렇게 정리될 수 있는 이야기에서 주목해야 할 부분은 ①과 ②에서 보희의 오줌 꿈을 문희가 비단 치마를 주고 샀다는 대목과, ⑤와 ⑥에서 보희 대신 김춘추의 옷고름을 달아 준 문희가 김춘추와 혼인하여 문무왕 법민을 낳았다는 대목이다. 이 대목들을 주목해 볼 때 이 이야기의 요지는, 본래 보희가 오줌 꿈을 꾸었기 때문에 보희가 김춘추의 아내가 될 가능성이 있었지만, 그 꿈을 문희가 샀기 때문에 결국은 문희가 김춘추의 아내가 되고 문무왕 법민을 낳았다는 것이다.

이 이야기가 『삼국유사』 권제일(卷第一) 기이(紀異) 제이(第二) 태종춘추공(太宗春秋公)조에는 다소 장황하게 부연되어 있다.

제29대 태종대왕(太宗大王)의 이름은 춘추(春秋)요 성(姓)은 김씨(金氏)

이니, 용수(龍樹)<용춘(龍春)이라고도 한다.> 각간(角干) 추봉(追封)한 문흥대왕(文興大王)의 아들이다. 어머니는 진평대왕(眞平大王)의 딸 천명부인(天明夫人)이고, 비(妃)는 문명황후(文明皇后) 문희(文姬)이니 곧 유신공(庾信公)의 막내누이이다. 처음에 문희의 언니 보희(寶姬)가 꿈에 서악(西岳)에 올라가 오줌을 누었더니 서울에 가득 찼다. 아침에 누이동생에게 꿈 얘기를 했더니, 문희가 듣고서 말하였다. "내가 이 꿈을 사겠습니다." 언니가 말하였다. "무엇을 주겠느냐?" 말하였다. "비단 치마로 사면 되겠습니까?" 언니가 말하였다. "좋다." 누이동생이 옷깃을 열고 받고자 하니, 언니가 말하였다. "간 밤의 꿈을 너에게 물려 주노라." 누이동생은 비단 치마로 값을 치렀다. 열흘 뒤에 유신(庾信)이 춘추공(春秋公)과 더불어 정월(正月) 오기일(午忌日)<위의 사금갑(射琴匣) 사건을 볼 것이니, 이는 최치원(崔致遠)의 말이다.> 유신의 집 앞에서 축국(蹴鞠)<신라 사람들은 축국(蹴鞠)을 농주지희(弄珠之戲)라고 한다.>을 하다가, 일부러 춘추의 옷자락을 밟아서 그 옷고름을 찢었다. 말하기를, "청컨대 우리 집에 들어가 꿰맵시다." 하니, 공(公)이 따랐다. 유신이 아해(阿海)를 시켜서 꿰매 드리라 하니, 아해가 말하기를, "어찌 자잘한 일로 가벼이 귀공자(貴公子)를 가까이 하겠습니까?" 하고는 사양하였다.<고본(古本)에는 병(病)으로 나오지 못했다고 하였다.> 그리하여 아지(阿之)에게 시켰다. 공(公)이 유신의 뜻을 알고 드디어 사랑하였다. 그 뒤로 자주 왕래하였는데, 유신이 그 임신한 것을 알고는 꾸짖어 말하였다. "네가 부모에게 알리지도 아니하고 임신을 하였으니 웬 일이냐?" 이에 서울 안에 말을 퍼뜨리기를 그 누이동생을 태워 죽이겠다고 하였다. 하루는 선덕왕(善德王)이 남산(南山)에 놀러 나가기를 기다려 뜰 가운데 장작을 쌓고 불을 지르니 연기가 일어났다. 임금이 바라보고는 무슨 연기냐고 물었다. 좌우가 아뢰어 말하였다. "아마도 유신이 누이동생을 태워 죽이나 봅니다." 임금이 그 까닭을 물으니 말하기를, "그 누이동생이 남편도 없이 임신을 했기 때문입니다." 하였다. 임금이 말하였다. "이는 누가 한 짓인고?" 때마침 공(公)이 가까이 모시고 앞에 있다가 낯빛이 크게 달라졌다. 임금이 말하였다. "이는 네가 한 짓이로구나. 빨리 가서 구하라." 공(公)이 명을 받고 말을 달려서 분부를 전달하여 저지하였다. 그 뒤로 공식적으로 혼례를 올렸다. 진덕왕(眞德王)이 죽자 영휘(永徽) 5년 갑인

(甲寅)에 즉위하여, 나라를 다스린 지 8년 용삭(龍朔) 원년(元年) 신유(辛酉)에 세상을 떠나니 수(壽)가 59세였다. 애공사(哀公寺) 동쪽에 장사를 지내고 비(碑)를 세웠다. 임금이 유신(庾信)과 더불어 신묘(神妙)한 계책으로 힘을 합하여 삼한(三韓)을 통일하고 사직(社稷)에 큰 공을 세웠으므로 묘호(廟號)를 태종(太宗)이라 하였다. 태자(太子) 법민(法敏)과 각간(角干) 인문(仁問)과 각간(角干) 문왕(文王)과 각간(角干) 노차(老且)와 각간(角干) 지경(智鏡)과 각간(角干) 개원(愷元) 등은 모두 문희(文姬)가 낳은 이들이니, 그 때 꿈을 산 징험(徵驗)이 여기에 나타난 것이다.8)

이러한 『삼국유사』의 기록은 『삼국사기』의 기록과 비교해 볼 때 다음과 같은 차이점들이 있다. 첫째, 『삼국사기』는 서술의 출발이 문희의 아들 문무왕 법민이었으나 『삼국유사』는 문희의 남편 태종 춘추공이다. 둘째, 『삼국사기』에서 보희가 꿈에 오줌을 눈 곳은 서형산(西兄山) 꼭대기였으나 『삼국유사』에서는 서악(西岳)이다. 셋째, 『삼국사기』에서는 문희가 꿈을 산다는 말을 장난으로 하였으나 『삼국유사』에서는 진지하게 하였다. 넷째, 『삼국사기』에서는 보희가 꿈을 팔겠다는 의지를 분명히 보이지 않고 있으나 『삼국유사』에서는 대가를 흥정할 정도로 분명한 의지를 보이고 있다. 다섯째, 『삼국사기』에는 꿈을 사고 파는 행위에 대한 묘사가 없었으나 『삼

---

8) 第二十九太宗大王 名春秋 姓金氏 龍樹<一作龍春>角干追封文興大王之子也 姓眞平大王之女天明夫人 妃文明皇后文姬 卽庾信公之季妹也 初文姬之姊寶姬 夢登西岳捨溺 瀰滿京城 旦與妹說夢 文姬聞之謂曰 我買此夢 姊曰 與何物乎 曰 鬻錦裙可乎 姊曰 諾 妹開襟受之 姊曰 疇昔之夢 傳付於汝 妹以錦裙酬之 後旬日 庾信與春秋公 正月午忌日<見上射琴匣事 乃崔致遠之說> 蹴鞠于庾信宅前<羅人謂蹴鞠爲弄珠之戲> 故踏春秋之裙 裂其襟紐 曰 請入吾家縫之 公從之 庾信命阿海奉針 海曰 豈以細事輕近貴公子乎 因辭<古本云 因病不進> 乃命阿之 公知庾信之意 遂幸之 自後數數來往 庾信知其有娠 乃嘖之曰 爾不告父母 而有娠 何也 乃宣言於國中 欲焚其妹 一日 俟善德王遊幸南山 積薪於庭中 焚火烟起 王望之 問何烟 左右奏曰 殆庾信之焚妹也 王問其故 曰 爲其妹無夫有娠 王曰 是誰所爲 時公昵侍在前 顏色大變 王曰 是汝所爲也 速往救之 公受命馳馬 傳宣沮之 自後現行婚禮 眞德王薨 以永徽五年甲寅卽位 御國八年 龍朔元年辛酉崩 壽五十九歲 葬於哀公寺東 有碑 王與庾信神謀戮力 一統三韓 有大功於社稷 故廟號太宗 太子法敏 角干仁問 角干文王 角干老且 角干智鏡 角干愷元等 皆文姬之所出也 當時買夢之徵 現於此矣.

국유사』에는 옷깃을 열고 사는 행위와 말로 선언하여 파는 행위를 구체적으로 묘사하고 있다. 여섯째, 『삼국사기』에는 김유신과 김춘추가 축국(蹴鞠)하는 날이 명시되어 있지 않으나 『삼국유사』에는 정월 오기일(午忌日)로 명시되어 있다. 일곱째, 『삼국사기』에서는 김유신이 김춘추의 옷고름을 밟아 떨어뜨린 데에 고의성이 없었으나 『삼국유사』에서는 고의로 밟아 떨어뜨리고 있다. 여덟째, 『삼국사기』에는 김유신이 김춘추를 집으로 데리고 와서 술자리를 벌였다고 하였으나 『삼국유사』에는 술자리 벌였다는 얘기가 없다. 아홉째, 『삼국사기』에는 김유신이 조용히 보희를 불러 김춘추의 옷을 꿰매게 하였다고 하였으나 『삼국유사』에는 정식으로 명하여 꿰매 드리라 하였다. 열째, 『삼국사기』에서는 보희가 일이 있어서 나오지 못했다고 했으나 『삼국유사』에서는 보희가 자잘한 일로 귀공자를 가까이 할 수는 없다는 이유로 김유신의 명을 거부하였다고 하였다. 열한째, 『삼국사기』에서는 문희의 아름다움에 반한 김춘추가 청혼을 하여 결혼하였다고 했으나 『삼국유사』에서는 문희의 아름다움에 대한 묘사 없이 김유신의 뜻을 안 김춘추가 문희를 사랑했다고 하였다. 열두째, 『삼국사기』에서는 결혼 후 곧 아이를 배어 아들 법민을 낳았다고만 하였으나 『삼국유사』에서는 결혼하기 전에 아이를 배어 태워 죽이겠다는 소동을 피운 뒤 선덕왕의 도움으로 결혼하게 된 과정을 장황하게 이야기하였다. 열세째, 『삼국사기』에서는 문희가 법민을 낳은 것만을 언급하고 꿈을 산 징험을 명시하지 않았으나 『삼국유사』에서는 법민을 비롯하여 인문, 문왕, 노차, 지경, 개원 등을 낳은 것을 말하고서 이것이 꿈을 산 징험이라고 명시하였다. 전체적으로 볼 때, 『삼국사기』의 기록에서는 모든 과정에 의도나 의지의 개입은 거의 드러나지 않고 있는 데 반해서, 『삼국유사』의 기록에서는 의도와 의지가 적극적으로 개입하고 있다는 특징을 보이고 있음을 알 수 있다.

　이러한 문희의 이야기가 『고려사』의 고려세계(高麗世系)에서는 보육(寶育)의 막내딸 진의(辰義)의 이야기로 변개되어 있다.

보육(寶育)은 성품이 자혜(慈惠)하였다. 출가(出家)하여 지리산(智異山)에 들어가 수도(修道)하였으며, 돌아와 평나산(平那山) 북갑(北岬)에 거처하였고, 또 마가갑(摩訶岬)으로 옮겨 살았다. 일찍이 꿈에 곡령(鵠嶺)에 올라가 남쪽을 향하여 오줌을 누었더니 오줌이 삼한(三韓)의 산천(山川)에 넘쳐서 은해(銀海)로 변하였다. 이튿날 그 형 이제건(伊帝建)에게 말하였더니, 이제건이 말하기를, "너는 반드시 하늘을 지탱할 기둥을 낳을 것이다." 하고, 그의 딸 덕주(德周)를 아내로 삼게 하였다. 드디어 거사(居士)가 되어서 그대로 마가갑에 목암(木菴)을 지었다. 신라(新羅)의 술사(術士)가 이것을 보고서 말하기를, "여기에 살면 반드시 대당(大唐) 천자(天子)가 와서 사위가 될 것이다." 하였다. 뒤에 두 딸을 낳아, 막내를 진의(辰義)라 하였는데, 아름답고 재지(才智)가 많았다. 나이가 겨우 15세 되었을 때, 그의 언니가 꿈에 오관산(五冠山) 꼭대기에 올라가 오줌을 누니 천하에 넘쳤다. 깨어서 진의에게 이야기하니 진의가 말하였다. "청컨대 비단 치마로 사겠습니다." 언니가 허락하자 진의는 다시 꿈 이야기를 하라 하고는 붙잡아서 품기를 세 번 하였다. 이윽고 몸이 움찔하며 얻은 것이 있는 것 같고 마음이 자못 든든하였다. 당(唐) 숙종황제(肅宗皇帝)가 잠저(潛邸) 때에, 산천(山川)을 편유(遍遊)하고자 하여, 명황(明皇) 천보(天寶) 12년 계사(癸巳) 봄에 바다를 건너 패강(浿江)의 서포(西浦)에 다달았는데, 바야흐로 조수(潮水)가 물러가자 강 기슭이 진흙투성이었다. 종관(從官)이 배 안의 돈을 꺼내어 깔고서 언덕으로 올라갔는데, 뒤에 그 포구(浦口)를 이름하여 전포(錢浦)라고 하였다. 드디어 송악군(松嶽郡)에 이르러 곡령(鵠嶺)에 올라가 남쪽을 바라보며 말하였다. "이 땅은 반드시 도읍(都邑)이 될 것이다." 종자(從者)가 말하였다. "여기는 팔진선(八眞仙)이 사는 곳입니다." 마가갑(摩訶岬) 양자동(養子洞)에 다달아 보육(寶育)의 집에서 기숙(寄宿)하게 되었는데, 두 딸을 보고는 좋아하며 옷 터진 곳을 꿰매 주기를 청하였다. 보육은 중화(中華)의 귀인(貴人)임을 알아차리고서 마음 속으로 과연 술사의 말과 부합된다고 생각하였다. 곧 맏딸로 하여금 명(命)에 응하게 하였더니, 막 문턱을 넘는데 코피가 나므로 도로 나와서, 진의(辰義)로 대신하게 하였다. 드디어 천침(薦枕)하여 한 달을 머물렀는데, <민지(閔漬)의 편년(編年)에는, "혹은 일 년이라고도 한다."고 하였다.> 임신한 것을 알게 되었다. 떠나면서 말하기를, "나는 대당(大唐)의 귀성(貴姓)이다." 하고, 궁시(弓矢)를 주며 말하기를, "아들을 낳거든 이것을 주라." 하였다. 과연 아들을 낳으니 작제건(作帝建)이라 하였다. 뒤에 보육을 추존(追尊)하여 국조원덕대왕(國祖元德大王)이라 하고, 그의 딸 진의를 정화왕후(貞和王后)라고 하였다.[9]

　　문희의 이야기와 비교해 볼 때, 언의 꿈을 산 동생이 언니·대신 귀한 사람을 만나 귀한 아들을 낳았다는 큰 틀은 조금도 달라지지 않았음을 알 수 있다. 그러나 두 이야기의 차이점도 눈여겨 볼 만한 점들이 있다. 첫째, 문희 이야기에는 오빠가 등장하였으나 진의 이야기에는 오빠 대신 아버지가 등장하고 있다. 둘째, 문희 이야기에는 오빠 김유신의 꿈은 등장하지 않으나 진의 이야기에는 아버지 보육의 꿈이 등장하여 이야기 진행에 중요한 역할을 하고 있다. 셋째, 문희 이야기에는 술사(術士)가 등장하지 않으나 진의 이야기에는 술사가 등장하여 집터에 대한 예언을 하고 있다. 넷째, 문희 이야기에서는 꿈 속에서 오줌을 누었을 때 서울 또는 나라에 넘쳤다고 하였는데 진의 이야기에서는 천하에 넘쳤다고 하였다. 다섯째, 문희 이야기에는 꿈을 살 당시의 변화에 대한 언급이 없는데 진의 이야기에는 꿈을 사자 몸이 움찔하면서 얻은 것이 있는 것 같다고 하였다. 여섯째, 문희 이야기에서는 익히 알고 지내는 인물과 인연을 맺는 것으로 되어 있는데 진의 이야기에서는 멀리서 새롭게 나타난 인물과 인연을 맺는 것으로 되어 있

---

9) 寶育性慈惠 出家 入智異山修道 還居平那山北岬 又徙摩訶岬 嘗夢登鵠嶺 向南便旋
　　溺溢三韓山川 變成銀海 明日 以語其兄伊帝建 伊帝建曰 汝必生支天之柱 以其女德
　　周妻之 遂爲居士 仍於摩訶岬 構木菴 有新羅術士見之曰 居此 必大唐天子來作壻矣
　　後生二女 季曰辰義 美而多才智 年甫笄 其姊 夢登五冠山頂 而旋流溢天下 覺與辰義
　　說 辰義曰 請以綾裙買之 姊許之 辰義令更說夢 攬而懷之者三 旣而身動若有得 心頗
　　自負 唐肅宗皇帝潛邸時 欲遍遊山川 以明皇天寶十二載癸巳春 涉海到浿江西浦 方潮
　　退 江渚泥淖 從官取舟中錢 布之 乃登岸 後名其浦 爲錢浦 遂至松嶽郡 登鵠嶺 南望
　　曰 此地必成都邑 從者曰 此八眞仙住處也 抵摩訶岬養子洞 寄宿寶育第 見兩女悅之
　　請縫衣綻 寶育認是中華貴人 心謂果符術士言 卽令長女應命 纔踰閾 鼻衄而出 代以
　　辰義 遂薦枕 留期月 <閱漬編年 或云一年> 覺有娠 臨別 云我是大唐貴姓 與弓矢曰
　　生男則與之 果生男 曰作帝建 後追尊寶育 爲國祖元德大王 其女辰義 爲貞和王后.

다. 일곱째, 문희 이야기에서는 인연을 맺게 되는 남자가 먼저 옷을 꿰매
달라는 요청을 하지는 않으나 진의 이야기에서는 먼저 요청을 하고 있다.
여덟째, 문희 이야기에서 김유신은 누이들에게 김춘추의 옷을 꿰매게 하면
서도 예언이 실현되리라는 예감을 가진 것은 아니었으나 진의 이야기에서
보육은 술사의 예언이 실현되리라는 기대를 하고 당 숙종의 옷을 꿰매게
하고 있다. 아홉째, 문희 이야기에서 문희는 김춘추와 정식으로 결혼을 하
므로 아버지가 아들에게 주는 신표가 없는데 진의 이야기에서 진의는 당
숙종과 결혼을 하지 못하므로 아버지가 아들에게 주는 신표가 있다. 전체
적으로 볼 때, 문희 이야기는 김유신과 김춘추의 관계가 가지고 있는 역사
적인 무게가 크기 때문에 문희가 산 꿈은 이 관계를 설화적인 각도에서 조
명하는 측면이 강한데 반해서, 진의 이야기는 보육과 당 숙종과의 관계에
역사적인 무게는 없으므로 진의가 산 꿈은 진의가 작제건을 낳아 결국 고
려를 건국하는 과정을 설화적으로 설득하기 위한 장치의 구실을 하고 있는
것이다.
  이러한 진의 이야기가 『신증동국여지승람』 권지십이(卷之十二) 장단도
호부(長湍都護府)의 고적(古跡) 마가갑(摩訶岬)조에는 다소 축약되어 기록되
어 있다.

> 김관의(金寬毅)의 편년통록(編年通錄)에, 성골장군(聖骨將軍)의 아들
> 강충(康忠)이 마가갑(摩訶岬)에 살았는데, 강충의 아들 보육(寶育)이 거사
> (居士)가 되어서 그 곳에 목암(木菴)을 짓고 살았다. 신라(新羅)의 술사(術
> 士)가 이것을 보고서 말하기를, "여기에 살면 반드시 대당(大唐) 천자(天
> 子)가 와서 사위가 될 것이다." 하였다. 뒤에 두 딸을 낳아, 막내를 진의
> (辰義)라 하였는데, 아름답고 재지(才智)가 많았다. 나이가 겨우 15세 되
> 었을 때, 그의 언니가 꿈에 오관산(五冠山) 꼭대기에 올라가 오줌을 누
> 니 천하에 넘쳤다. 깨어서 진의에게 이야기하니 진의가 말하였다. "청컨
> 대 비단 치마로 사겠습니다." 언니가 허락하자 진의는 다시 꿈 이야기
> 를 하라 하고는 붙잡아서 품기를 세 번 하였다. 이윽고 몸이 움찔하며

얻은 것이 있는 것 같고 마음이 자못 든든하였다. 당(唐) 숙종(肅宗)이 잠
저(潛邸) 때에, 산천(山川)을 편유(遍遊)하고자 하여, 천보(天寶) 12년 계사
(癸巳) 봄에 바다를 건너 송악군(松岳郡)에 이르러, 마가갑(摩訶岬) 양자
동(養子洞)에 다달아, 보육(寶育)의 집에서 기숙(寄宿)하게 되었는데, 두
딸을 보고는 좋아하며 옷 터진 곳을 꿰매 주기를 청하였다. 보육은 중화
(中華)의 귀인(貴人)임을 알아차리고서 마음 속으로 과연 술사의 말과 부
합된다고 생각하였다. 곧 맏딸로 하여금 명(命)에 응하게 하였더니, 막
문턱을 넘는데 코피가 나므로 도로 나와서, 진의(辰義)로 대신하게 하였
다. 드디어 천침(薦枕)하여 한 달을 머물렀는데, 임신한 것을 알게 되었
다. 떠나면서 말하기를, "나는 대당(大唐)의 귀성(貴姓)이다." 하고, 궁시
(弓矢)를 주며 말하기를, "아들을 낳거든 이것을 주라." 하였다. 과연 아
들을 낳으니 작제건(作帝建)이라 하였다. 뒤에 보육을 추존(追尊)하여 국
조원덕대왕(國祖元德大王)이라 하고, 그의 딸 진의를 정화왕후(貞和王后)
라고 하였다.10)

　　이러한 『신증동국여지승람』의 기록은 내용의 전체적인 흐름이 『고려
사』의 기록과 일치할 뿐만 아니라 문장 자체를 그대로 옮겨 놓고 있으므로
두 기록의 차이는 없다고 보아도 좋을 것이다. 그러나 『신증동국여지승람』
이 『고려사』의 어떤 부분들을 삭제하여 축약하고 있는가는 『신증동국여지
승람』이 진의 이야기를 어떻게 이해하고 있는지를 말해 주는 중요한 표지
가 될 수 있다. 『신증동국여지승람』에서 삭제하여 축약하고 있는 대목들은
다음과 같다. 첫째, 보육이 출가하여 지리산에 들어가 수도하고 나와서 마
가갑(摩訶岬)에 살 적에, 꿈에 곡령(鵠嶺)에 올라가 오줌을 누니 삼한의 산

---

10) 金寬毅編年通錄 聖骨將軍康忠 居摩訶岬 康忠子寶育爲居士 仍構木菴而居 有新羅術
　　士見之曰 居此 必大唐天子來作壻矣 後生二女 季曰辰義 美而多才智 年甫笄 其姉 夢
　　登五冠山頂 而旋流溢天下 覺與辰義說 辰義曰 請以綾裙買之 姉許之 辰義令更說夢
　　攬而懷之者三 旣而身動若有得 心頗自負 唐肅宗潛邸時 欲遍遊山川 以天寶十二載癸
　　巳春 涉海至松岳郡 抵摩訶岬養子洞 寄宿寶育第 見兩女悅之 請縫衣綻 寶育認是中
　　華貴人 心謂果符術士言 卽令長女應命 纔踰閾 鼻衄而出 代以辰義 遂薦枕 留期月 覺
　　有娠 臨別 云我是大唐貴姓 與弓矢曰 生男則與之 果生男 曰作帝建 後追尊寶育 爲國
　　祖元德大王 其女辰義 爲貞和王后.

천이 은해로 바뀌었고, 그 꿈 얘기를 들은 형 이제건(伊帝建)이 반드시 하늘을 지탱할 기둥을 낳을 거라며 자기 딸 덕주(德周)를 아내로 삼게 한 이야기가 빠져 있다. 둘째, 당 숙종이 바다를 건너 패강(浿江) 서포(西浦)에 당도했는데, 바야흐로 조수가 빠져나가 강 기슭이 진흙투성이므로 종관(從官)이 배 안의 돈을 꺼내어 깔고서 언덕으로 올라갔고, 나중에 그 포구를 전포(錢浦)라고 했다는 이야기도 삭제되어 있다. 셋째, 송악군(松嶽郡)에 이른 당 숙종이 곡령에 올라가 남쪽을 바라보고는 반드시 도읍이 될 것이라 예언하니 종자(從者)가 여기는 팔진선(八眞仙)이 사는 곳이라고 한 이야기 역시 없다. 그러니까 『신증동국여지승람』은 보육의 꿈 이야기, 전포(錢浦)와 관련된 이야기, 곡령 남쪽이 도읍이 될 것이라는 이야기 등은 진의의 꿈 이야기와 그리 긴밀하지 않다고 보아 빼버린 것이다. 이로써 볼 때,『신증동국여지승람』의 진의 이야기는『고려사』의 진의 이야기에 비해서『삼국사기』나『삼국유사』에 기록된 문희 이야기에 더 가까운 거리에 있다고 해야 할 것이다.

3. 오줌 꿈을 사는 이야기의 문학치료학적 의미

그러면 문희나 진의가 오줌 꿈을 사는 이야기는 도대체 어떤 의미를 나타내는 걸까? 우선 이러한 이야기는 다음과 같이 일반화하여 말할 수 있을 것이다. 곧, "꿈은 미래의 운명과 관련이 있다. 그러나 꿈을 꾸는 것만으로는 충분하지 않고, 그 꿈을 자신의 꿈으로 소유해야 한다. 남이 꾼 꿈이라도 그 꿈을 자신의 것으로 소유하면, 그 꿈이 지시하는 미래는 자신의 것이 된다."는 것이 그것이다. 그러나 이렇게 일반화하는 것만으로는 이러한 이야기의 의미가 충분히 드러났다고 할 수 없을 것이다.

가장 먼저 살펴 보아야 할 것은 문희의 언니나 진의의 언니가 왜 산에 올라가 오줌을 누는 꿈을 꾸게 되었는가 하는 것이다. 이야기상으로만 보면 그것은 김춘추나 당 숙종을 만나는 것과 관계가 있다. 특히 문희의 언니는 김유신과 김춘추의 교우 관계로 볼 때 김춘추와 마주칠 가능성이 상존하고 있었다. 뿐만 아니라 마주쳤을 때 김춘추를 선망하고 흠모할 가능성도 매우 높다.『삼국유사』에서 김춘추의 옷을 꿰매 드리라 하자 문희의 언니는, "어찌 자잘한 일로 가벼이 귀공자(貴公子)를 가까이 하겠습니까?" 하였는데, 이러한 말에서도 김춘추를 귀공자로 흠모하고 있으며, 그래서 더욱 함부로 대할 수 없다는 태도를 분명히 읽을 수 있다. 그리고 꼭 구체적인 누가 있어서라기보다 과년한 여인이라면 누구나 귀인(貴人)을 만나 그의 배필이 되고 싶다는 소망을 품기 마련이라는 점을 생각할 때, 진의의 언니가 그런 꿈을 꾸는 것 역시 조금도 이상할 것이 없다.

다음으로 살펴 보아야 할 것은 왜 하필 문희나 진의가 아니고 문희의 언니나 진의의 언니가 그런 꿈을 꾼 것으로 이야기하는가 하는 것이다. 그것은 나이를 고려한 결과라고 보아야 할 것이다. 동생인 문희나 진의가 그런 꿈을 꾸지 못할 것도 없겠지만, 먼저 성년이 된 문희의 언니나 진의의 언니가 그런 꿈을 먼저 꾸게 되리라는 통념이 작용하였다고 보는 것이 좀더 설득력이 있을 것이다. 김춘추를 집에 데려왔을 때 김유신은 문희의 언니를 먼저 불렀다고 하였고, 당 숙종이 찾아 왔을 때 보육도 진의의 언니를 먼저 불렀다고 하였는데, 이 역시 나이에 대한 배려가 작용하고 있음을 짐작하게 하는 것이다.

이렇게 볼 때 문희의 언니나 진의의 언니가 꿈에 높은 산에 올라가 오줌을 누었다는 이야기는 결국 문희의 언니나 진의의 언니가 좋은 배필을 만나고 싶다는 소망이 있을 것임을 말한 것이며, 그런 소망은 문희나 진의에게도 있을 것이지만 나이를 고려하여 동생보다는 언니에게 그런 꿈이 먼저 나타난 것으로 말한 것이라 할 것이다. 그렇다면 이제 남는 문제는 문희의 언니나 진의의 언니는 그런 소망이 있는데도 왜 그 꿈을 동생에게 팔며, 동생인 문희나 진의가 언니의 꿈을 산다는 것이 무슨 의미가 있을까 하는 것이다.

　먼저 문희의 언니나 진의의 언니가 자신들이 꾼 오줌 꿈을 동생에게 판 것은, 김춘추나 당 숙종과 인연을 맺을 기회가 있었는데도 인연이 맺어지지 않은 것과 관계가 있다 할 것이다. 여기서 주목해 보아야 하는 것은 문희의 언니나 진의의 언니가 일이나, 병이나, 코피 등의 이유로 나오지 못했다고 하는 것보다는 『삼국유사』에서 김유신이 문희의 언니에게 김춘추의 옷을 꿰매라 하니까 문희의 언니가 "어찌 자잘한 일로 가벼이 귀공자를 가까이 하겠습니까?" 하고는 사양하였다는 대목이다. 이로써 볼 때 문희의 언니가 중시하고 있는 것은 귀공자를 만나 보고 싶은 자신의 소망보다는 귀공자를 가까이 하는 예의범절이다. 이 예의범절에 대한 중시가 귀공자를 만나 보고 싶은 자신의 소망을 억제하였고, 더 소급해 올라가면 서악(西岳)에 올라가 오줌을 눈 꿈을 꾸고도 그 꿈을 동생에게 팔아버리도록 종용하였다고 할 수 있다. 생각해 보면 문희의 언니가 자신의 꿈을 하찮게 여겼기 때문에 동생에게 팔아버린 것은 아니었다. 아침에 동생에게 꿈 얘기를 한 것부터가 그 꿈이 심상치 않은 꿈임을 느꼈기 때문이며, 더구나 그 꿈을 사겠다는 동생에게 "무엇을 주겠느냐?"며 대가를 요구하는 것도 그 꿈이 가치가 있는 것으로 여겼기 때문이다. 그럼에도 불구하고 그 꿈을 동생에게 팔아버린 것은 예의범절을 중시하는 자신의 생활 태도와 관계가 있다고 해야 할 것이다.

　다음으로 문희나 진의가 언니의 오줌 꿈을 산 것은 김춘추나 당 숙종과 인연을 맺게 된 것과 관계가 있다고 해야 할 것이다. 물론 그 결과 훌륭한 아들인 문무왕 법민이나 작제건을 낳게 된 것과도 관계가 있을 것이다. 『삼국사기』에서는 그저 김춘추가 "혼인을 청하여 예를 올리고, 곧 아이를 배어 아들을 낳으니 이가 법민이다."라고 하여 법민을 낳은 것까지 언급하는 수준에서 여러 가지 해석의 여지를 남겨 놓고 있고, 『고려사』나 『신증동국여지승람』에서는 보육이 마가갑(摩訶岬)에 목암(木菴)을 짓고 사는 것을 보고서 "여기에 살면 반드시 대당 천자가 와서 사위가 될 것이다."라는 신라 술사의 예언이 이미 있었으므로, 진의가 언니의 오줌 꿈을 산 것은 당 숙종과 인연을 맺어서 아들 작제건(作帝建)을 낳은 것까지를 감당해야 할 것이라는 추측을 하게 하며, 『삼국유사』의 경우 훌륭한 아들들을 낳은 것이 꿈을 산 징험이라고 직접 언급하고 있다. 그러나 좀더 주목해 보아야 할 것은 역시 문희나 진의가 김춘추나 당 숙종과 인연을 맺게 되는 과정이다. 특히 예의범절을 내세워 거부한 언니를 대신해서 문희가 김춘추의 옷고름을 달아준다고 이야기하는 『삼국유사』의 기록을 주목할 필요가 있다. 일이 있거나(『삼국사기』), 병이 나거나(고본), 코피가 난(『고려사』, 『신증동국여지승람』) 언니를 대신했다고 한 경우야 단지 우연의 소치로 돌려 버릴 수 있으나, 예의범절을 내세워 거부한 언니를 대신해서 나섰다고 한 것은 동생에게는 언니와는 다른 생각의 흐름이 있음을 보여 주기에 충분하기 때문이다. 더구나 순조롭게 혼인을 청하여 예를 올리고 아이를 배어 아들을 낳거나(『삼국사기』), 혼인을 하지는 못했지만 아버지의 주선으로 맺어진 관계이므로 아무 탈 없이 아들을 낳거나(『고려사』, 『신증동국여지승람』) 한 경우와 달리, 오빠인 김유신의 묵인 아래 김춘추와 사랑을 했으면서도 정작 임신을 하게 되자, "네가 부모에게 알리지도 아니하고 임신을 하였으니 웬 일이냐?"며 꾸지람을 듣고, 비록 계산된 속셈이 깔려 있는 것이기는 하지만 어쨌든 불에 태워 죽이겠다는 소동을 치르는 것을 생각하면, 이 모든 것을 감당해 내기로 작정한 문희에게는 언니의 예의범절과는 그 맥락을 달리하는 비상한 생각의 흐름이 있음을 짐작할 수 있다. 바로 이러한 생각의 흐름이 언니로부터 오줌 꿈을 사도록 부추겼다고 해야 할 것이다.

이제 오줌 꿈을 사는 이야기의 문학치료학적 의미를 좀더 직접적으로 언급해야 할 차례가 되었다. 이를 위해서는 다음과 같은 추론을 허용해야 할 것이다. 문희나 진의에게는 김춘추나 당 숙종과 같은 귀인을 만나 배필이 되고, 그리하여 훌륭한 아들을 낳고 싶은 소망이 있었다. 그런데다가 예의범절을 착실히 지키며 그것에 큰 의의를 부여하고 사는 일에 적응하기도 어려운 품성을 지니고 있었다. 그러나 실제로는 예의범절을 중시하는 문화

속에 살고 있었으므로 감히 예의범절을 어길 수는 없었다. 이러한 문화적 억압 때문에 귀인을 만나 훌륭한 아들을 낳고 싶은 소망은 무의식의 영역에서나 기회를 노리고 있을 뿐 의식으로 떠오를 수가 없었다. 따라서 아름답고 재지(才智)가 많은지라(『고려사』, 『신증동국여지승람』), 엷은 화장과 가벼운 옷을 입으면 빛나고 고와서 사람을 눈부시게 하였지만(『삼국사기』), 이를 마음껏 펼쳐 볼 수가 없으므로, 언제나 마음이 어수선하였다. 아직 어리고 수양이 덜 되어서 그러려니 해 보지만 왠지 몰라도 편치가 않았다. 그러던 차에 언니의 오줌 꿈 얘기를 들었다. 묘한 느낌이 들었다. 이것이야말로 바로 내 꿈이어야 한다는 생각이 들었다. 그래서 당돌하게도 언니에게 그 꿈을 사겠다고 제안하였다. 예의범절을 중시하며 문화적 요구에 충실한 언니는 그 꿈으로 뭔가 마음이 흔들린 것 같아 께름직하던 차에 쾌히 응락하였다. 언니는 자신의 꿈이면서도 자신의 꿈으로 하기가 겁이 났고, 동생은 언니의 꿈인데도 자신의 꿈이어야 할 것만 같았던 것이다. 꿈을 산 동생은 몸이 움찔하며 얻은 것이 있는 것 같고 마음이 자못 든든하였다.(『고려사』, 『신증동국여지승람』) 이제 어수선하고 편치 않던 마음이 정리되고 안정을 되찾은 것이다. 그것은 자신의 소망이 무엇이고, 이제 어떻게 살아야 하는지를 깨달았기 때문이었다. 그리하여 김춘추나 당 숙종이 나타났을 때 예의범절에 구속되어 망설이는 일 없이 자신의 길을 과감히 헤쳐나갔던 것이다. 그 결과가 바로 김춘추나 당 숙종의 배필이 되어 법민이나 작제건과 같은 훌륭한 아들을 낳고 새로운 세상을 열어가게 된 것이다.

이러한 추론에서 문희의 언니나 진의의 언니가 꾼 오줌 꿈을 문학 작품으로 본다면, 문희나 진의는 언니가 만들어 낸 문학 작품을 읽고, 그것을 자신의 이야기로 받아들임으로써, 어수선했던 마음을 안정시키고, 미지의 세계를 개척해 나갈 수 있었던 것이다. 다시 말해서 문희나 진의가 언니의 오줌 꿈을 산 이야기는 바로 문학감상치료 과정에 관한 이야기가 되는 셈이다.

4. 결 론

이 논문의 목적은 문학감상치료의 가능성 및 방법론에 대한 실마리를 찾는 것이었다. 그리하여 오줌 꿈을 사는 이야기에 주목하여, 『삼국사기』와 『삼국유사』에 실려 있는 문희 이야기와 『고려사』와 『신증동국여지승람』에 실려 있는 진의 이야기를 고찰하였다.

먼저 오줌 꿈을 사는 이야기의 전승 양상을 세밀하게 검토하였다. 그 결과 문희 이야기 가운데 『삼국사기』에 기록된 것은 등장 인물들의 의도나 의지가 거의 드러나지 않도록 기술되어 있는 데 반해서, 『삼국유사』에 기록된 것은 등장 인물들의 의도나 의지가 적극적으로 개입되고 있는 모습을 보여 주고 있었다. 그리고 『삼국사기』나 『삼국유사』의 문희 이야기가 김유신과 김춘추의 관계에 역사적인 무게가 있음을 크게 배려하고 있는 데 반해서, 『고려사』나 『신증동국여지승람』의 진의 이야기는 보육과 당 숙종의 관계에 역사적인 무게가 별로 없으므로 진의가 작제건을 낳고 결국 고려를 건국하게 되는 과정의 필연성을 설득하는 데 중점을 두고 있었다. 진의 이야기는 『고려사』나 『신증동국여지승람』이 동일한 문헌을 차용하고 있기 때문에 둘 사이에 차이가 없다고 보기 쉬우나, 『고려사』가 보육의 꿈 이야기, 전포의 유래에 관한 이야기, 곡령 남쪽이 도읍이 될 것이라는 이야기 등 진의의 꿈 이야기와 긴밀하지 않은 이야기들에도 두루 관심을 보인 반면, 『신증동국여지승람』은 이들을 삭제하고 진의의 꿈 이야기에 집중하고 있음을 눈여겨 볼 때, 『고려사』의 진의 이야기보다 『신증동국여지승람』의 진의 이야기기 『삼국사기』나 『삼국유사』의 문희 이야기에 더 가까운 거리에 있음을 알 수 있었다.

다음으로 오줌 꿈을 사는 이야기의 문학치료학적 의미를 탐색해 보았다. 이 이야기의 문학치료학적 의미는 어느 한 문헌의 이야기만으로는 분명하

게 드러나지 않으므로 각 문헌들의 이야기를 서로 비교하며 조명하는 방식
으로 논의하였다. 그 결과 다음과 같은 추론을 할 수 있었다. 문희의 언니
나 진의의 언니는 김춘추나 당 숙종과 같은 훌륭한 인물을 만나 배필이 되
어서 문무왕 법민이나 작제건과 같은 훌륭한 아들을 낳고 싶다는 소망이
작용하여 산에 올라가 오줌을 누는 꿈을 꾸긴 했으나, 예의범절을 중시하
는 문화에 순응하고 적응한 나머지 그 꿈을 자신의 꿈으로 할 수가 없었다.
반면에 언니와 같은 소망을 품고 있으면서도 예의범절의 문화에는 철저히
순응하지 못하는 문희나 진의는 언니의 꿈 얘기를 듣자 자신에게 맞는 꿈
이라고 생각하였다. 그리하여 언니의 꿈을 사서 자신의 꿈으로 삼은 문희
나 진의는 그 꿈이 함유하고 있는 새로운 길을 망설임 없이 걸어갈 수 있었
던 것이다. 이 때 언니의 꿈은 바로 언니의 문학 작품으로 볼 수 있으며,
이로써 문학감상치료의 가능성과 방법론의 한 실마리를 찾았다고 할 수 있
을 것이다. 물론 아주 작고 미미한 실마리에 불과하다. 그러나 이 실마리를
따라 가다 보면 머지 않아 큰 줄기를 만날 것으로 기대한다.

동명설화의 계열들과 「동명왕편」과의 관련 양상

강미정[*]

차 례

1. 서 론
2. 동명설화의 계열들
3. 동명설화와 「동명왕편」과의 관련 양상
4. 결 론

* 건국대학교 강사.

1. 서 론

    이규보의 「동명왕편(東明王篇)」이 고구려의 동명성왕 주몽(朱蒙)을 다룬 서사시라는 것은 잘 알려진 사실이다. 그런데 「동명왕편」 이전에도 동명왕에 대한 설화들은 여러 문헌에 기록되어 있었다. 그런 사정으로 미루어 「동명왕편」은 이전 설화들의 영향을 받았을 것이다. 특히 「동명왕편」 서문에 따르면 「동명왕편」은 『위서(魏書)』와 『통전(通典)』의 간략함에 만족하지 못한 이규보가 『구삼국사(舊三國史)』의 동명왕 본기(本紀)를 읽은 후 지은 것이다. 또한 『삼국사기(三國史記)』에는 동명왕의 신이한 사적이 많이 생략되었다는 서문의 내용은 「동명왕편」이 『삼국사기』보다 풍부한 사적을 다루리라는 것을 시사하였다. 이로 보면 「동명왕편」이 『위서』와 『통전』, 『구삼국사』, 『삼국사기』 등과 관련될 수 있으리라는 것을 짐작할 수 있다. 그러나 지금까지 연구자들의 관심은 서문에 언급된 여러 문헌 가운데 유독 실전(失傳)된 『구삼국사』에 몰려 있는 듯하다. 그래서인지 「동명왕편」을 『구삼국사』 계열로 보는 것이 지배적이었다.[1] 하지만 「동명왕편」과 현재 전하지 않는 『구삼국사』와의 긴밀성을 강조하는 것에는 무리가 따를 수 있다. 그러므로 「동명왕편」이 어떤 계열에 속하는지를 파악하기 위해서는 현전하는 설화들과의 관련양상을 검토하는 것이 우선적으로 필요한 것이다.

    「동명왕편」과 동명설화들의 관련양상을 적극적으로 논의한 경우는 드물다. 그것은 「동명왕편」에 대한 연구가 이규보의 작가의식, 역사의식 중심으로 전개되었기 때문이다.[2] 그에 비해 동명 신화의 여러 이야기들이 어

---

1) 황패강, 「동명왕 주몽 신화 연구」, 『한국고전소설과 서사문학』 하, 집문당, 1998.
2) 탁봉심, 「동명왕편에 나타난 이규보의 역사의식」, 이화여대 석사논문, 1983.

떻게 분류될 수 있는가에 대한 논의는 분분한 편이다. 그 중에서 여러 문헌들의 관련상을 집중적으로 조명하거나 언급한 논의로는 김정학, 박두포, 이복규, 김현룡, 주승택, 권태효, 이지영, 조현설 등의 연구를 들 수 있다. 김정학은 부여와 고구려 신화를 수록한 자료들을 검토하여 논형계(論衡系), 광개토왕릉비계(廣開土王陵碑系), 위서계(魏書系)의 세 계통을 세우고 세 계통의 신화들이 근원적으로 동일한 신화였음을 논의하였다.[3] 박두포는 「동명왕편」을 주 자료로 삼으면서 고구려 신화를 광개토왕릉비계(廣開土王陵碑系), 논형계(論衡系), 위서계(魏書系), 기타계(고기(古記))의 네 계통으로 나눈 뒤 자료간의 차이를 도식화하였다.[4] 그러나 이 두 논의들은 동명설화에 대한 국내외 모든 문헌을 총괄적으로 다루지는 않았다. 이복규는 문헌들을 검토하여 주몽계와 동명계 설화로 구분하였다.[5] 김현룡은 중국과 우리나라의 문헌들을 자료로 주몽 신화를 시비형, 표준형, 첨부형으로 나눈 바 있다.[6] 주승택은 문헌들에 나타난 건국상황에 주목하여 동명계−부여, 주몽계−고구려, 구태계−백제 등을 논의했다.[7] 권태효는 동명왕신화의 형성과정과 백두산설화의 관련상을 논의하였다.[8] 이지영은 고구려 건국신화의 형성과정을 도식화하였는데, 그에 따르면 초기의 동명신화에 1차로 주몽과 송양의 투쟁담이 들어가고 그 외에 해모수와 하백녀의 결합이 2차로 형성되고, 유리이야기가 3차로 형성된다고 보았다.[9] 조현설은 우리나라 고구려

황순구, 「서사시 동명왕편 연구」, 국민대 박사논문, 1990.

3) 김정학, 「조선 신화의 과학적 고찰」1, 사해 제1호, 조선사연구회, 1948. 이지영, 『한국신화의 신격유래에 관한 연구』, 109면에서 재인용.

4) 박두포, 「민족영웅 동명왕 설화고」, 『국문학연구』1집, 효성여대 국어국문학연구회, 1968. 이지영, 『한국신화의 신격유래에 관한 연구』, 110면에서 재인용.

5) 이복규, 「주몽 신화의 문헌기록 검토」, 『국제어문』1집, 국제대, 1979.

6) 김현룡, 「단군신화와 주몽신화」, 『한국고설화론』, 새문사, 1984.

7) 주승택, 「북방계 건국신화의 문헌적 재검토」, 『한국학보』70, 1993.

8) 권태효, 「동명왕 신화의 형성과정에 대한 일고찰」, 『구비문학연구』제1집, 구비문학회, 1994.

9) 이지영, 『한국신화의 신격유래에 대한 연구』, 태학사, 1995.

건국신화를 『삼국사기』와 「동명왕편」의 두 갈래로 구분해서 생각했다.[10] 그런데 이처럼 「동명왕편」과 밀접할 수 있는 동명설화들에 대한 기왕의 논의는 대체로 건국 신화로서의 위상이나 해모수-주몽-유리로 이어지는 구조에 중점을 둔 것이다. 따라서 「동명왕편」과 동명설화들과의 관련양상에 대한 것은 아직 모호한 셈이다.

이 글에서는 동명설화에 관한 알려진 자료들을 대상으로 동명설화와 「동명왕편」의 관련양상을 탐색하고자 한다. 이러한 탐색은 문헌기록을 검토하면서 중국과 우리의 기록, 삼국사기류와 동명왕편류로 구분하는 선행연구와는 다른 것이다. 왜냐하면 이 글의 목적은 「동명왕편」 형성에 어떤 동명설화들이 영향을 미치고 있었는가를 밝히는 것이기 때문이다. 이를 위해서 2장에서는 동명설화들의 화소를 분석하여 동명설화들의 계열을 마련한다. 그리고 3장에서는 「동명왕편」의 화소를 분석하여 어떤 계열의 동명설화와 밀접한가를 논의한다.

2. 동명설화의 계열들

「동명왕편」에서 다루고 있는 고구려 시조인 동명성왕 주몽에 대한 이야기는 주인공을 중심으로 보면 동명설화와 주몽 설화로 구분되기도 하고, 동일한 재능을 가지고 있다는 점에서 동명과 주몽이야기를 같은 계통으로 보기도 한다. 또한 주인공이 동명인가, 주몽인가에 따라 부여신화를 말하는 것인지, 고구려 시조를 말하는 것인지에 대한 논란이 일어나기도 했다. 그러나 이 글에서는 인물상의 차이나 어떤 나라의 신화인가 하는 문제에 대해서는 접근하지 않는다. 그렇지만 어떤 설화라고 말할 것인지를 정해야

---

10) 조현설, 「건국신화의 형성과 재편에 관한 연구-티벳·몽골·만주·한국신화의 비교를 중심으로-」, 동국대 박사논문, 1998.

하기에 이 글에서는 동명설화라는 이름으로 동명과 주몽에 관한 설화들을
통괄한다. 이렇게 동명으로 정하는 이유는 고구려 건국시조 주몽이 동명성
왕이란 시호를 받았다는 점에서 동명이나 주몽은 동일 인물일 가능성이 높
고, 둘 다 활쏘기의 재능을 가진 영웅이 나라를 세웠다는 공통된 화소를
가지고 있기 때문이다. 그런 점에서 동명설화들은 동일한 한 인물의 파란
만장한 일대기를 다룬 이야기라고 볼 수 있다.

「동명왕편」이전에 생성된 동명설화 중에서 논의의 대상으로 삼는 것은
15개의 문헌에 남겨진 21편의 설화들이다.[11) 이러한 동명설화들을 유형별
로 나누기 위해서 필요한 작업은 화소분석이다. 이 글에서 기준으로 삼는
것은 ① 탄생담, ② 위기담, ③ 구조담, ④ 성장담, ⑤ 위협담, ⑥ 모면담,
⑦ 출세담, ⑧ 후계담 등의 8개의 화소이다.

탄생담은 태생과 난생으로 나눌 수 있는데, 동명왕에 관한 최초의 기록
물인 「논형」에서 태생이 먼저 나타나므로 태생을 ①로, 난생은 ①'로 구분
한다. 위기담은 태어나서 버려지는 상황에 대한 것인데, 죽음의 위기에 직
면하기 때문에 이렇게 이름을 붙인다. 구조담은 버려졌다가 다시 어머니의
품으로 돌아오는 상황에 대한 것이다. 동명설화에서는 왕이 아이나 알을
어머니에게 다시 돌려주는 이유가 두 가지로 나타난다. 첫째, 가축들이 돌
보는 것을 보고 하늘의 아들이거나 신이하게 생각해서 돌려주는 경우가 있고,
둘째, 왕이 없애려고 노력했으나 헛수고만 한 이후에 돌려주는 경우가 있다.
그래서 하느님의 아들이거나 신이한 일이라고 여겨서 도로 살려주는 것은 ③
으로, 아무리 없애고자 해도 없어지지 않아서 돌려주는 것은 ③'로 본다.

성장담은 이름이 무엇이고 어떤 재능을 가졌다는 것들이 속한다. 동명설
화의 경우 재능의 언급에 있어 활을 잘 쏘았다는 것이 대부분을 차지한다.
위협담은 성장한 동명 또는 주몽을 왕이나 측근의 사람들이 모살하려고 하

---

11) 이 글에서 다루고자 하는 동명설화들은 이지영, 『한국건국신화의 실상과 이해』,
   월인출판사, 2000에 실려 있는 북방 여러 나라의 신화와 고구려 건국신화를 참
   조한 것이다.

는 상황과 도망치는 상황에 대한 것이다. 이것은 위기담과도 유사한 것이다. 그런데 위기담이란 아주 급박한 위험상태를 말하는 것이고, 위협담은 위험이 있기는 하지만 스스로 피할 수는 있다는 차이가 있다. 동명설화에서 위협담은 왕이 직접 죽이고자 하는 경우와 왕 이외의 사람들이 죽이고자 하는 경우가 있다. 전자는 ⑤로, 후자는 ⑤'로 구분한다. 흔히 꾀나 지혜로 위험을 타개하는 것을 모면이라고 하는데, 동명설화의 모면담은 왕이나 주위사람들의 위협을 피해 도망가다가 큰 강을 건너야 살 수 있는 극적인 상황이 타개되는 것을 이른다. 특히 도망을 쳐야하는 급박한 상황에서 장애물이 되는 큰 강을 어떻게 건널 것인가를 고민할 때 동명설화에서는 두 가지 방식이 나타난다. 첫째, 활로 물을 쳐서 물고기와 자라들이 다리를 놓게 하는 것, 둘째, 강을 건널 때 하늘이나 강물에 호소하여 물고기와 자라들이 다리를 놓게 하는 것이다. 여기에서 특별히 하늘에 호소하지 않고 활로 물을 친다는 행위는 스스로의 재능을 발휘하여 위험을 타개하는 것이며, 하늘과 하백의 자손임을 외쳐서 다리를 놓게 하는 것은 조상의 도움을 바란다는 점에서 서로 다른 태도라고 할 수 있다. 그래서 활로 물을 쳐서 물고기와 자라들이 다리를 놓게 하는 것은 ⑥으로, 호소를 통해서 물고기와 자라들이 다리를 놓게 하는 것은 ⑥'로 표한다.

동명설화에서의 출세담은 건국 상황에 대한 것인데, 주몽 홀로 도읍을 정하고 건국하게 되는 것과 친구들이나 현인들을 만나서 도읍을 정하는 경우가 있다. 그래서 혼자의 힘으로 나라를 세우는 경우는 ⑦로, 여러 사람과 힘을 합쳐서 나라를 세우는 경우는 ⑦'로 본다. 후계담은 왕위를 자손들에게 이어주는 것, 자손에 대한 것, 죽은 뒤의 상황 등이 속한다.

이렇게 설정된 화소들을 가지고 21편이나 되는 설화들을 효율적으로 분석하려면 기준이 될 수 있는 문헌을 선정해야 한다. 그를 위한 좋은 방법은 어떤 설화가 최초인가를 살펴보는 것이다. 현전하는 동명설화 가운데 가장 오래된 것은 1세기 말경에 후한(後漢)의 사상가인 왕충(王充, 27—97년)이 찬술한 역사서인 『논형』이다. 가장 최초의 기록이라는 점에서 『논형』의 동명설화는 계열을 형성할 수 있는 여지를 갖고 있다. 그렇다면 『논형』은 어떤 화소들로 구성되어 있는가.

『논형(論衡) 제2권 길험편(吉驗篇)』

① 탄생담 : 북이 탁리국왕 시비가 달걀 기운을 받아 임신하여 아들을 낳다.
② 위기담 : 아이를 돼지 우리와 마굿간에 버리다.
③ 구조담 : 가축들이 입김으로 보호하다. 왕이 하느님의 아들인가 의심하여 거두어 키우게 하다.
④ 성장담 : 이름을 동명이라 부르고 소와 말을 치며 천하게 살게 하다. 활을 잘 쏘다.
⑤ 위협담 : 왕이 나라를 빼앗길까 두려워 죽이려하다. 남쪽으로 도망치다 엄호수에 다다르다.
⑥ 모면담 : 활로 물을 치니 물고기와 자라들이 다리를 놓다.
⑦ 출세담 : 부여의 왕이 되다.

『논형』은 ①-②-③-④-⑤-⑥-⑦의 구조로 되어 있다. 그리고 『논형』의 내용적 특성은 시비가 낳은 아이 ― 활쏘기의 재능 ― 강물을 활로 쳐서 다리를 놓게 한다는 것이다. 만일 『논형』이후의 설화 중에서 같은 구조나 특성이 나타난다면 『논형』은 동명설화의 한 계열로 성립될 수 있을 것이다. 이 글에서 21편의 설화들을 대해서 8개의 화소들을 대입하여 분석한 결과 『논형』과 같은 구조를 가진 것은 다음과 같다.

『수신기(搜神記) 권14』

① 탄생담 : 탁리국 궁녀가 달걀기운을 받아 임신하여 아이를 낳다.
② 위기담 : 돼지 우리와 마굿간에 버려지다.

③ 구조담 : 가축들이 입김으로 보호하다. 왕이 하느님의 아들인가 의심하
　　　　　　　여 거두어 키우게 하다.
④ 성장담 : 동명은 활을 잘 쏘았다.
⑤ 위협담 : 왕이 나라를 빼앗길까 두려워 죽이려하다. 남쪽으로 도망치다
　　　　　　　시엄수에 다다르다.
⑥ 모면담 : 활로 물을 치니 물고기와 자라가 다리를 놓다.
⑦ 출세담 : 부여의 왕이 되다.

『후한서(後漢書) 동이열전(東夷列傳) 부여국(夫餘國)』

① 탄생담 : 색리국 시비가 달걀기운을 받아 임신하여 아이를 낳다.
② 위기담 : 아이를 돼지우리, 마굿간에 버리다.
③ 구조담 : 가축들이 입김으로 보호하자 왕이 신이하게 생각하여 어머니
　　　　　　　에게 거두어 주다.
④ 성장담 : 이름을 동명이라 했는데 활을 잘 쏘다.
⑤ 위협담 : 왕이 동명의 용맹함을 꺼리어 죽이려 하다. 남쪽으로 도망치
　　　　　　　다.
⑥ 모면담 : 엄호수에서 활로 물을 치니 물고기와 자라가 다리를 만들어
　　　　　　　주다.
⑦ 출세담 : 부여에서 왕이 되다.

『양서(梁書) 열전(列傳) 고구려(高句麗)』

① 탄생담 : 동명은 북이 탁리국왕의 아들이다. 시녀가 달걀기운으로 임신
　　　　　　　하여 아들을 낳다.
② 위기담 : 아이를 돼지우리, 마굿간에 버리다.
③ 구조담 : 가축들이 입김으로 보호하자 왕이 신이하게 생각하여 어머니
　　　　　　　에게 거두어주다.

④ 성장담 : 장성하여 활을 잘 쏘다.
⑤ 위협담 : 왕이 동명의 용맹함을 꺼리어 다시 죽이려 하다. 남쪽으로 도
　　　　　 망치다
⑥ 모면담 : 엄호수에서 활로 물을 치니 물고기와 자라가 다리를 만들어
　　　　　 주다.
⑦ 출세담 : 부여에서 왕이 되다.

『삼국지(三國志) 위지(魏志) 부여전(扶餘傳)－1』12)

① 탄생담 : 고리국 시비가 임신하자 왕이 죽이려 했는데 시비는 하늘의
　　　　　 달걀기운으로 임신했음을 말하였다. 곧 시비는 아들을 낳았다.
② 위기담 : 왕이 돼지우리, 마굿간에 버리다.
③ 구조담 : 짐승들이 입김을 돌봐주자 왕이 하느님의 아들일 것이라고 생
　　　　　 각하여 어머니에게 거두어 기르도록 하다.
④ 성장담 : 동명이라 부르면서 말을 키우게 하다. 동명은 활을 잘 쏘다.
⑤ 위협담 : 왕이 나라를 빼앗길까 두려워 죽이려 하다. 동명이 남쪽으로
　　　　　 달아나 시엄수에 이르다.
⑥ 모면담 : 동명이 활로 물을 치니 물고기와 자라가 다리를 만들어 주다.
⑦ 출세담 : 부여의 왕이 되다.

『삼국지(三國志) 위지(魏志) 부여전(扶餘傳)－2』

① 탄생담 : 북이의 색리국왕이 출행하였는데 시녀가 임신하였다. 왕이 죽
　　　　　 이려 하자 시녀는 하늘에서 달걀기운이 내려와 임신이 되었다
　　　　　 고 하였다. 왕이 그녀를 옥에 가두니 아들을 낳았다.
② 위기담 : 왕이 돼지우리, 마굿간에 버리다.

---

12)『삼국지 위지 부여전』는 한 편에 두 개의 이야기가 실려 있어서 번호로 구분한
　다.

③ 구조담 : 짐승들이 입김을 돌봐주자 왕이 하느님의 아들일 것이라고 생
　　　　　각하여 어머니에게 거두어 기르도록 하다.
④ 성장담 : 동명이라 부르면서 말을 키우게 하다. 동명은 활을 잘 쏘다
⑤ 위협담 : 왕이 나라를 빼앗길까 두려워 죽이려 하다. 동명이 남쪽으로
　　　　　달아나 시엄수에 이르다.
⑥ 모면담 : 동명이 활로 물을 치니 물고기와 자라가 다리를 만들어 주다.
⑦ 출세담 : 부여의 왕이 되다.

『한원(翰苑) 번이부(蕃夷部) 부여(夫餘)』

① 탄생담 : 북이 색리국 시비가 임신하자 왕이 그녀를 죽이려 하였다. 시
　　　　　비가 하늘의 달걀기운으로 임신했다고 하자 왕이 그녀를 옥에
　　　　　가두었는데 아들을 낳았다.
② 위기담 : 왕이 아이를 돼지우리, 마굿간에 버리다.
③ 구조담 : 짐승들이 입김을 돌봐주자 왕이 신이하게 생각하여 어머니에
　　　　　게 거두어 기르게 하다.
④ 성장담 : 동명이라 부르면서 말을 키우게 하다. 동명은 활을 잘 쏘다
⑤ 위협담 : 왕이 나라를 빼앗길까 두려워 다시 죽이려 하다. 동명이 남쪽
　　　　　으로 달아나 시엄수에 이르다.
⑥ 모면담 : 동명이 활로 물을 치니 물고기와 자라가 다리를 만들어 주다.
⑦ 출세담 : 부여의 왕이 되다.

『책부원귀(冊府元龜) 권956 외신부(外臣部) 종족(種族)-1』[13]

① 탄생담 : 북이 색리국왕 시녀가 왕이 출행한 사이에 임신을 하였다. 왕
　　　　　이 죽이려 하자 시녀는 하늘에서 내려온 달걀 기운으로 임신

---

13) 『책부원귀』는 한 편에 두 개의 이야기가 실려 있어서 번호로 구분한다.

이 되었다고 말하다. 왕이 옥에 가두자 마침내 아들을 낳다.

② 위기담 : 왕이 돼지우리와 마굿간에 아이를 버리다.

③ 구조담 : 가출들이 돌봐 주자 왕이 신이하게 여겨 아이를 기르게 하다.

④ 성장담 : 이름을 동명이라 불렀는데 활을 잘 쏘다.

⑤ 위협담 : 왕이 동명의 용맹스러움을 꺼려 죽이려 하다. 동명이 남쪽으로
　　　　　 도망하여 엄체수에 이르다.

⑥ 모면담 : 활로 물을 치니 물고기와 자라가 다리를 만들다.

⑦ 출세담 : 부여에 이르러 왕이 되다.

　이외에 『논형』계열로 볼 수 있는 것은 『수서-열전 백제』, 『북사-열전 백제』이다. 『수서-열전 백제』는 위협담과 모면담이 생략되어 있고 『논형』에는 나타나지 않은 후계담도 들어 있어 화소의 구조만으로는 『논형』과 거리가 있다. 그렇지만, 『논형』과 같이 시비-태생-활쏘기 재능-활로 물을 쳐서 다리를 놓는다는 특성을 보면 『논형』계열이라고 할 수 있다. 『북사-열전 백제』도 후계담이 있다는 점이 『논형』과는 다른 부분이라고 할 수 있지만, 다른 구조에 있어서는 『논형』과 유사하다.

『수서(隋書) 열전(列傳) 제46 백제(百濟)』

① 탄생담 : 고려 국왕의 시비가 달걀기운으로 임신하여 사내아이를 낳다.

② 위기담 : 왕이 뒷간에 버려 두었다.

③ 구조담 : 오래 되어도 죽지 않자 왕은 아이를 신이하게 여겨 어머니에
　　　　　 게 돌려주다.

④ 성장담 : 아이의 이름을 동명이라 하였다. 성장하자 고려왕이 시기하여
　　　　　 동명이 두려움으로 도망치다. 엄수에 이르다.

⑦ 출세담 : 부여 사람이 그를 받들다.

⑧'후계담 : 후손에 구태란 사람이 있다. 백제를 열다.

『북사(北史) 열전(列傳) 백제(百濟)』

① 탄생담 : 색리국왕 시녀가 왕이 출행한 사이에 임신을 하였다. 왕이 죽
이려 하자 시녀는 하늘에서 내려온 달걀기운으로 임신이 되었
다고 말하다. 왕이 살려주자 마침내 아들을 낳다.

② 위기담 : 왕이 돼지우리와 마굿간에 아이를 버리다.

③ 구조담 : 가출들이 돌봐 주자 왕이 신이하게 여겨 아이를 기르게 하다.

④ 성장담 : 이름을 동명이라 불렀는데 활을 잘 쏘다.

⑤ 위협담 : 왕이 동명의 용맹스러움을 꺼려 죽이려 하다. 동명이 남쪽으로
도망하여 엄체수에 이르다.

⑥ 모면담 : 활로 물을 치니 물고기와 자라가 다리를 만들다.

⑦ 출세담 : 부여에 이르러 왕이 되다.

⑧' 후계담 : 후손인 구태가 어질어서 요동태수 공손도가 사위로 삼다. 백
제를 세우다.

이로써 『논형』 계열에는 『수신기』, 『후한서』, 『양서』, 『북사-열전 백
제』, 『수서-열전 백제』, 『삼국지위지 부여전-1』, 『삼국지위지 부여전-
2』, 『한원-부여』, 『책부원귀-1』 등이 속한다. 그런데 이런 문헌들과는
달리 『논형』만으로는 포용하기 어려운 동명설화들이 아직 남아 있다. 그러
면 남아 있는 설화들은 어떤 계열에 귀속시킬 수 있는가. 여기에서 생각해
야하는 것은 변이형의 출현이다. 그리고 그 변이형은 『논형』 이후의 문헌
에서 찾을 수 있다. 『논형』과 가장 가까운 거리에 있으면서 변화를 보여주
는 것은 414년에 형성된 「광개토왕릉비(廣開土王陵碑)」의 기록이다.

「광개토왕릉비(廣開土王陵碑)」

①' 탄생담 : 추모왕은 알에서 태어났는데 아버지는 하느님이고 어머니는
하백녀이다.

⑤ 위협담 : 남쪽으로 순행하다가 엄리대수를 지나다.

⑥' 모면담 : 하늘을 향하여 황천의 아들이요 하백녀가 어머니임을 말하면
　　　　　서 다리 놓아줄 것을 말하다.

⑦ 출세담 : 비류곡에 도읍을 정하다.

⑧ 후계담 : 횡룡을 타고 승천하다. 왕위를 유루왕에게 맡기다.

「광개토왕릉비」의 구조는 ①'－⑤－⑥'－⑦－⑧로 되어 있다. 이 구조에서 찾을 수 있는 가장 큰 변화라면 탄생담과 모면담이 달라진 것이다. 『논형』계열에서 아이로 태어나는 태생을 보여준 것과 달리 「광개토왕릉비문」은 알에서 태어난 추모를 말함으로써 난생의 출생상황을 보여준다. 모면담에 있어서는 『논형』에서 나타난 활로 물을 치는 상황이 아니라 하늘에 호소하여 다리를 놓아 달라는 상황으로 바뀌어져 있다. 그리고 동명의 중요한 재능인 활쏘기를 잘했다는 점은 전혀 나타나지 않는다. 이런 점에서 「광개토왕릉비」는 『논형』과는 분명히 다른 갈래의 설화이다.

　문제는 『논형』 계열에 속한 동명설화를 제외하고 살펴도 「광개토왕릉비」와 동일한 구조를 가진 경우가 없다는 점이다. 이것은 「광개토왕릉비」가 계열화가 될 수 없거나, 다른 특성을 통해서만 계열로 성립될 수 있다는 것을 의미한다. 그렇다면 「광개토왕릉비」에서 두드러진 특성으로 생각할 수 있는 것은 무엇이 있는가. 「광개토왕릉비」에서 눈여겨 볼 것은 동명왕의 부모에 대해서 언급을 나타낸 부분이다. 이 부분은 남녀의 결합을 통해서 동명이 탄생되었다는 단서가 될만한 것이기 때문이다. 그리고 이것은 다른 계열의 특성과 겹치지 않는 독자적인 것이다. 왜냐하면 동명설화들은 하늘의 달걀 같은 기운이나 햇빛에 의해서 잉태가 이루어지기 때문이다. 그런 점에서 동명설화에서 부모의 존재를 명시한 것은 「광개토왕릉비」의 특성이라고 할 수 있다. 만일 「광개토왕릉비」의 이런 특성과 관련되는 후대의 기록이 있다면 「광개토왕릉비」는 『논형』 다음으로 새로운 계열을 형성할 수 있을 것이다. 이를 다음 『법원주림』과 『통전－부여』, 『통전－고구

려』를 대상으로 탐색해 본다.

『법원주림(法苑珠琳) 21 귀신편(歸信篇)11 술의부(述意部)』

① 탄생담 : 영품리왕의 시비가 임신하였다. 점장이가 그 아이가 왕이 될
              것이라 했지만 왕은 자신의 아이가 아니니 죽여야 된다고 하
              였다. 이에 시녀는 하늘로부터 기운이 내려왔음을 말하였다.
② 위기담 : 왕은 아이가 태어나자 상서롭지 못하다고 돼지 우리에 버렸다.
③ 구조담 : 돼지가 입김을 불어주고 마굿간에 버리자 말이 젖을 주어 아
              이는 죽지 않았다.
⑦ 출세담 : 마침내 부여의 왕이 되었다.

『통전(通典) 변방(邊防)1 동이(東夷)상 부여(夫餘)』

① 탄생담 : 북이 색리국왕이 아들을 두었다.
④ 성장담 : 이름을 동명이라고 하였는데 활을 잘 쏘았다.
⑤ 위협담 : 왕이 용맹함을 꺼려 죽이려고 하였다. 동명이 남쪽으로 달아나
              엄호수를 건넜다.
⑦ 출세담 : 부여에 이르러 왕 노릇을 하였다.

『통전(通典) 제186권 변방(邊防)2 동이(東夷)하 고구려(高句麗)』

① 탄생담 : 부여왕의 아내인 하백녀가 햇빛에 쪼여 임신하여 낳은 것이
              주몽이다.
④ 성장담 : 주몽이란 이름은 활을 잘 쏜다는 말이다.
⑤'위협담 : 나라 사람들이 주몽을 죽이려 하자 부여를 버리고 동남쪽으로
              도망하였다.
⑦ 출세담 : 보술수를 건너 홀승골성에 이르러 나라 이름을 구려라하고 성

을 고씨로 삼았다.

　『법원주림』은 영품리왕의 시비가 아이를 낳았다는 점에서 「논형」계열
이라고 볼 수 있다. 그런데 영품리왕이 태어날 아이가 고귀하게 될 것이라
는 말을 듣고도 자신의 아이가 아니니까 죽여야겠다는 이유가 처음으로 나
타난다는 점에서 『법원주림』은 「광개토왕릉비」에서 부모 자식간의 관계
를 분명하게 보여주려는 의도와 가까운 기록이다. 또한 『논형』계열의 다른
이야기들은 동명이 나라를 세우기까지의 과정에 강조점을 두고 있는데 반
해 『법원주림』은 태어난 아이의 이름이나 재능, 건국과정이 모두 생략되어
있다. 그러므로 『논형』과는 거리가 멀고 「광개토왕릉비」와 더 가깝다.

　『통전-부여』는 북리색리국왕의 아들이 동명이라는 것으로 보면 『논
형』계열일 듯 하다. 그러나 『논형』계열의 이야기에서 계속 나타나는 시비
가 달걀기운으로 아이를 낳았다는 부분이 생략되고, 동명의 아버지가 누구
라는 것이 밝혀졌다는 것은 『논형』보다는 「광개토왕릉비」와 가까운 것이
다. 『통전-고구려』는 하백녀가 부여왕의 아내라는 것을 나타내서 「광개
토왕릉비」에서 하백녀의 남편이 하느님이라고 말한 것과 유사하다. 따라
서 「광개토왕릉비」계열에는 『법원주림』, 『통전-부여』, 『통전-고구려』
등이 속한다.

　지금까지 『논형』계열과 「광개토왕릉비」계열에 속하는 동명설화들은 모
두 14편이다. 남아 있는 7편은 아직 두 계열에 속하지 않은 새로운 것들이
다. 어떤 기록이 세 번째 계열을 형성하는 기준이 될 것인가. 시기상으로
볼 때 『논형』 다음은 동진(東晉 317~419)시대에 지어진 『수신기』였지만,
이것은 『논형』계열에 속하였기 때문에 414년의 기록인 「광개토왕릉비」의
변화를 고찰했고 그 결과 또 하나의 계열을 찾을 수 있었다. 「광개토왕릉
비」와 가장 가까운 거리에 있는 것은 554년(북제(北齊)의 문선제(文宣帝) 천
보(天保) 5년)에 위수(魏收)가 편찬한 북위(北魏)의 역사서인 『위서(魏書)』가
된다. 『위서』는 앞서 두 계열에 속하지 않았다는 점에서 세 번째 기준이

될 가능성이 있다. 그러면 『위서』는 어떤 변화를 보여주고 있는가.

『위서(魏書)』

①' 탄생담 : 하백녀에게 햇빛이 비추어 알을 낳게 하다.
② 위기담 : 부여왕이 알을 버리다.
③' 구조담 : 개가 먹지 않았고 돼지도 먹지 않고 소와 말이 피하고 새들이
　　　　　　감싸주었다. 부여 왕이 알을 쪼개려 했으나 깨뜨릴 수 없었다.
④ 성장담 : 알을 어머니에게 돌려주니 어머니가 알을 부화시키다. 사내아
　　　　　　이가 태어났는데 활을 잘 쏜다는 뜻의 주몽이란 이름을 갖다.
⑤' 위협담 : 부여 사람들이 죽이고자 하다. 왕이 듣지 않고 주몽에게 말을
　　　　　　기르도록 하다. 주몽이 준마를 가려 사냥터에서 활약하자 사
　　　　　　람들이 다시 죽이려 하다. 주몽의 어머니가 몰래 그 사실을 주
　　　　　　몽에게 알려주고 더 큰 세계로 떠날 것을 희망하다. 주몽이 오
　　　　　　인, 오위 등 두 사람과 함께 부여를 버리고 동남쪽으로 도망치
　　　　　　다. 큰 강 때문에 도망칠 수 없게 되다.
⑥' 모면담 : 주몽이 "태양의 아들이고 하백의 외손인데 위험에 처했다고
　　　　　　물에 고하다. 이에 물고기와 자라가 다리를 만들어 주다.
⑦' 출세담 : 강을 건너 만난 현인들과 함께 고구려를 세우다.
⑧ 후계담 : 주몽의 부여에 있을 때 임신한 아내가 있었다. 주몽이 도망친
　　　　　　후에 아들을 낳으니 이름이 시려해이다. 그가 자라서 주몽에
　　　　　　게 오자 나라를 물려주다.

　『위서』는 ①'-②-③'-④-⑤'-⑥'-⑦'-⑧의 구조로 되어 있다.
『위서』의 이러한 구조는『논형』의 구성방식과 동일하면서 탄생, 구조, 위
협, 모면, 출세담이 달라진 것이다. 『논형』과 비교할 때 달라진 것은 탄생
담에서 난생을 나타내고, 모면담도『논형』과는 달리 하늘에 호소하는 것이

다. 그리고 위협을 하는 주체가 왕이 아니라 왕의 주변인물들로 바뀌어 있
고, 출세할 때에도 동명왕 주몽을 도와주는 친구들과 현인이 등장한다는
점은 『논형』에서 동명이 스스로 개국하는 상황과는 다른 것이다. 한편으로
『위서』는 「광개토왕릉비」와 비교하면 탄생, 모면, 후계담이 유사한 점도
있다. 하지만 『위서』는 「광개토왕릉비」에서 분명하게 나타낸 부모의 언급
이라는 부분에 있어서는 다른 성향을 띠고 있다. 『위서』 또한 『논형』처럼
남녀의 결합과는 무관한 잉태를 나타내고 있기 때문이다. 이러한 『위서』의
특성은 하백녀-난생-활쏘기 재능-강물에 고하여 다리를 놓게 함-아
들에게 왕위를 물려줌 등으로 정리할 수 있다. 다음은 『위서』와 동일한 구
조를 보여주는 동명설화들이다.

『북사(北史) 권제94 열전(列傳) 제82 고려(高麗)』

①' 탄생담 : 부여 왕이 하백녀를 얻어 방안에 가두어 두었다. 하백녀가 햇
　　　　　　빛의 감응으로 알을 낳다.
② 위기담 : 부여 왕이 알을 개, 돼지에게 주었으나 먹지 않고 소와 말은
　　　　　　피하고 새들은 감싸주다.
③' 구조담 : 부여 왕이 알을 깨려고 했으나 깨뜨릴 수 없다. 어머니에게 돌
　　　　　　려주니 어머니가 물건으로 감싸 알을 따뜻한 곳에 놓다. 한 사
　　　　　　내아이가 껍질을 깨고 나오다.
④ 성장담 : 아이가 성장하여 자(子)를 주몽이라 하다. 주몽이란 활을 잘 쏜
　　　　　　다는 뜻이다.
⑤'위협담 : 부여사람들이 주몽이 사람의 소생이 아니라고 없애고자 청하
　　　　　　나 왕이 듣지 않다. 왕이 주몽에게 말을 기르도록 하다. 주몽
　　　　　　은 준마를 가려내다. 사냥할 때 한 개의 화살로 사냥을 잘하자
　　　　　　부여사람들이 다시 죽이려다. 주몽의 어머니가 알려주다. 주
　　　　　　몽은 언위 등 두 사람과 동남쪽으로 달아나다 큰 강을 만나다.

⑥'모면담 : 주몽이 물에 대고 태양의 아들이요 하백의 외손임을 고하니
　　　　　물고기와 자라가 다리를 만들어 주다.

⑦'출세담 : 보술수에 이르러 우연히 세 사람을 만나 그들과 함께 고구려를
　　　　　세우다.

⑧ 후계담 : 주몽이 부여에 있을 때 임신한 부인이 아들을 낳아 시려해라
　　　　　하다. 시려해는 자라서 어머니와 함께 주몽을 찾아와 여달이
　　　　　란 이름을 받고 왕위를 물려 받다. 여달의 손자인 막래가 부여
　　　　　를 합병하다.

『한원(翰苑) 제30권 번이부(蕃夷部) 고려(高麗)』

① '탄생담 : 부여왕이 하백녀를 얻어 방안에 가두어 두었다. 하백녀가 햇
　　　　　빛의 감응으로 알을 낳다.

② 위기담 : 부여왕이 알을 개, 돼지에게 주었으나 먹지 않고 소와 말은 피
　　　　　하고 새들은 감싸주다.

③' 구조담 : 부여왕이 알을 깨려고 했으나 깨뜨릴 수 없다. 어머니에게 돌
　　　　　려주니 어머니가 물건으로 감싸 알을 따뜻한 곳에 놓다. 한 사
　　　　　내아이가 껍질을 깨고 나오다.

④ 성장담 : 아이가 성장하여 자(子)를 주몽이라 하다. 주몽이란 활을 잘 쏜
　　　　　다는 뜻이다.

⑤' 위협담 : 부여 사람들이 주몽이 사람의 소생이 아니라고 없애고자 청하
　　　　　나 왕이 듣지 않다. 왕이 주몽에게 말을 기르도록 하다. 주몽
　　　　　은 준마를 가려내다. 사냥할 때 한 개의 화살로 사냥을 잘하자
　　　　　부여 사람들이 다시 죽이려하다. 주몽의 어머니가 알려주다. 주
　　　　　몽은 언위 등 두 사람과 동남쪽으로 달아나다. 큰 강을 만나다.

⑥' 모면담 : 주몽이 물에 대고 태양의 아들이요 하백의 외손임을 고하니
　　　　　다리가 만들어지다.

⑦' 출세담 : 보술수에 이르러 우연히 세 사람을 만나 그들과 함께 고구려
　　　　를 세우다.

『책부원귀(冊府元龜) 권956 외신부(外臣部) 종족(種族)-2』

①' 탄생담 : 부여 왕이 하백녀를 얻어 방안에 가두어 두었다. 하백녀가 햇
　　　　빛의 감응으로 알을 낳다.
② 위기담 : 부여 왕이 알을 개, 돼지에게 주었으나 먹지 않고 소와 말은
　　　　피하고 새들은 감싸주다.
③' 구조담 : 부여 왕이 알을 깨려고 했으나 깨뜨릴 수 없다. 어머니에게 돌
　　　　려주니 어머니가 물건으로 감싸 알을 따뜻한 곳에 놓다. 한 사
　　　　내아이가 껍질을 깨고 나오다.
④ 성장담 : 아이가 성장하여 자(子)를 주몽이라 하다. 주몽이란 활을 잘 쏜
　　　　다는 뜻이다.
⑤' 위협담 : 부여의 신하들이 주몽을 죽이려하자 그는 동쪽으로 도망하였
　　　　다.
⑦ 출세담 : 홀승골성에 이르러 고구려를 세우다.

　　이외에『위서』계열로 볼 수 있는 것은『수서-고려』와『주서』,『삼국사
기』이다. 그런데 이 세 가지는『위서』의 구조와 조금 다른 모습들을 가지
고 있다.

『수서(隋書) 권제81 열전(列傳) 권제46 동이(東夷) 고려(高麗)』

①' 탄생담 : 부여왕이 하백녀를 얻어 방안에 가두어 두었다. 하백녀가 햇
　　　　빛에 의해 알을 낳다. 사내아이가 알을 깨고 나오다.
⑤' 위협담 : 부여 사람들이 죽이고자 하나 왕이 듣지 않다. 장성하여 사냥
　　　　터에서 가장 많은 짐승을 잡자, 또 죽이려고 하다. 어머니가

주몽에게 알려주어 부여를 버리고 동남쪽으로 달아나다. 큰물
을 만나다.

⑥' 모면담 : 하백의 외손이며 태양의 아들임을 말하니 다리가 만들어지다.

⑦ 출세담 : 고구려를 세우다.

『주서(周書) 권49 열전(列傳) 제41 이역(異域)상 고려(高麗)』

① 탄생담 : 하백녀가 햇빛에 감응되어 주몽을 잉태하다.

④ 성장담 : 주몽이 장성하여 재주와 지략이 있다.

⑤'위협담 : 부여 사람들이 미워하여 쫓아 버리다.

⑦ 출세담 : 스스로 고구려를 세우다.

⑧ 후계담 : 손자 막래가 부여를 쳐서 신하의 나라로 삼다.

『삼국사기(三國史記)』

㉮ 결연담 : 해모수와 하백녀 유화가 사통을 하다. 해모수는 유화를 버리고
떠나다. 유화의 아버지 하백이 유화를 우발수에 내쫓다.

①'탄생담 : 금와가 우발수에서 얻은 하백녀 유화를 집 속에 가두었다. 햇
빛이 비추어 태기가 있더니 알을 낳았다.

② 위기담 : 금와가 알을 개와 돼지에게 주었다.

③' 구조담 : 짐승들이 먹지 않고 길에 버리니 우마가 피해갔다. 들에 버렸
더니 새가 날개로 품어 주었다. 왕이 그 알을 쪼개려 했으나
깨어지지 않자 어미에게 돌려 주었다. 어미는 물건으로 알을
써서 따뜻한 곳에 두었는데 사내아이가 껍질을 깨고 나왔다.

④ 성장담 : 일곱 살에 활과 화살을 만들어 쏘았는데 백발백중이었다. 활쏘
기를 잘해서 주몽이라 부르다. 금와의 일곱아들보다 재능이
뛰어났다.

⑤' 위협담 : 금와의 장자인 대소가 주몽이 사람의 소생이 아니므로 없애자

고 한다. 왕은 듣지 않고 말을 기르게 한다. 주몽은 준마를 가려 사냥터에서 활약한다. 왕자와 여러 신하들이 주몽을 모살하려 하였다. 주몽의 어머니가 알아채고 떠날 것을 당부한다. 주몽이 이에 오이, 마리, 협부 등 3명과 도망치다가 엄사수에 이르렀다.

⑥' 모면담 : 주몽이 물에 대고 태양의 아들이요 하백의 외손임을 고하니 물고기와 자라가 다리를 만들어 주다.

⑦' 출세담 : 보술수에 이르러 우연히 세 사람을 만나 그들과 함께 졸본천에 도읍을 정하고 고구려를 세우다. 비류국 송양왕과 활쏘기를 하여 항복시키다.

⑧ 후계담 : 왕자 유리가 부여에서 도망쳐 오니 태자로 삼다. 40세에 죽으니 용산에 장사지내고 동명성왕이란 시호를 받다.

　우선『수서-고려』의 경우 위기, 구조, 성장, 후계담이 나타나지 않고 출세담도『위서』와 다르게 주몽이 혼자서 개국을 하는 것이 나타나는 차이가 있다. 하지만 탄생, 위협, 모면담이『위서』와 동일하므로『논형』보다는『위서』계열과 가깝다.『주서』의 경우 위기, 구조, 모면담이 빠져 있고 출세담도『수서-고려』와 같다는 점에서『위서』와 다른 부분이 있다. 그렇지만『위서』의 특성에 속하는 난생, 왕 이외의 사람들의 위협이라는 것이 같으므로『위서』계열로 보아야 한다.『삼국사기』의 경우 해모수와 유화의 사통을 다룬 결연담이 나타나는데, 이것은 이전 기록에 나타나지 않은 것이다. 만일 새로운 이야기의 출현을 변이형으로 본다면『삼국사기』는 또 하나의 계열을 형성하게 될 것이다. 하지만『삼국사기』는 결연담을 제외하고는『위서』와 다를 바가 없다. 따라서『삼국사기』는 새로운 계열을 형성할 수 없다. 그러므로『삼국사기』는『위서』계열에 속한 동명설화들을 기록한 문헌 중의 하나인 셈이다. 이로써『위서』계열에는『수서-고려』,『주서』,『북사-고려』,『한원-고려』,『책부원귀-2』,『삼국사기』등이 속한다.

3. 동명설화와 「동명왕편」과의 관련 양상

2장에서 동명설화들이 어떤 계열들로 나뉘어 질 수 있는가를 화소구조, 특성 등으로 살펴본 결과 크게 『논형』, 「광개토왕릉비」, 『위서』계열로 분류할 수 있었다. 이제 「동명왕편」은 이들 계열들과 어떻게 관계를 형성하고 있는가를 논의할 차례이다. 「동명왕편」은 병서(並序), 본시(本詩), 주석(註釋)의 형식으로 되어 있다. 선행 연구자들은 「동명왕편」의 본시와 주석의 내용을 함께 연구하면서 『구삼국사』의 내용을 추정하고 「동명왕편」과 『구삼국사』와의 긴밀성을 강조해 왔지만, 이 글에서는 본시만을 대상으로 내용을 정리하고자 한다. 왜냐하면 동명설화와 「동명왕편」과의 관련양상에 대한 논의에서 중심이 되어야 할 것은 「동명왕편」의 본시 부분이기 때문이다. 본시 중에서도 동명에 관한 부분을 중심으로 화소를 분석한다. 다음은 그 내용을 8개의 화소별로 나눈 것이다.

「동명왕편」

㉮' 결연담 : 해모수와 하백녀 유화가 결혼하다. 해모수는 결혼식 후 유화를 버리고 하늘로 올라가다. 유화의 아버지 하백이 유화를 우발수에 내쫓다.

①' 탄생담 : 금와 왕이 돌에 앉은 여자를 얻었는데, 해모수의 왕비임이 틀림없어 별궁에 머물게 하다. 햇빛을 받아 주몽을 낳다. 처음에는 알을 낳아 모든 사람이 놀라다.

② 위기담 : 임금은 불길하다고 말 우리에 던졌다.

③ 구조담 : 모든 말이 밟지 않고 깊은 산에 버리니 온갖 짐승이 지키다.

④ 성장담 : 어미가 기르니 달포만에 말을 하고 백발백중의 활쏘기를 보인다. 재능이 날로 커지다.

⑤'위협담 : 부여 왕의 태자들이 투기하여 없애고자 하나 왕은 주몽에게 말
　　　　　키우는 일을 시키고 마음을 떠보려 하다. 주몽이 멀리 나가 포
　　　　　부를 펼치고자 하나 어머니 때문에 망설이다. 주몽의 어머니
　　　　　가 이 말을 듣고 준마를 가려주고 떠날 것을 말하다. 후에 세
　　　　　명의 어진 벗들과 남행하여 엄체수에 이르다.
⑥'+⑥모면담 : 주몽이 천손·하백 외손임을 말하면서 활을 잡아 강물 치
　　　　　니 자라들이 다리를 만들다.
⑦'출세담 : 현인들을 만나 좋은 터에 왕도를 열고 비류왕을 활쏘기로 항복
　　　　　시키다.
⑧ 후계담 : 재위 19년만에 승천하다. 유리왕자가 왕위를 잇다.

　위에 나타난 것처럼 「동명왕편」 본시를 중심으로 정리된 화소의 구조는
㉮-①'-②-③'-④-⑤'-⑥'+⑥-⑦'-⑧로『삼국사기』와 유사하다.
물론 모면담에 있어『삼국사기』와 다른 양상이 나타나기는 하지만 전체적
으로는『삼국사기』와 가까운 것이다. 그런데『삼국사기』는『위서』계열이
면서 결연담이 새로 첨가된 경우였다. 따라서 「동명왕편」 또한 기본적으로
는『위서』계열에 속한다고 할 수 있다. 그러면 「동명왕편」에 나타난 각 화
소들과『위서』와의 관계를 순서대로 살펴보자. 우선 처음에 나온 결연담을
생각해본다. 「동명왕편」에 나타난 결연담은 해모수와 유화의 사통을 말했
던『삼국사기』의 결연담과는 달리 해모수와 유화가 정식으로 결혼하는 상
황이 나타난다. 그렇지만 「동명왕편」의 결연담도『삼국사기』와 같은 새로
운 이야기의 첨부에 불과하다. 그것은 결연담이 나타나도 동명의 탄생은 여
전히 햇빛에 의해서만 이루어지기 때문이다. 이렇게 잉태가 남녀의 결합과
는 무관하게 이루어지는 것은『논형』과『위서』계열의 특성이다. 그리고 「동
명왕편」은 알로 태어나는 주몽을 말함으로써 특히『위서』와 더 밀접하다.
　결연과 탄생의 문제를 넘어 눈여겨볼 부분은 바로 두 가지 서로 다른 양상
이 함께 섞여 있는 모면담이다. 그 부분을 시에서는 다음과 같이 나타냈다.

秉策指彼蒼 말채로 지천(指天)하며
慨然發長喟 탄식하고 하는 말이,
天孫河伯甥 천손(天帝孫) 하백 외손(河伯外孫)
避難至於此 피난하여 여기 왔소.
哀哀孤子心 가엾고 외로운 몸
天地其忍棄 천지신(天地神)은 버리나요.
操弓打河水 활을 잡아 강물 치니
魚鼈騈首尾 물고기와 자라들이 머리와 꼬리를 맞추어
屹然成橋梯 높다랗게 다리 놓아

　모면담에서 주몽이 부여 왕자들과 신하들의 모살을 피해서 남쪽으로 도망치다가 큰 강을 만나서 천손이요·하백의 외손임을 외치는 것은 『위서』계열에서 공통적으로 찾을 수 있는 것이다. 그런데 그런 호소와 더불어 활을 잡아 강물을 쳤다라는 것은 『논형』계열의 이야기에 주로 나오는 것이다. 그러므로 시에 나타난 탄식하며 호소하고 활로 물을 치는 것은 『위서』와 『논형』계열 이야기가 섞여 있음을 보여주는 것이다. 또한 구조담의 경우도 『위서』계열은 부여왕이 알을 깨뜨리려는 행위를 통해서 주몽의 탄생을 막으려는 적극적인 태도가 대부분인 것과는 달리 「동명왕편」에서는 짐승들에게 버렸다가 어머니가 거두는 것으로 나타난다. 이것은 「동명왕편」이 『위서』계열과 유사하면서도 다른 부분이 있음을 보여준다. 왜냐하면 구조담의 이런 양상은 『논형』계열에서 짐승들이 돌봐주자 하느님의 아들인가 의심하거나, 신이하게 생각해서 다시 어머니에게 돌려주는 것과 유사하기 때문이다. 따라서 모면담과 구조담을 통해서 볼 때 「동명왕편」은 『위서』계열이면서도 『논형』적인 요소도 가지고 있다고 할 수 있다. 이처럼 다른 계열의 특성까지 함유한 경우는 후계담에서도 찾을 수 있다. 후계담에 대한 시를 보면 다음과 같다.

　在位十九年 임금자리에 앉은지 십 구년만에

升天不下莅 하늘에 오르고 내려오지 않았어라

시에서 십구년만에 승천했다고 나타나는데, 동명설화에서 동명이 하늘로 올라갔다는 이야기는 매우 드문 사례이다. 동명설화에서 동명이 나라를 다스린 후 승천했다는 것은 「광개토왕릉비」에서 황룡을 타고 승천했다는 이야기로 언급되고 그 이후의 설화들에는 없다. 그러므로 후계담에 있어서 「동명왕편」은 「광개토왕릉비」를 잇고 있다고 할 수 있다. 이상으로 「동명왕편」은 기본적으로는 『위서』 계열이면서 『논형』, 「광개토왕릉비」 계열들과도 관련된다는 것을 탄생, 구조, 모면, 후계담을 통해서 확인할 수 있다. 아울러 시를 먼저 짓고 그 시에 대한 내용을 부가하는 형식도 『한원』에서부터 계승되었으리라는 것을 생각할 수 있다.

이처럼 「동명왕편」이 동명설화의 계열들과 밀접하다는 것은 「동명왕편」의 원천에 대한 생각에도 영향을 미치는 것이다. 선행 연구는 「동명왕편」이 서문에서 『구삼국사』를 토대로 만들어 진 것임에 초점을 맞추어 「동명왕편」은 『구삼국사』 계열이라는 점과 지금은 전해오지 않는 『구삼국사』의 실체를 「동명왕편」이 잘 보존하고 있으리라는 것에 관심이 많았었다. 그런데 본시에 나타난 화소들이 오래 전부터 이어져 내려온 『위서』, 『논형』, 「광개토왕릉비」와 밀접하게 관련되어 있다는 점에서 「동명왕편」은 특별히 구삼국사를 중심으로 지어졌다기 보다는 선행 자료들에 나타난 동명왕에 대한 사적을 폭넓게 다룬 작품이라는 것을 확인할 수 있는 것이다.

4. 결 론

이 글은 「동명왕편」이 동명설화에 관한 문헌 중에서 특히 『구삼국사』와 밀접하다고 보는 논의의 편향성을 극복하고 「동명왕편」이 실전된 『구삼국사』이외에 다른 동명설화들과도 관련된다는 것을 밝히고자 하였다. 아울러 문헌으로 전해오는 동명설화들도 총망라하여 계열들을 분류하고자 하였다. 이렇게 함으로써 「동명왕편」 내용의 유래를 밝힐 수 있으리라 기대하였다.

먼저, 「동명왕편」과 관련지으려는 동명설화들에 대해서 논의하였다. 「동명왕편」 이전에 문헌상으로 전해지는 동명설화는 21개에 달한다. 우선 설화들의 영향관계를 살피기 위해서 동명설화들의 줄거리를 ① 탄생담, ② 위기담, ③ 구조담, ④ 성장담, ⑤ 위협담, ⑥ 모면담, ⑦ 출세담, ⑧ 후계담 등 8개의 화소에 맞추어 배열하고 8개의 화소들이 어떤 식으로 연결되는가, 어떤 변이형이 나타났는가 등을 살펴 보았다. 그에 따라서 동명설화들을 『논형』, 「광개토왕릉비」, 『위서』 등으로 분류할 수 있었다. 『논형』계열은 태생－활쏘기 재능－활로 물을 쳐서 다리를 놓게 한다는 특성을 『위서』계열은 난생－활쏘기 재능－하늘에 호소하여 다리를 놓게 한다는 특성을, 「광개토왕릉비」계열은 다른 동명설화들에서 부각되지 않았던 부모의 존재를 강조하는 특성이 있고, 다른 계열들에서 항상 등장하는 활쏘기 재능에 대해 언급되지 않는 경우도 있다.

다음으로, 세 개의 계열로 분류할 수 있는 동명설화들이 「동명왕편」과 어떤 관련을 맺고 있는지에 대해서 살펴 보았다. 그래서 「동명왕편」의 본 시를 중심으로 동명에 관한 부분의 화소를 분석 하였다. 그 결과 「동명왕편」의 화소들은 기본적으로 『위서』계열에 속하는 것임을 알 수 있었다. 하지만 「동명왕편」은 몇 가지 부분에 있어서 『논형』과 「광개토왕릉비」와도 밀접했다. 예를 들면, 모면담에 있어서 하늘에 호소하고 활로 물을 쳤다는 사적을 말하여 『위서』와 『논형』계열이 복합되어 있음을 드러냈다. 후계담의 경우 「광대토왕릉비」에만 나타났던 하늘로 날아 올라가는 상황이 들어 있다.

이상의 논의를 통하여 「동명왕편」은 『위서』, 『논형』, 「광개토왕릉비」 계열들과 두루 관련됨을 찾을 수 있었다. 그리고 이것은 중국의 문헌기록

과 우리문헌기록을 구분해서 보려던 시각과 「동명왕편」의 원천을 「구삼국
사」중심으로 보고자 했던 시각의 확대를 요구하는 것이다.

참고 논저

『동국이상국집』
권태효, 「동명왕 신화의 형성과정에 대한 일고찰」, 『구비문학연구』제1집, 구비문
　　학회, 1994.
김정학, 「조선 신화의 과학적 고찰」1, 사해 제1호, 조선사연구회, 1948.
김현룡, 「단군신화와 주몽신화」, 『한국고설화론』, 새문사, 1984.
박두포, 「민족영웅 동명왕 설화고」, 『국문학연구』1집, 효성여대 국어국문학연구회,
　　1968.
이복규, 「주몽 신화의 문헌기록 검토」, 『국제어문』1집, 국제대, 1979.
이지영, 『한국신화의 신격유래에 대한 연구』, 태학사, 1995.
이지영, 『한국 건국신화의 실상과 이해』, 월인출판사, 2000.
조현설, 「건국신화의 형성과 재편에 관한 연구-티벳 · 몽골 · 만주 · 한국신화의
　　비교를 중심으로-」, 동국대 박사논문, 1998.
주승택, 「북방계 건국신화의 문헌적 재검토」, 『한국학보』70, 1993.
탁봉심, 「동명왕편에 나타난 이규보의 역사의식」, 이화여대 석사논문, 1983.
황순구, 「서사시 동명왕편 연구」, 국민대 박사논문, 1990.
황패강, 「동명왕 주몽 신화 연구」, 『한국고전소설과 서사문학』하, 집문당, 1998.

'두 번째 사랑의 거부' 모티프의 수용과 전망

조은상*

차 례

* 건국대학교 박사과정.

1. 서 론

　문학 작품 안에서 두 번째로 설정된 사랑은 흔히 거부되곤 한다. 그런데 대부분의 경우 두 번째 사랑이란 결혼한 여성을 포함해서 첫 번째 사랑이 전제되어 있는 여성에게 다가오는 두 번째 사랑이다. 거기서 여성의 두 번째 사랑의 가능성은 남성에 의해 배제될 수도 있고 여성 스스로 거부할 수도 있다. 많은 경우 고전 문학 작품은 여성이 스스로 거부하는 것을 선호하는 경향이 있다. 이것은 누군가가 여성 스스로 거부해주기를 바라는 소망의 결과물이거나 그러한 여성에 대한 특별한 경험의 소산일 수 있다. 이것은 과연 누구의 것인가?

　이미 결혼한 후에 또 다른 사랑이라니, 이것은 마땅히 불륜이기 때문에, 사회적으로, 윤리적으로 용납될 수 없기 때문에 거부되어야 한다고 생각할 수 있다. 그리고 여성은 남성 위주의 사회에서 '정절'을 강요받았으므로 두 번째 사랑의 거부 주체가 여성으로 그려지는 것도 당연한 결과라고 말 할 수 있다. 아마도 이것이 가장 일반적인 생각일 것이다. 그러나 이렇게 단순하게 말해질 수 있는 성질이 아니다. 물론 사회적·윤리적 거부의 결과라는 것을 부정할 수는 없다. 문제는 사회와 윤리의 변화에도 불구하고 '두 번째 사랑을 거부하는 여성'이 고대로부터 오늘날까지 문학 속에서 동일한 구조를 만들어내며 반복적으로 형상화되고 있다는 점이다. 사회적·윤리적 변화는 단지 '두 번째 사랑을 거부하는 여성'을 조금씩 다른 시각과 다른 표현을 통해 그려내게 하고 있을 뿐 기본적인 틀을 바꾸지는 못한다. 이것은 포기되지 않는 인간 욕망과의 관련을 짐작하게 하는 부분이다. 또한 사회적·윤리적 거부라는 것도 인간의 욕망을 다스리는 과정에서 만들어진 것이고 보면 단순히 그 사회의 어떤 윤리적 특성이라고만 설명하는 것은 애초에 한계를 인정한 것과 마찬가지이다. 그렇다면 두 번째 사랑을 거부하는 여성을 문학작품에서 반복적으로 그려내는 것은 어떤 욕망의 결과물이며 그 욕망은 누구의 것인가?

이 문제의 해결을 위해 문학작품 속에 나타나는 '두 번째 사랑의 거부'를 사회적·시대적으로 접근하는 것은 별 도움을 주지 못한다. 반복성과 지속성을 설명해 줄 수 있는 접근이 필요하다. '두 번째 사랑의 거부'가 문학작품을 통해 지속적으로 반복되어 나타난다는 것은 그것이 인간의 근원적이고 전형적이며 반복적인 삶의 상황 표현임을 뜻한다. 즉 우리 문학에서 '두 번째 사랑의 거부'는 하나의 모티프로 자리잡고 있는 것이다. 따라서 논의는 이러한 모티프가 어떻게 지속적으로 구현되고 수용되며 그것은 어떤 의미를 지니는가에 주목해서 이뤄져야 한다. "모티프는 개별적 요소뿐만 아니라 그 자체로 논리적으로 완결된 관계 영역으로서 전통 가운데 지속되는 가장 작은 이야기 단위이며"[1], "구조와 텍스트의 내용적 의미에 내적 통일성을 부여하는 기본적·정신적 형식이므로"[2] 이를 고찰하는 것은 논의의 의도와 잘 맞아떨어진다.

이제 고전 산문에서 '두 번째 사랑의 거부' 모티프가 어떤 방식으로 구현되는지 살펴보고 그 모티프에 담긴 인간의 근원적 욕망을 더듬어 보기로 한다. 그리고 나서 현대적으로 그것이 어떻게 수용되며 어떤 전망을 갖는지 생각해 보고자 한다.

2. 고전 산문에 나타난 '두 번째 사랑의 거부' 모티프

우선 『삼국유사』에 실려 있는 「도화녀 비형랑」[3]를 통해서 '두 번째 사

---

1) 이재선 엮음, 『문학 주제학이란 무엇인가』, 민음사, 1996, 145면.
2) 이재선 엮음, 『문학 주제학이란 무엇인가』, 민음사, 1996, 148면.

랑의 거부' 모티프가 어떻게 구조화되고 있는지 살펴보고자 한다. 이 이야기는 '두 번째 사랑의 거부' 모티프의 이른 시기 모습을 보여주는 것으로 가장 모티프의 원형에 근접한 것일 수 있다.

『삼국유사』내 「도화녀 비형랑」의 내용은 다음과 같다.

> ① 도화녀의 소문을 들은 왕이 도화녀를 불러 상관하려한다.
> ② 도화녀는 두 지아비를 섬길 수 없다는 이유로 거절한다.
> ③ 왕은 도화녀에게 남편이 없으면 되겠느냐고 하자 도화녀는 그렇다고 대답한다.
> ④ 왕이 죽고 그후 2년에 남편이 죽는다.
> ⑤ 왕이 밤중에 생시처럼 나타나 지난 번 약속을 지킬 것을 요구한다.
> ⑥ 도화녀는 허락하지 않다가 부모에게 고하자 부모는 왕이 있는 방에 들어가게 한다.
> ⑦ 왕은 7일 동안 머물다가 자취가 없어진다.
> ⑧ 도화녀는 태기가 있어 한 사내아이를 낳았는데 그는 비형랑이라 하고 귀신 부리는 신이한 능력을 보인다.

①에서 ④에 이르는 이야기는 현실적인 것을 내용으로 하고 있으며 ⑤에서 ⑧에 이르는 이야기는 상황 설정에서부터 인물에 이르기까지 다소 비현실적인 것을 내용으로 한다. 먼저 ①에서 ④에 이르는 이야기를 살펴보면, 도화녀는 첫 번째 사랑이 전제되어 있는 인물로 그려지고 있다. 그는 이미 남편이 있는 여자이다. 왕은 그에게 남편이 있음을 알고도 그의 아름다움에 대한 소문을 듣고 상관하고자 하는 무례한 인물로 그려진다. 이야기의 맨 앞에서 왕을 소개하는 부분에서도 그러한 인식이 나타나는데 "치국한지 4년에 정사가 어지럽고 또 음난한 짓이 많으므로 국인이 그를 폐하였다"고 언급하고 있다. 유부녀를 상관하고자 했던 일에 대해 원래가 무례

---

3) 『三國遺事』卷弟一, 紀異弟1, 桃花女 鼻荊郎.

한 인물이기 때문에 가능했다는 방식으로 이해하고 있는 것이다. 그러나 도화녀는 두 남편을 섬길 수 없음을 들어 거절한다. "여자의 지킬 바는 두 남편을 섬기지 않는 것이니 남편이 있고 다른 데로 가는 것은 비록 만승(萬乘)의 위엄으로도 빼앗지 못하나이다"라고 하여 매우 유교적인 '정절' 관념을 드러낸다. 그러나 유교가 지배적인 사상일 수 없는 일연에게 도화녀의 이러한 태도는 단순히 유교의 덕목을 준수하는 모습으로서 그려진 것이라고는 할 수 없다. 보다 근본적인 인간에 대한 성찰의 결과일 수 있다. 왕은 여기에 그치지 않고 후일을 기약하고자 한다. 이미 남편이 있어 안 되는 것이라면 남편이 죽은 후에는 허락해 달라는 것이다. 도화녀는 그러겠노라고 대답한다.

그 다음 이어지는 ⑤에서 ⑧에 이르는 내용은 비현실적인 상황을 설정하고 있다. 왕도 죽고 남편도 죽은 후인데 왕이 살아 있을 때와 똑같은 모습으로 나타나 지난번의 약속을 지킬 수 있느냐고 묻는 것이다. 도화녀는 이때도 가벼이 허락지 않았으나 결국 왕과 7일을 함께 지내게 된다. 남편과의 관계가 첫 번째 사랑으로 설정되어 있었다고 한다면 왕과의 관계가 맺어지고 있는 것은 두 번째 사랑이 허용되고 있는 것이라고 해석될 수 있다. 그러나 왕은 이미 현실 세계의 인물이 아니다. 죽은 이의 혼령일 뿐이다. 왕의 혼령의 출현과 사라짐은 상당히 기이하고 이상하며 신성함마저 느껴지는 분위기로 묘사되어 있다. "……갑자기 밤중에 왕이 생시와 같이 여자의 방에 나타나……", "7일 동안 머무를 때 항상 오색 구름이 집을 덮고 향기가 방에 가득하더니 7일 후에 갑자기 왕의 자취가 없어졌다"는 표현이 그러하다. 또한 도화녀가 왕의 아들인 비형랑을 출산하는 상황도 "천지가 진동하더니 한 사내아이를 낳았다"고 하고, 비형랑은 귀신을 데리고 노는 신이한 인물로 그려져서 신성함은 더욱 강조된다.

죽은 혼령과 관계를 가져 임신을 하고 출산을 한다는 비현실적인 상황 설정과 그러한 상황을 신성화하는 것은 중요한 한 가지 사실을 말해주고 있다. 이것이 현실에서는 불가능하거나 금기시 되는 인간의 욕망의 표현임을 보여주고 있는 것이다. 문학에서는 현실적으로 거부되는 욕망을 실현하고자 할 때 흔히 꿈과 같은, 현실이 아닌 상황을 설정한다. '신성성의 부여' 역시 비슷한 방식인데 '신성외경(神聖畏敬)', 즉 원시인들에게 신성한 것이 흔히 가까이 가서는 안 되는 것, 해서는 안 되는 것, 두려운 것으로 인식되는 것과 관련된다. 신성한 것은 곧 그들에게 금지된 욕망이나 그러한 욕망을 불러일으키는 대상과 관련되기 때문에 그와 같이 하는 것을 두려워하고 금기시 한다는 것이다.4) 신성한 것은 그것이 또한 금기시하는 것이라는 점에서 부정한 것과 다를 바 없다. 「도화녀 비형랑」 이야기 맨 앞부분에서 왕을 무례하고 부정적인 인물로 그리고 있는 것과 후반부에서 왕에게 신성성을 부여하는 것은 결국 같은 결과를 낳는다. 앞의 왕은 부정하기 때문에, 뒤의 왕은 신성하기 때문에 우리는 왕이 행한 것처럼 그렇게 할 수도, 해서도 안 되는 것이다. 「도화녀 비형랑」에서 도화녀와 왕과의 관계, 즉 두 번째 사랑과 관련된 부분을 신성한 상황으로 표현한 것은 이러한 사랑에 대한 두려움을 드러내는 것이기도 하며 또 그들이 이런 사랑에 대한 금지된 욕망을 지니고 있음을 보여주는 것이기도 하다. 꿈과 마찬가지로 신성성의 부여는 금지된 욕망을 드러내는 또 다른 출구로 사용되는 것이다.

①에서 ④에 이르는 이야기는 여성이 '정절'이라는 것을 내세워 두 번째 사랑을 거부하는 내용이다. 그런데 거기에 ⑤에서 ⑧에 이르는 비현실적 이야기가 끼여들면서 앞의 내용에 반하는, 즉 여성이 두 번째 사랑을 받아줌으로써 그 사랑이 이뤄지길 바라는 욕망이 숨어 있음을 보여주고 있다. 그리고 그러한 욕망이 금기시 되어야 한다는 상반된 믿음을 동시에 드러내

---

4) 프로이트 저 · 이윤기 역,『종교의 기원』, 열린책들, 1997. 프로이트는『종교의 기원』(열린책들, 1997)에서 토템과 타부를 설명하면서 '타부(taboo)'라는 용어에 대해 '신성외경(神聖畏敬, heilige Scheu)'이라는 개념과 일치한다고 보았는데, 타부는 외부에서 강제로 부과되어(권위와 같은 것에 의해), 인간이 지니고 있던 가장 강력한 원망(願望)과는 정반대 되는 방향을 지향하는 원시적 금제라고 하였으며, 이 원시적 금제에 저항하고자 하는 욕구는 인간의 무의식에 집요하게 자리잡고 있다고 하였다.

는 것이기도 하다. 전반부 이야기에서 여성이 두 번째 사랑을 거부하는 것은 후반부 이야기에서 드러난 두 번째 사랑이 이뤄졌으면 하는 욕망에 대한 금지와 두려움의 결과라고 할 수 있다. ⑤에서 ⑧에 이르는 이야기는 우리에게 숨겨진 욕망에 대한 힌트를 주고 있기는 하지만 결과적으로는 ①에서 ④에 이르는 이야기와 마찬가지로 두 번째 사랑에 대한 거부를 나타내는 것임에는 변함이 없다.

그런데 여기서 금지된 욕망이란 무엇인가? 신성성이 죽은 왕을 중심으로 그가 도화녀를 범하고자 하는 욕망을 해결하기 위해 마치 생시처럼 나타나 도화녀와 7일 동안 머물다 사라진 상황에 부여되고 있음을 보면 금지된 욕망이란 왕으로 대표되는 남성이 결혼한 여성을 범하고자 하는 것임을 짐작할 수 있다. 이러한 상황을 신성화하는 것은 남성에게 두 가지 마음이 공존하고 있음을 드러내는 것이다. 그것은 결혼한 여자, 혹은 첫 번째 사랑이 전제된 여자를 범하고자 하는 욕망과 그 욕망은 금지되어야 한다는 믿음이다. 이미 남성의 심리에 여성의 두 번째 사랑에 대한 거부가 내재하고 있음을 알 수 있다. 의문스러운 것은 두 번째 사랑에 대한 욕망 표출과 거부의 근원이 모두 왕에게 있음에도 불구하고 문면에 나타나는 두 번째 사랑에 대한 거부 주체는 도화녀, 즉 여성이라는 점이다.

3. 현대적 수용과 전망

첫 번째 사랑이 전제된 여성이 등장하고, 제2의 남성이 그 사랑을 위협하고 두 번째 사랑으로 유혹하며, 결국 그 두 번째 사랑이 거부되어 버리는 이야기 틀을 지닌 소설이나 영화, 드라마는 굉장히 많은 비율을 차지하리라고 생각한다. 「해피엔드」 역시 그러한 이야기를 보여주는 것의 예라고 할 수 있는데 여기에는 한 결혼한 여자와 남편, 그리고 결혼 전에 사귀었던 제2의 남자가 등장한다. 그리고 여자는 영화의 시작부터 이미 제2의 남자와 관계를 갖고 있으며 남편은 현실적으로 무능하고 나이에 걸맞지 않게 연애소설에 탐닉하며 소설가를 꿈꾸는 사람으로, 처음에는 아내의 외도를 눈치채지 못한다. 어떻게 보면 제2의 남자가 결혼 전에 사귀었던 사람이므로 '첫 번째 사랑'으로 간주될 여지가 있으나 영화 속에서 그것은 잊혀진 과거이고 현재 그 남자와의 관계는 남편과의 사랑을 위협하는 두 번째 사랑의 의미로 그려지고 있다. 그 남자와의 잊혀진 과거는 오히려 두 번째 사랑이라는 현실 속에서 새로운 의미를 갖게 되는 것으로 나타난다.

지금의 간략한 내용 언급에서도 앞서 살펴본 고전문학과의 큰 차이점을 발견할 수 있다. 그것은 여자가 두 번째 사랑을 거부하지 않고 받아들이고 있다는 것이다. 이 영화에서 여자의 두 번째 사랑을 거부하는 것은 바로 남편이다. 그는 결국 아내를 난자해서 죽인다. 그런데 주목해야 할 것은 그가 자기 아내의 외도를 알고도 계속 모른 척하고 참고 있다가 어느 순간 분노를 폭발시키고 아내를 죽이게 된다는 것이다. 그 원인을 제공하는 것은 아내가 엄마로서의 역할을 포기했다고 느끼는 그 때이다. 사랑에 대한 배신이나 아내로서의 역할을 다하지 못한데 대한 분노가 아니라 좋은 엄마가 되지 못한 것에 대한 분노였다. 그가 아내의 외도를 눈치채고 나서 아내에게 이렇게 말한다. "나는 당신이 우리 연이한테 좋은 엄마가 되 줬으면 좋겠어." 바로 이 바램의 좌절이 그를 살인에까지 이르게 하고 있는 것이다. 그러한 그의 극단적 행동의 근원은 어쩌면 그가 나이와 어울리지 않게 연애소설에 집착했다는 점에서 찾을 수 있었는지도 모른다. 초기의 애착관계 형성에 문제가 있는 사람일 수 있기 때문이다. 그러나 어쨌든 남편은 자신의 아내가 결코 좋은 엄마가 될 수 없다고 느끼는 순간 살인을 결심하게 되는 것을 보면 그가 알게 모르게 자신의 아내에게 엄마, 또는 어머니의 모습을 투사하고 그것을 기대하고 있음을 읽어낼 수 있다. 그러한 그의 기대를 저버린 아내에 대한 분노는 아내를 너무도 잔인하게 죽이는 것으로 드러난다.

  남성은 이 영화의 남편처럼 자신의 아내, 혹은 결혼한 여자에게 무의식적으로 어머니의 모습을 투사하고 기대하고 있는지 모른다. 그리고 결혼한 여자의 두 번째 사랑에 대해서 그들이 거부의 감정을 갖는 것은 어쩌면 어머니와의 감정적 경험의 전이로 볼 수 있는 가능성도 있다. 그렇다면 이러한 이야기에서 여성의 두 번째 사랑을 거부하는 심리의 원천은 남성일 수 있다. 고전산문에서 도화녀, 도미 처, 춘향 등 여성이 스스로 두 번째 사랑을 거부하도록 한 것도 그러한 남성 심리에 의한 설정일 수 있다. 이는 남성 편에서 보면 자신이 두 번째 사랑의 대상이 되는 것에 대한 거부를 드러낸 것이다. 즉 남성은 자신이 두 번째 사랑의 대상이 되는 것의 거부를 드러내기 위해 여성 편에서 두 번째 사랑을 거부하는 것으로 그리고 있다고 하겠다. 이렇게 표현하게 하는 것 또한 남성의 경험과 무관하지 않을 것이다. 이러한 이야기의 구조는 남성의 경험과 심리에 중심이 두어진 것이 아닌가 한다.

  그렇다면 여성이 거부하는 두 번째 사랑은 존재하지 않는 것인가? 아마도 여성의 경험을 통해 두 번째 사랑의 거부가 그려진다고 한다면 신경숙의 소설『풍금이 있던 자리』정도가 되지 않을까 한다. 이 이야기는 '두 번째 사랑의 거부' 모티프를 수용하면서도 그것을 남성과 여성, 어느 편에서 수용하느냐에 따라 달라질 수 있는 가능성을 보여주고 있다. 이 소설은 여자와 결혼한 남자의 이야기를 다루고 있는데 여자의 편지라는 형식을 빌어 여성의 목소리를 드러내고 있다. 여자는 결혼한 남자를 사랑하는데 결국 여자 스스로 그 사랑을 거부하는 것으로 끝맺는다. 여자가 남자의 두 번째 사랑의 대상이 되기를 거부하는 것이라고 할 수 있는데 그 거부의 결심 과정에서 특유의 여성 심리의 단편을 엿볼 수 있다. 여성 역시 두 번째 사랑의 거부는 이처럼 그가 그러한 사랑의 대상이 되는 것에 대한 거부로 경험되지 않을까 추측해본다.

4. 결 론

 '두 번째 사랑의 거부'라는 것이 우리 문학에서 어떻게 모티프로 자리잡고 있는지 살펴보고자 했으나 아직은 착상 단계에 머무르고. 있다. 아직은 '두 번째 사랑'이라는 개념도 모호하며 거기에 투영된 심리의 편차를 찾는 것 또한 서투르기 그지없다. 우선 작품에 대한 깊이 있는 이해와 분석이 선행되어야 할 것이다. 그 다음에 이들을 하나의 모티프로 엮고 거기서 공통기반이 되는 것은 무엇이고, 각각의 편차가 의미하는 것은 무엇인지 살피는 작업이 진행되어야 하리라고 보며 다음 논의로 미룬다.

김유신 탄생담의 구조적 특성과 주몽 탄생담과의 관련 양상

박경열[*]

차 례

1. 서 론
2. 김유신 탄생담의 구조적 특성
3. 김유신 탄생담과 주몽 탄생담의 관련 양상
4. 결 론

* 건국대학교, 호서대학교 강사.

1. 서 론

신화는 신화를 생성하는 이들이 근원을 어디에서부터 찾고 있는가를 보여준다. 그리하여 신화 연구는 신화속에 나타나는 화소를 준거로 삼고, 이것을 기준으로 유형을 구분한다. 북방계 신화와 남방계 신화로 구분[1]한 연구들은 이러한 문제의식에서 이루어진 것이다. 남방계와 북방계를 구분하는 이러한 연구들은 각각이 갖고 있는 변별성에 주목함으로써 이 두 지역의 신화가 다른 근원[2]을 갖고 있는 것으로 인식하게 한다. 그러나 이러한 연구들은 지역이 다름에도 불구하고 동일하게 나타나는 화소를 어떻게 처리할 것인가의 문제와, 한 지역에 존재하지 않는 화소가 후대에 되살아날 때 그것을 어떻게 해명해야 할 것인가의 문제를 명백히 밝혀줄 수 없다는 한계를 갖고 있다. 예를 들어 신라의 신화에는 등장하지 않는 어떤 화소가 신라 후대의 이야기 속에 되살아나는 경우에는 그 기원을 어떻게 설명해야 할 것인가 하는 것이다.

『삼국사기』열전에 실려 있는 「김유신」[3]은 인물의 일대기 형식을 취하

---

1) 이에 해당하는 연구에는 조지훈(「한국신화의 유형」, 『韓國文化史序說』, 탐구당, 1964.)의 연구가 있다. 조지훈은 단군 주몽 등의 신화를 북방계 신화라고 칭하고, 혁거세, 김알지, 수로왕 등의 신화를 남방계 신화라 구분하였다.

2) 이에 해당하는 연구로는 장주근, 김재붕의 연구가 있다. 장주근은 건국신화나 구전 신화의 분석을 통해 한국신화는 북방계 요소뿐만 아니라 남방계 요소도 많음을 지적하고 있다. 그리하여 다시 남방계론이 대두되게 된다(「신화학에서 본 한국문화의 기원」, 『문화인류학』2, 한국문화인류학회, 1971). 김재붕은 난생신화의 분포권을 실세로 검증하면서 한국의 난생신화가 남방계임을 밝힌다(「난생신화의 분포권」, 『문화인류학』4, 한국문화인류학회, 1971).
선행연구자들은 고구려 건국신화와 신라 건국신화를 항상 분류하여 고찰해왔다. 그리하여 두 신화의 변별성에 주목한다. 이지영은 <天父地母>형 신화는 부자관계를 중시하고 있다면, 혁거세류의 신화는 <天男地女>형 신화로 부부의식을 강조한 것이라 보고 있다(『한국 건국신화의 실상과 이해』, 월인, 2000).

고 있다. 그 인물이 어떻게 탄생하였고, 어떻게 성장했으며, 어떻게 죽음에 이르렀는가를 보여준다. 「김유신」의 경우는 열전의 3권 분량으로 이루어 지고 있다는 면에서 신라사회에서 이 인물을 얼마나 중요하게 인식하고 있 는가를 보여준다고 할 수 있다. 이러한 인물을 입전할 경우에는 김유신이 범인과 다름을 나타내는 어떤 신화적 요소가 차용될 것이다. 신화적 요소 가 차용될 때는 김유신이 신라의 인물이라는 점에서 신이함의 원형인 신라 신화속에서 그 요소를 차용할 것이다. 그러니까 김유신이라는 인물의 비범 함은 신라 신화속의 신이함에 근원을 둘 것이라 생각된다는 것이다.

그러나 이상한 것은 「김유신」에는 신라 신화에 존재하지 않는 부모의 결연담이 수록되어 있다. 이 부모 결연담은 「김유신」이라는 인물을 인식하 는 데 있어 중요한 역할을 하는 것이다. 그럼에도 불구하고 신라 신화속에 서는 찾을 수 없다는 것이다. 이런 의문은 다음과 같은 가정을 하게 된다. 신라신화 속에 존재하지 않는 「김유신」의 부모 결연담은 신라가 아닌 다 른 곳에 근원을 두고 있는 것은 아닌가 하는 것이고, 만약 그 근원을 신라 가 아닌 다른 사회에 두고 있다면, 「김유신」의 부모 결연담은 그 사회의 뿌리를 잇고 있다고 말할 수 있지 않을까 하는 것이다.

고구려 신화 중 부모 결연담은 『삼국유사(三國遺事)』「고구려」[4]조에 수 록되어 있는 주몽이야기에서 찾을 수 있다. 만일 「김유신」조의 부모 결연 담이 신라가 아닌 주몽이야기에 근원을 두고 있음을 밝힐 수 있다면, 고구 려와 신라에는 뿌리를 같이 하는 어떤 서사적 요소가 존재하고 있다고 말 할 수 있을 것이다. 그렇다면 지금까지는 고구려와 신라의 신화가 다르다 고 말해 왔지만, 고구려와 신라의 신화가 공유하는 훌륭한 인물의 부모 결 연담을 통해 고구려와 신라의 신화는 동일한 서사적 요소를 공유하고 있다 고 말할 수 있는 것이다.

---

3) 『三國史記』권 제41~43, 열전 제1~3 「김유신」.
4) 『三國遺事』권 제1, 紀異 제2 「고구려」.

  본 연구는 이러한 점에 착안하여 김유신 탄생담과 주몽 탄생담의 관련 양상을 파악하는 것을 연구목적으로 삼고자 한다. 2장에서는 김유신 탄생담을 분석하면서 이 이야기의 구조적 특성을 밝히고, 3장에서는 주몽 탄생담과의 비교를 통해 관련 양상을 밝힐 것이다. 김유신 탄생담과 주몽 탄생담의 관련양상을 파악하는 일은 우리에게 다음과 같은 이점을 제공해 줄 수 있지 않을까 하는 생각에서 기인한 것이다. 하나는 부모 결연담이라는 화소가 신라와 고구려 신화를 구분하는 요소라기보다는 오히려 동일한 뿌리를 갖고 있는 화소이며, 이것은 고구려와 신라뿐만 아니라 후대에도 차용된다는 점에서 그것이 어디로부터 기원된 것인가 하는 근원을 밝혀줄 수 있다는 것이고, 다른 하나는 훌륭한 인물의 부모 결연담이라는 화소가 지속적으로 재현됨을 볼 때, 더 넓게는 이런 화소들의 계보를 밝힐 수 있지 않을까 하는 것이다.

2. 김유신 탄생담의 구조적 특성

  「김유신」은『삼국사기(三國史記)』열전에 3권으로 구성되어 있다. 열전이 전체 10권으로 구성되어 있는데 이 중 「김유신」에 해당하는 열전이 3권이라는 것은 신라에서 「김유신」이라는 인물에 얼마만큼의 중요성을 부여하고 있는지를 짐작할 수 있다. 내용면에서 제1권은 김유신의 탄생과 진덕왕(眞德王) 원년까지의 김유신의 활약이 수록되어 있고, 제2권은 진덕왕 2년부터 문무왕(文武王) 3년까지의 활약이 수록되어 있으며, 제3권은 문무왕 4년부터 13년까지의 활약과 김유신의 죽음이 수록되어 있다.

  신라에서 중요한 인물인 김유신의 열전을 살펴보면 특이한 점을 발견할 수 있다. 그것은 다름아닌 김유신의 부모 결연담이 수록되어 있다는 것이다. 부모의 결연담은 김유신이 어떻게 탄생하게 되었는가 하는 근원에 대한 이야기라 할 수 있다. 이런 면에서 「김유신」 열전은 다른 훌륭한 인물들의 이야기와 구별된다. 대부분 훌륭한 인물이라 일컬어지는 인물들의 탄생은 태몽을 통해 이루어지는 것이 일반적이다.

그렇다면 태몽을 통해 인물의 탄생을 말하는 이야기와 부모의 결연담을 통해 인물의 탄생을 말하는 이야기는 그 인물의 근원을 다른 곳에서 찾고 있는 것이라 할 수 있다. 이 장에서는 이러한 생각을 기반으로 김유신의 탄생담에 주목하려 한다. 이러한 논의를 진행시키기 위해서는 김유신의 부모 결연담에 주목하여 분석하는 것으로부터 시작해야 할 것이다. 김유신의 탄생담을 서사단락으로 구분하여 제시하면 다음과 같다.

① 김유신의 조부(祖父) 무력(武力)은 신주도(新主道) 행군총관(行軍摠管)이었고, 아버지 서현(舒玄)은 벼슬이 소판(蘇判) 대량주(大梁州) 도독(都督) 안무대량주제군사(安撫大梁州諸軍事)에 이르렀다.

② 서현이 길에서 갈문왕(葛文王) 입종(立宗)의 아들인 숙흘종(肅訖宗)의 딸 만명(萬明)을 보고 마음에 기뻐하여 눈짓으로 꾀어, 중매도 없이 결합하였다.

③ 서현이 만노군(萬弩郡) 대수(大守)가 되어 만명과 함께 떠나려 하니, 숙흘종이 그제야 딸이 서현과 야합(野合)한 것을 알고 다른 집에 가두고 사람을 시켜 지키게 하였다. 갑자기 벼락이 문간을 때려 지키는 사람이 놀라 쓰러지자 만명이 들창문으로 빠져 나와 서현과 함께 만노군으로 갔다.

④ 서현이 경진일(庚辰日) 밤에 형혹(熒惑 : 火星)과 진성(鎭星 : 土星)의 두 별이 자기에게 내려오는 꿈을 꾸고, 만명은 신축일(辛丑日) 밤에 한 동자가 금갑(金甲)을 입고 구름을 타고 당중(堂中)으로 들어오는 꿈을 꾸어 20개월만에 유신을 낳았다.[5]

위의 서사단락을 정리하면 ①은 김유신의 조상에 대한 설명이고, ②~

---

5) 『三國史記』권 제41, 列傳 제1 「김유신」.

③은 김유신의 부모의 결합에 대한 것이며, ④는 김유신의 탄생을 설명한 것이다. 김유신의 아버지 서현은 어느 날 길에서 만명을 만나게 된다. 서현은 첫눈에 반해 만명을 유인하여 정을 통하였고, 이 사실이 만명의 아버지인 숙흘종에게 알려지자, 만명은 집에 갇히게 된다. 그러나 벼락의 도움으로 집을 나와 서현과 함께 만노군으로 가서 김유신을 낳았다는 것이다.

서현은 만명을 보고 "마음에 기뻐하여 눈짓으로 유인"⁶⁾한다. 이것으로 보아 서현은 좋은 애정 대상자를 만났을 때 어떤 망설임도 없이 취하는 것을 알 수 있다. 그러므로 서현과 만명의 결연은 서현에 이해 이루어진다. 그러나 서현이 만노군 대수가 되어 만명과 함께 떠나려고 할 때 만명은 아버지에 의해 갇혀 있었으나 서현은 만명과의 결연을 위해 어떤 행동도 보이지 않는다. 서현은 처음 만명을 만났을 때의 적극성과는 달리 어떤 행동도 보이지 않는다는 것이다. 예를 들어 만명과의 결합을 위해 숙흘종과 대결한다거나, 만명을 구출해내기 위해 어떤 계획을 세운다거나 하는 행동을 보이지 않는다. 그저 벼락의 도움으로 만명이 집에서 나오게 되고, 이렇게 되자 함께 만노군으로 갔을 뿐이다.

만명은 처음 서현이 자신을 유인했을 때 그러한 정황에 대해 어떤 의구심도 갖지 않는 인물로 나타나 있다. 만명이 서현의 유혹에 어떤 거스름없이 따랐다는 점에서는 만명 또한 서현만큼의 감정은 아니지만 서현을 싫어하지는 않았음을 짐작할 수 있다. 만명은 아버지가 자신이 서현과 야합(野合)한 사실을 알게 되어 분노했을 때 이에 대해 어떤 항변도 하지 않는다. 이러한 만명의 모습은 서현의 모습과 닮아있다. 만명은 그러니까 서현을 거스름없이 따라가서 정을 통하고 아버지가 이 사실을 알게 되어 화를 내며 집에 가두었을 때에도 그저 상황이 전개되는 것에 자신의 몸을 맡기고 있을 뿐이다.

이런 서현과 만명과는 달리 숙흘종은 서현과 만명의 결합에 대해 적극

---

6) 心悅而目挑之 不待媒妁而合(『三國史記』 권 제41, 열전 제1 「김유신」)

적으로 반대하는 모습을 보인다. 숙흘종이 서현과 만명의 결합에 대해 문제삼는 근거는 '야합(野合)'이라는 결연 방식의 문제이다. 이것은 숙흘종이 남녀 결연에 있어 무엇보다 방식의 문제를 중요하게 인식하고 있음을 보여준다. 즉 결연의 조건이 아니라 결연의 방식을 문제삼고 있다는 것이다. 야합해서 문제가 되었다는 것은 「강수」[7]에서도 보여진다. 강수는 풀무장이 딸과 야합하여 부부가 되었는데, 강수의 부모는 이들이 부부가 되었음에도 강수에게 또 다른 혼처를 권한다. 강수가 부부가 되었음에도 다른 배우자를 권한다는 것은 이 결연을 인정하지 않음을 의미한다. 그러므로 강수의 부모는 야합이라는 결연방식을 인정하지 않는 것이다. 강수가 부모의 이러한 제안을 거절하자 강수의 아버지는 "네가 국인으로 모르는 사람이 없는데 미천한 자로 배우자를 삼으면 또한 가히 부끄럽지 않겠느냐"[8]고 하여 강수를 꾸짖는다. 이로 보아 강수의 아버지는 강수의 결연에 있어 야합의 방식 뿐만 아니라 결연 조건 또한 문제삼고 있음을 알 수 있다. 야합은 이런 면에서 결연이 이루어지고 난 후에도 항상 문제의 소지를 안고 있는 방식임을 알 수 있다.

숙흘종에게 야합이 인정될 수 없는 방식이었음은 만명을 가두게 하는 행위에서 확인할 수 있다. 가두는 행위는 외부 세계와의 단절을 의미한다. 가두는 행위는 어떤 면에서 문제를 해결하는 극단적인 방법이다. 아버지의 방식을 따르지 않는 딸을 단죄하는 방법은 외부세계와의 연결을 차단하는 것으로 해결하고 있는 것이다.

그러나 숙흘종의 이러한 행위에도 불구하고 만명은 집에서 빠져나오게 된다. 그것은 시기 적절하게 이루어지는 하늘의 도움때문이다. 서현이 만노군 대수가 되어 떠나려 할 때 만명은 갇히게 되지만, 이 때 벼락이 쳐주었고, 벼락의 도움으로 만명은 서현과 함께 할 수 있게 된 것이다. 아버

---

7) 『三國史記』권 제46, 列傳 제6 「강수」.

8) 國人無不知 而以微者爲偶 不亦可恥乎(『三國史記』권 제46, 列傳 제6 「강수」).

지의 방식을 따르지 않는 딸은 아버지의 방식을 고수하지 않았다는 점에서 아버지를 거역하는 입장에 놓여 있다고 할 수 있다. 그럼에도 불구하고 만명은 서현과 결합하게 되고, 신라의 위대한 공신인 김유신을 낳게 된다.

이를 통해 서현과 만명의 결합은 아버지에게 야합이라는 방식 때문에 고난을 당했으나 결과는 그러한 결연이 성취되었음을 알 수 있다. 즉 서현과 만명은 첫눈에 반해 야합으로 결합하였고, 이 둘은 숙흘종에 의해 야합 때문에 고난을 당하였으나, 만명과 서현은 벼락의 도움으로 다시 결합할 수 있었으며, 그 결과 김유신을 낳았다는 것이다. 이것은 김유신 탄생담이 '야합을 통해 낳은 아들은 훌륭하다'라는 구조로 되어 있음을 알 수 있다.

'야합을 통해 낳은 아들은 훌륭하다'라는 구조는 결국 비정상적인 방식으로 결합하여 낳은 아들은 훌륭하다는 것으로 일반화시킬 수 있을 것이다. 이러한 구조는 「도화녀와 비형랑」9)과 「무왕」10)에서도 확인할 수 있다. 「도화녀와 비형랑」은 진지왕이 도화녀가 아름답다는 말을 듣고 불러다 상관하려 하였으나, 도화녀는 "여자가 지킬 도리는 두 남편을 섬기지 않는 것입니다. 남편이 있으면서 어찌 다른 데로 가리까"11)라고 하면서 진지왕의 구애를 거절하자 진지왕은 뜻을 이루지 못한다. 진지왕이 "남편이 없으면 가능하다고 하겠느냐"12)라고 묻자 도화녀는 그렇다고 대답한다. 진지왕이 뜻을 이룰 수 있는 기회가 왔으나 죽게 되고, 도화녀의 남편 또한 세상을 떠나게 되었다. 진지왕이 혼령이 되어 다시 도화녀를 찾아와 이전의 약속을 지키라고 하자 도화녀는 이 약속에 응하고, 뒤이어 비형랑을 낳는다. 무왕은 "그의 어머니가 서울의 남지(南池)란 못둑에 집을 짓고 홀어머니로 살더니 그 못의 용과 상관하여"13) 태어난 인물이다.

---

9) 『三國遺事』 권 제2, 紀異 제2 「도화녀와 비형랑」.

10) 『三國遺事』 권 제2, 紀異 제2 「무왕」.

11) 女之所守不事二夫 有夫而適他(三國遺事』 권 제2, 紀異 제2 「도화녀와 비형랑」).

12) 無夫則可乎(『三國遺事』 권 제2, 紀異 제2 「도화녀와 비형랑」).

13) 母寡居築室於京師南池邊池龍交通而生(『三國遺事』 권 제2, 紀異 제2 「무왕」).

비형랑이나 무왕은 모두 비정상적인 결합 이후 태어난 인물이다. 비형랑은 남편이 살아 있을 때는 불가능했던 것이 남편이 죽음으로써 가능하게 되고 그 결과 태어난 인물이라면, 무왕은 못의 용과 결합한 이후 태어난 인물이다. 이 두 인물은 남녀가 결연하는 데 있어 어떤 중매자를 통하지 않는다는 공통점을 갖고 있다. 즉 남녀결연은 두 당사자에 의해서만 이루어지고 있다는 것이다. 사통(私通)한다는 면에서 김유신의 탄생담과 닮아 있다.

그러나 사통을 통해 훌륭한 인물을 낳았다는 점에서는 「도화녀와 비형랑」과 「무왕」은 김유신의 탄생담과 닮아 있지만 누구와의 사통인가의 문제에서는 차별성을 보인다고 할 수 있다. 서현과 만명은 인간 대 인간의 결합이다. 이것은 동일한 범주에 있는 인물들의 결합이라고 할 수 있다. 「도화녀와 비형랑」은 민간인 도화녀와 혼령인 진지왕의 결합이고, 「무왕」은 못의 용과 홀어머니와의 결합이라는 점에서 이물(異物)과 인간의 결합이다. 이런 면에서 두 이야기는 같은 범주의 결합이라 할 수 없다. 이 두 이야기는 사통이라는 측면과 여기에 범주가 다른 이들의 결합이라는 복합적 요소가 결합되어 나타나고 있는 것으로 보아야 할 것이다. 다시 말하면 비형랑과 무왕의 탄생담이 비정상적인 결합이 이루어진 결과 태어난 인물이라는 면에서는 동일하지만, 누구와 사통했는가의 세부적인 면에서는 김유신 탄생담과는 그 양상을 달리한다고 보아야 할 것이다.

비형랑과 무왕의 이야기는 이런 면에서 김유신 탄생담과는 거리가 있다. 김유신이 영웅의 일대기 형식을 취하고 있는 이야기라는 점에서 영웅의 일생과 관련된 이야기에 김유신 탄생담과 닮아 있는 이야기가 있을 수 있는 가능성이 있다. 영웅이 일반인들과 구별되는 특성을 갖고 있는 인물이라는 점에서 그것은 범상치 않고, 신이한 어떤 성격을 갖는 인물들에서 찾아야 할 것이다. 이러한 조건을 충족시켜 주는 것으로 주몽 탄생담을 수 있다. 주몽 탄생담 또한 김유신이나 비형랑, 무왕이야기처럼 '비정상적인 결합을 통해 낳은 아들은 훌륭하다'라는 구조를 갖고 있는 이야기로 판단되기 때문이다.

3장에서는 이러한 생각을 기반으로 주몽 탄생담이 김유신 탄생담과 어떻게 구조적으로 유사한지를 밝히고, 김유신 탄생담과 주몽 탄생담의 관련 양상을 통해 이것이 갖는 의미가 무엇인가를 규명할 것이다.

3. 김유신 탄생담과 주몽 탄생담의 관련 양상

주몽 이야기는 고구려의 건국 시조라는 점에서 여러 문헌에 실려 있다. 고구려의 건국신화는 우리 문헌에서는 대략『삼국유사(三國遺事)』,『삼국사기(三國史記)』,『동국이상국집(東國李相國集)』14),『세종실록 지리지(世宗實錄 地理誌)』15)의 해당 기문(記文)을 대표적 자료로 꼽는다.16) 대표적 문헌에 기록되어 있는 주몽이야기는 두 유형으로 나눌 수 있다. 그것은『삼국사기』고구려 본기에 수록되어 있는 것과『삼국유사』고구려에 수록되어 있는 이야기가 하나의 부류로 설정될 수 있고,『동국이상국집』과『세종실록지리지』를 같은 유형으로 나눌 수 있다. 전자의 경우는 주몽 탄생담이 간략하게 서술되어 있는 반면, 후자의 경우는 주몽 탄생담이 전자에 비해 상세하게 부연17)되어 있다. 하백과 유화의 결연이 상세하게 기록되어 있다

---

14)「東明王篇」권 제3 古律詩.

15)「世宗實錄」제154권, 地理誌 平安道 平壤.

16) 황패강,「東明王 朱蒙 神話 研究」,『한국 고전소설과 서사문학(下)』, 집문당, 1998, 11면. 주몽신화의 기술에 있어 각 문헌간의 동이(同異)를 밝힌 연구를 소개하면 다음과 같다. ① 이복규,「<주몽신화>의 문헌기록 검토」,『국제어문』제1집, 국제대학 국어국문학과, 1979. ② 김현룡,「단군신화와 주몽신화」,『한국고설화론』, 새문사, 1984. ③ 최진원,「한국신화 考釋(1) : 주몽신화」,『대동문화연구』제23집, 성균관대학교출판부, 1989. ④ 이지영,『한국 건국신화의 실상과 이해』, 월인, 2000.

17)『삼국사기』와『삼국유사』에서 주몽의 탄생담은 간략하게 서술되어 있다. 유화가 여러 아우들과 함께 놀고 있는데 천제의 아들이라 하는 해모수가 나타났고,

는 것이다. 본 연구는 김유신 탄생담과 관련하여 구조적으로 유사한 텍스트를 선정해야 하는데 후자의 텍스트는 구성이나 시기상으로 김유신 탄생과는 거리가 있기에 비교대상의 텍스트로 적합하지 않다. 이런 점을 고려하면 본 연구에서는 『삼국유사』와 『삼국사기』에 수록된 주몽 탄생담을 주요 텍스트로 선정해야 하는데, 이 두 문헌은 김유신 탄생담에 대한 기록이 거의 차이가 없는 것으로 판단된다. 그러므로 본 연구에서는 『삼국유사』 「고구려」조에 수록되어 있는 주몽 탄생담을 연구대상으로 삼고자 한다.

김유신 탄생담과의 관련 양상을 파악하게 위해 주몽 탄생담을 서사단락으로 구성하여 제시하면 다음과 같다.

① 시조 동명성제의 성은 고씨(高氏)요, 이름은 주몽(朱蒙)이다. 처음에 북부여왕 해부루가 동부여로 자리를 피하고 나서 부루가 죽으매 금와가 왕위를 이었다.

② 이 때에 왕은 태백산 남쪽 우발수(優渤水)에서 한 여자를 만나 사정을 물으니 자신은 하백(河伯)의 딸로서 유화(柳花)인데 여러 아우들과 함께 놀던 중 천제의 아들 해모수라 자칭하는 이를 만났고, 자신을 유인하여 웅신산(熊神山) 밑 압록강변의 방속에서 알게 되고는 가서 돌아오지 않았다고 하였다.

③ 여인의 부모는 자신이 중매도 없이 남의 말을 들었다고 하여 쫓아내었고, 그래서 이 곳에서 귀양살이하고 있다고 하였다.

④ 금와가 이를 이상하게 여기고 유화를 방속에 가두었더니 햇빛이 그를 비추었고, 태기가 있어 알 한 개를 낳으니 크기가 다섯되들이는 되었다. 왕이 이것을 버렸으나 소와 말이 피하였고 왕이 이것을 쪼

해모수는 유화를 유인하여 웅신산 밑 압록강 변 집에서 정을 통하고 떠나고는 돌아오지 않았다는 것이다. 그러나 『동국이상국집』 『세종실록 지리지』는 해모수와 유화의 결연이 그저 이루어지는 것이 아니라 해모수의 의도된 계획에 의해 이루어진 것으로 기술되고 있고, 유화와의 결합을 위해 하백과 대결하는 부분도 수록되어 있다. 이런 면에서 시기적으로나 구성적으로 『동국이상국집』이나 『세종실록 지리지』는 『삼국사기』와 『삼국유사』보다 후대의 것이고 부연되고 첨삭된 형태의 주몽이야기로 보는 것이다.

개려고 해도 깨뜨릴 수가 없어 그 어미에게 돌려주니 어미는 이것
을 따뜻한 데 두었고, 이곳에서 아이 하나가 껍질을 깨고 나왔다.[18]

위의 서사단락은 다음과 같이 구성되어 있다. ①은 주몽과 주변인물에 대해 서술하고 있고, ②~③는 주몽의 부모인 유화와 해모수의 결합에 대해 서술하고 있으며, ④는 주몽의 탄생을 설명하고 있다. 유화는 어느 날 여러 형제들와 놀던 중 해모수를 만나게 된다. 해모수는 자신을 천제의 아들이라고 유화에게 소개하였고, 유화를 웅신산 밑 압록강변의 방 속으로 유인하였다. 유화는 해모수와 정을 통하였는데 해모수는 이후 유화에게 돌아오지 않았고, 유화의 아버지인 하백이 이 사실을 알게 되자 유화를 우발수로 쫓아낸다.

해모수는 여러 형제들과 놀고 있는 유화에게 다가가는 것으로 묘사되어 있다. 이런 모습은 마치 첫눈에 반해 그 곳으로 어떤 거부감없이 이끌려 가고 있는 듯한 모습이다. 해모수는 유화에게 자신이 누구의 자손인지를 말한다. 그리고 유화를 유인한다. 이를 통해 해모수와 유화의 결연은 해모수에 의해 이루어지고 있음을 알 수 있다. 이러한 모습은 김유신 탄생담에서의 서현의 모습과 유사하다. 서현의 경우 또한 만명을 보고 첫눈에 반하였고, 눈짓으로 유인하여 결합하게 되는 과정이 해모수와 유사하다.

유화는 해모수가 자신을 유인하였을 때 어떤 반항도 하지 않는다. 만일 자신에게 접근한 어떤 대상이 마음에 들지 않았다면 거절하거나 반항하는 동적인 움직임을 보여주었을 텐데, 유화에게서 그런 모습은 보여지지 않는다. 유화는 그저 해모수를 따라간다. 그리고 정을 통한다. 이러한 모습은 만명과 유사하다. 만명 또한 서현이 눈짓으로 꾀어 유인하였을 때 어떤 거스름없이 서현을 따라가는데, 유화 또한 해모수가 이끄는 데로 따라간다. 아버지 하백이 유화에게 "내가 중매도 없이 남의 말을 따랐다"[19]고 하여

---

18) 『三國遺事』권 제1, 紀異 제2.

19) 無媒而從人(『三國遺事』권 제1, 紀異 제2 「고구려」).

자신을 질책할 때도 어떤 반응도 보이지 않는다. 그저 "여러 아우들과 함께 나와 놀던 중 때마침 웬 사나이가 있어 천제의 아들 해모수라 자청하면서 나를 유인하여 웅신산 밑 압록강변의 방 속에서 알게 되고는 가서 돌아오지 않았다."[20]라고 말할 뿐이다. 그래서 유화는 아버지의 의지대로 아버지의 공간에서 쫓겨나게 된다.

하백이 유화를 자신의 공간에서 축출한 명분은 중매도 없이 결합했다는 것이다. 이러한 명분은 「동명왕편」이나 『세종실록 지리지』에서도 반복되고 있는 것으로 보아 남녀결연 방식에 있어 중매의 방식이 정상적인 것으로 보여진다. 김두헌은 고구려의 혼인제도는 자유혼인형태[21]도 있었다고 서술하고 있지만, 유화가 아버지의 공간에서 축출당하게 되는 결정적인 이유가 야합이라는 면에서 중매는 일종의 규범과 같이 확고하게 인식되어진 남녀결연 방식이라 할 수 있다. 당대의 사회에서 인정하지 않는 방식으로 이루어진 결합임에도 불구하고 이들은 고구려의 건국 시조인 주몽을 낳았다. 이것은 비정상적인 결합이 정상인보다 뛰어난 인물을 탄생하게 한다는 것을 말한다.

주몽의 탄생담에서 보여지는 해모수, 유화, 하백의 행동은 앞에서 살펴보았듯이 김유신 탄생담에서의 서현, 만명, 숙흘종의 모습과 유사하다. 남녀의 결합은 당대에 비정상적이라 생각되어지는 방식으로 이루어지고, 이 방식으로 인해 아버지와 대립하게 되며, 이로써 고난이 존재한다는 것이다. 그리고 비정상적인 결연 방식을 통해 결연하였고, 이로 인해 아버지의 공간과 단절하게 되는 결과를 낳았음에도 불구하고 이들은 모두 후에 훌륭한 아들을 생산했다는 점이 유사하다. 이런 면에서 김유신 탄생담과 주몽

---

20) 諸弟出遊 時有一男子 自言天帝子解慕漱 誘我於熊神山下聘緣邊室中 私之而往不返 (『三國遺事』권 제1, 紀異 제2 「고구려」).

21) 김두헌은 『北史』 卷94, 列傳 제82, 「高句麗」조의 "婚嫁娶 男女相悅則爲之 男家送猪酒而已 無財聘之禮 或有受財者 人共恥心 以爲賣婢"에 근거하여 자유혼인형태가 전하는 것이라 보고 있다(『한국가족제도연구』, 서울대학교출판부, 1968, 387면).

탄생담은 결국 '야합을 통해 낳은 아들은 훌륭하다'라는 동일한 구조로 구
성되어 있다고 할 수 있다.

이러한 구성은 태몽을 통해 출생하게 되는 여타의 영웅들과 구별된다.
태몽의 형태로 이루어지는 탄생담에서는 탄생하게 될 인물이 하늘의 계시
를 받은 인물이고, 하늘의 정기를 받은 인물임을 강조한다. 이러한 특성 또
한 일상인과 구별되는 모습이긴 하지만, 비정상적인 결합 방식을 문면에
드러내고 있는 김유신 탄생담과 주몽 탄생담과는 구별된다는 것이다.

김유신 탄생담이 이런 특성으로 인해 주몽 탄생담과 그 계보를 같이하
고 있다는 것은 특이한 현상이라고 할 수 있다. 한 시대에서 공적을 기릴만
한 인물을 열전이라는 형식으로 구성할 때 구성방식은 그 사회나 국가를
상징할 만한 신화같은 것에서 모티프를 찾는다고 할 수 있다. 이런 면에서
김유신 탄생담은 그 연원을 신라의 신화 속에서 찾아야 하는 것이 당연한
것이라 생각되나, 신라 신화 중 부모의 결연담을 기술하고 있는 신화는 거
의 보이지 않는다. 물론 「탈해왕」[22)조에 보면 탈해가 함달파(含達婆)와 적
녀국(積女國) 왕녀의 자손임을 밝히고 있다. 그러나 이러한 인물들은 사람
들이 모르는 어떤 특이한 인물들이라는 느낌을 줄 뿐이지 이들의 결합 방
식이 비정상적이라고 판단할 만한 근거는 전혀 보이지 않는다. 이런 면에
서 김유신 탄생담의 연원을 신라속에서 찾는 것은 불가능하다.

김유신 탄생담이 주몽 탄생담과 유사하다는 것은 김유신 탄생담이 주몽
탄생담을 그 근원으로 삼고 있음을 말한다. '야합을 통해 낳은 아들은 훌륭
하다'라는 동일한 구조가 이 사실을 뒷받침한다. 그러므로 김유신 탄생의
원형담은 신라자체의 선대 이야기에서는 찾을 수 없고 오히려 고구려쪽에
서 그 연원을 찾을 수 있다는 것이다.

지금까지 주몽 탄생담을 김유신 탄생담과 비교하여 살펴보았다. 그 결과
주몽 탄생담과 김유신 탄생담은 '야합을 통해 낳은 아들은 훌륭하다'라는

---

22) 『三國遺事』권 제1, 紀異 제2 「탈해왕」.

동일한 구조를 갖고 있음이 밝혀졌다. 서현과 만명, 해모수와 유화는 모두 야합이라는 결합방식을 통해 결연하였고, 이런 방식으로 인해 아버지 세계와 단절되었으나, 후에 훌륭한 인물인 김유신이나 주몽을 낳았다는 동일한 구조를 갖고 있다는 것이다. 이것은 비정상적인 방식으로 결합하여 낳은 아이가 비범하다는 것을 말한다. 김유신의 탄생담은 신라의 이야기이고, 주몽의 탄생담은 고구려의 이야기라는 점에서 이 두 탄생담이 동일하다는 것은 두 탄생담이 계보적 관계에 있음을 말한다. 즉 김유신의 탄생담이 주몽 탄생담을 그 근원으로 삼고 있고, 김유신 탄생담은 주몽 탄생담의 계보를 잇고 있는 후대의 동일계열의 탄생담이라는 것이다. 이것은 김유신 탄생담이 신라에 근원을 두고 있는 것이 아니라 고구려 주몽 탄생담에 근원을 두고 있다는 것을 말한다.

'야합을 통해 낳은 아들은 훌륭하다'라는 동일한 구조는 김유신이나 주몽 탄생담에만 동일하게 나타나는 것은 아니다. 이런 점을 염두에 둔다면 이 동일 구조를 갖고 있는 후대의 작품들은 주몽 탄생담에 그 기원을 두고 있다고 할 수 있을 것이다. 동일 구조를 갖고 있다는 것은 동일한 뿌리를 공유함을 말하는 것이기 때문이다. 이런 면에서 '야합을 통해 낳은 아들은 훌륭하다'라는 구조는 비정상적인 결합이 정상인보다 뛰어난 인물을 탄생하게 한다는 것으로 일반화시킬 수 있을 것이고, 이러한 구성에 해당하는 이야기류들을 계보화시킬 수 있는 가능성이 생길 것이다.

4. 결 론

이 연구는 김유신 탄생담과 주몽탄생담의 관련양상을 통해 이 두 이야기가 같은 근원을 갖고 있는 이야기임을 밝히는 것을 목적으로 삼았다. 이러한 목적을 수행하기 위해 2장에서는 김유신 탄생담의 구조적 특성을 살

펴보았다. 서현과 만명의 결합이 야합이라는 당대의 비정상적인 방식에 의
해 이루어졌고, 이런 비정상적인 방식은 아버지와의 갈등을 유발하는 요소
로 작용했다. 그러나 이러한 갈등에도 불구하고 서현과 만명은 후대의 훌
륭한 김유신을 낳게 된다. 이를 통해 김유신 탄생담은 '야합을 통해 낳은
아들은 훌륭하다'라는 구조로 되어 있음이 밝혀졌다.

이런 구조로 되어 있는 작품은 여러 가지가 있으나, 그 중에서도 주몽
탄생담이 가장 근접한 것으로 생각되었다. 그 이유는 부모 결연담의 양상
이 김유신 탄생담의 양상과 유사하기 때문이다. 즉 동일한 범주의 인물들
의 사통이라는 점에서 유사하다고 판단하였다.

3장에서는 김유신 탄생담과 주몽 탄생담을 비교해 보았다. 김유신 탄생
담은 2장에서 보았듯이 '야합을 통해 낳은 훌륭하다'라는 구조로 되어 있
었고, 주몽 탄생담 또한 이러한 구조로 되어 있었다. 즉 해모수와 유화는
야합의 방식을 통해 결연하였고, 그 결과 유화는 하백에게 쫓김을 당했으
나, 그럼에도 불구하고 고구려의 건국 시조인 주몽을 낳았다는 구조로 되
어 있었다.

김유신 탄생담과 주몽 탄생담이 동일한 구조로 되어 있다는 것을 통해
김유신 탄생담은 주몽 탄생담을 근원으로 하고 있다고 본 것이고, 김유신
탄생담은 주몽 탄생담의 계보를 잇는 후대의 작품이라 생각한 것이다. 이
런 면에서 고구려와 신라는 동일한 구조를 공유하고 있다고 본 것이다.

지금까지 신화는 고구려 신화와 신라 신화는 별개의 것으로 인식되어져
왔다고 할 수 있다. 주몽 탄생담과 김유신 탄생담이 동일한 구조로 되어
있고, 같은 뿌리를 갖고 있다고 할 때 이제 고구려와 신라의 신화를 별개의
것으로 인식하는 관점은 수정되어야 할 것이다. 그리고 '야합을 통해 낳은
아들은 훌륭하다'라는 구조로 되어 있는 작품이 후대에도 존재한다고 할
때 이런 구조는 지역성을 초월한다고 할 수 있을 것이다.

그러나 본 연구는 동일한 구조를 갖고 있는 작품들이 어떤 과정을 거쳐
변이를 보이는가에 대한 해명이 이루어지지 못한 점과 보다 많은 서사 작

품들을 근거로 삼지 못했다는 점에서 한계를 지닌다. 이 점은 후고를 기약
한다.

참고 문헌

김부식, 『三國史記』
일연, 『三國遺事』
이규보, 『東國李相國集』
『世宗實錄地理誌』

김광규, 『한국가족의 사적연구』, 일지사, 1977.
김두헌, 『한국가족제도연구』, 서울대학교출판부, 1968.
김재붕, 「난생신화의 분포권」, 『문화인류학』4, 한국문화인류학회, 1971.
김현룡, 「단군신화와 주몽신화」, 『한국고설화론』, 새문사, 1984.
박용식, 『한국설화의 원시종교사상연구』, 일지사, 1984.
이복규, 「<주몽신화>의 문헌기록 검토」, 『국제어문』제1집, 국제대학 국어국문학
    과, 1979.
이지영, 『한국 건국신화의 실상과 이해』, 월인, 2000.
장주근, 「신화학에서 본 한국문화의 기원」, 『문화인류학』2, 한국문화인류학회,
    1971.
조동일, 『한국문학통사』, 지식산업사, 1989.
조지훈, 「한국신화의 유형」, 『한국문화사서설』, 탐구당, 1964.
최진원, 「한국신화 考釋(1) : 주몽신화」, 『대동문화연구』제23집, 성균관대학교출판
    부, 1989.
황패강, 「東明王 朱蒙 神話 硏究」, 『한국 고전소설과 서사문학(下)』, 집문당, 1998.
황패강, 조동일 외 『한국문학연구입문』, 지식산업사, 1982.

「수삽석남(首揷石枏)」과 「심생전(沈生傳)」 및 「소설(掃雪)」의 거리

전경원[*]

차 례

* 건국대학교 강사.

1. 서 론

　서사문학에 그려진 남·녀의 만남에는 다양한 우여곡절이 개재되는데, 신분에 따른 갈등 또한 그 가운데 하나이다. 이 글에서 살펴보고자 하는 「수삽석남(首揷石枏)」 역시 신분갈등을 소재로 삼고 있는 설화 작품이다. 「수삽석남(首揷石枏)」은 『수이전(殊異傳)』의 일문(逸文)으로 『대동운부군옥(大東韻府群玉)』과 『해동잡록(海東雜錄)』에 기록되어 전한다. 그러나 기록된 내용이 소략하면서도 주요 서사구조를 중심으로 매우 압축되어 있기에 본래의 모습을 재구하기에는 많은 어려움이 따른다.[1]

　이 글에서는 『수이전(殊異傳)』의 일문(逸文)으로 전하고 있는 「수삽석남」 과 한문단편소설로 전하고 있는 「심생전(沈生傳)」 및 「소설(掃雪)」을 바탕으로 각 작품의 서사적 맥락을 살펴보고, 아울러 작품 속 남·녀 주인공들의 현실대응방식을 살펴보고자 한다.

　「수삽석남(首揷石枏)」에 대한 연구는 차용주[2]에 의해서 처음 시도되었

---

1) 이 점에 대해서 임형택은 본래 작품의 원모습이 그대로 실린 것이 아니라 축약되어 실렸다고 보았다. 「羅末麗初의 傳奇文學」, 『한국문학사의 시각』, 창작과비평사, 1984, 14면. 그러나 박희병은 이에 대하여, "사서(辭書)에 해당하는 『대동운부군옥』의 책 성격을 감안할 때 이런 견해는 타당성이 없지 않다. 더구나 「최치원」이나 「호원」의 경우 『대동운부군옥』이 축약된 기사(記事)를 싣고 있음은 분명히 확인되는 사실이다. 그렇기는 하나 이런 사실들은 『대동운부군옥』에 실린 「수삽석남」이 축약된 것이라는 주장을 뒷받침하는 방증은 될지언정 그 직접적인 증거는 아니다. 따라서 주장의 명백한 근거는 되기 어렵다는 난점이 없지 않다. …… 다시 말해 『대동운부군옥』의 「수삽석남」은 반드시 전기소설의 축약형태가 아니라 골격위주의 짤막한 설화적 이야기를 그대로 혹은 '거의' 그대로 실어 놓은 것이라고 볼 여지도 없지 않은 것이다. 이런 미심한 점 때문에 본고에서는 아쉬운 감은 있지만 나말여초 전기소설을 논의하는 자리에서 「수삽석남」은 일단 제외하기로 한다."고 언급했다. 『韓國傳奇小說의 美學』, 돌베개, 1997, 117면.

는데, 그는 이 연구에서 「수삽석남(首揷石枏)」을 당대(唐代) 전기 작품들과
의 비교를 통하여 이 작품이 소설적인 구성을 취하고 있는 창작 설화로 파
악하였다. 또 김균태는 「심생전(沈生傳)」을 언급하면서, 신분갈등에 의한
혼사장애 모티프의 시발이 되는 작품으로 「수삽석남(首揷石枏)」을 언급하
고 있다.3) 이 같은 성과 외에 「심생전(沈生傳)」에 대한 연구4)는 일정 정도
축적되어 있으나 「소설(掃雪)」에 대한 연구는 매우 한산한 편이다.

　이 글에서는 「수삽석남」과 「심생전」, 「소설」의 세 작품을 대상으로 서
사적 맥락의 관계를 조명하는 동시에, 각 작품에서 문제시되고 있는 신분
적 장애에 대하여 등장인물이 어떠한 방식으로 대응하는지 하는 점을 살펴
볼 것이다. 이러한 작업을 통해서, 혼사장애형 모티프를 가진 작품군의 조
망과 계보적 고찰을 위한 선행 작업이 가능해지리라 믿는다.

---

2) 차용주, 「首揷石枏說話의　比較研究」, 『흔민최정여박사송수기념논총』(계명대,
　　1983)

3) 김균태, 『이옥의 문학이론과 작품세계의 연구』, 창학사, 1991, 187면. "「심생전」
　　의 남녀 주인공처럼 신분질서에 의한 남녀 애정의 갈등이 야기된 서사체는 흔히
　　볼 수 있다. 즉, 신분질서는 한국 서사문학에서 보여주는 일종의 혼사장애 모티
　　프라고 할 수 있다. 이 혼사장애 모티프는 『殊異傳』의 「首揷石枏」부터 김시습의
　　「金鰲新話」의 「李生窺墙傳」, 판소리계 소설 「春香傳」에 이르기까지 한국 서사문
　　학의 주된 모티프라고 할 수 있다. 그러므로, 이들 작품간의 주제의식을 비롯한
　　서사적 구조에 관한 검토는 이러한 서사체 양식을 이해하는데 도움이 될 것이지
　　만, 본격적 비교연구는 본고에서 생략한다"고 언급하였다.

4) 「심생전(沈生傳)」에 대한 연구로는,
　　이신성, 「한문단편 「沈生」의 연구」, 『어문학교육』2・3, 부산국어교육학회, 1980.
　　_____, 「한문단편 「沈生」에 있어서의 사랑과 죽음의 문제」, 『부산교육대학논문
　　집』17, 1981. 등이 있다.
　　전수연, 「「沈生傳」의 樣式的 特性」, 『이화어문논집』9집, 한국어문학연구소, 1987.
　　홍용희, 「이옥 '傳'의 특성과 「심생전」 考」, 성심여대 석사논문, 1988.
　　정하영, 「「沈生傳」의 주제사적 맥락과 서사방식」, 한국고전문학회207차 정기발
　　표회, 2000.
　　김용봉, 「李鈺의 '傳' 研究」, 명지대학교 석사논문, 1999.
　　허종진, 「이옥의 현실인식과 문학적 수용 연구」, 부산대학교 교육학석사논문,
　　2000.2.
　　朴廷昡, 「李鈺 傳 작품의 양식적 특성 연구」, 연세대학교 석사논문, 2000.7.

2. 「수삽석남」과 「심생전」 그리고 「소설」의 서사적 맥락

여기서는 「수삽석남」의 서사적 맥락이 「심생전」 및 「소설」과는 어떠한 연관성을 지니고 있는지 하는 점에 대해 서사구조를 중심으로 고찰하기로 한다. 이같은 과정을 통해서 「수삽석남」의 이야기가 어떠한 모습으로 후대에 연변되고 있는지 하는 점이 드러날 것이다.

1) 「수삽석남(首揷石枏)」과 「심생전(沈生傳)」

앞서도 잠시 언급했듯이 「수삽석남」은 대단히 압축된 형태로 전하는 이야기이다. 전체의 서사문맥을 살펴보면 다음과 같다.

① 신라 최항(崔伉)은 자(字)가 석남(石南)이다. 사랑하는 첩이 있었는데 부모가 금하여 수개월을 보지 못했다.

② 항이 갑자기 죽었다. 팔일이 지난 밤에 항은 첩의 집으로 갔는데 첩은 그가 죽은 줄 모르고 엎어질 듯 기뻐하며 맞이하였다. 항은 머리에 석남 가지를 꽂았는데 첩에게 나누어 주면서 말했다. "부모님께서 너와 함께 사는 것을 허락해 주셔서 왔다." 드디어 첩과 함께 돌아와 집에 도착해서는 항은 담장을 넘어서 들어갔다.

③ 밤이 깊어 새벽이 되도록 오래동안 소식이 없었다. 집안의 사람이 나와서 보고는 찾아온 이유를 물었다. 첩이 사연을 말하자, 그 사람이 말하기를 "항이 죽은지 8일이 되어 오늘 장사를 지내려고 하는데 어찌 괴이한 말을 하시오?" 첩이 말했다. "낭군께서는 나에게 석남 가지를 꽂으라고 나누어 주셨습니다." 이에 관을 열어 보니 시신의 머리에 석남가지가 꽂혀있고 옷은 이슬에 젖어 있었으며, 신발이 이미 뚫어져 있었다.

④ 첩이 그 죽음을 알고 통곡하고는 목숨을 끊으려고 하자 항이 다시

소생하여서는 20년을 해로하다가 죽었다.[5]

위의 인용문이 현재 남아 전하는 「수삽석남」의 전문이다. 매우 압축적인 내용으로 서사적 맥락 위주로 간결하게 정리되어 있다. 이를 논의의 편의상 네 단계의 서사단락으로 나누어 보면 다음과 같이 정리할 수 있다.

  ① 최항에게는 사랑하는 첩이 있었으나 부모의 반대로 만나지 못함
  ② 이로 인해 최항은 죽는데 그 영혼이 첩의 집을 찾아가 함께 최항의 집으로 돌아옴
  ③ 최항의 사연을 알게 된 첩은 석남가지 징표를 보이며 관을 열어보나 이미 죽어있음
  ④ 첩이 자결하려고 하자 최항이 다시 소생하여 함께 20년을 해로하다가 죽음

이처럼 「수삽석남」에서는 남·녀결연을 다루고 있는 고전산문에서 중요한 모티프로 등장하는 화소와 서사기법이 두루 사용되고 있음을 알 수 있다. ①에서는 남·녀 결연시에 나타나는 부모와의 대립과 갈등이 드러나고 있으며, ②에서는 인귀교응(人鬼交應)의 모티프가 사용되고 있고, ③에서는 후대의 전기소설에서 자주 등장하는 소재로, 시공(時空)을 초월하여 현실세계와 비현실 세계를 이어주는 구체적 매개물(媒介物)이 등장하고 있다. 그리고 ④에서는 환생모티프를 취하고 있다. 이같은 서술방식은 후대의 전기소설 및 고소설에서 자주 등장하는 서사기법임을 알 수 있다.

그렇다면 이번에는 이와같은 「수삽석남」이라는 서사적 맥락이 「심생전

---

5)『大東韻府群玉』卷之八, 四十六面,「首揷石枏」; 新羅崔伉 字石南 有愛妾 父母禁之 不得見數月 伉暴死 經八日 夜中伉往妾家 妾不知其死也 顚喜迎接 伉首揷石枏枝 分與妾曰 "父母許與汝同居故來耳" 遂與妾還到其家 伉踰垣而入 夜將曉 久無消息 家人出見之 問其來由 妾具說 家人曰 "伉死八日 今日欲葬 何說怪事" 妾曰 "良人與我分揷石枏枝 可以此爲驗" 於是 開棺視之 屍首揷石枏 露濕衣裳 履已穿矣 妾知其死 痛哭欲絶 伉乃還蘇 偕老二十年而終.

」과는 어떠한 연관성을 지니고 있는가 하는 점을 살펴볼 차례이다. 「심생전(沈生傳)」은 담정 김려(金鑢)가 편찬한『담정총서(潭庭叢書)』중에 수록된 것으로 그의 절친한 교우였던 이옥(李鈺)의 작품이다. 이 작품은 양반층의 남성과 중인층의 여성을 주인공으로 설정함으로써, 신분이 다른 두 남녀의 사랑을 소재로 삼고 있다는 점에서 「수삽석남」과 동일한 궤(軌)에 놓인 작품이다. 작품의 대략적인 줄거리는 다음과 같다.

① 주인공 '심생'은 서울의 양반으로 고귀한 신분을 타고난다. 그런데 그는 어느날 길에서 우연히 만나게 되는 처녀에게 강렬한 애정을 느끼고는 그녀의 사랑을 얻기 위해 전심전력으로 우직하게 노력한 결과 일단은 두 남녀의 결합이 이루어진다. 그러나, 양반층의 자제와 중인층의 자녀라는 신분적 차이와 심생 부모의 명령으로 말미암아 심생은 산사로 들어가면서 처녀와 이별을 하게 된다.
② 심생은 산사에 머물면서 한 달이 지나도록 처녀에게 아무런 소식조차 전하지 않고, 처녀는 병이 들어 눕게 되고 죽음에 임박하게 된다.
③ 처녀는 죽기 전에 마지막으로 자신의 회포를 적어 유서를 남기고는 숨을 거둔다.
④ 심생이 처녀의 유서(遺書)를 받은 뒤 붓을 던지고는 무관(武官)의 자리로 나아갔다가 그녀의 죽음으로 인한 충격에서 벗어나지 못하고 끝내는 죽음에 이른다는 내용이다.

결국 이 작품에서 심생의 죽음은 한 여성에 대한 사랑 때문에 끝끝내 현실에 순응하지 못했음을 의미한다. 그러면, 「수삽석남」의 서사구조가 「심생전」에 이르러서는 어떻게 연변되고 있는지 하는 점을 가해진 부분과 삭제된 부분을 중심으로 살펴보겠다.

<首-1> 최항에게는 사랑하는 첩이 있었으나 부모의 반대로 만나지 못함
<沈-1> 동침을 하고 결연을 약속한 후, 심생은 부모의 명령대로 절연

하고 절로 들어감

(<首-1>은 「首揷石枏」을, <沈-1>은 「沈生傳」의 첫 번째 서사단락
을 의미한다.)

위와 같이 「수삽석남」에서 최항에게는 사랑하는 첩이 있었는데, 최항의
부모가 반대하였기 때문에 서로 수개월 동안 만나지 못했음을 의미한다.
동시에 「심생전」에서의 심생은 처녀와 동침을 한 후, 계속해서 밤마다 처
녀의 집을 오가던 어느날 수상한 낌새를 느끼고는 절에 가서 글을 읽으라
는 부모님의 명령과 친구들에게 이끌려 아무런 입장표명도 없이 절로 들어
간다. 「수삽석남」에서는 여인에 대한 부모의 반대가 직접적이며 구체적으
로 간결하게 명시되어 있으나 「심생전」에서는 간접적인 방식으로 처녀와
의 결연에 장애가 발생하는 서사적 맥락으로 연변이 가해지고 있다.

<首-2> 이로인해 최항은 죽게 되는데 그의 영혼이 첩의 집을 찾아가
함께 돌아옴
<沈-2> 심생이 선방에 머물면서 한 달이 넘도록 처녀에게 연락을 하
지 않음

「수삽석남」에서는 부모님이 최항과 첩의 결연을 반대하여 수 개월동안
만나지 못하게 하자, 마음의 병을 얻은 최항이 결국은 죽음에 이르게 되는
데, 최항의 영혼은 살아있을 때와 마찬가지의 모습으로 첩의 집을 찾아간
다. 그리고는 첩에게 "부모님께서 함께 사는 것을 허락하셨으니 함께 가
자"고 하면서 자신의 집으로 데리고 오기에 이른다. 이러한 점은 사랑하는
남녀는 현실에서 맺어질 수 없을 경우에 죽어서라도 맺어져야 한다는 무의
식적 사고의 반영이라고 할 수 있다. 반면, 「심생전」에서는 부모님의 명령
에 따라 산사(山寺)에 들어가서는 처녀에게 아무런 소식조차 전하지 못하
고 세월만 보내는 심생의 무책임한 모습을 그리고 있다.
남·녀 당사자의 결연에 대한 차이점이라면 「수삽석남」의 최항이 죽은

영혼으로서나마 결연을 갈구하고 있다면「심생전」에서의 심생은 부모님의 명령과 친구들에게 이끌려 책을 싸들고 산으로 들어가면서 처녀에 대한 특별한 배려는 보이지 않고 있다. 말하자면「수삽석남」에서의 남자주인공이 현실세계의 질서를 초월하여 결연에 대한 강한 의지를 표출하고 있다면「심생전」에서의 남자주인공은 현실세계의 기존체제에 매몰된 채, 무기력하게 대응하는 인물의 형상으로 연변(演變)되어 있었다.

<首-3> 죽은 사연을 알게 된 첩은 징표를 보이며 관을 열었으나 이미 죽은 상태임
<沈-3> 절연 후 처녀는 마음의 병을 얻어 심생에게 유서를 남기고는 목숨을 거둠

세 번째 서사맥락에서는「수삽석남」의 경우, 최항과 함께 돌아온 첩이 날이 새도록 밖에서 기다렸는데 아무런 소식이 없자 어찌된 영문인지 모르는 상황에서 집안 일을 하는 사람이 나왔다가 첩을 보고는 어찌된 연유인가를 묻자 첩은 최항과 있었던 간밤의 일을 말하자, 최항이 죽은지 이미 8일이 지났고, 오늘이 장례일이라는 사실을 알게 된다. 이에 첩은 최항이 자신에게 주었던 석남 가지를 징표로 보이며, 관을 열어보았으나 최항은 이미 죽은 상황이었다. 그런데, 기이하게도 시신의 머리 위에는 첩이 가지고 있던 석남 가지가 꽂혀 있었고, 옷도 이슬에 젖어 있었고, 신발을 신고 있었다. 이같은 서술방식은 현실세계의 질서를 초월할 수 없었던 현실적 제약을 전기적 요소를 통해 극복하고자 한 의도에서 삽입된 화소에 해당한다고 할 수 있겠다. 결국 결연이 불가능함을 알게 되자 삶의 방향성을 상실하고 절망한 첩은 목숨을 끊고자 한다. 반면「심생전」에서의 처녀는 산사(山寺)로 떠난 심생으로부터 일체의 연락이 단절되자 마음의 병을 얻게 되고 병이 깊어지면서 자신의 죽음을 감지한다. 그리고는 죽음에 임박해서 자신과 심생과의 인연을 회고하며 징표로 '유서(遺書)'를 남기고 숨을 거두

게 된다.

> <首-4> 첩이 자결하려고 하자 최항이 다시 소생하여 함께 20년을 해
> 로하였음
> <沈-4> 심생은 처녀의 유언을 받고는 슬퍼하다가 역시 일찍 죽고 말
> 게 됨

네 번째 서사맥락을 살펴보면, 「수삽석남」에서는 최항의 죽음을 확인한
첩이 슬픔을 이기지 못하고 자신의 목숨을 끊으려고 하자, 최항이 다시 소
생하여 결국에는 함께 20년 동안을 해로하다가 죽었다는 서술방식을 취하
고 있다. 이러한 결말구성방식은 현실세계의 제약을 주인공의 '죽음'이라
는 의식을 통해 비로소 새로운 삶을 부여받고 있다. 「심생전」의 경우는 현
실적 제약을 극복하지 못한 채 주인공 남녀가 모두 비극적 종말을 맞이하
고 있다. 이러한 점은 「심생전」의 남녀 주인공이 세계와의 대결에서 적절
한 타협을 모색하지 못하고 현실적 질서로부터 자유롭지 못했음을 의미한
다. 반면 「수삽석남」의 경우는 세계와의 대결에서 주인공의 우위를 보이고
있었다.

2) 「수삽석남(首揷石枏)」과 「소설(掃雪)」

이번에는 「소설(掃雪)」이라는 작품과 「수삽석남(首揷石枏)」의 서사적 맥
락을 살펴볼 차례이다. 이 작품은 『계서야담(溪西野談)』권4에 실려있다. 『선
언편(選諺篇)』, 『청야담수(靑野談藪)』권5, 『동패낙송(東稗洛誦)』卷上에도 수
록되어 있고, 『청구야담(靑邱野談)』권2의 '聽妓語 悖子登科'와 『동야휘집(東
野彙輯)』권6의 '掃雪庭 獲窺故情'도 같은 내용이다.6) 작품의 기본 줄거리는

---

6) 李佑成·林熒澤, 『李朝漢文短篇集』上, 一潮閣, 1997, 280면.

다음과 같다.

① 옛날 어느 재상이 관서지방의 감사로 있을 때 외아들이 따라가 있었다. 외아들은 동갑내기 기생이 너무나 아름다워 좋아하게 되었다. 둘 사이의 정(情)이 두터워질 무렵, 부친의 임기가 끝나서 돌아갈 때가 되었다. 그런데, 그 기생과의 관계를 알고 있던 부모는 아들이 기생과 쉽게 情을 끊고 떠날 수 있을지 걱정이었다. 이에 아들은 한갓 풍류호사에 불과한 것이라며 여자를 단순한 기생으로 희롱했던 것임을 말하고, 그 기생도 기생이라는 자신의 처지에 순응하여 큰 문제없이 이별하였다.

② 그 후, 소년은 책을 짊어지고 절(寺)로 들어가 학업에 힘쓰게 된다. 그러던 어느 겨울밤, 눈이 하얗게 내린 뜰에 혼자 난간에 비껴 앉았다가 쓸쓸한 심정이 일었는데, 그때 갑자기 그 기생이 간절하게 떠올랐다. 그녀의 아름다운 자태와 선한 용모가 떠오르면서 그리움이 샘솟듯하여 잠을 못이루고 뜬 눈으로 밤을 지새운다. 그러다 새벽녘에 곧바로 관서지방으로 향한다. 아침에 동학(同學)들이 그가 사라진 것을 알고 백방으로 수소문해 보았지만 행방을 알 수 없어 결국은 호랑이에게 물려간 것으로 생각하게 된다.

③ 소년은 그리움을 이기지 못하고 당장에 기녀를 찾아가는 다소 충동적인 행동을 범한다. 소년의 행동은 이성을 잃은 충동적 행동이었다. 그러나, 한편으로는 모든 사회적 이념이나 통념을 걷어낸 순수한 인간 본연의 모습으로 돌아온 순진한 인간의 애정표현이었고, 이에 기생도 기생이 아닌 한 사람의 인간으로 돌아와서 소년의 가장 인간적인 순수한 사랑을 받아들이고는 신분을 감추고 도망을 가서 살기로 한다. 그래서 그들은 일단 인간적인 사랑을 구가할 수 있었으나, 그 결과는 세상에 용납될 수 없는 존재가 되고 만다. 그들은 숨어살지 않으면 안되었고, 그같은 상태로는 행복한 삶을 영위할 수 없었다.

④ 그러나 기생의 헌신적 노력으로 소년은 학업에 전념할 수 있었고, 몇 년후 열린 별시(別試)에서 소년이 장원을 한다. 그들의 성실한 노력에 의해 소년이 과거에 급제함으로써 사회적, 도덕적으로 구제되기에 이르고, 그로 인해 그들의 관계는 현실적으로 인정받으며 행복

한 삶을 얻게 된다.

위의 서사적 맥락을 논의의 편의상 다음과 같이 정리할 수 있겠다.

① 소년에게는 사랑하는 기녀가 있었는데 이별 상황에서 부모가 둘 사이를 걱정함
② 이별 후, 소년은 솟구치는 기녀에 대한 그리움을 이기지 못해 멀리까지 직접 찾아감
③ 현실의 질서를 초월하여 인간적인 사랑을 성취하였으나 현실로부터 철저히 소외됨
④ 기녀의 헌신적인 희생으로 소년은 과거에 급제하고 이로 인해 행복한 삶을 얻게됨

이 「소설(掃雪)」을 「수삽석남(首揷石枏)」의 서사적 맥락과 비교해 보면 다음과 같다.

<首-1> 최항에게는 사랑하는 첩이 있었으나 부모의 반대로 만나지 못함
<掃-1> 소년에게는 사랑하는 기녀가 있었는데 이별 상황에서 부모가 둘 사이를 걱정함

첫 번째 서사맥락은 두 작품이 매우 유사한 상황으로 설정되어 있음을 알 수 있다. 남자주인공에게는 자신보다 신분이 낮은 사랑하는 여인이 있고, 부모의 반대로 이별 상황에 놓이게 된다는 공통점을 기반으로 한다. 다만 「소설(掃雪)」의 경우 문맥상 부모가 반대했다기보다는 기녀와 쉽게 헤어질 수 있을 것인가를 염려한 정도로 서술되어 있다. 그러나 이도 넓은 의미에서 보면 부모의 반대라고 보아도 작품을 이해하는 데에는 별 무리가 없을 듯하다.

　　<首-2> 이별 후, 최항은 죽고, 그 영혼이 첩의 집을 찾아가 함께 최항
　　의 집으로 돌아옴
　　<掃-2> 이별 후, 소년은 기녀에 대한 그리움을 이기지 못하고는 멀리
　　까지 직접 찾아감

　두 번째 단락에서는 두 작품 모두 이별 후의 상황을 다루고 있다. 「수삽
석남」의 경우는 부모님의 반대로 수 개월동안을 만나지 못하자 그리움에
병이 들어서는 죽게 되자, 최항의 영혼이 첩의 집을 찾아가서는 살아서 이
루지 못한 결연을 이루고자 하였다. 마찬가지로 「소설」에서의 소년은 이별
후에 기녀에 대한 그리움을 이기지 못하고는 산사(山寺)에서 공부하던 중,
아무도 모르게 기녀가 있는 곳까지 직접 찾아간다.

　두 작품의 차이점은 「수삽석남」의 경우, 현실에서는 최항의 첩에 대한
욕망이 수용되지 않고, 최항의 사후(死後)에 그의 영혼을 통해서 욕망을 충
족하는 서사구조를 취하고 있는데 반해서, 「소설」의 경우는 현실적 제약과
속박이 가해지고 있음에도 불구하고 이를 넘어서는 과단성을 갖춘 주인공
을 등장시키고 있다는 점이다. 그러나 결국은 그로 인해 현실 세계에서 숨
어살 수밖에 없는, 말하자면 「수삽석남」에서 최항에게 가해졌던 '죽음'에
상응하는 삶의 방식을 강요당하는 원인이 된다.

　　<首-3> 최항의 사연을 알게된 첩은 석남가지 징표를 보이며 관을 열
　　어보나 이미 죽었음
　　<掃-3> 현실의 질서를 초탈하여 인간적인 사랑을 성취하지만 현실로
　　부터 철저히 소외됨

　세 번째 단락을 보면, 「수삽석남」과 「소설」 공히 현실세계의 질서와 대결
하는 구도를 취하고 있다. 「수삽석남」의 최항이 사랑하는 첩과의 신분 갈등
을 극복하고 사랑의 성취를 위해 '죽음'이라는 대가를 치러야 했다면, 「소설」
의 주인공 소년은 신분제도라는 절대적 규범을 초월한 대가로 현실로부터 철

저히 소외당한 채로 숨어살아야 하는 운명에 처하게 된다는 공통점을 보인다.

> <首-4> 첩이 자결하려고 하자 최항이 다시 소생하여 함께 20년을 해
> 로하다가 죽음
> <掃-4> 기녀의 헌신적 희생으로 소년은 과거에 급제하고 행복한 삶
> 을 얻게됨

네 번째 단락에서는, 「수삽석남」의 경우 최항의 죽음을 확인한 첩이 삶
의 의미를 상실한 후, 자결을 하려고 하는 순간에 죽었던 최항이 다시 살아
나는 부활 모티프의 전기적 요소를 통해 새로운 현실의 질서를 인정받고
있는 셈이다. 반면 「소설」의 경우는 현실로부터 철저하게 소외된 상황에서
기녀의 헌신적 희생에 힘입어 소년은 새로운 현실의 질서를 부여받기에 이
른다. 이러한 과정에서 공통되는 점은 두 작품 모두 일종의 통과의례를 거
친 후에야 비로소 새로운 질서를 인정받으면서 체제 속으로 편입되고 있다
는 사실이다. 말하자면 「수삽석남」의 경우는 '죽음'이라는 의식을 통해서
기존 질서로의 편입을 이루어내고 있으며, 「소설」의 경우는 '시험'이라는
의식을 통해 기존 질서로의 편입을 성공적으로 이루어낸다. 달리말하면, 「
수삽석남」의 '죽음'이라는 상황설정이 「소설」에서는 '과거급제'라는 상황
으로 변모되어 있다는 사실이다.

지금까지 「수삽석남」과 「심생전」 그리고 「소설」의 서사적 맥락을 살펴
보았다. 그 결과 서사적 맥락은 「수삽석남」과 「소설」이 서로 동일한 서사
적 기반에 토대를 두고 있다는 사실을 알 수 있었다. 「수삽석남」에서 그려
진 전기적 요소를 통한 현실 질서로의 편입이 「소설」에 이르러서는 전기
적 요소가 아니라 보다 구체적이며 개연성있는 상황 설정을 통해 기존 질
서에 재편입되는 형상을 그려내고 있었다. 그러나 「심생전」의 경우는, 「수
삽석남」에서 형상화된 서사적 지향이 기존의 현실 세계의 질서로부터 새

로운 질서를 창조하기 위해 나아가는 방향성을 지니고 있다고 할 때, 이와
는 달리 새로운 세계를 지향하기에는 부족한 서사적 구조를 취하고 있었
다. 그런 점에서 볼 때, 서사적 맥락은 「수삽석남」과 「소설」이 서로 가까운
거리에 놓여 있는 작품이라 할 수 있고, 「수삽석남」과 「심생전」의 경우는
다소 서사적 지향이 변별되는 작품이라고 할 수 있겠다. 다음 장에서는 여
기서 살펴본 서사적 맥락과는 관점을 달리하여 고찰하도록 하겠다.

3. 남·녀 주인공의 현실대응방식

앞에서는 「수삽석남」의 서사적 맥락이 「심생전」 및 「소설」과는 어떠한
연관성을 지니고 있는지 하는가를 살펴보았다. 이 장에서는 세 작품에 등
장하는 남·녀 주인공들의 특성과 현실에 대응하는 방식을 살펴봄으로써,
주인공의 인물형상에서 드러나는 특징을 바탕으로 신분갈등 유형의 서사
문학에 등장하는 인물의 계보적 측면을 조망하고자 한다.

1) 「수삽석남(首揷石枏)」

「수삽석남」이 기록되어 있는『대동운부군옥(大東韻府群玉)』은 사전적 성
격의 문헌이기 때문에 인물에 대한 상세한 묘사나 해설이 없고, 간략한 서
사 위주의 기록이 중심을 이루고 있으므로, 인물에 대한 평가는 많은 부분
작품 속에서 전개되는 주인공의 행위적 측면을 통해 살펴볼 수밖에 없다.
이 작품의 주인공 '최항'은 사랑하는 여인에 대한 애착이 강한 인물이면서
도 부모가 애첩을 만나지 못하게 하자 수개월 동안 애첩을 만나지 못하고,
애를 태우다가 결국에는 목숨을 거두게 되는 인물로 등장한다. 그러나 다른
한편으로는 현실과 유리된 죽음 이후의 세계에서나마 사랑을 성취하고 있는

인물이기도 하다. 신분적 갈등으로 인해 이루어질 수 없는 제약 때문에 설화의 현실 공간에서는 애첩과의 결연에 실패하고 있으나 설화의 이상 공간을 통해 부활하여 결연을 이루어내는 인물의 형상을 창조하였다. 그리고 애첩으로 등장하는 여인의 경우는 대단히 순종적인 여인의 형상으로 제시되고 있다. 죽은 사람의 몸으로 다시 나타난 최항의 모습을 보고는 엎어질 듯 기뻐하며 최항을 영접하는 모습도 그러하며, 나중에 최항의 죽음을 확인하고는 통곡을 하면서 목숨을 끊으려고 했던 유약한 여성으로 그려지고 있다. 그런 상황설정으로 인해 최항과 애첩의 결연(結緣)을 가로막는 부모와의 대립 상황에서 남녀 주인공 모두 소극적인 방식으로 행동을 전개하고 있었다.

2) 「심생전(沈生傳)」

이 작품의 주인공 심생은 전형적인 양반 가문의 자제로 용모가 매우 준수하고 풍정(風情)이 넘치는 청년이다. 그는 매우 활달하고 적극적인 자세로 처녀에게 접근하며, 온갖 노력을 다하여 처녀와의 결연을 이루어 내는 우직함과 인내심을 겸비한 인물로 묘사된다. 그러나, 처녀와의 결연을 이룬 후부터는 소극적이며 자신의 행위를 주도해 나가지 못하는 우유부단한 인물로 형상화되었다. 결국은 심생의 우유부단함이 처녀를 죽음에까지 이르게 하는 하나의 요소로 작용한다. 반면 처녀는 호조(戶曹)에서 일하는 중인 신분의 계사(計士)의 딸로 부유한 가정환경에서 한가롭게 소설을 읽으며 지낼 수 있었던 인물로 묘사된다. 또한 처녀는 나이에 비해 매우 사려가 깊고 이성적이며 조숙함을 지닌 현숙한 여인으로 형상화되어 있다. 작품 내에서 심생의 월장(越牆)이 계속되자 마음의 결심을 한 후, 부모님께 그간의 상황을 설명하는 대목을 보면 처녀의 이러한 성품이 잘 드러난다.

저분은 양반댁 도령으로 지금 바야흐로 청춘이라 혈기가 아직 정치

못하여 다만 나비와 벌이 꽃을 탐낼 줄만 알고 바람과 이슬에 맞음을
돌보지 않으니 며칠 못가서 병이 나지 않겠습니까. 병들면 필야 일어나
지 못하리니, 그렇게 되면 제가 죽이지 않았어도 제가 죽인 셈입니다.
비록 남이 모르더라도 반드시 음보(陰報)가 있게 됩니다. 또 제 몸은 한
낱 중인(中人) 집 딸에 불과합니다. 제가 무슨 절세의 경성지색(傾城之
色)으로 꽃이 부끄러워할 만한 용모를 지닌 것도 아닌데, 도련님께서 솔
개를 보고 매로 여기시어 제게 지성을 바치되 이토록 부지런히 하옵십
니다. 제가 만일 도련님을 따르지 않으면 하늘이 반드시 싫어하시어 복
을 제게 주시지 않을 거에요. 제 마음을 정하였습니다. 부모님께서는 근
심하지 마옵소서.[7]

위에 제시된 바와 같이, 처녀는 나이에 비해 조숙한 여성으로 형상화되
어 있다. 심생의 처지와 입장을 충분히 이해하고 있음은 물론이거니와 인
간에 대한 기본적 애정과 배려를 소유한, 현숙한 인물로 묘사된다.

이들의 만남은 운종가에서 임금의 행차를 구경하고 오던 길에서 이루어
진다. 어떤 건강한 계집종이 자줏빛 명주 보자기로 한 여자를 덮어씌워 업
고 가는데, 그 뒤를 한 계집애가 붉은 비단신을 들고 따라가고 있었다. 심
생은 그 뒤를 바짝 따라붙었는데, 갑자기 부는 바람에 보자기가 걷힌 사이
로 처녀의 얼굴을 본다.

봉숭아 빛 뺨에 버들잎 눈썹, 초록 저고리에 다홍치마, 연지와 분으로
가장 곱게 화장을 하였다. 얼핏 보아서도 절대가인임을 알 수 있었다.[8]

---

7) 李佑成·林熒澤,『李朝漢文短篇集』上, 一潮閣, 1997, 433면 "彼以士大夫家郎君 年
方青春 血氣未定 只知蜂蝶之貪花 不顧風露之可憂 能幾日而病不作耶 病則必不起
是非我殺之而無異我殺之也 雖人不知 必有陰報 且兒身 不過一中路家處子也 非有傾
城絶世之色 沈魚羞花之用 而郎君見鴟爲鷹 其致誠於我 若是其勤然而 不從郎君者
天必厭之 福必不及 兒之意決矣 願父母 勿以爲憂!"
8) 李佑成·林熒澤,『李朝漢文短篇集』上, 一潮閣, 1997, 432면. "桃臉柳眉 綠衣而紅裳
脂粉甚狼藉 瞥見猶絶代色"

심생은 말 그대로 첫눈에 반해서는 처녀의 뒤를 밟아서는 그 신분과 집을 알아낸다. 그런 후, 그는 매일밤 그녀의 집 담장을 넘어들어갔다가는 처마 밑 바깥벽에서 기대 앉았다가 새벽 종이 울리면 도로 넘어나오기만을 20일이나 반복한다. 스무날 째 되던 밤, 처녀는 이미 알고 있었던 듯이 놀라지도 않고 심생에게 가서 설득한다. 그럼에도 불구하고 심생은 포기하지 않고 비가 오는 날에는 옷이 흠뻑 젖은 채로 개의치 않고 찾아간다. 이렇게 다시 열흘이 지나자 처녀는 심생을 방으로 들인 후, 부모님을 모신 자리에서, 위에서 인용한 인용문과 같이 말씀을 드리고, 양친의 암묵적인 동의하에 심생과 동침을 이룬다.

둘 사이의 결연이 이루어진 후에도 처녀는 변함없는 마음으로 심생을 지아비로 생각하면서 정성을 다한다. 그러나 결연을 이룬 후, 심생은 결연 이전과는 달리 적극적으로 상황을 처리하지 못하는 인상을 심어준다. 결연 과정에서 보이던 주도적이며 우직한 모습은 찾아볼 수 없고, 다만 밤마다 나가서 처녀와 동침을 하고 아침에 돌아오고 있다는 사실이 발각이나 되지 않을까 하며 근심하는 태도만을 취한다.

처녀의 집이 부유했기에 심생을 위해 산뜻한 의복을 정성껏 마련해 주어도 그는 집에서 이상하게 여길 것이 근심되어 입어보지도 못한다. 그러면서도 밤이면 계속 몰래 집을 나와 자고 돌아오기를 반복한다. 그러던 어느날 심생의 부모는 아들의 행적을 수상쩍게 여기고는 절(寺)에 가서, 공부하기를 명한다. 그는 내심으로는 불만이었으나 부모님의 명령과 친구들에게 이끌려 책을 싸들고 북한산성으로 올라간다. 이러한 과정에서 '심생'은 전통적 가치관, 말하자면 '효(孝)'나 '문벌의식' 등에 얽매여 자신의 심정을 확고부동하게 결단 내리지 못하고 욕망과 규범 사이에서 갈등하는 모습이 전개된다. '여인'과의 관계를 밝히고, 혼인의 의사를 밝힐 경우에 초래하게 될 파문, 부모님의 입장, 신분제도의 일탈 등등 수 없이 그를 둘러싸고 있는 규범적 현실 앞에서 이러지도 못하고 저러지도 못하는 우유부단한 면이 부각된다. 처녀와 연락이 끊어진 채, 선방에 머문지 한달 가량이 되었을 무렵, 심생에게 처녀의 편지(遺書)가 한통 전달된다.

　봄 추위가 아직도 쌀쌀하온데 절간의 글 공부에 옥체 평안하시옵니까? 항상 사모하옵는 바 어느날이라 잊으리까. 소녀는 도련님께서 떠나신 이후로 우연히 큰 병을 얻어 점점 골수에 사무쳐 백약이 무효하온지라 이제 필경 죽음밖에 없는 줄 알았사옵니다. 소녀처럼 박명한 몸이 살아본들 무엇하오리까만은, 우선 세가지 큰 한(恨)을 가슴에 안고 있으니 죽음에 당해서도 눈을 감지 못하옵니다. 소녀 본래 무남독녀로 부모님의 사랑하옵심을 받자와 장차 부모님께서는 적당한 사위를 구하여 만년(晩年)의 의지를 삼고 후일의 계책을 마련코자 하였더니, 호사다마라 뜻밖에 악연에 얽히었군요. 제가 외람되게 높은 소나무에 붙었으나 혼인이 이제는 끊어진 바람이옵니다. 이는 소녀가 아무 낙이 없이 시름하다가 마침내 병으로 죽음에 이른 까닭이옵고, 이제 늙으신 부모님은 영원히 의지할 곳이 없게 되었사오니, 이것이 첫째 한(恨)이옵니다.
　여자가 출가하면 비록 종년이라도 문에 기대어 손님을 맞는 기생의 몸이 아닌 다음에야 남편이 있고, 또 시부모가 있겠지요, 세상에 시부모가 모르는 며느리가 있사오리까. 소녀 같은 몸은 남의 속임을 받아 몇 달이 지나도록 일찍이 도련님댁의 늙은 여자 하인 하나도 보지 못하였사오니, 살아서 부정한 자취를 남겼고, 죽어서 돌아갈 곳이 없는 귀신이 될 것이라 이것이 둘째 한(恨)이옵니다.
　부인이 남편을 섬기매 음식을 장만하여 공궤하고 의복을 지어서 입으시도록 하는 일보다 큰 일이 있을까요. 도련님과 상봉한 이후 세월이 오래지 않음도 아니요, 지어드린 의복이 적다고 할 수도 없는데, 한 번도 도련님에게 한 사발 밥도 집에서 자시게 못하였고, 한 벌 옷도 입혀드리지 못하였으며, 도련님 모시기를 다만 침석(枕席)에서 뿐이었습니다. 이것이 셋째 한(恨)이옵니다. 그리고 상봉하온 지 얼마 아니되어 문득 길이 이별하옵고, 병으로 누워 죽음이 다가왔으나 대면하와 영결을 못하옵니다. 이러한 여자의 슬픔을 어찌 족히 군자에게 말씀드리오리까. 생각이 여기에 이르러 창자가 이미 끊어지고 뼈가 녹으려하옵니다. 비록 연약한 풀이 바람에 쓰러지고 시들은 꽃잎이 진흙이 된다 하온들 끝없는 이 원한은 어느날이라 다하리오.

오호라! 창 사이의 밀회는 이제 그만입니다. 바라옵건대 도련님은 소녀를 염두에 두시지 마옵시고 더욱 글공부에 힘쓰시어 일찍이 청운의 뜻을 이루소서. 옥체를 내내 보중하옵기를 천만번 비옵니다.9)

처녀가 남긴 이 유서(遺書)는 처녀의 심정을 곡진하게 전하고 있다. 심생은 편지를 받아보고는 통한의 눈물을 흘린다. 자신의 무책임함, 처녀의 죽음에 대한 안타까움 등 다양한 감정이 뒤엉켜 결국은 심생도 그로 인해 일찍 죽고만다.

그렇다면 작가는 이 작품을 통해 무엇을 말하고자 하는가? 이는 바로 신분제로 인한 신분갈등의 질곡을 문제시하고 있음을 알 수 있다. 젊은 남녀의 순수한 애정이 한 사회의 규범에 의해 저지당하고, 구속된 채, 질곡된 삶을 살아가는 당대의 실상을 꼬집고 있는 작품이라고 판단된다. 물론, 이 작품을 사회 규범(理)이 욕망(情)을 억누름으로써 사회의 체제를 더욱 공고히하고자 하는 보수적 이념을 지향하는 작품으로도 해석할 수 있을 것이다. 그러나, 처녀의 죽음 그 자체에 주목하여 비극적 결말이므로 곧 규범의 승리라고 인식하는 것은 너무도 단선적 측면에 주목하는 것이라 판단된다. 작가가 문제삼고 있는 화두(話頭)는, 서로가 그토록 갈망하면서도 '신분'이라는 굴레에 얽매여 그녀가 정성스레 마련해준 옷이며 음식을 입고 먹는

---

9) 李佑成・林熒澤, 『李朝漢文短篇集』上, 一潮閣, 1997, 433~434면. "春寒尙緊 山寺做工 連得平善 願言思之 無日可忘 妾自君之出 偶然一病漸入骨髓 藥餌無功 今則自分必死 如妾薄命 生亦何爲 第有三大恨 區區於中 死猶難瞑 妾本無男之女 父母之所以愛憐者 將以覓一贅壻 以爲暮年之倚 仍作後日之計 而不意好事多魔 惡緣相絆 女蘿猥托於喬松 而朱陳之計 以此虧望 則此妾之所以悒悒不樂 終至於病且死 而高堂鶴髮 永無依賴之地矣 此一恨也. 女子之嫁也 雖丫鬟桶的 非倚門娼妓 則有夫壻 便有舅姑 世未有舅姑所不知之媳婦 而如妾者 被人欺匿 伊來數月未曾見郎君家一老鬟 則生爲不正之跡 死爲無歸之魂矣 此二恨也. 婦人之所以事君子者 不過主饋而供 治衣服以奉之 而自相逢以來 日月不爲不久所手製衣服 亦不爲不多 而未嘗使郎 喫一盂飯於家披一衣於前 則是所以侍郎君者 惟枕席而已 此三恨也. 若其它 相逢未幾 而遽爾大別 臥病垂死 而不得面訣 則猶兒女之悲 何足爲君子道也 興念至此 腸已斷而骨欲鎖矣 雖弱艸委風 殘花成泥 悠悠此恨 何日可已 嗚呼窓間之會 從此斷矣 惟願郎君 無以賤妾關懷 益勉工業 早致靑雲 千萬珍重 珍重千萬."

것조차 자유로울 수 없는 사회체제에 대한 비판이며 양반의 경우, 신분이 낮은 중인층과는 혼인할 수 없다고 생각했던 당대의 폐쇄적 사회를 고발하는 작품이라 판단된다.

3) 「소설(掃雪)」

이 작품은 양반과 기생이 신분을 초월한 사랑을 통해 인생의 최종목표라 할 수 있는 참된 행복을 이루기까지의 과정을 보여주고 있는 작품이다. 이 작품은 앞의 작품 「沈生傳」과는 달리 신분갈등이 존재하지만 이를 과감히 극복하면서 행복을 성취하는 작품이다.

이 작품에 등장하는 '소년'은 아직은 충동적이며 즉흥적인 성격의 소유자이다. 그러나 한편으로는 진지하면서도 매우 열정적인 성격도 아울러 지니고 있다. 자신의 순수한 애정을 지키기 위해 사회 규범을 초월할 줄도 아는 용기를 지닌 인물이다.

또한 '기생'은 자신의 신분을 숙명론적으로 받아들이면서도 인간 본연의 모습을 잃지 않는 인물로 묘사된다. 깊은 그리움에 자신을 찾아 달려온 한 남자를 위해, 신임 사또 자제의 수청을 들던 기생으로서가 아닌 한 여인으로서 다가설 줄 아는 순수한 존재이다. 또한 기생은 매우 희생적이며 소년을 성숙시키는 조력자의 역할도 훌륭하게 수행한다. 가령, 자신을 찾아 평양까지 온 소년과 함께 먼 곳으로 떠나와서 생활하는데, 어느날 기생은 소년에게 다음과 같이 말한다.

> 낭군은 부모를 배반하고 이렇게 되었으니 죄인이올시다. 속죄할 길이란 오직 과거급제에 있고, 급제하는 길은 부지런히 공부하는 데 있지요, 의식 걱정은 제게 맡기시고, 이제부터 학업에 전력하시면 뒤에 방법이 생기겠지요.[10]

이처럼 기녀는 신중하고 매우 사리 판단이 밝으며, 헌신적인 인물로 형상화되어 있다. 또한 아직은 충동적이고 즉흥적인 소년의 인격적 성숙을 적절하게 돕고 있는 조력자로서의 인물로 묘사되고 있다. 아울러 소년이 훗날 성공할 수 있는 확고한 토대의 구실을 하고 있다. 결국은 그러한 성품으로 말미암아 경직된 규범과의 갈등에서 규범을 초월하여 일탈했으면서도 인정을 받고 하나의 질서를 이루는데 성공하게 된다. 이 작품은 앞에서 보았던 「심생전」과 달리 두 남·녀 주인공이 자신들의 신분차를 극복하고 결연(結緣)에 성공한 이후, 인물의 적극적이며 주체적인 상황타개 능력과 의지에 힘입어 현실 규범을 초월하면서도 다시 현실의 질서 속으로 재편입되면서 행복을 구가할 수 있었다.

4. 결 론

지금까지 「수삽석남」과 「심생전」 그리고 「소설」에 한정하여 세 작품의 서사적 기반을 살펴보았다. 아울러 세 작품에 등장하는 남·녀 주인공의 현실대응방식을 살펴보았다. 이 자리에서는 이상의 논의 내용을 요약 정리하고, 이 논문이 갖는 한계와 추후로 보완되어야 할 사항을 정리하는 것으로 결론을 대신하겠다.

우선, 제2장에서 서사적 기반을 살펴본 결과 「수삽석남」과 「심생전」 및 「소설」은 남·녀 주인공의 신분갈등이라는 동일한 서사적 맥락에 근거하고 있으면서도 개별작품의 서사적 지향은 제각기 상이하였다. 그 결과 「수삽석남」의 서사적 지향은 「심생전」보다는 「소설」과 그 서사적 기반을 함

---

10) 李佑成·林熒澤, 『李朝漢文短篇集』上, 一潮閣, 1997, 440면. "郞旣背親 而此行則可 爲父母之罪人也 贖罪之道 惟在登科 結科之道 在乎勤課 衣食之憂 付之於妾 自今用 力於課讀 然後可以有爲矣."

께 하는 동일계열의 작품이라 할 수 있었다.

이러한 점은 제3장에서 고찰하였던 남·녀 주인공이 현실에 대응하는 방식을 통해서도 알 수 있었다. 말하자면 「수삽석남」의 '최항'은 「소설」에 등장하는 '소년'의 모습과 매우 흡사하게 형상화되었다는 사실 등이다. 반면 「심생전」의 '심생'의 경우는 「수삽석남」의 '최항'이나 「소설」의 '소년'과는 매우 상이한 태도를 보인다는 점만 보더라도 그같은 점을 알 수 있다.

이 논문은 신라시대의 설화인 「수삽석남」을 시원(始原)으로 조선후기에 등장한 한문단편소설 「심생전」과 「소설」, 이 세 작품에 한정하여 살펴본 논문이다. 그러기에 그 두 시기를 연결하는 중간단계의 징검다리 구실을 하는 김시습의 『금오신화(金鰲新話)』 가운데 「이생규장전(李生窺墻傳)」이나 기재 신광한의 「하생기우전(何生奇遇傳)」 등의 작품과는 어떠한 연관성을 맺고 있는지 하는 점은 앞으로 보완되어야 할 과제이다.

참고문헌

1. 자료

『大東韻府群玉』
『李朝漢文短篇集』上, 一潮閣, 1997.

2. 단행본 및 논문

김균태, 『이옥의 문학이론과 작품세계의 연구』, 창학사, 1991
김용봉, 「李鈺의 '傳' 硏究」, 명지대학교 석사논문, 1999.
김현양 외, 『譯註 殊異傳逸文』, 박이정, 1996.
박정현, 「李鈺 傳 작품의 양식적 특성 연구」, 연세대학교 석사논문, 2000.7.
박희병, 『韓國傳奇小說의 美學』, 돌베개, 1997
이신성, 「한문단편 <沈生>에 있어서의 사랑과 죽음의 문제」, 『부산교대논문집』 17, 1981.

이신성, 「한문단편 <沈生>의 연구」, 『어문학교육』2 · 3, 부산국어교육학회, 1980.
임형택, 「羅末麗初의 傳奇文學」, 『한국문학사의 시각』, 창작과비평사, 1984
전수연, 「「沈生傳」의 樣式的 特性」, 『이화어문논집』9집, 한국어문학연구소, 1987.
정하영, 「「沈生傳」의 주제사적 맥락과 서사방식」, 한국고전문학회207차 정기발표
　　회, 2000.
허종진, 「이옥의 현실인식과 문학적 수용 연구」, 부산대학교 교육학석사논문,
　　2000.2.
홍용희, 「이옥 '傳'의 특성과 「심생전」 考」, 성심여대 석사논문, 1988.

『구운몽(九雲夢)』과 「남백월이성 노힐부득 달달박박 (南白月二聖 努肹不得 怛怛朴朴)」조의 관련 양상

김정애[*]

차 례

1. 서 론
2. 인물의 특성
3. 득도과정
4. 결 론

---

[*] 건국대학교 박사과정.

1. 서 론

　『구운몽(九雲夢)』의 계보를 논할 경우, 그 동안의 연구는 이 작품의 원천으로서 「조신몽(調信夢)」을 두었었다. 그 이유는 두 작품이 꿈 구조로 되어 있기 때문이다. 그런데 같은 꿈 구조로 되어 있음에도 불구하고, 「조신몽」과 『구운몽』의 꿈 속 내용은 반대 양상을 띤다. 「조신몽」의 꿈속에서 조신은 온갖 불행을 겪으며, 『구운몽』의 꿈속에서 양소유는 온갖 행복을 누린다. 이렇게 같은 구조를 취하면서도 내용을 달리 한다는 것은, 꿈 구조로 『구운몽』의 원천을 찾아내기 어렵다는 것을 의미한다. 다시 말해 『구운몽』이 정말 시사하고 있는 바를 놓치고 있는 것은 아닌가 생각된다. 실제로 『구운몽』에서 초점을 맞추어야 할 부분은 꿈 구조가 아니라 성진이 득도하는 과정에 있어야 한다.

　그렇게 보면 『삼국유사』에서 득도과정에 초점을 맞춘 이야기와 오히려 관련을 맺을 수 있을 것으로 보인다. 특히 「남백월이성 노힐부득 달달박박」조의 득도과정을 볼 때, 『구운몽』의 원천에 대해 재고해볼 필요를 가진다. 「남백월이성 노힐부득 달달박박」조가 여인으로 하여금 두 인물을 시험하여 득도하게 하는 과정이라면, 『구운몽』 역시 팔선녀로 하여금 성진이 득도하게 되는 과정을 그린 것이라고 볼 수 있다.

　이에 본 논의는 『구운몽』의 원천이 될 수 있는 작품이 「남백월이성 노힐부득 달달박박」조라는 가설을 세우고, 이를 증명해 보고자 한다. 이를 위해 우선 2장에서는 『구운몽』과 「남백월이성노힐부득달달박박」조의 각 인물의 특성을 비교해 보고, 3장에서는 각 인물이 어떤 과정을 통해 득도하게 되는가 비교함으로써 두 작품의 계보적 특성을 조망해 보고자 한다.

2. 인물의 특성

『구운몽』에서 주요 인물은 성진과 양소유, 팔선녀가 있다.

우선 성진이라는 인물의 특성을 보자. 본래 성진은 육관대사의 제자 중 군계일학(群鷄一鶴)으로 지목되는 인물이다. "대사가 극히 사랑하여 입던 옷과 먹던 바리때를 성진에게 전하고자 하였다."라는 것을 보아도 성진은 충분히 육관대사의 신임을 얻고 있다고 보여진다. 그러기에 육관대사는 오욕칠정을 다 버리고 수도해야 하는 성진으로 하여금 술과 음식이 넘치는 수부(水府)에까지 다녀오라고 할 수 있었을 것이다. 그러나 성진은 육관대사의 대를 이어 연화도량을 지킬 만한 자질을 아직 갖추지 못했다. 수부를 다녀오던 성진은 팔선녀를 다리에서 만나고 돌아와 근심하게 되는 것을 보아도 알 수 있다. 그 근심의 내용은 다음과 같다.

성진이 돌아와 밤에 혼자 빈방에 누우니 팔선녀의 말소리가 귀에 쟁쟁하고 얼굴 빛은 눈에 아른거려 앞에 앉아 있는 듯, 옆에서 당기는 듯 마음이 황홀하여 진정치 못하다가 문득 생각하였다.

'남자로 태어나서 어려서는 공자와 맹자의 글을 읽고, 자라서는 요순 같은 임금을 섬겨, 나가면 백만 대군을 거느려 적진에 횡행하고, 들어서는 백관(百官)을 장악하는 재상이 되어 몸에는 비단 두루마기를 입고, 허리에는 황금으로 만든 도장을 차고, 임금을 섬기고 백성을 달래며, 눈에는 아리따운 미색을 희롱하고, 귀에는 좋은 풍류 소리를 들으며. 영화를 당대에 자랑하고 공명을 후세에 전하면 그것이야말로 진실로 대장부의 일일 텐데 슬프다. 우리 불가는 다만 한 바리때 밥과 한 잔 정화수요, 수삼 권 경문과 백팔염주일 따름이요. 그 도가 허무하고 그 덕이 사라져 없어지니, 가령 도통한 들 넋이 한번 불꽃 속에 흩어지면 뉘 한낱 성진이 세상에 났던 줄을 알리오.'

이럭저럭 잠을 이루지 못하여 밤이 이미 깊었다. 눈을 감으면 팔선녀가 앞에 앉았고 눈을 떠보면 문득 간 데가 없었다.

성진이 크게 뉘우쳐 말하였다. "불법(佛法)공부는 마음을 정하는 것이 제일인데 이 사사로운 마음이 이렇듯 일어나니 어찌 앞날을 바라겠는 가?"1)

위의 내용을 보면 성진은 분명 갈등하고 있다. 갈등하고 있다는 것은 성진에게 두 마음이 대립하고 있기 때문일 것이다. 그 하나는 불법에 정진하고자 하는 마음이다. 다른 하나는 승려로서 살아가는 것을 회의하는 마음이다. 이렇게 두 마음으로 나누어져 갈등하게 된 것은 성진이 팔선녀를 만나고 촉발되었기 때문이다. 이에 논의의 편의상 불법에 정진하는 마음을 성진①로 보고, 속세를 따르고자 하는 마음을 성진②로 보고자 한다.

그런데 꿈 속의 양소유의 삶은 성진②와 닮아 있다. 즉 양소유는 팔부인을 아무런 제약 없이 마음껏 만날 수 있었고, 부귀와 영화를 마음껏 누릴 수 있었다. 이는 곧 성진②를 충족시키고 있는 삶인 것이다.

이때 여인은 팔선녀와 여덟 부인으로 나눌 수 있다. 팔선녀는 성진이 갈등하도록 촉발시키는 역할을 하지만, 성진①의 마음 때문에 그 촉발의 감정을 연장시킬 수 없었다. 그러나 성진②의 연장이라고 볼 수 있는 양소유의 삶에서는 팔선녀가 아닌 여덟 부인으로 나타나면서, 꿈 이전에 촉발된 감정을 연장시키는 역할을 했다. 다시 말해 성진②의 마음을 충족시켜 주는 중요한 역할을 한다.

「남백월이성 노힐부득 달달박박」조에서는 달달박박, 노힐부득, 낭자(娘子)가 있다.

달달박박은 낭자가 박박의 거처에 하룻밤 유숙하기를 청했을 때, "절은 깨끗해야 하는 것이니, 그대가 가까이 올 곳이 아니오. 어서 다른 데로 가고 여기에서 지체하지 마시오"2)라고 말하였다. 이 말은 불도를 닦는 것에

---

1) 정규복, 진경환 역주, 「구운몽(완판 105장본)」, 『한국고전문학전집 27』, 고려대학
   교 민족문화연구소, 1993.8.

전념하고자 하는 마음을 드러내 보이고 있다. 이는 『구운몽』의 성진①과 부합되는 표현이라고 볼 수 있다. 불법의 정진을 위해서는 속세를 버려야 한다는 엄격한 마음인 것이다. 요컨대 박박은 양소유가 되는 것을 인정할 수 없었다.

반면 노힐부득은 낭자가 부득의 거처에 하룻밤 유숙하기를 청했을 때, "이곳은 여자와 함께 있을 곳이 아니나, 중생을 따르는 것도 역시 보살행의 하나일 것이오. 더구나 깊은 산골짜기에 날이 어두웠으니 어찌 소홀히 대접할 수 있겠소."3)라고 말한다. 여기서 부득은 잠시 여인을 받아들이는 것을 주저했지만 중생을 따르기로 결정한다. 중생을 따른다는 것[隨順衆生]은 곧 속세를 저버리지 않겠다는 것이다. 이 마음은 곧 「구운몽」의 성진②와 부합되는 표현이라고 볼 수 있다. 불법의 정진도 중요하지만 속세의 순리를 저버릴 수 없다는 마음인 것이다. 요컨대 부득은 성진②가 양소유로 이어질 수 있음을 인정하고, 또 양소유를 통해 성진으로 성장할 수 있음을 인정한 것이라고 볼 수 있다.

이때 낭자는 『구운몽』의 팔선녀와 동일한 특성을 지닌다. 즉 노힐부득과 달달박박의 마음을 촉발시키는 역할을 하는 것이다. 그러나 성진①의 마음과 유사한 박박에게서는 그 마음을 연장시키지 못한다. 반면 성진②의 마음과 유사한 부득에게서는 그 마음을 연장시켜 하룻밤을 함께 유숙할 수 있게 된다. 그런데 여기서 여인은 부득에게 "……다만 어진 선비의 바라는 뜻이 깊고 덕행이 높고 굳다는 말을 듣고 장차 도와서 보리를 이루고자 해서일 뿐입니다."4)라고 말한다. 이것을 보면 낭자와 부득이 하룻밤을 보내는 것은 궁극적으로 부득의 보리를 이루기 위함이다. 곧 낭자는 부득의 보리를 위한 시험자인 것이다. 그러면 『구운몽』의 팔선녀 역시 낭자처럼 시

---

2) "蘭若護淨爲務 非爾所取近 行矣 無滯此處"(『三國遺事』 第三卷 塔像 弟四).

3) "此地非婦女相汚 然隨順衆生 亦菩薩行之一也 況窮谷夜暗 其可忽視歟"(『三國遺事』 第三卷 塔像).

4) "但聞賢士志願深重 德行高堅 將欲助成菩提"(『三國遺事』 第三卷 塔像).

험자의 역할을 하고 있다고 볼 수 있고, 그 방식은 낭자가 부득과 하룻밤을 보내며 부득으로 하여금 산고를 돕게 하고 목욕을 하게 하는 방식처럼, 팔선녀가 양소유와 결연하게 되는 방식으로 나타난다고 볼 수 있다.

이렇게 보면『구운몽』의 성진①은「남백월이성 노힐부득 달달박박」조의 달달박박과 대응된다고 볼 수 있다. 즉 속세와 단절시켜 오로지 불도에만 정진해야 한다는 엄격한 성격을 가진다. 그리고『구운몽』의 성진②는「남백월이성 노힐부득 달달박박」조의 노힐부득과 대응된다고 볼 수 있다. 이는 속세의 순리를 따르고자 하는 마음이다. 다만 성진②는 노힐부득보다 덜 성숙하여 여전히 욕망이 성취되지 않아 불만을 가지고 있다는 점이 다르다. 마지막으로『구운몽』의 팔선녀는「남백월이성 노힐부득 달달박박」조의 낭자와 대응된다. 이 두 작품의 여성은 성진①(달달박박)과 성진②(노힐부득)의 마음을 시험하는 역할을 하고, 특히 성진②(노힐부득)의 마음을 성취시켜주는 역할을 한다.

3. 득도 과정

2장에서는 성진에게 두 마음이 있다고 보았다. 그 하나는 속세에 대한 미련을 벗어나지 못하여 회의하는 마음과 다른 하나는 불도에 정진하겠다는 엄격한 마음이다. 이 두 마음이 갈등하고 있을 때 육관대사는 성진을 부른다. 그리고 성진의 죄를 묻는다. 그 죄는 성진이 두 마음을 가지고 있다는 것 자체를 가리킬 것이다. 육관대사는 두 마음의 간극을 좁히지 못하는 성신을 꿰뚫어 보고 있는 것이다. 만약 성진①의 마음만을 가지고 있고 전혀 갈등이 없었다면, 성진①에 맞는 방법으로 수도하면 되었을 것이다. 그러나 성진은 성진②의 마음까지 가지고 있으므로 둘 중에 하나의 방법을 선택해야 할 상황에 놓여 있다. 문제는 여전히 성진②가 함께 존재하여 갈등하고 있다는 것이다.

그래서 육관대사는 성진을 꾸짖는다. 그런데 그 꾸짖음은 성진②에 맞추어져 있다. "네 용궁에 가 술을 먹었으니 그 죄도 있거니와 오가다 돌다리 위에서 팔선녀와 함께 언어를 희롱하고 꽃을 꺾어 주었으니 그 죄 어찌하며, 돌아온 후 선녀를 그리워하여 불가의 경계는 전혀 잊고 인간 부귀를 생각하니 그러하고서 공부를 어찌 하겠느냐, 네 죄가 중하여 이곳에 있지 못할 것이니, 네 가고자 하는 데로 가거라."라는 것으로 보아도 알 수 있다. 이 말은 곧 성진의 두 마음 중 성진②의 마음이 더 우세하게 자리잡고 있음을 보여 준다. 그리고 "네 가고자 하는 데로 가거라"라고 한 것은 결국 성진①과 성진② 중 우세한 마음이 가고자 하는 데로 가라는 의미이다. 또 성진②의 마음을 꾸짖고 나서 가고자 하는 데로 가라는 것은 앞으로의 국면이 성진②에 맞추어져 흐를 것을 암시하는 것이다.

따라서 양소유의 삶은 우세했던 성진②의 마음에 부응한 결과라고 볼 수 있다. 이에 양소유는 성진②가 바랬던 바를 모두 누린다. 부귀와 영화, 그리고 여덟 부인과의 운우지락까지 누릴 수 있었다. 더구나 이런 만족을 누리는 데에 어떤 장애도 없다. 원하고자 하면 다 가질 수 있었다. 요컨대 성진②가 지향하고자 하는 궁극점에 도달한 것이다. 그런데 양소유는 이 지점에 도달해서 다시금 회의를 느낀다. "소유는 본디 하남 땅 베옷 입은 선비라. 성천자(聖天子) 은혜를 입어 벼슬이 장상(將相)에 이르고, 제 낭자 서로 좇아 은정(恩情)이 백 년이 하루 같으니, 만일 전생 숙연(宿緣)으로 모두 인연(因緣)이 진(盡)하면 각각 돌아감은 천지에 떳떳한 일이라. 우리 백 년 후 높은 대 무너지고, 굽은 못이 이미 메이고, 가무(歌舞)하던 땅이 이미 변하여 거친 뫼와 쇠(衰)한 풀이되었는데, 초부(樵夫)와 목동(牧童)이 오르내리며 탄식하여 가로되, '이것이 양 승상의 제 낭자로 더불어 놀던 곳이라. 승상의 부귀 풍류와 제 낭자의 옥용화태(玉容花態) 이제 어디 갔나뇨.'하리니 어이 인생이 덧없지 아니리요?"라고 말하는 부분이 그것이다. 이는 양소유가 성진②의 연장이라는 점을 생각할 때, 불도자가 속세의 것을 마음껏 누려본 후 느끼는 덧없음이라고 볼 수 있다. 성진②의 욕망 성취가 끝까지 가서 다시 성진②를 반성하게 하는 것이다. 그러나 이 반성은 단순히 여기서 그치지 않는다. 이것은 다시 새로운 국면으로 들어가는 계기가 되고 있다.

이제 양소유의 삶이 끝남과 동시에 다시 성진으로 돌아온다. 본래의 자리로 돌아오는 것이다. 그런데 이때의 성진은 둘로 나뉘어진 성진이 아니다. 성진②가 욕망 성취를 누린 후 반성하여 다시 성진①과 하나가 되는 단계에 도달한 것이다. 둘로 나누어져 득도에 문제가 되었던 성진은 둘 중의 우세했던 마음을 누려본 후 다시 둘의 마음을 하나로 합할 수 있게 된 것이다. 그러므로 이제 성진은 육관대사가 입던 옷과 바리때를 전수받을 수 있는 단계에 도달한 것이다. 이제 성진의 득도 과정은 마무리된다.

2장에서 성진①은 달달박박과 대응되고, 성진②는 노힐부득과 대응된다고 보았다. 그렇다면 박박과 부득의 득도과정의 양상은 어떻게 나타나는지 살펴보자. 우선 박박은 성진①처럼 속세를 단절하고자 하는 엄격한 성격을 소유하고 있다. 이에 박박은 낭자가 하룻밤 유숙하고자 하는 요청을 거절하였다. 그리고 여인을 돌려보내고 문을 닫아 버린다. 이에 낭자는 더 이상 박박에게 요청하지 않고 남암으로 돌아가게 된다. 그 순간 박박의 득도 과정은 중지되어 버린 것이다. 이는 마치 성진①이 다음 국면으로 넘어가지 못하고 그 자리에 머무르는 것과 같다. 그리고 박박의 1차 시험은 실패하게 되는 것이다.

반면 부득은 낭자의 청을 들어준다. 그러나 부득 역시 성숙되지 못한 성진②의 단계이므로 여인의 청을 받아들이는 것을 주저한다. 그래서 처음 낭자가 유숙을 청할 때 "이곳은 여자와 함께 있을 곳이 아니나……"라고 말했던 것이다. 하지만 부득은 주저함에도 불구하고 "……중생을 따르는 것도 역시 보살행의 하나일 것이오……"라고 말함으로써 낭자의 청을 받아들인다. 그런데 부득이 낭자를 받아들임은 여기서 끝나지 않는다. 낭자는 자신이 해산할 수 있도록 도움을 요청한다. 이때 부득은 "불쌍히 여겨 거절하지 못하고……" 낭자를 돕는다. 또 낭자는 해산을 끝내고 목욕하기를 청한다. 부득은 "부끄러움과 두려움이 마음 속에 얽혔으나, 불쌍히 여기는 마음이 그보다 더해서 마지 못하여……" 목욕을 시킨다. 이제 낭자는 부득에게도 그 물에 목욕할 것을 청한다. 부득은 "마지못해서……" 그 말에 좇는다. 이 과정들은 단순히 부득이 낭자를 돕는 과정이라고 보기 어렵다. 부득이 성불을 이루기 위한 과정에 놓여 있는 것들이기 때문에 낭자와 하룻밤을 보내는 과정을 극히 미화시킨 결과라고 볼 수 있다. 특히 목욕은 부득과 낭자의 성적인 장면이 함축되어 있다. 여기서 부득이 성불할 수 있었던 결정적인 이유는 낭자가 목욕한 물에 부득이 목욕을 했기 때문이다. 그런데 단순히 중생 구제차원이라고 한다면 굳이 부득에게 목욕을 하라고 말할 필요가 있을까? 그런데도 목욕을 하라고 하는 것은 박박의 입장에서 볼 경우 계(戒)를 더럽힌 것이나 다름없다. 이는 『구운몽』과 견주어 본다면 양소유의 삶에서 욕망 성취의 궁극점까지 도달한 것과 같다. 그 궁극점에 도달한 부득은 "갑자기 정신이 상쾌해지는 것을 깨닫고 살결이 금빛으로 되"5)었다. 굳이 목욕하라는 것도 이상한데 목욕을 한 후 부득의 정신이 맑아졌다는 것은 더욱 이상하다. 그러나 이를 성적인 의미로 해석해 볼 경우는 다르다. 즉 세속의 욕망을 억압할 경우에는 계속적으로 갈등하고 낭자를 돕는 것을 주저하였지만, 이제 세속적 경험을 한 후에는 더 이상 억압으로 다가오지 않게 되는 것이다. 이는 파계가 아니라 경험을 통한 성숙이라고 말할 수 있다. 이 성숙의 단계는 곧 양소유가 다시 성진으로 진입하게 되는 과정과 통한다. 요컨대 부득은 성진으로 성장하는 성진②의 모습을 인정하고 그것을 통합하는 과정을 이행하고 있는 것이다.

이제 박박이 문제다. 박박은 엄격함으로 인해 성불에 실패했다. 부득의 엄격함은 두 마음이 서로 이분되어 그 간극을 좁힐 수 없었다. 그러면서도 자신은 꿋꿋하게 계를 지켰다는 자부심으로 가득 차 있다. 이에 부득이 분명 계를 더럽혔을 것이라는 생각으로 그를 비웃어 주기 위해 찾아간다. 그

---

5) "忽覺精神爽凉 肌膚金色"(『三國遺事』第三卷 塔像).

러나 부득이 성불한 광경을 보자 그 동안의 자신의 미숙함을 깨닫게 된다. 즉 "나는 마음속에 가린 것이 있어서, 다행히 부처님을 만났으나 도리어 대우하지 못했으니, ……"6)라고 말한다. 이는 박박 스스로도 두 마음이 갈라져 있었음을 인정하는 것이다. 그리고 부득에게 그 방법을 물으니, 부득이 목욕하고 남은 물로 다시 목욕하라고 말한다. 박박이 목욕을 했다는 것 역시 파계를 하겠다는 것이 아니라, 성진②의 마음이 양소유와 다르지 않음을 인정하겠다는 것을 의미한다. 결국 성진①의 마음으로는 안 되지만, 성진②의 마음이 양소유로 옮겨질 경우에는 성불이 가능한 것임을 깨닫게 되는 것이다. 이럼으로써 박박 역시 부득과 동궤를 이루게 된다. 이렇게 동궤를 이룬 박박의 모습은 깨달음을 얻은 성진의 모습과 같은 것이기도 하다.

4. 결 론

이상에서 『구운몽』의 계보로서 「남백월이성 노힐부득 달달박박」조의 관련 양상을 살펴 보았다. 기왕의 연구에서는 『구운몽』의 원천을 「조신몽」으로 보았지만, 그것은 꿈 속의 상이한 내용을 설명할 수 없었다. 그것은 『구운몽』이 꿈구조보다 득도과정을 더욱 중요시하기 때문이라고 보았다. 이에 득도과정에 초점이 맞추어져 있는 「남백월이성 노힐부득 달달박박」조와의 비교를 통해 그 계보적 특성을 살펴보고자 하였다.

『구운몽』에서 성진은 속세의 순리를 따르고자 하는 감정(성진②)과 불도에 정진해야 한다는 엄격함(성진①)이 서로 갈등하고 있다고 보았다. 이 두 마음 중 전자의 미음이 더욱 강하여 성진이 가고자 하는 방향은 속세 쪽으로 이어지게 되었다. 곧 양소유로 환생하여 운우지락을 누리는 삶을 살게 되는 것이다. 그리고 운우지락을 누리고 또 반성케 하는 역할을 바로

---

6) "我乃障重 幸逢大聖 而反不遇"(『三國遺事』第三卷 塔像).

팔선녀가 하고 있다. 반성과 동시에 양소유는 본래의 성진으로 돌아오게 되나, 이제는 두 마음이 갈라진 성진이 아니라 양소유의 삶을 통해 두 마음이 하나로 합해지는 성진이 된 것이다.

「남백월이성 노힐부득 달달박박」조에서는 성진의 두 마음이 달달박박과 노힐부득으로 나뉘어 설정되고 있다고 보았다. 이에 속세의 순리를 따르려는 성진의 마음은 노힐부득에 대응되고, 불도를 닦아야 한다는 엄격함을 지닌 성진의 마음은 달달박박에 대응된다. 박박은 성진①만의 측면을 지니고 있어 성불을 할 수 없었다. 반면 부득은 성진②에 가까웠고 또 그 성진②가 양소유로 넘어갈 수 있음을 인정했기 때문에 성불할 수 있었다. 결국 갈라진 두 마음이 하나로 합치될 수 있었음을 인정한 것이다.

이처럼 『구운몽』과 「남백월이성 노힐부득 달달박박」조는 두 마음이 성불하게 되는 과정을 그리고 있다는 점에서 같다고 볼 수 있다. 다만 『구운몽』에서는 성진의 두 마음으로 나누어 이야기가 전개되고 있다면, 「남백월이성 노힐부득 달달박박」조는 부득과 박박이라는 두 인물로 나누어져 이야기가 전개되고 있다는 차이점이 있다. 그러나 궁극적으로는 인물로 나뉘든 마음으로 나뉘든 득도과정에서 대립되는 두 가지 마음가짐을 다루고 있다는 점에서 상통한다고 볼 수 있다. 그리고 두 작품 모두 득도 과정에서는 불자의 엄격함보다는 속세의 순리를 인정하고 그 순리를 따르고 나서 득도하는 과정을 보여준다는 점에서 하나의 계보를 이룰 수 있는 것이다.

戊午燕行錄과 燕行歌의 비교 고찰

蘇在英[*]

차 례

* 숭실대학교 국어국문학과 명예교수.

1. 紀行文學으로서의 燕行錄

　　이미 알려진 바와 같이 대명관계의 사행록을 일반적으로 朝天錄이라 일컬은 데 대하여, 청 입관 이후 대청관계의 사행록을 燕行錄이라 하였다. 명나라와의 관계는 전통적인 중국관이 지배적이어서 천자를 뵙는다는 뜻으로 朝天錄이라는 명칭이 사용되어 온 데 반하여, 청나라는 자의적인 것이 아니라 어쩔 수 없이 사대적 주종관계를 맺은 것이어서 연경 즉 북경을 단순히 다녀온 기록이란 뜻으로 燕行錄이라는 용어가 사용되었다. 연행의 경우 청나라 입관 이후(1645) 고종까지만 하더라도 250년 간이니 정기적 사행을 연 2회로 잡더라도 500회 이상을 청나라에 내왕한 것이 된다. 그러나 오늘날까지 파악된 기록들은 朝天錄 40여 종 燕行錄 60여 종이 고작이다. 이들 자료들은 사실상 한중관계 연구의 필수적 기본 자료가 됨은 분명하나 대부분이 아직 그 행방조차 정확히 파악하지 못하고 있는 형편이며, 대부분이 표기 문자가 한문으로 되어 있어 아직 작품의 내용조차 제대로 파악하고 있지 못한 형편이다.

　　연행록 가운데 가장 대표적 작품으로는 老稼齋 金昌業(1658~1721)의 『老稼齋燕行日記』(1712)를 손꼽을 수 있다. 이 연행록은 숙종 조 金昌業이 동지겸사은정사 金昌集의 자제군관으로 부사 尹趾仁 서장관 盧世夏와 함께 청나라에 다녀오면서 1712년(숙종 38) 11월 3일부터 이듬해 3월 30일까지 5개월 간의 기록을 일기로 남긴 것이다. 그로부터 약 50여년 후의 기록으로는 洪大容(1731~1783)의 『湛軒燕記』(1765)기 있다. 湛軒 洪大容은 그의 숙부 洪檍이 삼절연공겸사은사의 서장관으로 연행할 때 자제군관으로 그를 수행하여 견문한 바를 주제별로 기술한 것으로, 별도로 날짜별로 기술한 대장편 『乙丙燕行錄』도 남겨 놓고 있다. 『湛軒燕記』를 이을 작품으로는 燕

巖 朴趾源(1737~1805)의『熱河日記』(1780)를 손꼽을 수 있다.『熱河日記』는 저자가 청나라 건륭황제 칠순연을 축하하기 위하여 사행하는 정사 朴明源 (삼종형)의 자제군관으로 연행하여 황제의 피서지인 열하를 다녀와서 기록한 기행문이다.『湛軒燕記』와의 연대 차이는 15년에 불과하다. 徐有聞(176 2~?)의『戊午燕行錄』은 작자가 1798년(정조22) 삼절연공겸사은사의 서장관으로 연행하였던 사실을 작품화한 것으로, 국문으로 기술된 것이 특징인데,『熱河日記』와는 17년의 간격이 있다. 한편 洪淳學(1842~?)의『燕行歌』는 저자가 1866년에 가례책봉주청사의 서장관으로 정사 柳厚祚 부사 徐堂輔를 수행하여 연경에 다녀 온 경험을 특이하게 가사체를 빌어 기술한 작품으로,『戊午燕行錄』과의 간격은 68년이 되는 셈이다. 위에서 나열한『老稼齋燕行日記』·『湛軒燕記』·『熱河日記』·『戊午燕行錄』·『燕行歌』의 다섯 작품은 역대 연행록을 대표할만한 작품들이라 하겠는데, 이 가운데서『열하일기』만이 國文本이 남아 있지 않은 셈이다. 그리고 앞의 세 작품은 모두 작자가 비교적 활동이 자유로왔던 子弟軍官에 의한 창작물이며, 뒤의 두 작품은 공식적 기록의 책임을 맡은 書狀官에 의해 창작된 작품임을 알 수 있다. 숙종 이후 대청 사행의 규모는 正使 副使 書狀官과 大通官(3명) 押物官(24명)등 30명이 공식사행으로 되어 있으나, 그밖의 충수는 먼저 역관들을 직책에 따라 배정하고 醫員 寫字官 畫員 軍官 등을 직품 순위에 따라 충액하며, 삼사와 역관에 허용된 일정수의 馬夫 奴子 및 馬匹과 곡물 운반의 驅人 상인들이 연행 사절을 따르게 된다. 金昌業의『老稼齋燕行日記』에서 보면 가장 많은 규모에 속하기는 하지만 인원이 541명 말이 435필이나 동원되고 있음을 알 수 있다. 이처럼 많은 인원이 서울을 출발하여 압록강을 건너 柵門을 통과하여 北京에 이르기까지는 근 2개월이 소요되고, 북경의 체류 기간이 2개월(명대의 40일에서 청대에는 60일로 연장됨), 다시 북경에서 서울에 돌아오기까지 2개월이 소요되니, 사행의 일회 내왕 기간은 대개 반년(6개월)이 소요되는 셈이다. 입관 이전인 1637년부터 1644년까지는 당시 청나라 수도인 瀋陽을 왕래하였고, 1645년부터는 압록강을 건너

책문을 지나 鳳凰城 遼陽 牛家庄 廣寧 山海關 永平 玉田 薊州 北京에 이르는 길을 거치게 되며, 1665년 심양에 盛京府를 설치한 이후에는 遼陽에서 十里堡를 거쳐 瀋陽에 들르게 되었고, 1679년 청이 牛家庄에 설보한 이후에는 그들의 국방 정책상 우가장 통과를 금하여 성경부에서 白旗堡 二道井 小黑山 廣寧을 거쳐 北京에 이르는 길을 택하고 있다.

이 가운데서도 필자가 본론에서 다루고자 하는 작품은, 18세기 마지막 작품인 徐有聞의 국문 연행인 『戊午燕行錄』과 19세기 중반 국문 사행인 洪淳學의 『燕行歌』라는 두 작품이다. 이 두 작품의 시간적 간격은 전술한 바와 같이 68년이다. 전자가 대표적 산문체 기행록인 데 대하여, 후자는 유일한 가사작품으로 일본 기행인 『日東壯遊歌』와 쌍벽을 이루고 있다.

이제 이 두 작품의 문학성을 각각 평가해 보고, 다음으로 양 작품의 상호 비교를 통하여 작자의 대중국관이 어떠한 면모로 차이를 보이는가를 살펴보기로 한다.

2. 徐有聞의 戊午燕行錄

『무오연행록』은 장서각본(6책)을 성균관대학교 대동문화연구원에서 「燕行錄選集」에 수록한 것을 저본으로 하고, 민족문화추진회에서 간행한 『국역연행록선집』(7)을 참고하였다. 저자 徐有聞(1762 영조38~?)은 자는 鶴叟, 관찰사 直修의 아들이다. 1787년 정시 문과에 병과로 급제하여 예문관 검열에 임직되면서 관계생활이 시작되어, 홍문관 교리 양남암행어사의 직을 거쳐 1798년(정조22,무오)에는 사은사겸동지사의 書狀官으로 임명되어 연행길에 오르고 이듬해 귀국하여 한글로 된 기행문 『무오연행록』을 저술하였다. 그후에는 순조 즉위 후 탄핵을 받아 위원군에 정배되었으며, 이조참의 평안감사 등을 거쳐 1822년에는 이조참판에 제수되었다. 『무오연행록』

은 말미의 여정에서 밝히고 있는 바와 같이, 戊午年 10월 19일 서울을 출발
하여 11월 8일 의주에 이르고, 19일에 도강하여 11월 19일 북경에 도착하
고, 이듬해 1799년(己未年) 2월 8일 다시 북경에서 회정하여 3월 8일 책문에
이르고, 20일에 도강하여 30일 서울에 도착하기까지의 旅程記를 담고 있다.
서울서 의주까지 19일, 의주에서 11일을 묵고, 도강한 지 30일 만에 북경에
들어갔으며, 관에 머무른 기간이 55일, 회정한 지 31일 만에 다시 책문에
이르고, 책문서 11일을 묵었으며, 도강한지 11일 만에 서울에 도착하였으
니 모두를 통산하면 160일이 되는 셈이다.

연행에 오르는 작자의 심정을 연행록이 시작되는 8월 9일자 기록에는
다음과 같이 서술하고 있다.

> 사은사겸동지사 서장관을 수망으로 낙점하신지라. 이역 멀리 떠나기
> 를 당하니 견마의 미성이 지극히 경결할뿐 아니라 또한 양친의 연세 높
> 으시고 자당 병환이 잦으시니 인자의 사정이 어찌 절박하지 않으리요
> 마는 감히 사사를 이르지 못함은 고인의 이른 바요 왕사미고는 인신의
> 직분이라. 하물며 연경은 천자의 도읍이니 문물이 비록 다르나 산천은
> 의구하고 의관이 비록 변하였으나 인물은 고금이 없나니 어찌 한 번 몸
> 을 일으켜 천하의 큼을 보지 않으며 내 나이 젊었고 다행히 태평무사
> 시를 당하여 한 번 멀리 놂이 또한 남아의 쾌사 아니리요(이하 현대철,
> 필자)

여기서 보면 서장관으로 임명받아 양친을 모신 몸으로 오랜 동안 집을
떠날 사정이 못되지마는 신하된 도리로 왕명을 어길 수 없다는 명분이 첫째
요, 다음으로는 젊은 나이에 한 번 천하의 넓고 큼을 보고 자신의 뜻을 펴볼
수 있는 좋은 기회로 활용할 수 있다는 것이 둘째 이유로 되어 있다. 중원
대륙이 비록 청족의 지배 하에 들기는 하였으나 조선인에게는 선진문물에
접할 수 있는 좋은 기회였으므로 누구나 젊은이들에게는 한 번 접해보고 싶
은 선망의 행차였음에 틀림없다. 湛軒 洪大容은 그의 『을병연행록』에서 장

자의 말을 인용하여 '여름 버러지는 족히 얼음을 이르지 못할 것이요 오국한 선비는 족히 더불어 큰 도를 이르지 못할 것이다' 라고 하여 자신이 편벽된 사고와 도를 성취하는 선비로 성장하기 위해서는 중원의 넓은 땅을 밟아 선진 문물을 접하고 학문이 있는 큰 선비와 교유하는 것이 절실히 필요하며, 이를 실현하는 유일한 방도로 연행의 길을 택한다고 하고 있는데, 서유문도 '몸을 일으켜 천하의 큼을 보고 멀리 놀아 남아의 기개를 펼치기 위하여' 연행길에 들어선다고 하고 있다. 『무오연행록』에는 『노가재연행일기』와 『담헌연기』가 교과서처럼 인용되고 있다. 다음에서 그 예를 보기로 하자.

노가재연행일기에 이르되, 이는 고구려 동명왕이 쌓은 성이요, 안시성이 아니라 하니 안시성이 어찌 홀로 동명왕이 쌓은 성이 아니리요. 일통기를 보건대 이 짐짓 안시성이라. 이리로 오리를 행하여 주필산이 있으니 이 또한 밝은 증험이라. 주필이란 말은 임금이 거동하여 머문다는 말이니 당태종이 고구려를 칠 때에 이 뫼에 머물렀던 고로 이름을 주필산이라 하니라.(10월 23일)

올해에는 황제가 정조에 거둥한 곳이 없으니 전과 다를 뿐 아니라, 노가재일기와 담헌일기를 보건대 '황제 거둥에 군악을 베푸니 그 소리가 웅장하여 땅이 움직이더라. 오문 좌우 월랑에 간마다 등을 달아 밝은 빛이 휘황하니 시위와 위장이 많더라' 하였으되 이번 29일 태묘 거둥에다 이와 다르니 알지 못할 일이라.(1월 2일)

수일부터 비로소 관에 있어 종일 문을 닫고 깊이 앉았기 적이 심심한지라, 상사가 행중의 노가재일기를 가져왔거늘 내 길에서부터 한권씩 빌려 보더니 못다본 것을 어제 오늘 다 보니 북경길에 구경을 궁진히 함은 타인에 미질 바가 아닌 듯한지라, 그 각산사에서 혼자 밤을 지내고 천산을 찾아 여러 날 애쓰던 것이 더욱 기이하되, 노구교와 서산을 구경치 못함을 깊이 한하는 바일러라 일컬으니, 사신이 되어서는 비록 구경을 이같이 하고자 하나 얻지 못할 일이어니와, 나는 근년에 사행 보던 바도 또한 못본 곳이 많으니 노가재로 하여금 천재에 졸한 사람임을 웃

으리로다.(2월 2일)

　10월 23일의 일기에서는 『노가재연행일기』를 인용하여 안시성이 동명왕이 쌓은 성임을 고증하고 이를 다시 『大明一統志』를 근거로 제시하고 있으며, 1월 2일의 일기에서는 『노가재일기』뿐 아니라 『담헌연기』까지 동원하여 황제 거동 시의 군악을 울리고 등을 다는 풍습이 이번 자신의 행차에는 없으니 필시 이변이 있음인가 라고 되묻고 있다. 또 2월 2일의 일기에서는 『노가재일기』를 상사에게서 빌어 통독하였음을 말하고 있으며, 자신이 막상 서장관으로 연행길에 오르고 보니 근년에 사행이 보던 바도 못 보게 되어 천재에 졸한 사람이라는 비웃음을 사게 되었다고 자탄하고 있다. 『노가재연행일기』와는 86년, 『담헌연기』와는 33년의 간격이 이지만, 徐有聞에게는 양 작품이 연행의 교과서가 되고 있음을 확인할 수 있다. 서울에서 출발하여 의주까지는 19일의 여정, 의주에서 도강하기까지는 11일 간이나 머문다. 도강하여 책문을 넘어 북경에 이르기까지는 30일이 소요되는데, 처음 밟아보는 대륙 노정에서는 주로 명나라 사적과 관련되는 고사, 그리고 丙子胡亂을 비롯하여 조선땅과 관련되는 옛 자취에 대하여 각별한 관심을 보인다. 10월 26일 會寧嶺을 지나면서는 효종대왕이 봉림대군으로 이 고개를 넘으면서 노래한 '청석령 지나거냐 옥화관이 어디메뇨, 호풍도 참도 찰사 궂은 비는 무삼 일고, 뉘라서 내 행색 그려 내어 님계신데 보낼까' 라고 읊은 노래를 생각하고 당시를 회상하여 눈물이 옷깃을 적셨다고 쓰고 있다. 또 12월 16일자의 일기에는, 老家庄을 지나 高麗堡에 이르니 길 오른편에 백여호 촌락이 있으며 촌락 앞에 약간 눈이 있으니 이는 병자호란의 피로한 사람이 살던 곳이라, 그 자손이 인하여 세거하는 고로 지명을 高麗라 하였고, 사행이 예를 지나면 남녀가 몰리어 술을 가지고 맞아 고향 사람을 만난 듯 6~7년 전까지만도 반가와 하였으나, 이제는 내다보는 이도 없고 다만 소주와 떡을 팔고자 하여 사라하며 값이 적다고만 하고 다투니 그 떡은 우리의 절편같은 것이라 하여, 丙子胡亂이 낳은 비극적 유민생활을 그려보이고 있다. 한편 2월 1일 유관 시의 글로는 淸陰 金尙憲이 명말 수로로 사신으로 들어가 등주 땅에서 王士楨(漁洋)과 수창한 시가 『感舊集』에 수록되어 있는데, 이 싯귀를 중국사람이 암송하는 것을 보고 이 글에 담긴 청음의 절의를 알고 있는지 묻고싶다고 되뇌이고 있다. 이 무렵은 이미 청나라가 들어선지 150년이 훨씬 지난 무렵이지만 아직도 연행자의 정신만은 대명명분론에서 크게 벗어나지 못하고 있음을 알 수 있다. 옥천현에 이르러서는 현승이 조선의 복색을 구한다고 하여 모대와 목화를 빌려 주었더니 조복을 입고 교의에 앉아 일가를 불러 앉히고 왕연히 눈물을 흘린다. 이것이 원래 그들 조상의 복색이라는 것이다. 纏足을 물으니 漢女의 습속이라 하고 머리의 辮髮(호송치)을 물으니 마래기(紅兜)를 벗고 이는 㺚子의 법이라고 한다. 한인들의 자조적 서술이 그대로 기술되고 있다. 山海關을 넘을 때는 吳三桂가 李自成의 반란을 막는다는 핑계로 汗을 위하여 길잡이가 된 것을 못내 서러워 한다. 비록 청나라의 선진문물을 실사구시적 입장에서 바라보면서도, 정신적으로는 丙子胡亂의 치욕을 생각하여 청나라에 승복하지 못하는 모습, 이것이 당시 연행 선비들의 공통적 의식의 바탕이었음을 알 수 있다. 12월 22일의 일기 ‘致馨은 이진사 자송과 이검서 경인을 좇아 날마다 구경하고 돌아와 본 바를 전하니 내 일기에 누관과 산천과 승지와 풍속을 기록한 바가 치형의 전하는 것이 많은지라’ 에서 보면 徐有聞은 북경 유관의 55일 동안 太上王의 喪中이라 공식 사행의 일원이었으므로 제대로 관광을 하지 못하고 유리창 구경등 상당량의 견문기를 치형의 見聞記에서 차용하고 있음도 이색적이라 할 수 있다.

3. 洪淳學의 燕行歌

　『燕行歌』는 운문체인 가사의 형태로 되어 있는 것이 특징이다. 작자 洪

淳學(1842, 헌종8~?)은 積城(연천) 사람으로 奭鍾의 아들이며 자를 德五라고 하였다. 16세(1857)에 庭試文科에 병과로 급제하여 정언 수찬을 역임하였다. 1866년(고종3)에 閔妃의 嘉禮冊封奏請使 書狀官으로 발탁되니 25세 때의 일이다. 燕行에서 귀국한 후에는 대사성(1875) 인천항통상사무로 임명되어 한 말의 어려운 국제문제에 참획하였고, 인천부사(1885) 대사헌(1901) 등 화려한 관직을 역임하였으나, 몰년은 밝혀지지 않고 있다. 『燕行歌』는 이보다 약 백년 이전의 작품으로 기행 가사 중 최장편인 『日東壯遊歌』(1763, 김인겸)에는 미치지 못하나, 근 4천 구에 가까운 버금가는 장편이다. 전술한 『戊午燕行錄』의 여정이 160일인 데 비하여, 『연행가』에 나타난 여정은 1866년 4월 9일에 배표를 받고 서울을 출발하여 8월 23일 왕반하기까지 133일이 걸린 셈이다. 4월 9일 출발하여 근 한달만인 5월 7일에 압록강을 도강하여 책문에서 3일 간을 유숙하고, 다시 한달만인 6월 6일에 북경에 도착하여, 7월10일까지 35일 간을 북경에서 체류하고, 7월 11일 출발하여 서울에 돌아온 날이 8월 23일로 되어 있다. 燕行歌의 노정을 보면, 柵門―鳳凰城―松站―八渡河―會寧嶺―摩天嶺― 遼東城―瀋陽―柳河溝―醫巫閭山―大凌河―小凌河―寧遠城―山海關―永平府―玉田縣―薊州―通州―北京의 왕복 노정을 택하고 있다.

어화 천지간에 남자되기 쉽지 않다 평생에 이내 몸이 중원 보기 원하더니
병인년 춘삼월에 가례책봉 되었으니 국가의 대경이요 신민의 복록이라
상국에 주청할새 삼사신을 내었으니 상사에 유승상이요 서시랑은 부사로다
행중어사 서장관은 직책이 중할시고 겸집의에 사복판사 어영랑청 되었으니
시년이 이십오라 소년공명 장하도다 하사월 초구일로 배표길을 정하였네

잘 있더냐 삼각산아 우리집이 어디메냐 홍제원 모화관의 낙양친붕 서로 묻고
인정전 숙배 후에 중희당 입시하니 왕명을 모신배라 무사왕반 복명하고
이십삼일 저문 후에 집으로 돌아오니 노친이 마주나와 반기신 듯 느끼신 듯
과념하신 던택으로 병없이 다녀오니 혼실이 환희하니 즐겁기도 그지없다

청계사 옛곡조를 의구히 노래하니 중원 생각하면 의의한 일장춘몽인가 하노
라

윗글은 『燕行歌』의 처음과 마지막 대문을 보인 것이다. 여기서 보면 洪
淳學이 중원 보기를 평생 원하다가 書狀官 직책 맡은 것을 알 수 있으며,
서장관 외에 執義(사헌부 종삼품) 司僕判事 御營廊廳 벼슬을 겸하고 있음을
알 수 있다. '시년이 이십오라 소년 공명 장하도다'에서 보면 25세 젊은 나
이에 중원으로 떠나는 길이 뭇 사람들에게도 선망의 대상이었음을 알 수
있다. 또 작품의 마지막 대문에서 보면, 근 5개월의 중원 탐방길을 무사히
마치고 돌아오는 심회를 '잘있더냐 삼각산아 우리집이 어디메냐'로 대신하
여 반기고 있으며, 왕명을 복명하고 부모 가속들과 무사히 돌아와 만나는
환희와 추억을 '중원 생각하면 일장춘몽인가 하노라' 라고 표현하고 있다.
　나라 안에서의 연행 사절의 융숭한 접대와는 달리, 책문을 넘어 허허한
만주 벌판의 무인지경에서 겪는 군막생활의 어려움, 봉황성에서 만난 오랑
캐들의 기괴한 옷차림과 생활, 청석령을 넘으며 병자호란 때 효종대왕이
이 고개를 넘던 사념, 북경에서 처음본 서양인(洋鬼子)의 모습, 紫禁城의 웅
장한 모습에 압도하고 천하의 보배들이 가득 찬 琉璃廠의 각종 '풀이'들은
필자가 가사로 표현함으로써 더욱 실감을 자아내는 대목이기도 하다. 다음
에서 중국 여인의 풍습의 일단을 인용해 보기로 하자.

계집년들 볼만하다 그 모양은 어떻더냐 머리만 치거슬러 가리마는 아니타고
뒤통수에 몰아다가 맵시있게 수식하고 오색으로 만든 꽃은 사면으로 꽂았으
며
도화분 단장하여 반취한 모양같이 불그레 고운 태도 아미를 다스리고
살쩍을 고이 끼고 붓으로 그렸으며 입술아래 연지빛은 단순이 분명하고
귓방울 뚫은 구멍 귀엣고리 달았으며 의복을 볼작시면 사나이 제도로되
다홍빛 바지에다 푸른빛 저고리요 연옥색 두루마기 발등까지 길게 지어
목도리며 수구끝동 화문으로 수를 놓고 품너르고 소매넓어 풍신좋게 떨쳐 입

고
옥수의 금지환은 외짝만 넓적하고 손목의 옥고리는 굵게 사겨 둥글고나
손톱을 길게 길러 한치만큼 길었으며 발맵시를 볼작시면 수당혜를 신었으며
청녀는 발이 커서 남자의 발같으나 당녀는 발이 작아 두치쯤 되는것을
비단으로 꼭 동이고 신뒤축에 굽을 달아 위쭉비쭉 가는 모양 넘어질까 위태
하다

柵門을 지나 鳳凰城에서 만난 청나라 여인의 모습이다. '계집년들 볼만
하다'는 청나라에 할 수 없이 주청사로 입국하지만 丙子胡亂의 치욕을 생
각하고 오랑캐라는 관념을 떨치지 못하고 있다. 머리는 가르마를 타지 않
고 뒤통수에 몰아 붙였으며 오색 꽃을 꽂고, 얼굴은 짙은 화장을 하고 있
다. 거기다 귀고리를 달고 다홍바지 푸른 저고리 연옥색 두루마기를 걸치
고 금반지에 옥고리를 하였으며, 손톱을 기르고 수당혜를 신고 한껏 맵시
를 뽐낸 여인의 묘사가 매우 사실적이다. '청녀는 발이 커서 남자의 발같으
나, 당녀는 발이 작아 두치쯤 되는 것을' 에서 보면 纏足을 하고 작은 발로
뒤뚱걸음을 걷는 漢女와 발이 큰 淸女의 발 모습을 대조적으로 그려 보이
고 있다.

다음에 이른바 洋鬼子를 처음 대하는 작자의 표현을 적시해 보기로 하
자.

황성안을 생각해도 서양관이 여럿이요 처처에 천주당과 사학 편만하였다며
큰길에 양귀자들 무수히 왕래하네 눈깔은 움푹하고 콧마루는 우뚝하며
머리털은 빨간 것이 곱슬곱슬 양피같고 기골은 팔척장신 의복도 괴이하다
쓴 것은 무엇인지 우뚝한 전립같고 입은 것은 어이하여 두다리가 팽팽하냐
계집년을 볼작시면 더구나 흉칙하다 퉁퉁하고 커다란년 살결은 푸르죽죽
머리천의 같은 것을 뒤로 길게 늘여쓰고 소매좁은 저고리에 주름없는 긴치마
를
엉버티어 휘두르고 혜적혜적 가는구나 새끼놈들 볼만하다 사오륙세 먹은 것
이

다팔다팔 빨간머리 샛노란 붉은 눈깔 원숭이 새끼들과 천연히도 흡사할사
정녕히 짐승이요 사람 종자 아니로다 저렇듯 사류요물 침노아국 되닷말가

北京에서 처음 만난 서양인의 모습이다. 북경에는 이미 邪學(천주교)이
편만하여 서양인들이 많이 눈에 뜨인다. 눈이 움푹하고 코가 우뚝하며 붉
은 머리에 모자를 쓴 팔척장신의 서양인이 작자에게는 몹시 눈에 거슬린
다. 소매 좁은 저고리 주름없는 긴 치마에 천의를 두른 우람한 체격의 서양
여인들이 더욱 눈에 거슬린다. 게다가 아이들은 천연히 원숭이 새끼와 흡
사하다고 하고 있다. 이 무렵은 조선도 서학에 대한 금압이 심할 때인지라
조선의 선비다운 양이척사의 기색이 완연히 드러나고 있다. 천하의 보배로
가득하다는 琉璃廠의 풍경은 패를 표해 세운 각종 '풀이'의 자세한 내용을
통해 그 화려함을 엿보게 한다. 안경풀이·잡화풀이·향풀이·먹풀이·
책풀이·비단풀이·담뱃대풀이·약풀이·다풀이·기명풀이·과실풀이
·곡식풀이·고기풀이·술풀이·떡풀이·목기풀이·옹기풀이 등 끝없이
펼쳐진 물화들이 만물시장을 방불케 하고 있다.『燕行歌』는 특히 중국의
제도나 풍습에 대하여 우리의 것과 견줌을 자주 보이고 있다.

또한 상례나 혼례에 대해서도 유심히 관찰하고 있다. 사람이 죽어 상여
가 나가는 모습을 보고 우리의 풍습과 세심히 견주어 본다. 상여의 행렬,
상여의 모습, 시신을 안치하는 관의 모습, 남녀 상제들의 복장, 하관 풍경,
입석 과정까지 우리의 제도와 견주어 본다. 또 혼례를 거행하는 모습도 소
상하게 관찰 비교한다. 이러한 홍순학의 관찰과 비교 묘사의 빼어남은 이
미 이전부터 연행한 사람들의 사행록을 많이 보아온 기본 지식들이 여러
곳에 나타나고 있지만, 서장관으로 발탁된 그의 관찰력과 문장력을 기리기
에 부족함이 없다. 산문에 비하여 가사와 같은 운문은 글자수의 제한으로
하여 표현의 한계가 있게 마련이지만, 홍순학은『연행가』의 풍부한 언어
능력과 절제된 표현의 기법을 통하여 독자에게 더욱 감동적인 현장감을 전
달해 주고 있다.

4. 燕行文學, 두 작품의 比較論

　지금까지 남아 전하는 주요 연행의 기록들은 자제군관으로 따라가 기록한 것과 공식 삼사의 하나인 서장관으로 연행하여 기록을 남긴 것으로 나누어 볼 수가 있다.『노가재연행일기』나『담헌연기』·『열하일기』는 전자의 경우이다. 그러므로 비교적 자유로운 입장에서 객관적 서술을 하고 있으며, 공식 사행으로서는 미처 가지 못한 다양한 탐방과 견문록이 기술되고 있다. 그러나『무오연행록』이나『연행가』의 작자처럼 서장관의 경우에는 공식적인 의전 절차를 따라야 하며 대열을 사사로이 이탈할 수 있는 기회가 제한되므로 자연 사행의 기록들도 한정되고 제한될 수밖에 없으며, 필요한 경우에는 선행 연행자들의 기록을 빌리거나 동행자의 개별적 탐문록을 참고하는 한계성을 지니고 있다. 洪淳學보다 34년을 앞서 연행길에 올랐던 金景善은 그의 연행기록인『燕轅直指』(1832)에서 역시 연행의 三家로 老稼齋 金昌業, 湛軒 洪大容, 燕巖 朴趾源을 들고 있다. 여기서 보면 老稼齋는 編年體에 가까운데 평순하고 착실하여 조리가 분명하고, 洪湛軒은 記事體를 따랐는데 전아하고 치밀하며, 朴燕巖은 傳記體와 같은데 문장이 아름답고 화려하여 내용이 풍부하고 해박하다고 정확히 평가하고 있다. 전술한 바와 같이 徐有聞의『戊午燕行錄』과 洪淳學의『燕行歌』는 서장관의 기록이면서도 계몽적 차원에서 처음부터 국문으로 기술하였다는 데 그 특색이 있다. 그러면서 전자는 산문체로 후자는 운문 가사체로 기술하여 대조적인 모습을 보이고 있다. 그리고 전자는 사은사겸동지사의 서장관으로 겨울 연행 160일 간의 기록이며, 후자는 가례책봉주청사의 서장관으로 여름 연행 133일 간의 기록이다.『노가재연행일기』에서 보면 '연경에 갔다가 돌아오기까지의 기간은 다섯 달로 146일이 걸렸고 다녀온 거리의 통산은 6028리였으며, 연경에서 출입한 것과 길에서 돌아다닌 것이 또한 673리나

되었고, 거기서 얻은 시문은 402편이었다' 라고 성과를 결산하고 있다. 이러한 여행의 거리와 문학적 체험은 누구에게서나 비슷한 것이어서 중원대륙을 가로지르는 연행 사행이 아니면 이루어낼 수 없는 것이며, 따라서 연행에 피택된 인물들에게 있어서는 일생 일대의 능력을 발휘할 수 있는 실험장이요 동경의 기회가 되었던 것이 사실이다. 여기에서『무오연행록』과『연행가』의 몇 노정들을 비교해 보기로 하자.

심양의 高麗館을 지날 때『무오연행록』에서 보면, '동편으로 한 고을이 있으니 고을 어귀 석벽에 사겨 가로대 고려관이라 하였으니 이로조차 여기서 잠간 들어가 관이 있으니 가운데 일자각을 세우고 동편에 또한 채 각을 세웠으니 다섯간 씩이라 이제 다 퇴락하기로 소견이 심히 황량하더라' 라고 하여, 퇴락한 고려관을 보고 '소견이 심히 황량하다'고만 스스로 생각하고 감회에 잠기고 있다. 이 감회는 노가장을 지나 高麗堡에 이르러서도 병자호란 후 피로된 사람들이 생존을 위하여 조선 사신 일행에게 술과 떡을 팔고 있는 사실을 목격하고 사실 그대로를 기술하고 슬픔의 감회에 젖고 있다. 그러나『연행가』에서 보면 '산곡간 험한 길에 감창키도 그지없다' '병자년 이 원수를 어느때 갚아보리, 후세인신 예지날제 분한마음 뉘없으랴' 라고 읊어 할수없이 청조에 연행하는 입장이지만 청조에 대한 격한 감정을 후자가 더욱 강하게 드러내고 있다. 山海關의 姜女廟를 지날 때 기록을 비교해 보자.

한가의 집에 조반하고 수십리를 지나 팔리보에 이르러 길 남편 언덕에 정녀묘란 묘당이 있고 또 오리를 지나 한의 장대 있으니 다 연년의 사행이 구경하는 바로되 이번은 상사 낙후하고 부사와 내가 또한 병들어 7~8일이로되 쾌치치 못하고 두어 역관이 조식으로 내빙하는지라 다른데 마음이 없어 다 그져 지나니라(무오연행록)

관내를 엿보던 요망대가 저러하고 정녀사 외로운집 고적을 물어보자
만리장성 저러할제 부역하던 범칠랑이 한번 간지 수년되대 돌아오지 아니하

니

그안해 강희맹이 세아들을 이끌고 저언덕 바위위에 올라서서 바라보다
범랑의 흉음오매 통곡하다 혼절하니 후세에 호사자가 그곳에 사당짓고
강녀의 슬픈 태도 바라보고 우는 모양 유아의 가련지색 층층이 섯는 모양
역력히 소상하여 천고혼백 위로하니 구름은 참담하여 우는비 뿌리는 듯
산색은 적막하여 목막힌 물소리가 정녀의 굳은 절개 저바위와 같을시고(연행
가)

전자에서 貞女廟의 廟堂과 汗의 將臺는 사행들이 필수적으로 거치는 곳
이지마는 上使가 落後하고 副使와 필자(서유문)가 병들어 쾌차하지 못하여
보지 못하고 그냥 지나쳐 버린다. 그러나 후자에서 보면 萬里長城에 부역
가서 돌아오지 않는 남편 范七郎을 기다리다 못한 아내 강희맹(孟姜)이 세
아들을 데리고 그곳에 이르러 남편의 애절한 죽음의 소식을 듣고 따라 죽
어 貞女祠에 그 넋을 모신 애닯은 사연을 현장을 직접 답사하고 노래하고
있다. 본것과 보지 못한 것의 차이뿐 아니라, 가사가 훨씬 현장감을 더하고
있음을 볼 수 있다.

문득 한 수풀 가운데 흰 범이 언덕을 지고 사람을 엿보니 이광이 크
게 노하여 활을 당겨 힘을 다하여 쏘니 범이 살을 맞으매 조금도 움직
이지 아니하거늘 이광이 괴이히 여겨 나아가 보니 범이 아니요 큰 돌이
언덕 위에 섯는지라. 살이 그 돌에 박혀 깃붙인 것이 다 들어갔거늘 광
이 크게 놀라 다시 살을 빼어 두어 번 쏘되 종시 박히지 아니하니 대저
첫 번은 정신이 골돌하여 돌에 살이 박힘이요 두 번째는 돌인 줄 안 연
고이라. 정신 이르는 바에 쇠와 돌이 사못단(精神一到金石可透) 말이 어
찌 헛되리요. 천여 년이 지나되 오히려 일러 전하나 풍마우세하여 한 돌
무더기만 남았다 하며, 북으로 이십리만 지나면 백이숙제의 사당이 있
다 하더라(무오연행록)

무녕현 문필봉은 한퇴지 살던데요 영평부 사호석은 이광의 고적이라

청룡하 건너서서 이제묘 찾아가니 수양산 맑은 바람 고죽성이 저아니냐
백이숙제 형제소상 곤면을 갖추어서 외외한 정전 위에 엄연히 앉아있고
읍손당 넓은 집과 청풍대 높은곳에 경치도 좋거니와 현인고택 사랑홉다(연행
가)

射虎石과 伯夷叔齊의 사당을 탐방한 두 작품의 기록이다. 서유문의 글에
서 보면 射虎石에 대한 묘사는 매우 사실적이다. 李廣이 사자인 줄 알고 활
을 쏘았을 적에는 화살이 돌에 박혔으나 돌인 줄 알고 쏘았을 적에는 화살
이 튕겨져 나왔다는 고사를 들어 자세히 서술하고 있으나, 연로에서 벗어
난 伯夷叔齊의 사당은 말만 듣고 그냥 지나쳐 버린다. 그러나 홍순학은 '영
평부 사호석은 이광의 고적이라' 하여 간단히 언급하고 있으나, 夷齊廟에
대하여서는 백이숙제의 소상이 정전에 엄연히 앉아 있는 모습을 구체적으
로 묘사하고 있다. 북경에 들어가서도 서유문은 치형의 견문한 기록을 자
주 차용하고 있는데 대하여, 홍순학은 비교적 예정된 곳을 직접 돌아보는
여유를 가지고 있다. 『연행가』에서 보면, 압록강을 건너기 전까지는 환대
받은 사실, 특히 기녀와의 놀이 대문을 자주 읊고 있다.

다담상을 물려주고 기생불러 술권하니 큰상을 받아놓고 희색이 만면한중
어렵고 부끄러워 어찌할줄 전혀몰라 좌불안석 하는 모양 그도또한 장관이라
(곡산)

어여쁘다 수청기생 녹의홍상 단장하고 큰머리 가리마와 도화분 성적하고
다담주물 진지거래 여럿이 병창하니 영본부 감사아전 자하로 거행하네(평양)

어렵도다 이내몸이 한미한집 사람으로 이십여년 책상물림 졸직이 자라나서
강산풍월 좋은 곳에 어디한번 놀아보랴 청루주사 발밭으며 외입물정 알았으
라(평양)

십여명 수청기생 앞에다 모아놓고 피리 해금 삼자비는 가무를 맞추며

양금이며 거문고는 영산회상 어울려서 이팔청춘 여자들이 춘풍을 희롱한다
(의주)

여러기생 불러다가 춤추는 것 구경하자 맵시있다 입춤이며 시원한 북춤이며
지화자 한소리에 모든 기생 병창할새 항장무라는 춤은 이고을서 처음본다(선
천)

곡산 기생의 환대, 평양 기생의 환송연, 선천 기생의 항장무, 의주 기생
들의 환대 등이 유독 자상하게 묘사되고 있다. 그러나『무오연행록』에는
이러한 사사로운 기록이 보이지 않으며, 서장관으로서의 체면과 사대부의
명분론에 얽매여 의례적 행동에 치우치고 있음이 대조적이다.

　山海關에 이르렀을 때 장성이 헐린 자취를 보고 吳三桂가 汗에게 李自成
을 물리치기 위해 길을 열어준 것이 명의 멸망을 초래하고 천하 사대부로
하여금 머리를 깎고 호복으로 변하여 수 백년을 누리게 한 천추의 한을 저
질렀다는 감회를 토로하는 대문은, 역대 연행사들의 빠짐없는 역사적 회억
이요 감회가 되고 있다.『무오연행록』(12월 9일)에도 이 대문이 자세하게
기술되어 있으며,『연행가』에도 '만고역신 吳三桂가 성 한편 열어놓고, 汗
夷를 불러들여 大明運數 진했으니, 무너진성 철망쳐서 저렇듯 오활하다' 라
고 읊고 있는데, 이를 계기로 이른바 尊明攘夷 의식을 드러내고 있으며, 淸
陰의 感舊集 이야기나, 高麗館 高麗堡를 지나면서의 느낌, 伯夷叔齊의 廟堂,
安市城 고사, 林慶業의 언급, 祖大樂 祖大壽 형제의 패루를 지나면서의 느낌
들이, 지금은 청나라에 복속되어 사신의 몸으로 청나라에 들어가고 있으나
정신만은 대의에 굴복할 수 없다는 심적 갈등을 표출하고 있다. 그러나 가
옥의 구조나 식생활, 교통문화의 발달, 유리창에서 본 각종 물산의 풍부함,
천주당 천문대 각종 건축양식과 집기등 이미 조선보다는 훨씬 앞서 있는
선진 문물에 대해서는 전술한 의식을 속깊이 감추고 부러워하며, 연행길을
통하여 그곳 선비들과의 교유를 통하여 선진 문명을 바라는 문화의식으로

부풀어 있음을 살피게 된다.

『무오연행록』에서 보면 대대로 연행사들이 머물던 玉河館(이후 회동관)은 이미 아라사인에게 빼앗기고 있다. 아라사(愕羅斯)는 한어로 '어르쇠'라 하였는데, 흑룡강 북편 몽고의 종락으로 별양 크고 극히 흉악한 인물로 大鼻猚子라고도 일컬으니 아국의 石鏡이 다 어르쇠 소산이라고 하였다. 연행사들이 연경에서 주로 만날 수 있는 신시로는 琉球 暹羅 回族등 소국에 제한되어 있었다. 그러나 강희년간(1722) 서장관 兪拓基의『연행록』에 의하면 이미 러시아 사절과의 접촉이 보이니, 燕行錄은 문화 문학관계뿐 아니라, 국제무역 국제외교관계에 대해서까지도 중요한 자료가 된다고 할 수 있다. 『무오연행록』과 『연행가』는 특히 국문으로 기술된 대중국관계 자료라는 점에서 앞으로 문화 내지 문학적 가치가 집중 규명되어져야 할 것이다.

참고 문헌

『燕行錄選集(상하)』, 성균관대학교 대동문화연구원, 1960

심재완 교주, 『日東壯遊歌・燕行歌』, 한국고전문학대계 10, 교문사, 1984

김동욱 교주, 『國譯燕行錄選集 7(무오연행록)』, 민족문화추진회, 1976

소재영 외, 『旅行과 體驗의 文學(중국편)』, 민족문화추진회, 1985

김태준, 『洪大容評傳』, 민음사, 1987

황원구, 「燕行錄選集 解題」, 『민족문화』2집, 민족문화추진회, 1976

김동욱, 「戊午燕行錄에 대한 小考」, 『여행과 체험의 문학』, 1985

김태준, 「18세기 연행사의 사고와 자각」, 『여행과 체험의 문학』, 1985

소재영, 「洪大容의 乙丙燕行錄」, 『國文學論藁』, 숭실대학교 출판부, 1989

김주한, 「燕行錄을 통해 본 韓中文化交流」, 『모산학보』2집, 1991

임기중, 「燕行錄의 對淸意識과 對朝鮮意識」, 『연민학보』1집, 1993

박지선, 「金昌業의 老稼齋燕行日記硏究」, 고려대대학원, 1995

「강증산 일대기(姜甑山 一代記)」*의 구조와 그 원천

고남식[**]

차 례

---

* 강증산에 대한 기록 책인 『전경』에서 강증산의 주요 생애를 필자가 요약한 것임을 밝혀 둔다.

** 대진대학교 교수.

1. 서 론

　강증산(姜甑山 : 1871～1909)에 대한 기록은 『증산천사공사기(甑山天師公事記)』(1926년)로부터 시작되어 『대순전경(大巡典經)』(1929년)을 통해 정착되었다. 이글은 『대순전경』의 내용을 중심으로 정착된 『전경(典經)』(1989년)[1]의 자료에서 강증산과 관련된 이야기 중 「강증산 일대기」라는 제목으로, 강증산의 일생을 요약해 그 내용을 정리하고 그 원천(源泉)을 전대의 문학 작품인 신화속에서 찾아 본 것이다.

　강증산 전승을 건국신화(建國神話) 및 창세(創世) 무속신화(巫俗神話)와 관련 강증산의 인세 하강과의 연관성을 언급한 내용[2]은 있었으나, 구체적 자료를 중심으로 강증산 전승의 원천을 건국신화 및 무속신화에서 고찰한 논의는 없었다. 이에 이 논문은 건국신화 및 창세 관련 무속신화와의 연관성을 위해 「강증산의 일대기」를 구성하여 그 영향 관계와 차이점을 고찰해 보았다.

　이를 위해 2장에서는 강증산에 대한 신계(神界)의 이야기와 인간으로서의 주요 이야기를 『전경』에서 요약하여 「강증산 일대기」라는 부제로 텍스트화해 정리하였다.

　3장에서는 텍스트화 된 자료의 원천을 건국신화와 창세 관련 무속신화에서 찾아 계보적 관련성을 살펴 보았다.

---

1) 대순진리회 교무부 편, 『전경』12판, 1989. 이하 『전경』의 인용은 인용면 수(數)로 표기함.

2) 金泰坤(1994), 「증산도와 민족종교의 맥」, 『증산도사상연구』 제3집, 대원출판사

2. 「강증산 일대기」의 구조

『전경』 소재 강증산 관련 이야기에서 「강증산 일대기」는 신(神)으로서의 구천상제(九天上帝)였던 강증산과 인간 강증산에 대한 부분을 요약해 다음과 같이 정리한 것이다.

① 천도와 인사의 상도가 어겨지고 삼계가 혼란하여 도의 근원이 끊어지게 되니 원시의 모든 신성과 불과 보살이 회집하여 인류와 신명계의 이 겁액을 구천에 하소연하므로 내가 서양(西洋) 대법국(大法國) 천계탑(天啓塔)에 내려와 천하를 대순(大巡)하다가 이 동토(東土)에 그쳐 모악산 금산사 삼층전 미륵금불에 이르러 삼십년을 지내다가 최 제우에게 제세대도(濟世大道)를 계시하였으되 제우가 능히 유교의 전헌을 넘어 대도의 참 뜻을 밝히지 못하므로 갑자년에 드디어 천명과 신교를 거두고 신미년에 강세하였노라"고 말씀하셨도다 (『전경』155〜156면[3]).

② 상제의 성은 강(姜)씨이오. 존휘는 일순(一淳)이고 자함은 사옥(士玉)이시고 존호는 증산(甑山)이시니라. 때는 서기 일천 팔백 칠십 일년 구월 십구일이며 모친은 권씨이며 성함은 양덕이니 근친가서 계시던 어느날 꿈에 하늘이 남북으로 갈라지며 큰 불덩이가 몸을 덮으면서 천지가 밝아지는도다. 그 뒤에 태기가 있더니 열 석달만에 상제께서 탄강 하셨도다.

③ 상제께서 가라사대 "나는 곧 미륵이라. 금산사 미륵전 육장금신은 여의주를 손에 받았으되 나는 입에 물었노라"고 하셨도다. 그리고 상제께서 종도들에게 아래 입술을 내어 보이시니 거기에 붉은 점이 있고 상제의 용안은 금산사의 미륵금신과 흡사하시며 양미간에 둥근 백호주(白毫珠)가 있음을 종도들이 보았도다(22면). 상제께서는 약방에 갖추어 둔 모든 물목을 기록하여 공우와 광찬에게 주고 가

---

3) 대순진리회 교무부 편, 『전경』12판, 1989. 이하 『전경』의 인용은 면수만 표시함.

라사대 "이 물목기를 금산사에 가지고 가서 그 곳에 봉안한 석가불
상을 향하여 그 불상을 업어다 마당 서쪽에 옮겨 세우리라고 마음
속으로 생각하면서 불사르라"하시니 두 사람이 금산사에 가서 명하
신 대로 행하니라. 이로부터 몇 해 지난후에 금산사를 중수할 때 석
가불전을 마당 서쪽에 옮겨 세우니 미륵전 앞이 넓어지느니라 이
불전이 오늘날의 대장전이로다.(117~118면) 금산사에 상제를 따라
갔을 때 「天皇 地皇 人皇 후 天下之大金山 母岳山下에 金佛이 能言하
고 六丈金佛이 化爲全女이라 萬國活計南朝鮮 淸風明月金山寺 文明開
花三千國 道術運通九萬里」[4]란 구절을 외워주셨도다.(314면)

④ 묵은 하늘은 사람을 죽이는 공사만 보고 있었도다. 이후에 일용 백
물이 모두 핍절하여 살아 나갈 수 없게 되리니 이제 뜯어고치지 못
하면 안되느니라(100면) 상제께서 김 형렬에게 "풀을 한 곳에 쌓고
쇠꼬리 한개를 금구군 용암리에서 구하여 오게 하고 또 술을 사오
고 그 쌓아놓은 풀에 불을 지피고 거기에 쇠꼬리를 두어 번 둘러내
라"고 이르시고 형렬에게 "태양을 보라"고 말씀하시니라. 형렬이
햇무리가 나타났음을 아뢰니라. 상제께서 "이제 천하의 형세가 마
치 종기를 앓음과 같으므로 내가 그 종기를 파하였노라" 하시었도
다(99~100면).

⑤ 선천개벽 이후부터 수한(水旱)과 난리의 겁재가 번갈아 끊임없이 이
세상을 진탕하여 왔도다.(111면) "이후로는 천지가 성공하는 때라.
서신(西神)이 사명하여 만유를 제재하므로 모든 이치를 모아 크게
이루나니 이것이 곧 개벽이니라.(319면) 나는 삼계의 대권을 주재하
여 선천의 도수를 뜯어고치고 후천의 무궁한 선운을 열어 낙원을
세우리라"(97~98면)

⑥ 후일 내가 출세할때에 눈이 부셔 바라보기 어려우리라.(90면) 황응종
이 상제께서 계신 방이 너무 조용하기에 이상한 마음이 들어 방안
에 대어보니 이미 싸늘히 화천(化天)하신지라. 뇌성벽력이 일고 비
가 쏟아지는 가운데 화천하신 지붕으로부터 서기가 구천에 통하는

---

4) 천황 지황 인황후에 천하의 큰 금산사 모악산 아래에 금불이 능히 말하고 육장
   금불이 화하여 강씨로 되었다. 만국이 살 계책은 남조선에 있고 청풍명월의 금
   산사라. 문명이 개화된 삼천국에 도술은 구만리를 돌아 통한다.

도다. 때는 서기로는 일구백구년 팔월 구일이었도다(93면).

위의 「강증산 일대기」는 아래와 같이 요약할 수 있다.

① 구천에 상제가 있었다.
② 구천의 상제에게 신성 불 보살이 하소연하다.
③ 서양 대법국 천계탑에 내려와 삼계를 둘러보다
④ 천하를 대순하다.
⑤ 동토 모악산 금산사 미륵금상에 30년간 머물다.
⑥ 최제우에게 천명(天命)과 신교(神敎)를 주다.
⑦ 최제우에게 주었던 천명과 신교를 거두고 인간으로 태어나기로 하다.
⑧ 하늘이 남북으로 갈라지고 큰 불덩이가 몸을 감싸는 꿈을 꾸고 모친(權 良德)은 태기가 있었으며 13달만에 강증산이 태어났다.
⑨ 강증산은 개벽장(開闢長)으로서 상극(相克)의 천지를 고쳐 이상세계를 만들고자 개벽(開闢)을 한다고 하였다.
⑩ 천지인(天地人)에 대한 삼계 대권(大權)으로 천지공사(天地公事)를 하다.
⑪ 훗날의 출세(出世)를 말하고 세상을 떠났다.

위 인용문의 ①에서 ⑥까지의 내용은 "강증산의 신계 이야기(①)−탄강(②)−미륵(③)−묵은 하늘(④)−개벽(⑤)−출세 예언과 화천(⑥)"으로 소제목을 부쳐 그 내용을 정리할 수 있다.

3.「강증산 일대기」의 원천(源泉)

이장에서는 「강증산 일대기」관련 이야기에 대한 원천(源泉)을 건국신

화5) 및 무속신화와 관련지어 찾아 보기로 한다. 원천이 되는 건국신화는
「단군신화」6)를 그리고 무속신화로는 창세신화인 「초감제」와 「창세가」를
중심 자료로 하였다.

「강증산 일대기」에서 인용문 ①은 강증산이 인간 세상에 오기 이전의
신계 이야기이며, 증산이 인간으로 태어나기 전에 구천(九天) 신계(神界)에
있었고 신성 불 보살의 청원(請援)으로 인세(人世)에 내려오게 되었음을 보
여준다.7) 이러한 증산의 인세 하강은 다음의 전대 신화들속에서 관련성을
찾을 수 있다.

  ⑦ 옛날에 환인(제석을 말함)의 작은 아들 환웅이 자주 천하에 뜻을 두
   고 사람이 사는 세상을 탐내어 구하는 것이었다. 그의 아버지가 아
   들의 뜻을 알아차리고, 삼위태백을 내려다 보니 인간을 널리 이롭게

---

5) 인간을 구원하기 위해 천상의 신이 지상으로 내려와 과업을 마치고 다시 천상으
 로 되돌아가는 천상신의 인간구원 신화는 천상으로부터 증산 탄강ー 증산에 의
 한 인류구원(천지공사)ー증산의 승천으로 이어지는 교리체계와 공통성이 있어
 서, 한국재래의 신화, 종교적 맥이 이어진 것으로 볼 수 있다. 주체적 민족종교로
 서의 맥이 밖으로부터 이어지기보다는 원래 이 땅에 뿌리를 둔 재래의 보편적인
 무속을 비롯한 민간신앙과 또 여기에 기반을 둔 신화와 그런 신화와 상관성을
 갖는 종교적 사고로부터 맥이 이어진 것으로 볼 수 있다(김태곤, 앞의 논문, 29
 6~297면).
6) 단군 신화와의 관련성은『증산천사공사기』와『대순전경』을 편찬한 이상호와 그
 의 동생 이정립이 만든 종파에서 다음과 같이 증산과 함께 단군을 함께 신앙적
 으로 모셨다는 내용에서 찾을 수 있다.
 「이정립은 신도들의 신앙지침서로 저술한『증산교요령』이라는 교서에서 삼단
 교의 체계도를 기재하여 대성의 종교사상이 단군 왕검시대의 신교를 중광한 사
 상임을 분명히 하였습니다.」(洪凡草,『甑山敎 槪說』, 創文閣, 114~119면).
7) 19세기 중기에 발흥하여 현재까지 교단을 크게 형성한 종교사상가중 어느 누구도
 증산처럼 민중을 구제하기 위해 지상에 하강한 천주임을 스스로 자처한 사람은
 없었다. 이 사실은 그 만큼 증산의 종교적 신념이 대담했다는 것을 의미한다. 개
 혁의 의지에서 개벽을 말하되 공사로서 파악하여 天地公事로 역설한 것은 그의
 개혁의지의 헌신적 적극성을 의미하는 것이며, 당시 救世濟民의 의지로 새롭게
 나타난 일련의 종교사상가중에서 그를 돋보이게 하는 것이다(尹絲淳,「한국사상
 사 시각에서 본 증산사상」,『증산도사상연구』, 대원출판사, 1994, 311~312면).

할 만하였다. 이에 환인은 아들 환웅에게 천부인 3개를 주어 인간세
계를 다스리게 하였다. 환웅은 무리 3,000명을 거느리고 태백산 마
루턱(곧 태백산의 지금의 묘향산)에 있는 신단수 밑으로 내려왔다.
이곳을 신시라고 하고, 이 분을 환웅천왕이라고 한다.8)

⑧ 전한서에 선제 신작 3년 임술 4월 8일에 천제가 흘승골성에 내려왔
는데, 오룡거를 탔다. 도읍을 정하여 왕이라 일컫고, 국호를 북부여
라 하였다. 그리고, 자기 이름을 해모수라 하였다.9)

⑨ 육부의 조상들은 모두 하늘에서 내려온 것 같다. 노례왕 9년에 비로
소 6부의 이름을 고치고, 또 이들에게 여섯 성을 주었다.10)

위 인용문 ⑦은 단군 신화로 환웅의 인세 하강 이야기이다. ⑧은 해모수
의 인세 하강 신화이고 ⑨는 혁거세 신화로 육부 촌장이 천상에서 내려온
신(神)임을 보여 준다. 모두 천신의 인세 하강이야기가 같은 모티프로 전승
되고 있는데11) 이러한 내용이 강증산 전승에서 천계에 있었던 신이었던 증
산이 인세에 내려온 것과 맥을 같이 하고 있다.

위 인용문 ①에서 「삼계의 대권을 갖고 삼계를 개벽하여 선경을 열고

---

8) 昔有桓因 庶子桓雄 數意天下 貪求人世 父知子意 下視三危太伯 可以弘益人間 乃授
天符印三箇 遺往理之 雄率徒三千 降於太白山頂 神檀樹下 謂之神市 是謂桓雄天王
也(『三國遺事』卷 第1「古朝鮮」). 해석은 金泰坤의『한국의 신화』(시인사, 1996)을
참조함.

9) 前漢書宣帝神爵三年 壬戌四月八日 天帝降于訖升骨城 承五龍車 立都稱王 國號北扶
餘 自稱解慕漱(『三國遺事』卷 第1 奇異「北扶餘」)

10) 此六部之祖 似皆從天而降 弩禮王九年 始改六部名 又賜六性(『三國遺事』卷 第1「新
羅 始祖 赫居世王」)

11) 한국의 고대신화는 단군, 해모수, 해부루, 주몽, 혁거세, 탈해, 김알지, 수로왕, 삼
을나 등의 이야기가 건국 왕권신화로서 문헌에 정착되어 있다. 신화연구의 진전
은 이들 신화들이 모두 같은 유형이 아님에 착안하게 되었다. 신들의 출현 형식
을 보더라도 ① 하늘로부터의 강림, ② 바다 건너 먼 나라로 부터의 표착, ③
땅속에서의 용출, ④ 난생, ⑤ 日光感精, ⑥ 동물로부터의 변신등이 그것이다. 단
군신화는 ①, ⑥으로, 해모수 신화는 ①로, 주몽신화는 ⑤·④로, 혁거세 신화는
①·④로, 수로 신화는 ①·④·②로, 탈해 신화는 ②·④로, 삼을나 신화는
③·②로 각각 이루어져 있다(玄容駿,『무속신화와 문헌신화』, 집문당, 1992, 31
3~314면).

사멸에 빠진 세계 창생들을 건지려고」, 「내가 천지의 도수를 정리하고 신명을 조화하여 만고의 원한을 풀고 相生의 도로 후천의 선경을 세워서 세계의 민생을 건지려 하노라」고 한 내용은 증산의 강세(降世) 목적이 해원상생(解寃相生)에 의한 인류 구원[12]임을 보여 준다. 혼란에 빠진 천지를 자신의 삼계 대권(三界大權)으로 개벽(開闢)해 이상 세계를 만들고자 하였음을 알 수 있다. 이것은 다음의 단군신화의 내용과 통하고 있다.

⑩ 옛날에 환인(제석을 말함)의 작은 아들 환웅이 자주 천하에 뜻을 두고 사람이 사는 세상을 탐내어 구하는 것이었다. 그의 아버지가 아들의 뜻을 알아차리고, 삼위태백을 내려다 보니 인간을 널리 이롭게 할 만하였다.[13]

위 ⑩에서 환웅이 홍익인간(弘益人間)의 뜻을 두고 인간 세상에 하강했음을 알 수 있다. 세상을 구하는데 있어 환웅이 환인의 허락을 받고 천부인(天符印)을 받아 세상을 이롭게 하기 위해 인세에 하강했다면, 증산은 신성

---

12) 19세기 한국민중은 동학에 희망을 걸고 난국을 극복하였다. 그러나 동학혁명운동이 실패하자 민중의 실망은 컸고 방황과 좌절속에서 또 다른 희망을 찾지 않을 수 없었다. 민중은 돌파구를 마련해야 했고, 따라서 증산의 강림이 소외된 민중을 구원하고 제세(濟世)의 신념을 불어넣는다고 생각하였다. 증산사상은 외래족의 침략적 위협속에서 그것을 극복하고 강한 도전에 대처하려는 사상적 인식체계로 주체성이 강하게 깃들어 있음을 간과할 수 없다. 그것이 1900년대 민족의 역사가 외침하에 위협을 당할 때 민중을 구원하는 신념과 용기를 준 저력이되었다고 본다. 증산은 항상 소외되고 억눌린 계층을 구원하려는 의식이 내재되어 있었기 때문에 그의 사상에는 하층민의 구국의식이 그대로 깃들어 있었고 억울함을 대변하려는 일제하 한국 현대사에서 탄압받는 민중의 위상을 정립하고자 한 선민의식이 넘쳐 흐르고 있었다. 그의 사상체계에는 한민족 현대사 발전 중 민중구원의 메시아적 구도의 정신이 병존해 있음을 알아야하겠다. 따라서 이 사상에는 유교주의적 인식체계를 배제하고 민중의 기반을 민족주의적인 의식을 저력으로 삼고 있었던 것이다.(李炫熙, 「증산도 출현의 역사적 배경」, 『증산도사상연구』, 대원출판사, 1994, 254면)
13) 昔有桓因 庶子桓雄 數意天下 貪求人世 父知子意 下視三危太伯 可以弘益人間(『三國遺事』卷 第1「古朝鮮」)

불 보살이라는 존재들이 혼란해진 세상을 구해달라는 청원에 자의(自意)로 인세에 하강한 것으로 나타난다.[14] 아래로부터의 청을 듣고 하강한 것과 부친인 환인의 허락을 받아 인세에 내려 온 것이 차이라 할 수 있다.

　그리고 증산의 하강은 신계에서 인계로 내려오는 하강 모티프에 있어, 수직적 하강과 함께 수평적 이동이라는 복합성을 갖고 있다는 점이다. 수직적 하강은 신계에서 신계의 상징물(천계탑)로의 하강이며 이것은 하늘의 절대적 위치에서 속(俗)의 세계와 이어지는 천계로의 이동이다. 여기에서 다시 대순(大巡)하여 천하를 둘러보고 동토(東土) 조선 금산사 미륵금불에 이르른 것은 인세에서의 수평적 이동으로 동양(東洋)으로의 귀착(歸着)을 뜻한다. 서양중심의 세계가 바뀌어져 동양을 중심으로하는 문명이 동토(東土) 조선에서 태동되는 민족적 자부심을 준다. 이것은 구천(九天)에 있던 신적 존재가 조선으로 내려오고 조선에서 세상을 구제한다는 민족적 자긍과 자부를 민중들에게 알리는「만국활계남조선(萬國活計南朝鮮)」[15]의 이야기라 할 수 있다.[16] 한편 인용문 ①은 천신의 하강했다는 면에서 다음의 무속

---

14) 인간을 구원하기 위해 천상의 신이 지상으로 내려와 과업을 마치고 다시 천상으로 되돌아가는 천상신의 인간구원 신화는 천상으로부터 증산 탄강－증산에 의한 인류구원(천지공사)－증산의 승천으로 이어지는 교리체계와 공통성이 있어서, 한국재래의 신화, 종교적 맥이 이어진 것으로 볼 수 있다. 주체적 민족종교로서의 맥이 밖으로부터 이어지기보다는 원래 이 땅에 뿌리를 둔 재래의 보편적인 무속을 비롯한 민간신앙과 또 여기에 기반을 둔 신화와 그런 신화와 상관성을 갖는 종교적 사고로부터 맥이 이어진 것으로 볼 수 있다(김태곤, 앞의 논문, 296～297면).

15) 만국이 살 계책이 남조선에서 나온다.

16) 강증산이 신계에서 조선에 내려 오게 된 이유는 아래와 같은 이야기로 전해진다.
　　세계 창생들을 건지려고 너의 동방에 순회하던 중 이 땅에 머문 것은 곧 참화 중에 묻힌 무명의 약소 민족을 먼저 도와서 만고에 쌓인 원을 풀어주려 하노라. 나를 좇는 자는 영원한 복록을 얻어 불로 불사하며 영원한 선경의 낙을 누릴 것이니 이것이 참 동학이니라. 궁을가(弓乙歌)에 조선강산(朝鮮 江山) 명산(名山)이라. 도통군자(道通君子) 다시 난다"라 하였으니 "또한 나의 일을 이름이라 동학 신자간에 대선생(大先生)이 갱생하리라고 전하니 이는 대선생(代先生)이 다시 나리라는 말이니 내가 곧 대선생(代先生)이로다"(266면)

신화와도 연관성이 있다.

⑪ 해와 달이 모두 두 개씩이라 낮에는 햇빛이 너무 강해 사람들이 타
　서 죽고, 밤에는 달빛이 너무 강해 사람들이 얼어 죽어 사람들은 도
　저히 살 수 없는 지경에 이르렀다. 이때 천지왕이 이 세상에 강림하
　여 바지왕과 배필을 맺어 살고 있다가 하늘로 다시 올라 갔는데[17]

　천지왕이 강림해서 바지왕과 인간 세상에서 살았다는 이야기는 구천이
라는 신의 세계에 있던 증산이 인간 세상에 내려 왔다는 내용의 원천으로
관련된다.

　다음으로 인용문 ①에서 신의 하강지가 되는 상징물들이 나타난다. 「대
법국(大法國)」, 「천계탑(天啓塔)」, 「금산사(金山寺) 미륵금불(彌勒金佛)」 등
이 상징성을 띄는 것들이다. 이러한 상징물들은 단군신화에서 환웅의 하강
지로서의 상징물들과 같이 천신의 하강지가 되며 이것이 각각의 신화적 내
용에서 신화 주인공의 특징을 나타내 주기도 한다.

⑫ 환웅은 무리 3,000명을 거느리고 태백산 마루턱(곧 태백산의 지금의
　묘향산)에 있는 신단수 밑으로 내려왔다. 이곳을 신시라고 하고, 이
　분을 환웅천왕이라고 한다.[18]

　위에서 「대법국」, 「천계탑」, 「금산사 미륵금불」의 신화속에서의 상징성
은 그 의미는 다를 수 있으나 「태백산(太白山)」, 「신단수(神檀樹)」 등이 상징
적으로 해석되는 것과 맥을 같이 한다. 「대법국(大法國)」은 「서양 대법국」으
로 기록되어 있으나 서양의 어느 나라로 찾아지는 것이 아닌 「대법(大法)」
즉 큰 법이 있는 나라를 상징하는 것으로 그곳에서 삼계(三界)의 도법(道法)

---

17) 金泰坤, 앞의 책, 207~208면.

18) 雄率徒三千 降於太白山頂 神檀樹下 謂之神市 是謂桓雄天王也(『三國遺事』 卷 第1
　「古朝鮮」)

法)이 유래되는 곳으로 볼 수 있다. 「천계탑(天啓塔)」도 「대법국」에 있는 탑
의 이름으로 「천계(天啓)」의 의미처럼 하늘이 열리는 것과 관련된 신계(神
界)에 있는 탑의 명칭으로서의 상징성을 갖고 있다. 「西洋 대법국 천계탑에
내려오셔서 삼계를 둘러보고 천하를 대순하시다가 동토(東土)에 그쳐 모악
산 금산사 미륵금상에 임하여 三十년을 지내시면서」라는 부분에서 천계탑
은 삼계 즉 천계 지계 인계를 둘러 본 곳으로 나타난다. 천계탑은 신계에서
천지인을 모두 조망(眺望)할 수 있는 위치이며 「하늘이 열린다」는 탑의 이
름에서 신성한 세계와 세속의 세계가 만나는 곳으로 볼 수 있을 것이다.

「금산사 미륵금불」은 이제 신성한 세계인 천계탑을 떠나 천하를 대순하
고 증산이 세속의 세계에서 최초로 머문 장소이다. 금산사는 진표의 미륵
관련 설화가 담긴 사찰로 신적 존재로서의 증산이 미륵금불에 머문 것은
진표의 구도 설화와 관련되며, 미래불(未來佛)로서 용화(龍華)세계를 열어
이상사회를 제시해 줄 구세주로서 미륵의 의미가 상징적으로 나타난다. 민
중들에게 구전되어 온 미륵신앙이 담고 있는 상징성이 증산이 미륵금불에
30년간 머물렀다는 이야기와 관련해 증산에 대한 이미지가 구체적으로 당
대 민중들에게 구원과 희망을 주는 존재로 각인되는 효과를 주고 있다.

또한 인용문 ①에서 미륵금불에 신적(神的) 상태로 머물렀던 증산이 최
수운(최제우)에게 천명과 신교를 내렸다는 부분이 있다.[19] 이것은 신적 존
재가 구세의 뜻을 갖고 있던 인간(최제우)에게 신이한 능력을 주어 자신의
뜻을 인간을 통해 이루고자 한 것으로 신적 존재가 능력을 내려 준다는 면
에서 「단군신화」와 관계된다.

    ⑬ 환인은 아들 환웅에게 천부인 3개를 주어 인간세계를 다스리게 하였
      다.[20]

---

19) 최제우가 지었다고 하는 『동경대전』 「포덕문」에는 그의 신비 체험이 적혀 있고
   상제가 등장해 주문을 내려 준 내용이 적혀 있다.
20) 桓因授天符印三箇 遣往理之(『三國遺事』 卷 第1 「古朝鮮」)

위의 인용문에서 신적 존재인 환인이 신적 존재인 환웅에게 신령스러운 물건을 주어 인간 세상을 다스리게 했다는 부분은 신(환인)이 자신의 서자인 신(환웅)에게 능력을 주었다는 점과 신(증산)이 인간(최수운)에게 신이한 능력을 내려 주고 이를 통해 구원의 뜻을 편다는 면에서 서로 연관성을 맺고 있다. 환웅이 받은 「천부인」이 최수운이 받은 천명과 신교와는 다른 속성을 가질 수 있지만 그것이 새로운 세상을 이루게 한다는 점에서도 관련된다. 또한 이것은 「단군신화」에서 천상 신인 환웅이 사람으로 화하여 이류(異類)인 곰과 호랑이의 소망을 이루어 주려 했다는 내용에 있어, 동물이 인간이 되는 것과 인간 최제우가 조선민중들을 구하고자했던 소망과 차이는 있으나 소망을 이루게 한다는점에서 동일 화소(話素)로 볼 수 있을 것이다.

미륵금불에 머무른 증산의 이야기는 서구 열강의 침탈과 종교의 타락, 관의 부패하에 도탄에 빠진 민중을 구제하고 봉건잔재를 말소하여 새로운 세계를 구현하려 한 최제우의 동학을 통해 먼저 전해졌으나, 인간은 완전할 수 없는 존재이고 기존 세계의 힘은 구천에 있었던 신의 절대적 가치를 인간의 차원에서 세울 수 없게 하였다. 이에 미륵의 의미를 간직한 채 금산사 미륵금불에 머물던 신적 존재가 인간에게 내려진 명을 거두고 인간으로 태어나 미완(未完)의 동학을 「참동학」이라는 이름으로 완성시키는 인간적 존재로서의 미륵임을 알린다[21]는 내용이 인용문 ②에서 ⑥까지 나타난다.

앞장의 인용문 ②에는 증산에 관한 태몽으로 불덩이가 모친의 몸을 덮는 꿈을 꾼 후 태기가 있었다고 전해진다. 이 내용은 다음의 신화에서 햇빛

---

21) 나를 좇는 자는 영원한 복록을 얻어 불로 불사하며 영원한 선경의 낙을 누릴 것이니 이것이 참 동학이니라. 궁을가(弓乙歌)에 조선강산(朝鮮江山) 명산(名山)이라. 도통군자(道通君子) 다시 난다"라 하였으니 "또한 나의 일을 이름이라 동학 신자간에 대선생(大先生)이 갱생하리라고 전하니 이는 대선생(代先生)이 다시 나리라는 말이니 내가 곧 대선생(代先生)이로다" 내가 천지의 도수를 정리하고 신명을 조화하여 만고의 원한을 풀고 상생(相生)의 도로 후천의 선경을 세워서 세계의 민생을 건지려 하노라(권지 1장 11절).

으로 아이를 잉태한 이야기와 관련이 있다.

⑭ 금와(金蛙)는 이를 이상하게 여겨 그 여인을 방 속에 가두어 두었더
  니, 햇빛이 방 속에 비쳤다. 여인이 몸을 피하자 햇빛이 따라와 또
  비쳤다. 그로부터 태기가 있더니[22]

앞장의 인용문 ③에서 증산이 자신을 미륵에 비유하고 「모악산하(母岳
山下)에 금불(金佛)이 능언(能言)하고 육장금불(六丈金佛)이 화위전녀(化爲全
女)라」는 구절처럼 미륵이 강(姜)씨로 태어나 세상을 구원한다는[23] 내용을
보여준다. 이것은 「창세가」에 전해지는 「미륵」의 이야기를 수용해 증산 자
신의 위상을 상징적 의미로 나타내고 있다.

⑮ 하늘과 땅이 생길 적에 미륵님이 탄생한 즉, 하늘과 땅이 서로 붙어
  떨어지지 아니하여 미륵님이 땅의 네 귀퉁이에 구리 기둥을 세워서
  갈라 놓았는데[24]
⑯ 미륵님 세월에는 섬들이 말들이로 식사하며 인간 세상이 태평하였
  는데, 석가님이 출현하여 미륵님 세월을 빼았으려하였다. 석가님의
  지나친 성화에 진저리가 난 미륵님은 석가님에게 세월을 주기로 결
  심하고는[25]

앞장의 인용문 ③의 뒷부분에서 증산이 그를 따르던 제자에게 금산사에
가서 「석가불상을 향하여 그 불상을 업어다 마당 서쪽에 옮겨 세우리라고
마음 속으로 생각하면서 불사르라」고 한 내용은 위의 「창세가」에서 미륵
님과 석가님이 세상을 차지하기 위해 대립한 이야기와 연관성을 갖는다.

---

22) 金蛙異之 幽閉於室中 爲日光所照 引身避之 日影又逐而照之 因而有孕 (『三國遺事』
    卷 第1 奇異「高句麗」)
23) 전녀(全女)에서 全과 女를 합치면 姜이 된다.
24) 金泰坤, 앞의 책, 210면.
25) 金泰坤, 앞의 책, 211면.

위와 같이 제자가 증산의 말대로 실행하자 「몇 해 지난후에 금산사를 중수할 때 석가불전을 마당 서쪽에 옮겨 세우니 미륵전 앞이 넓어지느니라 이 불전이 오늘날의 대장전이로다」라고 한 부분은 그 이야기가 「창세가」의 미륵님, 석가님 관련 이야기와 시대를 달리하나 미륵의 의미가 강조되고 있는 것이다. 또한 전대와는 달리 미륵님이 석가님을 이겨 천지 개벽을 하고 미륵님의 세상을 만든다는 이야기로 앞장의 인용문 ⑤에서 나타나고 있다.

앞장의 인용문 ④는 선천 개벽 이후에 묵은 하늘이 사람들에게 큰 폐해를 주고 있음을 말하고 있다. 이 내용에는 천하의 형세가 종기를 앓고 있다고 비유한 후 태양의 햇무리를 가리키며 세상을 구했다는 이야기가 나타난다. 이것은 아래의 내용에 나타나는 해와 관련해 세상을 구원한 부분과 일면 의미가 통하고 있다.

> ⑰ 해와 달이 모두 두 개씩이라 낮에는 햇빛이 너무 강해 사람들이 타서 죽고, 밤에는 달빛이 너무 강해 사람들이 얼어 죽어 사람들은 도저히 살 수 없는 지경에 이르렀다. 이때 천지왕이 이 세상에 강림하여 바지왕과 배필을 맺어 살고 있다가 하늘로 다시 올라 갔는데 대별왕 소별왕은 천지왕의 명령에 따라 인간 세상으로 다시 내려 왔다. 그러고서 대별왕은 뒤에 오는 해를 쏘아서 동해에 돋아 오르는 샛별 등의 별들을 만들었고 소별왕은 뒤에서 오는 달을 쏘아서 서해에 떠오르는 용성 등의 별들을 만들었다. 이렇게 해서 하늘에는 해도 하나 달도 하나가 되고 이십 팔 숙의 별자리가 생겨나게 되었다. 그리고 천황씨 지황씨 인황씨 수인씨 태호씨 복희씨 등의 성인들이 나와 인간 세상의 문물제도를 마련하여 살 수 있게 해 주었다. 이후로 인간들의 세상이 번성해져 나라와 고을 마을로 갈리어 잘 살게 되었다.[26]

----

26) 金泰坤, 앞의 책, 208～209면.

위의 「초감제」 인용문의 "햇빛이 너무 강해 사람들이 타서 죽자 대별왕이 해를 쏘아서 세상을 구했다"에서 해의 모티프가 강증산 전승에서 같은 상징성을 갖고 수용된 것으로 볼 수 있을 것이다.[27]

앞장의 인용문 ⑤에서 증산이 상도(常道)가 무너진 혼란한 세상을 자신의 권능(權能)을 가지고 개벽의 장(長)으로서 개벽을 이루어 낙원을 만들겠다고 하였는데, 이것은 창세 관련 「무속신화」에서 천지개벽(天地開闢) 화소와 연결성을 보여 준다.

　　⑱ 혼돈상태에서 하늘과 땅이 갈라져서 천지가 개벽하게 되었는데 하늘에서 아침이슬이 내리고 땅에서는 물이슬이 솟아나서 음 양이 상통하여 개벽이 시작되었다.[28]

　　⑲ 하늘과 땅이 생길 적에 미륵님이 탄생한 즉, 하늘과 땅이 서로 붙어 떨어지지 아니하여 미륵님이 땅의 네 귀퉁이에 구리 기둥을 세워서 갈라 놓았는데[29]

인용문 ⑤는 ⑱에 나타나는 개벽의 내용과 ⑲의 미륵님이 하늘과 땅을 갈라 놓았다는 부분과 그 의미상 통하고 있다. 증산과 관련된 미륵 이야기는 인용문 ⑲에서 미륵이 하늘과 땅을 갈라 놓았다는 내용과도 연결성을 갖는다. 또한 증산이 개벽(開闢)을 바라는 제자에게 개벽의 일면을 보여준

---

27) 해와 관련해 증산이 해를 자유자재로 움직였다는 이야기가 아래와 같이 전해지기도 한다. 여기에는 해를 통제해 세상의 어려움을 극복한다는 의미가 나타난다.
　　상제께서 약방에 계시던 겨울 어느날 이른 아침에 해가 앞산 봉우리에 반쯤 떠오르는 것을 보시고 종도들에게 말씀하시니라. "이제 난국에 제하여 태양을 멈추는 권능을 갖지 못하고 어찌 세태를 안정시킬 뜻을 품으랴. 내 이제 시험하여 보리라" 하시고 담배를 물에 축여서 세 대를 연달아 피우시니 떠오르던 해가 산 머리를 솟지 못하는지라. 그리고 나서 상제께서 웃으며 담뱃대를 땅에 던지시니 그제야 멈췄던 해가 솟았도다.(236면)
28) 金泰坤, 앞의 책, 207면.
29) 金泰坤, 앞의 책, 210면.

이야기[30]에는 비(雨)가 내리며 홍수가 일어나는데 이것은 위 무속신화의「
하늘에서 아침이슬이 내리고 땅에서는 물이슬이 솟아나서 음 양이 상통하
여 개벽이 시작되었다」라는 부분에서 처럼「수기(水氣)」가 천지에 돌며 개
벽이 있게 된다는 내용과 관련성을 찾을 수 있을 것이다.

4. 결 론

이 논문은 강증산 전승중 강증산의 주요 생애를 발췌해서「강증산 일대
기」로 텍스트화(化) 하여 건국신화 및 무속신화에서 그 내용의 원천을 살펴
본 것이다. 이렇게 구성된「강증산의 일대기」는 강증산이라는 인물에 대한
신계(神界)와 인계(人界)의 이야기로 구분 할 수 있다.

신계의 이야기는 강증산의 신격위가 나타나면, 그에게 신성 불 보살들이

---

30) 신 원일이 개벽공사를 빨리 행하시기를 상제께 간청하니라. 상제께서 "인사는
    기회가 있으며 천시는 때가 있으니 그 기회와 때를 기다릴 것이니 이제 기회와
    천시를 억지로 쓰면 그것은 천하에 재화를 끼치게 될 뿐이며 억조의 생명을 억
    지로 앗아가는 일이 되리라. 어찌 차마 행할 바이냐"고 말씀하셨으되 원일이
    "방금 천하가 무도하여 선악을 분별하기 어려우니 속히 이를 잔멸하고 후천의
    새 운수를 열어주시는 것이 옳을까 하나이다"고 말하면서 간청하니 상제께서
    심히 괴로와 하셨도다.(124면)
    무신년 七월에 이르러 상제께서 원일을 이끄시고 부안 변산 遇金岩 아래에 있는
    開岩寺에 가시니라. 그때 상제께서 원일에게 삶은 쇠머리 한개와 술 한 병과 청
    수 한 그릇을 방안에 차리고 쇠머리를 청수 앞에 진설하게 하신 후에 원일을 그
    앞에 꿇어앉히고 성냥 세 개비를 그 청수에 넣으시니라. 이때 갑자기 풍우가 크
    게 일어나고 홍수가 창일하는도다. 상제께서 원일에게 "이제 청수 한 동이에 성
    냥 한 갑을 넣으면 천지가 수국(水國)이 될지니라 개벽이란 이렇게 쉬우니 그리
    알지어다. 만일 이것을 때가 이르기 전에 쓰면 재해만 끼칠 뿐이니 그렇게 믿고
    기다리라"고 일러주시고 진설케 하신 것을 모두 거두니 곧 풍우가 그쳤도다. 상
    제께서 원일을 곧 자기 집으로 돌려보냈도다. 원일이 집에 돌아와서 보니 자기
    동생의 집이 폭우에 파괴되고 그 가족은 원일의 집에 피난하였도다. 원래 원일
    의 아우는 상제를 믿지 아니 하였으며 언제나 불평을 품었도다. 그러나 그는 이
    일을 당한 후부터 두려워서 무리한 언사를 함부로 쓰지 아니하였도다.(127면)

세상 구원을 하소연한 것과 강증산이 신적 상태에서 천계탑을 거쳐 금산사 미륵금불에 머물러 최제우에게 천명과 신교를 내려준 내용으로 되어 있다. 인계의 이야기는 강증산이 신이한 태몽속에 개벽장으로서 개벽을 주재하고 미륵과 같은 존재로서 동학을 「참동학」으로 완성시킨다는 구원자적 생애를 담고 있다.

증산관련신화의 원천은 건국신화와의 연관성하에 아래와 같이 요약할 수 있다. 천신(天神)이 인세(人世)에 하강(下降)했다는 내용과 천신의 하강 목적이 세상 구원이라는 점에서 관련된다. 또 천신의 하강지가 상징성을 띄고 있다는 부분이 서로 통하고 있으며, 신적 존재가 신성한 능력을 내려주고 태양의 기운으로 잉태되었다는 점이 연결성을 갖는다.

「강증산 일대기」의 창세 무속신화와의 관련성은 다음과 같이 정리할 수 있다. 먼저 천신이 하강했다는 점에서 연관되고 천지 개벽을 통해 문제를 고쳐, 새로운 세상을 열어준다는 내용과 미륵이 새로운 세상을 만든다는 부분 그리고 천지의 혼란을 바로 잡았다는 점이 관련된다.

참고문헌

金泰坤, 「증산도와 민족종교의 맥」, 『증산도사상연구』제 3집, 대원출판사, 1994.
金泰坤, 『한국의 신화』, 시인사, 1996.
대순진리회 교무부 편, 『전경』12판, 1989.
尹絲淳, 「한국사상사 시각에서 본 증산사상」, 『증산도사상연구』, 대원출판사, 1994.
李炫熙, 「증산도 출현의 역사적 배경」, 『증산도사상연구』, 대원출판사, 1994.
일연, 『삼국유사』
玄容駿, 『무속신화와 문헌신화』, 집문당, 1992.
洪凡草, 『甑山敎 槪說』, 創文閣, 1982.

제 3 부

『만복사저포기』의 삽입시 기능에 대한 무속제의적 고찰
—삽입시 기능의 전·후대적 맥락과 관련하여—

한상현[*]

차 례

* 건국대학교 강사.

1. 문제제기

주지하다시피 『금오신화(金鰲新話)』는 우리나라 최초의 소설인 동시에, '최초로 성공한 전기(傳奇) 소설'[1]이란 평가를 받는다. 따라서 작품이 지닌 이 같은 문학사적 중요도에 따라, 기존 연구자들은 작품의 형성[2]에서부터 작가·작품과 관련된 사상적[3] 측면에 이르기까지 다양하고도 진중(鎭重)한 연구성과를 이룩해 왔다. 특히 작품론과 관련하여 다루어진 인귀교환(人鬼交歡)은, 그 연원에 있어서 전대의 시애(屍愛)설화라든가 육조(六朝)시대의 지괴(志怪) 및 당대 전기(傳奇)류와의 비교문학적 검토[4]가 있어왔고, 구조와 성격면에 있어서도 죽음과 관련된 인물의 비극성에 초점을 두고 충분한 논의[5]가 이루어져 왔다.

---

1) 金起東, 『李朝時代小說論』, 精研社, 1969, 89면.

2) 『金鰲新話』의 형성에 있어, 기존연구에서는 模倣과 창조적 수용의 양대 방향에서 조명되어 왔다. 前者의 경우로는 崔南善, 金台俊, 金起東, 朴晟義 등이 있고, 『金鰲新話』가 『剪燈新話』를 단순히 剽竊이거나 模倣한 것이 아니라, '창조적 모방'이란 견해를 보였던 대표적 논의로는, 趙潤濟, 張德順, 李石來 등이 있다. 그러나 이후의 『金鰲新話』에 대한 논의가 작가 및 작품론과 관련된 사상적 측면에서 다각적으로 논의되면서, 종래의 模倣說은 자연 退色되고 말았다.

3) 『金鰲新話』에 투영된 사상적 배경 가운데, 유교와 관련된 논자로서는 鄭炳昱(1958), 林熒澤(1971), 조동일(1977), 김명호(한국학보,35권), 金一烈(1976) 등이 있다. 그리고 불교사상과 관련된 논자로서는 鄭鉒東(1965)이 있고, 도교사상의 반영에 주안을 둔 논자로는, 최삼룡(1983), 오출세(1995), 이상택이 있는데, 이상택은 「醉遊浮碧亭記」의 분석을 통해, 東夷족의 문화적 우월감과 주체의식을 바탕으로 한 反尊華적 저항의식의 소산과 함께, 道家적 문화의식이 짙게 투영된 작품으로 보았다.(1981)

4) 金鉉龍, 「韓國 古代 鬼神關係說話 研究」, 『學術誌』24집, 건국대학교학술연구원, 1980.
   車溶柱, 『古小說論考』, 계명대학교출판부, 1985.
   安炳國, 『鬼神說話研究』, 규장각, 1995.

  그러나 이처럼 작품의 서사구조와 관련된 혼교(魂交)의 기능과 성격이 다양한 관점에서 논의되어 왔음에도, 정작 풀리지 않는 의심이 남아 있다. 즉 죽음을 분기로 이루어지는 전반부의 사상적 토대가 지극히 유교적 가치에 의존하여 일말의 주저 없이 자초했던 죽음을, 왜 하필이면 공자마저 꺼려했던[6] 혼교구조를 끌어들이면서까지, 사상적 모순을 무릅쓰고 있는가 하는 점이다. 즉 재생과 환생은 차치하고라도, 그 중간에 혼교라는 민간신앙적 삽입구조를 개입시키면서까지 작가가 구현코자 했던 궁극적 의도가 무엇인가 하는 점이다.

  일반적으로 죽음에 대한 인간의 태도는 크게 두 가지 측면으로 나타난다고 한다. 그 첫째는 죽음이라는 불가항력적 현상에 대한 두려움이요[7], 둘째는 그러한 죽음을 어떠한 수단·방법을 써서라도 극복코자 하는 죽음에의 저항적 측면이다. 여기서 죽음에의 저항적 태도 가운데 하나가 죽음을 무릅쓰는 경우인데, 이는 자아(ego)가 느끼는 죽음의 두려움을 죽음보다 더 값진 '가치'의 창출을 통해 죽음에의 불복종으로 나타나는 경우이다.[8]

---

5) 金明順, 『古典小說의 悲劇性 研究』, 創學社, 1986.
   金一烈, 「金鰲新話 考察」, 『韓國古典小說研究』, 새문사, 1993,
   설성경·박태상, 「李生窺墻傳의 구조와 의미」, 『고소설의 구조와 의미』, 새문사, 1996.
   박희병, 『韓國傳奇小說의 美學』, 돌베개, 1997,

6) 『論語』, 「述而編」에는 子不語怪力亂神이라 했고, 『先進編』에서도 季路가 鬼神에 대하여 물었을 때에 공자는, '未能事人 焉能事鬼 敢問死曰 未知生焉知死'라 했다. 또한 사랑하는 제자 顔淵의 죽음을 통곡했듯이, 그에게 있어서의 죽음은 이승과의 철저한 단절이다. 이후의 유가에서도 죽음과 같은 不可知적 문제에 대하여는 관심을 가지지 않으려 하였고, 死後에 관심을 보였던 新儒家의 입장에서도 귀신은 실체로서가 아닌, 우주의 元氣현상으로 설명될 뿐이다. 일언하면 유가의 입장은 靈魂消滅論의 입장이요, 輪廻나 繼世의 관념과는 달리, 현실적인 삶 그 자체에 의미를 두고 있다.

7) 인간이 죽음을 두려하는 이유를 대체로 3가지 측면에서 파악한 논의가 있어 주목된다. 그 첫째가 死後에 대한 불안이요, 둘째는 臨終이라는 事象에 대한 두려움, 그리고 셋째는 存在의 停止에 대한 공포로서의 불안이다. 자세한 것은 Jacques Choron, 「The Fear of Death」, 金仁子 編譯, 『죽음에 대한 심리적 이해』, 서강대학교출판부, 1984, 29~37면 참조.

    따라서 죽음과 관련된 인물들이 나름대로의 다양한 가치를 개입시켜 스
스로 자초한 죽음이라면, 죽음 또한 인간동형론(人間同形論)[9]적 범주에서
막을 내려야 한다. 즉 죽음이 작품 서사의 끝이 되어야 한다. 탄생과 죽음
의 과정이 적강(謫降)과 회귀(回歸)로 나간 작품이야, 순전히 자연동형론(自
然同形論)적 삶과 죽음의 연속과정을 그리고 있어 문제삼을 것이 없겠지만,
인간적 또는 집단적 가치를 개입시켜 스스로 초래한 죽음을, 왜 하필이면
굳이 혼교와 같은 비현실적 구조로써 이끌고 있는가 하는 점이다.『금오신
화』를 통해 형상화된 인물(여성)의 죽음은, 하나같이 창조된 가치의 개입으
로 이루어지는 자발적 방식이요, 따라서 죽음을 대하는 인물에겐 일말의
주저나 두려움이 없다. 사후에 수반되는 혼교의 특징이 망자의 진혼(鎭魂)
적 의례와 관련된 것[10]이라면, 이러한 구조가 내포하는 의미는 명료하다.
즉 망자의 죽음이 근본적으로 잘못되었다는 것이다. 이에 혼교의 기능은
일차적으로 망자의 결한(結恨)을 푸는 해원의 과정으로서 유추되지만, 이차
적인 문제는 이러한 혼교와 관련하여 개입되고 있는 삽입시의 기능이 무엇

---

8) 죽음에 대한 인간의 불복종은 두 가지 유형으로 나누어지는데, 그 첫째가 죽음
   을 무릅쓰는 경우로서, 죽음과도 바꿀 수 없는 어떤 불멸의 가치를 창출한 때이
   다. 다른 하나는 죽음을 개의치 않는 경우로서, 우주의 이법에 스스로를 참여시
   키는 사유적 방식이다. 즉 가치 중심으로 자신을 모으는 것이 아니라, 자연의 어
   머니 속에 스스로를 사실상 해체시키는 경우이다. 자세한 것은, 김형효, 「자연적
   죽음의 인간 동형론과 인간적 죽음의 인간 동형론」, 한국정신문화연구원 편, 『삶
   그리고 죽음』, 대한교과서(주), 1995. 참조.
9) 人間同形論(anthromorphism)적이라 함은, 자연을 인간에 닮게 하는 사유체제로서
   자연과 분리된 고유한 자기결정을 독자적으로 구비하고 있다는 입장이다. 따라
   서 인간동형론적 죽음이란, 앞서 보았듯이 창출된 일련의 가치를 죽음에 개입시
   킴으로써, 죽음을 무릅쓰는 경우를 말한다. 이에 반 해 自然同形論(cosmomorphism)
   적 입장은 인간을 자연과 유사하게 생각하는 사유체제로서, 인간 을 자연의 일
   부분으로 생각하는 경우를 말한다. 김형효, 앞의 글, 201~202면.
10) 설성경·박태상, 앞의 책, 77면. 설성경은 「李生窺墻傳」의 구조를 節義로 죽은
   이들에 대한 恨과 그 풀이인 淨化의 의미로 파악하였으나, 이러한 구조적 특징
   이 節死와 魂交에 基盤한 것임을 감안하면, 그 폭은 「萬福寺樗蒲記」와 「醉遊浮碧
   亭記」에도 동일하게 적용될 수 있는 양상이다.

인가 하는 점이다.

서사문학에 나타난 삽입시에 대하여는, 일찍이 수용과정[11]과 문학적 기능의 양대 측면에서 논의되어 왔다. 이 가운데 삽입시가 지닌 문학적 기능과 관련된 논의로서, 설성경은 『이생규장전(李生窺墻傳)』의 작품구조를 전·후 대단락으로 구분하고, 전대단락이 시형식을 축으로 한 애정문제의 서정적 표출방법이요, 후대단락이 산문형식을 축으로 한 진혼 문제의 서사적 표출방법을 대위(對位)적 입장에서 드러낸다고 보았다.[12] 그리고 박태상은 『운영전(雲英傳)』에 삽입된 한시의 기능을 '풀림'의 완화구조로 봄으로써, 『운영전』의 구조적 특성을 '긴장'과 '풀림'의 반복구조로 파악했다.[13] 또한 이인복은 삽입시로서의 성격 자체를 부정하고, 오히려 시의 문학적 운치를 완성하기 위해, 산문적 설명이 곁들어진 것으로 보는 입장[14]을 취하기도 했다.

그런데 『금오신화』에 수록된 삽입시의 기능성 고찰에 있어, 무엇보다

---

11) 丁奎福, 「韓中比較文學의 問題點」, 『語文學』 12, 韓國語文學會, 1965.
　　설중환, 「朝鮮初期 傳奇小說의 槪念과 形成」, 史在東 편, 『韓國敍事文學史의 硏究』 Ⅳ, 中央文化社, 1995, 1101면.
　　趙東一, 『한국소설의 이론』, 지식산업사, 1977. 238면.
12) 설성경·박태상, 앞의 책, 79면. 설성경은 『李生窺墻傳』을 前·後 대단락으로 구분하고, 詩와 散文을 각 구조의 주축적인 표출방법으로 규정함으로써 전대단락에 나타나는 삽입시의 애정 기능적 요소는 중시하였지만, 오히려 죽음을 分岐로 다시 등장하는 삽입시의 기능과 의미 파악에 있어서는 상대적으로 소홀시했다.
13) 『雲英傳』의 형태상 특징은 한 마디로, 상승국면으로 치닫으려고 하는 모험을 통한 사랑 성취형 이야기의 '긴장' 구조와, 사건의 템포를 조절하여 균형된 優雅美를 자아내게 하는 '풀림'의 구조가 상보적으로 작용하여 조화를 이루고 있는 상태라 말할 수 있다. 설성경·박태상, 같은 책, 192~194면.
14) 『金鰲新話』나 『九雲夢』등에 나타난 시의 분량과 기능을 생각할 때, 그것은 소설을 이끌어 가는 계기로서 없지 못할 존재임을 발견한다. 이와 같은 현상을 과장해서 말할 때, 소설의 내용을 이끌어 가기 위하여 시가 들어 있는 것이 아니라, 詩가 지닌 문학적 韻致를 완성하기 위하여 산문적 설명이 곁들여 있는 것이라 말할 만하다. 이인복, 『한국문학에 나타난 죽음意識의 史的 연구』, 悅話堂 한국문화 예술총서 4권, 1979, 119면.

유념해야 할 것이 혼교와의 관련이다. 작품 서사에 있어『만복사저포기(萬福寺樗蒲記)』가 죽은 망자와의 교유과정에 주안을 두고 있되, 혼교를 전·후하여 삽입시를 개입시키고 있고,『이생규장전』이 비록 죽음 이전에 삽입시의 다양한 표출을 보이고는 있으나, 죽은 최씨와의 교유가 끝나는 마지막 부분 역시「취유부벽정기(醉遊浮碧亭記)」와 함께 삽입시를 개입시키고 있기 때문이다. 더구나 혼교에 앞서 개인이 처한 시·공적 배경과 생자가 인식하는 고독은, 개인을 엑스터시(ecstasy)한 상태로 몰고가기에 충분한 상황이요, 이러한 장치의 설정 이후에, 세 작품 모두가 공통적으로 삽입시를 개입시키고 있다. 이에 본고는『금오신화』소재 5편의 작품 가운데,「만복사저포기」를 주된 대상으로 삼아, 작품이 수용하고 있는 삽입시의 기능을 엑스터시(ecstasy)한 개인의 심적 상태에 수행되는 혼교구조와 결부시켜, 망자를 향한 무속적 해원의례의 관점에서 살펴보고, 이 같은 기능의 전·후대적 맥락을 아울러 짚어보고자 한다.

2. 인물의 죽음과 혼교역학(魂交力學)

고대인의 관념에서 볼 때, 현실적으로 생존했던 인물이 죽었다면 죽은 혼은 마땅히 흩어져 승천해야 한다. 그러나 한을 남기고 죽은 원령(怨靈)은 저승으로 가지 못한다. 이 때의 영혼은 생전의 미진과 좌절 때문에, 살아서 못 다한 일을 죽어서라도 수행하고자 하는 탐착 때문에 이승을 떠날 수가 없다.15) 따라서 망자의 탐착이 애정에 있든16), 아니면 보복과 관련된 것이

---

15) 김열규,「원한의식과 원령의식」, 서광선 編,『恨의 이야기』, 청노루/보리, 1988, 263면.

16) 남녀간의 愛情과 관련된 것, 즉 한 대상(異性)을 향한 그리움이 원망으로 남아 사후까지 연결, 역 동성을 가지는 유형의 원귀를 安炳國은 '相思冤鬼'로 구분한 바 있다. 그는 이러한 원귀의 유형을 ①至誠感天型, ②靈交型, ③歪曲型으로 분

든, 혼교17)는 공통적으로 망자가 느끼는 과거적 삶에 대한 미진과 회한을
기반으로 한다.『성리전서(性理全書)』와『금오신화』의「남염부주지(南炎浮
洲志)」에서도, 사람이 죽으면 기의 무산(霧散)을 강조하나, 다만 원통한 혼
백과 비명에 죽은 자의 기는 응취됨으로써, 혹은 사람에 의지하여 슬픔을
하소연하거나 해원의 과정을 거침으로써 마침내 소멸됨을 강조하고 있
다.18) 따라서 혼교가 지닌 특성은 무엇보다 기의 응취에 있고, 기의 응취는
결국 자신의 죽음에 대한 일종의 원억(冤抑)과 분노를 전제로 한다. 즉 잘못
된 죽음인 것이다.

그런데 죽음을 분기로 전반부에서 이루어지는 인물의 행동을 보면, 죽음
을 무릅쓰는 그 순간에 있어서만큼은 그야말로 일말의 재고조차 없이 지극
히 자발적인 성격을 띠고 있다.「만복사저포기」에서 귀녀(鬼女)의 죽음은
두 가지의 사유적 체계를 지닌다. 하나는 왜구의 침입이라는 전쟁과 관련
하여 정절을 지키기 위해 선택한 죽음이며, 다른 하나는 혼교를 통해 양생

류하고, ②의 유형은 살아서 이루지 못한 애정의 그리움 으로 一方이 죽고 마는
데, 죽은 그 영혼과 살아있는 일방과의 生死·幽明간을 초월한 靈的 交媾를 하는
것을 말한다. 安炳國,『鬼神說話硏究』, 奎章閣, 1995, 123면.

17) 魂交는 문자 그대로 魂魄간의 交遊로서, 張德順이 撫屍와 함께 언급한 것이었으
나, 행위와 성격면 에 있어 魂交는 撫屍와 엄연히 구별된다. 張德順에 의하면 屍
愛說話의 범주에는, ① 생존시 지극히 사랑하던 연인이 죽었을 때, 그 悲痛을 참
지 못하여 묘를 파헤치고, 혹은 棺을 열고, 시신을 愛撫 하는 등속의 설화, ②
이미 죽은 연인의 혼백이 나타나 산 사람과 同居, 혹은 同寢하는 설화, ③ 서로
사랑하는 사이가 아니더라도, 우연한 기회에 亡人의 혼령과 交遊했다가 그의 유
물을 信物로 받 는 설화, ④ 變態的 인간이 묘를 파헤치고, 시신을 꺼내서 弄絡하
는 설화 등이 포함되며, 그 발생동 기에 있어서는 변태적 인간들의 發作的인 행
위와, 墓塚의 盜掘에서 찾았다. 張德順,「屍愛說話와 小說」,『論文集』2집, 숙명여
자대학교, 1962, 85~86면.

18)「南炎浮洲志」를 통해 구현된 김시습의 귀신관은 다음과 같다. 즉 인간이 죽으면
그 精氣는 흩어 지고, 昇降還源함으로써 黃泉에 머물지 않는다. 다만 冤慇의 魂과
橫夭의 鬼는 올바른 죽음을 얻 지 못하고 氣가 흩어지지 않아 얼마 동안 橫死의
구역에서 구슬퍼 통곡을 하거나 불만을 토로하 는 자가 간혹 있다. 혹은 巫에
托하여 탄식하기도 하고, 혹은 사람에 의탁해서 그 원한을 갚기도 하지만, 필경
은 모두가 흩어져 無로 돌아간다.

과의 해원 이후 떠나가는 죽음의 세계이다. 후자에 있어서는 환생에 대한 암시와 윤회로부터 해탈하는 입장에서 죽음이 해석되지만, 전자의 죽음에는 정절을 위해 죽음을 무릅쓰는 인간적 가치가 개입되어 있다. 즉 처녀는 전쟁이라는 비극적 사회상황과 관련하여 수반된 자신의 위기를, 정절이라는 사회적 가치를 우위로써 인식하고 죽음을 무릅쓴 것이다.

이에 반해, 남성 훼절담(毁節談)[19] 구조를 갖고 있는 고소설을 보면, 남성의 훼절에 대하여는 일종의 해학과 관용적 차원에서 이해되고 있다. 설사 훼절이 풍자적 기능을 포함하는 경우라 하더라도, 그것은 단지 여색에 초연한 남성들을 향한 망신과 웃음을 유발할 뿐이다. 그만큼 남성들에게 있어 훼절은 의도적으로 유도될 만큼 너그럽다. 기존 논의에서 이와 같은 훼절형 구조를 풍자소설 내지, 해학소설, 세태소설 등의 유형 속에 넣어 포괄적으로 거론되어 왔던 것도[20] 이에 대한 반증이 된다.

남성 훼절 설화는 견고한 서사적 전형성을 지니고 있는데, '(가) 어떤 양반이 여색을 지나치게 멀리함, (나) 가치관이 다른 어느 양반이 기녀에게 사주하여 그 양반을 훼절시키려 음모함, (다) 기녀가 계략으로 양반을 유혹하고 훼절시킴, (라) 여색에 깊이 빠진 양반이 또 다른 계략에 의해 망신을 당함' 이라는 구조를 갖는다. 이 유형구조는 지나치게 여색을 멀리하고자 하는 주인공의 사회적 불균형을 바로잡으려고 지나친 호색망신이라고 하는 정반대의 불균형에 빠뜨리는 과정을 보여 주는데, 이 과정에서 웃음을 조성하여 양극단의 불균형을 깨닫게 하고 교정하는 효과를 노린다. 여색에 대한 지나친 도덕적 경직성도 타파되어야 할

---

19) 여세주는 男性毁節談 구조를 지닌 작품군을 '男性毁節小說'로 命名하고, 이에 해당되는 작품으로는 『丁香傳』, 『鍾玉傳』, 『烏有蘭傳』, 『裵裨將傳』, 『芝峯傳』, 『三仙記』, 『柳綠傳』등의 7편을 들고, 사설이 전해지지 않는 판소리『梅花타령』, 『裵裨將타령』 또한 같은 유형에 포함시켰다. 여세주, 『男性毁節小說의 實相』, 國學資料院, 1995.

20) 李石來, 「고전 풍자소설 개관」, 『논문집』9집, 성심여대, 1978
金起東, 『이조해학소설선 解題』, 정음사, 1984
趙東一, 「조선후기 소설사의 전개」, 『고전소설 연구의 방향』, 새문사, 1985

관념이고, 심한 망신을 당할 정도의 무절제한 호색향락도 또한 경계해
야 할 것이라는 일종의 역설적 의미를 표현한다. 그러면서 웃음을 유발
하는 소화(笑話)적 구조를 지닌다.[21]

위의 논의에서처럼, 남성의 훼절은 '무절제한 호색과 향락'을 경계하는
의미에서 풍자되기도 하지만, 다른 한편에서는 남성들의 '지나친 도덕적
경직'을 깨기 위한 고의성에서도 이루어진다. 즉 지나친 도덕성과 무절제
한 호색의 지양을 통해, 여색에의 균형된 시각을 갖추는데 남성 훼절담의
기능이 있다는 것이다. 반면 여성들은 규범적 가치를 위해 죽음을 무릅쓰
게 했으면서도, 남성들은 오히려 훼절을 다반사로 권장할 만큼 가치의 수
용면에서 이질적 양상을 보여준다.

이러한 사실은 고소설의 시대배경인 조선시대의 통치이념과 관련하여,
당 시대의 가치기준이며 윤리규범이 된 유교사상과 밀접한 관련을 맺고 있
다. 유교 사회는 여자의 정절을 다른 어떤 가치보다 중시하였고, 또 이를
강요하였다. 조선 사회에서 여자로서 정절이 없다는 것은 바로 죽은 목숨
이나 다름없는, 인간 이하의 존재로 취급되었기 때문이다.[22] 남성에게 있
어서는 훼절을 종용까지 했으면서도, 여성들의 훼절이란 추호도 용납될 수
없다는 이 같은 인식적 배경에는, 물론 남존여비와 관련된 유교적 원리가
기저해 있다.

이 같은 시대·사회적 조건과 관련시켜 바라볼 때, 여성들의 적극적 죽
음에 이질적으로 수반되는 혼교의 의미는, 앞서 언급했듯이 잘못된 죽음이
라는 사후(死後)적 인식과 회한의 토로이다. 죽음을 무릅썼던 이들의 행동
이 진정 윤리적 이데올로기를 뛰어넘은 '장렬한 것'[23] 그대로가 되기 위해

---

21) 여세주, 앞의 책, 259면.

22) 박대복, 『고소설과 민간신앙』, 계명문화사, 1995, 147면.

23) 김명순은 貞節을 지키고자 죽음을 무릅쓰는 여성들의 행위를 일러, 敎化의 소치
　　로 보기에는 너무 나도 장렬하다 하여, 윤리적 이데올로기의 긍정, 그 실천을 뛰
　　어넘어 해석해야 한다고 보았다(김 명순, 앞의 글, 1118면). 그러나 이 같은 해석

서라면, 이들의 죽음에는 응당 해원을 위한 혼교의 수반이 없어야 할 것이고, 사후적 형상 또한 바람직한 죽음[24]의 모습을 담고 있어야 했다. 혼교의 의미는 근본적으로 죽음의 가치를 상쇄(相殺)시키는 구도이기 때문이다.

따라서 작품에 구현된 여성들의 죽음이 비록 표면적으로는 적극적 형상을 띠고 있는 것만은 사실이나, 그 이면에는 조선이라는 당대의 집단가치에 의한 강요와 그에 의한 희생으로서의 성격을 지닌다. 개인은 사회·집단적 가치를 끌어들여 비록 주저 없이 죽음을 무릅쓸 수는 있었지만, 이후의 혼교구조가 보여주는 특성은 무엇보다 그 같은 죽음이 개인에게 하나의 '맺힘' 즉 한을 낳는다는 사실이다. C. G. Jung의 표현을 빌자면, 인물들이 추구해왔던 『삶－죽음』의 과정은 집단적 가치로부터 파생된 일종의 페르소나(Persona)이며, 죽음 이후의 혼교는 그로부터 희생당해야만 했던 개인적 그림자(Shadow)의 무단한 방출이다. 이렇듯 '맺힌 것'을 '푸는' 과정이 혼교구조를 형성하는 성립근거가 되며, 그러한 해원의 과정에서 자연스럽게 드러나는 그림자의 방출을 통해, 망자는 비로소 온전한 죽음을 이루게 된다.

은, 논의 대상이 <삶－죽음>구조만을 갖는 烈女傳 4편 (二烈女傳, 三節婦傳, 裵烈婦傳, 烈婦崔氏傳)에 국한되었기에 타당성을 띨 수 있었지만, <삶－죽음－魂交>구조를 수반하는 『金鰲新話』의 경우, 魂交가 보여주는 특성은 烈女傳의 경우와 전혀 이질 적이다.

24) E. Kubler Ross가 제시한 바람직한 죽음, 즉 죽음의 올바른 수용에는 두 가지 방향이 있다. 첫째 는 주변환경의 도움 없이 스스로 올바른 죽음을 맞이하는 방법이요, 둘째는 주변환경의 도움에 의 해 올바른 죽음이 수행되는 경우이다. 이 가운데 전자의 죽음은 자기 책무의 거의 전부를 완수한, 이른바 인생의 종착역에 닿았다고 느끼는 중·노년의 죽음으로서, 자신이 살아온 한 평생을 돌아 보고 자신의 생애에 의미를 찾으며 충족감을 맛본 상태에서의 죽음이다(Elisabeth Kubler Ross, 고계영 譯, 『죽음의 시간』, 도서출판 宇石, 1988, 153~154면). 따라서 우리 고소설로 보면, 考終 내지 羽化登仙 식 승천이 이에 해당될 수 있으며, 이를 확대하면 魂交를 수반하지 않는 犧牲死까 지 포함될 수 있다.

3. 작품에 구현된 삽입시의 기능

1) 청신(請神)의 기능

우리 고전에서의 죽음은, 죽음 그 자체로서 모든 것이 끝나는 것이 아니다. 영혼불멸관을 갖고 있던 고대인들에게 있어서, 죽음은 단지 육체의 소멸일 뿐이다. 따라서 이미 죽은 망자의 처지라 하더라도, 사령(死靈)은 하나의 인격체로서 혼교의 방식을 통해 살아있는 사람과의 부단한 관계를 시도할 수 있는데, 이를 가능케 하는 메커니즘(mechanism)이 바로 혼의 복수관념이다. 인간의 뇌수(腦髓)에 기생한다고 하는 도교에서의 '삼시충(三尸蟲)'[25] 설화라든가, 전국적으로 구전되어 있는 국내의 '혼(魂)쥐－설화'[26]가 그것

---

25) 道敎에는 庚申신앙과 관계가 깊은 三尸라 하는 것이 있다. 우리들의 몸 안에는 인간에게 해를 주는 세 가지의 벌레가 있는데, 庚申날 밤에 체내에서 뛰쳐나와 하늘로 올라가, 생명을 관장하 는 司命神에게 인간의 과실을 보고하는 것으로 되어 있다. 과실의 輕重에 따라 인간의 수명이 작게는 算(3일)을 감하고, 크게는 紀(300일)를 감하게 됨으로써 인간의 생명이 단축된다는 것이 다. 이에 庚申날 밤에는 三尸蟲의 보고를 막기 위하여, 사람들이 徹夜를 하고 잠을 자지 않았다 고 한다(葛洪, 『包朴子』, 자유문고, 1996, 215～218면).
이러한 三尸蟲에 대한 설명은 국내에서도 柳僖(1773～1837)의 『格物考』에도 나타나는데, 중 국의 내용과는 약간 다르게 표현되어 있다. 즉 三尸蟲은 사람의 뇌수 속에 들어 있다. 하나는 彭質이라 하고, 또 하나는 彭矯라 하며, 다른 하나는 彭据라고 한다. 어떤 사람은 말하기를, 上尸를 淸姑라 하고, 中尸를 白姑라 하며, 下尸를 血姑라 한다. 이 三尸蟲은 언제나 보름달과 그 몸날에는 상제에게 과실을 고한다. 만약에 사람이 욕심이 많으면 三尸가 그 사람의 뇌수를 모 두 먹어버리고, 청정하게 도를 닦으면 尸蟲이 소멸한다(차주환, 『韓國의 道敎思想』, 동화출판 공 사, 1984, 206～211면).
26) '魂쥐설화'는 전국적으로 널리 구전되어 있는 설화로서, 어느 비 오는 날, 아내는 바느질을 하고 남편은 낮잠을 자게 된다. 그런데 아내가 보니, 남편의 콧구멍에 서 흰 생쥐가 나왔다. 밖으로 나온 쥐가 빗물이 괸 곳을 못 건너고 있자, 아내가 바느질자로 다리를 놓아주니, 쥐는 어디론가 사라졌다가 돌아와서는 다시 남편의 콧구멍 속으로 들어갔다. 그리고 남편은 깨어났는데, 남편 은 꿈속에서 어디를 가다가 큰 비를 맞아 강을 건너지 못할 때, 어느 부인이 다리를 놓아주어 무

이다. 인간의 영혼은 적어도 둘 이상의 넋을 지녔고, 이러한 복수의 넋 가운데 일부가 살아 있을 때에도 육신을 자유롭게 벗어날 수 있다는 사고가, 살아있는 자의 영육분리적 토대가 된다. 이에 따라 생자는 망자와의 교유뿐만 아니라, 생자끼리의 교유까지도 이룰 수 있는데(離魂記), 그 같은 영육분리를 이루기 위해 개입된 이원적 방식이 소위 각성몽(覺醒夢)과 수면몽(睡眠夢)에 의한 경우이다.

그런데 각성시의 영육분리라 하더라도, 우리 고전의 탈혼(脫魂)에는 일정한 형식이 있는데, 그 첫째가 '심리요법'27)에 의한 경우이다.『삼국유사』에 나오는 표훈대덕의 비상천(飛翔天)이라든가28),『밀본최사(密本摧邪)』29)와『혜통항룡(惠通降龍)』30)조가 그 예를 보여준다. 표훈의 비상천은 경덕왕의 무사(無嗣)함을 극복코자 영육분리를 거쳐 승천하는 경우이다. 그리고 밀본과 혜통은 병자의 몸에 기생하고 있는 소위 '악귀(惡鬼)'를 보았다는 점에서 일차적으로는 영육분리를 전제로 한다. 「만복사저포기」에서 남 주인공 양생이 여귀를 위해 제를 지낼 때, 유독 양생만이 여귀를 볼 뿐, 주변의 친척과 승려들이 일체 보지 못했다는 것이라든가31),『처용랑・망해사』

사히 건널 수 있었다는 이야기를 했다. 이에 아내가 자초지종을 말해주고, 이후로부터는 생쥐 가 사람의 혼이라는 사실로 믿게 되었다고 한다(성기열,『한국민족문화 대백과사전』 25권, 정신문화연구원, 1991, 55면).

27) 黃浿江은 육체적 苦行으로 靈化되는 현상을 포함하여, 低劣한 목적으로 향하려는 自我를 高潔한 이상으로 지향하는 자아 아래 둔, 자아의 통일의 확보 즉 新生(竹中信常,『宗敎心理 硏究』,동경, 1957)에 근거하여 이와 같은 靈肉分離의 방법을 '宗敎的 回心'으로 命名했다. 그리고 이 때의 回心은 無我無執의 無心境으로 표현된다. 그러나 이러한 현상은 단지 종교에 국한되지 않고, 현대 인에게 있어서 일종의 정신분열증 상태에서도 발생한다는 사례를 감안하여 본고에서는 '심리요법' 으로 명명코자 한다.

28)『三國遺事』, 卷二,『景德王 忠談師 表訓大德』

29) 같은 책, 卷五,『密本摧邪』

30) 같은 책, 卷五,『惠通降龍』

31) 生執女手 經過閭閻 犬吠於籬 人行於路 而行人不知與女同歸…女入門禮佛 投于素帳之內 親戚寺僧
皆不之信 唯生獨見『萬福寺摴蒲記』

에서 남산의 신들이 현형(現形)하여 춤을 추었을 때, 49대 헌강왕만이 보았을 뿐 좌우의 신료들이 보지 못했다는 것[32] 역시, 특정인의 영육분리를 보여준다.

영육분리를 가능케 하는 두 번째의 경우는 환각제의 복용에 의한 경우이다. 일찍이 윤회사상의 성인(成因)을 상과(桑科)에 속하는 대마의 지역적 분포와 관련시켜 고찰한 논의[33]가 있는데, 여기서의 환각제 복용 또한 각 성시의 영육분리와 밀접한 관련을 맺는다. 이 논의에서는 '나'와 '너'라는 개별화의 원리를 깨뜨리기 위해 '하쉬쉬'와 같은 마약의 복용과, 이를 토대로 이루어지는 신인합일(神人合一)의 과정을 소개하고 있다. 더구나 제의 자체가 어두운 밤에 거행되며, 거화(炬火)가 번뜩이는 불꽃 아래에서 미친 듯이 춤을 추는 행위는, 개인의 영육분리를 통한 심리적 연합으로 연결된다. 이러한 예가 보여주는 것은 마약이 뜻밖에도 의식을 덮고 있는 일상의 피막을 용해시키고, 그 배후에 잠재하는 전혀 다른 의식의 광대한 분야를 전개시키는 역할을 하고 있다는 것이다.[34]

---

32) 『三國遺事』卷二, 『處容郎望海寺』

33) 石上玄一郞, 앞의 책, 84~85면.

34) 그런데 동일한 환각작용에 터전한 것이면서도, 우리의 고전에는 마약 대신 술과 향 및 實果, 靈水, 靈草 등이 등장한다. 술은 그 자체가 하나의 精(geist)으로 인간의 영혼을 타계로 인도하는 매개물이었듯이, 평상시의 인간을 엑스터시한 상태로 들기 위한 하나의 모티프였다. 그리고 향의 기능은 墨胡子가 신성과 통할 수 있다 하여, 병든 왕녀를 향을 피워 완쾌시켰던 일이 있으며(三國遺事『阿道基羅』), 실과는 고소설『오선기봉』에서 황처사 부부가 선동이 주는 과일을 먹고는, 정신이 灑落하여 타계로 출입했던 것이 하나의 예가 될 것이다. 그리고 영수와 영초의 기능에 대해서는 각각『삼국유사』에서 寶川이 신령스러운 골짜기의 물을 마시고 만년에 육신이 飛空한 것과(三國遺事『台山五萬眞身』), 『지봉유설』에 실린 촌녀의 異草食之(芝峰類設, 外道部『仙道』) 등이 있다.
이 밖에도 인물의 마음을 改心시키기 위해, 환각기능을 수반하는 약품들이 고소설에 다양하게 쓰여 있고(趙生員傳, 蘇氏傳, 玉鸞聘), 나아가 환각제 복용을 통해 잊었던 자신의 전생신분을 깨닫기도 한다.(五仙奇逢) 또한 반대로 죽었던 인물을 재생시키기 위해 영약, 영수, 영초, 靈花 등이 다양한 측면에서 개입되어 있는 것을 보면(金圓傳『更生藥』, 淑英娘子傳『仙藥』, 李麟傳『回生丹』, 李泰景傳『回生藥』, 石化龍傳『仙藥』, 鄭乙善傳『仙藥』, 柳丞相傳『仙藥』, 張國振傳『仙藥』, 金圓傳

영육분리를 가능케 하는 세 번째의 경우는 병과 같은 육신의 질환에 의한 경우이다. 서양기록에 전하는 그리스 병사 '에르(Er)'의 이야기라든가[35], 당대 전기인 「이혼기(離魂記)」, 그리고 우리의 고소설상으로는 『홍생원유기』에서 주인공이 병중에 타계를 여행하는 이야기[36]가 이에 해당된다고 하겠다.

이처럼 각성몽의 경우에는 심리요법, 환각제, 질병 등을 통해 영육분리가 이루어지며 소위 영사(靈絲)를 매개로, 일차적으로 분리되었던 혼이 돌아오기 위한 방법에 있어서도 심리요법, 각성, 쾌유에 의해서이다. 일반적으로 샤먼의 탈혼 및 빙령(憑靈)을 위한 정신적 혹은 육체적 상태가, 잠이 오는 기분에 젖은 때와 같이 하품을 거듭하거나, 멍청한 표정이 되는 등 비교적 가벼운 짓부터 고통에 못 견디는 것 같은 격렬한 짓까지 다양하게 나타나는 것[37]을 보면, 앞서 보았던 일련의 장치적 특성과 결합하여 개인이 느끼는 심리적 증상은, 망아(忘我;ecstasy) 상태에서 죽은 자와의 혼교를 이루기 위한 일차적 과정이다.

이 같은 방식대로라면, 『금오신화』의 「만복사저포기」가 취하고 있는 혼교의 방식은 각성몽(覺醒夢)이요, 그 성격에 있어서는 시애(屍愛)적이다. 각성몽이란 깨어있을 때의 몽상이란 점에서 Freud 식 백일몽(day-dream)[38]과

『回生藥』,雙美奇逢『仙丹』, 金喜慶傳『還魂酒』, 金鈴傳『報恩草』, 薛弘傳『還生草』, 淑香傳『還魂水』, 淑香傳『開言草, 羽化丸』, 安樂國傳『白蓮花, 赤蓮花, 紅蓮花』, 巫歌 바리공주『靈水, 還生꽃』) 환각제의 복용은 산 자의 영육분리는 물론 이미 죽은 자를 되살리는 초혼적 기능까지 담당하고 있음을 알 수 있다.

35) Platon, 『Politeia』10卷, 朴琮炫·千丙熙 譯, 徽文出版社, 1986. 그리스 병사 '에르'의 이야기는, 戰場에서 戰死한 것으로 간주되었던 에르가, 火葬되기 직전에 깨어나 자신의 타계 체험을 이야기하는 방식을 취한다. 비록 질병은 아니더라도 신체적 충격 내지 결함으로 인해 靈肉分離가 가능했다는 문헌상의 첫 실례가 될 것이다.

36)『洪生遠游記』에서 狂士였던 주인공 洪生이 禁忌된 凶基에 집을 지음으로써, 疫疾에 걸려 靈肉分離 구도를 타고 仙界에 30년 동안(地上界 30일) 체류했다가 돌아온다. 그러나 그가 만난 것은 현실적 세계에서 죽은 인물이 아니라, 仙界의 神異的 인물이란 점에서, 『金鰲新話』의 세 작품과 구별된다.

37) 佐佐木宏幹, 김영민 譯, 『샤머니즘의 이해』, 박이정, 1999, 41면.

통하고, 육체적인 사경(死境)과 함께 정신적으로 환상체험을 겪는다는 점에서는 의학적인 가사(假死;near-death)[39]와도 통한다. 일반적으로 고대인들이 인식한 영육분리는, 수면이나 죽음만이 아닌 각성시에도 어떤 일이 계기가 되어 일어날 수 있다고 보았기에, 현대인들과는 달리 이 같은 인식은 그들에게 있어 지극히 보편적인 사고였다. 심령학에서는 이처럼 육체로부터 분리된 독립체를 유체(幽體)라 하고, 육신과 이탈된 유체와의 관계가 혼―줄(靈絲;astral-cord)에 의해 연결되어 있다고 하는 것[40]을 보면, 완전한 죽음이 아니더라도 혼의 비상(飛翔)을 자유롭게 인식했던 고대인들의 영육분리적 사고는 지극히 당연한 것이었다.

그리고 「만복사저포기」의 백일몽 방식은, 여느 설화에서와 같은 환각제 복용이라든가 질병과 같은 육신의 가사로부터 비롯되는 것이 아니라, 일차적으로 산 자의 심리적 고독을 이용한 심리요법으로 출발한다. 주인공 양생은 조실부모한 처지로서, 늦도록 배필을 구하지 못하고 만복사 구석에서 외로이 기거하는 처지요, 귀녀의 죽음은 비록 정절을 지키고자 스스로 선택한 죽음이지만, 축원문을 통해 드러나듯[41], 그녀 또한 초야에 묻혀 배필을 갈망하는 고독한 처지이긴 마찬가지이다.

그리고 각성몽이든 아니면 수면몽 방식이든, 영육분리를 통해 '너'와

---

38) Max Milner, 이규현 譯,『프로이트와 문학의 이해』, 문학과 지성사, 1997, 130~136면.

39) Stanislav and Christina Grof, 장석만 譯,『죽음의 저편』, 경기도 平旦文化社, 1986, 8면.

40) 서구 심령학에 따르면, 인간은 육체와 일종의 에테르체로서 육안으로 보이지 않는 幽體의 두 부분으로 구성되어 있고, 모든 인간이 필연적으로 맞이하는 죽음이란 바로 육체와 유체를 연결시켜 주는 靈絲(Astral cord)가 끊어진 뒤의 완전한 분리를 의미한다. 우리말에 '혼줄났다'라는 것이, '죽을 뻔했다'는 뜻으로서, 이러한 관념은 魂이 靈絲에 의해 육체로부터 분리될 수 있다는 현상에 의거해서이다(李美東・金允根 編著,『神人合一』, 대원출판사, 1995, 138~139면).

41) 僑居草野 已三年矣 然而秋月春花 傷心虛度 野雲流水 無聊送日 幽居在空谷 歎平生之薄命 獨 宿度良宵 傷彩鸞之獨舞 日居月諸 魂銷魄喪 夏夕冬宵 膽裂腹摧 惟願覺皇曲垂憐愍 生涯前定 業不可避 賦命有緣…….

'나'의 경계가 무너짐으로써 혼교가 이루어지는 방식은 동일하나, 「만복사저포기」에서 보여주는 시애성 혼교는 이처럼 생자가 느끼는 고독이 우선하여 망자와의 교유를 시도한다는 측면에서 수면몽 구조와 구별되며, 혼교에 있어 생자는 망자보다 주체적 입장에 서 있다. 또한 망자는 생자의 이러한 심리적 고독에 이끌려 교유하는 가운데, 망자의 고혼(孤魂)이 무마된다는 특성이 있다.

생자와 망자가 느끼는 이러한 동질의 고독과 교유(交遊)역학에서 볼 때, 시애성 혼교는 무엇보다 망자에 대한 생자의 한과 관련이 깊다. 심리적 측면에서 바라보면, 사령(死靈)의 한은 생자의 무의식 속에 투사된 심적 내용, 즉 산 자의 감정적 경향이다. 이를 달리 표현하자면, 시애성 혼교는 생자의 무의식 속에 잠재하는, 아직 충분히 연소되지 못한 죽은 자에 대한 잉여감정(emotional residue)[42]이라고도 할 수 있다. 따라서 시애성 혼교가 갖는 기능은 무엇보다 생자가 느끼는 죽은 자에 대한 결한(結恨)의 인식이요, 망자의 한을 씻어보고자 하는 일종의 천도(薦度)적 해원의례라 할 수 있다.

그런데 「만복사저포기」에 수록된 삽입시를 혼교와 관련시켜보면, 이 때의 삽입시가 갖는 기능은 무엇보다 엑스터시(ecstasy)한 개인의 심리와 관련하여 망자를 부르는 신비적 의례를 수행하고 있다는 점이 특징이다. 「만복사저포기」에서 혼교를 이루기 직전, 개인이 갖는 일차적 심리는 앞서 살폈듯이 고독이다. 그리고 삽입시가 개입되기 이전, 시·공적 상황은 각각 밤과 궁벽한 장소로 나타난다.

우선 작품의 삽입시 개입에 앞서 설정되어 있는 시·공적 상황은, 주인

---

42) 李符永, 「死靈의 巫俗的治療에 對한 分析心理學的 研究」, 『最新醫學』13권, 최신의학출판부, 1970, 80면. 그는 死者와 生者간 만남의 과정을 심리학적으로 깊이 고찰하면 여기에는 두 가지 측면이 있다고 보았다. 하나는 死靈의 실존을 인정하는 입장에서 본 死靈자신의 문제로서의 恨, 다른 하나는 死靈의 생전의 인격과 동일시되었던 生者의 의식구조의 일부가 죽음이라는 사건을 통하여 무의식 속으로 떨어져 나가 생성된 心的 콤플렉스로서의 亡者와 그의 恨이다. 이 가운데 본고가 交遊방식과 심리적 同一視의 관점에서 파악하는 屍愛性 魂交는 後者에 해당되는 경우이다.

작품	혼교이전의 상황		주인공 심리	삽입시의 개입			양자 관계	혼교 후 행방	
	시간	공간		혼교 직전	교유 과정	이별 직전		귀녀	양생
만복사 저포기	달밤	만복사 구석방	고독과 외로움	●	●○	○	초면	환생	부지소종 (不知所從)

●: 양생의 시 / ○: 귀녀의 시

공의 고독한 심리를 엑스터시(ecstasy)한 상태로 몰고 가기 위한 제의적 요소로 기능한다. 즉 무속적 제의와 관련지으면, '밤'이라는 시간적 상황은 일상적인 세속적 시간 밖에 있는 카오스(chaos)의 시간이요, 인간이 외계와의 교섭을 차단하고 자아의 주체 속에 침잠할 수 있는 토대[43]가 된다. 민간 신앙에서 제의를 행하는 시간 역시 낮이 아닌 밤을 택하는데, 이러한 의미가 일상적인 세속의 틀을 벗는 카오스(chaos)로의 회귀를 상징[44]할 때, 밤은 무엇보다 개인이 느끼는 고독을 엑스터시로 이끄는 일차적 장치인 셈이다. 또한 위의 표를 통해 보듯, 공간적 상황은 절간 구석이라는, 일상적인 세계와 차단된 궁벽한 곳으로 나타나는데, 이 또한 무속에서 금줄을 치고 황토를 뿌려 부정을 꺼린 제의적 성소로서 기능한다. 따라서 이러한 일련의 장

---

43) 金聖基, 「萬福寺樗蒲記에 대한 心理的 考察」, 『韓國古典散文研究』, 同和文化社, 1981, 141~143면.

44) 巫俗에서는 祭儀가 행해지는 시간을 낮이 아닌 밤을 택한다. 이것은 일상적인 세속의 시간 밖에 있는 시간 곧 카오스(chaos)의 시간을 의미하게 된다. 그래서 제의가 이루어지는 공간과 시간은 카오스로 회귀된 공간과 시간이다. 그러므로 제의에서 禁-줄을 치고 황토를 펴서 세속을 금지시 키는 것은 이와 같은 카오스로 회귀해 가는 상징적 의미라 생각된다. 그래서 신을 불러오는 것이 아니고, 일상적인 현실계를 차단시켜 신성계로 회귀해서 무당이 여기서 신을 만나는 것이다. 또 한 제의를 하는 장소에는 금줄을 치고 황토를 펴서 不淨을 가린다. 곧 일상적인 것을 차단시켜 세속의 인간 출입을 제한하는 것이다. 일상적인 현실이 차단된 금지된 세계라면 그것은 현실 밖 에 있는 또 다른 세계를 의미한다. 현실계 밖의 세계라면 현실계 우주가 시작되는 태초 이전의 세계를 의미하고, 그것은 코스모스 이전의 카오스를 의미한다(김태곤, 한국의 무속, 대원사, 1992, 90~91면).

치적 특성은 그야말로 무당이 신을 영접할 수 있는 성스러운 신단(神壇)이
요, 생자와 망자가 교접할 수 있는 서사적 무대가 된다.

　일반적으로 무속적 제의(굿)의 절차는 종류가 다양하고 지역에 따른 무
당의 성격이 다르다해도, 그 기본구조는 동일하다. 즉 굿의 기본형은 열두
거리(12祭次)로[45] 구성되어 있지만, 이는 ① 청신(請神), ② 오신(娛神), ③
송신(送神)의 세 과정으로 요약될 수 있다. 부정을 물리고 신을 청하는 부분
이 청신이고, 신을 대접한 뒤 인간의 소원을 고하고 대답을 들으며 함께
놀이로 즐기는 부분이 오신이다. 그리고 신을 본디의 장소로 돌려보내는
과정이 송신이다.

　그런데 굿을 하려면 반드시 신을 청해와야 한다. 신이 어디 있는지는
알 수 없으나 한 가지 분명한 사실은 있다. 무속의 신들은 모두 깨끗한
것을 좋아한다는 것이다. 그래서 무당은 굿의 맨 처음에 굿하는 장소를
깨끗이 하고, 준비하는 과정에서 생겼을지도 모르는 부정을 물리는 절차
를 행한다. 음식을 준비하는 과정에서 더러운 손으로 만지거나 침이 튄
것도 부정이요, 음흉한 마음으로 굿당을 찾은 사람도 부정이며, 최근에
죽음을 보거나 피를 본 것도 부정이다.[46] 따라서 「만복사저포기」에 설정
되어 있는 시·공적 상황은 일종의 굿당을 정화하기 위한 '부정거리' 의
식과 관련된다. 그리고 이러한 시·공적 특성을 전제로 생자가 느끼는 심
리적 고독은, 엑스터시한 상태에서 망자와의 만남을 위한 준비과정이라

---

45) '거리'란 祭次를 뜻하는 말이며, 각 거리는 특정한 神靈을 불러 모시고 이에 祝願
　　하는 독립된 한 작은 굿으로 되어 있다. 열두 거리로 되어 있는 굿은 巫神 전체
　　를 모시고 제사 지내는 하나의 총체적인 巫儀라 하겠다. 12란 실제 祭次의 정확
　　한 수효를 뜻하기보다 12달로서 완전한 한 해가 형성되듯이, 完全 또는 總體性을
　　표시하는 數的 개념이다. 열두 거리의 전형적인 것으로 생각되는 祭次는 ① 不淨
　　거리, ② 가망거리, ③ 山마누라, ④ 別星거리, ⑤ 大監거리, ⑥ 帝釋거리, ⑦ 天王
　　거리, ⑧ 胡鬼거리, ⑨ 軍雄거리, ⑩ 倡夫거리, ⑪ 萬明거리, ⑫ 뒷전 등이다. 柳東
　　植,『韓國巫教의 歷史와 構造』, 천풍인쇄주식회사, 1981, 296~297면.

46) 황루시,『팔도굿』, 대원사, 1992, 105~106면. 이에 祭物을 준비하는 과정에서도,
　　말을 하면 침이 튀어 제물에 묻게 되고 부정을 탈 수도 있기 때문에, 이를 미리
　　예방하기 위해 祭物의 排設 者들은 입에 한지 조각을 문다(同書, 34면).

할 수 있다.

一樹梨花伴寂寥	한 그루 배꽃으로 외로움을 벗삼으니
可憐辜負月明宵	달밝은 밤에 이내 신세 가련하다.
青年獨臥孤窓畔	젊은 몸이 외로이도 창가에 홀로 누우니
何處玉人吹鳳簫	어디선가 고운 님의 퉁소소리 들려온다.
翡翠孤飛不作雙	파랑새는 짝 잃고 홀로 날고
鴛鴦失侶浴晴江	원앙새도 짝 없이 맑은 물에 노니네
誰家有約敲碁子	그 누가 있다면 바둑이나 두련마는
夜卜燈花愁倚窓	밤 깊어 등불켜고 창밖만 바라본다

위의 시는 혼교 직전에 주인공 양생에 의해 불리어진 「만복사저포기」의 삽입시다. 부언하거니와, 주인공 양생은 조실부모로 인한 혈혈단신의 처지와 장가조차 들지 못한 노총각이라는 기구한 신세이다.

그리고 혼교를 이루기 이전 그가 처한 시간은 달밤이요, 공간은 만복사 절간구석의 배나무 아래다. 그의 주변에는 바야흐로 봄을 맞아 꽃은 만개하여 은세계를 이룬 듯 아름다웠지만, 답답하고 외로움에 지쳐 홀로 시를 지을 만큼, 그에겐 이웃조차 없다. 따라서 양생이 인식하는 자신의 처지는 지극히 고독하고 외로운데, 이 같은 상황에서 양생에 의한 '문제'의 삽입시가 개입한다. 시적 분위기 자체가 짝 없는 자신의 외로운 처지로 충만되어 있는데, 밑줄 친 부분처럼 거듭하여 나타나는 고독에의 뼈저린 인식이 그것이다. 이는 다름 아닌 주인공 양생이 인식하는 현실적 불우함이요, 따라서 이 같은 고독을 메꿀 수 있는 적당한 배필에 대한 연정과 갈망이 나타난다.

그런데 이 같은 양생의 작시 직후에 문득 공중으로부터 일종의 공수(神託)가 내린다. '고운 배필을 만나고자 할진대 어려울 것이 무엇이겠는가'(君欲得好述何憂不遂)라는 답변이다. 그리고 이후에 만복사에서의 저포(樗蒲)놀이를 거쳐 화용월태(花容月態)의 귀녀가 등장함으로써 혼교가 이루어진다. 굿의 다양한 종류에 비추어 볼 때, 귀녀의 망령은 온전치 못한 죽음을 갖고 있기에, 그의 영혼은 저승에 안주할 수 없는 상태이다. 이에 '씻김굿'[47]의 성격으로 본다면 「만복사저포기」에서 혼교 직전에 개입된 삽입시 기능은, 부정거리 이후에 망아자실(忘我自失)한 개인에 의해 수행되는, 일종의 초혼적 청배가(請拜歌)의 성격을 띤다.

2) 오신(娛神)의 기능

다음으로 양생과 귀녀의 만남 이후 교유과정에서 또 다시 개입되고 있는 '삽입시'의 기능에 관한 것인데, 여기서 이들이 주고받는 삽입시의 내용은 한결같이 억눌렸던 인간적 풍정을 노래하고 있다는 점이 특징이다.

만복사에서 저포놀이를 통해, 양생은 일차적으로 귀녀의 현현(顯現)을 본다. 그리고 축원문을 통해 털어놓는 귀녀의 박명박행(薄命薄幸)과 배필에 대한 간구(懇求)가 양생으로 하여금 그녀에게로 뛰쳐나가게 한다. 이러한 심리적 역학관계가 통성명조차 없는 상황에서 그들의 운우지락을 허용하는 바탕이 된다. 물론 앞의 표에 명기했듯이, 양생과 귀녀의 만남은 초면이다. 그럼에도 불구하고 '굳이 성명을 알아 무엇하겠는가'(君但得佳匹 不必問姓名)하며, 오히려 운우지락을 적극적으로 이끄는 주체는 귀녀이다. 안병국이 이러한 상황에 주목하여, 귀녀를 '지독히 음탕한 여귀'[48]라 일렀지만, 사실 이 같은 욕망의 표출은 이들이 인식하고 있었던 고독과 그리움의 농도가 그만큼 처절했음을 반증하는 요소이다.

---

47) '굿'의 종류는 크게 祈福祭, 救病祭, 死靈祭로 나누어진다. 死靈祭로서는 남부지방의 '씻김굿'과 중부지방의 '진오기굿'이 대표적이나. 씻김굿이란 죽은 자의 실풀이를 통해서 淨하게 된 亡靈을 저승으로 보내는 종교행사이다. 入棺 직후 그 앞에서 하는 것은 '진씻김굿'이라 하고, 죽은 지 3년 만에 하는 것은 '마른 씻김굿' 또는 '씻김굿'이라고 한다. '진'은 '질다'는 말에서 아직 마르지 않았다는 뜻이다(柳東植, 앞의 책, 303~304면).

48) 安炳國, 『鬼神說話研究』, 奎章閣, 1995, 107면.

　그런데 주인공 양생이 귀녀와 더불어 운우지락을 누렸건만, 여느 설화에서처럼 이 같은 환락적 행위 그대로가 귀녀의 해원으로 연결되지는 않는다. 즉 시의 수창(酬唱)을 동반하고 있다는 점이다.

惻惻春寒	싸늘한 봄 추위
羅衫薄	명주 적삼 스며들제
幾回腸斷	그 몇 번이나 마음을 태웠는가
金鴨冷	향로는 차디차고
晩山凝黛	황혼은 짙어가며
暮雲張纖	저녁노을 떠오를 때
錦帳鴛鴦無與伴	비단장막 원앙금침에 님 그리워
寶釵半倒吹龍管	비녀는 반만 꽂고 피리를 불었도다
……(중략)……	
喜今宵鄒律	기쁘도다 오늘의 이 밤
一吹回暖	한 곡조 피리소리에 봄은 다시 찾아와
破我佳城千古恨	천고의 원한 이제야 씻어내고
細歌金縷傾銀椀	금루곡 노래하며 은술잔을 기울이네

　이는 양인의 운우지락 이후에, 귀녀가 만강홍(滿江紅) 가락으로 시녀를 시켜 부르게 했던 가사 중 일부이다. 시의 전반은 외로움에 잠 못 이루는 처절한 심리가 드러나고, 후반은 양생을 만나 그 같은 천고(千古)의 한을 씻을 수 있었다는 사연을 노래하고 있다. 또한 귀녀의 처소인 개녕동(開寧洞) 쑥밭으로 가면서 수창(酬唱)한 시를 통해서는, 함께 농을 걸며 웃음을 주고받을 만큼, 이 때의 삽입시는 그 기능면에서 양인의 화락한 심리를 자아내는데 기여하고 있다. 즉 이전에 지녔던 양생의 고독과 망자의 한은, 이들이 주고받는 삽입시의 교감을 통해 자연스럽게 상호 해소되고 있다. 소위 귀녀의 이웃이라 하는 여인들(4명)의 시에서도, 서로가 음탕하다 꾸짖을 만큼 그들의 수창은 정한과 욕정을 표출하고 있으며, 노골적이기까지 하

다. 세속적 신분으로 말하자면 이들 여인들은 시부에 능한 명문거족의 딸
이요, 따라서 양생과의 교유에서 삽입시를 통해 드러나는 이 같은 욕망의
분출은, 억눌렸던 인간적 정감의 솔직한 분출을 담고 있다.

①

開寧洞裏抱春愁	개녕동 깊은 골짜기에 봄시름 가득 안고
花落花開感百憂	꽃 지고 필 때 온갖 시름 품었어라
楚峽雲中君不見	초협 구름 중에 그대를 어찌 보겠는가
湘江竹下淚盈眸	소상강 대나무 아래서 눈물만 흘렸도다
……(중략)……	
晴江日暖鴛鴦並	맑은 강 따뜻한 날에 원앙새는 짝을 이루고
碧落雲銷翡翠遊	구름없는 맑은 하늘에 파랑새가 떠다닌다
好是同心雙縮結	동심쌍관 좋게 맺어
莫將執扇怨淸秋	가을바람 원망하는 환선(執扇)일랑 되지 마세

②

花顔何婥妁	꽃처럼 아름다운 얼굴
絳脣似櫻珠	앵두처럼 붉은 입술
風騷尤巧妙	시며 노래며 마디마디 절조로다
易安當合糊	백거이, 사안도 입을 떼지 못하리라
……(중략)……	
世世生生爲配耦	세세생생 부부되어
花前月下相盤桓	꽃 핀 달빛 아래 함께 노니려오

　　이는 이웃과 함께 수창한 귀녀와 양생의 시다. ①은 귀녀가 읊은 시인데,
여기서도 전반을 통해서는 억울한 죽음이후, 자신의 뼈저린 고독과 외로움
의 인식을 담고 있기는 마찬가지다. 그러던 것이 후반에 있어서는 양생과
의 교유를 통해 짝 이룬 원앙내지 동심쌍관(同心雙縮)으로 표현된다. 이에
양생은 ②의 시 전·후반에서 각각 귀녀의 아름다움과 부부지연을 약속하

고 있다. 자신의 죽음을 누구하나 거들떠보지 않았던 귀녀의 입장에서 볼 때, 양생의 이 같은 칭송과 세세생생 부부지연에 대한 약속은, 귀녀의 고독에 대한 완전한 치유적 효과와 천도(薦度)적 기능을 부여하고 있는 셈이다.

물론 죽음은 부정한 것이다. 그러나 죽었지만 결코 죽지 않는 삶에의 미진한 집착은 살아있는 사람들이 정성을 모아 깨끗이 풀어 주어야 할 한이다. 한이 남아 있는 한 망자의 혼은 자유로울 수가 없다.[49] 이에 고독과 관련된 망자의 해원을 위해서라면, 일차적으로 생자와 망자의 환체가 누리는 운우지락의 형태가 있을 수 있다. 그러나 작품의 서사적 정황으로 볼 때, 그 같은 육체적 환락만을 통해 망자의 고독은 쉽게 치유되지 못한다. 이들의 고독을 위해서는 좀더 곡진(曲盡)한 공감적 기제가 있어야만 했고, 이에 대한 필요에 따라 삽입시가 개입되고 있는 것이다.

일찍이 박희병은 전기적 인간이 지닌 미적 특질 가운데 하나로서, 문예 취향성을 들었다. 그에 의하면, 전기적 인간은 흔히 시나 사(詞), 서신을 교환하는데, 이러한 문예취향을 공유함으로써 그들은 깊은 정신적 유대와 공감대를 형성하고, 나아가 서로의 깊은 감정을 이해함은 물론, 그것을 통해 서로의 애정을 더욱 돈독히 하게 된다고 한다. 뿐만 아니라, 그들은 문예에 대해 동일한 취향을 가진 사람들이며, 시나 사의 수창에서 크나큰 기쁨을 느낀다[50]고 했다.

바로 이 같은 시의 수창에 따른 기쁨이, 인물의 교유에 있어 육체적 운우지락보다 우위에 있고, 「만복사저포기」가 보여주는 전기적 인간 특유의 감정교류 방식이다. 그리고 거기에는 설화적 형태의 서사기법과는 다른, 보다 미묘하고 섬세한 심리적 교감의 기능이 있다. 즉 영혼의 교감을 확인하면서 육체적 환락만으로 이루지 못한 그들만의 내밀한 기쁨을 시적 형태로 누림으로써, 망자의 결한을 온전하게 해원시키는 데에 삽입시의 근본적 기

---

49) 황루시, 앞의 책, 1992, 52면.
50) 박희병, 앞의 책, 52면.

능이 있는 것이다.

이러한 특징이 「만복사저포기」의 교유과정에 개입되어 있는 삽입시를, 무속적 청혼의 단계를 거친 오신적 기능과 연결시킬 수 있는 근거가 된다. 사령제의 하나로서 '씻김굿'이 갓 죽은 영혼의 천도에 목적을 두고 있는 것처럼, 이들 작품에 나타나는 사령들은 자살이든 타살이든 한결같이 미명(未命)에 요절한 인물이요, 따라서 그들은 정화된 영혼을 위해 위무되어야 했던 것이다.

앞서 언급했던 것처럼, 귀녀의 죽음은 무엇보다 전쟁이라는 비극적 사회상과 관련된 것이었다. 이에 정조와 목숨 중의 어느 하나만을 택일해야만 하는 비극적 운명에 놓이게 되고, 기존의 윤리적 강요에 따라 그녀로서는 주저 없이 죽음을 무릅썼던 것이다. 따라서 이 같은 사회적 부조리가 개인의 원억한 죽음을 낳고, 나아가 산 자가 인식하는 망자의 한이 된다. 죽음의 원인이 특정의 개인과 관련된 것이라면, 이들 망자의 심리는 응당 대상을 인식하게 되는 보복적 형태로 나타났을 것이요, 따라서 혼교의 형태는 가정소설에서 흔히 볼 수 있는 설원(雪寃)적 성격을 띠었을 것이다. 죽음 이후에 오히려 가매(假埋) 내지 유기(遺棄)되어 있는, 망자의 처참한 주검의 형상이 이를 뒷받침해 준다. 그러나 귀녀의 죽음은 무엇보다 전란과 관련되어 있고, 따라서 그녀로서는 '가해자'라는 뚜렷한 보복 대상을 찾을 수 없는 입장이다. 이에 그녀의 원은 대상지향적 성격이 아니라, 변성(變成)의 가능성을 지닌 한이 된다.

한의 속성은 좌절·상실·결핍에 즈음하여, 일차적으로는 타인에 대하여 공격적 감정인 원(怨)을 갖게 된다. 그러나 자신의 무력감에 대한 자각이 오고, 여기서 자신을 탄(嘆)하게 된다. 부정적 측면인 원과 탄은 '삭임'의 기능에 의하여 각각 긍정적 측면인 정(情)과 원(願)으로 질적 변화를 이룩해 간다.[51] 이에 그녀의 한은 원한으로서가 아닌 정한(情恨)의 성격을 띠게 되

---

51) 천이두, 『한의 구조 연구』, 문학과 지성사, 1993, 315~316면.

는데, 현현동기에서 볼 수 있듯, 고독과 쓸쓸함으로 나타나는 망자의 한이 그것이다.

이에 혼교의 중간 부분에 구현된 삽입시의 기능은 전쟁이라는 비극적 사회상과 관련하여, 죽음을 무릅쓴 여인들의 기구한 운명과, 생자로서 느끼는 망자에 대한 위무적 기능과 관련된다. 물론 이 같은 위무적 성격은 원귀의 해악을 경계하는 무속적 의례와는 다르다. 앞서 언급했듯이, 전자에서 드러나는 사령의 한은 생자가 인식하는 망자의 억울한 죽음과 그로부터 인식되는 잉여감정이요, 이에 자발적으로 치러지는 해원적 의례인 반면, 후자의 성격은 망자의 해악을 경계하여 의무적으로 행해진다는 점이 다르다.

3) 송신(送神)의 기능

마지막으로 구별해야 할 것이 혼교의 마지막 부분, 즉 이별 직전에 개입하는 삽입시의 기능이다. 앞의 표에서 보았듯이, 이별 직전의 삽입시는 작시(作詩)의 주체가 망자 일방으로 나타나며, 이 때의 삽입시 내용은 모두가 '떠난다'는 의미를 담고 있다.

우선, 보련사(寶蓮寺)의 대상(大喪)에 참여한 귀녀가 양생에게 고하는 말 가운데에는, 이미 위령으로 인한 숙명적인 이별에의 인식이 나타난다.

①
이제부터 저의 자세한 신세타령을 하겠나이다. 제가 예법에 어그러지는 행동을 하고 있다 는 것도 잘 알고 있습니다. 그러나 하도 오래 들판 다북 속에 묻혀 있어 풍정이 한번 발 하매, 마침내 능히 이기지를 못하였습니다. 뜻밖에도 三世의 인연을 만나 그대의 동정을 얻게 되어, 백년의 높은 절개를 바쳐 술을 빚고 옷을 기워 평생 지어미의 길을 닦으려 했습니다. 그러나 안타깝게도 숙명적인 이별을 위반할 수가 없어, 한시 바

삐 저승길을 떠나 야겠습니다

②

冥數有限	저승길 운명 어쩔 수 없어
慘然將別	서러운 이별 하건마는
願我良人	바라건대 내 님이여
無或疎濶	이 내 몸 잊지 마옵소서
哀哀父母	슬프고 슬프도다 우리 부모
不我匹兮	생전 딸의 뜻 못 이루었네
漠漠九原	멀고 먼 저승에서도
心絲結兮	이 마음 언제나 맺혀 있으리

①은 양생을 향한 귀녀의 마지막 대화요, ②는 떠나가면서 읊은 그녀의 시다. 귀녀의 이야기를 통해 드러나는 것은, 오랫동안 들판 다북 속에 묻혀 있어 이는 풍정을 이기지 못하였으나, 뜻밖에도 삼세의 인연을 만나 위안을 받게 되어, 저승길로 떠날 수가 있게 되었다는 것이다. 이러한 사실로 미루어 볼 때, 양생이 귀녀와 이루었던 그 동안의 교유는 그녀의 결한을 삭이는 기능을 수행했으며, 해원을 이룬 귀녀는 마침내 이승의 한을 풀고 저승으로 갈 수 있게 되었다는 것이다. 즉 한풀이를 통한 숙명적 이별에의 인식이다. ②의 삽입시는 앞서도 언급했지만, 전기적 인간의 문예취향적 성격과 관련된 내밀한 표현방식이며, 이별에의 완전한 갈무리이다. 물론 이 때의 삽입시에 서러움(慘然) 내지 맺힘(心絲結)의 표현이 나타나지만, 이들의 성격은 기존의 죽음에서 보았던 풀리지 않은 원한적 성격이 아니라, 실상은 변성을 거친 한52)의 정서였기에 스스로 극복된다.

---

52) 怨과 冤을 베어 생각할 때 그 개념은 축소되나, 恨과 결합될 때 怨恨과 冤恨이
    갖는 뜻은 훨씬 넓어지고 강해진다. 그리고 의미상으로는 恨보다는 怨이, 그리고
    怨보다는 冤이 더 강하다. 따라서 가장 강한 뉘앙스로는 怨恨과 冤恨이다……恨
    은 언제나 스스로 結恨이 되고 스스로 해체되는 것이다. 자율적 윤리성을 지녔
    기 때문에 상대적이 아니다. 반면 원한 감정은 언제나 대상을 인식하고 있기 때
    문에 가학자에게 물리적 힘이 없이는 풀어지지 않는다(문순태, 「恨이란 무엇 인

그런데 분명한 사실은 혼교가 해체되는 마지막 부분에서, 그것도 하필이면 청신의 경우와 달리, 망자의 입을 빌어 이 같은 '이별'에의 인식을 드러내고 있는가 하는 점이다.

일반적으로 무속적 제의 가운데 마지막 부분이 송신이라 했는데, 이는 청신 → 오신을 거친 뒤, 신을 본래의 장소로 돌려보내는 과정이다. 서울지방의 '지노귀굿(혹은 指路鬼)'에 보면, 송신의 제의는 '베가르기(길가르기)'와 같은 주술(類感呪術)적 형태로 나타난다. 말하자면 살아있는 생자의 입장에서 망자의 천도를 해석하는 입장이다. 이에 반해 「만복사저포기」에서는 방식적 특성을 달리하고 있다. 청신과정에 있어, 생자가 주체적 입장에 있다는 점은 무속적 제의와 동일하나, 송신에 있어서 만큼은 생자가 아닌, 망자의 입장에서 천도가 자발적으로 이루어진다는 점이 다르다. 이에 망자와 교유했던 생자들이 오히려 그 같은 이별에 연연하는 입장에 머물러 있다. 뿐만 아니라 완전한 송신의 과정을 치른 이후에, 생자의 행방은 부지소종(不知所從)으로 이어진다(앞의 표 참조).

이러한 인물들의 행동이 보여주는 특성은 한 마디로 현실지양적[53]이다.

가」, 『恨의 이야기』, 청노루/보리, 1988, 144~193면 참조).

[53] 우리의 고소설 全般을 통해, 작중 인물들이 現實止揚적 태도를 보이는 경우는, 『金鰲新話』 이외의 여러 작품에서도 찾아볼 수 있다. 『企齋記異』 소재의 「崔生遇眞記」에서 용궁체험을 했던 崔生은, 용왕의 饗宴을 받으면서 人世에 나가기를 꺼려하였고(雖執鞭守履 亦所不辭不願歸也), 『九雲夢』에서도 작자는 독자에게 少游의 생활 세계보다는 性眞의 생활에 보다 더 의미가 있음을 강조한다. 그러므로 『九雲夢』은 入夢 이전과 覺夢 이후의 세계에 더욱 의미가 주어져 있으며, 世俗止揚的 특성을 띤다. 그리고 『雲英傳』에서도 이미 죽은 김진사와 운영이 柳泳에게 건네는 말에서도, 閻王이 그들의 억울한 죽음을 동정하여 세상에 다시 나가기를 권유했으나, 이를 兩人이 거절한 것으로 되어 있다. 肅宗 때 善山 지방에서 발생했던 香娘의 冤死 사건을 주체적 소재로 했던 『三韓拾遺』에서도, 관음보살은 '지하의 낙도 인간보다 나은데, 하필 환생을 원하는가'(人之 有患 乃其有身 今反眞身 地下之樂 不減人間 仍舊貫何必改復爲人間之樂乎)하며 香娘의 환생을 躊躇한다.
물론 인물들의 이와 같은 現實止揚的 태도가, 반드시 현실 비판적 사고와 관련되는 것은 아니다. 거기에는 自然同形論的 사고와 관련하여, 原鄕(Mother Land)을 추구하는 인간의 本源的 심리로써 이루어지는 超越 또한 있을 수 있기 때문이다.

앞서도 언급했지만, 망자들의 죽음은 근본적으로 세계적 부조리, 즉 전쟁과 같은 현실적 모순에 의한 것이었다. 김일렬도 언급했듯이, 전란은 도덕적 규범이나 사회적 관습과는 달리 상대적 가치마저 인정받을 수 없는, 철저히 부정적인 인간악이요 사회악이다. 그리고 애써 쌓아올린 이들의 행복을 파괴하는 전쟁은, 초월자의 의도에 의하여 행해진 숙명적 상황도 아니요, 원인을 알 수 없는 불가사의한 운명도 아니다. 따라서 여기에는 인간이 인간의 행복을 무자비하게 유린한다는 도덕적인 문제가 제기되며[54], 혼교 이후에 보여주는 생자들의 태도는 이 같은 현실에의 비극적 인식과 비판의식을 기저로 하고 있다.

아래의 논의는 「만복사저포기」를 포함한 『금오신화』전편의 결말에 대한 언급이다. 초현실 세계와의 교통 이후, 남 주인공들은 곧 죽음을 맞거나 세상에서 종적을 감추는 사실에 대한 해명인데, 여기서도 그러한 종결구조를 세계에 대한 비극적 인식과 관련시키기는 마찬가지이다.

> 『금오신화』에 수록되어 있는 작품들의 결말은, 서로간에 약간의 차이는 있지만, 그럼에도 공통된 점이 더 많다. 즉 최대의 공통점은 지상의 생에 대한 전망을 상실했다는 사실이다. 이러한 전망의 상실은 환상에서 현실로 돌아온 직후 나타난다는 점이 주목된다. 이는『금오신화』에서 초현실 세계가 주인공이 현실에서 느끼는 고독과 우수, 소외감을 해소시켜 주기는 하지만, 주인공은 결코 그곳에 오래 머물 수 없으며 곧 현실로 귀환해야 하는데, 초현실 세계에서 맛본 화합과 일치는 귀환 후 주인공으로 하여금 지상의 삶에서 느끼는 고독과 우수를 더욱 심절(深切)하게 만들기 때문이다. 여기서 지상의 삶에 대한 덧없는 절망감이 찾

그러나 이러한 경우는 謫降類에서 나타나는 羽化登仙 내지 仙化의 방식이 주를 이루는 경우에 한해서이다. 이에 비해『金鰲新話』에서의 現實止揚的 특성만큼은 그러한 原鄕적 인식과 거리가 멀다. 그들의 삶은 무엇보다 현실적 불우함과 悲哀적 인식이 뚜렷하며, 강요가 아닌 선택적 不知所終・病死라는 점에서 당대의 현실이 안고 있는 정치・사회적 부조리와 뿌리깊은 관련을 맺는다.

54) 金一烈, 「金鰲新話 考察」, 『韓國古典小說研究』, 새문사, 1993, 237면.

아든다. 생에 대한 전망은 완전히 상실되고, 그 자리를 메우는 것은 '염세(厭世)' 혹은 '초세(超世)'의 감정이다. 주인공의 이러한 초세적 감정의 귀결이 곧 '죽음'과 '종적 감추기'이다. 이는 현존하는 세계를 부정하면서 그것을 초월하기를 희구하는 작자의 심리감정의 반영이자 그 형식화이다.[55]

위에서도 언급하고 있지만, 「만복사저포기」에서 양생의 부지소종이나, 나아가 「이생규장전」·「취유부벽정기」에서 혼교 이후에 행해지는 생자의 병사(病死)는, 공통적으로 지상의 생에 대한 전망의 상실이요, 세계에 대한 부정과 초월적 의지의 반영이다. 남 주인공들에 의해 시도되었던 혼교는 일차적으로 그 같은 비극적 세계에 의해 희생당한 망자의 넋에 대한 위령적 의미로써 해석되지만, 생자가 최종적으로 선택하는 부지소종 내지 병사 역시, 세계에 대한 비극적 인식과 함께 그로부터 이탈하고자 하는 비극적 초월의 의미를 담고 있다. 물론 망자와의 혼교는, 해원해야만 저승에 안주할 수 있다는 생자의 무속적 사고에 따라 이루어진 구도였다. 그러나 만남 이후의 이별이 무속적 송신의 과정과 달리 망자들에 의해 자발적으로 이루어지고 있다는 사실은, 살아남은 자의 한결같은 초세(超世)적 양상과 더불어, 현실 부정적 사고를 증층적으로 강조하는 내용으로 파악된다.

4. 삽입시 기능의 전대적 연원과 후대적 양상

「만복사저포기」의 삽입시가 내포하고 있는 기능은, 그 연원에 있어 멀리는 당대(當代) 전기(傳奇)류부터 그 영향관계를 찾을 수도 있겠지만,『태평통재(太平通載)』수록의 국내 전기인 「최치원(崔致遠)」에서 이미 뚜렷한

---

55) 박희병, 앞의 책, 223~225면.

양상으로 나타난다. 전기에 반드시 삽입되고 있는 것이 시임을 감안하면, 전기적 인간의 미적 특질과 관련하여, 삽입시의 기능은 개인이 지닌 미묘한 감정 내지 애정교환의 방편으로 논의를 국한시킬 수도 있을 것이다. 그러나 이러한 견해는 신괴(神怪), 연애(戀愛), 호협(豪俠), 역사(歷史)를 관류하는 전기류 공통의 삽입시가 갖는 특징이다. 따라서 이를 보다 세밀하게 들여다보면, 정작 죽은 자와 산 자가 교유하는 혼교와 관련하여 개입되는 경우에 있어, 삽입시가 지닌 기능은 단순한 애정 교류의 차원을 넘어 선 무속적 의례와 만나게 되는데, 「만복사저포기」를 통해 그 일례를 살펴 본 것이다.

「최치원」에서 죽은 팔낭·구낭과의 교유(交遊)와 이를 전·후하여 개입하는 삽입시의 양상은 「만복사저포기」와 매우 흡사한 양상으로 전개되어 있다. 혼교의 방식 가운데 하나가 각성몽으로 이 때의 개인(생자)이 갖는 일차적 심리는 망아(忘我)적 상태라 했는데, 망녀와의 혼교를 이루기 이전, 최치원이 처한 시·공적 상황과 심리가 이에 해당된다. 쌍녀분이라는 공간적 특성은 인세(人世)의 번거로움을 벗어난 곳이요, 밤(是時月白風淸)이라는 시간적 배경 또한 세속적 틀을 벗어난 카오스와 관련이 깊다. 그리고 최치원은 당나라에 유학, 괴과(魁科)에 합격하여 현위(縣尉) 벼슬을 제수 받았지만, 현의 남쪽에 있는 초현관 앞의 무덤에서 쓸쓸히 지팡이를 짚고 소요(杖黎徐步)하는 처지이다. 따라서 이러한 일련의 장치적 특성과 어우러진 최치원의 심리적 고독이, 영육분리를 통해 망자와 교유할 수 있는 역학(力學)적 토대가 되며, 이 때의 삽입시는 망자를 부르는 청신적 기능을 담당하게 된다. 석문(石門)에 쓴 최치원의 이 같은 시가 시녀를 통해, 한을 품고 죽은 팔낭·구낭의 홍대(紅帒)를 전달받게 되는 계기가 되며, 결국 망자들의 해원을 위한 만남의 모티프로서 작용하고 있기 때문이다.

또한 망녀들과의 혼교과정에서 수수되고 있는 삽입시는, 마치 시소설(詩小說)로서 설득력을 얻을 만큼 산문적 설명은 상대적으로 빈약한데, 이들이 주고받는 시의 기능 또한 육체적 환락만으로 이루지 못한, 전기적 인간

특유의 감정교류를 수행하고 있기는 마찬가지이다. 물론 전기류가 갖는 삽입시의 특성은 애정과 같은 미묘한 심정의 표현에 미학적 초점이 놓여 있다. 그러면서도 「최치원」의 혼교 부분을 통해 구현된 삽입시의 기능은, 단순한 육체적 환락보다 우위에 서서, 망자의 고독과 외로움이라는 심적 응어리를 달래고 치유하는 유희적 기능을 수행한다는 점이 다르다. 혼교를 이루기 이전, 팔낭과 최치원이 수창했던 시의 일부를 보면, 망령의 쓸쓸한 무덤에 의탁하니(幽魂離恨寄孤墳)……오늘은 알지 못하는 사람에게 교태를 품었다(今日含嬌未識人) 하니, 이에 응수하는 최치원의 시에, 오늘 밤 선녀 같은 그대를 만나지 못한다면(今宵若不逢仙質), 남은 인생 차라리 땅 속으로 들어가리(判却殘生入地求)라 했다. 구낭자의 시에도, 왕래하는 그 누가 있어 길가의 무덤 돌아보리……난새 거울과 원앙이불엔 먼지만 일어난다(往來誰顧路傍墳 鸞鏡鴦衾盡惹塵)고 푸념을 늘어놓았던 것처럼, 육체적 환락이 없는 상태에서도 망자들의 한은 최치원과의 화답시만으로 자연스럽게 해소되는 양상을 보이고 있다. 따라서 망자의 한은 근본적으로 육체적 욕망의 미진에 있었던 것이 아니라, 부모의 늑혼(勒婚)으로 인해 죽음을 무릅쓸 수밖에 없었던 당대의 사회적 불합리와 그로부터 응축된 여성들의 한에 있고, 이러한 과정에 개입된 삽입시는 오신(娛神)적 기능을 통해 망자의 해원을 그리고 있다.

星斗初回更漏闌　　별이 처음으로 돌아가고 물시계 다하니,
欲言離緒淚闌干　　이별의 말 하려하나 눈물이 먼저 흐르네
……(중략)……
辭君步步偏腸斷　　그대와 이별하는 걸음걸음 애간장만 끊어지고
雨散雲歸入夢難　　비 흩어지고 구름 돌아가 꿈에 들기 어려워라.

이로써 이별에 앞서 개입된 팔낭과 구낭의 시에는, 「만복사저포기」와 같은 '이별'에의 동질적 인식이 나타나기에 이른다. 위의 시를 통해 볼 수

있듯이, 혼교가 해체되기 전 마지막으로 읊조린 망자들의 시에는 무엇보다 이별에 대한 뚜렷한 인식이 나타나 있다. 단지 떠나가면서도 못내 아쉬워 하는 것은 최치원과의 숙명적 사별에 대한 애상뿐이다. 그리고 이 같은 상황에 있어, 생전의 죽음으로 얼룩졌던 기존의 팔낭·구낭의 한은, 그 흔적 조차 찾아 볼 수 없다. 시의 교류를 통해 말끔히 해소된 것이다. 따라서 이러한 양상이 갖는 의미는, 앞서 보았던 「만복사저포기」가 수용하고 있는 삽입시 기능의 전대적 연원이, 이미 「최치원」에서 시작되었음을 보여준다.

그런데 삽입시가 지니는 이 같은 무속적 기능은 비단 「최치원」→「만복사저포기」로만 이어지는 것이 아니다. 『금오신화』의 「이생규장전」, 「취부벽정기」에도 동질적인 삽입시의 무속적 기능이 투영되어 있으며, 나아가 『기재기이(企齋記異)』 소재의 「하생기우전(下生奇遇傳)」까지 이르는데 그러한 양상을 도표로 보면 아래와 같다.

| 작 품 | 만남이전의 상황 | | 주인공 심리 | 삽입시의 개입 | | | 양자 관계 | 만남이후의 행방 | |
	시간	공간		만남 직전	교유 과정	사별 직전		망자	생자
최치원	밤	雙女墳 앞	고독	●	●○	○	초면	소멸	부지소종
만복사저포기	〃	만복사 구석방	〃	●	●○	○	〃	환생	〃
이생규장전	〃	폐가의 다락방	〃		생략	○	부부	소멸	죽음
취유부벽정기	〃	부벽정	〃	●	○	○	초면	승천	〃
하생기우전	〃	산 속	〃	●	●○	○●	〃	재생	결혼/행복

※ ● 작시(作詩)의 주체가 생자인 경우
　 ○ 작시(作詩)의 주체가 망자인 경우

앞서 망자와의 만남을 위해 설정되어야 할 시·공적 상황이, 생자의 영육분리(靈肉分離)를 위한 토대로서 엑스터시를 유발할 수 있어야 한다고 했는데, 이는 「최치원」, 「만복사저포기」를 비롯하여, 『금오신화』소재의 두 작품뿐만 아니라, 『기재기이』소재의「하생기우전」에도 동일하게 구현된다.

밤이라는 동질적 시간개념과, 번거로움으로부터 격리된 장소의 궁벽함, 그리고 생자가 느끼는 심리적 고독은 정확하게 일치되어 나타난다. 또한 삽입시의 개입에 있어서도, 「이생규장전」만이 예외일 뿐, 「취유부벽정기」와 「하생기우전」에 있어서는 「최치원」, 「만복사저포기」와 마찬가지로 만남 이전에 이미 삽입시의 선행을 보이고 있으며, 교유과정과 이별직전에 삽입시의 개입을 보이고 있는 것도 동일하다.

「취유부벽정기」에서는 주인공 홍생이 기자(箕子)녀와의 혼교를 이루기 이전, 그는 얼근하게 취한 상태로서, 달밤에 홀로 부벽정 아래 작은 배에 몸을 싣고 고국의 흥망을 탄식하며 시를 읊조린다. 그리고 이 같은 작시에 이어 성묘차 하강한 기자녀가 나타난다. 「하생기우전」에서는 서사적 방식에 있어 약간 달리 구현되는데, 주인공 하생이 밤 깊은 산중에서 귀녀를 엿보는 장면이 선행되지만, 뒤따른 하생의 작시에 의해 귀녀가 응수(應酬)하여 만남이 이루어진다는 점에서, 앞의 작품들과 크게 다를 바가 없다. 비록 이들 작품에 있어서는, 「만복사저포기」와 같은 공수(神託)는 없지만, 삽입시가 공통적으로 개인의 고독과 관련된 무언의 대상에 대한 그리움을 보이고 있고, 망자 역시 그와 동질적 인식을 갖고 응수함으로써, 삽입시의 기능은 「최치원」, 「만복사저포기」의 경우와 마찬가지로 망자를 부르는 청신적 기능을 담당하고 있기는 마찬가지이다.

이에 비해 「이생규장전」에서는 혼교 직전에 삽입시의 개입이 없다. 물론 「이생규장전」에서의 남 주인공은 전란으로 황폐화된 집에 돌아와, 폐가의 다락방에 쓸쓸히 앉아 눈물로 탄식하는 처지다. 이 같은 상황은 시·공적 배경과 함께, 「만복사저포기」, 「취유부벽정기」에서의 주인공 처지와 마찬가지로, 개인을 엑스터시한 상태로 끌어들기에 충분한 상황이다. 그럼에도 불구하고 「이생규장전」만이 유독 청신적 기능의 삽입시가 제거되어 있는 이유는, 앞의 표를 통해 보듯, 망자와 생자의 관계가 부부였기에 가능했던 것이다. 여타의 작품들에 있어서 생자와 망자의 관계는 생전의 인연조차 없던 초면이었기에, 그들의 만남을 이끌 수 있는 주요 모티프로서 삽입시가 개입될 수밖에 없었지만, 「이생규장전」만큼은 그들의 만남을 이끌어야 할 별도의 모티프가 필요치 않았던 것이다.

①

高唐一下巫山女　　슬프도다 이내신세 비구름 되단말가
破鍾重分心慘楚　　깨뜨린 종이지만 이제 다시 나뉘려니
從茲一別兩茫茫　　이제 한번 이별하면 님 뵈올 날 아득하다
天上人間音信阻　　망망한 천지사이 소식조차 끊길 것을

②

纖阿常仄滿　　달도 차면 기우나니
累塊幾蜉蝣　　세상일 그 얼마나 변했던가
行殿爲僧舍　　궁전은 절간되고
前王葬虎丘　　옛임은 무덤이로세
……(중략)……
曲終人欲散　　노래소리 끝나고 나그네 떠나려 하니
風靜櫓聲柔　　고요한 바람에 노 소리 한결 부드러워라

③

山花初謝鳥關關　　산에 처음으로 꽃이 피니 새는 짹짹이고
春信無端暗裏還　　봄소식은 단서없이 모르는 사이에 돌아왔도다
一托死生恩義重　　한번 생사를 의탁하매 은혜와 의리가 무거우니
무將金尺出人間　　새벽녘에 금척들고 인간세상 나가도다

그리고 교유과정 이후의, 이별 직전에 개입된 삽입시를 보면, 「최치원」, 「만복사저포기」와 마찬가지로, 「이생규장전」, 「취유부벽정기」, 그리고 후대의 「하생기우전」에 이르기까지 모두가 망자들의 숙명적 이별에 대한 인식을 담고 있기는 마찬가지다. ①은 「이생규장전」에서의 삽입시인데, '짝 잃은 원앙'이라든가, '뒹구는 해골' 및 외로움과 같은 결한(結恨)적 요소가

이생과의 교유과정에서 풀어짐으로써, 이별에의 숙명적 인식으로 이어지고 있다. ②는 「취유부벽정기」의 기자녀가 홍생을 떠나기에 앞서 부른 장시의 일부분이요, ③은 「하생기우전」에서 망자의 마지막 삽입시인데, 이들을 통해서도 과거적 수심(愁心)에 대한 체념과 함께, 이별을 인식하고 떠나기는 마찬가지다.

5. 결 론

앞서 살펴본 것과 같이, 당대의 윤리적 규범을 준거로 삼아 죽음을 무릅썼던 여인들의 태도에는 일말의 망설임이나 회한이 없는 것처럼 보인다. 그러나 죽음 이후 드러나는 혼교의 특징이 삶의 미진함과 관련되고 있음에 주목할 때, 이들이 무릅썼던 죽음의 '가치'는 결국 비 본래적 성격임을 알 수 있다. 즉 전란이라는 사회적 부조리가, 집단적 가치(貞節)를 내세워 여성들로 하여금 죽음을 무릅쓰게 했지만, 정작 죽음 후에 드러나는 양상은 이러한 죽음이 개인에게 있어서는 하나의 '맺힘'으로 연결된다는 사실이다.

이에 「만복사저포기」의 혼교구조가 지닌 일차적 기능은, 생자로서 인식한 망자의 한과 그에 대한 진혼(鎭魂)적 위령제로서의 성격을 띤다. 따라서 개인이 처한 시·공적 특성과 심리적 불안정(孤獨)은 그 같은 과정을 수행하기 위한 무속적 '부정거리'의식과 관련되며, 혼교 직전에 개입된 삽입시는 엑스터시(ecstasy)한 상태에서 망자의 넋을 부르는 초혼(招魂)적 청배가(請拜歌)로서 기능한다. 그리고 이러한 과정을 통해 이루어진 혼교는, 죽음으로 얼룩졌던 망자의 한을 푸는 해원의 과정이다. 물론 '풀이' 과정에 운우지락의 형태가 개입되기는 했으나, 그 같은 행위만으로 망자의 근본적인 한은 치유되지를 못한다. 여기에 전기적 인간의 미적 특질(文藝趣向)과 관련된 삽입시의 기능이 있다. 즉 시의 수창(酬唱)에서 오는 감정의 교류를 통해, 이들은 보다 큰 기쁨과 위로를 얻음으로써 망자의 한은 '삭임'된다. 무속적 오신의 과정이 문학적 특성과 관련하여 시적 형태로써 구현된 경우이다. 이에 따라 혼교의 마지막 부분에 개입된 삽입시는, 교유를 통한 해원 이후, 이별에 대한 숙명적 인식과 함께 '떠나는' 의미로써 해석된다.

　이처럼 본고가 논의의 초점으로 삼은 것은, 「만복사저포기」에 개입된 삽입시를 무속적 제의와 관련시켜, 그 기능을 청신·오신·송신제의 과정에서 살펴 본 것이다. 이 같은 시도는 작품의 초점이 전란으로 희생당한 여성들과의 교유에 놓여 있고, 그 같은 혼교를 전·후하여 개입된 삽입시를 통해, 망자의 해원 및 천도가 이루어지는 사실에 주목했기 때문이다. 그리고 본고에서는 「만복사저포기」가 수용하고 있는 이와 같은 삽입시의 무속적 기능을, 전대의 「최치원」에 연원을 두고, 「이생규장전」, 「취유부벽정기」뿐만 아니라, 후대의 「하생기우전」으로 이어지는 맥락에 주목하여 함께 살펴보았다. 물론 서사문학이 수용하고 있는 삽입시의 기능은 다각적으로 조명될 수 있다. 그러나 생자와 망자의 만남을 전후하여 개입되는 이들 작품에서의 삽입시의 기능만큼은, 단순한 애정의 교감적 차원만이 아니라, 애정을 매개로 망자의 한을 달래어 천도하는 무속적 기능이 하나의 맥으로서 관류하고 있음을 알 수 있다.

참고문헌

『論語』·『抱朴子』·『性理全書』·『東文選』·『三國遺事』·『芝峰類說』
『金鰲新話』『梅月堂全集』, 成大 大東文化研究院, 1973.
『太平通載』
『企齋記異』
金起東, 『李朝時代小說論』, 精研社, 1969.
　　　, 「金鰲新話의 研究」, 『東洋學』5, 단국대, 1975.
김명순, 『古典小說의 悲劇性 研究』, 創學社, 1986.
　　　, 「조선전기 여인전의 서사문학적 전개」, 史在東 編『韓國敍事文學史의 研究』

Ⅳ, 1995.

김명호, 「金時習의 文學과 性理學 思想」, 『한국학보』35권.

金聖基, 「萬福寺樗蒲記에 대한 心理的 考察」, 『韓國古典散文研究』, 同和文化社, 1981,

김열규, 「원한의식과 원령의식」, 서광선 編, 『恨의 이야기』, 청노루/보리, 1988,

金一烈, 「金鰲新話考察」, 『朝鮮前期言語와 文學』Ⅲ, 형설출판사, 1976.

김태곤, 한국의 무속, 대원사, 1992.

金鉉龍, 「韓國 古代 鬼神關係說話 研究」, 『學術誌』24집, 건국대학교학술연구원, 1980.

김형효, 「자연적 죽음의 인간 동형론과 인간적 죽음의 인간 동형론」, 한국정신문화 연구원 편, 『삶 그리고 죽음』, 대한교과서(주), 1995.

문순태, 「恨이란 무엇인가」, 『恨의 이야기』, 청노루/보리, 1988.

柳東植, 『韓國巫敎의 歷史와 構造』, 천풍인쇄주식회사, 1981.

박대복, 『고소설과 민간신앙』, 계명문화사, 1995.

朴晟義, 「比較文學적 見地에서 본 金鰲新話와 剪燈新話」, 『文理論集』3집, 고려대학 교, 1958.

박희병, 『韓國傳奇小說의 美學』, 돌베개, 1997,

설성경「李生窺墻傳의 구조와 의미」, 『고소설의 구조와 의미』, 새문사, 1996.

설중환, 「朝鮮初期 傳奇小說의 槪念과 形成」, 史在東 편, 『韓國敍事文學史의 研究』 Ⅳ, 中央文 化社, 1995,

성기설, 『한국민족문화 대백과사전』25권, 정신문화연구원, 1991.

安炳國, 『鬼神說話研究』, 규장각, 1995.

여세주, 『男性毁節小說의 實相』, 國學資料院, 1995.

오출세, 「朝鮮前期 敍事文學의 通過儀禮」, 『韓國敍事文學史의 研究』Ⅳ, 중앙문화사, 1995.

李美東·金允根 編著, 『神人合一』, 대원출판사, 1995.

李符永, 「死靈의 巫俗的治療에 對한 分析心理學的 研究」, 『最新醫學』13권, 최신의학 출판부, 1970.

이상택, 「醉遊浮碧亭記의 道家的 문화의식」, 『한국고전소설의 탐구』, 중앙출판사, 1981.

李石來, 「金鰲新話의 展開的 考察」, 『李崇寧博士頌壽記念論叢』, 1968.

李仁福, 『韓國文學에 나타난 죽음意識의 史的研究』, 悅話堂 韓國文化藝術叢書 4권, 1979.

李在秀,(『韓國小說 研究』, 형설출판사, 1977.

林熒澤,「현실주의적 세계관과 金鰲新話」,『國文學研究』13, 서울대, 1971.

張德順,「屍愛說話와 小說」,『論文集』2집, 숙명여자대학교, 1962.

丁奎福,「韓中比較文學의 問題點」,『語文學』12, 韓國語文學會, 1965.

鄭炳昱,「金時習 연구」『논문집』7집, 서울대, 1958.

趙東一,『한국소설의 이론』, 지식산업사, 1977.

______,「조선후기 소설사의 전개」,『고전소설 연구의 방향』, 새문사, 1985.

鄭鉒東,『梅月堂 金時習研究』, 신아사, 1965.

趙潤濟,『韓國文學史』, 탐구당, 1976.

車溶柱,『古小說論考』, 계명대학교출판부, 1985.

차주환,『韓國의 道敎思想』,동화출판공사, 1984.

천이두,『한의 구조 연구』, 문학과 지성사, 1993.

최삼룡,「金鰲新話의 悲劇性과 超越의 문제」,『한국고소설연구』, 이우출판사, 1983.

황루시,『팔도굿』, 대원사, 1992.

黃浿江,「韓國古代敍事文學의 Archetype」,『韓國敍事文學研究』, 단국대출판부, 1972.

佐佐木宏幹, 김영민 譯,『샤머니즘의 이해』, 박이정, 1999.

Brian Wiss,『Many Lives, Many Masters』, 김철호 譯, 정신세계사, 1988.

Elisabeth Kubler Ross, 고계영 譯,『죽음의 시간』, 도서출판 宇石, 1988.

Jacques Choron, 金仁子 編譯,『죽음에 대한 심리적 이해』, 서강대학교출판부, 1984.

Max Milner, 이규현 譯,『프로이트와 문학의 이해』, 문학과 지성사, 1997.

Platon,『Politeia』10卷, 朴琮炫・千丙熙 譯, 徹文出版社, 1986.

Stanislav and Christina Grof, 장석만 譯,『죽음의 저편』, 경기도 平旦文化社, 1986.

『元生夢遊錄』 作者의 疑惑과 是非의 現場

禹快濟[*]

차 례

* 인천대학교 국어국문학과 교수.

1. 序 言

人類 文化의 전승 과정을 살펴보면, 흥미로운 이야기들이 人口에 膾炙되다가 文字로 記錄되어 文學 作品으로 전해진 것들이 많다. 이들은 사실만을 중시하는 歷史 記錄과는 달리, 그 이면에 감추어진 의미를 내포하는 경우가 허다하다. 이런 野史的 성격의 문학 작품을 통해 當代 인간사의 진면목을 알 수 있는 것이다. 이 같은 文學을 대표하는 說話나 小說들은 당시의 사회상을 살필 수 있는 유일한 증거물로, 매우 중요한 資料的 價値가 있는 소중한 文化遺産이 된다.

朝鮮初 世祖의 왕위찬탈과 같은 역사적 사건에 당대 知識人들이 어떻게 고민해 왔고 또 어떻게 대응했는지 등의 시대적 상황에 따른 제반 양상도 문학작품들을 통해서 살펴볼 수 있는 일이라 하겠다. 즉, 엄격한 儒敎的 倫理의 지배하에 있었던 당시 사회적 현실로 미루어 볼 때, '忠臣不事二君'을 철칙으로 여겼던 지식인들의 저항은 물론이고 반체제적 사회운동 또한 대단했을 터인데, 그렇지만 그와 같은 역사적 사실들을 그대로 기록해 놓을 수는 없었을 것이다. 그러므로 그 실상을 후대에 전하기 위해 野史的 성격의 문학작품들이 나타나게 되었을 것이며, 이는 여러 文獻들에 감추어져 僞裝되면서 전해져 왔을 것이다.

『元生夢遊錄』도 그와 같은 어려운 과정을 통해 전해지게 됨으로써, 그 作者에 대한 명확한 기록이 남아있지 못해 오늘날 작자문제에 대한 異說이 나오게 되었다. 이 작품은 金台俊의 『朝鮮小說史』에서 그 작자를 白湖 林悌로 언급한[1] 이래, 여러 학자들이 異論을 제기함으로써 作者 問題에 대한 論議[2]가 계속돼 왔다. 그 중 대표적인 것은 梅月堂 金時習說을 주장한 張德順,

---

1) 金台俊, 『朝鮮小說史』, 학예사, 1939, 76면.

觀瀾 元昊說를 주장한 李家源, 白湖 林悌說을 주장한 黃浿江 등을 들 수 있다. 그러나 장덕순의 주장은 크게 호응을 얻지 못하여 재론되지 않았고, 『海月文集』소재 자료를 토대로 고증한 황패강의 논의가 널리 받아들여졌다. 그러나 최근 元容文이 작품분석을 통해 觀瀾 元昊說을 주장함으로써 작자문제에 대한 疑惑과 是非가 다시 일게 되었다.

『원생몽유록』의 작자문제를 해결하기 위해서는 각종 文獻에 收錄되어 있는 異本에 주목하지 않을 수 없다. 특히 이본의 전래과정을 통한 작자문제의 추정은 매우 중요한 문제다. 이에 필자도 이본의 전래과정을 살피는 가운데 그 작자문제를 검토한 바 있다.[3] 그 결과 그 동안 論議되었던 많은 異說 중 觀瀾 元昊說에 공감을 갖게 되었다. 『원생몽유록』이 원호의 작품이라는 사실이 보다 더 명확히 밝혀진다면, 金台俊의 『朝鮮小說史』에서 우리나라 소설의 효시로 거론한 金時習의 『金鰲新話』보다 창작시기가 앞설 가능성이 높기 때문에 소설사에서 크게 주목받지 않을 수 없는 것이다.

본고는 『원생몽유록』에 나타난 현실 대응 양상을 통해 조선 초 世祖의 왕위찬탈과 같은 역사적 사건에 대해 가졌던 當代 지식인들의 苦惱를 엿보기 위한 자리이다. 이로써 작자문제에 대한 결론까지 아울러 도달해 보고

---

2) 張德順, 「夢遊錄 小考」, 『동방학지』 4, 연세대 동방학연구소, 1959.

　　李家源, 「夢遊錄의 작자 小考」, 『국어국문학』 23, 국어국문학회, 1961.

　　黃浿江, 「元生夢遊錄과 林悌 文學」, 『한국서사문학연구』, 단국대출판부, 1972.

　　＿＿＿, 「元生夢遊錄 研究」, 『고전소설연구』(『국어국문학총서』 5), 정음사, 1979.

　　鄭學成, 「元生夢遊錄 研究」, 『한문학논집』 3, 단국한문학회, 1985.

　　尹柱弼, 「元生夢遊錄의 綜合的 考察」, 『한국한문학연구』 16, 1993.

　　元容文, 「元昊와 元生夢遊錄」, 『한국고소설의 시각』(石軒 丁奎福 博士古稀記念論叢), 국학자료원, 1996.

　　＿＿＿, 「元生夢遊錄의 作者問題」, 『고소설연구』 3, 한국고소설학회, 1997.

　　洪性南, 「元生夢遊錄 異本의 再檢討」, 『고소설연구』, 3, 한국고소설학회, 1997.

　　申海鎭, 「林悌의 元生夢遊錄」, 『朝鮮中期夢遊錄의 研究』, 박이정, 1998.

　　梁承敏, 「元生夢遊錄의 文獻收錄 및 印行 過程」, 『고소설연구』 4, 한국고소설학회, 1998.

3) 禹快濟, 「元生夢遊錄 研究 － 異本의 傳來 過程과 元昊著作說의 檢討－」, 『고소설연구』 5, 한국고소설학회, 1998.

자 한다. 먼저 원호 저작설에 대한 타당성을 검토하기 위한 작업으로, 지금
까지 거론된 김태준·황패강 등 임제 저작설의 문제점을 분석·검토해 보
고, 장덕순의 김시습 저작설과 이가원의 원호 저작설을 차례로 검토해 보
기로 한다. 이어 原州에 隱居했던 원호의 생활상, 현실적 불만, 저항정신 등
을 살피는 가운데『원생몽유록』에 나타난 지식인으로서의 문학적 현실 대
응 양상을 고찰하기로 한다.

2. 作者 問題를 둘러싼 疑惑과 是非의 現場

1) 林悌 및 金時習 著作說

앞서 말한 것처럼『원생몽유록』의 작자에 대해서는 그 동안 많은 異說
이 있어 왔다. 우선 임제 저작설과 김시습 저작설을 검토해 보면, 이 작품
에 대해 최초로 언급한 연구성과는 김태준의『조선소설사』이다. 김태준은
이 책 '花史와 그 時代'를 논급하는 자리에서, 임제의 意境을 설명하면서
『秋江集』과『藥坡漫錄』을 참조해 아래와 같이 설명했다.

> 그[필자주 : 임제]는 秋江 南孝溫의 人格을 사모하야 秋江을 모델로 하
> 고「元生夢遊錄」을 지어 秋江의 境遇를 깊이 슬퍼하였다. 坊間에 金笠의
> 作으로 訛傳하는 花煎詩 '晃冠撑立小溪邊 白粉淸油煮杜鵑'도 白湖의 作
> 이다.4)

라고 하여 지극히 짧은 언급이지만, 임제가 추강 남효온의 인격을 사모하
여 그를 모델로『원생몽유록』을 지었다고 했다. 덧붙여 방간에 전하는 임

---

4) 金台俊, 앞의 책, 76면.

제의 「花煎詩」가 金笠이 지은 것으로 訛傳되었다고 해, 『원생몽유록』 작자에 대한 기록도 와전될 수 있음을 시사했다. 그의 주장을 검증하기 위해 『秋江集』 附錄에 수록된 『元生夢遊錄』 말미의 기록을 살펴보면 다음과 같다.

> 살피건대 이 글은 寓言이다. 그러므로 독자들은 대부분 확실히 분별하지 못했다. 거기서 말한 다섯 사람은 대개 사육신을 가리킨다. 첫 번째는 朴彭年이요, 두 번째는 成三問이요, 세 번째는 河緯地요, 네 번째는 李塏요, 다섯 번째는 柳誠源이다. 일개 선비라고 한 분은 兪應孚를 지칭하며, 복건자는 곧 선생[필자주 : 남효온]을 이른다.5)

라고 하여 『추강집』 3간본 편찬자는 『원생몽유록』 작자를 임제로 밝히는 가운데 작품 말미에 細字로 위와 같은 기록을 덧붙여 놓았다. 이 작품이 寓言이다 보니 그 작중인물이 누구인지 명확히 분별되지 않고 있다면서 해당 이름을 하나하나 들어놓았다. "幅巾者는 곧 선생을 이른다(幅巾者則謂先生也)"라고 했으니, 문집 편찬자들이 幅巾者를 바로 자신의 조상인 南孝溫으로 간주해 이 작품을 거기에 수록했음을 알 수 있다. 이에 임제가 남효온의 인격을 사모하여 그를 모델로 이 작품을 지었다는 주장이 쉽게 나올 수 있었다. 그러나 김태준이 논거로 삼은 『秋江集』에 『元生夢遊錄』이 수록된 것은 겨우 1921년 문집이 3간될 때의 일이다. 김태준이 언급한 내용은 『추강집』을 근거로 한 것인데, 여기에 실린 『원생몽유록』은 바로 『장릉지』 수록본이 追錄된 것이어서 기본적인 문제부터 다시 검토해 볼 필요가 있게 되었다.

그 후 李家源은 『국어국문학』 제4호에 본인 소장본 『원생몽유록』을 註釋하여 공개했는데, 작품에 등장하는 주인공 元子虛를 『史記』 「司馬相如傳」에서 따온 가공인물로 해석해 다음과 같이 설명했다.

---

5) 『秋江集』, 卷八(木板本, 1921年刊, 서울대奎章閣 藏.
　"按此文是寓言, 故讀者多未別白, 其曰五人者, 盖指六臣, 而第一朴公也, 第二成公也, 第三河公也, 第四李公也, 第五柳公也, 其曰一介士者, 指兪公, 而福巾者則謂先生也."

假稱이니 元은 元來란 뜻이요, 子虛는 史記 司馬相如傳에 '相如請爲天
子遊獵賦 賦成奏之 以子虛虛言也 爲楚稱 烏有先生者 烏有此事也 爲齊難[6]

이가원은 원자허를 이렇게 해석함으로써 김태준의 임제설을 그대로 따
랐다. 그러나 곧 이에 대한 오류를 인정하면서 최초로 원호 저작설을 주장
했다.[7] 이와 같이 작품에 등장하는 元子虛를 가공인물로 보아 처음에는 임
제설을 따랐다가 뒤에 원호설로 바꾼 연구성과로는 신기형의 『한국소설발
달사』나 김기동의 『이조시대소설론』 등을 들 수 있다.[8]

그 후 황패강은 「원생몽유록과 임제문학」[9]을 통해 임제설을 보다 더 구
체적으로 논의했다. 그는 최근에 발표된 논문[10]에서도 이 작품의 작자에
대한 異說이 많은 것은 문헌기록이 한결 같지 않기 때문임을 지적하면서,
한문필사본 4종, 印刊本 4종, 그리고 국문필사본 1종을 들어 이본을 검토하
고 작자문제를 거론했다. 즉 印刊本 중에서 가장 연대가 앞서는 『莊陵誌』
수록본에 『秋江集』 수록본과 『觀瀾遺稿』 수록본을 對校하여[11] 먼저 장덕
순의 김시습 저작설에 대한 반론을 이렇게 전개했다.

張德順의 논의에서 문제가 되는 것은 필사본과 판본 등 서에서 '梅月

---

6) 李家源, 「元生夢遊錄 註釋」, 『국어국문학』 4, 국어국문학회, 1953, 14면.
7) 李家源, 앞의 논문, 1961. 이가원은 처음에 元子虛를 가공인물로 보았지만 그 뒤
  『林白湖集』 초간본에 이 작품이 실려있지 않음을 의심하던 중 子虛가 곧 생육신
  의 한 사람인 觀瀾 元昊의 字임을 알고 전의 註釋이 잘못되었음을 알았다고 했
  다.
8) 金起東의 경우 金台俊의 임제설을 따랐다가 그 뒤 이가원의 '夢遊錄 作者 小考'가
  발표되자 「香朗傳 三韓拾遺의 硏究」(『국어국문학』 25)에서부터 원호설을 따랐
  다.
9) 黃浿江, 앞의 논문. 1972.
10) 黃浿江, 「元生夢遊錄」, 『韓國古小說作品論』, 集文堂, 1990.
11) 黃浿江이 對校 異本으로 삼았던 『觀瀾遺稿』 수록본은 1926년 重刊된 문집의 것이
  란 점에서 자료 자체에 문제를 지니고 있다. 『元生夢遊錄』의 異本은 그 후에 더
  많은 것들이 發掘되었고 그 傳來過程도 계속 硏究되었다.

居士' 대신 자주 나타나 보이는 '海月居士'에 대하여 한마디 없는 점이
다. 매월거사를 김시습의 호 '매월당'과 동일시하는 논의를 펴기에 앞서
'梅月居士'와 '海月居士'의 문제부터 살폈어야 했다. 이 작품의 작자를
임백호로 잡게 된 요인을 '戊辰云云'의 말미 기록에만 있는 것으로 본
張德順의 논의도 사실을 다 말한 것도 못된다. 이 작품의 이본 가운데서
앞머리에 '元生夢遊錄 林悌 著(혹은 林梯)'로 제시하고 본문을 쓰고 있는
것을 어찌 설명할 것인지 궁금하다.12)

이처럼 황패강은 '梅月居士'가 아닌 '海月居士'로 표기된 이본을 들면서
김시습설을 수용할 수 없다는 시각을 분명히 했다. 뿐만 아니라 그 작품론
에 대해서도 다음과 같이 반박했다.

張德順은 내용 면에서 매월당의 「南炎浮洲志」와 부합된다고 하였으
나 깊이 통찰하면 반드시 그렇지도 않다. 「南炎浮洲志」가 천당·지옥을
불신하는 사상을 나타냈다고 하고 「元生夢遊錄」의 말미에 쓴 '선한 것
을 복 주고 악한 것에 화를 내리는 것이 하늘의 이치가 아닌가? 그런데
이 이치가 여기서는 막막하여 판단하기 어렵다'고 한 것을 두고 '天地
以外의 他界를 不信할 뿐 아니라 禍福의 響應도 믿지 않는다'는 「南炎浮
洲志」類의 종교관과 관련지어 논하였는데 여기에는 논리의 괴리가 인
정된다.13)

이렇듯 장덕순의 論據에는 문제가 많음을 지적했다. 이어서 이가원이 자
료로 제시한 『觀瀾遺稿』의 문헌적 의의에 문제가 있음을 지적하면서 원호
설14)에 대해서도 아래와 같은 반론을 제기했다.

---

12) 黃浿江, 앞의 논문, 1990, 123면.

13) 위의 논문, 124면.

14) 앞서 거론한 것처럼 李家源은 「몽유록의 작자 小考」에서 임제설과 김시습설을
　　물리치고 원호설을 주장했다. 그는 『韓國漢文小說選』 62篇을 뽑는 도중에 원호
　　의 遺著 『觀瀾遺稿』를 보게 되었는데 『元生夢遊錄』 全篇이 거기에 실려 있었으
　　며 그 끝에 元昊가 이 작품을 지었다고 인정될만한 충분한 附記가 있어 그 작자

『觀瀾遺稿』는 丁卯年(1927년)에 간행된 석판본이다. 이것의 초간은
『貞簡公遺稿』로서 純祖 13년(1813년 癸丑)에 간행되었다고 한다. 그러나
그 내용이 '簡而率略 易爲人所侮焉(觀瀾遺稿 重刊序)'이어서 '博考工私文
字 綴拾修錄以補脫漏者…… (中略) ……與夫後賢撰述之詩什 合爲一冊 登
梓廣布'한 것이 4권 1책의『觀瀾遺稿』이다. 그러므로『貞簡公遺稿』에 대
하여『觀瀾遺稿』는 내용상·형식상 많은 증보와 가공이 행하여졌음을
알 수 있다. 참으로 고찰의 근거로 삼자면 1813년 간행의『貞簡公遺稿』
를 문제삼아야 할 것이다. 그러나 필자가 추심한 범위에서는 그 책은 찾
아 볼 수 없었다. 李家源도 위의 논문에서 줄곧『觀瀾遺稿』만을 인용하
고 거론하는 것으로 보아『貞簡公遺稿』에 접하지 못한 듯하다.15)

이처럼 황패강은 이가원이 근거자료로 사용한『觀瀾遺稿』에 대한 신뢰
도를 의심하고 있다. 뿐만 아니라 작품에 등장하는 幅巾者를 烟村 崔德之로
보는 설에 대해서도 동의할 수 없는 이유16)를 든 데 이어 다음과 같이 주장
하고 있다.

　　李家源의 설을 좇아서 元生을 元昊, 幅巾者를 崔烟村으로 본다 할지라

　　를 명확히 밝힌다고 했다.
15) 黃浿江, 앞의 논문, 1990. 125면.
16) 黃浿江이 든 이유는 이러하다. "첫째,『觀瀾遺稿』의 記錄만으로『朝野僉載』를 위
　　시한 모든『夢遊錄』本에 명시하고 있는 南秋江說을 번복할 수 없다.『觀瀾遺稿』
　　의 문헌적 가치를 냉정히 평가하여야 한다. 둘째, 작품에서 幅巾者는 死者의 한
　　사람이다. 사자의 세계에서는 현세적 시간을 초월하고 隔世의 사자들이 얼마든
　　지 한자리에 모일 수 있는 것으로 생각되고 있다. 그 일례로『錦花寺夢遊錄』에서
　　中國의 歷代 創業主와 中興主를 비롯한 覇王 忠賢들이 一堂(錦花寺)에 모여 지난
　　일을 論함을 볼 수 있다. 셋째, 夢遊錄에서 元子虛가 幅巾者를 처음 만난 장면을
　　보면 '子虛疑其爲山精木魅 愕然無以應 然其形貌俊邁 擧止閑雅 不覺暗暗稱奇'(藏書
　　閣本 本錄)라 하였다. 이로써 미루어 子虛는 幅巾者와 지면이 있는 사이가 아니
　　다. 어디까지나 初 對面인 듯하다. 다만 幅巾者만은 일방적으로 子虛를 알아보고
　　'子虛來何遲 吾王奉邀'라고 말하였다. 幅巾者는 靈界의 人間이므로 生面不知의 人
　　物을 알아볼 만한 神通力을 가졌다고 보아서 그리 큰 모순은 없으리라고 생각된
　　다."(黃浿江, 위의 논문, 1990, 128면).

도 元生이 幅巾者를 만났을 때 어찌하여 '夢寐의 사이에도 서로 떠날 수 없을 만큼 莫逆의 벗'이었던 烟村을 전혀 못 알아보고, 마치 生面不知의 사람을 대하듯이 하였을 것인가 자못 의문을 갖게 한다. 그러므로 이 경우 원호와 최덕지 두 사람의 관계는 작품에서 성립되지 않는다. 「元生夢遊錄」은 남추강 사후의 작품이다. 그러므로 '4세의 유아가 어떻게 단종을 모시고 놀았을 수 있겠는가?' 하는 말은 성립되지 않는다. 아무리 실재했던 인물이라 할지라도 작품상으로는 때와 장소를 초월한 차원에서 허구적인 설정을 할 수 있는 것이 당연하다.[17]

그는 이렇게 복건자의 실체가 秋江에서 烟村 崔德之로 대체될 수 없음을 주장했다. 그리고 黃汝一의 『海月文集』(英祖 25년, 1776년 刊) 권3[詩]에 수록된 『題林白湖元生夢遊錄後』와 같은 문집 권7[跋]에 수록된 『書林白湖元生夢遊錄後』를 증거로 제시하여 임제설을 다음과 같이 주장했다.

「元生夢遊錄」에 붙은 題詩와 跋로는 『海月文集』의 것이 『莊陵誌』 외의 다른 이본보다 刊年上 가장 오래고 신실한 문헌이라 하겠다. 同錄의 목판본으로 현존하는 것으로는 『莊陵誌』와 함께 유일한 것이 아닌가 한다. 『觀瀾遺稿』의 초간본이라고 볼 『貞簡公遺稿』(1813년)보다도 37년 앞선다. (筆者는 동 遺稿의 현전 여부를 확인 할 수 없었다) 이로써 볼 때 '子虛之友 海月居士……海月居士志'의 '海月'은 결코 '梅月'로 대체될 수 없음이 확실해진다. '海月'이 '梅月'로 왜곡된 것은 필사의 과정에서 빚어진 誤寫일 듯하다. 실지로 많은 필사본을 대하여 본 결과 묵필 행서로 된 '海'자는 얼핏 '梅'자로 오인될 만한 점이 없지 않았음을 말할 수 있다.……『海月文集』의 記錄으로 보아 「元子虛傳」의 본명은 「元生夢遊錄」이요 作者는 林白湖이다.[18]

그러나 대부분의 학자들은 이 의견에 의문을 제기하면서도 다른 해석을

---

17) 위의 논문, 128면.
18) 위의 논문, 133면.

내린다. 그 중 林白湖 문학을 연구한 정학성은 작가에 대한 시비의 근원이 되는 등장인물 '元子虛'와 '海月居士'의 실존여부를 문제로 제기했다. 즉 '子虛'를 司馬相如의 寓言賦「子虛賦」에서 유래된 것으로 해석함으로써 내놓았던 이가원의 초기 주장[임제설]을 援用하는 한편, 원호설을 참작해 실존인물 원호의 인상을 겹치게 한 트릭이라는 새로운 해석을 내렸다.

> 「元生夢遊錄」의 작자 백호는 이 '子虛'라는 이름에 '元'이라는 성을 붙여 '본시부터 없는 사람' 즉 허구적 인물이란 점을 다시 한번 강조한 것이다. 그러나 작가 백호라고 하여 원호의 자가 '子虛'임을 몰랐을 리 없었을 것이다. 필자의 생각으로는 '元子虛'라는 이름은 일면 허구적인 인물임을 강조하면서 일면 그의 성격 창조를 위해 실존인물 원호의 인상이 여기에 겹치도록 하는 이중효과를 노린 일종의 트릭으로 붙여진 이름이다.[19]

나아가 '海月居士'도 실존인물이 아닌 허구적 인물로 해석해 다음과 같은 견해를 피력했다.

> '海月居士'란 인물은 애당초 작가에 의해 허구된 架空的 인물로 보아야 한다. 海面에 비친 달 그림자는 實體없는 허상에 불과하며 '元子虛' '無是公' '烏有先生'과 마찬가지로 '海月居士' 역시 허구적 가공적 성격을 강조하는 인물이다. '子虛之友 海月居士'란 말도 이렇게 해서 성립되는 것이니 허구적 인물 '元子虛'의 벗이 어찌 실존 인물이 될 수 있겠는가? '子虛之友 海月居士……'라는 말로 교묘하게 이어지는 말미의 작품 구성은 이렇게 보면 당초부터 허구적 통일성을 완전히 갖추고 있는 것이다.[20]

---

19) 鄭學成,「林白湖文學硏究」, 서울대학교 박사학위논문, 1985. 60면.

20) 鄭學成은 海月을 허구적인 인물로 논하면서 각주에서 雨田 辛鎬烈 선생의 교시에 의한 것임을 밝히고 있고(같은 논문, 64면), 이전의 다른 논문「몽유록의 유형적 특질과 역사의식」(『관악어문연구』2, 1977.)에서도 이미 지적한 바 있어, 그 동안 상당한 숙고가 있었음을 알 수 있다.

이처럼 정학성은 표기상 '梅月'이 아닌 '海月'임을 인정하지만 그 의미를 海月 黃汝一로 보지는 않고 단지 가공인물로만 간주한다. 사실 이는 매우 중요한 단서를 제공한 것으로 볼 수 있다. '海月居士'가 실존인물 황여일이라는 전제하에 이루어진 임제설에 큰 허점이 있음을 지적한 것이나 다름없기 때문이다. 정학성은 『海月文集』에 '해월거사'의 詩와 跋이 수록된 사실에 대해 다음과 같은 견해를 제기했다.

> 『海月文集』이 「元生夢遊錄」 창작 년대(林白湖 生沒 年代)보다 근 200년이나 뒤(英祖 52年, 1776년)에 간행되었다는 사실에 유의하지 않을 수 없다. 이 200년 동안 「元生夢遊錄」은 讀書界에 파문을 던지며 널리 유포되고 端宗의 복위가 이루어지는 肅宗 때에는 御覽을 거치며 陵誌에 수록되기도 하였으니 『海月文集』이 간행된 시기에 「元生夢遊錄」은 이미 작가 白湖의 탁월한 기개, 높은 文名과 더불어 사대부 사회 속에서 큰 성가를 누릴 수 있었던 것이다. 따라서 200년 뒤의 <u>후인들이 黃海月의 문집을 간행할 때 이 성가 높은 작품 속에 선인의 호가 끼어 있음을 눈여겨보고 이를 선인의 저작이라고 즐겨 추단하면서 그의 문집에 떼어 실음으로써 선인의 명망을 한층 높이고자 했음은 어렵잖게 짐작 할 수 있는 일이다.</u> 이렇게 볼 때, 李裕元의 神道碑銘 幷序도 결국 前代의 실정을 명확히 알지 못하는 후인의 추단에서 별로 벗어나지 못하는 글로 여겨진다.21) [밑줄 필자]

정학성은 물론 임제 저작설을 긍정하지만, '해월거사'를 해월 황여일로 간주하는 견해에 대해서는 이렇게 부정적 반응을 보였다. 이와 같이 '해월거사'를 가공적 인물로 해석하고 『海月文集』에 수록된 題詩와 跋마저 후대에 황여일의 후손들에 의해 수록된 것으로 본다면, 『海月文集』을 근거로 『원생몽유록』의 작자를 임제로 확정한 논의는 원점으로 돌아갈 수밖에 없게 된다.

---

21) 위의 논문, 62면.

2) 觀瀾 元昊 著作說

앞서 거론한 바와 같이 『원생몽유록』 작자를 觀瀾 元昊로 지목한 연구자는 이가원이다.[22] 그는 「夢遊錄의 作者 小考」에서 이전에 주석했던 '子虛'에 대한 誤釋을 시인하면서 작자가 白湖도 아니요 東峰도 아닌 觀瀾 元昊라고 했다. 그 대목을 들어보면 이와 같다.

> 「元生夢遊錄」의 作者가 白湖가 아니요, 東峰도 아닌 觀瀾 元昊임을 最近 발견했다. 그의 動機는 『韓國漢文小說選』 62편을 뽑는 途中에 元昊의 遺著 『觀瀾遺稿』 중에서 確固한 考證을 얻게 되었다. 이 『觀瀾遺稿』는 純祖 13年 癸丑(1813)에 發刊되었고, 그 뒤 丁丑(1927)에 觀瀾의 「逸稿」 3篇과 「實記」를 合綴하여 『觀瀾遺稿』로서 再刊되었다.[23]

이가원은 이렇게 원호 저작설을 처음으로 주장하고 나왔다. 그러나 문제는 1813년에 간행된 初刊本 『觀瀾遺稿』가 아닌 1926년[1927년은 착오임] 간행된 重刊本으로 논의를 전개해 나아감으로써 異本의 신빙성에 의혹을 품게 하였다. 즉 황패강은 다음과 같은 문제를 제기했다.

> 1927년 再刊本의 「夢遊錄」 부기 내용은 『貞簡公遺稿』와 아울러 고찰함으로써만 正鵠을 맞힐 수 있을 것이다. 그렇지 않는 한 '사람에게 업신여기는 바' 될 것을 꺼려하여 엮은 『觀瀾遺稿』의 성격으로 미루어 혹 <u>元昊의 字와 관련된 「元生夢遊錄」을 『觀瀾遺稿』 안에 짜 넣었을 가능성</u>을 전혀 배제할 수 없는 것이 유감이다.[24] [밑줄 필자]

---

22) 李家源, 앞의 논문, 1961, 568면.
　　"이 『夢遊錄』이 어떠한 面으로 보아서도 『愁城志』에 比하여 뒤질만한 作品이 아닌 만큼 어째서 『白湖文集』 중에 빠졌을까 하고 起疑한 적도 없지 않았으려니와 이어서 子虛가 곧 世稱 生六臣의 한 사람인 觀瀾 元昊의 字임을 알자 친구들에게 나의 前非를 宣言했다."

23) 위의 논문, 1961.

황패강에 따르면 初刊本 『觀瀾遺稿』[『貞簡公遺稿』]를 확인하기 전에는 이가원이 제시한 중간본의 附記를 인정할 수 없다는 것이다. 즉『원생몽유록』에 등장하는 몽유자의 이름[子虛]이 원호의 字와 동일하자 그 후손들이 『관란유고』重刊 당시[1926년] 여기에 짜 넣었을 가능성을 배제할 수 없다고 보았다. 그렇다면『관란유고』초간본인『貞簡公遺稿』[貞簡은 원호의 諡號]가 발굴되거나 그 이전의 원호와 관련된 문헌에서 다른 사실이 확인된다면 반론의 여지는 그만큼 좁아질 수밖에 없다.

그런데 최근 梁承敏은 초간본『관란유고』, 즉 황패강이 확인할 수 없었다는『정간공유고』를 찾아 학계에 소개한 일이 있는데, 이미 거기에『원생몽유록』이 수록돼 있다.25) 또 1711년『莊陵誌』가 편찬될 때 그 저본이 된『魯陵誌』26)에 이미『金鰲新話』와『원생몽유록』이 수록되어 있었음을 밝히면서 그 전래과정을 다음과 같이 밝히고 있다.

『莊陵誌』舊誌[필자주 :『노릉지』]의 『원생몽유록』은 『秋江集』에서 가져온 것이 아니고 본래부터 手抄本『魯陵誌』에 있었던 것을 재 수록한 것이다. 더구나『원생몽유록』이『秋江集』에 수록된 것은 1921년 3간본이 간행될 때의 일이므로『장릉지』가 편찬될 당시의『추강집』27)에는 이 작품이 수록되어 있을 수도 없는 일이었다. 결국『원생몽유록』은 다

---

24) 黃浿江, 앞의 논문, 1990, 126면.

25) 梁承敏, 앞의 논문. 1998.

26) 梁承敏의 논문에 의하면『魯陵誌』는 영월군수로 있던 尹舜擧(1594~1667)가 당시 영월군에 소장되어 있던『魯陵錄』을 저본으로 삼아 世祖가 端宗을 幽閉하고 死六臣으로 대표되는 舊臣들을 死地로 몰아냈던 사건의 顚末, 端宗의 墳墓와 祠廟의 建立에 대한 沿革, 신하들의 事蹟 등을 모아 현종 4년(1663)에 編纂한 일종의 編年體 野史集이다. 이것은 1711년에 이름이 바뀌어『장릉지』로 증보 간행되었고, 1741년엔 윤순거의 증손자 尹東源이 刪削한 鐵活字本이 나왔다.『원생몽유록』은『장릉지』舊誌란에 실려 있고, 철활자본『노릉지』에는 탈락되었다. 윤순거의 手抄本『노릉지』는 현전하지 않으나『장릉지』舊誌가 바로 그것이다.

27) 崔錫鼎의 後序로 미루어 1711년에는 이미『莊陵誌』의 編纂을 마치고 印行에 돌입할 때이다. 이 때 旣刊된『秋江集』은 初刊本(1577년 刊)과 重刊本(1677년 刊)이었을 터인데 여기에는『원생몽유록』이 수록되지 않았다.

른 유통경로를 거쳐 手抄本『노릉지』에 수록되었고 이는『장릉지』에
재수록된 것으로 파악된다.28)

이처럼『관란유고』초간본이 발견됨은 물론이고 문헌고증의 문제들이
하나씩 풀리는 데다『海月文集』소재 題詩와 跋의 眞僞마저 문제로 제기29)
되었고 보면, '海月居士는 黃汝一이다'라는 등식 하에 내려졌던 林悌說은
대단한 도전을 면할 수 없게 된다.

여기에 최근에 발표된 원용문의 작품 분석을 통한 원호 저작설은 대단
한 설득력을 갖는다. 그는『원생몽유록』이 꿈의 형태를 빌어서 쓴 夢遊小
說이지만 그 내용으로 보아 역사적 사실에 바탕을 둔 歷史小說로 볼 수 있
다고 하면서 임제 저작설의 문제점을 다음과 같이 지적했다.

> 단종이 세조에게 왕위를 빼앗긴 시기가 1455년이고 林悌가 「元生夢遊
> 錄」을 지었다고 하는 시기가 1568년(宣祖 元年)이라고 하는데 110餘年
> 전에 일어났던 역사적 사실을 바탕으로 하는 역사소설을 쓰면서 그냥
> 역사소설을 쓰지 않고 무엇이 무서워서 夢遊錄 형태를 빌어서 썼으며
> 그것도 林生이 꿈 꾼 것이 아니라 元生이 꿈꾸었다고 제3의 인물을 내
> 세워서 써야 했는지 이에 대한 명확한 해답을 분명히 하지 않는다면「
> 元生夢遊錄」의 작자를 임제라고 하는 임제설은 설득력을 잃게 된다.30)

원용문은 이렇게 전제한 데 이어 시대 배경과 단종 사건을 비롯해 몽유
자 원호의 생애를 고찰한 다음 단종과의 관계를 증명함으로써 본 작품의
저작 동기를 밝혀 보고자 했다. 그리고 등장인물과 실존인물과의 관계를

---

28) 梁承敏, 앞의 논문, 1998. 37면.

29) 앞서 말한 것처럼 鄭學成은 「林白湖文學 硏究」(서울대 박사학위논문, 1985)에서
'海月居士'를 실존인물의 號가 아닌 '海面에 비친 달 그림자', 즉 가공인물로 해
석했다. 그렇다면 ' 海月居士를 黃汝一 '로 보고 내렸던 黃浿江의 임제설은 심각
한 도전을 받게 된다.

30) 元容文, 앞의 논문. 1996. 485면.

논하면서 夢遊者 元子虛의 정체를 밝혀 보면 작자가 원호임을 증명할 수 있다고 보고, 지은이가 몽유자로 변신해서 자신이 직접 보고 듣고 경험한 바를 꿈에 가탁하여 서술한 체험소설[31]이라 주장하고 있다. 또한 쟁점이 되고 있는 幅巾者에 대해서도 烟村 崔德之의 생애를 중심으로 작품과의 관계를 살펴보면 남효온이 될 수 없다고 해석했다. 연촌 최덕지와 원호와의 관계로 보아 幅巾者를 烟村으로 볼 수 있고, 그래서 이 작품은 원호의 저작이 분명하다고 주장했다.

그리고 이 작품의 끝 부분에 있는 '子虛之友梅月居士' 또는 '子虛之友海月居士'를 해석하는 자리에서, '海月'은 '梅月'을 誤寫한 것이 분명하다고 했다. 즉 그 내용으로 보아 몽유자 元子虛가 '虛人'임에 틀림없다면 그 허인의 친구 海月居士도 허인이지 실존인물을 등장시키지는 않았을 것이란 해석이다. 나아가 원자허가 虛人이라면 그를 단종이 있는 곳까지 안내해 간 幅巾者도 역시 허인으로 보아야 할 것이라고 했다.[32] 실존인물이 허인의 안내자로 등장하지는 않았을 것이란 주장이다. 즉 등장인물이 모두 허인이면 허인이지 역사적 사건을 다룬 작품에서 일부는 허인으로 일부는 실존인물로 표현하지는 않았을 것이기 때문에, 원자허가 허인이면 '海月居士'도 허인이고 해월거사가 實人이면 원자허도 實人이어야 한다는 해석이다. 그러면서 원자허를 實人으로 본다면 海月은 친구가 될 수 없고 梅月堂 金時習이 친구가 될 수 있기 때문에 이것은 梅月을 海月로 誤寫한 것이 분명하다고 했다.

원용문은 이와 같이『원생몽유록』의 등장인물을 중심으로 작자 문제를 분석하고 주변인물들의 생애를 고찰함으로써, 몽유자인 元子虛는 생육신의 한 사람인 觀瀾 元昊로 볼 수 있다고 했다. 즉 幅巾者는 원호의 친구이면서 原州에 隱居해 있던 煙村 崔德之이고, 어린 임금은 端宗이며, 신하들은

---

31) 위의 논문, 515면.
32) 위의 논문, 543면.

그 좌석 차례에 따라 朴彭年·成三問·河緯地·李塏·柳誠源·兪應孚 등 死六臣을 이르는 것이며, '梅月居士'는 관란 원호의 친구이면서 생육신인 김시습이 될 수 있으므로『원생몽유록』의 작자는 임제가 아니라 초기에 이가원이 제기했던 元昊라는 것이다.

작품 분석을 통한 元昊 著作說의 재 주장은, 황패강이 제기했던『관란유고』수록본의 의혹이 양승민의 초간본 발견으로 풀리고[33),『해월문집』의 題詩와 跋도『원생몽유록』의 한 대목이 문집 편찬자들에 의해 추록된 것에 불과하다는 반론이 제기되어 林悌 著作說의 근거가 상실된 상태에서 나온 것이어서 더욱 의미를 갖게 된다.『원생몽유록』은 원호가 당대 지식인으로서의 고뇌에 찬 隱遁生活 속에서 世祖의 왕위찬탈과 같은 역사적 사건에 대한 저항을 직접적으로 표현하지 못하고, 夢遊 형식을 빌어 先王 및 先王의 復位를 꿈꾸던 사육신과 한자리에 모여 詩會를 열면서 그 울분을 詩로써 토로한 작품이라 하겠다.

3. 知識人의 苦惱와 文學的 對應

1) 元昊의 隱逸志向的 生涯

觀瀾 元昊와 같은 지식인들이 癸酉靖亂과 같은 국가적 危亂期를 당하여 어떻게 苦惱했고 또 어떻게 對應했는가 하는 문제를 당시의 시대상과 함께

---

33) 李家源이『觀瀾遺稿』(1926년 重刊)를 보고 원호 저작설을 최초로 주장했으나, 初刊本(1813)이 아닌 중간본으로 논의함으로써,『貞簡公遺稿』[즉, 초간본『관란유고』]를 확인하기 전에는 그 附記를 인정할 수 없다는 황패강의 반론이 있었다. 그런데 양승민이 純祖 13年(1813)에 發刊된 該本, 즉 초간본『관란유고』[『정간공유고』]에도『원생몽유록』이 수록돼 있다는 사실이 밝혀져 원호 저작설에 대한 반론의 근거가 없어졌다.

살펴보는 일은 작품과 작가의 관계를 분명하게 밝혀낼 수 있을 뿐만 아니라 『원생몽유록』의 문학적 가치를 분명하게 들어낼 수 있는 방법이라 생각된다.

당시의 시대상을 보면 조선왕조는 고려왕조를 극복한 新興士大夫들에 의해 國王 중심의 중앙집권체제로 출발한 나라였다. 그러므로 元나라로부터 도입된 朱子學的 기반 위에 修己治人的 실천윤리를 중시하여 仁義禮智와 같은 社會規範을 강화[34]하게 된다. 그러므로 조선 전기에는 王道政治의 이상을 실현하게 되었으나 文宗、端宗代에 이르게 되면 嫡長子 승계의 원칙을 고수하게 되면서 나이 어린 임금 端宗이 등극하게 되자 이 조화는 깨지게 되고 왕권이 약화되어 臣權의 강화를 가져오게 된다.

이 때 강화된 臣權 중심에 있었던 인물들로는 皇甫仁·金宗瑞·南智 등으로, 이들이 권력을 강화하고 있었고 집현전 출신 儒臣들조차 이에 동조하는 입장을 취하게 된다. 그러므로 수양대군은 權覽·韓明澮 등을 중심으로 정치적 야심을 행동으로 옮겨 김종서를 비롯하여 皇甫仁·趙克寬·李穰 등을 죽이고 安平大君까지 江華로 유배시켜 사약을 내려 실권을 장악하고 端宗 3年 윤6월 王位를 禪位하게 한다.[35]

世祖의 왕위 찬탈사건에 舊臣들의 반발은 대단했다. 당시에 집현전 학사로 있었던 成三問, 刑曹參判 朴彭年, 直提學 李塏, 禮曹參判 河緯地, 司藝 柳成源 등과 成三問의 부친 成勝, 武人 兪應孚 등은 수강궁에 있던 上王 端宗의 復位와 反逆派의 숙청을 꾀하려고 그 기회를 항상 엿보고 있었지만 결국 발각되어 처형을 당하거나 자결하게 된다. 주지하듯 이들이 세칭 死六臣이다. 그런데 이 때 함께 처형을 당하거나 자결하지는 않았으나 언제나 수양대군의 왕위찬탈은 朱子學的 명분론에 전면적으로 위배된다 하여 그것을 天道의 훼손으로 보고 無道함에 굴복하지 않은 선비들이 있었으니 이

---

34) 윤사순, 「朝鮮末期 儒學에 관한 연구」, 『韓國儒學思想論』, 열음사, 1986, 173면.
35) 한영우, 「왕권의 확립과 제도의 완성」, 『한국사』 9, 탐구당, 1981, 191~192면.

들을 세칭 生六臣[36]이라 했다.

생육신 중 元昊의 벗이었던 梅月堂 金時習은 21세 되던 해 수양대군의 왕위 찬탈 소식을 듣고 즉시 문을 닫고 사흘이나 나오지 않다가 크게 울고 서적을 다 불사르며 발광하다가[37] 도망하여 종적을 감췄다고 했다. 그리고 그는 세상을 방랑하면서 한 때는 숨어서 隱遁 생활을 하기도 하고 때로는 종로에 나타나 奇人으로서의 행적을 보이기도 하며 方外人的인 삶을 살아 갔다. 이에 비해 원호는 隱逸自重하는 志士的 삶을 살아간 인물임을 그의 생애를 통해 찾아볼 수 있다.

원호는 原州人으로 字를 子虛라 했고 號를 霧巷 또는 觀瀾이라 했다. 고려조에 國子進士 門下侍中을 지낸 弘弼의 高孫으로, 증조부는 中正大夫 宗薄寺令 廣明이고, 아비는 兵曹參判과 益興君에 추종된 憲이다. 世宗 5년 (1423)에 문과에 급제하여 文宗朝에 와서는 벼슬이 집현전 直提學에 이른다. 南宮垣은 원호의 行狀에서 그 인품을 다음과 같이 기록했다.

> 文宗이 승하하시고 端宗이 왕위를 계승하니 이 때의 나라 사정은 마치 옛날 중국의 成王이 어린 나이로 周나라를 계승하여 왕실이 위태롭고 불안해하던 시기와 같았다. 이 때에 선생께서는 기미를 미리 예측하고 병을 구실로 관직을 사퇴하고 原州 南村으로 돌아가 거처하면서 그 동리의 이름을 霧巷이라 하니 명철한 군자가 아니면 어찌 이렇게 할 수 있었을 것인가.[38]

이로 보아 문종이 승하하고 단종이 즉위해 癸酉靖亂이 일어날 조짐이 보이자 병을 구실로 관직을 사퇴한 뒤 弘文館 校理로 있던 둘째 아들 孝廉과

---

36) 주지하듯 生六臣은 사육신처럼 목숨은 받치지 않았지만 그들 못지 않게 節義를 지킨 김시습, 원호, 이맹전, 조려, 성담수, 남효온 등을 일컫는다.

37) 李珥 撰,「金時習傳」,『梅月堂集』. "時習卽閉戶不出者三日, 乃大哭盡焚其書, 發狂陷于溷厠……"

38) 南宮垣 撰,『觀瀾先生行狀』,『生六臣觀瀾元昊』, 홍법원, 1980, 65면.

함께 原州 南村의 松林으로 돌아가 거처를 마련하고 이 동리의 이름을 霧巷이라 했으며 이를 자신의 號로 썼음을 알 수 있다.

그는 1453년(단종 1년) 계유정난이 일어나기 전 이렇게 원주로 돌아와 은거하던 중 단종이 왕위에서 물러나게 되자 梅月堂 金時習, 烟村 崔德之 등과 함께 시국 문제를 의논하면서 우울한 나날을 보낸다. 1456년(世祖 2년) 사육신들이 단종 복위를 꾀하다가 화를 입고 단종은 魯山君으로 降封되어 寧越에 유배되기에 이른다. 이에 원호는 단종의 발자취를 따라 영월의 淸寧浦로 달려갔으나 渡江할 배편도 없고 국법이 지엄하여 접근할 방법이 없어 앙천탄식할 뿐이었다. 그래서 영월 서쪽 思乃坪이라는 곳에 흙을 쌓아 臺를 만들고 정자를 지어 觀瀾亭39)이라 했다. 그는 여기에 머문 채 단종이 위리안치된 곳만 바라보면서 戀主之詞를 노래하고 눈물로 세월을 보냈다고 한다.40)

간밤에 우던 여흘 슬피우러 지내여다
이제야 생각하니 님이 우러 보내도다
저 물이 거스러 흐르고져 나도 우러 녜리라.41)

원호는 1457년(世祖 3) 단종이 세상을 떠났다는 소식을 접하자 곧바로 영월로 달려가 백덕산 아래 흙을 모아 집을 짓고 부친상을 당한 것같이 3년상을 마쳤고, 자신에게 화가 미치리란 생각조차 하지 않았다고 한다. 그러므로 이곳의 洞名이 '土室'42)로 불리게 되었다.

---

39) '觀瀾亭'은 그 글자 풀이대로 '큰 강물이 흘러가는 것을 바라보는 정자' 또는 '눈물 흘리는 것을 바라보는 정자' 란 의미로 觀瀾 元昊가 端宗이 위리안치된 淸領浦로부터 흘러오는 강물을 바라보면서 눈물을 흘리던 정자라는 뜻으로 볼 수 있겠다.

40) 元容文, 앞의 논문, 1997, 69면.

41) 元昊의 時調.『(珍本)靑丘永言』,『한국시조대사전』상권, 아세아문화사, 1992. 33면.

42) 土室의 큰 바위에는 '雉岳山題名錄'이란 기록이 남아 있다. 이 기록에는 당시 단

이처럼 원호는 토실에 거하면서 뜻이 맞는 선비들과 시국을 염려하며 나날을 보낸 隱逸志 士였다는 사실을 알 수 있다. 외부 사람들과 접촉을 끊고 살았다 하여 그를 '不出門外, 不接親友'라 했다고 하는데, 이에 대해『行狀』에 나타난 일화를 살펴보면 이러하다. "친구 되는 사람이 그곳 관찰사가 되어 부임한 후 그를 만나려 했지만 만나주지 않을 것을 알고 모든 의장을 풀고 달려와 말에서 내려 그의 자를 부르며 찾았다. 그가 이상히 여기면서 거적문을 열고 나와 보니 옛 친구였지만 손을 휘저으며 말하기를 자네와 나는 처세가 다르니 만나지 않겠다고 하며 물리치자 친구는 부끄러워서 그대로 돌아갔다." 또 한 번은 원호의 장조카 原城君 孝然이 隨從하는 사람들을 물리치고 맨발로 문밖에 꿇어앉아 뵙기를 청했으나 世祖를 도운 靖亂功臣이라 하여 문을 막고 엄하게 꾸짖어 돌려보냈다고 한다.43) 그 후 世祖가 원호의 명성을 듣고 중히 여겨 戶曹參議를 내려 불렀으나 끝내 나가지 않았을 뿐만 아니라 앉으면 반드시 端宗이 사는 동쪽을 향하고 누워도 반드시 동쪽으로 머리를 두었으며 맹세코 서쪽을 향하여 새 임금을 섬기지 않았으니 바로 중국의 白夷가 首陽山에 들어가 고사리를 캐며 두 임금을 섬기지 않았던 것과 같았다고 한다.

원호의 이와 같은 忠節이 인정되어 肅宗 25년(1699)에는 원주의 松林에 旌閭門이 세워졌고, 正祖 8年(1784)에는 資憲大夫 吏曹判書 兼 知經筵義禁府事 弘文館 藝文館 大提學 春秋館 成均館事 및 五衛都摠府都摠管에 추증되었으며, '貞簡'이란 諡號를 받았다. 생육신으로 推仰되었음은 물론이다. 숙종 29년(1703)에 원주의 七峰書院에 配享되었고 그 후에 함안의 西山書院과 영천의 龍溪書院 등에 배향되었다.44)

종에게 충성을 받쳤던 사람들의 이름이 새겨져 있나. 맨 첫 번째가 元昊이고, 그 다음은 趙旅, 李秀亭순으로 되어 있으며 성명 아래에 각기 별호를 표시하고 '景泰 年三月旣望'이라 하였다. 이로 볼 때 元昊, 趙旅, 李秀亭 3인은 영월군 수주면 무릉리 백덕산 아래 土室에 모여 시국을 한탄하며 지냈던 것을 알 수 있다.

43) 南宮垣,『觀瀾先生行狀』, 앞의 책, 66면.

44) 元容文, 앞의 논문, 1997, 71면.

이상과 같은 사실을 종합해 볼 때, 원호는 난세를 맞아 출사하지 않고 원주 南村 松林에 거처를 마련한 채 土室에서 시국을 논하며 은둔생활로 충절을 고수한 당대의 지식인으로 볼 수 있다. 현실의 모순을 그대로 보아 넘길 수 없어 시대적 苦惱를 소설로 表出한 인물이라 할 수 있겠다.

2) 抵抗精神의 寓意的 表出

앞에서 말한 것처럼 觀瀾 元昊는 癸酉靖亂(단종 1년, 1453)이 일어나기 전 이미 鄕里인 원주로 내려와 은거하고 있었다. 이 때 세조가 단종을 폐위하고 寧越 淸寧浦로 유배하자 영월 서쪽 시냇가 思乃坪이란 곳으로 옮아 살며 강 곁에 지대가 높은 언덕에 올라 영월 쪽을 바라볼 수 있는 곳에 흙을 쌓아 臺를 만들고 觀瀾亭이란 정자를 짓고 정자에 올라 매일같이 단종이 계신 곳만을 바라보며 눈물로 세월을 보냈다. 그러므로 丙子年(세조 2년, 1456년) 사육신 擧事가 있은 후 사건 당사자들의 혼령을 주인공으로 삼아, 세조의 왕위 찬탈 문제를 성토하는 것을 주제로 한 작품을 남길 수 있었던 것이 아닌가 생각된다.

주지하듯『원생몽유록』은 비분강개하는 선비 元子虛의 몽유담으로, 그가 꿈속에서 단종과 여섯 신하를 모시고 시국을 개탄하는 詩會를 연다는 내용이다. 이를 구체적으로 분석해 보면 그 첫머리는 이러하다.

> 세상에 원자허라는 사람이 있었으니 강개한 선비이다. 그는 기개가 너무 커서 시속에 적응하지 못했다. 때문에 자주 나은의 恨을 품고 원헌의 가난 또한 견디기 어려웠다. 그는 아침이면 나가서 밭을 갈고 밤에서야 돌아와서 옛 글을 읽는데 …… 역대의 위망과 운수가 옮겨가고 형세가 다한 곳에 이르면 매양 책을 덮고서 눈물을 흘리며 마치 몸소 그 때에 처하여 그 망해 가는 꼴을 버젓이 보고도 힘이 모자라 이를 붙잡지 못하는 듯이 여겼다.[45]

위는 주인공 元子虛의 인물됨을 소개한 대목이다. 원자허는 중국 唐나라 말기에 朱全忠이 임금을 죽이고 새로 梁나라를 세우자 吳越王을 권하여 梁나라를 치게 했던 忠義志士와 같이 표현한 것을 보게 된다. 또한 낮에는 밭에 나가 농사를 짓고 밤에는 돌아와 옛 사람의 글을 읽는 선비로, 가난하기는 魯나라의 청빈 관료이자 孔子의 제자였던 原憲과 같다고 했다. 그러면서 독서 도중 역대 왕조가 위태롭거나 망하게 되어 國運이 옮겨지고 세력이 쇠퇴해지는 대목에 이르면 책을 덮고 눈물을 흘리면서 마치 자신이 그런 일을 당한 것같이 슬퍼했다고 했다.

이어 몽유자 원자허는 仲秋佳節 달 밝은 밤에 달을 따라 책을 읽다가 밤이 이슥해서 심신이 노곤하여 책상머리에 기대어 잠이 든다. 그 때 갑자기 몸이 가벼이 들려 가뿐가뿐 시원스럽게 바람을 잡아타고 오르는 듯, 너울너울 날개가 달려 나는 신선 같이 어떤 강가에 이르니 강물은 느릿느릿 群山이 얽혀 있었다. 때마침 한 밤이라 온갖 소리 고요하고 달빛은 낮과 같고 물빛은 바랜 베 폭 같으며 바람은 갈대 잎을 울리고 이슬은 단풍잎에 떨어지고 있었다. 수심에 찬 눈으로 바라봄에 不平之氣가 맺혀 풀어지지 않는다. 이에 허공을 긋듯 긴 휘파람 불며 소리 높여 절구 한 수를 읊조린다.

> 恨이 강물에 서리니 물결마저 흐르질 못하고 恨入長江咽不流
> 갈대꽃 단풍잎 차갑게 으스스 荻花楓葉冷颼颼
> 분명 여기가 長沙의 언덕임을 아노니 分明認是長沙岸
> 달 밝은 이 밤 英靈들은 어드메에 노니는가 月白英靈何處遊

몽유자는 흐르는 강물도 멈추게 할만큼 깊은 恨이 맺힌 사람이다. 작가는 屈原과 賈太夫의 故事를 떠올리며 현실을 寓意的으로 表出해 내고 있다.

---

45) 『元生夢遊錄』. 世有元子虛者, 慷慨士也, 氣宇磊落, 不容於世, 屢抱羅隱之恨, 難堪原憲之貧, 朝出而耕, 夜歸讀古人書, ……至歷代危亡, 運移勢去處, 則未嘗不掩卷流涕, 若身處其時, 汲汲焉見其垂亡, 而力不能扶者也."(『觀瀾遺稿』 收錄本)

그러면서 임금과 함께 忠節로 목숨을 잃은 魂靈들을 생각하고 있음을 알
수 있다.

　몽유자가 이렇게 詩 한 수를 읊고 나서 사방을 둘러보고 있을 때, 幅巾에
野服을 입은 훤칠한 사나이가 그의 앞으로 다가오더니 읍하고 하는 말이
'자허는 어찌 이리 늦었소? 우리 임금님께서 지금 그대를 맞아 오라 하십니
다.' 하고 말을 붙인다. 이 때 몽유자 子虛는 귀신인가 하고 말을 못하다가
그의 용모가 특출하고 거동이 閑雅하여 기이하게 여기면서 그를 따라 백여
보쯤 가니 호숫가에 우뚝 솟은 정자가 있었다. 이 정자 난간에 기대앉은
이는 衣冠으로 보아 王者였으며 주위에 둘러앉은 다섯 사람은 그를 모시고
있는 사람들로, 의관으로 보아 大人임이 분명했다. 그들이 자허를 맞이하
나 자허는 예를 갖추지 않고 곧바로 들어가 왕을 뵌 뒤 자리가 정해지기를
기다렸다가 말석에 앉는다. 바른편에는 복건을 쓴 사람이 앉았고 그 위로
다섯 사람이 차례로 좌정하기에 이른다. 자허가 영문을 몰라 불안해하고
있을 때, 왕은 '일찌기 그대의 고상한 인품에 대해서 듣고 깊이 사모하던
터에 이같이 좋은 밤에 우연히 만나게 되었으니 조금도 의아해 하지 마오'
하는 것이었다. 이에 자허는 황공하여 일어나 사례하고 나서 그들과 함께
고금의 흥망을 담론하기 시작한다. 이때 幅巾者가 한숨을 쉬면서 이렇게
말한다.

　　堯舜과 湯武는 만고의 죄인입니다. 후세에 여우처럼 아첨을 떨어 禪
　　位를 취득한 자 이들을 빙자하고 신하로서 임금을 친 자 이들에게 명분
　　을 부쳐서 천년이 흘러 마침내 구할 길이 없게 되었습니다. 아아! 이 네
　　임금이야말로 영원히 도적의 효시가 될 것입니다.[46]

---

46)『元生夢遊錄』. "堯舜禹湯之後 狐媚取禪者, 籍焉 以臣伐君者, 名焉, 千載滔滔, 卒莫
　　之救, 呲呲四君, 永爲嚆矢."(앞과 같은 대본). '永爲嚆矢'는 古本의 '爲賊嚆矢'를 참
　　조해 이해하기로 한다.

마찬가지로 世祖의 왕위찬탈 사건을 寓意的으로 표출하고 있다. 이 말을 들은 왕은 낯빛을 엄숙히 고치면서 '네 임금 같은 성군이 있고 또 그 시대라면 몰라도 네 임금 같은 성군이 없고 그 시대가 아닌데 네 임금에게 무슨 죄가 있단 말이오. 단지 명분을 그렇게 내세우고 그것을 빙자해서 임금을 몰아낸 자들이 죄가 있는 것이 아니겠소' 한다. 이렇게 당시의 시대상을 중국의 임금들을 내세우고 중국의 역사에 의탁해서 우의적으로 표출하고 있음을 보게 된다.

계속되는 詩會에서도 중국의 역사적 사실들이 원용된 恨맺힌 노래들이 우의적으로 표현됨을 볼 수 있다. 먼저 왕이 슬픔을 스스로 이기지 못해 "애당초 가짜 임금이었으니 / 帝王이란 칭호 거짓높임이었다네"[新是僞主, 帝乃陽尊][47]라고 읊는다. 秦末 項羽가 楚覇王을 자처하고 孫心을 楚 懷王[義帝]으로 추대한 것은 위장 술책에 불과함을 읊은 것으로, 단종을 義帝에 비유한 우의적인 표현이다. 나머지 역시 중국의 역사적 고사 또는 작중인물 자신들의 과거사를 들어가며 癸酉靖亂과 丙子士禍를 비판한 우의적 詩篇들이다.

4. 結 論

이상 『원생몽유록』의 작자문제를 살피고 그 결과를 토대로 원호의 지식인적 고뇌와 작품에 나타난 문학적 현실대응 양상을 고찰해 보았다. 결론으로 이를 정리해 보면 다음과 같다.

첫째, 작자문제를 둘러싼 의혹과 시비를 검토하면서 원호 저작설이 가장 타당함을 거듭 확인할 수 있었다. 우선 백호 임제설은 김태준이 『조선소설사』에서 추강 남효온을 모델로 하여 임제가 저술한 작품이라고 언급함으

---

47) 『漢書』, 「高帝本紀」에 "陽尊懷王爲義帝"라 했다.

로써 제기되었다. 이어 이가원이 본인 소장의 한문필사본을 주석하면서 임
제설을 계승하지만, 그는 다시『관란유고』를 발견해 그 작자가 원호라는
주장을 내놓게 된다. 한편, 장덕순이 '梅月居士志 林白湖悌所記'에 근거해
김시습 저작설을 주장하면서 이 작품의 작자문제는 의혹과 시비의 현장으
로 빠져들게 된다.

그러던 차에 황패강이 해월 황여일의『海月文集』에 수록된 題詩와 跋文
을 근거로 임제설을 다시 주장했다. 그는 이가원의 원호설이 신빙성 부족
한 문헌에 근거한 것이라면서 반론을 제기했다. 즉 이가원이 근거로 삼은
『관란유고』는 1926년에 간행된 重刊本으로 원호의 후손들이『원생몽유록』
의 元子虛라는 몽유자 이름을 보고 그들 조상의 작품으로 간주해 문집 편
찬 당시 거기에 짜 넣었을 가능성이 높기 때문에 初刊本인『貞簡公遺稿』를
확인하기 전에는 원호설을 인정할 수 없다고 했다. 그런데 최근 그 초간본
의 발굴과 함께 거기에 수록된『원생몽유록』실체가 확인되어 황패강의
반론이 다시 문제에 부딪친 것이다. 뿐만 아니라『해월문집』소재 題詩와
跋文의 眞僞가 문제로 제기되고 '海月居士'가 가공인물이라는 주장이 대두
되었다. 이로써 '海月居士는 黃汝一이다'라는 등식 하에 내려졌던 그의 임
제설은 그 근본부터 흔들리게 되었다. 그리고 '海月居士'가 '梅月居士'로 誤
寫된 것이 아니라 그 반대로 誤寫된 것으로 보는 견해가 나와,『해월문집』
을 근거로 전개된 논의는 사실상 의미를 상실하게 되었다.

조상숭배 사상이 강했던 조선시대 유학자들에게 있어서 선조들의 문집
간행 사업은 매우 중요한 문제로, 동일한 문장이 각기 다른 가문의 문집에
서 발견되면 그 저작의 진위를 가리기 어려운 것이 오늘날의 사정이다.
『원생몽유록』역시 筆寫·流傳 과정에서 많은 우여곡절이 있었을 가능성
을 배제 할 수 없고, 따라서 異本의 전래 과정에 대한 연구가 문제 해결의
열쇠가 될 수밖에 없었다. 한 예로『장릉지』舊誌에 수록된『원생몽유록』
은『추강집』이나 다른 유통경로를 거쳐 수록된 것이 아니라 본래부터 手抄
本『魯陵誌』에 있었던 것이 再收錄된 것임이 밝혀졌다. 이를 바탕으로『원

생몽유록』이 애초 『노릉지』에 어떻게 편입되었는지 등의 문제를 따진다면 더 큰 소득을 올릴 수 있을 것이다.

둘째, 원호의 은둔적 행적과 『원생몽유록』에 나타난 저항정신의 寓意的 표출양상을 살핌으로써 당시 지식인들의 고뇌와 문학적 현실대응 의지를 엿볼 수 있었다. 먼저 원호는 文宗의 승하에 이어 端宗이 즉위한 뒤 癸酉靖亂과 같은 왕위찬탈의 조짐이 예측되자 병을 구실로 관직을 사퇴하고 둘째 아들과 함께 原州 南村 松林으로 돌아온다. 그는 그곳에서 거처하며 동리 이름을 霧巷이라 하고 은둔생활을 시작한다. 얼마후 단종이 왕위에서 물러나게 되자 梅月堂 金時習, 烟村 崔德之 등과 같이 우울한 나날을 보내던 중 사육신들이 禍를 입고 단종이 魯山君으로 降封되어 寧越 淸寧浦로 유배됨에 영월 서쪽 思乃坪에 觀瀾亭을 짓고 단종이 위리안치된 곳만 바라보며 눈물로 세월을 보냈다. 단종이 세상을 떠났다는 소식을 듣자 부친상을 당한 것처럼 백덕산 아래에 土室을 짓고 3년상을 마칠 때까지 외부 사람들과 접촉을 끊은 채 살았기 때문에 당시 그를 일러 '不出門外, 不接親友'라 했다. 훗날 肅宗代에 이르러 그의 忠節을 기리는 旌閭門이 원주 松林에 세워졌고 正祖代에는 관작이 追贈되었으며 貞簡이란 諡號가 내려졌다. 또 이미 그 전부터 생육신으로 추앙되어 많은 書院에 配享되기에 이른다.

이와 같이 觀瀾 元昊는 亂世에 나가지 않고 원주 南村 松林에 거처를 마련한 채 土室에서 시국을 논하며 은둔생활을 한 인물이다. 끝까지 忠節을 지킨 當代의 知識人으로서, 역사적 사건을 그대로 보아 넘기지 않고 그 시대적 苦惱를 소설로 표출했다. 사육신의 擧事가 있은 후 사건 당사자들의 靈魂을 작중인물로 삼아 『원생몽유록』을 지음으로써 世祖의 왕위찬탈 사건에 대해 분울해하는 의식을 보였다. 悲憤慷慨한 몽유자 元子虛가 端宗과 여섯 신하들을 모시고 시국을 개탄하는 詩會를 열었다 함은 癸酉靖亂과 丙子士禍로 일그러진 현실 앞에 知識人으로서 가졌던 작가의 苦惱와 반항의식이 그만큼 컸음을 말한다. 지식인의 그러한 고뇌를 하나의 몽유담에 가탁함으로써, 현실대응의 의지를 寓意的으로 表出한 것이라 하겠다.

「운영전」에 대한 문학적 반론으로서의 「영영전」

신동흔[*]

차 례

[*] 건국대학교 국어국문학과 교수.

1. 들어가는 말

우리 소설사의 새 장이 열리던 17세기, 그 속에 「영영전」(상사동기)이 있다. 하지만 「영영전」의 옆에는, 아니 앞에는 「운영전」이 우뚝 서있다. 이루어질 수 없는 비극적 애정을 섬세하고도 장중하게, 감동적으로 그려낸 걸작 「운영전」의 그늘은 「영영전」을 무색하게 하고도 남음이 있다.

실제로 그 동안의 연구에 있어 「운영전」이 전폭적인 관심과 찬사의 대상이 되었던 것과 달리 「영영전」은 특별한 대접을 받지 못하였었다. 수많은 논의들이 제출된 「운영전」과 달리 「영영전」에 대해서는 독립적 작품론을 쉽게 찾아보기 어려울 정도다. 명시적으로 표현된 적은 드물었다고 하더라도, 「영영전」은 「운영전」의 모방작 내지 아류작이라고 하는 시선에서 자유로울 수 없었던 것으로 생각된다. 「운영전」과 한 묶음으로 다루어지는 가운데 그것을 거들어주는 것 정도가 「영영전」에게 부여된 일반적인 역할이었다.[1] 개중에는 「영영전」의 독자적 가치를 드러내려 한 연구작업이 없지 않았지만, 그 또한 「영영전」이 「운영전」의 단순한 아류가 아님을 변호하는 차원의 논의에 가까운 것이었다.[2]

---

1) 「영영전」에 관한 주요 논의에는 소재영, 「운영전 연구」, 『아세아연구』 41호, 1971, 배원룡, 「운영전과 영영전의 비교고찰」, 『국제어문』 2, 1981, 박일용, 「운영전과 상사동기의 비극적 성격과 그 사회적 의미」, 『국어국문학』 98, 1987, 김낙효, 「영영전 연구」, 『고전소설과 문학교육』, 박이정, 1996(영영전에 대한 세 편의 논문을 모은 글임), 김현식, 「수성궁몽유록과 상사동기의 비교연구」, 『홍익어문』 14, 1995 등이 있거니와, 이들 논의는 거의 예외 없이 「운영전」과의 연관 속에서 「영영전」의 특성을 살피고 있다. 그 중 소재영은 두 작품의 유사성에 비추어 「영영전」이 「운영전」의 모작일 가능성을 지적하였으며, 배원룡 또한 두 작품의 유사성을 드러내는 데 논의의 주안점을 두었다. 박일용은 두 작품을 한데 묶어 다루면서 그 소설사적 의의를 가늠하는 논의를 전개하였는데, 그 무게중심은 단연 「운영전」 쪽에 놓여있다.

이 글에서는 「운영전」과 「영영전」의 관계를 이전과는 다른 새로운 각도
에서 살펴보고자 한다. 「영영전」이 「운영전」에 대한 의식적이고도 전면적
인 패러디라고 하는 시각이 그것이다. 「영영전」의 작가는 짐짓 「운영전」과
유사하게 인물 및 사건을 설정해놓고는 구체적인 인물 및 상황을 형상화함
에 있어 의도적으로 「운영전」과 구별되는 방향을 취하고 있다는 것, 그러
한 뒤틀기 내지 뒤집기를 통하여 작가는 기존의 문학적 관습에 대한 하나
의 반론을 제기하고 있다는 것이 이 글의 관점이다.3)

---

2) 「영영전」의 독자적 특성에 주목한 연구자로는 김낙효와 김현식을 들 수 있다(김
   낙효, 앞의 글 및 김현식, 앞의 글). 김현식은 행복한 결말을 통해 「운영전」(수성
   궁몽유록)이 불러일으키는 비극적 사랑에 대한 연민을 보상받으려 한 작품으로
   「영영전」(상사동기)을 이해하였는바, 「운영전」의 보완적 개작이라는 면에서 「
   영영전」의 의의를 인정한 시각이라 할 수 있다. 김낙효는 「영영전」을 중심에 둔
   일련의 논의를 통해 그 독자적인 문학적 가치를 드러내고자 하였는데, 「운영전」
   과 달리 이원적 세계관을 탈피했다는 점과 인물들이 애정 결합을 적극적으로 성
   취하고 있다는 점을 중시하였다. 그러나 그 논의는 주로 서사적 구도의 차이에
   주목한 것으로서 그것이 어떻게 문학적으로 형상화되면서 소설적 가치를 구현
   하는가 하는 데 대해서는 구체적인 고찰이 이루어지지 못하였다. 두 작품의 소
   설적 지향에 대한 더욱 깊이있는 비교고찰이 여전히 과제로 남아있는 상황이다.
3) 「영영전」과 「운영전」은 17세기 전반부의 작품이라는 것 외에 어느 것이 먼저
   나왔는가를 규명할 만한 뚜렷한 증거가 없는 상태다. 그리하여 그 선후 영향관
   계를 추단하기 어려운 면이 있다. 하지만 작품의 내용상으로 볼 때 「운영전」보
   다 「영영전」이 먼저 나왔을 가능성은 크지 않다고 본다. 몽유구조의 환상적 수
   법과 비극적 낭만성 등 전대 전기소설의 분위기를 잇고 있는 「운영전」이 「영영
   전」에 앞선다고 보는 것이 순리일 것이다. 작품 내용상으로 보아도 「영영전」이
   선행한 「운영전」을 변개한 것으로 볼 수 있는 요소가 많이 나타나고 있거니와,
   이제 인물의 형상 및 작중상황에 대한 비교가 이루어지고 나면 그 선후관계의
   윤곽이 좀 더 분명해지리라고 본다.
   한편, 「운영전」과 「영영전」을 동일인의 작품으로 추정하는 논의도 있었는데(김
   기동, 소재영 등), 그 가능성은 작아 보인다. 서로 유사한 설정의 작품을 동일인
   이 반복해서 썼다고 생각하기 어려우며, 동일인의 작품이라고 하기에는 소설의
   형상화 기법 및 문학적 지향성에 있어서의 차이가 두드러진다. 이와 관련하여
   김현식은 내용과 문체상의 특성에 입각하여 「영영전」의 작가를 양반가 여성으
   로 추정한 바 있는데(김현식, 앞의 글, 251~253면), 뚜렷한 증거가 없는 상태에
   서 속단할 일이 아니라고 생각한다. 한문 전기소설의 일반적인 관례에 비추어
   보아도 그렇고 내용상으로도 「영영전」이 여성의 창작일 가능성은 커 보이지 않
   는다.

만약 이러한 논지가 사실로 확인된다면, 고전소설에 있어서의 작품의 영
향관계 및 문학적 논쟁과 관련하여 새로운 측면의 이해가 가능하게 될 것
이다. 문제는 과연 그러한 가설이 논증될 수 있는가 하는 데 있다. 이제 두
작품을 찬찬히 읽어나가면서 가설의 타당성 여부를 검증해 보기로 한다.[4]

2. 운영전을 겨냥한 작품 배치

「영영전」의 전체적인 소설적 배치가 「운영전」과 유사하다는 사실은 두
작품을 통독해 보는 것만으로 바로 확인할 수 있다. 작품의 주요 인물 및
사건의 설정이 서로 밀접하게 대응되고 있다.

먼저, 두 작품에 등장하는 인물들이 거의 예외 없이 서로 짝을 지을 수
있도록 배치되어 있음을 본다.

	운영전	영영전
·남주인공	김진사(유생)	김생(유생)
·여주인공	운영(궁녀)	영영(궁녀)
·반동인물	안평대군(대군)	회산군(대군)
·결연 매개자		
(책략가)	특(동복)	막동(동복)
(중개자)	무녀	노파
(방조자)	자란 등의 궁녀	이정자, 회산군 부인[5]

---

4) 이 논문에서의 「영영전」과 「운영전」 작품 인용은 이상구 역주, 『17세기 애정전
기소설』, 월인, 1999에 의거한다. 이 책 속의 「영영전」은 국립도서관본을 대본으
로 삼은 것으로 표제가 '상사동기'로 돼있는데, 일반적 관례를 따라 '영영전'으
로 일컫기로 한다. 이 책에 실린 「운영전」의 저본 또한 「영영전」과 마찬가지로
국립도서관 소장 한문필사본이다.

5) 두 작품의 인물 대응 양상에 대해서는, 김현식, 앞의 글, 18면 및 김낙효, 앞의
글, 320~331면에서 이와 비슷한 형태의 분석이 이루어진 바 있다.

남녀 주인공의 설정부터가 우연이라고 하기에는 너무 흡사하다. 소년 재사(才士)와 궁녀(둘 다 대군에게 소속된)를 서로 짝지은 것 외에 그 이름까지도 서로 혼동될 정도로 유사하다. 이 외에 결연을 위한 계책을 제공해주는 인물로서 각기 특과 막동이라는 노복을 설정한 것 또한 우연의 일치라고 보기 어려운 요소다. 그 밖에 무녀와 노파의 구실에 서로 통하는 점이 있으며, 다른 주변인물들에 있어서도 일정한 관련성이 감지된다.

「운영전」과 「영영전」은 인물의 관계 외에 서사적 전개에 있어서도 깊은 친연성을 보인다. 앞길이 창창한 소년 유생과 궁녀 사이의 열렬한 연정이라는 기본 설정 외에, 목숨을 걸고 담을 타 들어가 이루는 모험적 결연, 짧은 사랑의 환희와 긴 이별의 고통 등 일련의 서사적 전개가 서로 겹친다. 그 서사적 일치는 꽤나 밀도가 높아서 우연히 그렇게 된 것이라고 보기 어렵다.

만약 이러한 일치가 우연한 것이 아니라면, 그러한 되풀이가 의미하는 바는 무엇일까?

이에 대해서 쉽게 생각할 수 있는 하나의 답은 한 작품이 다른 작품을 모방하였다고 보는 것이다. 이때 모방작의 자리에 놓이는 것은 아무래도 「영영전」 쪽일 것이다. 「영영전」은 작품의 기본적 설정에 있어 기존의 「운영전」을 답습하면서 사건 전개에 일정한 변화를 줌으로써 독자성을 확보하려 한 작품이라고 하는 식의 설명이 가능하다. 이때 '일정한 변화'란 물론 작품 결말부에 보이는 차이를 지칭하는 것이다. 잘 알듯이 「영영전」은 「운영전」과 유사하게 사건이 전개되다가 끝에 가서 애정의 장애요소가 제거되면서 행복한 결말을 성취하는 것으로 돼있는 것이다.

이러한 변개과 관련하여 애정 성취적 결말을 그 자체로서 높이 평가한 논의도 있었지만6), 이는 간단한 문제가 아니다. 그 소설적 형상화의 양상이 다분히 어설프고 어색한 것으로 다가오고 있기 때문이다.

------

6) 김낙효, 앞의 글, 336~340면.

　오랜 갈망과 모험적 시도 끝에 김생은 마침내 회산군의 궁녀 영영과 꿈같은 사랑의 밤을 함께한다. 그러나 그것은 곧 이별의 밤이기도 하였다. 간절한 사랑의 마음에도 불구하고 둘은 더이상 만날 기회를 가지 못한다. 그렇게 몇년의 세월은 흘러 영영에 대한 김생의 그리움은 잦아들고, 그는 다시 공부에 힘써 과거에 장원 급제한다. 장원으로서 삼일 유가를 돌던 그는 회산군 집 앞에서 문득 옛날의 일을 떠올리고서 거짓 낙마하여 집안으로 실려 들어간다. 거기서 영영을 만나 애절한 사연의 편지를 받은 김생은 예전의 열정이 되살아나서 상사병에 들고 만다. 이때 친구 이정자가 문병을 왔다가 그 사연을 듣고는 자신의 고모인 회산군 부인에게 주선하여 영영을 김생에게 보내주도록 한다. 회산군이 이미 죽은 뒤였던 것이다. 김생은 공명을 버리고 영영과 더불어 생애를 마친다.

　한때의 뜨거운 사랑의 열정이 세월의 흐름과 함께 잦아들었다가 어느 날 우연한 기회에 문득 되살아난다는 것도 그렇지만, 그 상황에서 마치 맞춘 것처럼 구원자가 쑥 나타나서 꼭 막힌 실타래를 훌훌 풀어준다는 것은 꽤나 급작스러운 변전이라 하겠다. 때마침 영영이 모시던 회산군이 세상을 떠난 지 3년이 되어 상복을 벗은 상태였다거나, 본래 성격이 사나웠던 회산군 부인이 마침 불교에 귀의한 터라서 선뜻 영영을 내준다고 하는 설정에서도 다분히 작위적이라는 느낌을 받게 된다. 뻔히 비극적인 결말이 내다보이던 상황에서 급작스레 행복한 결말로 반전하는 식의 서사적 구도는 아무래도 독자를 설득하기에 부족함이 있어 보인다.
　다음과 같은 마무리 서술은 또 어떠한가.

　부인은 즉시 영영에게 김생의 집으로 가라고 명하였다. 마침내 두 사람이 다시 만나게 되니, 김생과 영영은 움켜쥘 듯이 기뻤다. 시름시름 앓던 김생도 갑자기 기운이 솟아나 며칠 뒤에 병상에서 일어났다. 이후로 김생은 영원히 공명(功名)을 버리고, 끝까지 장가들지 않은 채 영영과 더불어 생애를 마쳤다고 한다.[7]

「운영전」에서의 가슴을 적시는 저 장중한 비극적 결말과 비교할 때, 단연 무게감이 떨어지는 느낌이다. 무언가 짙은 감응을 받기에는 너무 단순하고 소략해 보이는 결말이다. 행복한 결말을 짓기 위해 좀 억지를 부리고 있다는 느낌마저도 없지 않다. 그것은 혹시 애정의 성취를 원하는 독자에게 심리적 위안은 줄 수 있을지 모르지만, 주제의식을 약화시키고 있다는 지적을 면하기 어렵다. 「운영전」에서 시종일관 양보 없이 힘있게 관철되었던 억압에 대한 항변으로서의 애정의 파토스가 현저히 감퇴된 양상이다. '아류작'의 어쩔 수 없는 한계다 — 아마도 이것이 「영영전」에 대한 정석적인 평가일 것이다. 실제로 「영영전」은 이런 식으로 이해되어 왔다.8) 하지만, 과연 이러한 판단은 의심의 여지 없이 정당한 것일까? 「영영전」의 작가는 정말로 삶에 대한 문제의식이나 소설적 역량이 미흡하여 전작과는 견줄 수 없는 어설픈 모방작을 만들어내고 만 것일까? 이루어질 수 없는 사랑의 관계, 그에 따른 필연적 결과로서 이어지는 비극적 결말 — 이러한 서사적 구도에 익숙한 상태에서 「영영전」을 훑어볼 때, 위의 판단에는 재고의 여지가 없어 보인다. 그렇지만 혹시 그 익숙한 구도 자체에 문제가 있는 것은 아닐는지. 한번 사랑의 열정에 휩싸이면 끝내 헤어나지 못하고 신음하다가 비극적 결말을 맞이하고 마는 것이 필연적인 현실인 것인지. 어찌 꼭 그러하겠는가. 그건 하나의 서사적 상투일 수 있다. 뜨겁던 애정이 세월과 함께

---

7) 이상구 역주, 앞의 책, 188면. (夫人)卽命英英, 同歸金生家. 二人相見, 其喜可掬. 生儒氣頓蘇, 數日乃起. 自此永謝功名, 竟不娶妻, 與英英相終, 云云(같은 책, 306면. 이하 원문은 면수만 표시).

8) 한 예로 이상구는 「영영전(상사동기)」을 해설하면서 다음과 같이 언급한 바 있다. "「상사동기」는 「운영전」과 마찬가지로 궁녀와 젊은 유생의 사랑을 통해 자연스런 감정의 발현인 남녀의 애정을 억압하는 중세적 이념과 틀을 문제삼고 있다. 그러나 「상사동기」는 「운영전」만큼 이 문제를 심각하게 제기했다고 보기 어렵다. 앞서 언급했듯이, 「운영전」은 비록 몽유록이라는 형식적 장치를 빌기는 했지만 운영과 김진사의 비극적인 죽음을 통해 중세적 이념과 틀의 반인륜적 측면을 여실하게 드러내고 있다. 그런데 「상사동기」는 궁녀인 영영과 김생의 사랑을 낭만적인 결연담의 형식으로 호도함으로써 중세적 이념과 틀의 반인륜적 측면을 약화시키고 있는 것이다."(위의 책, 24면).

식었다가 우연히 되살아나기도 하는 것이, 꽉 막혀 있던 상황이 우연한 기회에 술술 풀리기도 하는 것이 우리 삶의 실제적 모습일 수 있다. 그렇다면…… 혹시 「영영전」은 이와 같은 현실감각에 입각하여 「운영전」의 소설적 구도를 의도적으로 뒤집고 있는 것은 아닐까?

아마도 무척 억지스러운 가정으로 보일 것이다. 하지만 「운영전」과 견주어가면서 「영영전」을 다시금 찬찬히 정독하면 생각이 달라지리라고 믿는다. 「영영전」에는 「운영전」의 소설적 구도를 뒤집는 서사적 설정이 작품 전편에 걸쳐 폭넓게 배치되어 있는 것이다. 이제 그 본격적인 확인 작업에 들어가기 앞서 하나의 단면을 잠깐 살펴본다.

「운영전」과 뚜렷한 차이를 보이는 결말 부분과 달리 작품 전반부에 있어 「영영전」은 「운영전」을 그대로 따라서 진행되는 것처럼 보인다. 하지만 그것은 그렇게 보이는 것일 뿐이다. 앞서 꼭 맞아떨어진다고 한 두 작품의 인물과 사건은, 그 구체적인 형상에 있어서는 아주 이질적인 양태를 하고 있다.

김생이 읊기를 마치고 취한 눈을 반쯤 들어올리는 순간 한 미인이 눈에 띄었다. 나이는 겨우 열 여섯 살 정도 되었는데, 사뿐사뿐 걷는 고운 발걸음에 길가의 먼지마저 일지 않았다. 허리와 팔다리는 가냘프고 어여뻤으며, 몸매가 매우 아름다웠다. 그 미인은 가다가 멈추는가 하면, 동쪽으로 향하다가 서쪽으로 걷기도 하고, 기와조각을 주워 꾀꼬리를 희롱하는가 했더니, 버드나무 가지를 붙잡고 우두커니 서서 석양을 바라보았다. 그러다가 옥비녀를 풀어 윤이 나는 검은 머릿결을 가볍게 흔들자, 푸른 소매는 봄바람에 나부끼고 붉은 치마는 맑은 냇가에 어리어 반짝였다.

심생은 그녀를 바라보고 있다가 마음이 크게 흔들리어 스스로를 억제할 수가 없었다. 말채찍을 재촉해 달려가 곁눈으로 흘끗흘끗 바라보니, 고운 치아와 아름다운 얼굴이 참으로 국색(國色)이었다. 김생은 말을 빙빙 돌려 그 주위를 맴돌면서 때로는 앞서기도 하고 때로는 뒤를 좇으

면서 정신을 가다듬고 그녀를 주시하였다. 그는 끝까지 그녀를 놓쳐서
는 안 된다고 생각했다. 여자도 김생이 감정을 억제치 못함을 알아채고,
부끄러운 나머지 눈썹을 내리깐 채 감히 바라보지를 못했다. 여자가 점
점 멀리 나아가자, 김생도 계속 그 뒤를 좇아갔다. 그녀가 마지막으로
도착한 곳까지 따라가 보니, 그녀는 마침내 상사동 길가에 있는 몇 칸
짜리 작은 집 안으로 들어갔다.

　　김생은 어쩔 줄 몰라 그 주변을 서성거리다가 우두커니 섰는데, 마음
이 쓸쓸하고 처량해 견딜 수가 없었다. 그러나 날은 이미 저물어 있었
다. 그는 어떻게 해볼 도리가 없다는 것을 깨닫고 원통한 마음으로 되돌
아 왔으나, 멍하니 정신을 잃고 술에 취하거나 바보가 된 듯하였다.[9]

김생이 처음 영영을 만나는 대목이다. 어떤가 하면 그 만남의 상황은, 그
리고 인물의 모습은 「운영전」에서와는 무척 다르다. 「운영전」에서의 운영
과 김진사의 만남은 시문(詩文)을 매개로 한 그윽하고 격조 있는 만남이었
다. 안평대군과 시문을 화답하는 당대 제일의 소년재사와 여러 궁녀 가운
데도 용모나 재질이 특히 비상한 절대가인의 번개처럼 스치는 만남이다.
어디에선가 하면 세상과 절연된 심궁(深宮)에서의, 사랑의 방해자가 앞을
딱 가로막고 있는 상태에서의 — 만남 자체에 비극을 잉태하고 있는, 숨이
막힐 정도의 운명적인 상봉이다.

그에 비하면 영영과 김생의 만남은 어떠한가? 그들이 서로 만난 것은 사
람들이 왕래하는 길 한복판에서다. 상대방의 재주에 취했는가 하면 그것도
아니어서, 김생은 술기운이 거나한 상태에서 영영의 고혹적인 미모에 홀려
넋을 잃었던 것뿐이다. 그 상대방인 영영은 어떤가 하면 부끄러워서 김생

---

9) 위의 책, 161~162면. 吟竟, 半擡醉眼, 則有一美人, 年纔二八, 蓮步輕移, 陌塵不起,
腰肢嫋嫋, 態度婷婷. 或行或止, 或東或西. 或拾瓦礫, 打起鴛兒, 或攀柳條, 佇立斜陽.
或抽玉鐵(簪), 輕搖綠鬢, 翠袂飄拂乎春風, 紅裳照耀乎晴天. 生望而視之, 神魂飄蕩,
不能自抑. 促鞭馳詣, 睨而視之, 雅齒韶顔, 眞國色也. 生盤馬踟躕, 或先或後, 留神注
目, 終莫能捨去也. 女知生不能無意, 含羞低眉, 不敢仰視. 女行漸遠, 生亦相隨. 趁其
所終到, 則相思洞路傍蝸室數間. 乃其所止也. 生盤桓佇立, 不堪惆悵. 然日已夕矣. 知
其無可奈何, 怏怏然而去, 茫茫然而自失, 如醉如癡.(292~293면)

을 제대로 바라보지 못하고 있는 상황이다. 「운영전」에서의 극적인 운명적 만남과는 질적으로 다른 다분히 순간적·일방적인 풍정(風情)으로서의 만남이다. 술에 취한 상태에서 낯선 여인의 미모에 넋이 나가서는 앞서거니 뒤서거니 말을 몰아 여인 주위를 빙빙 돌면서 흘끔흘끔 미모를 곁눈질하는 김생의 상상해 보라. 당대제일의 문사 안평대군 앞에서 당당히 시문을 논하는 김진사와 비교하면 오갈데없는 범부(凡夫)의 모습이다.

그러나 이러한 범부로서의 김생의 모습이란 또 얼마나 자연스럽고 생기 있는 것인지. 좀 우스꽝스럽기까지 한 김생의 모습은 한편으로 저 고결한 김진사에 비하여 훨씬 친근하게 다가오는 면이 있는 것이다. '나'의 모습과 다를 바 없는, 있는 그대로의 진솔한 인간의 모습이므로.

과연 이와 같은 서사적 설정이 작가의 의식적인 변용인지, 전작을 모방하는 과정에서 우연히 그렇게 된 것인지는 이어지는 논의를 통해서 판가름될 수 있을 것이다.

3. 문학적 반론의 양상

1) 실제인물과 작중인물

사람들의 삶을 소설적으로 형상화할 때 인물형상의 창조는 중추적인 요소가 된다. 작품의 전반적 분위기와 의미가 인물에 의해 좌우된다. 소설작품 속의 인물은 현실 속의 인간의 모습을 투영하는가 하면 상상력에 의한 변용을 겪기도 하는데, 그 양성은 작가나 작품에 따라 차이가 있다. 인물형상이 이상화되는 흐름이 있는가 하면, 일상적인 모습에 의거한 재현이 이루어지기도 한다. 그러한 차이가 문학적 지향성에 편차를 가져옴은 물론이다.

앞서 본론 첫머리에서 「운영전」과 「영영전」의 인물 배치가 흡사하다는 점을 지적한 바 있다. 그런데 그 유사성이란 인물 배치의 구도에 한정될 뿐, 구체적 캐릭터까지 일치하는 것은 아니다. 이미 위에서 김진사와는 완연히 다른 김생의 모습을 엿보았거니와, 그러한 차이는 작품 전반에 걸쳐서, 또한 여러 인물에 걸쳐서 일관되게 나타나고 있다.

먼저 김생과 김진사의 형상을 좀 더 살펴본다.

진사가 털가죽 버선을 신고 걸어가니, 나는 새처럼 가벼워 땅을 밟아도 발자국 소리가 나지 않았습니다. 진사는 이러한 꾀로 궁궐 안팎의 담을 넘어 들어와 대나무 숲 속에 엎드려 있는데, 달빛은 낮처럼 밝고 궁궐 안은 조용하기만 했습니다. 조금 후에 어떤 사람이 안에서 나와 산보를 하면서 낮게 시를 읊조렸습니다. 진사는 대나무를 헤치고 머리를 내밀며 말했습니다.

"오시는 분은 누구신지요?"

그 사람이 웃으면서 대답했습니다.

"낭군께서는 나오십시오! 나오십시오!"

진사는 성큼성큼 걸어나와 절하며 말했습니다.

"나이 어린 사람이 풍류의 흥취를 이기지 못하여 만 번 죽을 죄를 무릅쓰고 감히 이곳에 왔습니다. 원컨대 낭자는 저를 불쌍하게 여겨주십시오."

…… (중략) ……

진사가 들어오는 것을 보고 제가 자리에서 일어나 맞이하며 절하자, 낭군도 답배(答拜)를 하고 손님과 주인의 예절에 따라 동서(東西)로 나누어 앉았습니다. 저는 자란에게 진수성찬(珍羞盛饌)을 마련케 하여 함께 자하주(紫霞酒)를 따라 마셨습니다. 술이 세 잔 정도 돌자, 진사가 짐짓 취한 척하면서 말했습니다.

"밤이 얼마나 깊었습니까?"

자란은 진사가 말한 뜻을 알아채고 휘장을 드리우며 문을 닫고 나갔습니다. 저는 등불을 끄고 진사와 함께 잠자리에 들었는데, 그 기쁨은 이루 말할 수가 없었습니다.

갑자기 문 여는 소리가 들리더니 안쪽에서 어떤 사람이 나왔다. 김생은 영영인지 아닌지 궁금해서 숨을 죽이고 가만히 귀를 기울여 듣고 있는데, 발자국 소리가 점점 가까워지면서 옷 향기가 엄습해 왔다. 김생이 눈을 뜨고 바라보니 곧 난향이었다. 김생은 어둠 속에서 나와 영영의 등을 어루만지며 말했다.

"그대의 사랑 김모(金某)가 이미 여기에 와 있소."

영영이 말했다.

"낭군은 참으로 믿음직스러운 선비입니다."

영영이 즉시 김생의 손을 이끌어 가까이 앉히고 안부를 묻자, 김생이 대답했다.

"만 번 죽을 고생을 견디고 넘어가는 숨을 겨우 보존하고 있을 뿐이오."

…… (중략) ……

김생이 즉시 영영의 옷깃을 붙들고 벗기려 하자, 영영이 말리면서 말했다.

"낭군은 어찌 저를 뽕나무밭에서 노는 여자처럼 대하십니까? 별도로 침실이 한 곳 있으니 그 곳에서 좋은 밤을 편안히 보내는 것이 좋겠습니다."

…… (중략) ……

그리고 나서 김생의 손을 이끌어 감싸안고 들어가자, 김생도 어쩔 수 없이 따라 들어갔다. 김생은 두려움에 떨면서 몸을 구부리고 살금살금 걸어가는데, 문안으로 들어갈 때는 깊은 연못을 굽어보는 듯 두려웠으며, 땅을 밟을 때는 엷은 빙판 위를 걷듯이 조심조심 걸었다. 매번 한

---

10) 위의 책, 140~141면. 進士着而行, 輕如飛鳥, 地上無足聲. 進士用其計, 踰內外墻, 伏竹林, 月色如晝, 宮中寂寥. 少焉, 有人自內而出, 散步微吟. 進士披竹出頭曰: "有人來此?" 其人笑而答曰: "郎出! 郎出!" 進士趍而揖曰: "年少之人, 不勝風流之興, 冒犯萬死, 敢至于此, 願娘怜我." (……) 進士由層階循曲欄, 竦肩而入. 妾開紗窓, 明玉燈而坐, 以獸形金爐, 燒鬱金香, 琉璃書案, 展太平廣記一卷, 見進士至, 起而迎拜, 郎亦答拜, 以賓主之禮, 分東西坐. 使紫鸞設珍羞奇饌, 而酌紫霞酒飮之. 酒三行, 進士佯醉曰: "夜如何幾?" 紫鸞會知其意, 垂帳閉門而出. 妾滅燈同枕, 喜可知矣.(281~282면)

발을 옮길 때마다 아홉 번이나 넘어지고, 땀이 발뒤꿈치까지 흘러내려
도 오히려 깨닫지 못했다.

　　……… (중략) ………

　잠시 후 사람 소리가 점차 잦아들고 불빛도 꺼졌다. 이윽고 영영이
오른손으로는 옥등(玉燈)을 잡고, 왼손으로는 은병(銀瓶)을 붙들고 나와
김생이 숨어 있는 방문을 열었다. 김생은 벽에 붙어서 두 발을 포개고
서 있으면서, 속으로 '이제는 죽었구나'라고 생각하고 있었다. 이 모습
을 본 영영이 웃으면서 김생에게 말했다.

　"낭군께서는 얼마나 놀라셨습니까? 제가 위로하고자 따뜻한 술을 가
지고 왔습니다."

　마침내 영영이 금으로 된 연꽃 모양의 술잔에다 술을 따라 김생에게
권하니, 김생이 받아 마셨다. 영영이 또 한 잔을 권하자, 김생이 사양하
며 말했다.

　"마음이 정(情)에 있지, 술에 있지 않소."

—「영영전」11)

　얼핏 보면 아주 비슷한 것으로 다가오는 대목이다. 두 대목 모두 남주인
공이 연정의 대상을 만나려고 궁궐에 침투해 들어간 순간의 긴장된 정경을
잘 그려내고 있다. 대나무 숲에 엎드려 동정을 살피는 김진사의 모습이나
숨을 죽인 채 영영을 기다리는 김생의 모습이 무척이나 리얼하다. 짐짓 취
한 척 자란에게 눈치를 주는 김진사의 행위나 얼른 영영을 품에 안으려 서
두는 김생의 모습 또한 손에 잡힐 듯 생생하다.

---

11) 위의 책, 176~179면. 忽聞開戶之聲, 自內而出. 生將信將疑, 屛息潛聽, 跫音漸近, 衣
　　香來襲. 開眼視之, 乃蘭香也. 生出而撫背曰: "情人金某, 在斯矣." 英曰: "郎君大是信
　　士." 卽携手狎坐, 問(生之)安否. 生答曰: "忍得萬死, 僅保殘喘耳." (……) 卽把英之衣
　　襟, 而解之. 英止之曰: "郎君何以(待)妾, 如桑間遊女乎? 別有寢房一所, 可於其間穩度
　　良夜." (……) 乃携手擁入, 生不得已隨之. 踟蹰惶恐, 入門如臨深淵, 踏地如履薄氷.
　　每移一足動, 輒九蹶, 汗出至踵, 猶未能自覺也. (……) 人聲漸息, 火光亦滅. 英右手持
　　玉燈, 左手携銀瓶, 出而開戶, 則生塗壁累足而立, 自以爲將死而已. 英笑謂生曰: "郎
　　君無乃有驚懼之心乎? 妾欲慰之, 故持溫酒而來." 遂以金荷葉盞, 酌而勸生, (生飮之.
　　英又勸一杯), 生辭曰: "在情, 不在酒也."(300~301면)

그러나 그 정경을 좀더 섬세하게 살펴보면 김진사와 김생의 형상에서 상당한 차이를 발견하게 된다. 김진사는 그 긴박한 상황 속에서도 기본적으로 '품위'를 잃지 않고 있다. 성큼 걸어나가 예의바른 어조로 자신의 뜻을 밝히는 모습이나, 운영과 서로 맞절을 한 다음 동서로 갈라앉아 주찬을 나누는 모습 등이 그러하다. 자란에게 자리를 피해 달라고 청하는 말도 격조에서 벗어나지 않는다. 당대 제일의 소년명사라는 명색에 어울리는 형상이다. 이에 비하면 「영영전」의 김생은 어떠한가. 그는 영영을 보자마자 등을 어루만지며 어리광에 가까운 정담을 늘어놓는다. 영영의 옷을 급히 벗기려 하는 모습이나 혹시라도 들킬까봐 땀을 뻘뻘 흘리며 전전긍긍하는 모습은 더더욱 품위와 거리가 멀어 보인다. 방안에 홀로 남겨져 있다가 인기척을 듣고는 발을 포개고서 벽에 붙어서는 모습은 웃음을 자아낼 정도다. 영영을 처음 발견했을 때 그 주변을 빙빙 돌면서 흘깃거리던 바로 그 사람의 모습이다.

간추리면, 「운영전」의 김진사가 소년명사에 걸맞는 이상적인 인물형으로 부각되고 있는 데 대하여 「영영전」의 김생은 일관되게 소년명사라는 명색에 잘 어울리지 않는 가볍고 범상한 모습으로 그려지고 있다. 이러한 차이가 일관되게 나타난다는 것은 작가의 의도를 반영한 결과라고 보아야 할 것이다. 어떤 의도인가 하면, '이것이 인간의 참모습이 아니겠는가' 하는 것이다. 김진사의 모습보다 김생의 모습이 더 인간적 진실을 담아내고 있지 않은가 하는 태도다. 이와 관련하여 두 작품의 형상 가운데 어느 쪽이 더 그럴듯한가 가려 따지는 논의는 생략한다. 다만 「영영전」에 그려진 정경이 「운영전」과는 또 다른 차원에서 문학적 긴장감과 리얼리티를 갖추고 있음을 지적해 둔다.

김생이 김진사에 대해 나타내 보이는 바의 인물형상의 차이는 소설 속의 다른 인물들에도 적용이 된다. 그 중 여주인공의 형상을 눈여겨보기로 한다.

운영과 영영은 둘 다 대군의 집에 속한 궁녀로 설정되어 있다. 그러나 두 인물의 처지와 행동양상에는 상당한 차이가 있다. 먼저 운영을 보면, 그녀는 궁녀 신분이라는 것 이상의 특수한 조건 속에서 존재하고 있다. 안평대군이라는 아주 독특한 성격의 인물에 의하여 깊은 궁중에 밀폐된 채 온실 속의 화초처럼 길러져온 인물이 운영이다. 세상의 티끌과는 거리가 먼 지상선녀 같은 존재인 것이다. 가려뽑은 열 명의 궁녀 가운데도 특히 재색이 탁월했다고 하니, 운영의 용모 재질은 쉽게 상상이 가지 않을 정도다. 한마디로 운영은 다분히 이상화된 인물형으로서의 성격을 지닌다고 할 수 있다. 이에 비하면 영영은 같은 궁녀이면서도 그 존재가 훨씬 가깝고 자연스럽게 다가온다. 자색이 아름답고 재주도 뛰어나다는 것 외에 영영의 형상은 일반적인 궁녀의 모습에서 크게 벗어나지 않는다. 부모 제사를 지내기 위하여 이모 댁을 찾아오다가 길거리에서 사람들의 눈에 뜨이기도 하는, 소년재사 김생의 돌진에 부끄러움을 느끼는 한편으로 마음이 이끌리기도 하는, 현실 속에 얼마든지 있을 법한 그러한 인물이 영영이다. 한마디로 영영은 운영에 비하여 훨씬 현실적인 인물형이라 할 수 있다.

  이러한 인물형의 차이는 구체적인 행동 양태에 그대로 투영되고 있다. 앞서 남녀 주인공이 만나는 장면을 인용했었거니와, 운영이 단아한 모습으로 예의를 차리고 있는 데 대하여, 영영은 짐짓 김생을 책망하기도 하고 그를 빈방에 남겨놓은 채 일을 보기도 하는 모습과 만날 수 있었다. 한편으로는 범상하고 한편으로는 자연스러운 형상이다. 그것이 작가의 의도적인 설정임은 다시 말할 것이 없겠다.

  다음 대목은 또 어떠한가.

  밤이 다 끝나갈 즈음에 새벽닭이 꼬끼오 울며 날 밝기를 재촉하고, 멀리서 파루(罷漏)를 알리는 종소리가 은은하게 울려 왔다. 김생이 자리에서 일어나 옷가지를 챙겨 입고 탄식하며 다급히 말했다.
  "좋은 밤은 괴로울 정도로 짧고 사랑하는 두 마음은 끝이 없는데, 장차 어떻게 이별을 하리오? 궁궐 문을 한 번 나가면 다시 만나기 어려울 터이니, 이 마음을 어떻게 하리오?"

영영은 이 말을 듣고 울음을 삼키며 흐느끼더니, 고운 손으로 눈물을
흩뿌리면서 말했다.

"홍안박명(紅顔薄命)은 옛날부터 있었으니, 비단 미천한 저에게만 그
러한 것은 아닙니다. 살아서 이렇듯 이별하니, 죽어서도 이렇듯이 원통
할 것입니다. 죽고 사는 것은 꽃이 시들고 나뭇잎이 떨어지는 것과 같으
니, 굳이 날씨가 추워지기를 기다릴 필요도 없습니다. 낭군은 철석같은
마음을 가진 남아인데, 어찌 소소하게 아녀자를 염려하다가 성정(性情)
을 해쳐서야 되겠습니까? 엎드려 바라건대, 낭군께서는 이별한 뒤에는
제 얼굴을 가슴속에 두어 심려치 마시고, 천금같이 귀중한 몸을 잘 보존
하십시오. 또 학업을 계속하여 과거에 급제하고 운로(雲路)에 올라 평생
의 소원을 이루시길 간절히 바라고 또 바라옵니다!"

이어서 영영은 토끼털로 만든 붓을 뽑고 용꼬리를 새긴 벼루를 연 다
음, 난봉전(鸞鳳牋)을 펼쳐 놓고 칠언율시(七言律詩)를 한 수 지어 이별
에 부치었다.

幾日相思此日逢	얼마나 오랫동안 그리워하다가 오늘 만났던고?
綺窓綉幕接手容	깁 바른 창 수놓은 휘장 안에서 손잡고 마주하였네.
燈前不盡論心事	등불 앞에선 마음을 다 털어놓지 못하고,
枕上旋驚動曉鐘	베갯머리에선 새벽 종소리에 놀라 일어났네.
天漢不禁烏鵲散	은하수는 오작이 흩어지는 것을 막지 못하니,
巫山那復雲雨濃	언제 다시 무산의 비구름 짙어질 것인가?
遙知一別無消息	한 번 이별한 뒤 아득히 소식은 알 길 없고,
回首宮門鎖幾重	겹겹이 잠긴 궁궐 문을 되돌아보기만 하네.12)

---

12) 위의 책, 179~180면. 夜已將闌, 晨鷄喔喔然催曉, 遠鐘隱隱乎罷漏. 生起而攝衣, 欷
歔數聲曰: "良宵苦短, 兩情無窮, 其如將別何? 一出宮門, 後會難期, 其如此心何?" 英
聞之, 吞聲飮泣, 玉手揮淚曰: "紅顔薄命, 自古有之, 非獨微妾. 生如此而別, 死如此而
怨. 其生其死, 如花殘葉落, 將不待歲月寒矣. 郎君以男兒鐵石之心, 何可屑屑然, 爲兒
女之念, 以傷性情乎? 伏願郎君, 此別之後, 無置妾面目於懷抱間, 以傷思慮, 善保千金
之軀, 不廢學業, 擢高第, 登雲路, 以盡平生之願, 幸甚幸甚!" 仍抽免毫管, 開龍尾硯,
展鸞鳳牋, 遂寫七言律詩, 吟付爲別曰: 幾日相思此日逢, 綺窓綉幕接手容. 燈前不盡
論心事, 枕上旋驚動曉鐘. 天漢不禁烏鵲散, 巫山那復雲雨濃? 遙知一別無消息, 回首

잘 알듯이, 「운영전」의 운영은 김진사와의 거듭된 밀회 끝에 그와의 삶을 위하여 심궁으로부터의 탈주를 시도한다. 그것은 주변인물들이 말하고 있는 것처럼 극단에 가까운 위험한 발상이라 할 수 있다. 그럼에도 그러한 시도를 하는 것은 김진사와 운영 사이의 애정이 그만큼 뜨겁고 깊었기 때문이겠다. 탈주의 시도가 끝내 좌절됐을 때 운영이 미련없이 목숨을 끊은 것 또한 같은 맥락에서 이해가 된다. 그러한 운영에게서 우리는 애정이라는 하나의 가치에 강렬하게 집착하는 애정지상주의자의 모습을 본다. 오랫동안 성정이 억눌린 채로 유폐의 삶을 살아온 것을 감안할 때, 그와 같은 운영의 형상은 하나의 전형(典型)으로서의 설득력을 갖추고 있다.

그런데 위 인용에 나타난 영영의 행동 양태는 운영과는 아주 다르다. 영영은 애초에 김생을 받아들일 때부터 그것이 계속 이어질 수 없는 한 순간의 인연임을 인지하고 있었다. 사람들의 눈을 속이면서 되풀이하기에는 너무나 어렵고도 위험한 사랑이다. 운영처럼 정인(情人)과 함께 도망치면 되지 않겠느냐고 할 수 있을지 모르지만 말이 그렇지 그것이 어찌 쉬운 일이겠는가. 결국 솟구치는 열정에도 불구하고, 자신의 몸과 마음을 바친 정인을 눈물로 보낼 수밖에 없는 것이 일개 연약한 궁녀로서의 영영이 처한 현실이다. 그리하여 영영은 위에 보이는 바와 같이 기약이 있을 리 없는 이별을 고하고 있는 것이다. 번민과 좌절 끝에 목숨을 끊는 운영의 모습과는 또 다른 차원의 무척이나 애절한 모습이다.

이렇게 서로 대조를 이루는 운영과 영영의 형상 가운데 어느 쪽이 더 문학적인지 말하기는 어려운 일일 터이다. 하지만 어느 쪽이 더 현실적인가에 대해서는 이야기해 볼 수도 있을 듯하다. 애정이 참으로 소중한 것이라지만, 그것을 인생에 있어 절대유일의 가치인 것처럼 받아들이는 것은 감각이 지나친 면이 있다. 사랑하면서도 헤어지고, 그리고는 그 아픔을 간직하면서 살아나가는 것, 그것이 일반적인 사람살이의 현실일 것이다. 극단

宮門鎖幾重.(302면)

의 상황을 설정한 「운영전」과 달리 「영영전」은 이처럼 우리의 일반적 삶에 보다 밀착된 방식으로 작중현실을 형상화하고 있다. '현실성의 미학'이라 할 만한 특징이다.

남녀 주인공 이외의 인물들에 대해서는 번다한 논의를 생략한다. 다만 여타의 인물에 대해서도 지금껏 살핀 바와 같은 차이가 확인된다는 사실만을 적시해 둔다. 예컨대 상상을 뛰어넘는 교묘한 책략을 쓰던 끝에 일대 파란을 일으켜 주인을 구렁텅이로 몰아넣는 김진사의 종 특과 주인에게 하나의 근사한 계책을 제시해 주는 것으로 제 역할을 다하는 김생의 종 막동의 모습을 비교해 보면 그 차이를 쉽게 간취할 수 있을 것이다. 소설적 상투에 의하자면 특이 더 익숙해 보일지 모르지만, 실제 현실 속에서 자연스레 접할 수 있는 인물은 '특'보다는 '막동'이다.

이제 「운영전」과 구별되는 「영영전」의 소설적 정체성이 웬만큼 확인된 것이 아닐까 한다. 「운영전」이 다분히 이상화된 인물형을 통해 경이로운 '가공의 삶'을 부각하는 데 비하여 「영영전」은 보다 현실적인 인물형을 통해 자연스러운 '실제의 삶'을 부각하고 있다. 그 서로 다른 문학적 지향을 한데 짝지어놓음으로써 「영영전」의 작가는 「운영전」의 작가에 대하여 인간과 문학에 대한 반론을 성립시키고 있다. 논리적 주장의 차원이 아닌 소설적 형상 차원의 문학적 반론을.

2) 현실과 소설적 서사

「운영전」에 대한 「영영전」의 문학적 반론이 단지 인물의 형상 차원에만 머무르지 않을 것임은, 이미 눈치챘으리라 믿는다. 이제 서사적 전개 쪽으로 초점을 돌려서 그 양상을 더 살펴본다.

「영영전」의 서사적 전개 가운데 김생과 영영의 만남으로부터 이별에 이르는 과정에 대해서는 별도의 논의를 생략한다. 이미 앞 절의 논의 과정에서 그 대체적인 모습이 드러난 상태다. 어떠한 모습인가 하면, 인물의 형상에 걸맞는 자연스럽고 일상적인, 현실적인 모습이다. 이를테면 현실적 처지 때문에 남녀주인공이 기약 없는 이별을 하고 만다는 설정 같은 곳에 그러한 특징이 잘 함축돼 있다.

그렇게 헤어진 다음의 상황은 어떻게 전개되는 것일까.

이윽고 김생은 집으로 돌아왔으나, 넋을 잃어 물건을 보아도 보이지 않고 소리를 들어도 들리지 않았다. 세상의 어떤 일도 염두에 두지 않고 오로지 한 통의 편지를 써서 간절한 마음을 전달하고 싶을 뿐이었다. 그러나 상사동의 노파도 이미 세상을 떠나서 다시 편지를 부칠 길마저 없는지라, 김생은 희망을 잃고 헛되이 몽상(夢想)에 젖어 있기만 했다.
그러나 세월은 천연히 흘러가고 광음은 돌연히 바뀌어 온갖 근심 속에서도 3년이 훌쩍 지나가 버렸다. 마음이 일에 따라 변하듯 영영에 대한 그리움도 점차 줄어들었다. 김생은 다시 학업을 일삼아 경전(經典)과 서적(書籍)에 침잠하고 힘써 문장을 닦았다. 홰나무 꽃이 누렇게 물드는 시기가 되어 김생은 과거 시험장에서 나라 안의 모든 선비들과 함께 자거(觜距)를 다투었다. 그는 시험을 치를 때마다 거듭 합격하여 마침내 뭇 사람들 가운데서 장원으로 뽑히었다.[13]

아름다운 정인(情人)을 같은 하늘 아래 두고서 만나볼 수 없는 그 심정이 오죽했으랴. 하지만, 그 사랑의 열정과 그리움이란 세월의 흐름 앞에서 퇴색될 성질의 것이었다. 작가의 표현에 따르면 "마음이 일에 따라 변하듯" 몇 년이라는 세월 속에 그리움은 어느새 속으로 잦아들고 만다. 그리고 김생은 과거를 통한 출세라고 하는 자신의 예정된 인생행로를 걷는다.

---

13) 위의 책, 181~182면. 生旣還家, 喪神失心, 視不見物, 聽不聞聲. 筌蹄世故, 無事掛念(欲)爲一書, 以致懇懇之意. 而相思洞老嫗, 旣已殞世, 無便可寄, 徒費悵望, 虛勞夢想而耳. 歲月荏苒, 光陰倏忽, 百憂叢裡, 三秋已過. 情隨事變, 念懷稍弛. 復事舊業, 沈潛乎經籍, 發奮乎文章, 以槐黃之期, 與國士鬪觜距於試場. 再進再捷, 擢千人爲壯元.(303면)

무척이나 싱거운 전개라고 볼 수 있겠다. 어찌 그리 무미하고 무책임한가 혀를 찰 수도 있겠다. 그러나 이러한 설정 속에 상투적인 문학적 통념에 맞서는 작가의 인간관과 현실관이 도전적으로 응축돼 있다는 것이 필자의 판단이다. 한순간의 열정에 모든 것을 거는 것이 인생일 수 없다는, 그 열정을 아프게 가슴속에 묻어둔 채 주어진 현실을 짐져나가는 그것이 인간과 삶의 참모습이라는 관점이다. 열에 띠어 과장하고 미화하기보다 이렇듯 있는 그대로의 삶을 담아내는 것이 문학의 길이라는 믿음일 수도 있겠다. 간명하고 담담하게 표현돼 있지만, 기실 깊은 공력이 담겨있는 만만치 않은 반론이다.

그렇기는 하지만, 만약 이 지점에서 소설이 끝나고 말았다면 「영영전」은 아무래도 싱거운 작품이 되고 말았을 것이다. 작가는 이 장면에서 상투적 예상의 허를 찌르는 또 하나의 의도적인 반전을 설정한다. 김생과 영영의 우연하고도 갑작스러운 재상봉이 그것이다.

김생은 얼큰하게 술에 취한지라, 의기(意氣)가 호탕해져 채찍을 잡고 말 위에 걸터앉아 수많은 집들을 한 번 둘러보았다. 갑자기 길가의 한 집이 눈에 띄었는데 높고 긴 담장이 백 걸음 정도 빙빙 둘러 있었으며, 푸른 기와와 붉은 난간이 사면에서 빛났다. 섬돌과 뜰은 온갖 꽃과 초목들로 향기로운 숲을 이루고, 희롱하는 나비와 미친 벌들이 그 사이를 어지러이 날아 다녔다. 김생이 누구의 집이냐고 물으니, 곧 회산군(檜山君) 댁이라고 하였다. 김생은 문득 옛날 일이 생각나 마음속으로 은근히 기뻐하며, 짐짓 취한 듯 말에서 떨어져 땅에 눕고는 일어나지 않았다. 궁인(宮人)들이 무슨 일인가 하고 몰려나오자, 구경꾼들이 저자처럼 모여들었다.

이때 회산군은 죽은 지 이미 3년이나 되었으며, 궁인들은 이제 막 상복(喪服)을 벗은 상태였다. 그 동안 부인은 마음 붙일 곳 없이 홀로 적적하게 살아온 터라, 광대들의 재주가 보고 싶었다. 그래서 시녀들에게 김생을 부축해서 서쪽 가옥으로 모시고, 죽부인을 베개삼아 비단 무늬 자리에 누이게 하였다. 김생은 여전히 눈이 어질어질 하여 깨닫지 못한 듯이 누워 있었다.

　이윽고 광대와 악공들이 뜰 가운데 나열하여 일제히 음악을 연주하면서 온갖 놀이를 다 펼쳐 보였다. 궁중 시녀들은 고운 얼굴에 분을 바르고 구름처럼 아름다운 머릿결을 드리우고 있었는데, 주렴을 걷고 보는 자가 수십 명이나 되었다. 그러나 영영이라고 하는 시녀는 그 가운데 없었다. 김생은 속으로 이상하게 생각하였으나 그녀의 생사를 알 수가 없었다. 자세히 살펴보니, 한 낭자가 나오다가 김생을 보고는 다시 들어가서 눈물을 훔치고, 안팎을 들락거리며 어찌할 줄 모르고 있었다. 이는 바로 영영이 김생을 보고서 흐르는 눈물을 참지 못하고, 차마 남이 알아챌까봐 두려워한 것이었다.

　이러한 영영을 바라보고 있는 김생의 마음은 처량하기 그지없었다.

　…… (중략) ……

　이때 부인이 술로 인한 김생의 갈증을 염려하여 영영에게 차를 가져오라고 명령하였다. 이로 인해 두 사람은 서로 가까이 하게 되었으나, 말 한 마디도 못하고 단지 눈길만 주고받을 뿐이었다.[14]

　불현듯 옛일이 떠오르자 순간적으로 기지를 발휘하여 옛 정인과의 만남의 기회를 만드는 솜씨는 과연 김생답다. 그것이 기실 그 김생을 창조해낸 「영영전」 작가의 솜씨임은 물론이다. 얼핏 황당하고 우스꽝스러운 장면으로 보일지 모르나, 거듭 음미해 볼수록 이 대목의 상황적 진실성을 실감하게 된다. 깊이 가라앉아 있던 열정이 우연한 계기에 의하여 문득 되살아나

---

14) 위의 책, 183~184면. 生半醉半醒, 意氣浩蕩, 著鞭跨馬, 一日(目)千家. 忽見道傍, 高埔遠牆, 逶迤乎百步, 碧瓦朱欄, 照曜乎四面. 千花百卉, 芬菲乎階庭, 戲蝶狂蜂, 喧咽乎林園. 生問之, 則乃檜山君宅也. 生忽念舊事, 中心暗喜, 伴醉墮馬, 臥而不起. 宮人出問(門)聚立, 觀者如市. 時檜山君殞世, 已閱三期, 素服初闋. 夫人索寞單居, 無以爲懷, 欲觀俳優伎俩, 令侍女扶入西軒, 臥以錦文席, 枕以竹夫人. 生昏昏暝目, 若不覺悟. 於是, 唱夫工人, 羅列庭中, 衆樂齊作, 百戲俱張. 宮中侍女, 紅顏粉面, 綠鬢雲鬟, 捲簾而觀者, 可數十許人, 而所謂英英者, 不在其中. 生心自怪之, 莫知可生死. 諦而觀之, 有一少娘, 出而望生, 入而拭淚, 乍出乍入, 不能自止. 盖是英英, 不忍見生, 不禁淚流, 畏爲人所覺也. 生望之心, 甚悽然. (……) 夫人念生酒渴, 命英英奉茶而進. 兩人相近, 不得出一言, 徒爲目成而已. (303~304면.)

기도 하는 것, 그리하여 다시금 열정에 휩싸이기도 하는 것. 그것은 우리
삶의 실제적 단면의 하나다. 작가는 바로 그 장면을 영민하게 포착하여 형
상화하고 있는 것이다.

영영과 김생은 그렇게 다시 만난다. 예기치 않았던 갑작스러운 만남이
다. 그러므로 그것은 절실하지 않은가 하면 전혀 그렇지 않다. 다소 객기의
요소가 없지 않았던 김생은 혹시 몰라도, 그때의 영영의 심정은 과연 어떠
했겠는가. 하룻밤의 사랑을 끝으로 가슴에 눈물과 한숨으로 묻어버렸던 그
사람이 자신을 보려고 저렇게 누워있음을 발견한 순간, 그야말로 폭풍처럼
만감(萬感)이 솟구쳐 올랐을 것이다. "다시 들어가서 눈물을 훔치고, 안팎을
들락거리며 어찌할 줄 모르"는 그 정경이 너무나 생생하다. 조금의 과장이
나 미화(美化)도 없이 이렇게 천연하게 절실한 상황을 그려내는 작가의 솜
씨에 경탄할 뿐이다.

그 짧은 순간에 영영은 편지를 쓴다. 그 동안의 한(恨)이 그대로 솟구쳐
서 터져나온 격정의 편지다.

박명한 첩 영영은 재배하고 낭군께 사룁니다. 저는 살아서 낭군을 따
를 수 없고, 또 그렇다고 죽을 수도 없었습니다. 그래서 잔해(殘骸)만이
남은 숨을 헐떡이며 아직까지 살아 있습니다. 어찌 제가 성의가 업어서
낭군을 그리워하지 않았겠습니까? 하늘은 얼마나 아득하고, 땅은 얼마
나 막막하던지! 복숭아와 자두나무에 부는 봄바람은 첩을 깊은 궁중에
가두고, 오동에 내리는 밤비는 저를 빈방에 묶어 놓았습니다. 오래도록
거문고를 타지 않으니 거문고 갑(匣)에는 거미줄이 생기고, 화장 거울을
공연히 간직하고 있으니 경대(鏡臺)에는 먼지만 가득합니다. 지는 해와
저녁 하늘은 저의 한을 돋우는데, 새벽 별과 이지러진 달인들 제 마음을
염려하겠습니까? 누각에 올라 먼 곳을 바라보면 구름이 제 눈을 가리고,
창가에 기대어 생각에 잠기면 수심이 제 꿈을 깨웠습니다. 아아, 낭군이
여! 어찌 슬프지 않았겠습니까? 저는 또 불행하게 그 사이에 할머니께
서 돌아가시어 편지를 부치고자 하여도 전달할 길이 없었습니다. 헛되

이 낭군의 얼굴 그릴 때마다 가슴과 창자는 끊어지는 듯 했습니다. 설령 이 몸이 다시 한 번 더 낭군을 뵙는다 해도 꽃다운 얼굴은 이미 시들어 버렸는데, 낭군께서 어찌 저에게 깊은 사랑을 베풀겠습니까? 모르겠습니다. 낭군 역시 저를 생각하고 있었는지요? 하늘과 땅이 다 없어진다 해도 저의 한은 끝이 없을 것입니다. 아아, 어찌하리오! 그저 죽는 길밖에 없는 듯 합니다. 종이를 마주하니 처연한 마음에 이를 바를 알지 못하겠습니다.[15)]

그리고 가슴을 절절히 울리는 다섯 편의 시(詩).[16)] 그 시와 글을 받아든

---

15) 위의 책, 184~185면. 薄命妾英英, 再拜白金郎足下. 妾生不相從, 又不能死, 殘骸餘喘, 至今尙存. 豈妾微誠, 念君不至? 天何茫茫! 地何漠漠! 桃李春風, 閉妾深宮, 梧桐夜雨, 鎖妾空房. 久廢絲桐, 蛛網生匣, 空藏粧鏡, 塵土滿奩. 斜陽暮天, 能添妾恨, 曉星殘月, 誰念妾心? 登樓望遠, 雲蔽妾眼, 倚窓思睡, 愁斷妾魂. 吁嗟郎君! 寧不悲哉? 妾又不幸, 老嫗殞世, 欲寄音書, 無由可達, 徒想面目, 每斷心腸. 假令此身, 更獲一見, 芳容頓改, 厚意何施? 不識郎君, 亦念妾否? 天荒地老, 妾恨無窮. 嗟哉奈何! 死而已矣. 臨楮悽然, 不知所云.(304면) 마치 운문과도 같이 네 글자씩 이어져나가는 글의 호흡을 통하여 영영의 격정을 실감할 수 있다.

16) 참고로 그 시편들의 내용을 소개하면 아래와 같다(위의 책, 185~186면).

好因緣反是惡緣　　좋은 인연이 도리어 나쁜 인연이 되었으나,
不怨郎君只怨天　　낭군은 원망스럽지 않고 하늘만 원망스럽네.
若使舊情猶未絶　　만약 옛 정이 아직 끊이지 아니하였다면,
他年尋我向黃泉　　먼 훗날 황천(黃泉)으로 날 찾아오소서.

一日平分十二時　　하루는 균등(均等)하게 열두 때로 나뉘었으니,
無時無日不相思　　어느 날 어느 때인들 님 그리지 않았으리.
相思何日期相見　　언제나 그대를 만날 수 있을까 시름타가,
深恨人間有別離　　깊은 한 맺힌 채 이 세상을 이별하네.

柳憔花悴若爲情　　사랑하는 마음은 버드나무와 꽃처럼 시들어,
鏡裡猶憂白髮生　　거울 보면 근심으로 백발만 자란다네.
自是佳人無好事　　이제 고운 님에게 좋은 일 없으리니,
墻頭晨鵲爲誰鳴　　담장머리의 새벽닭은 누굴 위해 울거나?

別來忍掃席中塵　　이별한 뒤 마지못해 방석의 먼지 털려는데,
愛有郎君坐臥痕　　낭군이 앉은 자취 애틋하기도 하구나.

김생이 "오랫동안 편지를 만지작거리며 차마 손에서 놓지 못하였으며, 영영을 그리는 마음은 예전보다 2배나 간절하였다"[17)는 것이 전혀 어색하지 않다. 자신이 마음속에 지워가고 있던 정인(情人)이 나타내는, 저 도저한 열정과 아픔에 어찌 마음이 움직이지 않을 수 있겠는가. 바로 자신이 저질러 놓은 열정이고 아픔인 것을. 모르긴 해도 몇년치의 열정이 한꺼번에 되살아나서 그 연정의 간절함이 단지 두 배에 그치지 않았을 것이다.[18)

세월의 빛에 가려 허무하게 스러져 버리는 듯하던 사랑이 순간적으로 되살아나서 약동하는 모습을 이렇듯 리얼한 형태로 만나는 것은 놀라운 일이다. 이 대목이 전하는 사랑의 진실은, 그리고 문학적 감동은 어느 걸작 못지 않다. 「운영전」과 비교하여 전혀 손색이 없다는 것이 필자의 판단이다. 어떤가 하면 「운영전」에서 종종 보이기도 하는 직설적인 목소리를 전적으로 배제한 간결하고도 담담한 표현으로 이러한 상황을 연출하고 있는 것이다. 놀라운 문학적 감각이다.

「영영전」의 최종 마무리 대목은 저 앞에서 인용한 바 있다. 상사병에 들었던 김생이 친구의 주선으로 영영과 다시 상봉한 후 더불어 평생을 함께

寂寞深宮消息斷	깊고 적막한 궁궐에 소식은 끊어지고,
落花春雨掩重門	봄비에 지는 꽃은 겹겹으로 닫힌 궁문(宮門)을 가리네.

欲寄音書寄得難	편지를 보내려 해도 부치기 어려워,
幾回呵筆綠窓間	푸른 창가에서 몇 번이나 언 붓을 녹였던고.
空敎別後相思淚	쓸쓸히 이별한 뒤 님 그리워 흘린 눈물,
點滴花牋一班班	꽃무늬 종이에 방울방울 떨어져 아롱지네.

이 시의 창작시기와 관련하여, 영영의 마음에 격정이 솟구치고 있는 상황을 감안해서 즉석에서 써낸 것이라고 볼 수도 있겠다. 하지만 당시의 상황이나 시의 내용상으로 볼 때 전에 써놓았던 것이라고 보는 것이 더 자연스럽지 않을까 생각된다.

17) 이상구 역주, 앞의 책, 186면.
    生覽之, 沈吟愛玩, 不忍置釋于手, 致念英英, 倍於曩時.(305면)
18) 한 가지 덧붙인다면, 김생은 영영이 뜨거운 열정과 깊은 시심(詩心)을 갖춘 여인임을 새삼 깨달으면서 놀라고 감동했을 것이다.

했다는 내용이다. 앞서 그 결말이 단순하고 소략하며 억지스러워 보이기도 한다고 한 적이 있으나, 이제 다시 살펴보면 그렇지가 않다. 일련의 서사적 흐름의 속에서 그 결말은 자연스러움과 함께 문학적 진실성을 확보하고 있다. 운명처럼 되찾은 소중한 사랑 앞에서 공명을 훌훌 떨쳐내는 것, 쉬운 일이 아니겠지만 가능한 일이다. 특히 다른 사람이 아니고 김생이라면. 가볍고 즉흥적이기는 면은 있지만, 감정에 솔직한 행동파의 인물이 김생인 것이다.

현실성도 현실성이지만, 「영영전」의 결말은 무엇보다도 '아름답다' 비록 한때는 현실의 벽에 막혀 속절없이 저버리고 말았던 정인이었지만, 이제 감싸안을 수 있는 상황이 되자 그를 진심으로 끌어안아 그 동안의 아픔을 영원한 사랑으로 승화시키는 그 모습은 얼마나 장한가. 김생이 때로 약하거나 우스꽝스러운 모습을 보이기도 했던 인간적인 인물이기에 그러한 모습은 더욱 가슴 뿌듯하게 다가온다. 음미할수록 새로운 감응을 전해 주는, 글자마다 낭만이 흘러넘치는 이 한 문장……

> 이후로 김생은 영원히 공명을 버리고, 끝까지 장가들지 않은 채 영영과 더불어 생애를 마쳤다고 한다(自此永謝功名, 竟不娶妻, 與英英相終, 云云).

무척이나 말을 아끼고 있는 「영영전」의 작가.[19] 그러나 그는 행간에 무척이나 많은 뜻을 담아내고 있다. 사족(蛇足)이 될지 모르지만, 그가 「운영전」의 작가에게 건네고자 했던 뜻을 직설적 언어로 풀어내 본다.

— 보라. 그대는 운영과 김진사를 통하여 가장 운명적이고도 낭만적인, 슬프고도 아름다운 사랑을 그려내고자 하였다. 둘을 눈부신 선남선녀로 설

---

19) 「영영전」은 작품 분량에 있어 「운영전」의 절반밖에 되지 않는다. 이 또한 「운영전」에 비해 「영영전」의 무게가 떨어져 보이게 하는 요소로 작용하고 있으나, 속단할 일이 아니다. 때로 과장 내지는 장광설의 요소가 없지 않은 「운영전」과 달리 「영영전」은 전체적으로 '절제의 미학'을 따르고 있기 때문이다.

정해 놓고는 극적인 만남을 연출해냈다. 다른 모든 것을 무색하게 하는 열정적인 애정이 피어오르게 하였다. 그것은 처음부터 비극으로 의도된 것이었다. 안평이나 특과 같은 소설적 장치를 통하여 그대는 마침내 두 주인공을 죽음의 함정 속으로 몰아넣었다. 그리고 그대는 외치고 있다. "아, 이 세상이 저 고귀한 사랑을 이렇게 저버리는구나!"

— 여기, 그대의 운영과 김진사와 비슷하면서도 또 다른 두 인물이 있다. 나는 이들을 통해 이세상 속에서 누구나 경험하기 마련인 욕망과 좌절을 그렸다. 그리고 그 굴레 속에서 끝내 진실을 배반하지 않은 영혼들에게 주어지는 축복을 그렸다. 그대 보기에는 과연 어떠한가?

「영영전」의 작가가 제기하고 있는 이러한 문학적 반론이 과연 얼마나 타당한 것인지에 대해서는 별도의 췌언을 달지 않는다. 아마 「운영전」의 작가 또한 「영영전」의 작가 이상으로 할 말이 많을 것이다(「운영전」은 여전히 놀랍고 감동적인 작품이다). 중요한 것은 지금으로부터 수백년 전에 소설을 통하여 이와 같은 흥미진진한 논쟁이 이루어졌다는 사실이다. 그리고 그러한 논쟁의 과정에서 문학의 새로운 지경이 열리고 있었다는 사실이다.

4. 맺음 : 새로운 소설적 현실성

「영영전」은 의식적으로 「운영전」과 구별되는 새로운 소설미학을 추구한 작품이다. 그 핵심은 '현실성의 미학' 내지 '일상성의 미학'이라고 이름할 수 있겠다. 인물의 설정 및 사건 전개에 있어 관념적 이상화나 정해진 결말로의 일방적 진행과 같은 상투적인 서사적 관습을 걷어내고, 있는 그대로의 삶을 담담하고도 치밀하게 반영하고자 한 시도였다. 그러한 문학적 반론은 의미 있게 구현되었고, 이전과는 다른 정체성을 갖춘 새로운 작품이 탄생하였다. 소설적 현실성이 그 영역을 새롭게 넓힌 순간이다.

어쩌면 전기소설(傳奇小說)의 계보에 있어 「영영전」은 「운영전」을 보조하는 작품이라기보다 「주생전」의 소설 미학을 전향적으로 계승하여 현실성의 폭을 확장하고 있는, 그러므로 「최척전」 등과 나란히 놓여야 하는 작품이 아닐까 생각해 본다. 그리고 애정소설의 계보 쪽에서 볼 때 이 작품이 「춘향전」하고 맥이 닿는 것이 아닐까 하는 억측도 해본다. 영영과 김생의 캐릭터는 운영과 김진사보다는 오히려 춘향 및 이도령과 닮은 면이 있기 때문이다. 특히나 김생과 이도령은 한 형제 같다는 느낌마저도 떠오르는 것이다.

조선시대 애정소설의 주제의식과 그 '지속'기법적 흐름

백 완[*]

차 례

* 건국대학교, 조선대학교 강사.

1. 서 론

持續(durée, duration, tempo)은 '이야기의 시간'(작품 속에서 흘러가는 시간)과 '서술의 시간'[1](독자가 작품을 읽는 데 소요되는 시간) 사이의 관계 양상으로 시간 구조적 요소의 하나다. 그런데 이야기 시간(스토리내의 지속)은 객관적 계산이나 추측이 가능하나 서술시간(텍스트 지속)은 상당히 주관적이다.[2] 때문에 양 시간축 간의 지속의 변화를 기술하기 위한 준거(norm)를 찾아내기는 어렵다. 즉 스토리와 텍스트 지속 사이의 동일성에 관한 규준을 얻어낼 수 없기 때문에 그것을 근거로 해서는 다양한 지속의 변화를 기술할 수가 없다. 따라서 두 가지 '지속' 사이의 관계를 재정의 하고 거기에 별도의 '기준'을 설정하는 것이 우선적으로 필요하게 된다. 결국 서사물에 있어서의 지속[서술속도(tempo)]은 스토리 내의 지속과 텍스트 지속(독자가 텍스트를 읽는데 소요되는 시간) 사이의 관계가 아니라 스토리 내의 지속[분, 시간(각), 일, 월, 연으로 계속됨]과 그것에 소요된 텍스트의 길이(행, 페이지 수로 계속됨) 사이의 관계(시간과 공간 사이의 관계)[3]로써 고찰되게 된다.

그러면 이제 '스토리내의 지속(서술되는 시간)'과 '텍스트의 길이(서술시

---

1) 소설내의 시간의 흐름의 완급을 나타내는 서술 속도와 소설 바깥의 독자의 독서 속도의 관계에 독일 문예학은 오래 전부터 많은 관심을 기울여왔다. 그리하여 '서술되는 시간 erzahlte zeit(이야기 시간)'과 '서술 시간 Erzahlzeit[소설 바깥의 독자의 독서 속도(시간)]'이라는 두 개념을 설정했던 것이다. 이 두 개의 시간 개념을 맨 처음 발견한 사람은 소설가 토마스 만이고, 이것은 문예학에 도입한 사람은 귄터 밀러 Gunther Muller와 래메르트.

2) 김천혜, 『소설 구조의 이론』, 문학과 지성사, 1990, 58면.

3) S.리몬－케넌(최상규 역), 『소설의 시학』(문학과 지성사, 1985), 83면.에서는 "Genette에 의하면 이것은 이미 1948년 Gunte와 Muller에 의해 제안되었다"라고 재인용하여 말하고 있다.

간)'간의 관계방식(불균형)에 따른 형태를 살펴보기로 한다. 래메르트는 서술되는 시간(이야기 시간)과 서술 시간(텍스트의 길이) 사이의 관계를 크게 3가지로 구분한다. 즉 서술되는 시간이 서술시간보다 긴 경우를 '축시 (縮時, Zeitraffung)', 두 시간이 일치되는 경우를 '동시' (同視, Zeitdeckung), 서술되는 시간이 서술 시간보다 짧은 경우를 '연시'(延時, Zeitdehnung)라고 구분한다.4) '축시'가 '생략'과 '요약'으로 이루어 졌다면, '동시'는 주로 '장면 묘사'(대화)로 이루어져 있다. 즉 '동시'는 대부분 '대화'로 이루어져 있는 희곡에 가까운 형식을 취한다고 하겠다. '연시'는 꿈, 의식의 흐름 같은 것을 나타낼 때 흔히 생겨난다.5)

　본고에서는 '지속(持續)'의 형식을 크게 '가속(acceleraction, 축시)', '장면 (scence, 동시)', '감속(deeeleration, dustl)' 등으로 3분류하여6), 이들 '지속'의 3 양상이 조선시대 애정소설의 서사적 구조 및 기능 그리고 애정주제성이란 주제의식 구현에 어떻게 작용되어지는를 통시적으로 고찰하여, 조선시대 애정소설들의 주제적 본질 및 그 시간적 서사구조상의 계보의 한 단면을 추출해 보고자 한 것이다. .

　먼저 '가속'부터 좀더 상술해 보기로 한다. '가속(acceleration)'은 스토리에서 긴 시간을 차지하고 있는 것을 텍스트에서는 짧게 축약시켜 처리함으로써 생겨난다. 최대 속도는 '생략(ellipsis)'을 통해 이루어지는데, 이 때 텍스트 속도 0(zero) 어느 기간의 스토리 지속에 해당하게 된다. 그리고 일반적

---

4) E.Lammert, Bauformen.des Erzahlens, Stuttgart. 1972, 83면.
　그리고 Seymour Chatman(한용환 역), 『이야기와 담론』(고려원, 1991). 90~105면에서는 ① 요약 : 담론 시간이 이야기 시간보다 짧다. ② 생략 : 담론의 시간이 0이라는 것을 제외하면 ①과 같다. ③ 장면 : 담론 시간과 이야기 시간을 통일한다 ④ 연장 : 담론 시간은 이야기 시간보다 길다. ⑤ 휴지(休止) : 이야기 시간이 0이라는 것을 제외하면 ④와 같다. 등 5가지로 구분하고 있다.

5) 김천혜, 전저서, 58면.

6) 이야기 시간 』 서술의 시간(텍스트의 길이) → 가속(축시)
　이야기 시간 『 서술의 시간(텍스트의 길이) → 감속(연시)
　이야기 시간 = 서술의 시간(텍스트의 길이) → 장면(동시)

으로 흔하게 사용되는 가속처리 방법은 '요약(summary)'이다.

'요약'에서는 이 속도가, 주어진 스토리 기간을 텍스트가 비교적 짧은 주요 특성에 관한 진술로 응축(condensation) 또는 압축(compression)함으로써 가속된다. 응축의 정도 차이는 물론 하나하나의 요약마다 다르고, 다양한 가속의 차이를 만들어낸다.[7]

이외에도 '축시(縮時, Zeitraffung)'를 통한 '가속'의 한 기법적 영역에 드는 것으로 '인쇄상의 공백'[8]을 하나 더 들 수 있다.

'장면'은 '가속'의 최대 속도인 '생략(ellipsis)'과 '감속'의 최소 속도인 '묘사를 위한 휴지[descriptive pause(정지)]'라는 양극 사이에 존재하는 것으로 스토리 지속과 텍스트 지속이 관례적으로 동일한(일치된, 등가인) 경우를 말한다고 하겠다.[9] 즉, 어떤 사건을 이야기에서 빼놓는다든가, 그 사건과는 전혀 관계가 없는 무슨 이야기를 하는 대신에, 최대한으로 정확하게 사건을 재현시키는 것을 말한다. 서사물에 있어서 이러한 '장면' 형태의 대표적인 것으로 '대화'를 들 수 있다. '감속'은 '스토리 지속(이야기지속)'이 '텍스트 지속(텍스트의 길이)'과 맺는 관계 방식의 일 형태로서, 스토리에서

---

7) Shlomith Rimmon-Kenan(최상규 역), 『소설의 미학』(문학과 지성사, 1985), 84면.

8) 쟝 리카르도우(최상규 역), 「서술의 시간과 허구의 시간」, 『현대소설의 이론』(대방출판사, 1986), 493면. 예컨대 폽으로부터 폽으로의 비약인, 인쇄상의 공백에 의해서 결과되는 단절은 결코 이야기의 중단을 뜻하는 것이 아니다.

9) · Gerald prince(최상규 역), 『사사학』(문학과 지성사), 90면.
　· Steven Cohan and Linda M.Shires(임병권, 이호 역), 『이야기하기의 이론』(한나래,1997), 129면.
　· Seymour Chatman(한용환 역), 『이야기와 담론』(고려원, 1991), 97면.
　· 롤랑 부르뇌프, 레알 윌레(김화영 편역), 『현대소설론』(문학사상사, 1986), 207면.
　· Shlomith Rimmon Kenan(최상규 역), 『소설의 시학』(문학과 지성사, 1985), 85면.
　· 윌리스 마틴(김문현 역), 『소설이론의 역사』(현대소설사, 1991), 179면.
　· Tzvetan Todorov(곽광수 역), 『구조시학』(문학과 지성사, 1977), 66~67면.
　· 김천혜, 『소설 구조의 이론』(문학과 지성사, 1990), 59면.
　· 쟝 리카르도우(최상규 역), 「서술의 시간과 허구의 시간」, 『현대소설의 이론』(대방출판사, 1983), 490면 등등 참조.

짧은 시간을 차지하고 있을 것을 텍스트에서는 확장(stretch)시켜 처리함으로써 생겨나게 된다. 서사물의 서술 속도 중 최소 속도는 '묘사를 위한 휴지(descriptive pause)'로 나타나는데, 여기에서는 텍스트의 일정부분이 스토리지속 0(zero)에 해당하게 된다.[10] 이러한 '감속'을 위한 서사적인 기법적 장치로 주로 활용되는 것으로서는 묘사, (심리)분석, 설명적 서술, 독백, 회고적 서술, 동일한 장면의 되풀이 서술, 꿈의 서술, 논평, 해설, 독자에게 직접 말걸기 등등을 우선적으로 예로 들 수 있다. 소상한 서술(조직적 서술)로서의 이러한 '감속'적 기법은 흔히 독자들에게 사건 내용의 중요성이나 중심성을 지시하는 장치로 활용된다.[11] 통상 중요한 사건이나 대화는 상세하게 제시되고(즉, 감속되고) 덜 중요한 것은 압축된다(가속된다). 즉, 서술은 지속(감속)에 의하여 스토리의 핵 사건들을 강조할 수 있고, 그 핵 사건들이 텍스트에서 보다 많은 시간을 부여받게 될 경우에는 위성·사건들과 구별된다.[12] 또 이야기의 흐름이 멈춤으로써 시간이 엿가락처럼 늘어나는 듯한 느낌, 권태, 초조, 공허 따위를 전달하는 효과를 거둘 수도 있게 된다.[13]

어떻든 작품 내적인 시간구조적 요소의 하나로서, 이야기의 시간(지속)과 서술의 시간(텍스트 지속) 사이에서 일어나는 한 기법적 형식인 '지속'에 대한 고찰은 소설 작품의 서사적 구조를 이해하는 데 기여할 뿐만 아니

---

10) 모든 휴지(休止)가 다 묘사를 위한 것이 아니고, 묘사라고 해서 모두가 휴지는 아니다.
   (Genette 1972, 128~129면) S.리몬-케넌(최상규 역), 전게서, 83~84면.
11) 그러나 항상 그런 것은 아니다. 때로는 가장 중요한 사건을 간결하게 요약하거나 하찮은 사건들을 상세하게 다룸으로써 충격이나 아이러니의 효과를 낼 수 있다.
   S.리몬-케넌(최상규 역), 전게서, 88면, 한현 제랄드 프랭스(최상규 역), 전게서, 94면에서는 한 사건에 대한 이야기가 상세하면 할수록 그 사건은 전경화(foreground)되어 더욱 중요한 의미를 갖게 된다고 말하고 있다.
12) 스티븐 코핸, 린다 샤이어스(임병권, 이호 역) 전게서, 128면.
13) 롤랑 브르뇌프, 레알 윌레(김화영 편역), 전게서, 208면.

라, 그 작품의 서사적 기능 및 그 주제구현적 의의를 살펴보는 데에도 효과
적인 방법의 하나가 될 것이라는 점이다.

먼저 애정고소설의 통시적 측면을, ⓐ 現世超越적 애정담(15, 16C), ⓑ 規
範超越적 애정담(17, 18C), ⓒ 利害超越적 애정담(19, 20C) 등으로 3분류하여,
'지속'적 시간구조 기법이 어떻게 이러한 애정주제성을 구현해 내가는가의
자취를 추적해 보기로 한다. ⓐ의 분석 대상 작품으로『만복사저포기』·
『하생기우전』, ⓑ『구운몽』·『운영전』, ⓒ『옥단춘전』·『부용의 상사곡』
등등을 우선적으로 선택한다.

2. '현세초월'적 애정담과 그 주제의식— 15C, 16C

스토리상의 지속과 텍스트 지속(길이)간의 관계에서 생겨나는 서술 속도
(tempo)는 한 편의 소설 전체를 통해 일어날 수도 있고, 또는 章이나 그 밖
의 한 부분(단락)을 통해 일어날 수도 있다.14) 때문에 본 항목 고찰에서도
『만복사저포기』와『하생기우전』에서의 현세초월 애정 소설적 특질을 '지
속'이란 서술속도적 측면에서 추출하되, 작품 전체상의 '지속'에 초점을 맞
춰 고찰해 보기로 한다. '지속' 양상은 애정고소설의 (일반적인) 순차적 단
락의 구분법15)에 따라 행한다.

---

14) 김천혜, 전게서, 58면.
15) 애정고소설의 순차적 단락
    A. 동질적(나이, 界) 남녀간 주동인물들이 대응적으로 소개된다.
    B. 집 밖의 공간에서 양성간의 대면이 이룩된다.
    C. 양성의 쌍방간 지향성(美的 교감, 외면적 교류)가 생긴다.
    D. 양성간의 만남(대화를 통한)이 이룩된다.
    E. 양성간의 내면적 교류(善的 교감)가 이루어진다.
    F. 반복적(지속적) 만남을 상호간 욕망한다.
    G. 양성간 단점을 지연(고정)시키려는 세력과 대결한다.
    H. 두 남녀간의 신뢰감이 더욱 공고해진다.

1)『만복사저포기』의 전체 '지속'과 현세초월적 애정

『만복사저포기』[16] 작품에 언급된 스토리 시간(지속)의 총량은 3月 23일 부터 4월 초순까지로 대략 15일 정도가 된다. 이를 날짜별로 좀더 세분하여 보면,

ⓐ 3월 23일 ─ 전라도 남원부 만복사 동쪽 방에서, 양생(梁生)이란 총각(대략 15~16세 이상)이 배필 점지를 염원하며 독신생활을 하다가 달밤에 나와 시를 읊다가 공중으로부터 배필 점지에 대한 암시를 받는다.

ⓑ 3월 24일 ─ 연등(燃燈)일로, 양생은 날이 저물어 저녁 불공이 끝난 후의 시각에 만복사 법당에 들어가 부처께 배필 점지를 축원하다가 불전 앞에서 배필 점지를 축원하는 15~16세 된 아름다운 여인과 상면, 대화, 그리고 백년해로의 언약을 맺는다.

ⓒ 3월 25일~3월 27일 ─ 양생은 여인을 따라 여인의 거처지인 개령동으로 들어가 즐겁게 3일을 머물고 이후 여인의 이웃 친척인 정씨, 오씨, 김씨, 유씨 등과 더불어 시작(詩作)을 통해 이별의 정회를 나눈다.

ⓓ 3월 28일 ─ 양생은 보련사 가는 길목에서 여인의 대상(大祥)을 치르러 가는 여인의 부모와 만나고, 또 이후 여인과도 만나 보련사로 함께 간 후, 보련사 법당에서 함께 밥을 먹고 또 운우지락을 이룬 후 작별한다.

ⓔ 3월 29일 ─ 양생은 개령동에 찾아가 여인의 정식 장례를 치러 준다.

I. 결혼이 성사되고, 행복한 시간을 보낸다.
J. 양성간 사이에 2세가 잉태되고 성장한다.
K. 두 남녀 주인공이 (동시에) 사별한다.

16) 세종대왕 기념사업회(편),『매월당집』3 (천풍인쇄, 1978).

ⓕ 3월 30일 이후—양생은 슬픔을 이기지 못해 전답과 가옥을 모두 팔아
　　　절에 가서 3일 저녁 계속 재를 올리다 공중으로부터 여인이
　　　다른 나라에서 남자로 태어났음을 알게 된다.
ⓖ 4월 초순 이후—다시는 장가들지 않고 지리산에 들어가 약초 캐며 살
　　　다가 어떻게 세상을 마쳤는지는 아는 이가 없다.

　이상의 내용을 공간적 층위별로 구분하여 보면, 현실계—ⓐ · ⓑ · ⓒ ·
ⓓ · ⓔ · ⓕ · ⓖ, 수평적 이계(지하계, 개령동 무덤 속)—ⓒ가 된다. 즉 작
품에 나타난 15일여의 기간 중 ⓒ의 개령동 여인의 무덤 속에서의 3일(수
평적 이계의 애정담)을 뺀 나머지 12일의 기간은 모두 인간계(현실계)적 사
건이 된다는 것을 알 수 있다. 그러나 텍스트 지속(시간, 길이) 상으론 ⓔ의
부분(이계적 애정담)이 총 21 Page 중 10여 Page(50%)를 차지하고 있음을 알
수 있다.
　말하자면 『만복사저포기』에서의 양생과 여인의 '현실계적 애정담'이
'가속' 처리된 셈이며, 반면 '이계(異界, 지하계)적 애정담'이 상대적으로
'감속' 처리되고 있음을 반증한 것이다. 결국 이 작품의 핵심적 사건은, 양
생과 여인이 개령동의 여인의 무덤 속에서 보낸 3일간의 사건인 이계적 애
정담이 된다고 할 수 있겠다. 왜냐하면 통상 중요한 사건이나 대화는 상세
하고 감속되고 덜 중요한 것은 가속(압축) 처리[17]되기 때문이다.
　이상의 근거로 ⓒ부분에 대한 작품적 성격규명 작업은 이 작품의 주제
적 본질을 해명하는 한 지름길이 된다고 하겠다. ⓒ부분은 그 사건의 진행
과정상 크게 3단계로 구분된다. 즉 ⓒ—① 여인의 초대로 인해 양생이 개
령동에 도착하기까지의 기간(301면/10줄~302면/13줄), ⓒ—② 양생이 개령
동에서 3일간을 여인과 즐겁게 보낸 기간(302면/14~302면/2), ⓒ—③ 양생
과 여인이 이별 직전 여인의 이웃 친척들과 이별의 화답시를 주고받고 이

---

17) S. 리몬—케넌(최상규 역), 전게서, 88면.

별하기까지의 기간(302면/3~310면/16) 등이 된다. 말하자면 개령동에 있는 여인의 무덤에 양생이 초대되어 3일간 즐거운 시간을 보내다 헤어졌다는 얘기가 된다. ⓒ-①은 주로 여인과 시녀, 여인과 양생, 행인들과 양생간의 대화 그리고 여인과 양생간의 화답시 1편씩 주고받음, 개령의 집 묘사로 서술되고 있음을 알 수 있다.

① 말하자면 묘사, 대화, 화답시(설명적 서술)의 형태가 '감속' 장치로 활용되고 있는 셈이다.

ⓒ-②는 두 남녀 주인공의 즐거운 '만남'의 시간이고 ⓒ-③은 두 남녀간의 '이별'의 시간이라 하겠다. 그런데 ⓒ-②에서 양생은 여인이 어쩌면 살아있는 인간이 아닐 것이라는 의심을 품는다."양생은 그것들이 인간 세상의 것이 아니란 생각이 들기도 했다." 302면/16줄).

그러나 양생은 여인과의 사랑의 정에 이끌려 그러한 의심을 접어 둔다. (그러나 여인의 은근한 정에 끌려 다시는 그런 생각을 하지 않았다. 302면 /18줄) 이것은 양생이 현실계적 생존인물로서, 수평적 이계의 지하계(저승계)인물 여인과의 만남 속에서, 그 이질감("이 땅의 사흘은 인간세상의 3년과 같다. 303면/1줄)을 인식하면서도, ② '사랑'의 감정으로 그 이질감을 동질적으로 승화시키고 있다는 것이 된다. 말하자면 양생은 여인과 생사초월적 또는 현세초월적 애정을 나눈 셈이며, 이러한 현세초월적 애정담을 성취케한 근본적 실체는 '사랑'(에로티즘적)이란 '에너지'(힘)화 되고 있음을 알게 한다. 결국, '사랑'의 힘이 현실계적 인물인 양생과 이계(지하계)적 인물인 '여인'과의 수평적 이계에서의 3일간의 현세초월적 애정(만남) 성취를 가능케 한 것이다.

ⓒ-③은 ⓒ부분 중에서도 가장 극단적으로 '감속' 처리된 부분이다. 양생을 전송(이계 → 현실계)하기 위해 여인의 이웃 친척인 정씨, 오씨, 김씨, 유씨 등 4인과 여인 그리고 양생이 차례로 화답하며 이별의 회포를 푼다. 화답시의 대화 형태로 '가속' 처리하고 있는 셈이다. 이는 '만남'의 장면인 ⓒ-②부분보다는 상대적으로 훨씬 더 '감속' 처리함으로써, '만남'보다는

③ 이별의 정회가 더 강조되고 있음을 알게 한다. 이또한 생사초월적 애정담의 한 특징적 요소라 하겠다.

2) 『하생기우전』의 전체 '지속'과 현세초월적 애정

『하생기우전』에서의 스토리내의 지속은 총 45년+5일 정도의 기간이 된다. 이러한 스토리내의 지속은 공간적 층위(현실계와 수평적 이계(지하계))에 따라 분류해 보면 4등분된다.

즉, ⓐ 현실계－하생이 현실에 불만을 품고 실의에 빠져 고독한 나날을 보낸다 : (4~5년), ⓑ 수평적 이계－죽은 지 3일 된 여귀와 만나 인연을 맺고 작별한다(하루밤), ⓒ 현실계－되살아난 여인 부모의 반대를 극복하고 여인과 결연을 맺어가는 과정(수일+하루 낮), ⓓ 현실계－여인과 결혼하여 안정된 생활을 누리는 기간(40여 년) 등의 사건이 연속적으로 전개된다. ⓐⓑⓒ는 결혼 이전의 기간이며, ⓓ는 결혼 이후의 기간이다. 그런데 텍스트 지속 98% 정도를 차지하는 ⓑⓒ의 스토리 지속이 수일(수일+하루밤, 낮)의 기간밖에 되지 않는 반면, 텍스트 지속 2% 정도의 ⓐⓓ부분이 스토리 지속상으론 45년 가까운 시간을 차지하게 된다. 말하자면 ⓐⓓ보다는 ⓑⓒ가 상대적으로 훨씬 '감속(deceleration)' 처리된 것으로, 작품의 핵사건이 된다는 의미가 되며, ⓐⓓ는 반대로 위성 사건들의 위치를 점하게 된다. 때문에 ⓑⓒ부분의 성격규명 작업은 이 작품의 주제적 본질을 해명하는 열쇠가 된다는 의미와 직결된다. 즉 하생(河生)이 고독해 하며 살던 시기(ⓐ)와 어떤 여인을 만나 고독감이 완전하게 해소되는 시기(ⓓ)를 뺀 ⓑⓒ부분은 결혼전 두 남녀 주인공이 각각 고독감을 양계(兩界, 현실계와 지하계)를 넘나드는 이성적 만남으로 그 해결책을 모색해 가는 시기(내용)이 된다.

다시 말하면, ⓑ는 이 작품의 총 이야기 지속의 45년여의 기간 중 불과 하룻밤, 낮밖에 안되지만 텍스트 길이(지속)상 13 Page 중 5 Page를 차지하고 있다. 상대적으로 감속처리 되어 있다고 할 수 있다. ⓑ를 좀더 단계적으로 살펴보면, ⓑ-①, 하생이 8월 18일 낙타교(駱駝橋) 곁의 점장이를 찾아가 명이괘(明夷卦-밝음이 땅으로 들어가는 상)가 가인괘(家人卦-세상을 피해 한가이 사는 사람의 곧은 지조를 만남)로 가는 점괘를 얻고, 국도(國都) 남문을 나가 날이 저물 때까지 산길을 가다가 한 작고 화려한 집을 발견했다.

ⓑ-②, 그 집엔 16세쯤 되는 미인과 시녀가 살고 있는데, 하생은 미인의 허락으로 그 집 사랑방에 거처를 정한다. 그리고 여인의 방으로 옮겨 여인과 하룻밤 인연을 맺고 이별한다. 이별 후 되돌아와 보니 어느새 무덤이었다.

ⓑ-①은 점장이의 설명적 서술. 작고 화려한 집에 대한 묘사, ⓑ-②는 시비와 미인, 시비와 하생간의 대화, 하생의 회고적 서술, 하생과 미인 간의 만남의 화답시 그리고 대화, 여인의 회고적 서술 등의 수법을 통해 '감속'처리하고 있음을 알 수 있다.

ⓒ 또한 작품의 총 이야기 시간(스토리 지속) 45년여의 기간 중 불과 수일에 불과하지만 텍스트 지속 상으로 거의 50%정도인 6 Page를 차지하고 있다. '감속'처리 된 증거라 할 것이다. ⓒ를 좀더 세분해 보면, ⓒ-① 하생이 황금자로 인해 여인의 아버지로부터 오해를 받음(하생과 시중간의 대화), ⓒ-② 여인을 무덤에서 꺼내와 되살리다(설명적 서술, 대화). ⓒ-③ 여인과 하생간의 결혼을 여인의 부모가 반대하자 여인이 부모를 설득한다(대화, 회고적 서술), 등이다. 결국 설명적 서술, 대화, 회고적 서술 등을 통해 '감속'처리하고 있는 셈이다.

결론적으로, 『하생기우전』에서의 감속처리 된 핵사건은, 이계(지하계)에서의 초현실적 남녀애정담이 현실적(인간계)에로의 남녀애정담으로 승화발전되어감을 보여준 것이며, 이러한 이계(異界)소통적 애정담을 가능케 한 것은 하생과 여인간의 생사초월적 '사랑의 힘'이었다고 할 수 있다. 현실계에서 하생과의 결혼을 반대하는 부모를 설득하는 부분에서 여인은 "죽은 사람을 살려 뼈에 살을 붙이는 은혜를 입었습니다."(152면-②)라고 말하고 있는데, 이것은 하생과 여인간의 애정 본질이 현세초월적,생사초월적 애정담에 있음을 직접적으로 표출한 말이라 하겠다.

3) '현세초월담'적 애정소설의 전체 '지속'상의 특질

첫째, 『만복사저포기』와 『하생기우전』의 전체 작품의 '지속'을 볼 때, 『만복사저포기』의 경우 남녀 주인공의 현실계적 애정담보다는 이계(지하계, 저승계)적 애정담이 상대적으로 '감속'처리되고 있으며, 『하생기우전』의 경우 또한 이계적 애정담의 현실계적 계승 발전 부분이 다른 현실계적 사건들보다도 상대적으로 '감속'처리되고 있음을 볼 수 있었다. 이는 모두 현실계적 애정사건보다는 이계적 애정사건이 두 작품들의 핵사건에 해당된다는 말과 직결된 것이 된다. 곧 '감속'처리 기법은 그 작품의 중심사건을 제시하는 한 장치가 되어주고 있는 셈이다.

둘째, 이러한 중심사건에 대한 내용분석은 그 작품의 주제적 본질을 파악하는 한 지름길이라 할 수 있는데, 『만복사저포기』에서는 양생이 이계에서 이계의 여인과 동질감을 인식함으로써, 『하생기우전』에서는 하생과 이계의 여자간의 이계적 애정을 현실계로 승화 발전시킴으로써, 작품의 주제적 성격을 현세초월 또는 생사초월적 애정담으로 한정시켜 간다. 하여튼 두 작품에 있어서의 사랑의 본질은 현세(생사)초월적 힘과 동일시된다고 할 수 있다.

셋째, 두 작품의 '감속'처리에 쓰는 주된 기법들은 묘사, 설명적 서술, 화답시, 대화, 회고적 서술등의 다양한 기법적 장치들이 활용되고 있음을 알 수 있었다. 이러한 기법적 장치들은 15, 16C의 현세(생사)초월적 애정담류의 핵사건 구현을 위한 효과적인 표현기법이 되고 있는 셈이다.

3. '규범초월'적 애정담과 그 주제의식 — 17C, 18C

1)『구운몽』의 전체 '지속'과 규범초월적 애정

『구운몽』에서의 총 '이야기 시간'을 유추해 보면, 10년+하루 낮+하루 밤+하루+하루+그 후(몇 년) 등 대략 10년 내외의 기간이 됨을 알 수 있다.18) 이를 좀더 세분해보면, ㉠ 성진(性眞)이 육관대사(六觀大師)의 제자로 승려가 된지 10년(286면), ㉡ 성진이 육관대사의 심부름으로 동정호 용왕께 인사드리고, 또 오는 길에 8선녀와 만나 수작하고 연화봉 도장에 돌아오기 까지의 기간(하루 낮), ㉢ 성진 승려가 꿈속에서 양소유란 남자로 태어나 8명의 미녀들과 차례대로 인연을 맺다가 꿈에서 깨어난 기간(하룻밤), ㉣ 성진과 8선녀가 꿈에서 깨어난 후, 8명의 선녀들이 육관대사의 제자로 입 문하기까지의 기간(하루, 421면), ㉤ 성진과 8여승 등 9인이 모두 육관대사 의 제자로 함께한 시기(하루), ㉥ 육관대사가 서역으로 떠나고 여덟 여승들 이 성진 승려를 스승으로 모시다 함께 극락세계로 가게 되기까지의 기간 (그 후 몇 년(?)) 등으로 구분해 볼 수 있다. 그런데 이를 '텍스트 지속'상으 로 분류해 보면, 총 140여 page의 분량 중 ㉢이 132page를 차지하고 있으며, ㉢을 뺀 나머지 ㉠㉡㉣㉤㉥ 부분이 8page정도를 차지하고 있음을 알 수 있 다. 즉 ㉢이 95% 정도의 '텍스트 지속'을 점하고 있는 것이다.

---

18)『구운몽』의 이야기 시간의 총량을 10년 내외로 봄은 육관대사가 서역 천축국에 서 중국으로 들어와 남악 형산의 연화봉에 암자를 짓고 5, 6백의 제자를 모아 금강경의 대승불법을 강론하다 다시 서역으로 떠나기까지의 기간이 대략 10여 년이 되기 때문이다.
　"내 나이 늙고 병들어 산문밖에 나아가지 못한지 어언 십여년에 이르렀으니, 너 희들 가운데 뉘 나를 대신해서 수부(水府)에 들어가 용왕께 사례하고 돌아오지 아니할고?"
　전규태(편),『한국고전문학대계』4(명문당, 1991), 284면.

㉠㉡은 성진이 승려이고 8명의 여인이 선녀일 때의 사건이며 ㉢은 성진이 승려의 신분을 벗어나 실존적 인간(男)으로 새롭게 태어나고 또 8선녀가 '선녀'란 도교적인 규범적 인물성을 벗어나 탈구속적인 각각의 '여성' 그 자체로 새롭게 태어나 활동한 사건이 된다. ㉣은 다시 성진이 승려로 복귀되고 8여인이 선녀로 복귀된다. ㉤은 8선녀가 8선녀에서 8여승으로 그 규범적 신분을 탈바꿈한 사건이며 ㉥은 성진 승려와 8여승 등의 9명의 승려들의 이야기가 된다. 즉 ㉢을 제외한 나머지 사건들이 '승려'로서(성진) 또는 '선녀'(8선녀) 및 '여승(8여승)'들로서의 규범적(제도적, 구속적) 정체성이 중시되고 있다면, 상대적으로 ㉢은 탈규범적, 실존적 인간(男, 女(양소유와 8명의 미녀)) 그 자체로서의 실체성이 더 중요시되고 있다고 말할 수 있는 것으로, 제도적이고 형이상학적인 관념적 틀에 얽매인(구속된) 성진 승려, 8선녀(8여승)로서의 사건들이 '가속'적으로 서술된 반면에 탈제도적(관념적)인물성인 실존적 인간으로서의 양소유와 8미인적 삶은 상대적으로 훨씬 '감속'적으로 상술되고 있음을 알 수 있다. 이러한 '지속'상의 특성은 『구운몽』의 주제적 성격이 '규범초월자'적 실체 찾기, 즉 '탈관념론적인 실존적 정체성' 찾기에 있음을 암시한다. 즉, 구운몽에서의 애정(에로티즘적 사랑)의 본질은, 제도적, 속박적, 관념적 정체성(승려, 선녀)을 탈피하여 실존적 정체성(양소유와 8미녀)을 되찾게 하는 한 근원적 힘(에너지)에 그 바탕을 두고 있음을 알 수 있다. 그러나 애정의 규범초월(탈관념)적 실체성은 양소유와 8미인이 모두 원래의 규범(관념)적 실체인 승려와 여승(선녀)으로 복귀됨으로써 그 한계점을 드러내고 만다.

2) 『운영전』의 전체 '지속'과 규범초월적 애정

『운영전』에서의 총 '이야기 시간'은 청파사인(靑坡士人) 유영(柳泳)이 만력(萬曆) 신축(辛丑) 춘삼월 기망야(16이년 음력 3월 16일 밤)에 안평대군의 고택 수성궁에 봄놀이 갔다가 술에 취해 하룻밤 취몽(醉夢)을 꾸고 깨어나 신책(神冊)을 한 권 주어들고 집으로 되돌아오기까지의 기간으로 대체적으로 12시간 내외의 시간으로 유추해 볼 수 있다. 이를 좀더 세분해 보면, ㉠ 청파사인 유영이 수성궁에 들어가 취몽에 빠져들기 전까지의 시간(유산객들이 유영의 의복이 남루함을 손가락질하며 비웃었던 시각부터 유산객들이 다 흩어져 가고 달이 떴을 때의 시각까지 대략 5시간 정도), ㉡ 유영이 취몽 중에 김진사와 운영의 슬픈 연애담을 듣는 시간(달이 떠서 새벽달이 되기까지 5시간 정도), ㉢ 유영이 취몽에서 깨어 신책을 주워들고 되돌아오기까지(2시간) 등으로 구분된다. 그런데 이들의 '텍스트 지속'은 작품의 총 분량 41page중, ㉠이 3apge 정도 ㉡이 38page 정도 ㉢이 3줄 정도로 서술되었음을 알 수 있다. 다시 말하면, ㉠㉢은 '가속'처리 되어 있는 반면에 ㉡은 지극히 '감속'처리 되고 있음을 알 수 있는 것이다. 이는 이 작품의 핵사건이 ㉠㉢에 있다기보다는 ㉡에 있음을 암시한 것이 된다. 때문에 ㉡부분에 대한 성격규명은 이 작품의 주제적 성격을 추출하는 한 지름길이 되게 된다. ㉡의 취몽담은 그 구조상 액자소설(額子小說)형태를 취하고 있음을 알 수 있다. 즉 '바깥 이야기'(frame)와 '안 이야기'(frame-story)로 구분해 볼 수 있다는 애기가 된다. '바깥 이야기'는 유영이 만력 신축년 기망일 밤에 김진사와 운영의 혼령을 만난 시점(조선, 선조 25년)의 사건이며, '안 이야기'는 김진사와 운영간의 연애담으로 조선 세종조 2대의 사건이라 하겠다. 그러나 '바깥이야기'는 작품 전체의 위성적 사건일 뿐 핵심적 사건이 되질 못하며, 또한 작품의 전체 주된 사건에도 크게 영향을 미치지 못하므로 '안 이야기'를 분석함으로써 ㉢부분 전체적 분석을 대신하기로 한다. ㉡부분의 '안 이야기'에서의 총 '이야기 지속'은 대략 6년여정도로 생각해 볼 수 있다. 이를 좀더 세분하면 ⓐ 운영이 13세에 부모를 이별하고 수성궁에 들어와 '궁녀'(안평대군의 첩)로서 충실히 생활하던 기간(4년) ⓑ 운영이 소년선비(13세) 김진사를 수성궁에서 처음 본 후(궁녀생활 5년째 어느 날) 김진사를 연모해온 기간(1년) ⓒ 운영이 수성궁의 궁녀들의 도움으로 중추가절

완사(浣紗)날을 계기로 훼절한 사건(1년) ⓓ 운영이 훼절 사실이 안평대군에게 밝혀져 훼절에 대한 단죄를 받는 시간(1개월) 등으로 구분된다. ⓐ는 1page 분량(35면) 정도로 4년의 기간이 약술됨으로 보아 '가속'처리 되고 있으을 알겠고 ⓑ의 1년은 '자연'이란 궁녀에게 '운영'이 회고적으로 김진사와의 관계를 고백함으로써 제시되는데, 7page 정도의 분량으로 서술되며, ⓒ는 14page 분량으로 서술되고 ⓓ는 3page 정도로 처리되고 있음을 알겠다. 즉 ⓐⓓ보다는 상대적으로 ⓑⓒ부분이 '감속'적으로 처리되고 있음을 알 수 있는 것이다.

　ⓑⓒ가 운영이 '궁녀'라는 규범적, 관념적, 제도적인 구속적 틀을 벗어나 실존적 인간(다시말해 한 '여자')으로서의 존재성을 탐색하고 모색해간 사건이라면 ⓐⓓ는 운영이 '궁녀'란 관념적 실체성을 강요당하는 사건에 해당된다고 하겠다. 말하자면 『운영전』은 운영이 자신의 '관념적 실체성'('궁녀')을, 김진사와의 애정실현(훼절)을 통해, 스스로 벗어나 실존적 인간으로서의 정체성을 획득하려 한 소설이라 하겠다. 즉 운영과 김진사간의 '사랑'의 실체는 규범초월자적 삶 추구 또는 탈관념적 정체성 찾기에 있음을 확인해 볼 수 있다. 그러나 『운영전』에서의 이러한 규범초월(탈관념)적 정체성 찾기로서의 애정(사랑)의 본질적 성격도 결국 안평대군에 의해 운영의 '훼절'(규범초월, 탈제도, 탈관념적 정체성 찾기)이 단죄됨으로써 그 한계성을 드러내고 만다.

3) '규범초월담'적 애정소설의 전체'지속'상의 특징

　『구운몽』과 『운영전』은 17C 전(운영전)·후(구운몽)의 애정고소설을 대표하는 작품들이라 할 수 있다. 그런데 17C는 주자학적인 관념적 사상체계가 정립됨과 아울러 한편으론 와해되어 가는 과도기적 시기가 된다.[19] 두

---

19) 조동일, 『한국문학사상사시론』, 201면.

작품에서는 이러한 사상적 혼란상을 어떻게 수용하고 있는지를, 시간구조적 요소의 한 요인인 '지속'적 특질을 통해 규명, 작품의 주제적 본질에 접근해 보려는 것이다.

『구운몽』의 전체 '지속'적 측면을 살펴볼 때, 작중 남녀 주인공이 '승려'나 '선녀'(여승) 등의 규범준수자, 관념론적, 제도적, 사회적 실체로서 존재한 때의 사건들이 대체적으로 '가속처리'되어 있는 반면에, 이러한 관념론적 존재로서의 실체를 벗어나 규범초월자(실존론)적 실체로서, 즉 한 남성과 8명의 미녀로서의 실체로 활동하던 사건들은 '감속'적으로 서술되고 있음을 볼 수 있었다. 이것은 이 작품의 중심사건이 작중 남녀 주인공의 실존적 삶에 있음을 부각시키려는 한 서사적 장치라 하겠다. 이러한 서사적 장치는 이 작품의 전체의 주제적 성격을 규범초월(탈관념론)적 인간상 회복이라는 성격으로 한정시켜 이해케 만들어 준다. 그런데 작중인물들의 이런 실존적 삶의 추구를 가능케한 매개체적 역할을 하는 것은 바로 남녀간의 애정(사랑추구)에 있다.

말하자면 『구운몽』에서의 애정(사랑)은 규범준수(관념론)적 삶을 규범초월(실존론)적 삶으로 변화 가능케 하는 한 원천적 에너지가 되고 있는 셈이다. 모든 인간은 관념론적 실체이기 이전에 먼저 실존론적 실체라 하겠다. 『운영전』에서의 경우도 마찬가지라 할 수 있다. 운영이 궁녀란 관념적 지위를 파기하고 한 여성으로서의 실존적 인물 추구담이 궁녀로서의 삶보다는 상대적으로 감속처리 되어 강조된다. 즉 '감속'적 기법으로 처리된 한 여성으로서의 운영의 생활이 사건의 핵심이 된다는 의미이며, 이는 '감속' 기법이 핵사건과 위성사건을 분별케 하는 한 서사적 장치가 되고 있음을 뜻하게 된다. 『운영전』에서의 핵사건은 물론 운영과 김진사간의 사랑(에로티즘적)이다. 이런 사랑의 힘이 운영의 규범초월자적, 탈관념적 인간화를 촉발하게 만든 것이다.

어떻든 『구운몽』은 '승려'와 '선녀'란 규범준수적, 제도적, 형식적, 관념적 존재성을 '파계'(破戒)함으로써 규범초월(탈관념)적 애정담으로의 주제

적 성격을 간직하게 된다고 하겠다. 이러한 탈관념적 인간상 추구를 가능
케한 근원적 에너지가 바로 남녀간 '사랑'(에로티즘)이라는 점은 17,18C 애
정고소설의 주제적 성격을 '규범초월(탈관념)적 애정 추구담'으로 한정짓
게 만든다. 그러나『구운몽』과『운영전』에서의 탈관념적 애정 추구담으로
서의 주제적 특질을, 양소유와 8명의 미인이 또다시 승려와 8선녀(8여승)으
로 복귀되고, 훼절한 운영이 김진사와 사랑을 성취하지 못하고 안평대군
(관념론적 인간상의 수호자)에 의해 패배 당하고 만다는 결말적 구성은
17,18C의 사상적 방황, 즉 관념론적 인간상 추구와 실존적 인간상 추구 사
이의 과도기적 한 양상을 반영한 것이라 할 수 있겠다.

4. '이해초월'적 애정담과 그 주제의식

1)『옥단춘전』의 전체'지속'과 '이해초월'적 애정

『옥단춘전』에서의 총 '이야기 지속'은 대략 17년(15년+1개월+1년+1년)
정도가 된다. 이러한 '이야기 지속'이 '텍스트 지속'으로 36page에 걸쳐 서
술된다. 이를 좀더 세분해보면, ㉠ 이혈룡과 김진희의 성장담(15년) + ㉡
이혈룡과 김진희의 갈등담(1개월) + ㉢ 이혈룡과 옥단춘의 연애담(1년) +
㉣ 이혈룡의 행복담(1년?) 등으로 구분된다.

㉠사건은 15년여의 '이야기 지속'이 2page에 걸쳐 서술됨으로써 대체적
으로 가속처리 된다. ㉡사건은 1개월 정도의 '이야기 지속'이 7page에 걸쳐
시술됨으로써 감속처리 되고 있음을 알 수 있다. ㉢사건은 1년 정도의 '이
야기 지속'이 26page의 '텍스트 지속'으로 서술된다. 이 '텍스트 지속'은, 전
체 작품 '텍스트 지속'의 70%에 해당되며, 대체적으로, 감속처리 된다. ㉣사
건은 1page 정도의 '텍스트 지속'으로 서술되어 극단적으로 가속처리 된다.

　위에서 살펴 본 바와 같이 ㉠㉡㉢㉣ 등의 사건에서 '지속'적 특질을 정리해보면, ㉠㉣이 가속처리 된 반면, ㉡㉢은 상대적으로 감속처리 됨을 알수 있다. 때문에 이 작품의 핵심사건은 ㉡과 ㉢이 되고, ㉠㉣은 위성사건에 해당된다는 것이 된다. 그러면 이제 핵심사건과 위성사건을 어떤 상관성을 갖는 지를 살펴보기로 하자. 위성사건㉠은 김진희(金眞喜)와 이혈룡(李血龍)의 출생에서부터 김진희가 소년등과(少年登科)하기 직전까지의 사건이다. 이혈룡과 김진희는 온 나라의 백성들의 살림이 넉넉하고 풍족하여, 모두가 태평 세월을 보내던 때에, 유명한 두 재상가의 독자로 각각 태어난다. 때문에 이 들에게 있어서 물질의 문제는 중요한 것이 되질 못했던 것이며, 오로지 중요한 것은 동골동태(同骨同胎)의 친형제 같은 순수 인간적(정신적)정의(情義) 축적에 있었던 것이라 하겠다. 말하자면 두 남성적 작중인물들에게 있어서 인간관계의 중심축은 물질적(이해타산적) 가치보다는 오히려 정신적(이해타산초월적) 가치성(朋友有信, 世誼, 結義兄弟)에 있었던 것이다. 즉 인간관계 유지의 중심축이 정신적 가치성에 있을 때의 사건이 '가속처리' 되고 있는 것이다. 이혈룡과 김진희가 이러한 정신적 가치성에 따라 관계를 유지시켜간 기간은 대략 15년 내외가 된다. 그런데 이 15년의 기간은 "즉위 후 십 년 동안" "각설, 이 때에" "하루는" "열달만에" "열 달이 차서" "두 아들이 점점 자라나니"(325면) "두 아이는 수년을 같이 공부했는데" (327면) "이어서 삼년상을 지냈다" "이 때 김진희는 가세가 부유하여 잘 살았으나" (329면)등등의 요약 및 생략적 서술로 '가속처리' 된다. 위성사건㉣은 이혈룡이 암행어사 겸 평양감사가 되어 평양감사도 도입한 후 선치민정(善治民情)하여 우의정에까지 승진하여 부귀공명(富貴功名)을 누리던 때의 사건이다. 이혈룡이 평양감사가 되어 "어진 마음으로 치민치정을 잘 하였으므로 거리거리에 송덕비(頌德碑)가 여기저기에 서고"(395면) 또 "전하께서 이 소문을 들으시고 크게 기뻐하여서 곧 승차하여 우의정을 봉하시고(393면)" "이로써 이혈룡의 위엄과 세도가 나라에 으뜸이 되었다."(395면)등의 사건들로 보아 최소한 1년 이상의 시간이 경과한 것으로 추론해 볼 수 있다. 그러나 '텍스트 지속'으론 "그 날부터" "일시에" (395면) 등의 어휘를 사용하여 요약적, 생략적으로 '가속처리'한다. 어떻든 이 기간도 이혈룡에게 있어선, 국태민안(國泰民安)한 시절에 부귀공명을 누리던 때로 그의 정신적 가치성(忠, 孝, 家族愛)이 인간관계적 중심축이 된 시기이다.

결국 ㉠㉣사건은 작중인물간의 인간적 관계적 틀이 정신적 가치성에 의해 유지된 사건들로, 요약 및 생략적 서술기법을 통해 '가속처리' 하여, 사건 자체의 전체작품에서의 위성사건성을 드러내고 있다고 할 수 있겠다.

이에 반하여 핵심사건㉡㉢은 상대적으로 '감속처리' 되고 있음을 알 수 있다. ㉡사건은 김진희가 소년등과(少年登科)하여 평양감사로 부임, 정사는 아랑곳 하지 않고 풍악과 주색만 일삼는 사건과 이혈룡이 가세가 곤궁하여 가족의 생계를 걱정하다, 김진희가 평양감사가 되었다는 소식을 듣고 평양으로 김진희에게 물질적 도움을 청하고자 갔으나 물질적 도움은커녕 오히려 결의형제적 우애감에 배신감만 느끼게 된다는 사건이다. '감속적'으로 서술된 지문을 보면 다음과 같다. (i) 이 때에 김진희는 운수도 좋게 소년등과하여 전하께서 평양감사로 엄명하시니(……) 도임행차가 지나는 곳마다 각 읍에서 바치는 물건과(……) 그 위세가 진동하였다.(……) 평양에 당도하자(……) 영축하는 녹의홍상(綠衣紅裳)의 기생들은 곱게 단장하고(……) 기생전고를 하는데(……) 김감사가 보고서 마음이 울적하여 호장(戶長)을 불러서 분부하기를, "오늘부터 옥단춘을 수청들게 하라"(……) 옥단춘이 하는 수 없이 입고 있던 복색으로 북색으로 미친 여자 모양 들어가니 사또는 옥단춘을 가까이 이끌어 앉힌 후에 온갖 희롱 수작을 서슴치 않았다.(330~331면) (ii),이 때 이혈룡은 가세가 곤궁하여 늙은 모친과 처자를 데리고 살 길이 막막하였다.(……) 이혈룡은 모친이 모르시게 자기 머리칼을 베어서 팔아다가 곡식과 바꾸어서 한끼 두끼 먹었으나 그것도 잠시 뿐이었다.(……) 이렇게 지낼 적에 김정승의 아들 김진희가 평양감사가 되었다는 풍문을 듣고 깜짝 놀라면서 혼자 속으로……(……) 평양에 당도했는데(……) "집으로 돌아가려 한들 노자 한 푼 변통할 수 없고 이곳에 머무르려 한들 주인이 싫어하니……”(……) 그의 의복마저 떠러지고 때 묻은 모습이 걸인 중에 상걸인 모양이었다.(……) “평양감사 김진희야, 이혈룡을 모르느냐?” 그러자 김감사가 혈룡에게 노발대발 “너 이놈! 들어라. 웬 미친 놈이 와서 감히 내 이름을 욕되게 부르느냐?” 하였다.(331～343면)

（ⅰ）김진희에 대한 서술로, 김진희의 물질적 풍요와 방탕한 생활상, 그리고 옥단춘에 대한 육체적(물질적) 가치성에 따른 대우 등등의 사실을 ‘설명적 서술’이나 ‘대화’적 서술기법으로 ‘감속처리’ 강조하고 있다. (ⅱ)는 이혈룡에 관한 내용이다. 이혈룡의 빈곤한 실상과 결의형제라 믿었던 김진희로부터 버림받음 등의 사건이 ‘고백적 서술’ ‘대화’ ‘설명적 서술’등을 통해 ‘감속처리’ 되어 부각된다. 말하자면 ⓛ사건은 경제적, 물질적 가치성을 상실한 이혈룡이, 물질적 가치 우위성만을 신봉하는 김진희로부터 버림당함으로써, ‘우애’ 또는 ‘신의’라는 정신적 가치의 무력화 현상을 표출하고 있다. 반면에 물질적 가치 우위 풍조는 득의하게 된다. 결국 ⓛ은 이해타산초월(정신적 가치)적 하락과 이해타산(물질적 가치)적 가치의 상승이란 당시대적 가치관의 변화 양상을 ‘감속’적 서술기법을 차용하여 대립적으로 형상화하고 있는 것이다. ⓒ사건은 ⓛ과 같이 ‘감속’ 처리된 부분이면서도 ⓛ과는 성격이 좀 다르다. ⓛ은 두 남자의 대조적 소개에 해당된다면 ⓒ은 이 작품의 주제적 성격을 결정하는 애정담에 해당 되기 때문이다. 어떻든 『옥단춘전』에서는 가·감속의 ‘지속’장치를 활용 작품에서의 핵사건과 위성사건을 분별케 하고 또 감속적 서술기법을 대립적으로 사용 작품의 내용적 갈등구조를 이해타산적(물질중심적)과 이해타산초월적(탈물질적) 가치관의 대립으로 한정짓는다.

2) 『부용의 상사곡』의 전체 '지속'과 '이해초월'적 애정

『부용의 상사곡』에서의 총 ‘이야기 지속’은 수십년[20])으로 유추되며, 이

러한 '수십년간'의 '이야기 지속'이 85page 분량의 '텍스트 지속'으로 서술
된다. 이제 이런 '이야기 지속'과 '텍스트 지속'을 좀더 세분하여, 두 지속
간의 관계를 살펴, 전체 작품에서의 지속적 특질이 갖는 의의를 살펴보고
자 한다.

『부용의 상사곡』에서의 '수 십년 간'의 '이야기 지속'을 주된 사건들에
따라 나눠보면, ㉠ 김유성과 부용의 1차 만남(1개월 ± 몇일[21]) ㉡ 부용과
평양감사 이도중과의 갈등 사건(3개월[22]) ㉢ 김유성과 부용의 재상봉 사건

----

20) 이 작품의 시작 시점은 대략 남주인공 김유성(金有聲)의 나이 18세 때가 된다.
7면에서 "연기(年紀)이구(二九)에 이르도록 아직 취처(娶妻)치 못하였으매 모부인
(母夫人)이…"라고 서술된 것을 볼 수 있고 또, 21면에서도 "김공자(金公子)(김유
성 - 필자주)는 전등사또(前燈使道)의 영랑(令郞)이시오. 춘광(春光)이 이구(二九)
이며 풍채(風彩)는 반악(潘岳)이라"말하고 있음에서 알 수 있다. 그리고 이 작품
의 끝부분에 보면, "승지(右承旨)(김유성 - 필자주)그 후에 벼슬이 정경(正卿)에
이르러 부귀(富貴)를 누리며, 용왕(芙蓉 - 필자주)이 다자(多子)다녀(多女)하니"(8
8~89면)말하고 있는데, 이는 김유성과 부용이 결혼하여 자녀를 많이 출산하였
다는 얘기가 된다. 때문에 이 작품은 김유성이 18세 되던 해부터 부용과 결혼하
여 많은 자녀를 두기까지의 기간이 된다.

21) 경성 안국동(京城安國洞)에 살고 있던 18세된 김유성이, 어느날 승지강산(勝地江
山)을 구경하여 견문을 넓히고자 평양으로 떠나려 작정하고, 어머니 앞에 나아
가 허락받는 장면에서 "여기서 평양이 불과 오백 여리 오니, 일삭(一朔)을 한(限)
하고, 다녀 올 것이오니 너무 염려치 마르소서"(12면)라고 말하고 있다. 또, 37면
에선 '공자(김유성 - 작가주) 집을 떠난 지 벌써 일삭(一朔)이 된지라, 공자 모부
인(母夫人)이 과도(過度)히 기다릴 줄 헤아리고, 일일은 용왕을 대하여 왈 "내 일
찍이 편모의 슬하(膝下)를 떠난 때 없더니(……) 내 집에 돌아가(……) 낭을 데려
갈 것이니 잠시 이별(離別)을 창연(悵然)히 여기지 말지어다"(37면)라고 말하고
있음으로 보아 김유성과 부용의 첫 만남은 1개월 내외가 됨을 알 수 있다. 계절
적으론 봄이 된다. 김유성이 서울을 떠나 평양으로 떠나기 직전을 서술한 부분
을 보면, "차시(此時)는 동풍삼월(同風三月)이라 백화(百花)는 만발하되…"(11면)
라고 서술하고 있다.

22) 평양감영의 통인인 최만홍이 부용으로부터 자신의 구애를 거절 당하고, 앙앙지
심(怏怏之心)을 품고 있다가, 신임 사또 이도중(李道重)이 평양 감사로 부임해 오
자 이도중에게 부용을 천거한 시기는 4월 8日 이전이 된다.
"만홍이 소(笑)왈 이는 어렵지 아니 하오니 이 곳 풍속이 매년마다 사월팔일(四
月八日)이 당(當)하오면, 감사 사또께 옵서 대동강상에 선유(船遊)하시오. 태평(太
平)을 즐기시나니 이 때에는(……) 부용이 비록 기안(妓案)에 빠졌사오나, 그날(4
月 8日) 부르시면 제 아니오지 못 하오리니(……)"(68~69면)에서 확인된다. 그리

(수십 년) 등이 된다. 그런데 ㉠사건은 1개월 여의 '이야기 지속'이 11page (66~77)의 '텍스트 지속'으로 서술되며, ㉢사건은 수십년의 '이야기 지속'이 12page의 '텍스트 지속'으로 서술되고 있음을 알 수 있다. 말하자면 ㉠은 '감속처리' 된 셈이고 ㉡㉢은 '가속처리' 된 것이다. 즉 본 작품의 핵심 사건은 ㉠이라 할 수 있고, 나머지 ㉡㉢은 위성 사건이 된다는 의미다. 이제 '감속처리'된 ㉠과 가속처리된 ㉡(㉢은㉠의 연장선상에 있는 사건이므로 생략함)사건의 내용적 측면을 대조적으로 살펴봄으로써, 이들 지속적 장치가 갖는 주제 구현적 의의를 추출해 보고자 한다. ㉠사건의 핵심 내용은 두 남녀간의 만남의 성격에 있다고 할 것이다. 이러한 두 남녀간의 만남의 성격은 김유성이 부용에게 청혼하고, 부용이 김유성의 청혼을 수용하는 부분에서 잘 나타난다. 부용에게 있어서 김유성은 지금껏(10년, 18세된 부용은 기녀로 입문하여 10년간 기녀 생활을 해오고 있음을 알 수 있다. "첩(부용－필자주)이 또한 십재청루(十齋靑樓)의 고심(苦心)"(34면) 기다려 온 '지기(知己)'를 만난 셈이다. "이제 공자(김유성－필자주)를 뵈오니 평생(平生)에 지음(知音)을 만난지라"(29면)라고 말하고 있는 부분에서 알 수 있다. 반면에 김유성에게 있어서 부용은 평생의 '가우(佳耦)'가 된다. "이제 낭(부용－필자주)을 보니 이 진지 동성상응(同聲相應)이오, 동기상구(同氣相求)이며, 하물며 낭은 비록 청루(靑樓)에 오락(誤落)하였으나, 그 옥결빙심(玉潔氷心)이 금세(今世)에 대두(對頭)할 이 없음을 내 또한 아는 바라, 이러므로 내 이에 이르렀으며, 또 한 곡조를 빌어 나의 심사를 고(告)함이니, 낭은 나의 지극한 정성을 어엿비 여김을 바라노라"(33면)에서 알 수 있다.

결국 ㉠에서 보면, 김유성은 부용을 기녀로서의 물화(物化)된 인간상을

고 암행어사 이몽매(李夢梅)에 의해 이도중이 평양감사에서 파직 당하여 서울로 되돌아 간 때는 늦여름이 된다. "이 감사를 파직(罷職)하니(……) 감사(……)치행(治行)하여, 경성(京城)으로 돌아가거늘 용낭(부용)이 비로소 옛집에 돌아오니 매향과 노파 반기며 일희일비 하더라. 세월이 여류하여 가을(를)이 당함에, 금풍(金風)은 소슬(蕭瑟)하고, (……)남천(南天)으로 돌아가는 기러기는(……)"(76~77면)의 지문을 통해 유추해 볼 수 있다.

인식하면서도, 그의 육체적 가치성에 청혼하는 것이 아니라 그의 심(心)적 모습에서 공감대를 찾아 청혼을 하고 있음을 알 수 있다. 즉 김유성에게 있어서 부용은 금전적 거래의 (이해타산적) 대상이 아니라 지기, 지음(知己, 知音)의 상대인 것이다. 부용에게 있어서도 마찬가지라 할 것이다. 부용이 자신을 물질적 가치성(이해타산적)으로 취급해 온 뭇 남성들 사이에서 10여년간 수절하는 기녀로서 자신을 지켜올 수 있었던 것도 어쩌면 김유성같은 지기(知己)를 만나기 위해서 였을 것이다. 그러나 ⓒ사건에서 이도중의 부용에 대한 태도는 김유성에 있어서의 그것과는 좀 다르다. 4월8일 대동강 선유(船遊)행사에 끌려오다시피 하여 참여한 부용을 처음 만나게 된 이도중은 "감사 용낭(부용)을 향하여 왈 비록 퇴기(退妓)이나 내 부름이 있거늘 거짓 병(病)들었다고, 핑계하고 이제야 이르니 그 무슨 도리이뇨(……) 감사 청파(聽跛)에 흔연 대소 왈(……) 낭이 이에 이르렀으니 여차양야(如此良夜)에 잠시소흥(暫時消興)을 사양치 말지어다(……) 감사(……) 취흥이 도도하여 용낭(부용)의 어깨를 치며, 대소(大笑) 왈 나는 풍류재자(風流才子)오 낭은 절대가인(絶代佳人)이라 (……) 감사 미친 마음을 걷잡지 못하여 용낭을 붙들어 한 작은 배(船)에 내리니 그 배에 비단 장(帳)을 겹겹이 둘러치고 (……) 용낭이 이 때를 당하여 의외로 강포지욕(强暴之辱)을 벗어나지 못할지라…"(70~71면) 이도중에게 있어서 부용은 잠시 소흥을 함게 즐기는 기녀이며, 술자리에서의 육체적 쾌락의 대상이다. 말하자면 인격체로서의 가치평가를 받기보다는 육체적(물질적, 경제적) 또는 물화(物化)적 가치기준에 의해 평가된다. 이러한 이도중의 상품적 가치평가 태도에 부용은 대동강에 투신("선두(船頭)에 떠러지니", 73면)하여 온몸으로 자신의 탈물화적 가치성을 회복하려 한다. 아무튼『부용의 상사곡』에서의 전체 지속을 통해 알 수 있었던 것은, 가·감속 기법의 대조적 서술을 통해, 남녀 애정의 탈물화적 가치성이란 주제의식을 핵심사건으로 부각시켜 강조하고 있음을 알 수 있었다는 사실이다.

3) '이해초월'적 애정소설의 전체 '지속'상의 특징

　『옥단춘전』을 주된 사건들에 따라 나눠보면, ㉠ 이혈룡과 김진희의 성장담 ㉡ 이혈룡과 김진희의 갈등 사건 ㉢ 옥단춘의 이혈룡 선택담 ㉣ 이혈룡의 행복담 등이 된다. 그런데 이들 사건 중에서 ㉠과 ㉣사건이 가속적으로 처리된 반면, ㉡, ㉢사건은 상대적으로 감속처리 됨을 알 수 있었다. 이는 위성(주변)사건들이 가속된 것이며, 핵심 사건들이 감속처리 되고 있음을 나타낸 것이다. 즉, 가·감속의 '지속'장치가 작품 전체의 핵심사건과, 위성사건들을 구분 가능케 해준 서사적 기능을 수행한 셈이 된다. 때문에 감속적으로 처리된 사건들은 당연히 작품 전체의 주제적 의미를 함축하고 있음을 제시하게 된다. 그러면 이제 ㉡㉢에서의 감속처리 장치가 갖는 서사적 기능과 그 주제 구현적 의의 등에 대해 살펴보자. ㉡에서의 감속 장치는 크게 김진희에 관한 서술과 이혈룡에 관한 서술에서 양분되어 대립적으로 이뤄지고 있음을 알 수 있다. 김진희와 관련된 서술에서의 '감속'은 주로 '설명적 서술'이나 '대화'등의 서술기법을 활용, 김진희의 물질적 풍요, 방탕한 생활상, 물질적 가치평가 기준에 의거한 옥단춘과의 관계, 사건 등의 내용을 표출하고 있다. 반면, 이혈룡과 관련된 부분에서의 '감속'은 이혈룡의 극도의 빈곤상, 결의 형제라 믿었던 김진희로부터의 버림받음 등의 내용을 "고백적 서술", "대화", "설명적 서술" 등의 서술기법으로 이룩된다. 이는 '감속'적 기법이 중심사건의 상반성(양극성)제시라는 서사적 기능을 수행한 셈이며, 이런 서사적 기능을 통해 대인(對人)관계 방식에 있어서의 이해타산초월적(정신적, 순수 인도주의적, 인간애적) 가치관의 하락과 이해타산 집착적(물질적) 가치관의 상승이란 당시대적 가치관 변모양상의 일면을 드러내게 한다. 그러나 ㉢사건에서 옥단춘은 자신을 물화적 가치성에 의해 평가하는 김진희보다는, 순수 인간애(정신적)적 가치관으로 대하는 이혈룡을 자신의 애정 상대로 선택함으로써, 결국 이 작품에서의 애정 주제성을 이해타산초월적(탈물화)적 인간상 구현에서 찾게 만든다.

　『부용의 상사곡』에서는 어떠한가를 보자. 부용이란 한 여성과 김유성과 평양감사 이도중이란 두 남성 사이에서 이성적 관계 방식을 대조적으로 결구해 놓은 작품이 『부용의 상사곡』이라 할 것이다. 이를 좀더 세분하면, ㉠ 부용과 김유성의 1차 만남 ㉡ 부용과 평양감사 이도중과의 갈등 사건 ㉢ 김유성과 부용의 재상봉 이후의 사건 등이 된다. ㉡, ㉢사건은 대체로 "이때에", "여차여차 하오면", "눈물로 세월을 보내더니", "일일은", "주야로 통곡하더니", "이 때의", "세월이 여류하야 가을이 당함에", "날마다 그 돌아옴을 고대하더니", "수일 후", "눈물 마른날이 없더니 이해 칠월칠석에 등과하니", "오래지 아니하여", "날로 부사의 옴을 기다리더니", "수일을 머무른 후", "성원에 부임한 후, 부사 어진 정사로 백성을 다스리니 일읍이 태평하더라", "과만(瓜滿)이 됨에", "용량이 다차 다녀하니"(66~89면) 등등의 경우에서와 같이 '생략' 또 '요약적 서술'로 감속처리 된다. 반면에 ㉠사건은 상대적으로 '감속처리' 됨을 알 수 있다. '감속처리'에 사용된 구체적 서술기법은 "묘사", "고백적 서술", "설명적 서술", "대화", "독백적 서술", "화답시", "풍물 완상시", "악기 상호 연주", "이별의 감회시", "몽룡의 사건", "상사별곡"(3~65면) 등을 통해 '감속적'으로 서술된다. 이는 가·감속의 '지속'적 장치가 ㉠사건의 핵심사건성과 ㉡, ㉢사건의 위성사건성을 변별적으로 분별케 하는 한 서사적 장치로서의 역할을 하고 있음을 반증한 것이 된다. 감속적으로 처리된 ㉠과 가속적으로 처리된 ㉡㉢은 ㉠의 연장이므로 생략)은 그 내용면에 있어서 대조적임을 알 수 있다. 즉 ㉠에서 김유성은 부용을 물화(이해타산적)적 가치평가 기준에 의하여 가치평가 하지 않고 지기(知己) ― 이해타산초월적 ― 이성상대로 대한다. 그러나 ㉡에서 이도중은 부용을 물질적 가치 평가 기준에 의거하여 평가하려고 한다. 말하자면 지기(知己)·지음(知音)적 이성관계는 '감속적'으로 서술되고, 물질적 가치 평가 기준에 따른 남녀간 이성관계는 '가속'된 셈이다. 이는 가·감속 기법의 이성적 인간관계 방식의 성격 규명이란 서사적 장치로 쓰여,

애정 주제성 구현상의 특질을 '이해타산초월'(탈물화)적 인간성 회복에서 찾게 만든다. 어떻든 『옥단춘전』과 『부용의 상사곡』은 작품 전체적으로 볼 때 가·감속 서술기법을 대립적으로 활용, 핵사건 및 위성사건을 구분케 하여, 핵심사건의 내용을 통해 남녀간 애정의 본질적 실체가 '이해타산초월'(탈물화적 인간상 회복)에 있음을 강조적으로 부각시켜 구현하고 있음을 알 수 있었다.

5. 결 론

15C, 16C 애정소설로서의 '현세초월형'은 주로 남녀 주인공들의 지하계적 애정담이 '감속'처리되어 핵사건화 되는 반면에 지상계적 애정담은 상대적으로 '가속'처리 되어 위성사건화 된다. 즉, '현세초월형'에서의 전체 '지속'. 기법은 남녀주인공 애정담이 현세초월적 時·空을 관통하며, 전개됨을 표출할 뿐만 아니라 이질계 애정담 중 지하계 애정담에 그들 작품의 주제적 본질이 내재해 있음을 암시하는 서사장치로서의 기능을 하고 있는 것이다.

17C, 18C 애정소설로서의 '규범초월형'은 주로 '파계' 및 '훼절'을 통한 작중남녀주인공들의 '규범초월자'적 존재성 획득 사건이 '감속서술'로 핵사건화 되고 '종교적 계율' 및 '봉건질서' 유지담. 즉, 작중남녀들의 '속박적 규범' 준수담은 '가속서술'로 위성사건화 된다.

19C, 20C 애정소설로서의 '이해초월'형은 주로, 주동인물로서의 남주인공과 여주인공 간의 '이해초월'적 애정담이 '감속서술'로 핵사건화 된다면, 반동인물적 남주인공과 여주인공과의 '이해타산'적 애정담은 '가속서술'로 위성사건화 된다. 재론하면, '규범초월형'에서의 전체 '지속' 기법이 '속박적 규범자'로서의 작중남녀주인공들이 그들 간의 이성애적 사랑을 통해

‘규범초월화’ 되가는 과정을 ‘감속’처리 기법으로 핵사건화시켜 가는 서사
장치로서의 기능을 수행하고 있다면, ‘이해초월형’에 있어서의 전체 ‘지속’
기법은 삼각관계적 애정담 속에서 여주인공이 주동인물적 남주인공과 ‘이
해초월’적 애정담을 성취시켜 가는 과정을 ‘감속’기법으로 주제화시켜 가
는 서사장치 기능을 수행하고 있는 것이 된다.

조선후기 역사소설의 계보와 성격

권혁래[*]

차 례

* 연세대학교 강사.

1. 머리말

고소설사에서 역사소설이란 유형은 선뜻 설정하기 힘든 장르인지도 모른다. 이는 역사소설 하면 대체로 근대시기에 성립된 근대적 서사장르로 여겨왔기 때문이다. 하지만 역사소설이란 장르는 특정시기, 특히 근대 이후의 시기에 한정되는 것은 아니라는 것이 필자의 견해이다.

고소설사 연구자들 사이에서 역사소설의 개념은 그동안 논자에 따라서 서로 다르게 규정됨으로써 많은 혼란을 일으켜 왔다. 이것은 그 내포를 어떻게 설정하고 있느냐에 따라 크게 두 가지로 나누어진다. 하나는 역사소설을 소재적 차원에서 논하는 것으로, 역사적 사건을 소재로 하여 소설화된 것으로 이해하는 관점의 '광의'의 역사소설 개념이고, 다른 하나는 구조 및 역사의식 등 여러 가지 조건을 포함하여 좀더 엄밀히 규정하려는 관점의 '협의'의 역사소설 개념이다.

그런데 전자처럼 단순히 소재적 차원의 개념으로만 이해할 경우 역사적 소재의 범위가 한정이 없고 질적 차이를 변별하기 어려워 역사소설의 범주를 설정한 것 자체가 별다른 의미를 얻지 못하게 된다. 따라서 구체적이고 가시적인 성과를 얻기 위해서는 좀 더 협의의 개념으로 규정하고 그것을 하나의 유형적 범주로 설정할 필요가 있다.

이런 관점에서 필자는 소재의 요건에 구조, 서사성, 작가의식의 요건을 더하여 "역사적 사건으로 인한 갈등이 서사의 중심축이 되고, 이를 역사의식에 바탕하여 사실적으로 형상화한 고소설"로 조선 후기 역사소설의 개념을 재규정한 바 있다.[1] 그리고 이러한 개념적 내포가 발견되는 『최척

---

1) 필자, 「조선후기 역사소설 연구」, 연세대 박사학위논문, 1999, 8~12면.
　　필자, 『조선후기 역사소설의 성격』, 박이정, 2000, 232~238면.

전』, 『김영철전』, 『임진록』, 『임경업전』, 『배시황전』, 『박태보전』, 『윤지경
전』등 10여 종을 그 구체적 작품으로 들었다.

역사소설은 사건과 인물을 형상화하는 새로운 서술방식, 사실적 창작수
법 및 비극성의 미학, 역사의식의 발현 등의 문학적 특성을 통하여 17세기
이래로 소설사에 그때그때 새로운 소설미학을 제시하였고, 구조와 서술방
식, 주제의식 등의 면에서 소설이 다양하게 뻗어갈 수 있는 기반으로 작용
하였다. 뿐만 아니라 국문·국문본 소설의 형성 및 전개에 중요한 영향을
주었으며, 자국의 역사를 소설화하면서 소설의 효용성을 부각시키고 소설
에 대한 긍정적 인식을 고양하는 등 조선 후기 소설사를 적극적으로 추동
하였다.

역사소설의 문학성과 소설사적 위상에 대한 논의가 좀 더 활성화되기를
기대하면서 그동안에 필자가 논한 조선후기 역사소설론의 주요 내용을 요
약하며 새롭게 진전된 사항을 덧붙여 글을 전개하기로 한다.

2. 조선후기 역사소설의 형성

1) 사회역사적 배경 : 새로운 역사담론의 형성

조선후기 특히 17·18세기는 임진왜란 및 병자호란과 같은 국가적 전란
을 입어 전 국토가 유린되고, 국내에서는 반정(反正)의 왕조가 서고 당쟁이
격화되어 나갔던 시기이다. 국제적으로는 명청 왕조의 교체와 함께 중화적
세계질서가 붕괴되면서 조선후기 사대부 및 시정인들은 세계인식에 혼란
을 겪게 되고, 약소국 신민으로서의 애환을 체험하게 된다. 또한 전란 때
입은 파괴와 경제적 손실, 호국에 대한 굴욕감, 피폐한 민생, 이로 인한 집
권체제의 동요는 곧 왕조의 위기로 귀결되는 것이었다. 그렇기 때문에 이

러한 전란의 사건은 위정자층만이 아니라 모든 백성에 이르기까지 그들의
삶과 인식에 깊숙히 파고 들었고, 이는 곧 역사적 담론 형성의 저인이 되었
다. 요컨대 위정자들은 국가적 위기에 적절히 대응했는가, 국난을 극복하
는 데 참으로 공을 세운 사람은 누구이며 전란 후의 사회는 어떠한 사람들
에 의해 어떠한 방향으로 세워져야 하는가 하는 자성 및 문제제기의 매개
가 되었고, 한편으로 『임진록』, 『임경업전』, 『배시황전』, 『김영철전』등의
작품 형성에 사회역사적 배경이 되었다.

　한편 당쟁 및 사회 등 연속되는 정치적 격변 역시 새로운 역사담론의 형
성에 한 요인이 되었다. 조선후기의 정치는 붕당정치(朋黨政治)에서 그 특
색을 찾아볼 수 있는데, 붕당정치란 공도(公道)의 실현을 소임으로 자처하
는 붕당들이 그 실현을 위해 서로 비판하면서 공존하는 것을 기본 원리로
삼았다. 그러나 이러한 묵계적 원리는 17세기 후반으로 접어들면서 깨지기
시작하였다. 붕당들이 모두 일당전제적 성향을 보이면서 격렬한 대립을 벌
이기 시작한 것이다. 16세기 후반에 시작된 양반 관인층의 정치사상적 분
열은 18세기 초반에 들어서자 그 절정을 이룬다.

　선조대 이래 조선 후기 내내 격화된 당쟁의 파장은 직접적으로는 사대
부들간의 갈등과 희생으로 나타났다. 이 문제는 때로는 왕권(王權)과 신권
(臣權)간의 갈등 및 대립 양상으로까지 나아가며2), 19세기에는 군주의 외척
과 특정 문벌가문의 세도정치의 폐해가 극심해지면서 궁극적으로는 왕도
정치의 위기로 귀결되기도 하였다.3) 또한 당쟁의 파장이 소수 지배층 내부
의 문제로 끝나지 않고, 백성들에 대한 세도 가문과 관료들의 수탈과 혹정
으로 나타나는 등 백성들의 생활에 직접적으로 해악을 끼치면서 새로운 역
사 담론이 형성되는 계기가 되었다. 곧 봉건사회의 권력과 통치의 핵심인
왕도정치가 제대로 실현되고 있는가, 만일 그렇지 못하다면 신민된 자로서

---

2) 이희환, 『조선후기 당쟁연구』, 국학자료원, 1995, 194~203면 참조.
3) 홍순민, 「19세기 왕위의 승계과정과 정통성」, 『국사관논총』40집, 국사편찬위원
　회, 1992, 35~37면.

이를 어떻게 대처할 것인가 하는 실존적이고도 실천적 문제가 사대부층은 물론 일반 백성들에게까지 관심사로 다가간 것이다.

이렇듯 17세기를 전후로 하여 발생한 역사사회적 변화는 많은 사람들에게 엄청난 충격을 미쳤으며, 아울러 새롭고 좀 더 능동적인 역사담론의 매체인 역사소설의 형성을 자극하는 토양이 되었다.

2) 문학사적 배경 : 역사적 서사 및 실기문학의 바탕

조선 후기 역사소설은 역사적 서사 및 실기문학을 제재적 원천으로 삼는 한편, 그 서사의식의 전통을 계승하여 성립된다. 그리고 설화 및 구비전승도 부분적으로는 작품 형성에 영향을 주었다.

일반적으로 역사서술의 전범으로 꼽히는 『사기(史記)』는 역사적 갈등을 생생하게 묘사하고, 개성적 인물들에 관해 매우 예리한 심리적 통찰을 하고 있다. 특히 『사기』 열전(列傳)은 아주 먼 시대의 역사적 사건과 인물들을 생동감 있고 핍진하게 묘사하여 독자들을 매혹시켜 왔다. 이러한 『사기』 열전의 서사적 성격은 후대 역사서와 함께 지속적으로 역사소설 형성에 영향을 미친 것으로 파악되고 있다.

게다가 이러한 열전의 창작 원리 및 역사서의 기술 방법의 영향을 입고 성립한 명대의 소설 『삼국지연의(三國志演義)』, 『수호지(水滸誌)』 등이 우리나라에서도 이미 선조조(宣祖朝)에 유입되어 큰 반향을 불러일으켰던 바, 열전은 조선 후기 역사소설의 창작 모델로서 적지 않은 영향을 미쳤을 것이다.

한편 조선조에서는 선초에 집찬한 『고려사(高麗史)』의 열전(列傳)[4], 임병

---

4) 조태영은 『고려사』 열전을 역사적 인간의 이야기로 파악하면서, 역사문학의 시각에서 조명하였다. 그리하여 열전에 보이는 인물의 뚜렷한 성격화, 인물을 형상화하는 서술방식, 서사의 확대와 심화 등의 풍부한 문학성은 후대에 이야기들을 확대 생산할 수 있는 기반이 되었다고 평가하였다(조태영, 「고려사 열전의

양란 및 당쟁과 관련한 정치적 격변의 양상을 기록한 사찬(私撰) 역사서, 예컨대 신경(申炅)의 『재조번방지(再造藩邦志)』, 안방준(安邦俊)의 『은봉야사별록(隱峰野史別錄)』 등이 부분적으로는 역사소설에 유입되어 제재적 근원이 되었으며, 한편으론 전쟁 묘사 및 사건 서술의 바탕이 되며, 그 역사 서술의 원리도 일정하게 소설의 서사 원리로 원용되어 역사소설 형성의 모태가 되었다.

이러한 역사적 서사와 함께, 임병양란기에 집중적으로 출현한 실기문학(實記文學)[5]은 제재의 직접적 원천으로 활용되었을 뿐만 아니라 이야기의 구성과 표현 방식 등에도 영향을 미친다. 실기문학은 문학성 내지 서사성의 확보라는 측면에서는 덜 다듬어진 양식이지만, 체험 및 목격에 바탕한 소재의 역사성과 참신성, 꾸밈없으면서도 생생한 묘사에 의한 현장감과 감동, 진실하게 느껴지는 저자의 기록정신은 역사서사 문학으로 발전할 수 있는 가능성을 보여준다. 서사적 취약함으로 지적되었던 부분들은 소설로 전환되면서 세계를 총체적으로 파악하고 개연성을 추구하는 작가정신이 개입되면서 보완되어 나갔다. 이밖에도 『임진록』, 『강로전』 등 일부 작품은 구비 문학의 영향을 어느 정도 입었던 것으로 확인된다.

이러한 선행 문학 형태의 존재와 서술 전통을 근간으로 조선후기 역사소설은 성립된다. 역사소설은 시대적·문학사적 환경 및 요구와 밀착하여 형성되고, 참신한 소재를 계발하고 강렬한 주제의식을 잃지 않아 유형성에

인물형상과 서술양상 연구」, 서울대 박사학위논문, 1991.).
또한 『고려사』와 이를 개편한 『고려사절요』를 대조하면서, 각 책의 역사서술체재인 기전체(紀傳體)와 편년체(編年體)에서 역사이야기 서술의 두 전범을 찾을 수 있다고 하였다(조태영, 「역사이야기 서술의 두 형식」, 『고전문학연구』 6집, 한국고전문학회, 1991.).
5) 임진왜란을 소재로 한 것으로는 유성룡(柳成龍)의 『징비록(懲毖錄)』, 이순신(李舜臣)의 『난중일기(亂中日記)』, 이노(李魯)의 『용사일기(龍蛇日記)』, 오희문(吳希文)의 『쇄미록(瑣尾錄)』, 이정암(李廷馣)의 『서정일록(西征日錄)』 등 많은 작품이 있다. 병자호란을 소재로 한 것으로는, 나만갑(羅萬甲)의 『병자록(丙子錄)』, 남업의 『丙子日記』, 석지형(石之珩)의 『남한해위록(南漢解圍錄)』 등이 있다.

빠지지 않고 작품작품마다 개성을 유지할 수 있었다.

3. 세 유형의 성격

앞에서 조선 후기 역사소설의 개념을 "역사적 사건으로 인한 갈등이 서사의 중심축이 되고, 이를 역사의식에 바탕하여 사실적으로 형상화한 고소설"이라고 규정하였다. 그렇다면 역사소설의 작품세계를 구체적으로 파악할 때 그 요체는 서사의 중심축이 된 갈등이 무엇인가 하는 점일 것이다. 이때 역사적 사건으로 인한 갈등의 성격을 '문제적 상황의 질'로, 작중 인물들의 지향 및 작가의식을 통해 제시되는 갈등의 해결 방향을 '지향가치의 성격'이라 개념지을 수 있을 것이다.

이러한 두 개념, 곧 서사세계에서의 '문제적 상황의 질'과 '지향 가치의 성격'을 기준으로 조선 후기 역사소설의 작품세계를 분류하고자 한다. 이렇게 기준을 취한 것은 이 두 개념이 개개 작품의 개별성을 이루는 핵심적 내용이자 조선 후기 역사소설의 보편성에 맞닿을 수 있는 도구적 개념이라 보았기 때문이다.

10종의 작품은 세 유형으로 파악된다. 첫 번째 유형은 전란으로 인하여 개개인의 삶과 가족사에 발생한 위기를 주목하여, 개인의 생애 보전과 가족관계 회복의 문제를 서사화한 작품군이다. 『최척전』, 『김영철전』이 이에 해당된다. 이들 작품들은 지식인 작가들이 쓴 전계(傳系) 소설의 계통으로서, 역사소설의 초기적 성격을 보여준다. 선행 작품인 『최척전』을 대표 작품으로 들어 『최척전』 유형이라 하였다.

두 번째 유형은 대내외 전란으로 인하여 발생한 국가적 위기에 주목하여, 국가주권의 수호와 권력의 향방 문제를 서사화한 작품군이다. 『임진록』, 『임경업전』, 『강로전』, 『배시황전』, 『신미록』이 이에 해당된다. 이 유형은 17세기 후반기 이후로 출현하였고 새로운 성격의 이본이 지속적으로 파생되어 이후 역사소설 전승의 주류를 이루었다. 역사소설로 가장 널리 알려지고 전란의 사건을 풍부하게 형상화한『임진록』을 대표 작품으로 들어『임진록』유형이라 하였다.

세 번째 유형은 사화 및 정쟁 등 정치적 격변기에 발생한 왕도정치의 위기상황에 주목하여, 이를 극복하려는 문제적 인물들의 이념성과 왕도정치의 회복 문제를 서사화한 작품군이다.『박태보전』,『인현왕후전』,『윤지경전』이 이에 해당된다. 18세기 이후로 새롭게 출현한 작품군으로, 주제적 성격이 가장 명확한『박태보전』을 대표 작품으로 들어『박태보전』유형이라 하였다.

1)『최척전』유형 : 전란 중 민생(民生)의 포착

『최척전』유형은 전란으로 인하여 개개인의 삶과 가족사에 발생한 위기를 주목하여, 개인의 생애 보전과 가족 관계의 회복 문제를 서사화한 작품군이다.『최척전』과『김영철전』이 이에 해당된다. 이들 작품들은 지식인 작가들이 쓴 전계(傳系) 소설의 계통으로서 역사소설의 초기적 성격을 보여준다.

『최척전』과『김영철전』은 이른바 전란으로 인한 일반 사민(士民) 개인 및 가족의 고통에 서사적 관심을 둔 역사소설의 한 유형이다. 16세기 말부터 17세기 전반에 걸쳐 연속하여 왜란과 호란을 당하면서 온 나라는 황폐하게 되었고 개인들의 피해도 이루 말할 수 없을 정도로 컸다. 그러한 고통 중에서도 일반 백성들이 가장 견디기 힘들었던 것은 아마도 피로(被虜)와 가족 이산의 문제였을 것이다.『최척전』과『김영철전』은 당시 일반 사민들의 생활상 중 가장 절박하면서도 보편적인 삶의 문제가 되고 있던 포로생활과 가족 이산의 고통 문제를 포착하여 형상화하고 있다.

　이 유형에서는 전란에 처한 일반 개인들이 평온한 삶을 이어가고 가족
관계를 유지하고자 하지만, 전란이라는 시대적 환경에 의해 심각한 위협을
받으면서 문제적 상황이 발생한다. 이러한 문제적 상황이 반복되거나 점차
심각해지면서 점차 그 갈등양상이 치열해진다.

　『최척전』6)에서는 전란으로 인한 가족 이산의 고통을 서사화하고 있다.7)
이 작품에는 전란으로 인하여 사랑하는 한 가족이 이산되었다가 재회하였
다가 다시 전란에 휩싸여 이산되고 재회하는 기가 막히는 인생사가 연속되
어 있다. 최척과 그 가족의 평온한 삶을 저해하는 것은 전란이라는 시대적
환경이었다. 시대 환경이 위협하는 가운데 그들의 삶을 지키고 가족이 재
회할 수 있도록 해준 것은 주인공들의 강인한 삶의 의지였다.

　『김영철전』8)은 가족 이산의 고통과 아울러 전란으로 인한 민생의 고단

---

6)　이 작품은 현재 서울대 소장본, 고려대 소장본, 천리대 소장본, 天倪錄合寫本,
　　『흠영』소재『최척전』등 한문 필사본 7종과 연세대 소장본 국문본 1종이 전한
　　다.(필자, 「『최척전』의 이본 연구―국문본의 성격을 중심으로」, 『고전문학연구』
　　18집, 한국고전문학회, 2000.12.)
7)　이 작품의 주요 연구목록은 다음과 같다.
　　박희병, 「최척전―16·17세기 동아시아의 전란과 가족이산―」, 김진세 편, 『한국
　　고전소설작품론』, 집문당, 1990.
　　민영대, 『조위한과 최척전』, 아세아문화사, 1993.
　　김장동, 『조선조 역사소설연구』이우출판사, 1986.
　　소재영, 『임병양란과 문학의식』, 한국연구원, 1980.
　　김기동, 「불교소설 최척전 소고」, 『불교학보』 11집, 동국대 불교문화연구소,
　　1974.
　　강진옥, 「최척전에 나타난 고난과 구원의 문제」, 『이화어문논집』8집, 이화여대
　　한국어문학연구소, 1986.
　　박일용, 「장르론적 관점에서 본 최척전의 특징과 소설사적 위상」, 『고전문학연
　　구』5집, 한국고전문학회, 1990.
　　정명기, 「최척전」, 간행위 편, 『고전소설연구』, 일지사, 1993.
　　박태상, 『조선조 애정소설연구』, 태학사, 1996.
　　양승민, 「최척전의 창작동인과 소통과정」, 『고소설연구』9, 한국고소설학회,
　　2000.
　　필자, 「최척전의 이본연구―국문본의 성격을 중심으로」, 앞의 책.
8)　이 작품은 한문본과 국문본이 각각 한 종씩 전한다. 한문본 『김영철전(金英哲
　　傳)』은 홍세태의 『유하집(柳下集)』권9. '文', 31~40장에 전한다. 『유하집』은

함을 서사화하고 있다.[9] 『김영철전』에서 전란이 한 개인에게 미친 영향은 『최척전』에 비해 훨씬 가혹한 것이었다. 그리고 그것은 끝까지 낙관적 전망을 허락하지 않는다. 김영철은 포로로 잡혀갔다가 다행히 고국으로 되돌아올 수는 있었지만 가족과의 재회도 완전할 수 없었고, 군역의 고통스러움은 늙어 죽을 때까지 계속되었고 가난으로부터도 자유로울 수 없었다.

이렇듯 전란은 최척과 옥영, 김영철과 그 가족들의 평화스러운 삶을 파괴하는 결정적 요인이었다. 작가는 전란의 파괴력을 가감없이 그리며, 한편으로 이에 맞서 자신의 삶을 지켜내는 인물들의 강인한 의지를 부각시킨다.

이 유형은 가족사의 전개를 통하여 그들이 만나는 역사의 현장 및 시대의 풍속을 현실감있게, 때로는 담담한 태도로 묘사하고 있다는 점이 특징적이다. 『최척전』에서는 최척의 일생만이 아니라 그 가족사 및, 이를 통하여 가족들이 역사의 현장과 만나는 지점을 재현하는 데 많은 관심을 쏟고 있다. 물론 그 역사의 현장이란 것은 단면적이지만 전형적이라는 점에서 의미있다. 또한 작가가 최척과 옥영이 처한 절망적 상황을 자연 환경을 보듯 무심하고 담담한 시선으로 묘사하면서, 그 속에서 다양한 인간상과 시대상을 그리는 것에 주안점을 두고 있다는 점은 주목할 만하다.

작가는 최척 일가가 흩어지는 상황을 통해서 임진왜란·정유재란 시 백성들이 당한 고통과 참혹한 현장을, 옥영이 일본에서 주인으로 섬기던 돈우(頓于)란 늙은 왜병을 통해서는 평범한 일본 백성의 일상적 삶과 인간적 면모를 사실적으로 그린다. 임진왜란이 종결된 지 이십여 년 만에 적대적

1731년 간행되었으며, 『여항문학대계』(민족문화사, 1980.)에 영인된 바 있다. 한편 이 작품의 후대본인 『김철전』은 필자가 발견하여 연구 보고한 바 있다.(필자, 「나손본(羅孫本)『김철전』의 사실성(史實性)과 여성적 시각의 면모」, 『고전문학연구』 15집, 한국고전문학회, 1999. 6)

9) 이 작품의 주요 연구 목록은 다음과 같다.
박희병, 「17세기 동아시아의 전란과 민중적 삶」, 김학성·최원식 외, 『한국근대문학사의 쟁점』, 창작과비평사, 1990.
필자, 「나손본『김철전』의 사실성과 여성적 시각의 면모」, 앞의 책.

대외관계를 유지하고 있던 일본을 묘사하면서, 일본의 평범한 늙은 병사의 상을 포착하여 잔잔하고 인간적으로 묘사할 수 있었다는 것은 작가 조위한 이 민족적·정치적 선입견에 얽매이지 않고 현실을 객관적이고 사실적으로 바라볼 수 있는 데서 나올 수 있는 것이다.

　이러한 점은 『김영철전』에서도 발견된다. 작가 홍세태는 단순히 김영철 의 일생 및 그 가족사를 그리는 데 그치지 않고, 그들이 처한 역사적 현장 을 서사 화폭에 끌여들여 그들이 움직였던 역사의 현장을 생동감있게 그려 낸다. 그리하여 김영철과 연계된 강홍립, 영유 현령, 임경업, 유림 등의 지 휘관에 시선을 옮겨 독자들이, 강홍립의 요동 출병과 투항의 상황, 병자호 란, 가도사건, 임경업이 명장(明將)과 밀지를 주고받으며 명나라와의 전투 를 피하려 했던 아슬아슬한 상황, 유림의 출병 등 역사의 국면과 만날 수 있도록 한다. 이들 가운데 특히 강홍립, 임경업, 청 태조 누르하치와 청 태 종 등 역사적 인물에 대한 서술자의 인식 및 묘사가 흥미롭다.

　왜병의 삶, 후금 황제의 위용과 도량 등 예민한 반향을 불러일으킬 수 있는 역사적 사건과 인물에 대해 객관적이고 사실적으로 묘사하는 조위한, 홍세태의 작가적 면모는 주목할 만한 것이다. 이는 변화하는 현실을 단선 적으로 인식하지 않고, 총체적이고 객관적으로 인식하는 역사의식에서 나 올 수 있는 것이다.

　임진왜란 등의 국가적 전란으로 인하여 대다수의 사람들은 엄청난 고난 을 겪는다. 사람들은 정상적이고 평화로운 인생을 살기를 갈망하나 고난의 시대가 그들의 소망을 허락하지 않는 것이다. 이 유형에서 작가들은 현실 주의적 세계관을 고수하며 시대와 운명의 가혹함을 사실적으로 묘사하고, 초월적 세계의 질서나 힘의 개입으로 문제를 풀어나가기보다는 강인한 삶 의 의지를 통하여 문제를 해결하고자 한다. 그 가운데 우연한 만남이나 기 이한 운명과 같은 서사적 장치가 주인공들의 문제 해결을 돕고 있지만 그 기능은 삶의 의지를 부각시키는 데 기여하는 정도로 제한된다. 시대의 역 경을 헤치고 개인 및 가족의 평화로운 생애를 확보하려는 의지적 범인상,

그리고 그들의 삶에 대한 강인한 의지야말로 작가들의 현실주의적 세계관이 가장 집약된 것이라 할 수 있다. 하지만 한편으로는 개인들의 삶의 조건을 보장해주지 못하는 정치·사회적 조건에 대해 강하게 문제제기하는 비판의식을 드러낸다.

김영철과 최척, 옥영의 형상은 의지적 범인상이라 할 수 있다. 이들은 특별한 능력이나 높은 신분, 비범한 인식 가운데 그 어느 것도 갖추지 못한 그야말로 평범한 사민(士民)일 뿐이다. 이들은 전란 때문에 일상적인 삶의 형태와 가치를 지킬 수 없고 생명의 위협을 느끼는 순간조차도 막연하나마 희망을 가지고 생을 이어간다. 더 이상 삶의 의미를 느끼지 못하거나 삶을 유지하기 힘든 상황에 이르러서도 이들은 가족 관계의 회복을 위하여 참고 견디어낸다. 이들이 보여준 고되지만 성실한 삶의 방식은 그 어떤 것보다도 위대하고 극적인 것이었다. 조위한과 홍세태는 이러한 의지적 인간상을 제시하며, 이들이 처했던 환경 및 그것과의 싸움을 사실적이고 극적으로 묘사하는 한편, 개인의 삶을 보호하지 못하는 정치현실을 비판함으로써 그 현실주의적 세계관을 구체화하였다.

2) 『임진록』 유형 : 국가적 전란 체험의 성찰

『임진록』유형은 대내외 전란으로 인하여 발생한 국가적 위기에 주목하여, 국가주권의 수호와 권력의 향방의 문제를 서사화한 작품군이다. 『임진록』, 『임경업전』, 『강로전』, 『배시황전』, 『신미록』이 이에 해당된다. 이 유형은 17세기 후반기 이후로 출현하였고 새로운 성격의 이본이 지속적으로 파생되어 이후 역사소설 전승의 주류를 이루었다.

임진왜란 이후 17세기 전반에 이르기까지 연속적으로 일어난 전란은 이민족의 침략을 받아 일어난 것뿐만 아니라, 조선이 다른 나라들간의 국제적 분쟁에 개입하여 일어난 경우도 있고, 홍경래의 난과 같이 민란의 경우도 있어 그 성격과 여파가 단순하지만은 않다.『임진록』유형은 이와 같이 복합적 의미를 지닌 국가적 전란을 배경과 소재로 하고 있기 때문에 이민족과의 민족적 갈등뿐만 아니라 지배층 내부의 갈등, 지배층과 피지배층 간의 계층적 갈등까지 담아 서사화하고 있다. 이러한 갈등의 양상은 이 유형이 임병양란 이후 동아시아의 변동하는 국제 질서와 조선 후기 국가 내부의 균열 현상을 반영하고 있음을 나타낸다.

『임진록』,『임경업전』,『강로전』,『배시황전』에서는 이민족의 군사적 도발로 인하여 평온한 세계─조선 또는 동아시아의 공간─의 질서에 문제적 상황이 발생한다. 이민족의 군사적 도발에 대응하여 국가 주권을 지키기 위하여 군주를 정점으로 한 조선측과 이민족간에 대립구도가 형성된다. 한편 이는 국가적 단위를 넘어 때로는 명나라 혹은 청나라를 중심으로 하는 동아시아적 국제 질서의 문제까지 나아가기도 한다. 한편『신미록』에서는 지방의 민란 세력이 중앙정부의 지배력에 반발함으로써 중세적 신분 질서를 바탕으로 하는 조선의 국가 질서에 문제적 상황이 발생한다. 이민족과 조선, 중앙정부와 민란 세력의 대립 구도가 형성되면서 작품엔 갈등이 치열하게 전개된다.

『임진록(壬辰錄)』10)은 임진왜란으로 인한 민족 수난의 현실과 중세 봉건 체제의 복구 의지를 서사화하고 있다.11) 이 작품은 왜적의 침입과 그에 대

---

10)『임진록』처럼 이본이 많고 그 성격도 이질적인 작품은 드물 것이다. 60여 종의 이본 가운데 앞에서 제시한 네 가지의 요건을 채울 수 있는 것은 역사계열 및 역사계열(변) 계열 정도에 한하는 것으로 보여진다.
11)『임진록』에 대한 주요 연구 목록은 다음과 같다.
　김태준,『조선소설사』, 학예사, 1939, 69～70면.
　김순휴,「임진록고」,『동악어문론집』4집, 동국대 국문과, 1966.
　임철호,「임진록군 연구」, 연세대 석사학위 논문, 1977 ;『임진록 연구』, 정음사, 1986 ;『임진록 이본연구』Ⅰ－Ⅳ, 전주대출판부, 1996.
　소재영,「임진록 논고」,『국문학논집』5·6집, 단국대 국문학과, 1966 ;『임병양란 과 문학의식』, 한국문화사, 1980.
　이동근,「임란전쟁문학연구」, 서울대 석사학위 논문, 1983.
　김장동,『조선조 역사소설연구』, 이우출판사, 1986.

응하여 국권을 수호하려는 조선 간의 대립 구도 속에서 왜적의 잔인무도함
과 그 피해의 처절함을 핍진하게 묘사하고, 많은 의병장들과 권율, 이순신,
사명당 등 모든 계층의 사람들이 국가 주권을 수호하려는 의지로 힘을 합
하여 나라가 태평을 되찾아가는 과정을 사실적으로 서술하고 있다.

『임경업전(林慶業傳)』[12]은 병자호란의 참상과 임경업의 충의(忠義)를 서
사화하고 있는 작품이다.[13] 작품에는 국가 주권의 수호 및 역신에 의한 충
신의 비극적 죽음의 문제가 함께 서사화되어 있다. 이는 『임경업전』이 단
순한 국난극복형 구조가 아니라 『임진록』 유형과 『박태보전』 유형의 성격
을 복합적으로 띠고 있음을 의미한다.

『강로전(姜虜傳)』[14]은 요동출병 패배의 유감과 패장 강홍립의 소인성(小
人性)을 서사화한 작품이다.[15] 이 작품은 요동출병과 후금에서의 억류 생
활, 정묘호란에 이르는 역사 공간을 배경으로 주인공 강홍립이 전쟁에 소
극적으로 임하다가 투항하고 마침내 변절해버리는 과정을 중심적으로 그
리면서, 그와 한편이 되는 호왕 및 한윤과의 유착 과정, 그리고 그와 대립

권혁래, 「임진록의 서술시각과 인물형상」, 연세대 석사학위 논문, 1992.
신태수, 「임진록 작품군의 등장인물 연구」, 경북대 박사학위 논문, 1992.
이채연, 『임진왜란 포로실기 연구』, 박이정, 1995.

12) 이본은 필사본 21종, 목판본 8종, 활자본 7종(외역본 2종 포함) 모두 36종이 전하
　　고 있다. 많은 이본이 존재하나 의외로 작품간의 편차는 크지 않다.
13) 『임경업전』에 대한 그동안의 연구는 이본, 형성과정, 주제, 구성과 표현 등을 중
　　심으로 이루어져 왔다. 주요논문 목록은 다음과 같다.
　　김용덕, 『한국전기문학론』(1987) ; 김의정, 앞의 논문(1983) ; 김장동, 『조선조역
　　사 소설연구』(1986) ; 이윤석, 『임경업전 연구』(1985) ; 이복규, 『임경업전 연구』,
　　집문당, 1993.
14) 『강로전』의 텍스트는 현재 권칙이 지은 국사편찬위원회 소장본, 『동사잡록(東事
　　襍錄)』 수록본, 이건의 『규창유고(葵窓遺稿)』 수록본, 총 세 종이 전하고 있다. 이
　　중 국편 소장본과 『동사잡록』 수록본이 원작에 가까운 것이며, 『규창유고』 수록
　　본은 국문으로 번역된 것을 다시 한문으로 번역한 것이다.
15) 『강로전』에 대한 연구로는, 「이건의 생애와 '제소설시'에 나타난 소설관 고찰」
　　(김남기, 『한국한시연구』 4집, 한국한시학회, 1996.)과 「17세기 초의 숭명배호론
　　과 부정적 소설주인공의 등장」(박희병)이 있다.

되는 김응하 등의 충절형 장수와의 갈등 관계를 그리고 있다. 작가 권칙은 요동출병과 정묘호란에 이르기까지의 과정을 서사화하면서 한 인물의 부정적 형상화를 통해 국가 주권의 수호 의지를 역설하는 독특한 시각을 취하고 있다.

『배시황전(裵是愰傳)』16)은 나선정벌(羅禪征伐)의 전말과 국가 주권에 대한 고뇌를 서사화하고 있는 작품이다.17) 이 작품은 나선 정벌의 과정 가운데 주로 조선군의 활약을 서사화하면서, 청나라를 중심으로 새롭게 재편된 동아시아의 국제 사회에서 명분도 없이 강대국에 끌려다닐 수밖에 없는 조선 신민의 처지와 고뇌를 부각시키며 국가 주권의 수호 의지를 드러내고 있다.

『신미록(辛未錄)』18)은 1811년~1812년간에 일어난 홍경래의 난을 소재

---

16) 국문본 『비시황전』은 현재 이경선 소장본(學蕉本)과 국립도서관 소장본(宋申用 필사) 두 종이 전하고 있는데, 본문의 모든 내용이 동일하며, 심지어 끝에 낙장된 곳, "다 모이여 기다……"라는 부분도 동일하다는 점이 흥미롭다.

17) 그간 『배시황전』에 대한 연구는 1960년대에 기초적인 작업이 이루어진 후로 그다지 진척된 바가 없다. 『배시황전』에 대한 연구 목록은 다음과 같다.
稻葉　岩吉,「朝鮮孝宗朝に於ける兩次の滿洲出兵について」上,下, 『靑丘學叢』 15,16호, 1934.
박태근 역주, 『국역 북정일기』, 한국정신문화연구원, 1980.
김기동,「배시황전에 대한 일고찰」,『어문학』 8, 1962.
이경선,「배시황전연구」,『한양대논문집』 1, 한양대, 1964.
김장동,「배시황전」,『조선조소설의 작품론고』, 형설출판사, 1986.
필자,「배시황전 연구-성립, 서사성, 역사의식을 중심으로-」,『고소설연구』 3집, 한국고소설학회, 1997.
이렇게 연구가 일천한 데에는 연구자들로부터 이 작품의 적극적 창작성 내지 문예성을 의심받아 왔던 사정이 있다. 그러나 이러한 시각은 수정되어야 할 것이다. 이 작품은 실기가 아님에도 불구하고, 오히려 수백년 동안 제 2차 나선정벌의 실제의 전쟁일기로 여겨져 왔을 정도로 교묘하고도 돋보이는 창작성과 문예성을 갖추고 있기 때문이다.

18) 『신미록』은 한글 방각본으로 신유년(1861) 2월 홍수동 신판으로 간행되었고, 그후 1920년에 경성 한남서림에서 중간되었고, 1921년에 다시 간행되었는데 세 본다 내용은 같다. 『홍경래실기』의 서문에서 밝힌 바에 의하면 『신미록』은 당시 관군을 따라갔던 사람이 기록한 것이라 한다.

로 하여, 홍경래난의 전말과 체제 도전세력의 위협성을 서사화한 작품이다.[19] 『신미록』은 외적이 아니라 내적으로 인하여 발생한 국가의 위기 현실을 서사화한 유일한 작품이다. 다른 작품들과는 달리 『신미록』은 체제 내적인 전란을 서사화하면서 조선 말기의 사회역사적 모순을 드러내며 수습의 방향을 제시하는 작품이라는 점에서 의의가 있다.

이 유형에서는 한결같이 반동 인물이 도발하였을 때 기존의 집권층이라든지 기득권층이 무력하게 무너지는 점을 통해, 명나라의 집권층이나 조선의 사대부층이 평소에 얼마나 무사안일하고 무력한 집단인가를 여실히 보여주고 있다. 그리하여 반동 인물의 도발을 막기 위해 개입하는 주동 인물들은 그 사회에 필요한 새로운 인간상이라는 의미를 갖는다. 필자는 이들을 '충의(忠義)의 영웅상'이라 하였다. 이들은 주로 조선의 장수, 의병장, 충

---

19) 이 작품은 작품의 문제적 성격에 비하여 그다지 학계의 주목을 받지 못한 편인데, 그것은 이 작품이 역사적 사실을 충실히 재현하는 데 그치고 '관군 중심적'으로 난을 그렸다는 이유에서이다. 이러한 시각에서 본 연구 논문은 다음과 같다.

김동협, 「신미록의 작자의식」, 『문학과 언어』4, 경북대 국어국문학과, 1983 ; 김미란, 「신미록 연구」, 『기전어문학』3, 수원대 국어국문학회, 1988 ; 이창우, 「홍경래실기 연구」, 『백록어문』9, 제주대 국어국문학회, 1992 ; 이창우, 「의적소설 연구」, 『동악어문논집』 25, 1990.

90년대에 들어와서는 정영훈, 노성미 등이 '관군 중심적'이라는 시각에 대해 재검토하여, 작품의 구조 및 서술시각을 '비통일적·비논리적 구조', '혼재된 시각' 등으로 파악하기도 하였다.(정영훈, 「신미록 연구」, 이화여대 석사학위 논문, 1993. 2 ; 노성미, 「홍경래전승의 양상과 변이연구」, 경남대 박사학위논문, 1993. 12)

이밖에 포괄적으로 『신미록』 및 홍경래난을 소재로 한 소설의 제반 문제를 검토한 것으로 「한문소설 홍경래전 연구」(황패강, 『동양학연구』 10, 단국대 동양학연구소, 1988.), 「조선시대 저항적 인물 전승 연구」(윤재근, 고려대 박사학위 논문, 1988.) 등이 있다.

『신미록』을 실기문학·기록문학으로 보는 시각은 재고를 요한다. 『신미록』은 홍경래난의 전말(顚末)을 구체적으로 알리는 데 많은 관심과 노력을 기울이고 있지만, 이에 더 나아가 충만한 문학적 상상력으로 사건을 재구하고 인물을 성격화하고 있는 점을 주목해야 할 것이다.(필자, 「신미록의 문학적 상상력과 역사의식」, 『동양고전연구』7집, 동양고전학회, 1996.)

성스러운 장수, 민중들로서 중세 봉건 사회의 새로운 활력소이자 국가와 사회 유지의 주역이 된다. 많은 경우에 이들은 비극적 죽음을 당하지만, 그럼에도 불구하고 그들의 희생이 얼마나 값진 것인지 충분히 찬탄되고 기려지고 있으며, 바로 위기의 중세 사회에서는 이러한 충의의 영웅상을 모델로 하여 사회가 재편되어야 함을 역설하는 것이다.

임진왜란과 병자호란을 거치며 국권이 땅에 떨어지고, 한편 중국에 명나라가 망하고 청나라가 들어서면서 모화적 세계관에도 위기가 생기게 되었다. 한편으로 전국 각처에서 크고 작은 민란이 빈발하면서 왕권 및 중앙정부의 절대성이 흔들린 것도 사실이다.『임진록』유형의 작품들은 이러한 위기적 현실을 과감하게 반영하였으며, 한편으로 이를 완고한 중화주의적 세계관과 중세적 국가관을 고수하며 그러한 이념적 방향으로 세계가 재정리되어야 한다는 방향을 제시하고 있다.

3)『박태보전』유형 : 왕도정치의 위기현실 반영

『박태보전』유형은 사화 및 정쟁 등 정치적 격변기에 발생한 왕도정치의 위기 상황에 주목하여, 이를 극복하려는 문제적 인물들의 이념성과 왕도정치의 회복 문제를 서사화한 작품군이다. 18세기 이후로 새롭게 출현한 작품군으로,『박태보전』,『인현왕후전』,『윤지경전』이 이에 해당된다.

조선 후기에는 유난히 당쟁이 격화되어 그 폐해가 컸다. 이 유형에서는 그러한 시대현실을 직접적으로 반영하되, 신신(臣臣) 간의 갈등뿐 아니라 군신(君臣) 간의 갈등에도 초점을 맞추고 있다. 이 유형에서는 임금 주위의 간신형 또는 역신형 인물들이 흉계를 베풀어 임금의 현덕을 가림으로써 문제적 상황이 발생한다. 이에 임금은 잘못된 처사를 행하고 주동 인물은 이에 반발한다. 주동 인물은 임금에 의하여 고난을 겪게 되지만 물러서지 아니하고 점차 갈등의 양상도 치열해진다.

　『박태보전(朴泰輔傳)』[20]은 숙종조의 충신 박태보(朴泰輔)라는 실존 인물을 주인공으로 하여, 인현왕후 폐위 및 신민의 간언(諫言)과 관련하여 불명(不明)한 왕권 행사로 인하여 발생한 군신갈등을 직접적으로 반영·형상화하고, 박태보의 직간(直諫)과 목숨을 건 충절을 통하여 조선 후기 왕도정치의 위기 현실을 수습하는 과정을 중심적으로 그리고 있다.[21]

　『인현왕후전(仁顯王后傳)』[22]은 조선조 숙종의 비인 인현왕후 민씨(1667～1701)의 일대기를 중심으로, 군주의 불명함으로 인한 고통과 인현왕후의 덕행을 서사화한 작품이다.[23] 숙종대의 인현왕후 폐비 사건을 중심 제재로

---

20) 『박태보전』은 현재 20여 종의 이본이 전하고 있는데, 이 가운데 필자는 17종을 대상으로 표기문자·서술시각·구성방식을 기준으로 하여 한문본계열·한문본 변이계열·국문본계열·구활자본계열, 네 계열로 분류한 바 있다.(필자, 「박태보전의 적층성과 충절의식의 추이」, 『연세어문학』 28, 연세대 국어국문학과, 1996.)

21) 『박태보전』에 대한 그간의 주요 연구 목록은 다음과 같다.
　김용덕, 『한국전기문학론』, 1987, 민족문화사, 1987.
　안동준, 「군신갈등 소설의 출현 의미 — 박태보전을 중심으로」, 『정신문화연구원 논문집』 5집, 한국정 신문화연구원, 1990.
　이태효, 「『박틱보전』 연구 — 사실성(寫實性)을 중심으로 —」, 한남대학교 석사학위논문, 1991.
　민영대, 「『박태보전』 연구」, 『한남어문학』 20집, 한남대 국어국문학과, 1994.
　______, 「『박태보전』 연구』, 한남대 출판부, 1997.
　필자, 「『박태보전』의 적층성과 충절의식의 추이」, 앞의 책.

22) 『인현왕후전』은 『인현성모민시덕힝녹』 63장본 등 16종의 이본이 전한다. 김신연은 서두와 말미 부분, 박태보 부분의 확장과 후일담의 유무 등의 여부에 따라 16종의 이본을 유구상본 계통, 국립본 계통, 연대 62장 계통, 구활자본 등 네 계통으로 분류하였다.(김신연, 「인현왕후전 연구」, 숙명여대 박사학위논문, 1994, 36～37면.)

23) 이 작품에 대한 주요 연구 목록은 다음과 같다.
　김동욱, 「인현왕후전 이본고」, 『문리사대학보』 창간호, 서울대 문리대, 1959.
　김용숙, 「인현왕후전연구」, 『이조여류문학 및 궁중풍속의 연구』, 숙대 출판부, 1970.
　박요순, 「인현왕후전 연구」, 『숭전어문학』 제 1집, 숭전대 국문과, 1972.
　이경혜, 「인현왕후전 이본고」, 고려대 교육대학원 석사학위논문, 1976.
　민영대, 「민중전덕행록연구」, 『한남어문학』 제 14집, 한남대 국어국문학회, 1988.
　정은임, 「궁정실기문학연구」, 숙명여대 박사학위논문, 1988.

다루었다는 점에서『박태보전』과 소재의 친연성이 매우 강하다. 이 작품은 인현왕후 폐위 및 요첩(妖妾) 총애와 관련하여 군주의 불명한 왕권 행사로 인하여 발생한 위기적 현실을 직접적으로 반영하여 형상화하고, 박태보의 충간과 인현왕후의 성덕을 통하여 이를 수습하는 과정을 서사화하였다.

『윤지경전』24)은 중종조(1506~1544)를 배경으로 윤지경이란 인물의 일대기를 그리면서, '진실한 애정 성취와 지치주의적(至治主義的) 이상 정치의 실현'을 서사화하고 있는 작품이다.25) 이 작품은 반허구적·반역사적(半虛構的·半歷史的) 인물 윤지경을 내세워 그의 사랑 및 정치적 지향의 실현을 그리면서, 소인 간신과 요첩에 의해 발생한 왕도정치의 위기 현실을 수습하는 과정을 중심적으로 그리고 있다.

『박태보전』유형에서는 군주와 신민 간의 관계에 대한 서술이 집중되어

김신연, 「인현왕후전연구」, 앞의 논문.

24)『윤지경전』의 이본은 현재까지 서울대 일사문고본『윤디경젼』, 김동욱 소장본 『눈디경전 단』, 동국대 소장본『尹仁鏡傳』, 하버드대 소장본 네 종이 전한다.

25) 이 작품의 연구는 두가지 경향으로 대별된다. 첫째, 애정의 면모를 중시하는 사람들은 바로 이 애정 갈등의 성격과 구조 등을 천착하면서 작품의 이념성은 부수적인 것으로 이해하는 경우가 많았다.(권일태, 「고전소설 윤지경전 연구」, 동국대 석사학위논문, 1983 ; 이혜화, 「윤인경전 연구」,『월산 임동권박사 송수기념논총』, 1986 ; 이돈주, 「윤지경전 연구」, 공주사대 교육대학원 석사학위논문, 1987 ; 이명근, 「윤지경전 연구」, 한남대 석사학위논문, 1992 ; 최정순, 「윤지경전 연구」, 부산대학교 교육대학원 석사학위논문, 1996 ; 이방주, 「윤지경전 연구」, 한국교원대학교 석사학위논문, 1996.)
이에 비해 작품의 역사적인 면을 중시하는 연구자들은 애정 문제는 오히려 중종조의 구체적 역사현실을 드러내기 위한 매개고리로 파악하며 작품의 역사적인 배경과 작가의 역사의식을 중시하는 경향을 보인다.(김동열, 「고전작가의 역사의식」, 동국대 교육대학원 석사학위논문, 1981 ; 여세주, 「윤지경전의 작품양상과 문제의식」,『영남어문학』12, 영남어문학회, 1985 ; 이상하, 「윤지경전 연구ㅡ작품내 갈등의 양상과 의미」, 경남대 교육대학원 석사학위논문, 1995.)
이러한 논란은 모두 이 작품이 양 측면 공히 문학적 가치가 만만치 않음을 반증하는 것이다. 또한 작품을 해석할 경우 작품에 공교하게 결합되어 형상화되어 있는 애정의 면모와 윤지경의 정치적 지향 간의 관계를 충실하게 파악해야 할 필요성을 제기해준다.(필자, 「윤지경전 연구」,『고소설연구』8집, 한국고소설학회, 1999.)

있는데, 특히 군주의 왕도와 신민의 충에 대한 실질적 해석 및 인식의 양상을 볼 수 있어 흥미롭다. 이 유형에서는 군주가 부당한 도덕적 행위를 권력을 전제로 하여 행하며, 신하들의 간언과 반발을 폭압적으로 해결하려 한다는 점에서 공통적이다. 이러할 때 이미 군주는 군주로서의 권위를 상실한 것이다. 그리하여 박태보, 인현왕후, 윤지경은 부당한 군주의 처사에 철저하게 반발하며 간언하고, 나아가 왕권의 권위와 절대성에 대해 심각히 회의하며 고뇌하는 모습을 보여준다. 작품에 그려진 군주의 불명한 모습과 이에 반발하는 신민들의 모습을 통하여 왕권 행사의 절대성을 회의하며 그 무엇인가를 찾으려 하는 작가의식을 느낄 수 있다.

이렇듯 『박태보전』유형의 작품들에서는 공통적으로 불명한 왕권 행사로 인한 고통과 폐해를 직접적이고 강하게 드러내면서 왕권 행사의 절대성에 대해서 심각히 회의하는 모습을 보여준다. 동시에 그러한 책임은 임금 측근의 간신 및 요첩에게 있다는 점을 분명히 하면서, 이들의 제거를 통해 사태 해결의 실마리를 찾고 있는 점을 발견할 수 있다.

『박태보전』유형이 18세기 이후로 출현하여 지속적으로 읽히고 새로운 이본들이 파생되었다는 것은 현실세계에서 전통적인 군신관계가 공공연히 훼손되어 문제가 발생하고 있으며, 그 양상이 심각하여 소설의 세계로까지 끌어오게 되었다는 사실을 의미한다. 수신(修身)과 제가(齊家)에서 평천하(平天下)까지 유가적 정치 이상을 꿈꾸던 조선의 정치 현실이 심각한 위기를 맞았음을 보여준다.

왕도정치는 군주의 도덕성에 기반한다. 군주의 도덕성은 수기치인(修己治人)과 인(仁)과 의(義)를 통해 완성된다. "정치의 핵심은 권력이 아니라 권위이다."[26]라는 유가의 혜언은 바로 왕도정치의 핵심과 통할 것이다. 그만큼 군주는 통치자로서 완벽한 도덕성을 지녀야 하며, 백성에게 덕을 끼치는 정치를 해야 한다. 하지만 그것을 해내지 못할 때 왕도정치의 이상은

---

26) 함재봉, 『탈근대와 유교』, 나남출판, 1998, 319면.

흔들리게 된다. 박태보, 인현왕후는 대응 방법은 다르지만 왕권 행사의 절대성이 흔들릴 때 그것을 회의하고 부정하며, 때론 항거하며 그 보완 방법을 모색하였다.

『박태보전』유형은 충(忠), 열(烈), 사랑 등 시대이념에 대한 문제제기와 이상적 왕도(王道)정치에 대한 열망을 보여준다. 작가는 박태보, 인현왕후, 윤지경 등 문제적 인물의 생애를 서술하면서 그 생애의 이념적 성격에 초점을 맞춘다. 그리하여 간신과 요첩이 군주를 미혹하고 왕권 행사의 절대성이 흔들리는 위기적 현실에 대응하여 시대이념에 대한 문제제기를 하고, 나아가 왕도의 절대성도 회의하며 그 보완의 방법을 모색한다. 결국 시대이념과 윤리는 변하고 있으며, 특히 군왕이 왕도정치를 행하지 못할 때 신민이 투철하게 역사의식을 가지고 이를 바로잡아야 사회가 제대로 자리잡힐 수 있음을 역설한다.

4. 근대역사문학의 형성에 끼친 영향

조선 후기 역사소설은 통시적으로 대한제국기[27)]의 역사전기소설과 1920년대 이래의 근대 역사소설에 그 문학적 역량을 물려주었다는 점에서 그 소설사적 위상과 의의를 평가할 수 있다. 조선 후기 역사소설의 문학양식과, 역사의식의 환기를 통해 시대문제 해결의 힘을 얻고자 한 문학정신은 대한제국기에 역사전기소설을 산출하는 중요한 기반이 되었고, 또한 근대 역사소설의 '근대성(近代性)'에 대비되는 '중세성(中世性)'의 실체를 이뤄내었다.

---

27) 개항에서부터 한일합방 조약이 체결되던 1910년경까지의 시기는 문학사에서는 애국계몽기, 개화기, 대한제국기, 근대전환기 등으로 각기 개념을 달리하여 불려왔다. 본 저에서는 임란부터 대한제국 이전 시기를 '조선 후기'라고 한정한 시대 개념에 맞춰 그 이후의 시기를 '대한제국기'(1897~1910)라고 하였다.

대한제국기의 역사전기류 문학은 한결같이 외세의 침탈을 경계하며, 부
국강병책으로 국가 발전을 추구한 서양의 국가적 영웅 및 외세의 침략에
맞서 싸운 유럽 약소국의 민간 영웅들과, 이민족의 침입을 막아낸 우리의
민족적 영웅들의 구국담(救國譚)을 통하여 기울어가는 국운을 되살리려는
의지를 담고 있다. 역사전기소설은 이러한 역사전기류 문학 가운데에서도
그 핵심을 이루는 문학 양식이었다.[28]

그 서사형식에 대하여, 김교봉·설성경은 역사전기체 소설이 전(傳) 양식
적 서술구조를 따르면서도 회장체(回章體) 소설의 서술방법의 영향을 많이
받은 것으로[29], 강영주는 전 양식과 역사적 군담소설을 계승했다고 보았
다.[30] 양진오는 신채호의 『을지문덕』, 『이순신전』, 『최도통전』 등을 '사실
적 서사'라 하고, 이 작품들은 전 양식을 토대로 위인의 일대기를 서술하는
각도에서 역사 지향 담론을 소설화한 것이라 하였다. 그리고 그 서술의 특
징으로 논평을 들었다.[31] 김영민은 이러한 논의를 수렴하여 역사전기소설
은 일종의 '논설적 서사'로서, 전통적 서사 양식 가운데 하나인 전과 군담
계 소설에 뿌리를 두고 있는 문학이며, 개화기 신문의 '인물 기사'의 서술
방법과 개화기 역사물과 전기물의 번역에 영향을 받아 형성된 문학 양식이
라고 보았다.[32]

---

28) 대한제국기에 나온 『이퇴리국아마치젼』(1905년), 『애국부인전』(1907년), 『을지문
　덕』(1907년), 『이순신전』(1908년), 『강감찬전』(1908년), 『최도통전』(1910년) 등 역
　사적 인물을 소재로 한 작품들은 논자들에 따라 역사전기문학, 전기문학, 역사
　전기류 문학, 역사전기체소설, 역사전기소설 등으로 불려왔다. 김영민은 이러한
　개념과 범주의 혼란을 정리하여 '역사전기류 문학'과 '역사전기소설'의 개념을
　사용하였는데 본 저에서는 이를 따르고자 한다. '역사전기류 문학'이란 이 시기
　에 나온 역사와 전기에 관련된 창작물 및 번역물을 모두 가리키는 개념이고, '역
　사전기소설'은 이중에서 순수 창작물만을 가리키는 개념이다.(김영민, 『한국근
　대소설사』, 솔, 1997, 83~84면.)
29) 김교봉·설성경, 앞의 책, 84~85면.
30) 강영주, 『한국역사소설의 재인식』, 창작과비평사, 1991, 44~48면.
31) 양진오, 『한국 소설의 형성』, 국학자료원, 1998, 60~61면, 67~68면.
32) 김영민, 위의 책, 118면.

대한제국기의 역사전기소설은 그 강렬한 작가적 의도를 담기 위한 새로
운 문체를 고심한 끝에 전대의 역사소설의 형식을 수용하였으나, 전체적으
로 그 서사형식은 불완전 또는 불안정하다고 평가받는다. 이는 계몽을 위
한 논평 내지 논설적 성격은 강화된 반면 상대적으로 서사적 성격은 약화
되었다는 점을 지적하는 말이다.

역사전기소설에서 논평, 논설적 성격은 문제적이다. 사실 대한제국기의
역사전기소설 가운데에는 소설로서의 서사성을 인정하기 곤란할 정도의
논설적 문체의 작품이 많다. 양진오는 이것을 시대적 산물로 이해하고 그
의미와 기능을 적극적으로 평가하기도 하였으나[33] 일반적으로는 부정적인
요소로 간주되곤 하였다. 강영주는 역사전기소설이 전대의 문학양식인 전
(傳)에 근대적인 인간의 모습을 담으려 했다는 점에서 하나의 과도기적인
시도였다고 평가하였다.[34] 아울러 이러한 역사전기소설 작가들의 한계는
근대적인 역사의식의 성숙과 아울러 근대적인 장편 역사소설 형식을 통해
서만 극복될 수 있는 바, 이러한 문학사적 과제를 이어받은 1920년대 이후
의 역사소설가들, 바로 이광수, 김동인, 현진건, 박종화 등에 의해서 근대적
역사소설이 출현하게 되었다고 하였다.[35]

이상의 논의에서 대한제국기의 역사전기소설은 조선 후기 역사소설에
직접적인 영향을 받고 성립된 것임은 분명하나, 다만 그것이 더 발전된 문
학양식인지에 대해서는 논란이 있음을 알 수 있다.

그렇다면 논의를 조선 후기 역사소설과 근대 역사소설의 관계 문제로
옮겨 계속해보자. 강영주는 식민지 시대 역사소설의 전개를 낭만주의적 성
향을 띤 역사소설과 사실주의적인 역사소설의 양대 구도로 파악하였다. 그
리하여 식민지 시대의 역사소설을 사적(史的)으로 검토한 바, 이광수·김동
인·현진건·박종화의 역사소설이 낭만주의적 성향을 띠고 있는 데 반해, 벽

---

33) 양진오, 위의 책, 68~69면, 73~74면.
34) 강영주, 위의 책, 45면.
35) 위의 책, 46면.

초 홍명희의 『임꺽정』은 과거 시대를 현재의 전사(前史)로 진실되게 묘사하는 사실주의적 성향을 띤 역사소설로서 이들과 선명히 대별된다는 결론을 내린다. 이 때 낭만주의적 성향이란 예컨대, 작자의 보수적 민족주의가 지닌 사상적 한계 및 이념의 제시를 위해서는 사실 왜곡도 마다 않는 창작 태도(이광수), 영웅주의적 세계관에 입각하여 주인공의 위대성을 일방적으로 예찬하고 그를 에워싼 역사적 환경의 묘사는 전적으로 무관심한 것(김동인), 왕실의 정치적 음모와 애정 갈등 등 궁중생활의 이면을 들추어내고 구체적인 일상생활의 묘사는 극단적으로 결여되어 있고 인물의 역사적·사회적 의미는 배제한 것(박종화) 등을 말한다.[36] 요컨대, 현실도피적이거나 비유를 통해 교훈을 추구하는 역사소설이 신비적인 세계에 탐닉한다든가 이념을 강조하고자 역사적 진실성을 등한시한다는 의미이다.[37]

그런데 이러한 설명에 의하면 강영주가 근대 역사소설이라 했던 1920년대 이래 식민지 시대의 역사소설 중 『임꺽정』을 제외한 나머지 작품들의 성격은 대단히 모호해진다. 왜냐하면 그 작품들은 역사적 진실성을 등한시한다는 점에서 근대적 역사의식의 성숙을 보여주는 것이 못되며, 그것은 곧 근대 역사소설이라는 조건 및 의미에 위배되기 때문이다.

홍성암은 조선 후기 역사소설을 근대 역사소설의 전단계적(前段階的) 양상으로 보고 있다. 그러한 이유는 크게 두 가지로 파악할 수 있다. 첫째는 리얼리티의 부재, 곧 역사적 사실의 왜곡이 매우 심하고 그 사실이 전형화되지 못한 경우가 대부분이며 표현에 있어서도 상상력의 조화를 통한 역사적 시대의 표현이라기보다 작가 자신의 감정을 직설적으로 표출시킨 경향이 많으며, 둘째로 역사의식이 있는 것도 같지만 실제로는 사건의 황당한 전개와 객관성의 결여로 설화의 범주에서 크게 벗어나지 못하고 있다는 점이다. 다만 당시의 시대정신을 구현하고 있다는 점에서, 그리고 시대의 격

---

36) 위의 책, 158~164면 참조.
37) 위의 책, 20면.

변기를 소재로 하고 있으며 더러는 뚜렷한 사회의식을 보이고 있다는 점에서 우리 나라 역사소설의 초기적인 한 단면을 보여주는 것이라 하였다.[38]

한편 이광수, 김동인, 박종화가 쓴 근대 역사소설 작품들의 특징을 "역사상 위대한 인물을 주인공으로 하며, 개인의 우수성을 에픽적 요소로 서술하고, 역사상 중요 사건 위주이며, 연애담 중심의 낭만적 패턴이며, 권선징악적 가치관이 분명하다"고 평가하였다.[39]

그런데 홍성암이 한계라고 지적한 점들에 대해서는 작품을 좀 더 정밀하게 읽으면서 재론할 필요가 있다. 대상 작품의 문제와 리얼리티의 부재, 역사의식과 서사성의 미비 등 지적한 문제는 일면 타당성이 있는 듯하지만 개략적으로 읽어낸 결과로 보인다. 이는 연구의 시각과 구체적인 작품 읽기 방식에 따라 이해가 달라질 수 있는 것이며, 특히 군담류만이 아니라 『최척전』, 『김영철전』, 『박태보전』 등의 작품을 대상으로 할 때는 좀 더 다른 결과가 나올 수 있지 않을까 생각한다.

또한 앞에서 말한 이광수, 김동인 등의 역사소설에서 보인다는 특징은 특별히 근대적인 성격이라고 말하기 곤란하다. 그뿐 아니라 이 가운데 '연애담 중심의 낭만적 패턴'이라는 점만 제외한다면 나머지는 오히려 조선조의 역사소설에서 더 우세하게 드러나는 특징이어서 논란의 소지가 있다. 그렇다면 조선 후기 역사소설과 근대 역사소설 간에 변별되는 것이 무엇인가에 대해서는 새롭게 설명되어야 할 것이다.

요컨대 강영주나 홍성암의 이러한 설명은 1920년대 이후의 근대 역사소설이라고 하는 작품들이 적어도 홍명희의 『임꺽정』에 이르기 전까지는 진정한 의미의 '근대성(近代性)'을 담보하지 못했음을 반증한다. 분명 이광수, 김동인, 박종화 등의 역사소설 작품은 대한제국기의 역사전기소설의 불완

---

38) 홍성암, 「역사소설의 사적 고찰」, 『한양어문』 4집, 한양어문학회, 1986, 169~177면.

39) 홍성암, 「역사소설 연구방법론 서설」, 『한국학논집』 9집, 한양대 한국학연구소, 1986, 263면.

전한 서사성을 훨씬 넘어서고 있으며, 또한 조선 후기의 역사소설보다 장편화되고 소설적 기법에 있어서 세련되고 사실성이 강화된 점은 있다. 하지만 그 만큼의 진전만을 가지고 전대 문학양식에서 근대 역사소설로서 질적으로 전환되었다고 설명하는 것은 만족스럽지 못하다. 오히려 1920년대 이후의 역사소설 작품에서는 전대의 작품만큼 강렬한 역사의식이나 문학정신을 느끼기 힘든 경우가 많으며, 때로는 사적(私的)이고 한가하다는 감을 지울 수 없다. 그렇다면 그간 역사소설에 대한 논의에서 '근대'라는 수식어의 의미는 실상보다 좀 과장되거나 불분명하게 설명된 것은 아닌가 하는 의문이 든다.

필자는 역사소설의 논의에서 '근대성'의 실체에 대해 좀 더 객관적으로 접근해야 할 필요성을 제기하고자 한다. 동시에 조선조에는 역사소설이 부재한다든지, 또는 조선 후기 역사소설의 문학적 성격 및 그것이 후대에 끼친 영향에 대해 정밀하게 고찰하지 않고 막연히 (근대) 역사소설의 전단계적인 양상으로 설정했던 그간의 관행을 벗어나 소설사에서 조선 후기 역사소설의 성격과 위상을 새롭게 파악할 것을 제의한다. 조선 왕조의 마지막 시기까지 역사소설의 작가들은 중세의 태내(胎內)에서 최대한의 문학적 수준을 성취하려 하였고, 치열한 문학정신을 발휘하였다. 그리고 그 성취한 문학적 수준과 문학정신의 치열함은 조선 후기 역사소설에 우리 문학사에서 '최초의 본격적인 역사소설'이라는 위상을 갖게 하였고, 근대 역사소설과 상관하여 '중세성(中世性)'이라고 개념지을 만한 성격을 이루면서 근대 문학에 그 유산을 물려주었다.

이에 필자는 조선 후기 역사소설에 '최초의 본격적인 역사소설', '중세 역사소설'로서의 위상을 설정하며, 작품들이 이룬 문학적 성과를 적극적으로 평가하고, 대한제국기의 역사전기소설 및 근대 역사소설과의 관계를 좀 더 주의깊게 파악할 것을 제안한다.

5. 남은 문제

이상에서 조선후기 역사소설의 형성, 유형별 분류와 성격, 근대역사문학에 끼친 영향에 대해 논하였다. 필자는 조선후기 역사소설의 이해를 통해 조선후기 소설사를 좀더 역동적으로 파악할 수 있으리라 기대하며, 앞으로 보완해야 할 몇 가지 문제를 남기면서 논의를 마무리하고자 한다.

첫째, 개별 작품론을 심화시키는 일이다. 개별 작품에 대한 천착을 통해 중세 역사소설론의 구체적인 내용을 세밀하게 채워갈 수 있을 것이다.

둘째, 역사소설이 소설사와 관계맺는 지점을 좀더 구체적으로 파악하고 검증하는 일이다.

셋째, 대한제국기의 역사전기소설 및 근대역사소설과의 상관관계를 구체적으로 파악하고 대비하는 일이다.

이상의 과제는 문제제기를 한 필자가 우선적으로 풀어야 할 숙제이겠지만, 또한 학계 여러분이 질정해 주시고 함께 풀어갈 수 있기를 기대하고 부탁드린다.

『몽옥쌍봉연록』 연작의 서지적 고찰

―홍두선본『곽장양문록』과 김준영본『곽장양문록』의 비교를 중심으로―

최길용[*]

차 례

[*] 전주대학교 겸임교수.

1. 서 언

『몽옥쌍봉연록』연작은 중국 당나라 代宗~憲宗朝를 배경으로 곽·장 양문의 인물들이 펼쳐가는 삶을 다루고 있는 작품으로, 내적 양식면에서는 가문의 和合과 번영을 다룬 가문소설이고 외적 양식면에서는『몽옥쌍봉연록』(이하『몽옥』이라 한다)·『곽장양문록』(이하『곽장』이라 한다)·『차천기합』(이하『차천』이라 한다)으로 이어지는 3부 연작소설이며, 그 작품 분량은 총 16권 444,000 여자에 이를 것으로 추정되는 장편소설이다.

『몽옥』연작과 관련된 선행 연구로는 김기동[1]·정병설[2]·지연숙[3]의 연구가 있는데, 특히 지연숙은 처음으로『곽장』을 학계에 소개하고,『몽옥』과『곽장』을 연작소설의 관점에서 그 창작연대를 추정하고 연작관계를 밝히는 한편, 그 소설화 방식과 서사구조, 구성적 특질, 주제의식, 소설사적 위치 등을 폭넓게 검토하여 이 연작의 연구에 든든한 초석을 놓았다.

그런데 불행하게도『몽옥』의 속편인『곽장』은 낙질본으로 존재하여 이 연작의 실상을 제대로 파악하는데 큰 어려움을 주고 있다. 금번 필자는 『곽장』의 이본 한 질을 읽고 검토할 수 있는 계기를 얻게 되었다. 이 과정에서 필자는『몽옥』연작은 지연숙이 밝힌 것과는 달리『곽장』은『곽장양문록』과『차천긔합』이라는 두 작품이 합본된 것으로, 결국 이 연작은『몽옥』『곽장』『차천』으로 이어지는 3부 연작으로 창작된 사실을 발견하게 되었고, 이를 학계에 보고해야 할 필요성을 느껴 이 논문을 쓰게 되었다.

---

1) 김기동,『한국고전소설 연구』, 교학사, 1981
2) 정병설,「몽옥쌍봉연록 연구」,『대전어문학』13, 대전대, 1996
3) 지연숙,「몽옥쌍봉연록－곽장양문록 연작 연구」, 고대 석사논문, 1997 및「몽옥쌍봉연록－곽장양문록 연작의 창작기반과 문제의식」,『한국가문소설연구논총 Ⅱ』, 경인문화사, 1999

그러나 아쉽게도 금번 필자가 읽은 이본도 7책만 전하는 낙질이어서 작품의 전모를 밝히기에는 한계가 있으나, 지연숙이 소개한 자료와의 비교를 통해 두 자료에 산재하는 誤字·脫字와 여러 면씩 缺落이 있는 곳들을 상당부분 보완할 수 있게 되어 그나마 다행스럽게 생각한다.

본고는 먼저 이 연작의 서지 사항을 정리해 보고 이 연작을 3부작으로 보아 그 연작관계를 밝혀 보기로 한다.

2. 『몽옥쌍봉연록』 연작의 서지적 검토

1) 『몽옥쌍봉연록』

『몽옥쌍봉연록』(이하 『몽옥』이라 한다)은 그간 국립중앙도서관 소장본이 유일본인 것으로 알려져 왔으나, 최근 지연숙에 의해 『夢玉雙鳳緣』이라는 표제로 러시아 동방학 연구소에 이 자료가 소장되어 있고, 이것을 고려대학교 민족문화연구소에서 입수하여 마이크로필름과 CD-ROM으로 보관하고 있는 것이 확인되었다.4) 국립도서관 본은 김기동 편 『필사본 고전소설전집』8권에 영인본으로 수록되어 학계에 소개되었는데, 모두 4권 4책의 필사본 완질로 매면 15행, 매행 23자 내외, 총 340면(1권 96면, 2권 81면, 3권 96면, 4권 67면)으로 되어 있어, 이를 글자 수로 환산하면 약 11만 7천여자에 이르는 장편소설이다. 지연숙에 의하면 금번 새로 발견된 러시아본은 4권 4책으로 반흘림 궁체로 깨끗하게 필사되어 있고, 분량은 약 124,828자 정도로 국립도서관본 보다 약간 많은 데 전체적인 줄거리에는 큰 차이가 없다고 한다. 또 러시아본이 문맥이 더 자연스럽고 오자가 상대적으로 적을 뿐 아니라 국립도서관 본에 누락된 부분이 들어 있어서 더 善本이며,

---

4) 지연숙, 위 논문(1999), 321~322면 본문 및 각주 4)

그 필사 년대도 그 표기에 나타나는 구개음화의 정도나 고어 사용으로 보아 국립도서관본 보다 상당히 앞설 것으로 추정하고 있다.[5] 한편, 국립도서관 본에는 필사자의 필사기와 필사자의 동생, 딸의 첨기가 여러 곳에 나타나고 있는데, 이를 보면 이 책은 70세가 넘은 사대부가 여인이 外孫婦에게 예물로 주기 위해 다른 소설들과 함께 필사한 것으로 보인다.

> 츳회라 우리 쟝형 필젹을 다시보니 시로이 심회 샹감ᄒ나 노래의 필획이 이러틋 쥬옥ᄀᆺᄒ샤 외손의게 젼ᄒ시니……(1권 말 첨기)

> 우리 노친 칠순필젹이시나 자자이 구슬 쎈듯ᄒ시니 인즈의 ᄆᆞ음이 희힝ᄒ오미 그 엇더ᄒ셔 극노(極老)ᄒ신 터의 이 공녁을 드리오샤 근뇌ᄒ시믈 싱각치 아니시고 언셔 팔권을 쓰오ᄉ 외손부 녜물을 쥬오시라 노년 졍녁을 언마나 허비ᄒ신고……(4권 말 첨기)

또 이 책의 필사년도는 그 3권 말에 쓰여진 "을묘지월 초팔일 월방남챵하의셔 세지 권은 필셔ᄒ나……ᄯᅩ 흔 권은 어ᄂᆞ 째 필셔ᄒ리오" 그리고 4권 말에 "을묘 납월 넘일일 필셔"라고 한 필사자의 필사기가 말해 주고 있는 바에 의거하여 을묘년 임을 알 수 있다. 그리고 그 을묘년은 뒤에 필사자 딸의 첨기로 보이는 글 가운데 있는 "함풍 육년 하 뉴월"이란 연호와 관련지어 볼 때(함풍 6년은 1856년임), 1855년(철종6) 을묘임을 알 수 있다.

> 함풍 뉵년 하 뉵월 복열을 당하여 셔증이 발하매 심심소일 하노라
> 김아 걍츈당 북챵하의셔 셔하노라 (4권 말, 필사자 딸의 첨기)

이로써 이 작품의 창작시기는 위 러시아본의 존재와 관련지어볼 때 이 1855년보다는 상당히 앞선 시기 즉 1800년 이전에 이미 창작되어졌을 가능

성이 높다.

2) 『곽장양문록』—『차천기합』 合本

　『곽장양문록』(사실은 『곽장』·『차천』 합본이라 해야 옳다」)은 1971년 김준영[6] 교수가 道光己亥年(1839; 헌종5년)에 필사된 필사본 8책을 소장하고 있음을 밝힌 바 있었으나 오랫동안 학계의 주목을 받지 못하였다. 그런데 최근 지연숙이 새로이 현재 고서수집가 洪斗善氏가 소장하고 있는 낙질 필사본 8책(3권부터 10권까지)을 찾아 이를 전편 『몽옥』과 관련지어 연작소설로 본격적인 작품연구를 진행한 바 있다.[7] 또 이어서 이 홍두선 소장본(이하 '홍본')의 전반부 낙질 1권과 2권을 찾아내 그 소장자 홍태선 씨로부터 이를 입수하여 학계에 소개하는 성과를 올리기도 하였다.[8] 이로써 『곽장』은 현재까지 2종의 필사본이 학계에 소개된 셈인데, 두 자료 가 다 낙질이고, '홍본'은 현재 1권에서 10권까지가 학계에 소개되었으나 11권 이후가 여전히 낙질이다. 물론 김준영 소장본(이하 '김본') 『곽장』은 아직 그 서지사항 조차도 자세하게 학계에 소개되어 있지 못한 상태에 있고, 지연숙도 이 책에 대하여 전혀 언급을 하지 않고 있는 것으로 보아 아직 이 책의 존재 사실을 모르고 있는 것으로 보인다.

(1) 홍두선 소장본

　지연숙은 위 두 논문에서 홍두선·홍태한 소장본(이하 두 자료를 합해 '홍본'으로 약한다)의 서지를 자세하게 밝히고 있는데 이에 의하면, 홍본 『곽장』은 1권부터 10권까지 10권이 낙질로 존재하는데, 매면 12행, 매행 24

---

6) 김준영, 『한국고전문학사』, 금강출판사, 341면
7) 지연숙, 위 고대석사논문(1997)
8) 지연숙, 앞의 논문(1999)

자 총 948면(1권 88면, 2권 96면, 3권 95면, 4권 100면, 5권 93면, 6권 102면, 7권 90면, 8권 90면, 9권 99면, 10권 95면)으로 되어 있고, 글씨체는 깨끗이 정서 된 궁체이고, 본문의 위·아래 여백에다 해당부분 필사자를 기록해 두고 있는데, 필사자로 일궁, 이궁과 영희, 의빈, 경희, 복연 등의 이름이 적혀 있어 최소한 6인 이상이 공동 필사한 사실이 확인된다고 한다. 또 이 '홍본'은 10권 이후로 2~3권 정도가 더 이어질 것으로 추정된다고 하고 있다[9]. 필자가 이 '홍본'을 검토한 바로는 10권까지의 사건 전개로 보아 후반부의 낙질이 2권 이상 되지는 않을 것으로 보인다. 따라서 이 작품의 분량을 추정해 본다면, 전체가 12권 정도가 되며, 현재 전하는 부분인 1~10권까지가 약 27만 3천 여자가 되고, 낙질된 부분을 현전 자료의 평균치로 계산할 때 약 5만 4천자 정도가 되어 모두 32만 7천 여자에 이르는 장편일 것으로 보인다.

한편 지연숙은 이 작품이 궁녀들에 의해 필사되었고 그 필사자 가운데 한 사람이 내명부 정1품 嬪의 품계에 있었던 '의빈'이었던 점을 중시하여, 조선조에 의빈의 爵號를 받았던 후궁들을 조사한 결과 그 필사자가 정조의 후궁인 宜嬪 成氏(1753~1786)였음을 밝혔다.[10] 이로써 이 '홍본'은 최소한 1786년 이전에 필사된 사실이 확인되었는데, 뒤에 '홍본' 1~2권이 추가로 발견됨으로써 그 필사시기를 정확히 알 수 있게 되었다. 즉 '홍본' 1권 표지 안쪽에는 이 책의 필사 간기와 경위를 다음과 같이 밝혀놓고 있다.

> 계소 듕츈의 곽댱냥문녹을 쓰이고 두 궁과 모든 니인들이 벗기니 일
> 권 일궁 이권 이궁ᄌᆞ가 쓰오시니 후릭의 뉘 글시 줄 모롤 거시니 표ᄒᆞ
> 야 두라 ᄒᆞ옵샤옵기 ᄡᅥ 두옵ᄂᆞ니

이로써 이 '홍본'의 필사시기는 癸巳年 2월 곧 1773년 2월임을 알 수 있

---

9) 김지연, 앞의 고대 석사논문, 3면 및 13~14면
10) 김지연, 위 고대 석사논문, 3면

다. 그런데 成氏가 의빈에 책봉된 것은 1783(정조 7)년의 일이므로 의빈이 이 '홍본'의 5권과 6권의 필사자로 기록된 사실은 이 5권과 6권은 적어도 1783년에서 1786년 사이에 필사된 것이라는 사실을 말해준다. 즉 이 10권 의 책은 계사년에 동시에 필사된 한 질의 책들이 아니고 필사시기가 다른 책들이 섞여 있음을 알 수 있다. 어떻든 현전 '홍본'의 필사가 시작된 시기 는 1773년 이므로 그 창작년대는 이보다 앞선 시기임이 틀림없다.

지연숙은 이에 근거하여 이 작품의 창작시기를, 그 하한선을 1773년으로 확정하고, 또 그 상한선은 이 작품의 전편『몽옥』의 창작 상한선을 1736년 으로 보아, 1736년에서 1773년 사이로 보았다. 이를 토대로 하여 지연숙은 이『몽옥』연작을 자리매김 하기를, "즉『몽옥쌍봉연록―곽장양문록』연작 은 18세기 중반에 창작된 소설로,『소현성록』,『옥린몽』,『완월회맹연』 등 보다는 후대의 작품이고 1780년에 박지원이 보았다고 기록한『유씨삼대 록』이나, 1786년부터 필사가 시작된『옥원재합기연』및 그 표지 안쪽에 기 록된 소설들과는 거의 동시대의 작품일 것으로 생각된다"고 하였다.[11]

그러나 지연숙이『몽옥』의 창작 상한선으로 본 1736년은『說唐全書』의 初刊 연도일 뿐『몽옥』의 창작 상한선을 획정하는 근거가 될 수는 없다. 즉 지연숙은『설당전서』의 삽화 가운데 하나인 '울지경덕과 그 아들 보림 이 離散하여 서로 적장이 되어 싸움터에서 만나는 이야기'와,『몽옥』3권의 '뉴삼외와 유철 형제가 이산하여 서로 적장이 되어 싸움터에서 만나는 이 야기'가 구조적으로 유사한 점을 들어『몽옥』의 이야기가『설당전서』의 이야기를 변개하여 차용한 것이라는 전제 아래,『몽옥』의 창작 상한선을 『설당전서』초간본이 나온 이후로 보고 있는 것이다[12]. 그러나 두 삽화는 비록 구조적으로 다소 유사성을 갖고 있다고는 할지라도 전혀 별개의 이야 기이며, 또『몽옥』의 작자도 얼마든지 독창적으로 그 같은 이야기를 창작

---

11) 김지연, 위 고대석사논문, 13~19면 및 앞의 논문 335면.

12) 김지연, 위 고대석사논문, 61~63면

해낼 수 있다 할 것이기 때문에 이것으로 그 창작 상한선을 획정하는 것은 무리라고 생각한다. 그러므로 본 고에서는 이『몽옥』연작의 창작시기를 1773년 이전으로 한정하고, 그 상한선은『소현성록』연작이 나오고 난 뒤로부터『창선감의록』과 같은 장편들이 나오던 시기까지 소급될 수 있다고 본다. 즉 17세기 후반에서 18세기 중반 사이를 이 연작의 창작시기로 본다.

(2) 김준영 소장본

'김본'『곽장』은 현재 김준영 교수 개인이 소장하고 있고, 그의 저서『한국고전문학사』에 이 책의 서명, 권수, 필사년도가 소개되었을 뿐 아직 그 구체적인 서지와 작품 내용은 학계에 보고된 적이 없다.

이 책은 필사본으로 제2권이 결본인 채 1권부터 8권까지 모두 7권이 전하고 있는 낙질이다. 책의 크기는 모두 가로 23cm 세로 34cm로 일정하며, 매면의 글자 크기나 행수는 일정하지 않아 평균 12행 매행 평균25자 정도로 필사되었고, 전체 분량은 총 708면 206,900여자에 이른다. 글의 분량을 각 권별로 살펴보면 아래와 같다.

> 1권 : 총 89면, 매면 13행, 매행 평균 28자, 총 32,400여자, 흘림체.
> 3권 : 총 102면, 매면 12행, 매행 평균 25자, 총 30,600여자, 흘림체.
> 4권 : 총 86면, 매면 12행, 매행 평균 25자, 총 25,800여자, 흘림체.
> 5권 : 총 72면, 매면 12행, 매행 평균 28자, 총 24,200여자, 흘림체.
> 6권 : 총 125면, 매면 13행, 매행 평균 21자, 총 34,100여자, 흘림체.
> 7권 : 총 130면, 매면 10행, 매행 평균 26자, 총 33,800여자, 정자체.
> 8권 : 총 104면, 매면 10행, 매행 평균 25자, 총 26,000여자, 정자체와 흘림체.

책의 상태는 지금으로부터 160여 년 전에 필사된 고본이어서 각 권마다 마멸되거나 훼손된 부분이 있고, 또 缺落이 있어 3권말과 4권 초두, 4권말과 5권 초두, 5권말과 6권 초두는 각각 내용이 연결되지 않고 있으며, 또 4권과 5권에는 권 중에도 여러 곳에 결락이 있어 줄거리 파악이 어려운 곳도 있다.

필체는 3개 정도의 서로 다른 필체가 섞여 있고, 흘림체와 난필, 誤字·落字 및 지면 마모로 인해 판독에 어려움을 주는 문장도 많으며, 필사시기는 3권 "기해 삼월 이십일 튜필낙셔 하노라", 4권 "기해 사월 초 오일이라", 7권 "도광 기해 사월 십오일 셔", 8권 "도광 기해 사월 염오일(25일) 경인 셔" 등의 필사기가 있어 필사년도가 道光(淸 宣宗의 연호) 기해년(헌종 5) 곧 1839년임을 알 수 있다. 또 필사자는 위 8권 필사기를 남긴 '경인'이라는 사람이 주필사자로 보이는데, 8권 뒷 표지 안쪽에 '동촌 김진사 댁 책이라'라고 쓴 제3자의 첨기로 보아, 동촌에 사는 진사 김경인이라는 사람으로 볼 수 있다. 또한 필사자 김경인이 8권 말에 붙인 다음의 첨기로 볼 때, 이 책은 필사당시 그 원본부터가 낙질이었고 결락이 있어 내용이 연결되지 않는 부분들이 있었던 것으로 보인다. 뿐만아니라 이 책은 '세상에 희귀하여 폐백없이는 볼 수 없다'고 한 것으로 보아 값을 받고 빌려주던 책이었던 것도 알 수 있다.

> 사의가 두셔 업셔 즈쵸지팔이(처음부터 8권까지가 : 필자 주) 연속치 못ᄒ며 쵸젼 근본니 업고 제 팔 곳치 업신직 등출ᄒ 사롬도 젼셔더로 취ᄒ미라 보눈 스롬들니 문견 업시면 두미업다 ᄒ고 이달니 넉일닷 ᄒ나 디계 칙인직 세상의 흐귀[희귀]ᄒ미라. 금의쳐관의로도 폐빅 업시난 어더보기 어렵쏘다. 경자 오월 오일의 미귀(微軀)ᄒ난 경인은 다소 발미(跋尾) ᄒ노라(괄호안의 한자는 필자 주)

책의 표제는 1권부터 6권까지는 『곽댱양문녹』이라 하였는데, 7권과 8권에는 "곽댱냥문녹 권지데칠 차천긔합 별젼", "곽댱양문녹 권지팔 차천긔합 별젼"이라 하여, 현재 전해지고 있는 『곽장』이라는 작품이 『곽장양문록』

과 그와 별도의 『차천기합』(이하 『차천』이라 한다)이라는 작품이 합편되어
있는 것임을 보여주고 있다. 이를보면 이 『곽장』은 1권에서 6권까지가 『곽
장』이고 7권부터 마지막 권까지는 『차천』이라는 독립된 작품이 연결되어
있는 것이어서, 이 연작은 "1부 『몽옥』－2부 『곽장』－3부 『차천』"으로 이
어지는 3부 연작소설인 것이다. 실제로 작품형식을 검토해 보아도 2부 『곽
장』과 3부 『차천』은 각각 1~6권까지로 또 7권부터 마지막 권까지로 제각
기 독립된 작품형식을 갖추고 있다. 이에 대하여는 뒷 장에서 자세히 살펴
보기로 한다. 다만 이 『곽장』처럼 하나의 표제아래 두 개의 작품이 묶여져
연작을 이루고 있는 경우로 『소현성록』연작이 있음을 들어 미리 그 예증
을 삼아 둔다. 즉 『소현성록』은 『소현성록』에서 『소씨삼대록』으로 이어지
는 연작소설로 많은 이본들이 있는데 전체 표제는 모두 『소현성록』으로
되어 있다. 그리고 이본들의 대부분은 두작품을 구분하지 않고 동일 표제
아래 연속해서 필사해놓고 있다. 그런데 그 중 '국립중앙도서관본'의 경우
2, 5, 9, 10, 12, 14권 만 낙질로 전하는 데, 全 卷의 표제는 다 『소현성록』으
로 되어 있지만, 5, 9, 10, 12권에는 '소현성록 권지구 별전 소씨삼대록'처럼
별도로 '소씨삼대록'이라는 표제를 덧붙여서 『소현성록』과 『소시삼대록』
을 구분해 놓고 있다. 박영희에 의하면 15권 15책 완질본인 '이대본'의 경
우도 겉 표제는 15권 모두가 『소현성록』으로 되어 있는데, 속 표제가 1~4
권은 '본전 소현성록', 5~15권은 '별전 소현성록'으로 되어 있어, 두 작품
이 하나의 표제 아래 묶여 있다고 한다.13)

　　이러한 점은 형식은 좀 다르지만 『성현공숙렬기』 연작에서도 나타난다.
즉 『성』연작은 25권 25책의 『성현공숙렬기』와 40권 40책의 『임씨삼대록』
으로 이루어져 있는데, 속편인 『임씨삼대록』에는 1권부터 40권까지 긱 권
의 표제에 '성현공 삼곤계 자녀별전'이라는 副題를 붙여놓고 있어, 두 작품
이 각각 독립적으로 세간에 유통되고 있지만 하나로 이어지는 연작소설임

---

13) 박영희, 「소현성록 연작 연구」, 이대 박사학위 논문, 1994

을 표제에다 명시해놓고 있는 것이다. 이러한 점에서 보면『차천기합』이 하나의 독립소설로써 세간에 유통되었을 가능성도 전혀 배제할 수는 없다 할 것이다.

(3) 兩本의 비교

'홍본'과 '김본'은 다같이 낙질 인 데다가 현 전하는 것에도 여러 곳에 缺落이 있는 불완전한 자료들이다. 이 때문에 이 작품의 연구에서 무엇보다도 시급한 것은 이러한 자료의 불완전성을 극복하는 일이다. 현재까지 완질본이 나타나지 않고 있기 때문에 작품의 정확한 실상을 파악하는데는 한계가 있지만, 현재 전해지고 있는 자료들의 범위 안에서 만이라도, 결락된 부분이나 오자 탈자가 있어 내용을 이해할 수 없는 부분들에 대해서는 두 자료를 꼼꼼히 대조하여 결락과 오·탈자들을 찾아 복원해 냄으로써, 그 불완전성을 극복해내는 일이 무엇보다도 시급하다 하겠다.

兩本 중 남아 있는 작품의 분량이나 보존 및 표기상태 등을 비교해 볼 때 '홍본'이 '김본'보다는 훨씬 善本이다. 그러므로 본고에서는 '홍본'을 底本으로 삼아 '김본'으로써 그 缺落이나 誤·脫字를 얼마만큼 복원해 낼 수 있을 것인가에 주안점을 두어 양 본을 대비해 보고자 한다. 물론 이 과정에서 양 본의 체재나 分卷內容, 문장표현, 표기법 등도 아울러 살펴나갈 것이다. 특히 양본은 다같이 그 필사시기가 각각 1773년(홍본)과 1839년(김본)으로 밝혀져 있어 66년의 시차를 두고 나타나는 표기법의 변천을 살필 수 있는 좋은 자료들이다.

나아가 금번 처음 소개되는 '김본'이 갖는 자료적 가치에 대해서도 간략하게 언급해 두고자 한다.

① 체재 —『차천긔합』의 독립성

우선 작품의 체재에 있어 '홍본'에 대해 지연숙이 말한 바를 제시하면 다음과 같다.

장회의 구분이 전혀없고 권지칠의 중반에 '차천긔합'이라는 별도의 제명을 달고 있는 것이 특색이다.『곽장』은 크게 보아 두 개의 이야기로 이루어져 있는데, '차천긔합'이라는 제명은 첫 번째 이야기가 끝나고 두 번째 이야기가 시작되는 부분에서 나타난다. 그러나 '차천긔합'은 두 번째 이야기를 전부 포괄할 수 있는 제명은 아니고 두 번째 이야기의 첫번째 사건만을 가리킨다. '차천긔합'이라는 제명을 설정한 것은 작자인지 필사자인지는 확언할 수 없으나 앞뒤의 이야기가 서로 독립적이라는 인식을 보여주는 것이라 하겠다.14)

'홍본'『곽장』은 크게 두 개의 이야기로 이루어져 있는데, 그 중 두 번째 이야기가 시작되는 7권 32면 중간부분에 한 행을 잡아 '차천긔합'이라는 별도의 제목을 붙여놓고 있다. 이처럼 별도의 제목을 붙여놓고 있다는 사실은 위 글에서 적절히 잘 지적하고 있는 것처럼 앞뒤의 이야기가 서로 독립적이라는 사실을 나타내고 있는 것이다. 즉 '홍본'은 독립작품으로 창작된『곽장』(위 논자가 표현한 첫 번째 이야기)과『차천』(위 두 번째 이야기)을 앞에서 예시한『소현성록』연작의 경우처럼 '곽장양문록'이라는 하나의 표제 아래 연속하여 전사해 놓고 있는 것이다.

그런데 지연숙은 윗 글에서 "그러나 '차천긔합'은 두 번째 이야기를 전부 포괄할 수 있는 제명은 아니고 두 번째 이야기의 첫 번째 사건만을 가리킨다"고 하여『차천』이『곽장』과 독립해서 존재하는 이야기라는 사실을 부정하고 있다. 이는 우선 위 논자가 '釵釧奇合'의 의미를 너무 좁게 해석한 데서 나온 오류라고 생각된다. 즉 '홍본'의 첫 번째 이야기인『곽장』이 '곽선경이 다섯 부인과 혼인을 하고 처·처 갈등으로 숱한 家亂을 겪으며 이를 극복해 가는 이야기'라면, 두 번째 이야기인『차천』은 '장혜가 3부인 2첩과 혼인을 완성해 가는 과정에서 겪는 혼사장애 갈등과 처·첩 갈등, 옹·서 갈등, 계모·전실자식 갈등을 그린 이야기'이다. 이 두 번째 이야기

---

14) 지연숙, 앞의 고대 석사논문, 3~4면.

에서 '차천기합'은 玉釵(옥비녀)와 金釧(순금팔쇠)의 奇異한 結合, 곧 옥비녀
는 장혜가, 순금팔쇠는 곽현요가 각각 정혼시에 받은 信物인 데, 이 두 信物
의 주인인 장혜와 곽현요가 파란만장한 시련을 겪고 혼인을 완성하여 행복
한 삶을 누리기까지의 이야기를 말한다. 그런데 위 논자는 이 '차천기합'을
『곽장』7권 중반에서 '장혜와 곽현요가 양가 부친에 의해 옥비녀와 순금팔
쇠를 신물로 정혼을 한 뒤, 곽현요 부모의 배약으로 일시 혼사장애 갈등을
겪고, 8권 중반에서 황제의 주선으로 당초의 혼약을 지켜 결혼을 하기까지
의 이야기'로 한정함으로써, 이것이 두 번째 이야기 즉 '장혜가 3부인 2첩
과 펼쳐가는 이야기' 전부를 포괄할 수 없다고 본 것이다. 그러나『차천』에
서 이야기의 중심은 시종 장혜와 곽현요의 삶의 궤적 위에 놓여져 있으며,
이천강과 마선화가 장혜와 혼인을 이루는 것이나 명아와 혜란이 장혜의 첩
이 되고 곽·이·마 3부인과 妾 명아가 숱한 시련을 겪는 이야기들은 모두
장혜와 곽현요의 혼인이 발단이 되어 일어나는 사건들인 것이다. 결론적으
로 '차천기합' 즉 '장혜와 곽현요의 혼인의 완성'은 두 번째 이야기 즉『차
천』의 중심플롯이고 이것이 독립소설인『차천』의 題名인 것이다. 그러므
로 '홍본'『곽장』은 처음부터 작자에 의해 두 작품으로 창작되어진『곽장』
과『차천』을『곽장』이라는 단일 표제 아래 연속해서 전사해 놓은 것이며,
7권 중반에 달아 놓은 별도의 '차천긔합'이라는 제명은 바로 이 연속되는
이야기인『차천』의 제명인 것이다.

　　이상의 사실은『곽장』1권 서두부분에서 확연히 드러난다. 즉 조선조 연
작소설들은 거의 예외 없이 전편의 결미부와 후편의 서두부에 각각 연작기
록을 두어 전후편의 연작관계를 분명히 해놓고 있는데,『곽장』의 서두에도
이 같은 연작기록을 두어『곽장』과 연작관계를 이루고 있는 작품들을 명
시해 놓고 있다.

　　　원뉘 □□□□[장공본뎐] 스젹과 삼부인 셜화는 몽옥긔린뎐의 이셔
　　　임의 대강을 긔록ㅎ엿는 고로 드듸여 댱광염의 무궁훈 스젹과 스공자

혜의 허다□[곡]결이 긔이ᄒ미 만흔고로 이에 별로 긔록ᄒ야 슈뎨 곽댱
낭문녹이라 ᄒ믄 일죽 곽문 ᄌ녀로써 혜영(혜염의 誤書, 곧 혜와 광염
: 필자 주)과 같ᄒ고로 일ᄏᄅ미오 별회 차텬이라 ᄒ믄 댱공ᄌ 곽쇼져
의 슉세가연을 □[탄]샹ᄒ미라('홍본' 1권 2~3면)

　　원너 댱공본뎐의 사젹과 삼부인 셜화ᄂ 몽옥긔란 칙이 잇셔 임의 디
강을 긔록ᄒ연ᄂ 고로 듸듸여 공의 댱여 광염의 무궁□□□□[한 사젹
과] 사공ᄌ 댱혜의 허다 곡졀이 긔이ᄒ미 만흔 고로 이예 별□□□□
[로 긔록ᄒ]야 슈졔 곽댱양문녹이라 ᄒᆷ은 일작 곽문ᄌ여로써 □□□□
□□□□[혜염과 가튼 고로] 일카르미요 별회 ᄎ쳔긔합이라 ᄒᆷ은 댱공□
□□□□[ᄌ 곽쇼져의] 슉셰긔연을 탄샹ᄒ미라('김본' 1권 2~3면)

　　위 인용문 가운데 □□□으로 나타낸 곳은 책이 마멸되어 글자를 알 수
없는 곳으로 네모(□) 하나는 글자 한 자를 나타낸다. 또 [ ]안의 말은 필자
가 두 자료를 비교하여 마멸된 글자들을 복원해 본 것이다. 이를 보면 작자
는 전체의 이야기인 '곽장 양문의 이야기'를 그려가면서, 먼저 '몽옥긔린뎐
[몽옥기]'(『몽옥쌍봉연록』을 말한다)에 장공(안남왕 장홍)과 삼부인(삼부인
가운데 한 사람이 夢玉의 주인공 곽혜옥이다)의 사적을 기록하고, 이어 장
광염의 무궁한 사적과 장혜의 허다 곡절을 따로 기록하는데, 이 두 이야기
의 首題를 '곽댱양문록'이라 하고, 이 두 이야기 중 장혜의 허다 곡절을 따
로 엮어 그 별회(別回)를 'ᄎ쳔긔합'이라 하여 장공자 혜(장혜)와 곽소저(곽
현효)가 천정숙연을 이뤄가는 이야기를 따로 기록한다고 하고 있다. 이렇
게 작자는 이 작품 전체의 이야기가 『몽옥』―『곽장』―『차천』으로 이어져
3부 연작으로 펼쳐진다고 하는 사실을 분명하게 밝혀 놓고 있는 것이다.
　　또 '김본'은 앞에서 언급했던 바와 같이 작품의 표제를 1권부터 6권까지
는 『곽댱양문녹』이라 하고, 7권과 8권에는 여기에 『차천긔합』이라는 표제
를 덧붙여서('곽댱낭문녹 권지뎨칠 차쳔긔합별뎐', '곽댱양문녹 권지팔 차
쳔긔합별뎐') 이것이 『곽장』에 연속되는 이야기이면서 따로 존재하는 독립

소설임을 보여주고 있다.

결론적으로 '홍본'이나 '김본'은 '곽댱양문녹'이라는 하나의 표제 아래 『곽장』과 『차천』이라는 두 개의 작품을 합본해 놓은 연작소설인 것이다.

② 작품 분량과 서사내용

'홍본'과 '김본'이 동일한 내용의 이야기를 각각 어느 정도의 분량으로 서술하고 있는 가를 비교해 보기 위해 이를 글자수로 헤아려 보기로 하자. '김본'은 제2권이 낙질이기 때문에 이를 제외한 부분의 글자수와 '홍본' 가운데 '김본' 8권까지의 내용에 해당하는 부분 중 '김본' 제2권 해당부분을 뺀 글자수를 산출해보면 다음과 같다.

우선 '김본'은 낙질인 제2권을 뺀 나머지 1권부터 8권까지의 분량이 앞에서 제시한 것처럼 총 708면 약 206,900여자에 이른다. 이에 해당하는 '홍본'의 분량을 산출해보면 '김본' 8권의 끝은 '홍본' 9권47면 6행 3자까지(~되도다) 이어지고 있어 여기까지를 글자수로 헤아려 보면 총 800면 약 230,600여자가 된다. 여기서 '김본' 제2권에 해당하는 부분은 '홍본' 제2권 19면 4행(무춤내 불러보미 업스니 ~)로부터 시작하여 제3권 9면 4행(~네 머리 당당이 북문의 둘리믈 보리라)에서 끝나므로 이 부분의 분량을 산출하면 총 85면 약24,500여자가 되어 홍본의 작품분량은 230,600자에서 24,500자를 뺀 206,100여자가 되는 셈이다. 이 산출결과를 놓고 볼 때 '홍본'과 '김본'은 그 서술분량이 206,100자 : 206,900자로 거의 일치하고 있음을 볼 수 있으며, 서사내용도 사건의 전개가 미세한 부분에 이르기까지 일치를 보이고 있고, 다만 표현 면에서 약간의 어휘나 문장이 달라진 정도의 차이를 갖고 있을 뿐이다.

③ 분권내용

또 두 본의 分卷內容을 비교해 보면 각권의 시작과 끝이 서로 같지 않음을 볼 수 있다.

김본 1권= 홍본 1권 서두(디죵예문효무황뎨) ~ 2권 19면 4행(~ᄒᆞ엿더라)

    〃   3권 = 〃   3권 9면 4행(혹시 완완이 니러) ~ 4권 42면 8행(~쳥ᄒᆞ라)

    〃   4권 = 〃   4권 42면 8행(티시 미와를) ~ 5권 35면 9행(~ᄯᄅᆞᆷ이라)

    〃   5권 = 〃   5권 35면 9행(한시 ᄯᅩ흔) ~ 6권 22면 9행(~마지인이)

    〃   6권 = 〃   6권 24면 3행(한시 고두 읍샤 왈) ~ 7권 32면 6행(차쳔긔합 前)

    〃   7권 = 〃   7권 32면 8행(차쳔긔합 뒤, 션시의) ~ 8권 42면 2행(~이러라)

    〃   8권 = 〃   8권 42면 2행(화션이 디혜로) ~ 9권 47면 6행(~되도다)

이를 통해서 보면 '김본'이 선행본인 '홍본'이나 그 전사본을 저본으로 하여 필사한 것이 아닐 가능성이 크다 하겠다.

④ 결락

앞에서도 언급한 바와 같이 '김본'과 '홍본'은 다같이 낙질인데다가 각 권마다 여러 곳에 缺落이 있어 이야기가 연결되지 않는 부분들이 있다. 지연숙은 '홍본'이 "거의 매권마다 몇 줄 내지 몇 장이 필사에서 누락"되어 있다 하고, 또 서사전개를 정리하면서는 3·4·6·7·9·10권에 각각 부분적인 결락이 있어 이야기가 연결되지 않는 곳들이 있음을 밝히고 있다.[15] 그런데 이러한 사정은 '김본'에서도 나타난다. 앞에서 제시한 것처럼 '김본'은 여러 곳에 글자가 마멸되거나 훼손된 면들이 있을 뿐아니라, 3·4·5·6권에는 缺落이 있어 내용 연결이 잘 안되고 있다. 그러나 이러한 점들은 두 자료를 꼼꼼히 대조하여 결락이 있는 부분들을 복원해 냄으로써 상당부분 해결할 수 있을 것으로 기대된다.

여기서는 '홍본'의 결락된 부분을 '김본'으로 복원이 가능한 곳만을 찾아 정리해 두기로 한다.

    1) 일일은 츄밀이 새비 됴참을 인ᄒᆞ야 일쪽 술위예 오ᄅᆞ매 효월이 오

---

15) 지연숙, 앞의 고대 석사논문 3면 및 44~53면

히려 셔룽의 걸넛는디 의의훈 댱뷔 칠쳑 댱신을 움쳐 니곽분쟝으로 조
차 느리매 졍히 츄밀의 위의롤 만난디라 젼후 소춤의 신쳥ᄒ미 잇는고
로 하리롤 명ᄒ여 급히 잡으나 힝뵈 □□…(결락 10면 총 120행 2,884
자)…□□ 닌가의 졈을 어더 안신ᄒ고 구호홀시 소졔 싱니 긔질이……
(홍본 3권 52면~53면)

　　일일은 츄밀이 새비 됴참을 인ᄒ야 일즉이 관셰롤 파ᄒ고 술위예 오
ᄅ매 효월이 오히려 셔룽의 걸넛는디 의의훈 쟝뷔 칠쳑 쟝신을 움죽여
니각분쟝의셔 느리매 졍히 츄밀의 위의롤 만난디라 젼후 소춤의 신쳥
ᄒ미 잇는디라 하리롤 명ᄒ여 잡아오라 ᄒ니 힝뵈느는둣 ᄒ여 간비 업
순디라 찻던 주머니 ᄯᆫ이 쩌라져시니……소뎌롤 비여 느리와 닌가의
졈을 어더 안신ᄒ고 구호홀시 소졔 싱니의 긔질이…… (김본 3권 47면
11행~56면 6행)

　　위의 경우는 '홍본' 3권 중 52면 이후에 10면 2880여자를 건너 뛰어 필사
를 하고 대목인데 '김본'에는 이 부분(인용문의 밑줄친 부분)이 9면 103행
2884자 분량으로 서술되어 있어 '홍본'의 결락을 복원해 줄 수 있는 좋은
예가 되고 있다. 이러한 결락은 여러 곳에서 발견된다

　　2) 츄밀이 듕당의 좌ᄒ고 ᄌ딜을 모호고 댱시롤 불러 계하의 ᄭᅮᆯ니고
녀셩대즐□□…(결락 5행 129자)…□□ᄒ야 시녀롤 명ᄒ야 소당 초옥
의 미러 너코…… (홍본 3권 41면)

　　츄밀이 듕당의 좌ᄒ고 ᄌ딜을 모호고 댱시롤 불러 계하의 ᄭᅮᆯ니고 녀
셩대즐 왈 녀ᄌ의 과악이 ᄒ나 둘히 아니라……다시 닌뉴의 참예치 말
나 언필의 시녀롤 명ᄒ야 소간초옥의 미러 너코…… (김본 3권 35면)

　　3) 마한 이녜 공듀롤 ᄆᄌ 업시코져 ᄒ더라 각셜 안□□…(결락 12면
144행 총 3060자)…□□귀인을 상죵티 못훈 죄 깁허이다 (홍본 6권 34
면~35면)

마한 이녜 공듀롤 무자 업시코져 흐더라 각셜 안남왕 댱공의 뎨삼즈 치의 즈는 현광이니 졍비 회양공쥬 츠지오 참졍 진홍경의 녀셰라 …… 곽소졔 미미히 디왈 귀인니 말마다 쇼생을 죠희흐시니 몸둘 고디 업도 소이다. 소명은 슈오 즈는 애라 인신니 포병흐야 풍한을 폐흐매 존젼의 뫼시미 되여 귀인을 상죵티 못흔 죄 깁허이다 (김본 6권12~23면)

4) 공쥐 위로 왈 비록 귀국홀 때 졍흔이 이시나□□…(결락 14면 168행 총 3540자)…□□눌 형은 셰스롤 파탈하야 금슈지란으로 뼈 유싱의 부실흐믈 미리 구흐니 니 엇디 용용흔 고집을 딕희여 아룸다온 며느리를 스양흐며 (홍본 7권 60~61면)

공쥬 왈 비록 귀국홀 디 졍흐얏시나 셩상니 반다시 밧비 허치 아니실 거시니 부인은 너모 번노치 말으쇼셔……쌀 둔지 반다시 사갈 피흐듯 흐거늘 형은 셰스롤 파탈하야 금슈지란으로 뼈 유싱의 부실흐믈 미리 구흐니 니 엇디 용용흔 고집을 딕희여 아룸다온 며느리를 스양흐며(김본 7권 30~47면)

이상 '홍본'의 4군데 결락 부분을 '김본'으로 복원을 시도하였는데, 그 분량이 약 9,600여자에 이른다. 이렇듯 '김본'은 '홍본'의 불완전성을 상당한 정도로 복원해 줄 수 있는 부분들을 가지고 있어, 작품의 내용을 보다 정확하게 파악할 수 있게 해 주고 있다. 이런 점에서 '김본'이 갖는 이본으로서의 가치는 크다 하겠다.

⑤ 표현

앞에서 살핀 바와 같이 '홍본'과 '김본'은 이야기의 서술분량이 거의 일치하고 있고, 이야기의 내용도 사건의 전개가 미세한 부분에 이르기까지 일치를 보이고 있다. 다만 전사과정에서 생겨난 오자·탈자의 정도, 단어의 첨가나 삭제, 문장의 부연·축약 등으로 표현 면에서 어휘나 문장이 조금씩 달라진 정도의 차이를 갖고 있을 뿐이다. 예를 들면,

1) 싱이 일변 고이히 너기고 일변 긔특이 너겨 좌우룰 슬피니 슈목이 총성혼디 노송이 기러 쳔댱이오 몸이 다숫 아름이오 그 알픠 셕슈지 한 빵이 잇거늘 싱이 나아가 움즈기려 ᄒ니 분호도 움즉이디 아니 ᄒ거늘 션옹이 웃고 ᄉ매 속으로셔 대쵸 세홀 주어 왈 이룰 먹으면 흉억이 뇌뇌ᄒ야 능히 세가지 유익ᄒ미 잇느니 니론 샤긔룰 범졉디 못ᄒ고 요물이 감히 침혹디 못ᄒ며 쳔니룰 빗최고 디도룰 ᄉ뭇츠리라 싱이 바다 먹으니 그리 큰 대초로더 ᄢ 업더라 (홍본 1권)

공지 일변 고이히 너기고 일변 긔특이 너겨 좌우를 살피니 슈목이 총성혼 가온디 늘근 소남긔 놉희 쳔댱이요 몸픠 다섯 아름이라. 그 아러 한쌍 셕상이 잇거늘 공지 겻티 가 움즉이려 ᄒ디 분호도 움즉이지 못ᄒ니 션옹이 웃고 ᄉ매 속으로셔 디초 세홀 쥬어 왈 이를 먹으면 흉억이 뇌뇌ᄒ야 능히 셰가지 유익ᄒ미 잇느이 가히 샤긔 범졉지 못ᄒ며 요물이 감히 침혹지 못ᄒ며 쳔이를 빗최고 지도를 통홀지라 공지 바다 먹으니 그리 큰 디초로더 씨 업더라 (김본 1권)

이렇듯 '홍본'이나 '김본'은 같은 장면의 서술을 떼어서 비교해 볼 때 그 서술분량이나 이야기의 흐름, 내용 등에서 별다른 차이를 드러내지 않는다. 다만 그 필사자의 어휘적 취향에 따라 단어선택을 달리함에 따라 문장 표현이 다소 달라져 있을 따름이다. 즉 '홍본'에는 [싱/ 노송/ 기러/ 몸이/ 알픠/ 셕슈지/ 나아가/ 아니 ᄒ거늘/ 니론/ ᄉ뭇츠리라] 등의 어휘가 쓰여졌는데 '김본'에는 이 말들이 [공지/ 늘근 소남긔/ 놉희/ 몸픠/ 아러/ 셕상/ 겻티 가/ 못ᄒ니/ 가히/ 통홀지라]로 달리 표현되어 있다. 그렇지만 두 자료의 필사자가 같은 내용의 이야기를 전달하기 위해 선택한 어휘들이 같은 문장 구조 안에서 얼마든지 대체 가능한 類意語들이기 때문에 이야기의 흐름에 어떤 변화도 일으키지 않고 있는 것이다.

한편 표기법을 보면 '홍본'과 '김본'은 66년이란 시차를 두고 각각 필사된 자료이기 때문에 그 차이가 두드러지게 나타나는데, 특히 구개음화 현상과 복자음 [ㅃ]이 된소리 [ㅆ]으로 변하는 현상이 뚜렷하다. 즉 '홍본'에

[쳔댱/ 움즉이디/ 범겹디/ 침혹디/ 디도]로 표기된 것이 '김본'에 오면 [쳔쟝/ 움즉이지/ 범겹지/ 침혹지/ 지도]로 표기되고 있고, 또 '홍본'에[빵/ 삐] 로 표기된 것이 '김본'에는 [쌍/ 씨]로 표기되어 국어의 음운변화 현상을 잘 보여주고 있다.

계속하여 몇 개의 장면들을 같은 방법으로 비교해 보기로 하자

> 2) 션시의 분양왕 곽공이 슉종황뎨를 밧드러 듕흥대업을 일워 위국인 신ᄒ고 공개텬하하며 복녹이 무량ᄒ고 ᄌ손이 진진ᄒ야 팔ᄌ칠녀를 두어 옥취영정ᄒ니 좌부인 마시는 북평왕 마슈의 미ᄌ로 오ᄌ뉵녀를 두엇고 우부인 뎍시는 냥 문공 뎍인걸의 손녀니 삼ᄌ일녀를 두엇는디라 녀는 곳 안남왕 댱홍의 츠비오 (홍본 7권,『차천』서두)

> 화셜 션시의 분양왕 곽공이 슉종황졔를 밧드러 듕흥대업을 일워 위국인신ᄒ고 공기쳔하 하며 복녹이 무량ᄒ고 ᄌ손이 진진ᄒ야 팔ᄌ칠녀를 두어 옥쉬영정ᄒ니 좌부인 마시는 북평왕 마슈의 미ᄌ로 오ᄌ뉵녀를 두엇고 우부인 뎍시는 냥 문혜공 뎍인걸 손녀니 삼ᄌ일녜 잇는디라 녀는 곳 안남왕 댱홍의 츠비오 (김본 7권,『차천』서두)

위 인용문은 '홍본'과 '김본'에 서술된『차천』의 서두부분으로 '김본' 서두가 '화셜'이라는 話頭語가 끼어 들고 적인걸16)의 시호가 '문혜'인데 홍본은 '문'으로 잘못 기록되었을 뿐(적인걸이 梁國公에 追封되었기 때문에 봉국의 나라이름을 앞에 붙여 '냥 문혜공'이라 한 것임) 양 본의 표현이 완전히 일치하는 경우이다.

> 3) 한시 쏘흔 은근흔 안면으로 닌지의 다소를 무르며 지조의 고하를 담소ᄒ야 믄득 담소ᄒ야 믄득 스족의 톄면을 일코 말슘이 늣가온디라

---

16) 狄仁傑은 唐 高宗―中宗―睿宗 3朝에 걸쳐 出仕하였던 名臣으로 梁國公에 追封되었고 시호는 文惠다

싱이 홀연 크게 깃거 아녀 졔녀를 명ᄒ야 믈러가라 ᄒ고 듕당의 홋거러
풍월을 음영ᄒ다가 화각의 니르러는 쥬시 단의홍샹으로 원ᄒ미 깁더니
믄득 혹시 ᄎ안이 몽농ᄒ고 의관을 브졍이 ᄒ야 신을 ᄯ어 홍샹치의게
붓들려 오는디라 (홍본 2권)

    한시 ᄯ 은근ᄒᆫ 스식으로 연치 다소와 지조 고하를 무르며 담소ᄒ여
믄득 스족의 쳐면을 일코 말슴이 낫가오니 싱이 호련 깃거아냐 졔녀을
명ᄒ여 믈너가라 ᄒ고 듕졍의 홋거러 풍월을 음영ᄒ다가 치화각의 이
르니 졔녜 ᄯᅩᄒᆫ ᄯ라 각하의 이르니 잇ᄯ 쥬시 단의단장으로 난간의 지
어 비하ᄒ로 원ᄒ이 깁허더니 믄득 학시 ᄎ안이 몽농ᄒ고 의관이 부졍
ᄒ디 신 ᄯ으는 고디 홍샹치의 뒤흘 조ᄎᆞ는지라 (김본 1권)

    위 문장들에서는 먼저 '홍본'과 '김본' 모두에 誤書가 보이고 있다. 즉
'홍본'에는 '믄득 담소ᄒ야'가 거듭 쓰여 문장이 이상해졌고, '김본'에는
'체면'을 '처면'으로 'ᄇ야ᄒ로'를 '비하ᄒ로'로 잘못 써 문장을 이해하기
어렵게 해놓고 있다. 한편 위 글들에서 밑줄 친 문장을 보면, '홍본' 보다는
'김본'의 문장이 훨씬 매끄럽고 서사적인 문체에 가까움을 볼 수 있다. 즉
'홍본'의 문장은 주인공(싱 : 곽선경)이 졔녀(기생들)를 물러가라 하고 홀로
마당을 거닐며 시를 읊다가 주소저가 거처하는 화각에 이른 일(A)과 주씨
가 원한이 깊은 것(B), 졔녀가 화각에 이르는 모습(C) 들을 한 문장 속에 서
술하고 있는데, 그 서사적인 연결이 매끄럽지를 못하고 묘사도 어색하다.
그러나 '김본'은 '졔녜 ᄯᅩᄒᆫ ᄯ라 각하의 이르니'라는 짧은 문장을 삽입하
여 (A)와 (C) 사이의 인과관계를 확실하게 설정해 주고 있고, 또 '잇ᄯ' 'ᄇ
야ᄒ로'와 같은 시간부사를 적절히 활용하여 (B)의 처지와 심리상태를 효
과적으로 드러냄으로써 문장에 서사적 완결성과 생동감을 불어넣고 있다.

    4) 옥미 임의 문답을 다듯고 즈시 술피매 그 슈지 분명ᄒ 곽혹스 부인
이오 졔 쥬인의 ᄒᆫ가지 광염소졔라 (홍본 3권)

옥미 임의 문답을 다 듯고 즈시 슬피미 그 슈지 녕형한 미목은 옥남
긔 구술 고디 상낭흔듯 교교흔 신치는 츄쳔의 상월이 놉핫는듯 흐니 이
졍히 곽흑스 부인이오 즈가 쥬인 흔가디 광념소졔라 (김본 3권)

위에서는 전사과정에서의 첨삭의 예를 보인 것이다. '김본'의 밑줄 친 문
장은 원작에 있었을 수도 있고 없었을 수도 있다. 이는 남자로 변장을 하고
있는 장광염의 외모를 묘사한 말인데 있어도 그만 없어도 그만인 말이다.
원작에 없는 표현이라면 '김본'은 이 문장을 첨가한 것이고 원작에 있었던
표현이라면 '홍본'은 이것을 삭제한 것이다. 이렇듯 필사본 소설들에는 전
사과정에서 필사자의 첨삭이 자유자재로 행해지고 있다.
 '고디'는 현대어로 고치면 '꽃이'고, '상낭흔듯'은 '상량(爽凉)흔듯'의 誤
記이다.

    5)몸이 대역의 얽미여 듕쉬되니 부모의 여할지정과 즈긔 불쵸불효롤
    비겨 스친흐는 눈물이 됴령을 젹시고 (홍본 5권)

    몸이 대역의 얼미여 졀역히변의 듕흔 죄인이 되이 부모의 여할지쳥
    과 즈긔 불쵸불효롤 비겨 친흐는 눈물이 됴령을 젹시고 (김본 5권)

 위는 한자어를 알기 쉽게 풀어 쓴 예다. 즉 '홍본'은 '듕쉬'로 적고 있는
데 '김본'은 '듕한 죄인'으로 풀어 적고 있다. 그밖에도 '김본'은 '절역해변
의'를 첨가하여 주인공의 상황을 보다 구체적으로 표현하였다. 이밖에 몇
군데 誤記도 보이는데, 양 本의 '됴령'은 '도련'의 오기이고 '김본'의 얼미여
'는 얽미여'가 옳다. 또 '김본'의 '친흐는'은 '홍본'의 표현과 대비해 볼 때 '사
친흐는'이라 해야 옳으니, 결국 '사'자가 탈자된 표기임을 알 수 있다.

    6) 턴휘 지뫼 과인흐고 의긔 놉하 산읍을 힘쓰고 흑공을 브즈런이 흐
    며 어딘 힝실을 닷그니 호부흔 집 녀셰되매 기쳐 위시 쏘흔 안졍 현털

ㅎ더라 일일은 낙신 이승이 샹보 아 굴오디 즈비롤 일삼으매 주린 사롬
을 구ㅎ고 기빅을 스셩ㅎ매 텬뉸의 길히 트이리라 맛당이 올믈디어다.
도림이 그 겨치로다 닙신양명ㅎ매 텬뇌영풍이라 ㅎ대 텬휘 그 말을 미
더 지산을 흐터 환과고독과 혼상빙한을 도라보며 (홍본 9권)

　천위 지뫼과인ㅎ고 품질이 놉하 치산여가의 학공을 브즐너니 ㅎ며
어진 힝실을 닥근니 호부ㅎ 집 셔랑이 되미 쳐 위씨 쏘ㅎ 안졍현쳘한지
라 일일은 모산의 거ㅎ난 신승이 상을 보아 왈 자비을 일사므미 쥬린
사람을 구ㅎ고 의슐을 시험ㅎ미 쳔륜의 길이 스스로 통하리라 맛당이
올마 살지여다 도림이 그 겻치로다 닙신양명ㅎ야 쳔록영종ㅎ리라 ㅎ더
쳔위 이 말 미더 지산을 훗터 환과고독과 혼장의 빈흔을 구졔ㅎ며 (김본
8권)

　위 引文을 보면 같은 대목을 서술하고 있는 양 본의 문장구조가 서로 같
음을 볼 수 있다. 즉, 위 두 글은 다같이 두 문장으로 나뉘어 지는데, 첫
문장은 밑줄 친 부분까지이고, 두 번째 문장은 둘 다 '일일은'으로부터 시
작해서 아직 끝나지 않았다. 먼저 밑줄 친 부분을 보면, '홍본'은 7개의 절
이 [고/하/고/며/니/매]와 같은 연결어미로 이어져 있고, '김본'은 6개의 절이
역시 연결어미 [고/하/며/니/미]로 이어져 있는데, 이는 '홍본'의 '산읍을 힘
쓰고 혹공을 브즈러니 ㅎ며'의 두 개의 절을 '치산여가의 학공을 브즐너니
하며'로 바꿈으로써, '산업을 힘쓰고'라는 절을 '치산여가의'와 같은 부사
어로 바꾸어 표현한데서 생겨난 차이일 뿐 문장의 기본 구조는 여전히 같
은 틀이 유지되고 있다. 이렇게 같은 문장의 틀 안에서는 어떤 단어나 구,
절 따위를 구조가 같고 뜻이 비슷한 다른 말로 바꾼다 해도 문장이 파괴되
지 않기 때문에 웬만큼의 어휘력을 갖춘 사람이면 누구나 손쉽게 표현을
바꿔 갈 수가 있는 것이다. 즉 '홍본'에는 [의기 높하/ 녀셰되매/ 낙산 이승
이/ 샹보아 굴오디/ 기빅을 스셩ㅎ매/ 트이리라 / 올믈디어다/ 혼상빙한을
도라보며]로 표현되어 있는 것이, '김본'에는 각각 [품질이 놉하/ 셔랑이 되

미/ 모산의 거ᄒ난 신승이/ 상을 보아 왈/ 의슐을 시험ᄒ미/ 스스로 통하리
라/ 올마 살지여다/ 혼장의 빈흔을 구졔ᄒ며]로 달리 표현되어 있다. 그러
나 양 본에 서로 다르게 표현된 말들이 같은 문장구조 안에서 얼마든지 대
체 가능한 類意語들이기 때문에, 설사 이 두 책을 번갈아 가면서 읽는다 할
지라도 이야기의 흐름이나 전체적 의미면에서 아무런 차이도 느낄 수가 없
는 것이다.

이렇게 양 본의 필사자들은 소설을 전사하는 과정에서 손쉽게 자신의
취향에 맞는 말로 표현을 바꾸어가고 있는 것이다. 바로 창작적 베끼기[轉
寫]가 여기서부터 시작되고 있음을 알 수 있다. 소설창작교실이 열렸을 리
만무한 당시 조선조 사회에서 식자들이 우려했을 정도로 소설이 범람할 수
있게 된 것은 이처럼 전사과정에서 터득한 소설 장르에 대한 이해를 바탕
으로 이 창작적 전사자들이 대거 소설창작에 가담한 데서 기인한 것이라
할 수 있다.

한편, 이렇게 이본들을 비교하면서 보면 그 전사과정 속에서 생긴 수많
은 誤字 脫字들을 발견할 수가 있고, 또 무심결에 한 두 줄씩 건너뛰어 필
사하고 잇는 脫文 현상들도 쉽게 찾아낼 수가 있다. 이본의 존재는 이런
면에서 원작의 내용을 재구성해내는데 매우 중요한 기여를 한다고 할 수
있다. 위 문장에서 '홍본'의 '산읍'은 '산업'의, '낙신'은 '낙산'의, '빙한'은
'빈한'의 誤書이다.

⑥ 대비결과

'김본'과 '홍본'은 다같이 낙질 인 데다가 현 전하는 것에도 여러 곳에
缺落이 있는 불완전한 자료들이다. 그러나 이러한 점들은 앞에서 시도한
것처럼 두 자료를 꼼꼼히 대조하여 결락 부분들을 복원해 넘으로써 상당부
분 해결할 수 있을 것으로 기대된다. 또 '김본'은 '홍본'의 본문 가운데 나
타나는 많은 오자·탈자나 표현상의 오류를 바로잡고, 난해한 표현들을 이
해하는데도 크게 도움을 줄 수 있을 것으로 생각된다. 이런 점에서 본고가

소개한 '김본'의 자료적 가치는 매우 크다 하겠다.

또 '김본'은 『곽장』과 『차천』이 서로 독립된 연작소설이라는 점을 보다 분명하게 드러내 보이고 있음으로써, 지금까지 『곽장』을 한편의 작품으로 여겨왔던 잘못을 바로 잡아, 『곽장』―『차천』이 합본 형태로 전승되어온 연작소설이라는 사실을 알 수 있게 하였다. 그리고 이것이 또 전편인 『몽옥』으로 연결됨으로써, 이 연작이 『몽옥』―『곽장』―『차천』으로 이어지는 3부 연작소설이라는 사실이 밝혀짐으로써 작품의 실상을 보다 정확히 이해할 수 있게 되었다.

그밖에 '홍본'과 '김본'은 66년이란 시차를 두고 필사된 자료로서 필사연대가 분명하고, 특히 구개음화 현상과 복자음 [ㅄ]이 된소리 [ㅆ]으로 변하는 현상이 뚜렷하게 나타나기 때문에 국어학자료로서도 가치가 인정될 수 있을 것으로 생각된다.

3) 『몽옥쌍봉연록』 연작의 창작시기

『몽옥』 연작의 창작시기를 추정해 볼 수 있는 단서는 『몽옥』과 『곽장』(사실은 『곽장』 『차천』 합본이라고 해야 할 것이지만 편의상 이렇게 칭한다) 두 책에 添記되어 있는 필사기들이다. 앞에서 이미 밝힌 바와 같이 『몽옥』의 필사연도는 1855년(철종6, 을묘)이고, 『곽장』의 필사연도는 '홍본'이 1773년(영조49,계사), '김본'이 1839년(헌종 5, 道光 己亥)이다. 그러므로 『몽옥』은 늦어도 1855년 이전, 그리고 『곽장』은 1773년 이전에 창작된 사실이 확인된다. 그런데 『몽옥』은 『곽장』의 전편이기 때문에 『곽장』보다 뒤에 창작되어질 수는 없는 것이므로, 결국 『몽옥』도 1773년 이전에 창작된 소설임이 입증되어진 셈이다.

이렇게 해서 『몽옥』연작 곧, 『몽옥』―『곽장』―『차천』의 창작 하한선은 『곽장』의 필사 하한선인 1773년이 된다. 그런데 1773년은 어디까지나 필사하한선일 뿐이고 창작연도는 그 보다 앞설 것이라는 것은 자명한 이치다. 그러면 얼마정도나 앞설 것인가. 여기서 주목해야 할 점은 '홍본'이 책 중간 중간 여러 곳에 결락이 있다는 점이다. 이것은 '홍본'이 적어도 작자의 원작을 저본으로 필사한 것이 아니라는 사실과 원본 또는 그 전사본이 유통과정에서 결락이 생긴 것을 저본으로 하여 필사한 것이라는 사실을 말해준다. 이러한 사실은 이『몽옥』연작이 1773년 필사당시 보다는 상당히 오래 전에 창작된 것임을 입증한다 할 것이다. 또『곽장』-『차천』이 합본 형태로 필사된 것은『소현성록』과『소씨삼대록』이 용인이씨(1652~1712)에 의해『소현성록』이라는 단일 표제 하에 합본 형태로 필사된 것과 유사성을 갖는다. 다만『소현성록』연작은 2부작이고『몽옥』연작은 3부작이라는 차이가 있다. 현재까지는『소현성록』연작이 연작소설로서는 가장 이른 시기에 나온 것으로 추정되고 있는데, 아무래도 최초 작에 있어서는 3부작보다는 2부작이 앞에 나왔을 것으로 보는 것이 자연스럽다는 점에서,『몽옥』연작이『소현성록』연작보다는 뒤에 나왔을 것으로 생각된다.『소현성록』연작의 창작시기는 17세기 초·중반 또는 17세기 후반으로 보는 견해가 있어 그 시기를 분명하게 획정할 수는 없지만, 적어도 17세기 중반까지는 창작되었을 것으로 보고,『몽옥』연작은 이보다 뒤에 나왔을 것으로 보아, 17세기 후반 즉,『창선감의록』과 같은 類의 장편소설들이 활발히 창작되었던 숙종 조로부터 18세기 중반 사이(1675~1750)를 그 창작시기로 추정해 둔다.

3. 3부 연작소설로서의『몽옥』·『곽장』·『차천』

1) 연작소설의 개념

연작소설은 완전한 소설형식을 갖추고 독립소설로 기능 할 수 있는 두 개 이상의 작품이 배경·인물·사건·주제 등 소설을 이루고 있는 여러 요소들 사이에 상호 긴밀한 작품적 연계를 유지하면서 하나의 예술적 총체를 이루고 있는 소설양식이다. 따라서 연작소설은 한 연작을 이루고 있는 단위작품들이 형태상으로는 저마다 완전한 소설형식을 갖추고 있다는 점에서 일반소설들과 다를 바 없지만, 내용상으로는 그것들이 모두 총체적인 하나를 지향하고 있다는 점에서 다른 일반소설들과 변별되는 양식적 특성을 지닌다.

　이러한 연작소설의 양식적 성격을 현대소설을 염두에 두면서 좀더 구체적으로 정리해 보면 다음과 같다.

① 연작소설은 작가가 의식적인 연작의도를 가지고 창작해낸 一連의 소설들로, 두 개 이상 의 작품으로 이루어진다
② 연작을 이루고 있는 작품들은 各個 작품을 한편 한편 읽어감에 따라 독자도 그 연계관 계를 인지할 수 있어야 한다
③ 연작을 이루고 있는 단위작품들은 각각 그 表題를 달리할 뿐 아니라, 저마다 완전한 소 설형식을 갖추고 있어서, 따로 떼어놓으면 각각 한 篇의 독립된 작품으로 기능할 수 있다.
④ 작품이 거듭됨에 따라 등장인물·배경·주제 등의 의미는 더욱 심화되고 연작전체를 一貫 하는 하나의 '連帶性'이 생겨난다.
⑤ 그 연대성은 '장소적인 것'일 수도, '인물적인 것'일 수도, '가문적인 것'일 수도, '사회적 병폐를 공유하는 것'일 수도 있다.
⑥ 결국 연작소설은 인물의 반복출현, 사건의 연속 등을 포함한 구조와 주제에 의해 하나 로 통합되어짐으로서 '하나의 예술적 총체'를 이루게 된다.
⑦ 이 '하나의 예술적 총체'를 이루고 있는 단위 작품들은 모두 하나의 큰 주제를 향하여 통일되어 있지만, 동시에 각각의 작품이 추구하는 바의 단위 주제를 향하여 분산되어 있다.

　이렇듯 연작소설은 작가가 의식적인 연작의도를 갖고 창작한 일련의 소

설들로, 두 개 이상의 작품으로 이루어지며, 각각의 작품은 연대성[共有素]을 징표로 하나의 연작에 참여한다. 연작을 이루고 있는 각개의 작품들은 각각 완전한 소설형식을 갖추고 독립소설로 기능할 수 있지만, 그것들은 인물의 반복출현, 사건의 연속 등을 포함한 구조와 주제에 의해 하나로 통합되어짐으로서 하나의 예술적 총체를 이루게 된다. 이 '하나의 예술적 총체'는 전체를 향한 통일성과 개체를 향한 분산성을 그 특성으로 갖는다.

그러므로 연작소설로써의 작품연구는 한 연작을 이루고 있는 단위작품들을 통털어서 하나의 예술적 총체, 곧 하나의 작품으로 보는 시각에서 작품을 연구하는 관점이다. 따라서 이러한 관점에서 보면, 각 단위 작품들은 하나의 예술적 총체를 이루고 있는 부분의 지위에 놓이게 되며, 그것들이 갖는 의미 또한 전체의 의미 속에 하나로 통합되어지기 때문에 단위작품들에 대한 해석·평가는 어디까지나 연작 전체의 의미와 유기적인 관련선상에서 수행되어져야 하는 것이다.

2) 3부 연작소설로서의 『몽옥』·『곽장』·『차천』

지금까지 연작 소설의 개념을 정의하여 보았다. 연작소설의 이러한 양식적 성격을 염두에 둘 때, 『몽옥』연작—『몽옥』, 『곽장』, 『차천』—을 연작소설로 연구하는 데 있어 우선 문제가 될 수 있는 것은 이 연작을 구성하는 단위작품 수를 두 작품—『몽옥』, 『곽장』—으로 보느냐, 아니면 세 작품—『몽옥』, 『곽장』, 『차천』—으로 보느냐 하는 것이다. 왜냐하면 앞에서 이미 언급했었던 것처럼, 현재 전해지고 있는 『곽장』이 '곽장양문록'이라는 하나의 표제 아래 『곽장』과 『차천』이 합본되어 있어서, 이를 한 작품으로 보느냐, 또는 두 작품으로 보느냐 하는 문제가 우선 해결되어야 이 연작의 총체구조는 물론 단위작품들의 구조까지도 제대로 파악할 수 있겠기 때문이다. 이를 위해 앞에서 밝힌 연작소설의 정의를 통해 연작성립의 중요한 요건들을 간추려 본다면, 연작소설에는 작자의 연작의도, 두 개 이상의 작품, 연대성[공유소], 단위 작품들의 작품적 완결성, 통일성과 분산성 등이 있어야 함을 알 수 있다.

그렇다면 『곽장』과 『차천』은 연작소설로서 이 같은 요건들을 모두 갖추고 있는가. 결론부터 말하면 두 작품은 이와 같은 요건들을 충분히 갖추고 있다는 것이다. 또 이에 대하여는 대부분 앞에서 이미 검토한 바가 있기 때문에 여기서는 이를 요약하여 제시하는 것으로 두 작품의 연작소설로서의 작품적 완결성을 드러내 보이는데 주력하고자 한다.

먼저 작자는 『곽장』과 『차천』을 각각 『몽옥』연작의 하나로 창작하려는 적극적인 창작의도를 갖고 작품을 창작하였는가 하는 점이다. 이는 앞에서 이미 인용, 검토한 바 있는 『곽장』 서두의 작자의 연작기록 가운데 잘 드러나 있다. 이를 보면 작자는 전체의 이야기인 '곽장양문의 이야기'를 그려가면서, 먼저 『몽옥』에는 안남왕 장홍과 그의 삼부인의 사적을 기록하고, 이어 그 자녀들의 이야기를 그려 가는데, '곽댱양문록'에는 장홍의 장녀 장광염과 곽선경의 혼인담을 기록하고, 또 별도로 소설 '츠천긔합'을 이루어 장홍의 제4자 장혜가 곽현효와 천정숙연을 이뤄 가는 이야기를 기록한다고 하여, 전체의 이야기가 『몽옥』－『곽장』－『차천』으로 이어져 3부연작으로 펼쳐짐을 밝혀놓고 있다. 이렇듯 작자는 분명한 연작의도를 갖고 이 연작을 창작해 가고 있는 것이다.

다음 이 연작은 두 개 이상의 작품으로 이루어지고 이 작품들을 일관하는 '연대성'을 갖고 있느냐 하는 점이다. 지금까지의 논의를 통해 충분히 드러난 바와 같이 이 연작은 『몽옥』－『곽장』－『차천』으로 이루어지고, 세 작품이 일관되게 '장문'과 '곽문'의 이야기를 동일한 시공 위에서 펼쳐가고 있고, 또 동일한 인물들을 무수하게 전·후편에 반복해서 등장시키고 있음으로써, '가문적인 연대성'과 함께 '인물적인 연대성'을 이루고 있다. 이 연대성 곧 동일 가문·동일 인물이 바로 세 작품의 共有素이면서 세 작품이 하나의 연작을 이루고 있다는 징표인 것이다.

끝으로 세 작품이 각각 소설적 완결성을 갖추고 있고 전체를 향한 통일성과 개체를 향한 분산성을 드러내고 있느냐 하는 점이다. 다시 말해서 『몽옥』·『곽장』·『차천』이 저마다 완전한 소설형식을 갖추고 각각 한 篇의 독립된 작품으로 기능할 수 있느냐 하는 점과, 세 작품이 모두 하나의 작품세계를 향하여 통일되어 있으며, 동시에 각 작품이 개체적으로 저마다의 독립된 세계를 구축하고 있는가 하는 점이다.

소설적 완결성을 잘 드러내고 있는 곳은 작품의 표제, 서두, 결말 부분이다. 우선 세 작품은 각각 '몽옥쌍봉연녹' '곽댱양문녹' '츠쳔긔합' 이라는 독립된 표제를 갖고 있다. 또한 다음에서 보는 것처럼 세 작품의 서두도 모두 한국 고소설의 일반적인 서두 서술양식인 '○○國 ○○時節 주인공의 가계소개와 등장'으로 시작하는 독립 소설의 서두 서술 방식을 취하고 있다

대당 고죵황졔 붕ㅎ시고 즁죵이 즉위ㅎ야 계시더니 황후 위삐의 부친 현경을 시듕을 ㅎ이시니 …… 원니 댱완은 뉴문뎡의 후예오 쟝벽강의 나믄 셩을 이어시니 쵸의 니훈일의 부해되여 안남을 죠ᄎ 가 디디세신이러라 기쳐 뉴삐 오ᄌ일녀를 두어시니 졔 슘ᄌ 홍의 ᄌ는 몽필이니 풍뫼 그이ㅎ여 언연이 디귀인의 샹이 이시니 …… (『몽옥』1권 서두)

디죵 예문효무디황졔 디력년간의 태우 듕셔졍 위국공 안남왕 댱공의 명은 홍이요 ᄌ는 ᄌ범이니 하늘이 각별 품슈ㅎ야 한갓 풍유지해 일시를 경동호미 아니라 웅지디략을 품고 디현군ᄌ의 풍이 잇시니……규각의 세 부인이 기리 규각의 덕이 잇셔 갈담의 풍치 잇시니 원비부인 이씨는 디죵황졔 ᄎ여 회양공쥬니 졍궁소싱이라 이ᄌ를 두엇고 계비 곽씨는 샹부티우 듕셔령 분양츙무왕 곽ᄌ의 필여니 이ᄌ이익를 두엇고 삼비 진시는 어스태우 진헌즁의 여지니 일즉 풍용화식 쁜 아니라 규각의 여즁군지라 일ᄌ이여를 두엇시니 오ᄌ사예 곤강의 양옥이오 여슈의 경금 갓거늘 …… 잇쩌 쟝공의 쟝여 광염이 침어낙안지티요 폐월슈화지용으로 샹쳘유화ㅎ며 교연쇄락ㅎ여 요지금모와 일반이요…… 츠시

이부샹셔 곽문영은 평쟝샤 곽요의 쟝즈요 분양왕 곽즈의 젹손이라
……잇써 츠즈 션경의 즈는 빅무니 양부인 쟝즈라 일작 그 모부인이 싱
산할졔 웅비의 그이한 몽죠를 인호야 …… (『곽장』 1권 셔두, '김본'과
'홍본'을 대교하여 불완전한 곳을 보완함 : 필자)

  화셜 션시의 분양왕 곽공이 슉종황졔롤 밧드러 듕흥 대업을 일워 위
국인신호고 공기쳔하 호며 복녹이 무량호고 즈손이 딘딘호야 팔즈칠녀
롤 두어 …… 녀는 곳 안남왕 댱홍의 츠비오 필즈 이는 대죵예문효무황
뎨 뎡궁낭낭의 탄생호신 바 진양공쥬로 비호시다 공쥬 이즈이녀롤 두
어시니 즈는 굴온 문희 문벽이오 녀는 굴온 경요 현희니 …… 오딕 현
희의 년니 칠팔셰의 니르니 옥부셜호이 날노 더으고 …… 그 쇼년이 미
미히 우어 굴오디 댱혜논 츄셩산 집현쵼의 잇고 …… 원내 이 쇼년은
곽녹티후 듕셔령 위국공 댱홍의 뎨 스지오 슘비 진시의 싱흔 배니 평댱
곽계퇑의 부인 댱시 광념과 동복 남미라 즈는 현등이니 …… (『차천』
셔두, 곽댱양문록 권지뎨칠 차천긔합별젼)

  다음 작품 가운데 설정된 플롯(plot)의 결말을 보면 『몽옥』과 『곽장』은
모두 결미부에 이르기까지 해 작품에서 진행되어 온 주요 사건들의 결말이
내려지고 주인공의 입신 양명과 가정적 행복이 성취되고 있다. 다만 『차
천』은 11권 이하가 낙질이어서 이를 확인할 수는 없지만 『몽옥』 결미에 이
미 작중 주인공 장혜가 "중국 조정에 입신하여 회서를 평정하고 제음왕이
되니라"라고 하여 그 결말이 제시되어 있어, 역시 소설적 완결성을 충분히
갖추고 있을 것으로 보인다.

  왕이 안남을 다스리미 인국이 화호고 녜의 돈독호니 …… 태평호연
지 스십년의 부부삼인이 쳔녹을 안향호고 도라가니 오즈스녜 잇는디라
댱즈 화는 안남 님군이 되고 츠즈 표논 왕즈로 부귀를 누리고 삼즈 치
논 남졔휘 되어 남졔의 머물고 스즈 혜논 닙됴 듕국호야 회셔를 평졍호
고 졔음왕이 되고 오즈 계논 화를 이어 님군이 되니라 …… 왕즈 혜 곽

혹ᄉ로 더브러 헌종황제를 돕ᄉ와 동졍셔벌ᄒ미 곽학ᄉᄂ 연왕이 되고
혜ᄂ 졔음왕이 되니라(『몽옥』 결미)

이렇듯 세 작품은 각각 외면적으로 일단 소설적 완결성을 갖추고 있다. 그러면 이 작품들은 또 각각 하나의 완결된 이야기 즉 하나의 독립된 소설 작품으로 독자들 사이에 유통될 수 있을 만큼 그 이야기의 독립성을 갖추고 있는 가. 물론 『몽옥』은 지금까지 하나의 소설작품으로 독자들 사이에서 독립적으로 유통되어 왔기 때문에 새삼스럽게 이를 거론할 필요도 없다. 다만 『곽장』과 『차천』이 '곽댱양문록'이라는 하나의 표제 아래 묶여진 형태로 존재하고 있기 때문에, 『차천』이 없으면 『곽장』이 홀로 존재할 수 없고, 또 『곽장』이 없으면 『차천』이 홀로 존재할 수 없을 만큼 두 작품이 분리·독립이 불가능한 하나의 유기체냐, 아니면 얼마든지 분리되어 독립적으로 독자들 사이에서 유통될 수 있는 두 개의 유기체냐 하는 문제를 따져 볼 필요가 있다.

앞에서 밝힌 바와 같이 『곽장』은 '곽선경이 다섯 부인과 혼인을 하고 처·처갈등으로 숱한 家亂을 겪으며 이를 극복해 가는 이야기'이고, 『차천』은 '장혜가 3부인 2첩과 혼인을 완성해 가는 과정에서 겪는 혼사장애 갈등과 처·첩 갈등, 옹·서 갈등, 계모·전실자식 갈등을 그린 이야기'이다. 이렇듯 두 이야기는 그 이야기를 이끌어 가는 인물도 사건도 배경도 모두 다른 별개의 이야기이다. 『곽장』의 중심 가문이 '곽문'이라면, 『차천』의 중심가문은 어디까지나 '장문'이다. 1부인 『몽옥』이 장홍의 일대기가 중심이 된 장문의 가문사라고 한다면, 2부인 『곽장』은 곽선경의 일대기가 중심이 된 곽문의 가문사며, 또 『차천』은 장혜의 일대기가 중심이 된 장문의 가문사로 1부 『몽옥』의 張門史를 잇고 있다. 이렇게 세 작품은 작품이 1부·2부·3부로 이어지면서, '장문'에서 '곽문'으로 '곽문'에서 다시 '장문'으로, 중심 가문의 이동이 일어나고 있으며, 서사의 시간 축도 각각 장홍·곽선경·장혜의 일대기 위에 놓여져 있음으로써 서로 다른 시간선상

에서 이야기가 진행되고 있다.

즉 『몽옥』·『곽장』·『차천』에는 똑같은 사건이 전후편에서 반복되어 전개되는 경우가 많다. 만약 세 작품이 각각 독립 작품으로 서술되지 않고 하나의 작품으로써 동일한 시간적 질서 위에서 서술되고 있다면 동일한 사건이 두 번 또는 세 번씩 서술될 수는 없을 것이다.

예컨대, 『몽옥』 연작의 대표적 인물은 장홍이다. 그는 『몽옥』의 주인공이면서 『곽장』과 『차천』에 다같이 등장하여 작품적 삶을 계속하고 있는데, 『몽옥』 4권에서 그는 안남에서 역모가 일어나 국왕을 살해하자 이를 평정하고 封國인 남제를 지키기 위해 率家하여 就國한다. 먼저 그는 남제의 백성들을 위무하여 선정을 베풀고 안남에 격서를 보내니 안남 70여 성이 아무런 저항없이 귀순해 와 쉽게 안남을 평정한다. 황제는 그 공을 기려 그의 봉국을 옮겨 안남왕을 봉하고, 남제는 그의 원비 회양공주의 식읍을 봉하여 그 자손들이 대대로 부귀를 누리게 한다. 『몽옥』에서 이 사건이 서술되고 있는 것을 보면, 그 주인공은 어디까지나 장홍이고 여타 인물의 활약은 나타나지 않고 있으며 장홍의 일대기라는 시간질서 위에서 서술되고 있다. 그런데 이 사건은 『곽장』 3권에서 주인공 곽선경이 조회에서 장홍의 안남 승전 소식을 듣고 돌아와 이를 부인 장광염에게 전해주는 것으로 서술되고 또 장홍부부가 딸에게 편지를 보내 부덕을 힘쓰도록 경계하는 내용으로 서술되고 있음으로써, 곽선경의 시점과 그 시간궤도 위에서 이 사건이 서술되고 있다. 또 『차천』 1권(곽장양문록 권지뎨칠 차천긔합별뎐을 말함)에서는 주인공 장혜가 이 사건의 전면에 부상하여 귀국 도중 자사 이광의 딸 천강과 장혜의 정혼이 이루어지고 또 장혜의 신기묘산에 힘입어 안남을 평정한다는 이야기로 변개됨으로써 역시 장혜의 시점과 그 시간축 위에서 이야기가 서술되고 있음을 볼 수 있다. 이와 같은 서술시점과 시간적 질서를 달리 한 반복적 사건전개는 이 연작의 여러 곳에서 나타난다. 하나 더 예를 들면, 『몽옥』 4권에서 장홍의 셋째 부인인 진비가 젊은 나이로 죽게 되자 장홍은 부인의 죽음 앞에 비절통도 하며 2200여자에 이르는 장문의 제문을 지어 제사를 바치는데,『곽장』5권에서는 이 소식을 들은 곽선경의 처 광염과 동생 광릉왕비 명염이 母妃의 죽음을 애통하다가 마침내 광릉왕비가 죽는 이야기로 서술되고 있고,『차천』1권(『곽댱』7권)에서는 여기에 장혜가 지극한 효성으로 모비를 구병하는 이야기가 삽입되어 있다.

또『곽장』과『차천』두 작품에서 동일사건을 반복해서 서술하고 있는 것을 보면,

　　이러구러 삼츈이 진ᄒ고 하오월의 니르러는 초오일이 이곳 녕공의 셩일이라 팔ᄌ칠녀 모다 대연을 기장ᄒᆞᆯ 시 니외 졔손이 팔십여인이요 증손니 빅여인이라 화월졍 취월누을 통기ᄒᆞ야 니쳥을 숨고 용뉴헌 봉미각을 통기ᄒᆞ야 외쳥을 숨으니 왕공후빅과 만죄빅뫼 셔로 이엇고 니외 명뷔 모드니 금연니 낙역ᄒ고 옥연이 죵횡ᄒ거늘 …… 쳔지 ᄯᅩ흔 곽분양의 즁흥공신으로 빅요의 읏듬이여늘 ᄌᆞ셰 죠열ᄒᆞ야시므로써 예디ᄒᆞ샤 금은옥빅이며 진쳔어듀로 춍권을 표ᄒ시며 교방의 명챵과 악부의 어악으로 영춍을 빗니시니 …… 이에 댱공을 향ᄒᆞ여 흔연이 웃고 ᄀᆞᆯ오디 션이 무심ᄒᆞ야 눈상을 저브리고 숑홍의 득죄ᄒ나 소부의 초월흔 힝솨 졍졍흔 딜이 합가의 보빈여늘 명공이 녀셔을 즁한ᄒᆞ야 집히 감초미 하미 두히여 옥ᄀᆞᄐ 그림ᄌ 감초니 노뷔 감이 다시 쳥치 못ᄒ엿더니 ……(김본『곽장』1권)

　　텬지 공쥬 식읍을 옴겨 승평을 봉ᄒ시고 겸ᄒᆞ야 곽분양 셩일이 단양가졀이라 슈셕을 쥬어 ᄉ연 ᄉ악ᄒ라 ᄒ시니 ᄒ믈며 팔ᄌ칠셰 회쥬ᄒ미 빅운댱막은 반공의 녇ᄒ고 풍악가셩은 구쳔의 ᄉ못는 디 만당빈긱은 황친귀족이오 좌우친권은 공후댱상이라 일반 쥬감의 곽녕공이 댱공을 향ᄒᆞ야 ᄀᆞᆯ오대 현공의 졔ᄉ낭은 하늘이 특별이 니신 비오 승평의 소녀 현요는 반ᄃ시 유의ᄒᆞ여 셩셰ᄒ미 군ᄌ슉녀의 덧덧디 만나미 될디라 가히 텬뎡일되오 빅년 가위니 노인이 ᄌ셔 가온대 듕미ᄒ미 엇더ᄒ뇨 …… (김본『곽장』7권 :『차천』1권)

위는 곽분양의 생일을 두 작품에서 각각 서술하고 있는 장면이다. 위 『곽장』1권의 생일은 장광염이 곽선경과 결혼 후 친정에 귀령하여 아들을 낳았는 데, 장홍이 선경의 박대를 견집하여 광염을 구가로 보내지 않고 있는 상황에서 맞은 곽분양의 생일연이고, 아래『차천』1권의 생일은 곽분양이 외손인 장혜가 국가를 위해 큰 인물이 될 것을 예견하여 병서 7권을 주고 깊이 愛重하고 있는 상황에서 맞은 생일연이다. 결국『곽장』의 생일연은 곽분양의 명을 빌어 광염을 선경에게 돌려보내 부부화락을 이루도록 하기 위한 의도로 설정된 장치이고,『차천』의 생일연은 곽분양의 중매로 곽·장 양가가 장혜와 곽현요의 혼인을 맹약하는 자리로 설정된 장치에 자나지 않는다. 만약『곽장』과『차천』이 하나의 작품이라면 한 자리에서 광염의 구가 복귀를 명하고 혜와 현요의 혼인을 맹약하게 하면 될 일을 가지고이렇게 같은 장면을 두 번씩이나 서술하는 일은 벌어지지 않았을 것이다. 이러한 사실은 두 작품이 각각 독립적으로 그 주인공 곽선경과 장혜의 일대기를 독립적인 시간축 위에서 서술해 가고 있음을 보여주고 있는 것이다. 결국 두 작품은 떼어 놓으면 각기 따로 존재할 수 있는 독립적인 작품이면서, 또 묶어 놓으면 곽장 양문의 가문사 위에 하나로 통합되어질 수 있는 하나의 작품, 곧 연작소설인 것이다.

결론적으로『몽옥』·『곽장』·『차천』은 곽장 양문의 가문사를 징표로 연작된 3부 연작소설로, 작품이 1부·2부·3부로 이어지면서 중심가문이 장부에서 곽부로, 곽부에서 다시 장부로 이동하고 있는 삼각구조의 연작형태를 취하고 있는 작품들인 것이다.

4. 결 언

지금까지『몽옥』연작의 서지사항을 검토해 보았다. 이를 간략히 요약하면 다음과 같다.

1)『몽옥』연작은『몽옥』·『곽장』·『차천』으로 이어지는 3부 연작소설이며, 그 작품 분량은 16권 16책 44만 4천여자(『몽옥』4권 4책 약 117,000자, 『곽장』『차천』합본 12권 12책 약327,000자)에 이를 것으로 추정된다.

2)『몽옥』은 국립도서관본과 러시아본 2종의 필사본 이본이 있는데, 둘다 4권 4책으로 되어 있고, 작품 분량이 비슷하며 내용도 별다른 차이가 없는 것으로 학계에 보고되어 있다.

3)『곽장』과『차천』은『곽장양문록』이라는 하나의 표제아래 합본형태로 전승되어 왔으며, '홍본'과 '김본' 2종의 필사본이 전해지고 있으나 둘 다 완질본이 아닌 낙질이다. 전체의 길이는 12권 정도가 될 것으로 추정되는데, 현재 1권에서 10권까지가 전하고 있어『차천』의 후반부에 해당하는 끝의 2권 정도가 낙질인 셈이다.

자료를 비교해 보면, '홍본'은 1권에서 10권까지가 전하는데 깨끗하게 궁체로 쓰여 있어 읽기에 편리하나 군데군데 결락과 오·탈자, 脫文들이 많은 것이 흠이다. 그러나 현재 전해지고 있는 작품의 권수나 필사상태 등을 견주어 본다면 '김본' 보다는 훨씬 善本이다.

'김본'은 제2권이 결본인채 1권과 3권부터 8권까지 모두 7권7책이 전하는 데, 민간에서 전사된 것으로 중간중간 둔필로 조악하게 쓰여진 곳들이 있고, 또 책의 보존상태가 좋지 않아 군데군데 책장이 마멸된 곳과 결락이 있을 뿐 아니라, 오·탈자는 물론 난필로 인해 판독에 어려움을 주는 곳이 많은 것이 흠이다.

그러나 두 자료의 존재는 상호 대교를 통해서 각 자료가 가지고 있는 불완전성을 보완하여 원작의 내용을 복원해낼 수 있다는 점에서 큰 의미를 갖는다 할 수 있다. 즉 '김본'은 그 자체만으로는 홍본'에 비해 불완전한 부분들이 상대적으로 많아 자료적 가치가 떨어진다고 할 수 있지만 '홍본'이 가지고 있는 결락과 오·탈자, 탈문 등과 같은 자료적 결함들을 상당한 정도로 복원해 줄 수 있다는 점에서 또 '홍본' 못지 않게 중요한 의미를 갖는다.

한편 '김본'은 작품의 표제를 1권부터 6권까지는 『곽당양문녹』이라 하고, 7권과 8권에는 여기에 『차천긔합』이라는 표제를 덧붙여서 놓고 있어서 『차천』이 『곽장』에 연속되는 이야기이면서 따로 존재하는 독립소설임을 보여주고 있다. 이로써 '김본'은 지금까지 『곽장』을 한편의 작품으로 여겨왔던 잘못을 바로 잡아, 『곽장』—『차천』이 합본 형태로 전승되어온 연작소설이라는 사실을 알 수 있게 하였다. 그리고 이것이 또 전편인 『몽옥』으로 연결됨으로써, 이 연작이 『몽옥』—『곽장』—『차천』으로 이어지는 3부 연작소설이라는 사실이 밝혀지게 되었다.

그밖에 '홍본'과 '김본'은 66년이란 시차를 두고 필사된 자료로서 필사년대가 분명하고, 특히 구개음화 현상과 복자음 [ㅺ]이 된소리 [ㅆ]으로 변하는 현상이 뚜렷하게 나타나기 때문에 국어학자료로서도 가치가 인정될 수 있을 것으로 생각된다.

4) 『몽옥』연작의 창작시기를 추정해 볼 수 있는 단서는 『몽옥』과 『곽장』에 添記되어 있는 필사기들이다. 이를 통해서 보면 『몽옥』의 필사년도는 1855년(철종6, 을묘)이고, 『곽장』의 필사년도는 '홍본'이 1773년(영조49,계사), '김본'이 1839년(헌종 5, 道光 己亥)이다. 이로써 『몽옥』연작은 늦어도 1773년 이전에 창작된 소설임이 입증되어진 셈이다.

그런데 1773년에 필사된 '홍본'은 책 중간 중간 여러 곳에 결락이 있어, 적어도 이것이 작자의 원작을 저본으로 하여 필사한 것이 아니라, 당시에 유통되고 있던 어떤 전사본을 저본으로 하여 필사한 사실을 말해주고 있다. 이러한 사실은 이 『몽옥』연작이 1773년 필사당시 보다는 상당히 오래 전에 창작된 것임을 말해준다 것이다.

또 『곽장』·『차천』이 합본 형태로 필사된 것은 『소현성록』과 『소씨삼대록』이 용인이씨(1652~1712)에 의해 『소현성록』이라는 단일 표제 하에 합본 형태로 필사된 것과 유사성을 갖는다. 다만 『소현성록』연작은 2부작이고 『몽옥』연작은 3부작이라는 차이가 있다. 현재까지는 『소현성록』연작이 연작소설로서는 가장 이른 시기에 나온 것으로 추정되고 있는데, 아무래도 최초 작에 있어서는 3부작 보다는 2부작이 앞에 나왔을 것으로 보는 것이 자연스럽다는 점에서, 『몽옥』연작이 『소현성록』연작보다는 뒤에 나왔을 것으로 생각된다. 본고에서는 이상의 추론을 바탕으로, 『몽옥』연작의 창작시기를 『소현성록』연작이 나온 뒤인, 17세기 후반 즉, 『창선감의록』과 같은 類의 장편소설들이 활발히 창작되었던 숙종 조로부터 18세기 중반 사이(1675～1750)를 그 창작시기로 추정하였다.

　5) 『몽옥』·『곽장』·『차천』은 각기 작품적 완결성을 갖추고 있어서 서로 떼어놓으면 각각 하나의 독립소설로 기능할 수 있다. 그런데 『곽장』의 서두에는 세 작품의 연작관계를 밝히고 있는 연작기록이 있어서 이 작품들이 작가의 치밀한 연작의도 아래 곽·장 양 문의 가문사를 그려가고 있는 작품들임을 알 수 있게 한다. 그리고 작품이 진전되어 감에 따라 세 작품은 작가의 연작의도대로 곽·장 양문 인물들의 삶을 펼쳐나감으로써, 결국 곽·장 양문의 가문사라고 하는 하나의 이야기 속에 통합되어지고 있다. 이렇듯 세 작품은 서로 떼어놓으면 각각 따로 존재할 수 있는 독립적인 작품들이면서, 또 묶어놓으면 곽·장 양 문의 가문사 위에 하나로 통합되어 질 수 있는 하나의 작품, 곧 연작소설인 것이다.

　결론적으로 『몽옥』·『곽장』·『차천』은 곽·장 양 문의 가문사를 징표로 연작된 3부 연작소설로, 작품이 1부·2부·3부로 이어지면서 중심가문이 장부에서 곽부로, 곽부에서 다시 장부로 이동하고 있는 삼각구조의 연작형태를 취하고 있는 작품들인 것이다.

雲水傳 研究

李樹鳳[*]

차 례

---

* 충북대학교 국어교육과 명예교수.

1. 序 言

여기 소개되는 雲水傳은 학계에 최초로 소개되는 작품이다. 이 작품은 呂善談傳과 더불어 함께 수록된 네 편의 단편 중 하나이다. 나머지 작품에 대한 경개와 내용은 雲崗 宋政憲 교수의 회갑논문집과 고소설연구 10집의 자료와 해제를 참고해주기 바란다. 본 작품은 背景이 모두 慶尙道를 배경으로 했기 때문에 주목되는 바가 크며 또한 작품이 光緖 11年(高宗 22(1885))3月에 작성한 「沙斤道乙酉式復戶籍」의 뒷면에 씌어져 있기 때문에 18世紀末의 作品이다. 그러므로 최초의 국문본 短篇小說集에 실린 작품이라 할 수 있을 것이다.

2. 書 誌

本 作品은 「沙斤道乙酉式復戶籍」의 뒷면에 筆寫하여, 다시 製本한 緖紙의 五針線 漢綴本으로 27×18.5cm의 크기이다. 外表題에 呂善談傳, 湖州冥報錄의 作品名이 씌여진 제자 아랫쪽에, 「沙斤道乙酉式復戶籍」이란 異筆体와 오른쪽 상단에, 「營上」이란 글씨로 보아, 본래 表紙의 表題임을 알 수 있다. 그 다음에 琴浦奇遇錄, 雲水傳의 順으로 題名을 쓰고 그 아래에 弓形의 묶음표를 한 다음 「合附單卷」이라 쓴 것으로 보아 네 편의 작품을 묶은 短篇集임을 쉽게 알 수 있다. 1行이 20字內外로한, 10行間의 한글체로 쓴, 達筆의 男性이 쓴 붓글씨이다. 作品順에 「녀선담전」(62面), 「호쥬명보록」(26面), 「금포긔우록」(28面), 「운슈젼」(45面)으로 되어 있다. 그리고 復戶籍과 四角

形의 官印이, 뒷면에 비치는 면에 쓴 作品이기 때문에, 두 글씨가 서로 비치어, 面紙가 지저분하나 復戶籍는 쉽게 판독할 수가 있어, 貴重한 文件임에는 틀림이 없다. 왜냐하면 「復戶籍」이란 요역(徭役), 전세(田稅), 잡부역(雜賦役)을 免稅내지 免役하는 名簿로써, 子·午·卯·酉年의 干支마다에, 作成하는 式年制 復戶籍이기 때문에, 韓末인 高宗代의 復戶制를 硏究하는 학자에게는, 다시없는 貴重한 자료인 것이다. 그것은 朝鮮中期에 한동안 分道되었던 廣州一帶가 楊根道로, 淸道, 義城一代가 沙斤道 등으로 分道되었던 名稱을 그대로 쓴 듯한데, 淸道·密陽·義城(比安), 軍威, 星州 등지는 沙斤道였음이 분명했다. 「淸道郡乙酉式戶籍監色有司姓名成冊」·「光緒十一年 三月 日 比安縣乙酉式 各面里別任成冊」등의 題名과 함께 該當者 名單이 있다. 그러므로 高宗 22年부터 施行할 復戶籍임이 틀림 없었다. 그리고 內表紙에 「尹氏家藏甲申備」라 쓴 達筆体로 보아, 그 復戶籍의 뒷면에 該作品을 쓴 다음에, 所藏家를 밝혀 놓았다. 善山의 海平은 海平 尹氏 宗宅이 있는 集成村으로, 古來의 宦班村이다. 그러므로 어쩌면 이 古小說은 名門 海平尹氏家의 누구에 의하여, 創作되었거나 필사되었을 것이라는 추측도 해 본다. 그것은 當門中에서 所藏했던 國文歌辭, 小說 등이 나왔을 뿐만 아니라, 귀중한 古文書와 漢文冊이 학계에 소개된 바가 있다. 또 眞城李氏夫人의 回心曲, 海東李氏三代錄과 星州宅 필체의 韓康賢傳이 이 고장에서 발굴되었기 때문이다.

3. 作品 梗槪

(1) 운수는 남해 용왕의 연수병(延壽瓶)의 이름인데, 병 안에 한 여인이 있어 천지 조화를 임의대로 부렸다.

(2) 옛날 초왕에게 월지라는 한 미희가 있었는데, 자색이 심히 아름다워서

왕이 장중보옥과도 같이 사랑하였다.

(3) 중추 팔월에 후원에서 잔치를 베풀 때, 홀연 고이한 안개와 흑운이 일어나며 월지가 간 곳이 없었다.

(4) 이로부터 왕은 월지가 그리워 침식을 잊고 조정에 나오지 않았다. 그때 초나라 옛 충신 맹분의 손자인 맹렬(孟烈)이 자원하여 월지를 찾고자 하였다.

(5) 초왕은 두 사람의 宦官과 여러 명의 사자(使者)과 함께 길을 떠나게 되었다. 양존사(梁尊師)의 말씀을 듣고 석포산을 찾아갔다. 석포산에는 암혈이 있었는데, 낮에는 닫치고 밤이면 열렸다.

(6) 맹렬은 예대를 잘라 밧줄과 광주리를 만들어 혼자서 암혈로 들어갔다. 수백보를 내려가자, 몸은 뱀 같고 머리는 사람 같은 자가 석상 위에서 월지의 무릎을 베고 누워 자고 있었다.

(7) 이에 맹렬은 철궁을 쏘아 그 괴물의 가슴을 맞혀 죽였다. 월지는 갑작스런 일에 놀라 실신했다.

(8) 후원의 한 별궁에는 또한 두 부인이 납치되어 있었는데, 하나는 서양국 왕희요, 또 하나는 안남국 공주였다.

(9) 그는 청심환 세 개를 내어 월지를 구한 후, 세 부인과 더불어 석문을 나와 광주리에 앉혀 밖으로 내보냈다.

(10) 그런데 세 부인이 무사히 암혈을 나가자, 환관들이 서로 공을 다투어 도자(광주리)줄을 끊고 빈 도자만 굴 속에 던졌다.

(11) 초왕은 월지가 돌아옴을 기뻐하여 잔치를 배설하고는 서로를 치하했다. 그러나 월지는 울며 초왕에게 고하여 환관들을 효수케 하였다.

(12) 이때 맹렬은 낙담하여 크게 울고 있었는데, 홀연 한 船僮이 일엽편주를 타고 찾아와 용궁으로 데려 갔다.

(13) 맹렬이 오자, 남해 용왕은 괴물퇴치의 노고를 치하하고 공주를 주어 사위로 삼았다. 세월이 흘러 삼 년이 되자, 그는 고향을 생각하고 돌아가고자 하였다.

(14) 이에 공주의 도움으로 용왕에게 간청하여 연수병을 얻어 돌아가게 되었다.

(15) 용왕은 맹렬 장군을 여섯 마리 새우등에 테우고 쌍룡으로 호위하여 초나라 동정호로 나가게 해주었다.

(16) 이때 서양국 왕희는 맹장군의 은혜를 깊이 생각하고 있었는데, 맹장군의 생환 소식을 듣고 군왕에게 청하여 대연을 배설하고는 은혜를 사례하고, 남매지의를 맺는 한편 유리땅 삼만호를 봉해 주었다.

(17) 다시 서양국을 하직한 맹렬은 배를 타고 동정호에 이르자 安度의 숨을 돌리면서 3년만에 찾은 고국의 풍경에 홍취되어, 운수를 시켜 산해진미로서 술에 취해 잠이 들게 되었다. 이때를 틈타 도적(船主)이 홍계를 꾸며 맹장군을 죽여 강에 던지고 연수병을 훔쳐 안남국으로 도망쳤다.

(18) 그리하여 도적은 운수를 시켜 수십만 재물을 얻고는 일국의 부자가 되었다.

(19) 안남 국왕이 이 소식을 듣고 그를 불러 자초지정을 물었다. 왕은 도적의 재물로 貧民을 救濟케 하고는 운수병을 찾이 했다. 이를 계기로 안남국 공주는 운수를 통해 맹장군의 전후사연을 듣고, 雲水로 하여금 맹장군의 해골을 水中에서 찾아 치마에 싸서 돌아왔다. 뼈를 제자리에 놓고 꽃가지를 뿌리며 운수병의 물로써 맹장군을 환생시킨 다음 남매지의를 맺게 하였다.

(20) 안남에 머문지 2년이 되자, 맹렬은 자신의 소회를 말하여 공주의 도움으로 운수병을 되찾고 무사히 초국에 돌아오게 된다.

(21) 5년 만에 돌아오는 맹장군의 소식을 접하자 초왕은 남문 삼십리 밖에 나가 맹장군을 맞고, 특별히 해동 십만호를 주어 제후로 봉하였다.

(22) 그후 맹렬은 연수병 속의 雲水를 통해 공주에게 소식을 전하고는 8년 동안 해마다 公主를 3월 15일 밤과 9월 15일 밤에는 반드시 상봉하여 雲雨之情을 맺었다. 그 아름답고 순미한 사랑을 天上에는 銀河水요, 人間에는 동정호에 비유하더라.

4. 作品 分析

本作品은 傳奇小說에 해당된다. 그 傳奇性을 冒頭에 "雲水는 南海龍王의 延壽瓶 이름이니 병가운데 한 美人이 있어 天地造化를 임의로 불이더라"에서 알 수 있다.

楚王이 월지를 잃었다. 맹렬이라는 將軍이 월지를 찾아 楚國으로 돌아오기까지 온갖 시련과 고난을 겪으면서 끝내는 월지를 찾아온다. 그러는 사이 맹렬은 龍王國의 公主를 알게 되고 그녀와는 1年에 두 번씩 雲雨의 정을 나누는 과정에서 人間界와 龍宮界의 해후를 마치 天上의 銀河水와 地上의 洞庭湖에 비유하는 아름다운 사랑을 大尾로 昇化시킨 事件이 전개된다.

그 作品의 重要部分을 引用文으로 例示하면서 分析하고자 한다.

> 옛적 楚王에게 한 美姬가 있으니 이름은 월지라 姿色이 심히 아름다우며 왕이 사랑함을 掌中寶玉 같이 하더라 中秋八月에 後苑에서 잔치할세 정히 三更半夜에 月色이 如娟하고 玉樓如海하니 왕이 월지로 하여금 술을 부어 君臣을 同樂하더니 홀연 奇異한 안개와 黑風이 일어나 月色이 渾黑하고 咫尺을 分別 못하여 一陣狂風이 장막을 걷어치고 燈燭을 멸하거늘 왕이 宮人을 令하야 다시 燈燭을 밝히고 左右를 살펴보니…… 월지는 간곳이 없난지라 왕이 大驚하야 후원 삼십리와 장안 萬戶家에 留有함이 없나 尋訪하나 마침내 종적이 없사니 왕이 이로서 병이 들어 寢席을 아니코 여러 날 누어 일지 아니하니 일일은 君臣 중에 한 將士 出班奏曰 만일 山中妖怪와 海中毒龍이 아니면 어찌 變化하야 호풍환무하며 달을 어둡게 하고 바람을 타 갔으리 있고 예로부터 海南의 영특한 짐승과 妖怪之物이 百姓을 害하고 사람의 父女를 앗아감이 종종 있다하오니 臣이 마땅히 盡心竭力하야 두루 다녀 深山巖穴과 海中邪窟을 巡探하야 그 성식(常識)을 알고 와서 告하리이다 왕이 즉시 引見하니 楚將 맹분의 孫子 맹렬이라, 왕이 그 忠義를 아름다이 여기시고 그 말을 장히

여겨 특별히 環矢등 十人을 命하야 더불어 동행케 하다.

楚王이 掌中寶玉처럼 사랑하는 월지가 一陣狂風과 함께 온 데 간 데 없어졌다. 風雲造化를 마음대로 造作하는 妖怪이거나 道術者의 소행이었다. 그것은 월지의 姿色은 天下의 美貌로써 貪하는 자가 많았기 때문이었다. 妖神은 勿論, 山中의 妖怪, 海中의 毒龍 중에서 빼앗아 간 것이다. 마치 水路夫人을 海神이 탈취해 간 것처럼 美姬奪取說話를 事件의 發端으로 하고 있다.

월지를 되찾기 위해서는 將軍, 力士가 등장하여 온갖 고난 끝에 功名을 떨치는 승자가 있게 마련이다. 곧 妖怪退治說話가 전개되는 핵심적인 몇 가지 유형으로 나타나는 내용이 기대를 갖게 한다.

> 맹렬이 深山驗處와 降한 小穴이 있는 곳을 아니 본대 없고 吳楚東南의 足跡을 編踏하야…… 멀리 본즉 萬丈瀑布 하늘로 내려지고 層巖이 石과 蒼松綠竹이 洞口에 가려시며 雙綿彩雀이 林間에 戲弄하니 眞 所謂 물에 乾坤이라 樵夫다려 길을 묻고 바라보니 數間茅屋이 은연히 松竹 사이에 비춰고 한 老人이 靑黎杖을 비겨 松下에서 쉬고 童子로 鶴을 춤추이며 往來하는 지라 맹렬이 出氣를 더욱 잡아 岩下에 이르러 나아가 恭敬拜禮하니 老人이 악연히 돌아보아 왈 "그대 어떠한 사람이관데 무삼일로 이에 이르뇨" 맹렬이 拱手하고 실상을 들어 備陳이라한데 老人이 갈오되 이곳은 仙佛이 내왕하는 고로 諸般의 怪物이 감히 接觸하야 들어오지 못하나니…… 맹렬이 월지를 잡아간 것은 深山에 있는 妖怪일 것으로 짐작하고 소상강에 있는 皇陵廟에 祈禱하고 嶽山에 올라 仙女의 가르침을 祝願하고 蘇州의 子伍谷과 萬丈瀑布를 遊賞하니

이른바 仙境이었다. 黃鶴樓故事처럼 老仙이 鶴을 타고 이곳에서 노니는 眞景을 보고 혹 이곳에 妖怪가 없느냐고 물었다. 老仙이 이르기를 이곳은 仙佛이 왕래하는 곳이니 어떤 怪物도 감히 접근할 수 없는 곳이니 공연히 心力을 허비하지 말고 다른 곳에서 찾아라 하면서 老仙이 이르기를 듣건대

海南 石包山 上峰에 한 巖穴이 있으니 낮에는 닫히고 밤이면 열리며 또한 검은 구름이 매양 그 산을 감싸고 있으며 우뢰소리 진동하여 세상 사람이 神物이 强作한다고 들었다. 그곳에 가서 찾아보라고 일러 주었다. 맹렬이 老仙에게 절하고 나오면서 老仙의 이름을 물으니 楊尊者임을 스스로 밝히더라.

> 白日에 독한 안개와 陰特한 구름이 산허리 반을 옹위하고 層巖怪石과 老樹藤裸 총잡아 땅을 덮어 戚列하海上에 빼어난 것이 곧 石包山이라 하거늘 맹렬이 千尋萬苦하야 그 아래 이르러 우러러 山容을 보니 靑天며 혹 있으며 혹 없이 실같은 길이 岩間을 겨우 통하였거늘 맹열이 追從으로 더불어 넁을 겨우 잡고 두던을 인렬하야 죽을 힘을 다하야 上峯에 올라가니 과연 道士의 말같아야 바위 周回가 수백보나 되는데 가운데 한구멍이 굴 追從으로 더불어 石包山이 어디 있나뇨 하니 한 사란이 막대를 가르쳐 왈 저 一字山이 울연(蔚然)히 높히 로 통하였시나 닫치고 열리지 않은 흔적이 있거늘 마지 못하여 앉아 밤들기를 기다리더니 정히 三更末에 홀연히 石磬 소리 땅을 움직이고 石穴이 크게 열리며 비린내 코를 거슬리더라

老仙이 일러준 데로 石包山을 겨우 올라가니 上峯의 中央에 큰 구멍이 하나 있고 그 구멍이 굴로 통하였다. 닫혀 있고 열리지 않았다. 三更이 지나서야 석경소리 요란하더니 석문이 열렸다. 비린내가 코를 찔렀다는 것이다. 아마도 비린내가 난다는 것은 바다에 사는 妖物임을 짐작케 한다. 깊은 동굴 안에는 물파리만 날뿐이고 어둠침침하여 그 깊이를 알 수가 없었다. 맹렬과 일행은 대나무로 광주리를 만들어 밧줄로 묶어 楚王이 따라 보낸 두 사람의 宦侍에게 내가 줄을 흔들면 곧 당겨 올릴 것을 약속하고 맹렬 혼자 그 광주리에 앉아 내려갔다. 이는 마치 地下妖物退治說話와도 꼭 같은 場面이다. 다만 地下洞窟을 찾기까지의 石包山의 규모와 岩穴의 迷路가 어느 이야기보다 구체적이고 아슬아슬한 고비를 넘는 험로는 실감이 나는 듯

잘 묘사하고 있다. 맹렬이 광주리에서 내렸다 곁에 있는 石穴을 石窟과 통하는 것임을 알았다. 그것은 햇빛이 밝게 비추기 때문이었다. 맹열은 岩壁을 잡고 수백보로 걸어가니 그곳은 日月이 명랑하고 花草玲瓏하여 한쪽은 靑山이고 한쪽은 푸른 바다였다. 세상에 이런 곳이 있는가 싶었다. 도무지 인간이 사는 세상이 아니라 신선이 사는 곳이라는 생각이 들었다. 그야말로 別有天地非人間이었다.

　　顧面하며 다시 수십 보를 들어간즉 가운데 한 石室이 의연히 홀로 있으되 龍骨로 들보하고 고기 비늘로 기와하였으며 琉璃로 벽을 하고 琥珀으로 地礎하야 돌을 깎아 城을 쌓았고 金門은 반듯 닫았으며 城밖을 살펴본즉 垂楊千萬絲莊苑을 둘렀거늘 楊柳를 잡고 石室안을 엿본즉 몸은 배암같고 머리는 사람같은 자가 石床 위에 누워 월지의 무릎을 베고 능숙히 자며 월지는 그 머리를 만지고 앉았더라 맹열이 이예 鐵弓을 내어 金前에毒藥을 넣어 쏘아 연하여 다섯 살을 발하여 정히 그 가슴을 맞추니 變身하여 床 아래 떨어져 吐血 數十升하고 죽었스니 이는 곧 기리 五十丈 되는 緇龍(검은 용)이러라

맹렬은 월지를 발견했다. 화려한 궁궐에서 저런 怪物에게 拉致되어 살고 있었다. 맹렬은 화살 끝에 毒藥을 묻혀 鐵弓으로 쏘아 그 妖物을 죽였다. 몸은 뱀이고 上半身은 사람이었다. 怪物이 변신하여 죽었다. 이는 곧 五十丈이나 되는 검은 색의 龍이었다.

　　이때 暗日이 輝明하고 庭霧音霓하며 細雨散落할제 월지 악연 실혼하여 床上에 업드려 半生半死하였다. 將軍이 활을 만지며 내려와 문을 열고 돌입하여 보니 월지 바야흐로 花階아래 누워 호흡을 통치 못하는지라 後園에 한 別宮이 있으니 정묘함이 白玉같은 두 婦人이 또 있어 바삐 내려와 월지의 허리를 안고 창황이 구하다가 將軍의 들어옴을 보고 노한 같고 기쁨 같이 계하여 섰으니 將軍이 이에 藥囊을 풀어 淸心丸 세개를 내어 꽃이슬에 갈아 월지의 목안에 드리우니 이윽고 깨어 일어나 울

며 물어 가로되…… 두 美人이 또한 울고 갈오되…… 石室에서 同苦한
지 이미 五年이라 도망코자 하나 땅이 없고 죽고자 하여도 얻지 못하여
夜夜한 寢衣 空山杜鵑으로 더불어 泣血하옵더니…… 一人은 西洋國 王
姬요 一人은 安南國 公主라 드디어 더불어 한가지 石門에 나와 三婦人으
로 한 도자(대광주리)에 앉치고 손으로 줄을 흔들어 宦侍(王의 內侍)들로
당겨 올려 石室밖에 낸 후 다시 도자줄 내리면 내 마땅히 올라 가리라.

　맹렬은 월지를 잃고 病席에 누운 楚王에게 하루 바삐 돌려보냄으로써 君
臣의 義를 다한다는 將軍의 勇猛을 십분 발휘하였다. 혼자서 石門에 들어와
월지의 무릎에서 잠자고 있는 緇龍(五十丈 크기의 흑용)을 연거푸 다섯 화
살을 쏘아 죽였다. 失身한 월지를 淸心丸으로 살렸다. 맹렬은 이 緇龍이 먼
저 拉致해 온 서양국 王姬와 안남국 公主도 구출하여 石門밖으로 돌려 보낸
다. 맹렬은 세 사람의 美姬를 구출한 것이다. 그러나 두 宦侍는 맹렬을 없앰
으로써 功名을 독차지하기 위해 밧줄의 광주리를 내려보내지 않는다. 이로
서 事件은 복잡해지고 맹렬은 더욱 많은 고난을 겪는 이야기로 이어진다.

　　참혹할 사 저 宦侍들이여 그 功을 온전코자하야 칼로 도자줄을 끊고
빈도자는 굴안에 던지니 三婦人이 終日 痛哭하나 속절 없는지라…… 왕
희로 더불어 수레를 한 가지로 하야 楚國에 이르니 楚王이 불상히 여겨
각각 제 나라로 돌려보내고 잔치를 배설하야 君臣으로 더불어 致賀할세
宦侍다려 問日 孟將軍은 어찌 한가지로 돌아오지 아닛나뇨 侍人 등이
對日 孟將軍이 먼저 安南國과 西洋國에 가 王姬와 公主 돌아옴도 告하고
功名을 貪하야 갔아오니 어느 歲月에 돌아올 줄 아지 못하나이다. 왕이
고히 여겨 월지 다려 자세히 물으니 월지 울며 왈 첩 등을 石室밖에 낸
후에 다시 命하야 도자를 내려보내라. 한 즉 저 사람들이 무슨 마음이던
지 그 줄을 끊코 도자만 던지니 將軍이 비록 拔山하는 힘이 있으나 나는
새 아닌즉 어찌 능히 萬丈石窟을 솟아 오르리오 반드시 주려 죽음이 정
영하리이다. 왕이 듣고 大怒하야 꾸짖어서 갈오되 너희등이 비록 萬里
의 수고한 功勞 있다하나 暗昧中에 重臣을 죽이고 임군을 속기며 功名

을 도적질하랴하는 罪狀이 간사무식이라 명하야 南門 밖에 내여 梟首하
야 일후 臣下를 징계하시다

宦侍들의 단순한 생각으로 功名을 훔치려한 죄상은 월지에 의해 밝혀졌
다 두 환신은 南門밖에 효수(梟首)되었다. 그리고 孟將軍은 어떻게 되었으
며 서양국 王姬와 安南國의 公主는 孟將軍의 恩惠를 어떻게 갚았을까 이런
궁금증을 次說이란 古小說 특유의 事件 轉換法에 쓰는 用語로 이야기가 이
어진다.

次說 맹렬이 도자(광주리) 줄이 끊어짐을 보고 심학 膽落하야 呼天痛
哭 曰 하날님 하날님 明感이 昭昭하시니 원컨데 살길을 빌려 죽을 목숨
을 구하여 주소서 하며 呼哭한 후 氣力이 점점 盡하야 홀로 石室에 돌아
와 左右를 살펴보니 層巖이 聳天하고 大洋이 가(邊)이 없으며 또 쥬즙(舟
楫)이 없으니 만일 拔泰山 越北海하는 能力이 없으면 살아날 수 없는지
라 五日을 晝夜呼哭함에 소리 海宮에 사모치어 龍이 슬퍼할지라 이윽고
一葉片舟 남으로부터 오며 빠르기 살 갈아야 岩下에 매고 한 船僮이 앞
에와 절하야 갈오되 南海 水宮 光利王이 특별히 명하야 請하시니 바삐
오르소서 將軍이 갈오되 龍의 德과 船僮의 恩惠 山이 낮고 바다가 옅으
므로 그러나 水陸이 현격하고 幽明이 來到하니 어디 가히 미치리오 船
僮曰 이는 龍王의 표쥬(標舟)라 본대(디) 海陸이 서로 막히지 않았더니
원컨데 급히 (배에) 오르소서 하고 더디어 배에 올라 저만(큼) 끌고 가더
니 瞬息間에 海門밖에 이르러 船僮이 급히 들어가 告한데 王이 맞아 座
上에 앉치고 이에 갈오되 寡人이 南으로 强漢이 雄居하야 봉탕(封蕩)이
호탕(浩蕩)함이 八千餘里라 强軍 河伯과 護身 海族이 莫不仰德이나 그러
나 오직 妖怪한 毒物이 작열하야 敢히 石包山 一方을 雄居하야 이름 없
는 風雲을 盜賊하야 희롱함에 쥬즙(舟楫)이 행치 못하고 魚鼈이 편치 못
하니 능히 制御치 못하야 등에 가시를 진 듯 甚常 분하더니 이제 들으니
將軍이 妖物을 죽여 水國이 무사하고 내 또한 벼개를 편히 하는지라 사
람이 큰 공이 있음에 내 어찌 능히 깊기를 아끼리오 원컨데 슬하에 있
어 百年同樂함이 어떠하뇨

맹렬이 광주리만 떨어지는 것을 보고 크게 낙담하고 하늘은 밝게 知感하시니 살아날 수 있는 方途를 빌어, 죽은 목숨을 구해 주십사고 호곡하였더니 南海 水宮의 光利王이 船僮을 보내어 맹렬을 구출하였다. 光利王은 맹렬에게 말하기를 과인이 浩蕩한 八千餘里의 봉토를 河伯과 海族으로 다스리고 있으나 워낙 넓기 때문에 내 德이 미치지 못하고 있었다. 그런데 石包山에 이름없는 도적이 風雲造化로서 舟楫이 근접할 수가 없고 魚鼈이 또한 安住할 수가 없었으니, 마치 내 등에 가시가 꽂힌듯 했다. 將軍께서 그 妖物을 退治해 주었으니 朕은 이제 편히 잠을 잘 수가 있게 되었다. 원하건대 百年同樂하면 어떠하겠는가 라는 제의였다. 맹렬이 대답하기를 "塵世의 천한 몸이 背信者로 인하여 岩穴에서 죽게된 이 사람을 大王님의 廣恤之澤으로 살아났습니다. 救我者도 父母라하였으니 어찌 敢히 父母의 令을 쫓지 않으리까" 하면서 은혜를 잊지 못한다.

　　寡人이 일 公主 있으되 鳳容淑德이 족히 將軍의 配匹이 될만하니 나
　와 同生의 손(客)이 되야 世上을 맞도록 즐거워함이 將軍의 뜻이 어떠하
　뇨

맹렬은 生命의 恩人인데, 그 위에 딸까지 죽겠노라 하니 그저 감지덕지였다. "賤生을 더럽다 여기지 아니하시고 玉娘子로써 配匹을 許諾하시니 再生之德이라 어찌 기쁘지 아니하리까" 王은 東西北의 龍王을 청하여 敬德殿에서 잔치를 베풀고 別宮을 지어 納幣之節과 奠鴈之禮를 거행하였다. 그 규모는 人世의 大王家라도 감히 따를 수가 없었다는 내용으로 서술하고 있다.

　　이윽고 날의 咸池에 들매 華燭이 나오니 白玉床 산호석에 合歡喜樂함
　이 인간으로 다름이 없더라. 세월이 얼푸시 三年이 되니 비록 宮深之志
　로 所樂이 極盡하나 故國을 생각함에 君王의 之憂와 家中消息이 莫然하
　니 晝夜耿耿한 懷抱 寢席이 다 젖난지라 일일은 龍娘을 대하야 人間事를
　說歡하여 갈오되 石窟萬事之如意 다행이 樂章의 興은 울립사와 娘子로

결연하야 主君陛闕에 榮華 비할 곳이 없으나 平生의 즐거움이 여기서 더함이 없을 것이로되 내 본대(디) 楚王의 奉命使臣으로 능히 返命치 못한지 여러 해라. 王이 반드시 "功을 생각하야 돌아옴"을 기다릴 것이오 "王姬 또한 感恩銘心하야 日夜에 恨歎하리니" 어찌 臣者의 도리 安寧하며 또한 富貴하다고 故鄕에 돌아가지 아니함은 마치 비단옷 입고 밤길 다님과 같다하였사오니 어느 때에 故國에 돌라가 우흐로 君王의 命을 갚고 아래로 賊臣의 원수를 소멸하야 一國生榮으로 하여금 從闕聰序되었음을 알게하면 마땅히 나의 이름이 有邦百世하련마는 萬頃蒼海 하늘에 사무치니 世上에 나갈 길이 아득하야 平生血恨이 가슴에 맺쳤도다.

여기서 맹렬은 비로소 故國에 돌아가고 싶은 생각이 간절했다. 龍宮生活이 三年이 되었다. 楚國의 臣下로서 忠臣의 도리를 다 해야한다는 본연은 잊지 않고 있다. 더욱 王命으로 王姬를 救出하라는 특명을 받고 復命하지 못하고 있는 不忠이 그러하고, 父母兄弟의 그리움이 그러함은 물론이려니와 더욱 잊지 못할 것은 두 사람의 宦臣이 어떻게 되었을까 생각하면 잠이 오지 않았다. 功名을 貪한 사람들, 사람을 죽게 하고도 지금껏 영화를 누리고 있을까? 그렇다면 내가 어떻게 원수를 갚아야 하나 등의 온갖 생각이 한꺼번에 쏟아져 故國 생각이 더욱 간절하였다. 한숨만 쉬고 잠 못 이루는 밤이 많았다. 龍娘이 맹렬의 所懷를 듣고 말하기를,

郎君이 만일 故國에 돌아 가시면 어느 때 다시 만나릿고 맹렬이 갈오되 洞庭湖 곧 吳楚東南이라 七百里 넓은 물이 南海로 통하였으니 花朝月夕에 총총(悤悤)이 이예와서 서로 만난즉 水國과 人間이 서로 멀지 않은지라 巫山仙女도 雲雨를 타고, 昭襄王으로 陽臺에 놀았거던 하물며 娘子의 변화로 산이나 물이나 무슨 일을 마음대로 못하리오 銀河水 烏鵲橋라도 또한 가히 洞庭湖에 옮겨 지울가 하나이다 娘子 흔연히 일어나 將軍의 말씀을 왕에게 告하되 왕이 갈오되 人臣이 되야 임금 섬기는 忠誠이 어디 夫婦의 사정으로 거절하리오 마땅히 그 願을 쫓아 보내리라 그러나 將次 무엇으로 情을 表하리오 하더라 나와 告하야 왈 군(郎君)의

갈길이 장차 멀고먼지라 山頂海堧에 盜賊이 허다하니 가히 예사 보물은 가지고 行資를 삼지 못할지라 龍宮의 허다한 물건이 다 我郞의 行中에 합당치 못하되 다만 父王의 延壽甁이 壁上에 걸려시되 이름은 雲水니 雲水는 곧 美人의 이름이라 甁을 가져 雲水를 부르면 絶代佳人이 나와 절하나니 胸中에 天地造化를 간직하고 손(客)의 水陸全体를 희롱하야 風雨도 두렵지 아니코 雷聲도 가히 避하며 飢渴할 때를 당하야 먹고 싶은 것을 청하면 八珍盛味를 편시간에 가져오고 몸이 노곤하야 留宿할 곳을 청하면 高樓奇閣을 순식간에 지어 死生을 손으로 造化하고 金玉을 마음대로 薦賚하야 청하는 대로 다 하나니 이를 얻으면 洞庭湖 相逢할 길이 咫尺 같으나 그러나 父王이 반드시 기꺼히 허락하야 주시지 아닐가 하옵나이다 아무쪼록 强請하소서

맹렬의 所願을 龍娘은 받아드리고 父王의 허락을 받기는 했으나 언제 다시 만날 수 있을까 두려워 하였다. 맹렬은 龍娘의 마음을 안심시키기 위하여 내 故國은 吳楚東南이니 洞庭湖와 水國은 七百里 사이로 이어저 있으니 자주 만날 수가 있다. 巫山仙女는 구름을 타고 왕래 했고 昭襄王은 陽臺를 왕래하며 娥娘과 雲雨之情을 나누었으니, 娘子의 무궁한 造化로는 은하수, 오작교, 동정호를 마음대로 옮겨 지을 수가 있을진대, 나와는 수시로 만날 수 있다고 함으로써, 龍娘의 마음을 움직였고, 또한 父王의 승낙을 받아왔다. 그러나 龍娘은 낭군의 무사를 위해 父王이 아끼는 延壽甁을 얻어서 가시면, 병속의 美人 雲水를 불러서 무엇이든지 청하면, 山頂海堧의 도적들로부터 生命을 보전하려니와 먹고 쉬고 잠자기에 편히 지내면서, 고국인 동정호까지 무사히 갈 수가 있다고 한 것은, 지아비의 무사를 위해서였을 것이다. 龍王은 곧 丈人이다. 딸을 위해서라도 延壽甁을 주어 빨리 돌아 오게끔 延壽甁을 내어 놓았을 것이다. 그러나 왕은 壁上에 걸려 있는 延壽甁을 바라보며 내가 사랑하는 寶物이라 一時라도 없으면 안된다고 거절했다. 맹렬은 無人之地에 疾風怒雨를 어떻게 피하며 먼길에 어려울 때를 당하면 목숨을 보전하기 어렵다고 거듭 간청하였다. 그리고 아내(龍娘)와 洞庭湖에서

만나기로 言約하였는데 만약 나에게 有故가 있어 못 만나게 되면 어찌 水宮龍闕에 들 수 있겠는가라는 극언을 했다. 왕은 부득이 許諾하면서 他人에게 빌려주지 말기를 당부하였다. 맹렬은 龍娘과 이별할 때, 雲水가 따라가니 걱정이 없다고 하였다. 또한 왕은 취련 여섯 마리 새우등에 翠風輦을 싣고 雙龍으로 護衛하여 海門으로 나아가니 맹렬은 陽界를 三年만에 나오게 된 것이다.

> 將軍이 陽界를 떠난지 어언지간에 이미 三年이라 글을 지어 王과 娘子의 恩惠를 致傳하고 欣然히 船人 다려 물어 갈오되 이 땅이 어느 나라 地境이냐 船人이 대왈 西洋國이로라 將軍이 대열(大悅)하야 西洋國에 行文하여 보내니 그 글에 하였으되 「楚國大將 孟烈이 石包山 石室에 들어가 쏘아 죽이고 三婦人을 바뜰어 세상에 내어보낸 후 龍王國에 들어갔다가 이제야 나와 楚國으로 가노라 하였더라」

여기서 孟烈將軍으로서는 三年만의 陽界인데다가 그곳이 西洋國이라 하니 石室에서 五十丈의 緇龍을 죽이고 楚王의 愛姬 월지를 救出할 때 安南國王의 公主와 西洋國의 王姬 생각이 떠올랐을 것이다. 그리하여 孟烈은 王姬의 소식도 궁금하여 위와 같은 편지를 보냈을 것이다. 이야기는 바뀌어 次說이란 필연적인 내용의 轉換이 있을 수밖에 없다.

> 此說 西洋國 王姬 孟將軍 恩惠를 생각하고 그 死地에 있었음을 痛願하야 (장군이) 生還함을 하늘께 祝願하더니 國王이 行文을 보고 姬로 더불어 크게 기꺼하사 사자를 보내어 將軍을 청하여 환궁한 후 大宴 設하야 弘恩을 謝禮하고 姬로 더불어 男姝之義를 맺고 유리땅 萬戶를 封하니

孟烈은 大王께서 臣에게 列侯로 封하시고 富貴를 누리게 하시니 황감무지로소이다 그러나 臣이 本國에 돌아가 復命할 의무가 급하므로 大王의 슐을 奉行치 못하겠노라고 사양하였다. 王과 姬는 보름동안을 만류했으나 듣

지 않으매 土産之物을 行路에 실게하고 작별하였다는 내용으로 이어지고
있다.

> 將軍이 一葉片舟를 타고 海上에 떠 정히 安南國 地境에 이를세 생각함
> 에 만일 국왕이 行官하야 王이 반드시 나를 만류하야 故國에 돌아갈 날
> 이 자연 더디리니 아니 봄만 같지 못하다 하고 즉시 船人을 명하야 배를
> 돌려 장차 洞庭湖로 向할세 물결이 고요하고 바람이 淸涼하여 이미 고
> 국이 不遠한지라

孟烈은 고국이 가까워지자 快哉를 부를 수밖에 없었을 것이다. 詩를 스
스로 읊으며 和答하니 白露가 춤을 추고 魚龍도 뛰었다는 것이다. 孟烈은
延壽瓶을 잡고 雲水를 불렀다. 絶世美人 雲水가 나와 절하니 "네 酒肴를 얻
어 오라했다." 頃刻에 山海珍味와 紅穀酒를 가득 부어 올리니 孟烈은 만취
하였다. 船人들고 권하여 먹인 후에 羽山閣을 船上에 짓고 잠자리에 드니
밤은 깊어갔다.

> 슬프다 장군이 智謀이 비록 兼備하나 船中에 盜賊이 있음을 어찌 알
> 리오 이때 船人이 敢히 凶計를 내어 장군이 잠든 때를 타 칼로 장군을
> 찔러 江中에 던지고 그 雲水瓶을 도적하야 도망하야 安南國에 돌아가
> 雲水를 불러 數十萬財物을 얻어 一國富者가 되니 空手로 致富한 姓名이
> 자연 天門에 전파하더라

孟烈은 三年만의 귀국인지라 너무나 감개무량하여 龍王과 龍娘의 당부
도 잊고 주흥을 즐기고 船上에 누각을 짓고 하는 등의 雲水瓶의 妖術에 도
석이 남낼 수밖에 없었을 것이다. 도적은 孟烈을 숙여 불에 던지고 안남국
의 巨富가 되었다. 孟烈은 어떻게 되었을까? 독자로 하여금 안타까움을 금
치 못하게 했다. 이를 두고 有備無患이라 하는가? 십년공부 南無阿彌陀佛이
라 했는가?

한편 安南國 公主는 무사이 고국에 돌아와 石窟에 나온 바 前後實狀을 부모에게 아뢰고 오직 장군이 생환하여 돌아오기를 後苑에 七星堂을 짓고 夜夜中天토록 北斗를 우러러 빌었다. 한편 "원컨대 장군으로 하여금 安南國에 生還하야 이몸 살아온 大恩을 萬分之一이나 갚게 하옵소서"하더라 이때 國王이 船人의 소문이 狼藉함을 듣고 船人을 불러 물었다. "너는 무슨 術業으로 致富하였느냐" 船人이 "伏地對曰 臣은 南方 천한 사람이라 舟楫으로 업을 삼아 江湖 사이에 급한 사람 救함을 좋아하옵더니 우연히 한 기이한 병을 洞庭湖에서 얻어 이 병으로 하여 富名을 얻듬이로 소이다"왕이 갈오되 병이 이제 있느냐 船人이 업드려 드리거늘 왕이 보시니 병위에 雲水 두 자를 썼고 부른 적 美人이 나와 절하는지라 왕이 奇異히 여겨 날마다 불러 희롱함에 萬事를 하라 하는대로 응하는지라.

이때 公主는 父王의 奇異한 瓶얻음을 듣고 왕에게 청하여 한번 보기를 원하니 왕이 주시거늘 "公主 또한 잡고 이름을 부른 즉 선연한 美人이 나와 절하는지라 공주 문왈 너는 어떤 사람으로서 몸을 이에 의탁하였느뇨 雲水 對曰 첩은 본대 南海龍王 사람으로 죽은 후 신명이 병 속에 의탁하야 왕의 使喚을 하옵더니 수년 전에 楚國 孟將軍이 石包山 石室에 들어가 三國 婦人을 받들어 石穴에 내려보낸 후 인하야 돌아가지 못하고 서러워하는 고로 龍王이 船僮을 보내어 맞아와 절친하야 公主附馬를 삼아 數年을 留하다가 장차 楚國으로 向할세 첩으로 하여금 護送하야 洞庭湖에 이르러 船人이 將軍을 죽여 江中에 던지고 감에 將軍의 원통함을 伸說할 곳이 없더니 蒼天이 保佑하사 첩의 一身으로 하여금 이에 이른 고로 萬福之願을 다 告하나이다" 하고 玉淚가 두볼을 젖는지라고 서술되어 있다.

公主聽罷에 將軍의 죽은 줄 알고 痛哭 왈 明明하신 하날님이 어찌 孟將軍의 어짊으로서 水中孤魂 되게 하신고 이에 王께 告하고 우선 그 船人으로 洞庭湖에 가 버히고 그놈의 재물을 앗아 江村百姓을 노놔주고 巫女를 부르고 道士를 청하야 북을 치며 징을 울려 招魂하야 將軍의 神

靈을 慰勞하며 다시 雲水를 불러 일어왈 너의 神明함이 天下에 어려운
일이 없다하거늘 어찌 장군으로 하여금 다시 살아나게 못하느냐 雲水對
曰 첩이 神明의 令이 있으면 行하고 令이 없으면 행치 못하는지라 원컨
데 公主 令을 바뜰어 洞庭湖에 가 將軍骸骨을 얻고 將軍의 魂을 불러와
다시 살려내리이다 하고 이윽고 去處 없더니 明日 아침에 와서 절하거
늘 公主 갈오되 將軍은 어디 있느뇨 雲水 갈오되 원컨데 비단 자리를
펴소서 하고 이에 치마를 풀어 자리 위에 놓고 해골을 차례로 잇고 병
을 기우려 한잔 물을 부어 꽃한가지에 뿌려 입에 드리우니 이윽고 四肢
百態 완연하고 모발과 피부 如狀하며 呼吸을 크게 통하더니 장군이 발
연히 일어나 앉아 갈오되 내 어찌 잠이 그리 깊었으며 꿈이 이리 길더
뇨 하는 지라

公主 장군을 보고 의심하여 다시 한번 눈을 씻고 또 한번 보고 또 보아
도 그때 石窟에서 石門에 나오던 기상이 천연하며 毫髮도 다름이 없었다.
公主 大喜하여 "大將軍이 마땅히 나를 기억하시릿가 나는 곧 石包山 石室에
서 楚王姬와 더불어 도자(광주리)를 타고 나온 바 安南國 公主라 將軍이 정
신이 취한 술이 깬듯하니 前後萬事를 깨달아실까 하나이다" 將軍 일어나
楚王는 어디 있나이까 하고 물었으나 公主는 船上에 술에 취하여 잠이 들
자 船主가 將軍을 죽이고 雲水로 하여 巨富가 되었다. 國王께서 雲水瓶을
빼앗아 雲水로 하여금 將軍을 一年만에 살렸다는 사실을 알았다. 今日 相逢
케 되었나이다. 王姬 "金盞 香銀酒를 부어 들어왈 첩은 나히 적고 장군은
나이 많으니 장군이 형이 되고 첩은 아우되야 前生의 兄弟로서 今世에 男妹
之義를 정하였다." 장군은 宮中에 있은지 그이 一年이 되었다. 일일은 公主
로 더불어 逍會를 하다가 말하기를 내 楚王의 명을 받아 돌아가지 못한지
이제 五年이나 흘렀는데 꼭 돌아가야 한다고 간청을 다음과 같이 말한다.

　　楚王姬 나의 죽음을 슬퍼하야 一夜의 忘事를 태울 것이오 또한 무리
　　나의 산 줄은 모르고 敢히 飽食安寢하야 功名을 도적하였을 것이니 내

한번 돌아가 國王께 返命하고 원수를 없앤 후 다시 돌아와 公主侍下에
뫼시리이다. 公主 아름답게 여겨 父王께 告하야 보내심을 청하되 王이
將軍을 불러 갈오되 雲水瓶은 安南國이 도리어 원하니 將次 무슨 말로
信을 表하리오 將軍이 拜謝曰 臣이 가는 길이 禽獸途山이 重重疊疊하야
萬里長程의 盜賊이 頻頻有地하니 가히 寶物을 가지고 못갈지라 원컨데
雲水瓶을 주소서 이 아니면 장차 두번 죽는 患을 免치 못할가 하나이다
王이 猶豫未決이 늘 公主 권하여왈 雲水는 龍王이 준바이오 龍娘의 信物
이라 장군의 內外일이 기리 水陸사이에 있으니 萬一 雲水 아니면 洞庭湖
相逢할 기약이 저어할진데 속절 없이 빈땅에 돌아가리니 남의 아름다운
인연을 잊지말게 하소서 또한 龍王이 주신 寶物을 가히 경솔히 人間에
게서 빼앗지 못하리라 王이 마지 못하야 내어 주시거늘 장군이 拜謝하
고 나와 公主로 더불어 一場 離別을 告할세 그 연연함을 측량치 못하더
라

行次가 吳越之境에 이르러 回界山에 올라 楚王의 孤寂을 느끼고 江上에
내려 伍子胥의 祠堂에 들어가 글을 지어 降界한 魂을 弔喪하며 배를 돌리어
岺陽浦에 이르러 古事를 追慕함에 慣慨한 눈물이 옷깃을 적시더라 점점 나
아가 洞庭湖에 다다라 바라보니 창오산 一陣片雨는 諸子의 남은 눈물이오
十二峯岀 點雲은 仙女의 지친 흔적이라 祭物을 갖추어 屈原의 忠魂을 慰勞
하고 다시 岳陽樓에 올라 雲水를 명하야 왈 故國이 不遠하니 마땅히 나를
위하야 "盃酒를 얻어 오라." 言未畢에 雲水로써 天桃와 天台酒와 紅桃로 금
반에 가득 담고 술을 부어 드려 왈 "이것이 다 仙子 長生之物이라 이를 마
시면 이미 지나간 殊厄과 將來에 오는 福을 스스로 개닫나이다" 장군이 만
족하여 마심에 水宮일과 人間일이 황연히 거울보듯 하였다. 雲水로 하여금
楚國에 行文하는 글을 쓰이니 이르되 "天神이 保佑하시고 海神이 陰助하야
石包山 石窟에서 죽지 아니하고 살아나와 이제 岳陽樓에 왔노라 하였더라"

此時 楚王이 官文을 보고 大喜하야 宮에 들어가 월지다려 급히 일러
왈 孟將軍이 생환하야 돌아 오도다 此說 王姬 이 소식을 듣고 踴躍하야

하날을 불러왈 明明하신 天神이 나의 적은 정성을 感動하심이냐 奇異하
고 異常하다 海靈이 救護함이냐 급히 使者를 보내어 岳陽樓에가 장군을
맞게 하고 月明日에 南門三十里밖에 크게 還官할세하고 地境하야 맞아
돌아와 君臣으로 더불어 長樂宮에 大宴을 배설하고 문왈 장군의 困厄은
이미 姬에게 듣고 하늘께 빌고 山川에 祈禱하야 때때로 中心에 泣血하
더니 어찌 命을 도모하야 생환하였나뇨 孟烈이 四拜伏地하고 전후살상
을 個個奏達하온데 왕과 姬 듣고 大悅曰 장군의 명은 실로 하날이 구하
심이요 人力으로 미칠 바 아니로다 특별히 海東 十萬戶를 封하시니 장
군의 富貴 一國에 無雙이러라 王姬 公主의 덕과 龍王의 恩惠를 감격하야
禮官을 海南國에 보내어 공주께 致賀하고 또한 十萬金 財物로 海南 百姓
을 주어 巫女와 僧尼道士를 모두어 水陸祭를 設하여 祭文지어 龍王과 龍
娘의 神靈을 謝禮할세 석달까지 慰安하니라

日月이 如流하야 그 세월이 五年이나 흘렀으니 장군이 龍娘의 言約을 생
각하고 雲水를 불러 말하되 楚國에서 海南이 數萬餘里라. 나의 來往이 실로
難必하니 "네 마땅이 먼저 海南에 가 나의 無事이 返國함을 일일이 전달하
고 龍娘의 蘭家로 하여금 蒼梧山 아래 이르게 하시면 내가 往來함이 쉽고,
또한 念慮 없으리라" 하고 數幅生草(명주)에 萬端情懷를 써 雲水를 주니 그
글에 하였으되 "楚將이 孟烈은 삼가 절하고 南海龍官 玉娘子 座下에 올리나
니 嗚呼라 石包山 그 難日을 어찌 차마 잊으리오 특별히 聘丈人 山海之德을
입어 船僮을 보내사 맞아 同床의 손으로 奉하시니 緣分이 月下에 重하고 富
貴水宮에 極하거늘 鴛鴦翡翠衾에 窈窕新情이 未洽하고 蘭窓家로 漂母히 海
門에서 離別함이 如山이 높고 바다가 멀리 隔이라 數萬里 길이오 날이 가고
달이 가니 그 年이 三年에 이르도다 아지 못겨라 水宮大闕에 大王 寶体 康
寧하시며 景樓瑤上에 玉娘子 氣力이 眞重하시나잇가 風潮雨夕에 한갓 巫山
의 꿈이 수고롭고 花時月夕에 스스로 銀河鵲橋를 슬퍼하도다 娘娘의 仁慈
한 소리 귀를 켜고 멀지 아니코 연연한 꽃다운 얼굴 눈에 가려 오히려 있도
다. 하날은 어찌 두 사람을 내시고 땅은 어찌 海陵을 막았나요. 眼望南天에

白鴈이 無棲하고 渾有杳海에 摘이 難聘하니 相思唯一하나 重逢이 어느 때뇨
슬프다 洞庭蒼波에 魂魄이 船者의 칼에 날고 安南 禁緣의 얼굴이 雲水의 손
에 다시 오도다 원수를 갚고 恨을 說함에 三生之願을 임이 다 하고 벼슬이
높고 祿이 重하니 一身榮華 極하도다 光陰이 듯없어 相逢할 期約이 이미 돌
아오고 江山이 멀어 두 번 나아가기 어렵도다 女必從夫는 古今의 大義요 夫
唱婦隨는 天地相經이라 大洋이 하날에 運하야시니 물은 七百里 海路를 통
하고 道神이 사람을 재촉하니 때 정히 三月亡日이로다 한번 수고를 아끼지
말고 한번 움직여 破鏡이 다시 合하고 明月을 動員하여 다시 옛 얼굴을 대
하면 어찌 기뻐하지 아니하리오."

　　此說 龍娘이 郎君을 塵世에 보낸 후로 소식을 몰라 경경하더니 일일
은 侍女 급히 드러와 告曰 雲水娘子 門下에 來待하였나이다 娘子 즉시
命하야 불러 드리니 雲水 앞에 나아와 절하고 一封書를 올리거늘 바삐
받아 떤어보니 滿紙情話라 여러 旬 구경함에 善色이 滿顔하야 돌어와
父王께 告曰 郎君이 故國에 돌아가 平生怨讐를 갚고 榮光이 世에 빛나다
하오며 또한 今月十五夜에 첩으로 하여금 洞庭湖로 서로 만나자 하였아
오니 어찌 하오릿고 封書를 드린데

王은 낭패한 듯 말하되 "將軍의 命이 하날에 달렸도다. 여러 번 大厄를
지나고 죽었다가 다시 살았으니 海山從氣와 精靈이 반드시 이 사람에게 모
였도다 夫婦는 天倫이 重함이 있으니 어찌 그 命을 拒逆하리오 바삐 行裝을
차리라" 하고 父王은 딸을 보내기로 하였다. 그리고 딸을 陸地에 보내는 七
萬里 水路의 陪行은 쉬운 것이 아니었다.

　　急據 玉椽과 鸞居鳳站으로 鮮明히 준비하고 月中桂樹를 베어 七寶輦
을 만들어 四面에 瑠璃를 깎아 세우고 芙蓉 牧丹花를 높이 꽂아 發行할
세 娘子 眞珠 娥眉에 蘭簪 鳳釵를 머리에 꽂고 여섯 새우들에게 輦을 실
어 타고 長景臺 곧게 先後에 옹위하고 難國 나찰이 左右分雲하야 붙어

一端의 蒼梧山 아래 轎軍이 당도하니 此時에 猛將軍이 雲水를 海南에 보
내고 傳期하야 黃鶴樓에 이르러 앉아 水府 소식을 기다리더니 이윽고
한 붉은 배 빨라 起 風雨 같이 樓아래 이르러 왈 龍娘 行次 오시나이다
하거늘 장군이 樓에 내려 배에 오르니

이때 平調風天 月白하고 魚龍이 서로 춤추며 仙樂 소리 은은히 흘렀다.
이미 轎軍 문밖에 이름에 娘子 珠簾을 걷고 忽然이 나와 손을 잡고 東床에
들어간다. 그 사이 別懷를 서로 이루며 雲水를 불러 "三山이 不遠하고 十洲
가가우니 長生之物을 얻어 오라" 雲水 奉命하고 이에 "三雲芝 八丸丹과 金
光 采交 梨果로 金盤에 가득 담고 鸚鵡盃에 千日酒를 부어 꿇어 앉아 드리
거늘" 兩人이 醉토록 마시며 水宮 安否와 楚國 消息을 서로 問答한 후 花燭
을 물리고 同寢하야 三年을 그리던 정을 풀었고 七年을 期約하야 雲雨之情
을 맺으니 아름답고 기이하다 천상에는 銀河水요 인간에는 洞庭湖에 비하
더라.

5. 結 言

이상에서 살펴본 바, 雲水傳의 내용은 다음과 같다. '월지'라 하는 楚나
라 王姬를 南海龍王도 감당하지 못하는 人頭蛇身의 緇龍이 風雲造化를 일
으켜 빼앗아 갔다. 楚國의 忠臣 孟烈將軍이 石包山 石窟에 들어가 먼저 잡
혀와 있던 西洋國의 王姬와 安南國의 公主와 '월지'를 찾아 돌려 보냈으나,
孟將軍은 楚國 宦官의 奪功慾때문에, 石窟을 빠져나가지 못한 채 呼天悲泣
하고 있었다. 呼哭소리를 들은 南海龍宮이 船童을 보내어, 孟將軍을 救出하
고는 公主와 結婚시켰다. 三年의 세월이 흐르자 孟將軍은 楚國王에의 復命
所任과 奪功者에의 복수심이 간절했다. 孟은 公主에게 간청하여 歸國을 허
락 받았다. 아울러 公主는 父王의 雲水瓶을 얻도록 주선해 주었다. 水國에

서 楚國인 洞庭湖로 돌아와 安度의 숨을 돌렸다. 孟은 西洋國의 王姬를 만나 男妹之義를 맺고 돌아온다. 孟은 三年만의 귀국에 감개무량하여 雲水瓶 속의 雲水를 불러 술과 안주로서 만취하여 잠이 들었다. 船主가 雲水娘의 造化에 貪慾이 생겨, 孟將軍을 죽여 강에 던져 버렸다. 船主는 雲水를 통하여 南海國에서 巨富가 되었는데, 그 소문을 들은 海國王이 船主를 불러 자초지종을 듣고 그 雲水瓶을 빼앗았다. 安南國의 王姬는 雲水 통하여 孟將軍이 죽었다는 것을 알고, 雲水를 시켜 孟의 骸骨을 收拾하여 回生시켰다. 公主는 그 때의 恩功을 갚은 셈이 되었다. 五년만에 楚國으로 돌아왔다. 孟將軍은 龍女와 七年間을, 每年 3월 15일과 9월 15일이면 서로 만나 雲雨之情을 나누었다는 내용이다.

石包山 石窟의 緇龍退治는 妖怪退治 說話와 같은 계통의 話素이지만 퇴치 후 되돌아오기까지의 길고도 숨막히는 역경의 이야기는 傳奇性이 너무나 풍부하다. 그리고 인간이 이룰 수 없는 龍女와의 사랑이야기를, 일년에 두 차례씩 만나되 천상의 은하수와 인간의 동정호에 비유하여, 純美한 사랑은 超人間愛로 昇化시켰다.

雲水傳에 나타난 人間과 水神의 만남은 마치 銀河水와 洞庭湖에 비유되는 純美한 꿈 같은 傳記性 이야기로서, 멀고도 가까운 水陸間의 그리움을 그린 작품이다.

赤壁歌와 三國志演義의 거리

허원기[*]

차 례

1. 서 언
2. 삭제된 것
3. 첨가된 것
4. 인물 형상의 변모
5. 나관중의 시대와 신재효의 시대
6. 양 담론의 전술과 전략
7. 결 언

* 한국정신문화연구원 장서각국학팀 선임연구원, 건국대 강사.

1. 서 언

　赤壁歌는 판소리 여섯마당 중 가장 연구가 덜 된 작품이다.[1] 그러나 최근 최정락[2], 김상훈[3], 김기형[4] 등의 박사논문과 설중환[5], 이성권[6] 등의 논문이 발표되면서 상대적으로 소홀했다할 수 있는 적벽가에 대한 논의가 활기를 띠고 있다. 적벽가를 차츰 독립적인 작품으로 인정하고 그 구체적인 성격을 구명하면서, 소설이 판소리화되면서 나타나는 희곡적 구성법의 여러 특징[7]들과 주제의식[8] 및 이본[9]에 대한 연구가 아울러 이루어져서 연구의 폭과 깊이를 더해가고 있다.

　적벽가는 수많은 군대와 장수들이 등장하여 전투를 하는 부분이 많기 때문에, 빠른 장단에 웅장하고 씩씩한 호령조를 많이 사용하는 가장 남성적인 판소리이며, 고도의 기교를 필요로 한다. 또한 적벽가는 소설 삼국지연의의 일부인 적벽대전 부분을 판소리사설로 수용한 것인데, 삼국지연의의 일부 적출

---

1) 가장 최근에 작성된 것으로 보이는 '판소리 관계문헌 목록 : 영역별(김흥규작성, 판소리연구 제3집, 1992.11.17)'에 의하면, 춘향전은 225편, 심청전은 85편, 흥부전은 77편, 토끼전은 31편, 변강쇠가는 15편의 작품론이 이루어졌음에 비해, 적벽가는 10편의 작품론이 이루어 졌다.

2) 최정락(1992), 「적벽가 연구 ― 판소리 사설의 구조시학 정립을 위하여」, 경북대박사논문.

3) 김상훈(1992), 「적벽가의 이본과 형성 연구」, 인하대박사논문.

4) 김기형(1993), 「적벽가의 역사적 전개와 작품 세계」, 고려대박사논문.

5) 설중환(1992), 「적벽가 연구」, 『한국학연구』 제4집, 고려대 한국학연구소.

6) 이성권(1996), 「적벽가의 주제론적 검토와 문제점」, 『판소리연구』 제7집, 판소리학회.

7) 최래옥(1978), 「적벽가의 해학적 구조」, 『한국 소설문학의 탐구』, 일조각.

8) 이성권, 위의 논문.

9) 위에서 밝힌 김상훈과 김기형의 논문.

번역이라 할 수 있는 華容道와 赤壁大戰 등에서 영향을 받은 것으로 보인다. 적벽가는 삼국지연의의 아류가 아니다. 적벽가의 개성은 삼국지연의와의 비교연구를 통해 더욱 확연해 지겠으나, 적벽가와 삼국지연의의 본격적인 비교연구는 아직도 이루어지지 못하고 있다. 양 작품에 대한 비교연구로 가장 진전된 성과를 보여주는 것은, 이미 1978년에 이루어진 최래옥의 논문10)이다. 최래옥은 삼국지연의가 판소리화 되면서 크게 세 가지 변화가 일어난다고 하여, '① 희곡적 구성을 위한 집중화', '② 해학성·풍자성', '③ 구창중 창자의 개입' 등을 지적하면서 이는 판소리화에 따른 일반적인 현상이라고 했다. 하지만 그는 두 작품의 역사적 의미와 주제 의식에 대해서는 거론하지 않았다. 본 논문에서는 기존 논의의 성과를 수용하면서, 두 작품의 같고 다른 점을 먼저 검토한 후, 그것의 역사적 의미와 주제의식을 비교해 보고자 한다.

   텍스트로는 毛宗岡本 三國志演義와 申在孝本 赤壁歌를 이용하려 한다. 모종강본 삼국지연의는 康熙 18년(1679)경에 완성된 것으로 가장 널리 보급되어 애독되고 있는 판본이며, 우리나라에서도 가장 널리 읽혀진 판본이다.11) 신재효본 적벽가는 신재효의 의식이 개입되어 첨삭 개작된 흔적이 많이 엿보이는 독서물화된 필사본이지만, 당대에 불린 판소리사설을 바탕으로 이루어졌기 때문에 가장 오래된 적벽가의 모습을 비교적 선명히 유추해 볼 수 있으며 후대 창본과도 일정한 연관을 맺고 있다.12)

2. 삭제된 것

   삼국지연의는 본래 一回 宴桃園豪傑三結義에서 一百二十回 降孫皓三分歸

---

10) 최래옥, 앞의 논문.
11) 이경선(1976), 『삼국지연의의 비교문학적 연구』, 일지사, 25~26면 참조.
12) 김기형(1993), 「적벽가 이본의 특징과 계열별 사설 비교」, 『판소리연구』제3집, 참
    조.

一統까지, 즉 後漢 靈帝末年(中平元年, 184)에서 晋 武帝의 太康元年(280)까지 97년간의 시기를 다룬 역사소설이다. 그런데 적벽가에서는 삼국지연의의 一回 宴桃園豪傑三結義부터 三十六回 玄德用計取樊城에 해당하는 부분이 삭제되고, 또 五十一回 曹仁大戰東吳兵부터 一百二十回 降孫皓三分歸一統까지가 삭제된다. 그리고 적벽가에 남아 있는 부분은 三十六回 徐庶走馬薦諸葛에서부터 五十回 關雲長義釋曹操에 해당하는 대목들이다.

적벽대전 부분 중에서도 장면의 극대화[13]가 이루어지고 이야기 전개에 별로 중요하지 않은 대목들은 삭제되는데, 예를 들면, 서원직이 모친 때문에 조조에게로 가게 되는 사연 및 서원직의 모친이 결국은 자결하는 대목, 현덕이 공명을 만나러 갔다가 돌아오는 길에 최주평 및 공명의 장인 황승언을 만나는 대목 등이 그것이다.

그런데 특기할 만한 것은 삼국지연의의 주제 의식이 가장 잘 드러난 四十三回 諸葛亮舌戰羣儒 대목의 자세한 정황이 삭제되고 다만 舌戰群儒란 말 한 마디로 대체되어 있다. 蜀의 漢室正統論이 가장 논리정연하고 명쾌하게 전개되고 있는 부분이 四十三回 諸葛亮舌戰羣儒 대목이다. 이곳에는 제갈량이 노숙과 더불어 동오에 갔을 때, 손권 막하의 문무제관 20여명과 논쟁을 벌이는 대목이 있다. 그 대화 내용을 잠시 엿보면 대개 아래와 같다.

> 薛綜 : "공명께서는 조조를 어떤 사람이라고 생각하오(孔明以曹操何如人也)"
> 공명 : "조조는 한나라의 적이오. 또 무엇을 물을 필요가 있겠소(曹操乃漢賊也. 又何必問)"
> 설종 : "당신의 말씀은 틀렸소. 漢朝의 운명은 이제 天壽를 다했으니, 지금 조조는 이미 천하의 삼분의 이를 차지하고 인심도 다 그에게 쏠려 있소. 유예주께서 천시를 아지 못하고 굳이 그와 다투려 하는 것은, 마치 달걀로 바위를 치려고 하는 것이니, 어찌 패하지

---

13) 김대행(1976), 「판소리사설의 구조적 특성」, 『한국시가구조연구』, 삼영사, 참조.

않겠소(公言差矣. 漢歷傳至今, 天壽將終, 今曹公已有天下之二, 人皆歸心. 劉豫州不識天時, 強欲與爭, 正如以卵擊石, 安得不敗乎.)?”

공명 : “薛敬文公, 어찌 그런 無父無君之言을 함부로 할 수 있소! 무릇 사람이 한번 천지간에 났으면 충효로써 입신의 기본을 삼아야 하는 법이오. 공이 이미 한실의 신하로서 신하의 도리를 벗어난 자 보았으면, 마땅히 힘을 모아 이를 없앨 것을 맹세하는 것이 신하의 도리가 아니겠소. 지금 조조는 외람되게 대대로 한실의 녹을 먹고 있으면서도, 보답할 생각은 하지 않고, 도리어 찬역지심을 품고 있으니 천하가 다 의분을 참지 못하는 터인데, 공은 천수가 그에게 돌아갔다고 하니, 정말 無父無君之人이오, 더불어 얘기할 만한 상대도 아니니, 다시는 더 말도 꺼내지 마시오(薛敬文安得出此無父無君之言乎! 夫人生天地間, 以忠孝立身之本. 公旣爲漢臣, 則見不臣之人, 當誓共戮之, 臣之道也. 今曹操祖宗叨食漢祿, 不思報效, 反懷簒逆之心, 天下之所公憤, 公乃以天數歸之, 眞無父無君之人也. 不足與言, 請勿復言.)!

陸積 : “조조가 비록 천자를 끼고 제후에게 호령하고 있다해도, 相國 曹參의 후손이요, 劉豫州로 볼 것 같으면 中山靖王의 후예라고 하지만, 그것을 밝힐 만한 확실한 증거도 없고, 눈으로 보고 똑똑이 알 수 있는 것은 그가 자리를 짜고 짚신을 삼아서 팔아온 사람이라는 것 뿐이니, 어떻게 그가 조조에게 대항할 수 있단 말이오(曹操雖挾天子以令諸侯, 猶是相國曹參之後, 劉豫州雖云中山靖王後裔, 却無可稽考, 眼見只是織蓆販屨之夫耳, 何足與曹操抗衡哉)!”

공명 : “공은 袁術 앞에서 귤을 호주머니에 넣었던 육랑이 아니오? 편히 앉아 내 말이나 들어 보오! 조조가 조상국의 후손이라면, 독 대대로 한실의 신하였소. 그런데 지금 전권을 마음대로 휘두르며, 君父를 속이고 업신여기는 것은, 다만 군왕에게는 불충일 뿐만 아니라, 또한 제 조상을 모멸하는 짓이니, 오직 한실의 亂臣일 뿐 아니라, 또한 조씨 집안의 賊子인 것이오. 유예주로 말할 것 같으면 당당한 한실의 후예로서, 지금의 황제 폐하께서도 이러한 가계를 생각하시어 작위를 내리셨거늘, 무엇이 밝힐 만한 증거가 없단 말이오? 더욱이나 고조황제께서도 정장의 신문에서 출발하

시어 끝내는 천하를 통일하신 것인데, 자리를 짜고 짚신을 삼았
다는 것이 또 무슨 욕될 일이 된단 말이오? 공의 어린애 같은 소
견을 가지고는 식견이 높은 선비들과는 얘기도 안 되오(公非袁術
座間懷橘之陸郞乎? 請安坐聽吾一言. 曹操旣爲曹相國之後 則世爲
漢臣矣. 今乃專權肆橫, 欺凌君父, 是不惟無君, 亦且蔑祖, 不惟漢室
之亂臣, 亦曹氏之賊子也. 劉豫州堂堂帝冑, 當今皇帝, 按譜賜爵, 何
云無可稽考! 且高祖起身亭長, 而終有天下, 織蓆販屨, 又何足爲辱
乎! 公小兒之見, 不足與高士共語)!

위의 舌戰群儒 대목은 正史에는 보이지 않는다. 작자 나관중의 虛構이다.
나관중은 공명의 입을 빌려 한실부흥론을 주장하는데 여기에는 朱熹의 通
鑑綱目과 같은 유형의 역사철학이 나타나 있다. 그러나 신재효본 적벽가에
는 이런 구체적인 명분론이 삭제되어 있다.

3. 첨가된 것

그렇다면 나관중의 삼국지연의에서와는 달리 신재효본 적벽가에서 첨
가시킨 대목은 어떠한 것일까? 아래에 적벽가의 전체적인 이야기 구성을
밝히면서 새로이 첨가된 대목에 밑줄을 가했다.

1) 서두
2) 삼고초려(와룡강경개풀이, 공명인물치레)
3) 공명, 노숙과 동오에 가다
4) 주유, 제장배치
5) 주유, 공명·유비를 살해하지 못하다
6) 조조, 잔치배설(오작가)
7) 병졸자탄사설(놀아보자, 부모생각, 아내생각, 자식생각, 첫날밤 생각,

<u>형님생각, 까치생각, 죽음걱정, 싸움타령)</u>

8) 공명, 동남풍을 빌다(<u>칠성단경개사설, 공명축문)</u>

9) 공명, 조자룡과 함께 夏口로 돌아가다

10) 공명, 제장배치

11) 주유, 제장배치

12) 적벽화전(죽고타령)

13) 조조, 오림으로 도망

14) 조조, 웃음

15) 조자룡 나타나다

16) 조조, 호로곡으로 도망

17) <u>병졸점고사설</u>

18) 조조웃음

19) 장비 나타나다

20) 조조, 화용도로 도망

21) <u>새(寃鳥)타령(봉황, 鷦鷯, 앵무, 烏鵲, 꾀꼬리, 비둘기, 따오기, 두견,</u>
<u>쑤꾹새, 비쭉새, 검정새)</u>

22) <u>장승타령</u>

23) <u>조조, 유비등의 근본없음을 비웃다.</u>

24) 조조 웃음

25) 관우 나타나다

26) <u>조조 꾀 사설</u>

27) 조조, 애걸

28) 관우, 조조를 살려 보내다

29) 결말

이렇게 첨가된 대목을 좀더 자세히 살펴볼 필요가 있다. 가장 주목할 만
한 대목은 『삼국지연의』에서는 영웅적 인물들에게 가리어 존재하던 인물
인 무명 병졸들이 전면에 등장하면서 엮어지는 사설들이다. 이러한 대목으
로는 「병졸자탄사설」, 「병졸점고사설」등이 있다.

「병졸자탄사설」은, 조조가 잔치를 열고 교기(驕氣)에 가득 차서 창을 들

고 "月明星稀 烏鵲南飛"를 읊을 때, 한 켠에서 병졸들이 모여 한탄하는 대목이다. 이 대목은 앞에서도 제시했듯이 "놀아보자, 부모생각, 아내생각, 자식생각, 첫날밤 생각, 형님생각, 까치생각, 죽음걱정, 싸움타령" 등 아홉 대목으로 나누어진다.

첫 번째 병사가 등장하여 만 가지 시름을 잊고 놀아보자고 제안하지만, 두 번째 병사가 나와 늙은 부모를 생각하며 서러움을 토로하면서, 무형제(無兄弟)에 독신인 자신까지 전쟁터로 끌로 나와 자신을 불효자로 만든 조승상을 원망한다. 세 번째 병사는 얌전한 자기 아내와의 금슬좋던 시절을 회상하며 부부간의 정리를 끊어놓은 부패한 권력을 원망한다. 네 번째 병사는 육대독자인 자기 아들을 보살피지 못하는 사연과 설령 살아 돌아간다 하여도 자신을 몰라볼 자식 생각에 서러워 한다. 다섯 번째 병사는 뒤늦게 결혼했는데 첫날밤도 못 치르고 끌려 나왔다며 서러워 한다. 여섯째 병사는 전장에 나온 후 헤어진 형을 그리워 한다. 또 여섯 번째 어린 병사는 집에 두고 온 까치가 자신을 찾아 왔는데 승상이 자신에게 묻지도 않고 시를 지었다고 서러워 한다. 일곱 번째 병사는 집생각도 집생각이지만 전쟁에서 아마도 죽게 될 자기 몸이 더 서럽다고 한다. 여덟 번째 병사는 우리로서는 어쩔 수 없으니 전쟁에서 공이나 세워 돌아가자고 한다. 이들 대목에는 인간의 보편적 정리를 거역하고 명분없는 전쟁을 일으킨 부당한 권력층에 대한 비판의식이 숨어있다고 하겠다.

「병졸점고사설」은 조조가 적벽화전에서 패하고, 다시 오림에서 조자룡에게 쫓긴 후 호로곡으로 도망하여 살아남은 군사를 수습하면서 이루어지는 대목이다. 이 대목에서는 살아남은 병졸들의 참담한 상황과 승상에 대한 모독이 잘 나타난다. 특히 "우리 규중에서 승상님 장군님ᄒ제 오한 양국 사름들은 그러ᄒᆫ 장수말고 오륙세 아히덜도 모도다 ᄒᆞᆫ 말이 조조 그 죽일 놈 조조 그 죽일 놈 ᄒᆞ니 힝셰를 엇디ᄒᆞ야 인심 그리 못 어덧쇼 지금 사라게실 적의 남의 욕이 저러ᄒᆞᆯ 제 상ᄉ나신 쳔만년에 그 시비가 엇더커소" 라고 하거나, "셜령 승전ᄒᆞᆫ다기로 승상이나 조ᄒᆞ시졔 우리 갓튼 군ᄉᆞ

덜이 무슨 큰 지미 보자 물인지 불인지 불계ᄉ성ᄒ고 왈칵왈칵 달려들어”
또 “승상은 영웅이라 풀십슘만 죽여시니” 라고 말하는 등 조조에 대한 비
난이 직접 쏟아져 나온다. 생명을 많이 착취할수록 영웅이 되는 세태를 풍
자하고 있음은 특히 유념할 만 하다.

병졸뿐만 아니라 자연사물들도 조조를 조롱하고 나선다. 자연사물들이
등장하여 엮어지는 사설들로는 「새타령」과 「장승타령」이 있다. 「새타령」
은 일명 「寃鳥타령」이라고도 하는데 적벽·오림·호로곡에서 원통히 죽
은 군사들이 엄동설한에 새가 되어 조조의 죄목들을 조롱하고 꾸짖는 대목
이다. 여기에 등장하는 새들은 봉황, 鷦鷯, 앵무, 烏鵲, 꾀꼬리, 따오기, 두
견, 쑤꾹새, 비쭉새, 검정새이다. 비쭉새 대목을 보면 아래와 같다.

> 져 빗죽시 죠롱ᄒ다 통일천하 너를 주랴 안아 옛다 빗죽 이교녀를 너
> 를 주랴 안아 옛다 빗죽 셥천ᄌ호령졔후 역젹 놈이 네 아니냐 안아 옛
> 다 빗죽 침살국모 족멸충신 네 죄목을 뉘 모르리 안아옛다 빗죽

「장승타령」은 조조가 무고한 화용도 장승을 뽑아다가 治罪하며 화풀이
하는데, 장승이 또한 자신의 신세를 한탄하며 조조를 풍자하는 대목이다.
생명착취에 대한 반감이 생명운화의 주체인 자연물로 전이되어 표현되고
있다.

그 밖에도 명분없는 전쟁에서 조조의 팔십만 대병이 무고하게 죽어가는
모습을 그린 대목인 「죽고타령」이 있는데 아래와 같다.

> 불 속의 타셔 죽고 물 속의 쌘져 죽고 총마져 죽고 살마져 죽고 칼의
> 죽고 창에 죽고 발펴 죽고 눌녀 죽고 업더져 죽고 잡바져 죽고 긔막켜
> 죽고 숨마켜 죽고 창터져 죽고 등터져 죽고 팔부러져 죽고 다리부러져
> 죽고 피토ᄒ야 죽고 똥싸고 죽고 웃다 죽고 쒸다 죽고 소리지르다 죽고
> 달아나다 죽고 안져죽고 셔셔 죽고 가다 죽고 오다 죽고 장담ᄒ다 죽고
> 부긔쓰다 죽고 이갈며 죽고 쥬먹쥐고 죽고 죽어보노라 죽고 지담으로

죽고 흐셜위 죽고 동무ㅼ라 죽고 요놈 죽고 져놈 죽고 이리 죽고 져리
죽고 슈업시 죽은 것이 강물이 피가 되야 젹벽강이 젹슈강……

또 공명이 동남풍을 빌기 위해 쓴 축문이 첨가되었으며, 조조가 애걸하
는 대목도, "삼국지에 잇는 ㅅ격 조조가 관공보고 말타고 비러시되 비는
쏜 아니기로 부드기 이 디문을 셰상이 곳첫 썻다" 라고 하여 조조를 더욱
비속하게 만들었고, 또 관우를 피해 살아남고자 꾀를 쓰는 사설인 「조조,
꾀 사설」이 첨가되어 조조를 더욱 비참한 지경으로 몰아간다. 또 조조가
유관장, 자룡, 공명등의 근본없음을 비웃는 아래의 대목이 또한 첨가되어
있다.

　　유황슉은 탁군의서 신만삼쓴 궁조디오 제갈량은 남양에서 밧파든 농
　　토셩이 악가 그 관운쟝은 하동에 독장수 더더구나 쟝비 그 손은 탁군에
　　제육장수 괫심ㅎ다 조즈룡은 샹순에서 노략질군

신분의 귀천으로 인간을 평가하는 비뚤어진 인간관이 조조에게 나타나
고 있으며, 이러한 가치관이야말로 민초들에게 도리어 경멸의 대상이 되고
있다.

4. 인물 형상의 변모

위에서 살펴본 구성상의 변화와 함께 등장 인물의 성격도 아울러 변모
한다.

가장 큰 변모는 앞에서도 잠시 거론했듯이 무명 병졸들의 전면등장(前面
登場)이다. 이점이 『삼국지연의』와 『적벽가』의 가장 큰 변별점이다. 『삼국
지연의』는 영웅들의 마당이며, 병졸들은 그 안에 객체로 매몰되어 자기발

언을 상실하고 있다. 그러나 『적벽가』에서는 「병졸자탄사설」과 「병졸점고 타령」 등에서 보이듯이, 무명 병졸들이 영웅들과 대등한 위치에 서서 거침 없이 자신의 심회를 토로하면서 절대권력의 소유자인 조조와 대립하며 조 조를 비판한다. 그리하여 영웅들의 이야기가 범인들의 이야기로 변모하는 기틀을 마련한다.

그 다음으로 큰 변모를 보이는 인물이 정욱(程昱)이다. 『삼국지연의』에 나타난 정욱은 충직한 모사일 뿐 감히 조조를 풍자하거나 항명할 수 있는 인물이 아니다. 이러했던 정욱이 『적벽가』에서는 방자형인물로 변모한다. 그래서 정욱은

> 비소(誹笑)하야 승상 목 좀 닉노시오 근본 두풍(頭風) 과ᄒ시니 죠타
> 는 편전(片箭)으로 쏨박 통겨 피 쎄시면 두풍이 낫소리다

와 같은 무시무시한 발언을 입에 담는 인물로 변모한다.

『삼국지연의』에서 조조는 奸雄으로 등장한다. 그가 간웅으로 불리게 된 연고는 『삼국지연의』 第一回 斬黃巾英雄首立功에 나타난다. 사람 잘 알아 보기로 소문난(有知人之名) 許邵가 조조를 보고, "당신은 치세에는 유능한 신하요, 난세에는 간웅이 될 것이요(子治世之能臣也 亂世之奸雄也)"라고 하 자 조조가 이 말을 듣고 몹시 좋아했다(操聞言大喜) 한다. 『삼국지연의』에 서 이 대목 이후로 조조는 줄곧 전형적인 간웅으로 묘사되고 있다. 그러나 간웅도 영웅은 영웅이다. 조조는 유비와 용에 대해 이야기하면서 영웅을 거론한다.

> 용은 능히 커질 수도 있고 작아질 수도 있소. 하늘로 올라갈 수도 있
> 고 물 속에 숨을 수도 있소. 몸이 커지면 구름을 일으키고 안개를 뿜어
> 내며, 작아지면 티끌 속에 몸을 감출 수도 있소. 하늘로 올라가면 우주
> 사이를 날아다니고 몸을 감추면 물결 속에 잠복한다 하오. 지금은 봄이

한창이니 용이 때를 타서 변화한다면 마치 사람이 뜻을 얻어서 사해를 종횡하는 것과 같은 것이오. 용이라 하는 것은 정말 인간 세상의 영웅에 비할 만 하오.(龍能大能小 能升能隱 大則興雲吐霧 小則隱介藏形 升則飛騰 於宇宙之間 隱則潛伏於波濤之內 方今春心 龍乘時變化 猶人得志而縱橫四 海 龍之爲物 可比世之英雄)「第二十一回」

라고 하고 또 "영웅이란 가슴에 큰 뜻을 품고 뱃속에 훌륭한 계책이 들어 있으며, 우주의 기운을 안아 감추며 천지의 뜻을 삼키고 뱉을 수 있어야 되오(夫英雄者 胸懷大志 腹有良謀 有包藏宇宙之氣 吞吐天地之志者也)" 라고 한다. 또 "오늘날 천하의 영웅은 오직 그대와 이 조조뿐(今天下英雄 惟使君 與操耳)"이라고 한다. 『적벽가』에서는 간웅 중에서 奸의 부정적 성향이 더 욱 극대화되어 비속한 면모가 강화된다. 또 雄의 요소는 극도로 퇴색된다. 이러한 면모는 특히 「조조, 꾀사설」 같은 대목에 잘 나타나는데, 그 대목에 서 조조는 구차한 갖은 잔꾀를 써서 苟命徒生하는 일개 범부의 모습으로 그려지고 있다. 결국 조조는 覇道를 추구하는 부정적 절대권력의 상징으로 나타나는 동시에 그 절대권력을 해체 당하는 인물로 등장한다.

반면, 유비·관우·제갈량·장비·조자룡 등의 긍정적이며 영웅적인 성향에는 변모가 없다. 유비는 王道의 君主, 理想的인 聖君의 풍모를 유지 하고 있다. 그러한 풍모는 『적벽가』의 서두 다음 가장 첫 부분에 있는 三顧 草廬 대목에서 다시 확인된다. 義將 關羽의 성격에도 변모가 없다. 『삼국지 연의』第五十回에서 정욱은 관우의 인품을 다음과 같이 말한다.

저는 운장이 웃사람에게는 강하고 아랫 사람을 불쌍하게 생각하며, 강자는 누르고 약자는 동정하는 성격인 것을 잘 알고 있습니다. 그는 은 혜와 원한을 분명히 하며 신의가 두터운 사람입니다(某素知, 雲長傲上而 不忍下, 欺强而不凌弱. 恩怨分明, 信義素著)

관운장은 의리의 화신이며 好生之德을 아는 인물로 나타난다.

『삼국지연의』에서 제갈량은 弟三十七回부터 본격적으로 등장하여 弟百四回 隕大星漢丞相歸天에 이르기까지 역사적 사건 대부분의 중심인물이 된다. 때문에 『삼국지연의』의 중심인물로도 볼 수 있다. 그는 半神仙格인 賢相으로 나타난다. 이는 『적벽가』에서도 그대로 수용된다. 특히 신출귀몰한 지략을 구사하고 동남풍을 빌어, 『적벽가』 전면이 北西風으로 상징되는 부정적 절대권력을 향한 신명풀이의 마당이 될 수 있도록 이끌어 가는 인물로 생명운화의 주재자이기도 하다. 하지만 『삼국지연의』에서는, 제갈량이 漢室復興이라는 명분 아래 약소국 南蠻을 정벌하는 대목은 합리화되고 있으며, 이 대목이 통해 자신의 재능을 마음껏 발휘하는 중요한 무대가 된다. 나관중의 입장에서 본다면 문명국이며 강대국인 중국이 야만족인 남만을 정벌하는 것은 타당할 수도 있다. 그러나 제 3세계 국가의 시각에서 보면, 제갈량은 제국주의 국가의 앞잡이로 보일 수 있다. 제갈량의 이러한 성향이 『적벽가』에서는 배제되어 있다. 적벽가에서 제갈량은 오히려 약소국을 대변하면서 약한 것으로 강한 것을 꺾는 지혜로운 재상으로 형상화되어 나타난다. 한편 장비와 조자룡의 경우도 『삼국지연의』에서의 인물성격을 그대로 유지하고 있다.

5. 羅貫中의 시대와 申在孝의 시대

역사소설은 역사를 소재로 삼는다. 때문에 작가가 가지고 있는 일단의 역사의식이 개재된다. 『삼국지연의』와 『적벽가』도 예외가 아니다. 먼저 나관중이 살던 시대의 역사적 상황과 『삼국지연의』의 역사의식을 검토해 보자.

羅貫中의 생존연대는 1328년부터 1398년까지[14] 혹은 1330부터 1400년까

---

14) 이경선(1976)이 『삼국지연의의 비교문학적 연구』에서 추정.

지[15]로 추정되는데, 아직 정확히 밝혀지지는 않고 있다. 그는 대개 14세기 후반에 활동한 인물로 여겨지는데, 생애와 행적도 자세하지 않다. 다만 그가 『錄鬼簿續編』의 작자인 賈仲明과 망년교를 맺었으며 아울러 施耐庵과 함께 소설창작에 종사했다는 정도[16]가 알려져 있다. 원말명초의 동란시대에 살아서 혹자는 그가 원말 농민봉기의 영수인 張士誠의 막부에 참가했다고도 하고, 아울러 정국이 통일되기 전에 왕위를 노리기도 했다[17]고 한다.

　　나관중은 진나라 陳壽(233~294)의 『삼국지』와 南宋의 裵松之(372~451)가 어환(魚豢)의 『魏略』등 140여 종의 역사서를 참조하여 만든 注를 토대로 하고, 『後漢書』·『晉書』등의 正史와 그밖에 송의 呂祖謙이 엮은 『十七史詳節』등 많은 역사서를 참고하였을 뿐만 아니라, 話本인 『全相平話三國志』와 희곡으로 전하여오던 三國故事까지도 작품에 살렸다.[18] 그러나 正史『三國志』는 魏를 정통으로 보아, 曹操를 武帝, 曹丕를 文帝라 부르고, 유비를 先主, 劉禪을 後主라고 하였으며, 손권은 吳主로 표기하였다. 이러한 견해는 司馬光(1019~1086)의 『資治通鑑』에서도 받아들여진다. 사마광은 삼국 가운데 어느 나라가 정통인지는 잘 모르지만, 魏의 연호를 따르지 않을 수 없고, 또 촉의 유비가 한 황실의 후예라 하지만 혈육이 너무 멀어서, 그 진위를 확인하기 어렵다고 했으며, 歐陽修와 蘇軾도 이와 비슷한 견해를 취했다고 한다.[19] 그러나 북송이 金에 쫓겨서 남송시대를 맞게 되자 朱熹의 名分論에 입각한 蜀正統論이 우세하게 된다. 주희는 通鑑綱目에서 蜀이 정통임을 분명히 하고 촉의 연대를 후한에 연결시켰다. 또 유비를 높이고 조조를 낮추어 보았다. 주희는 스스로 오의 손권과 촉의 유비가 다같이 천하를 통일할 만한 형세에 있지 않았음을 인정하면서도, 촉을 정통으로 보는

---

15) 연세대 중문과(1988), 『중국문학사전Ⅱ－작가편』, 다민출판사, 참조.
16) 위의 책 참조.
17) 위의 책 참조.
18) 이경선, 앞의 책, 8~26면
19) 이경선, 위의 책, 97면.

것은 유비가 한 황실의 후예라 하지만 혈육이며, 그의 擧兵에는 명분이 있기 때문이라고 했다. 그리고 그의 제자가 제갈량의 출사와 진퇴에 대해 물었을 때, 조조는 원래 역적이니 따를 수 없고, 손권은 기회주의자이며, 유비만이 명분이 서므로 공명은 유비를 섬겼다고 말하였다.[20] 주자학의 윤리는 결과보다는 동기의 선악으로 그 가치를 판단한다. 그러므로 조조가 결과에 있어서는 천하를 지배했으나 그 동기가 찬탈하려는 야심에서 나왔으므로 찬탈자요, 유비는 한실의 부흥이라는 대의명분에서 출발하였으므로 정통자라는 것이다.

이러한 촉 정통론은 한족이 이민족의 침략을 받아 중원에서 쫓겨난 시기에 특히 대두되었다. 때문에 촉 정통론은 한족들의 민족주의가 크게 작용했다고 볼 수 있다. 三國故事가 민간에서 성립된 것은 남송시대이거니와 같은 시기에 금에 저항하여 싸운 岳飛가 민족적 영웅으로 추앙받은 것 또한 이와 맥락을 함께 한다. 중국에서 악비는 관우와 동격으로 취급되었다. 이는 두 인물이 모두 한황실, 또는 한족황실을 위해 싸우다가 불우하게 죽은 인물형이기 때문이다. 그러므로 현실적인 국가권력이었던 魏가 마치 침략자 금과 동일시되었다. 이러한 민중들의 민족주의적인 경향은 元末明初에도 강하게 일어난다. 빈농출신인 주원장이 원을 타도하고 명을 세울 때에 元의 실력자를 조조와 동류로 몰아쳐 민중의 호응을 얻었다. 나관중이 주원장과 동시대인이고, 또한 반란지도자의 한 사람이었던 장사성과 관계가 있었다는 점으로 미루어 그가 민족정신이 강렬한 사람이었음을 짐작할 수 있다.

판소리전성기의 인물인 申在孝(1812~1884)는 高敞縣의 京主人이었던 申光洽의 아들로 태어났다. 그는 부친이 남긴 풍족한 재산을 더욱 확대했고 고창현의 아전이 되었다가 나중에는 戶長의 지위에까지 올랐다. 40세를 전후하여 천석을 추수하고 50가구가 넘는 세대를 거느린 부호가 되었고 이를

---

20) 『朱子語類』, 「卷第136 · 歷代3」 참조.

바탕으로 흉년에 구휼하고 경복궁재건 때 많은 재산을 헌납하여 通政大夫 折衝將軍 및 嘉善大夫 同知中樞府事의 加資를 받았다.21) 신재효가 살던 19세기는 18세기 영정조시대의 난숙했던 조선문명이 내면화되던 시기였던 동시에 세도정치를 통해 집권층의 부정부패가 만연했고 민생이 극도로 어려웠던 시대였다.

勢道政治는 이른바 중국의 覇道政治와 다를 바 없었고 민생은 전란기와 다를 바 없었다. 이 시기는 조선시대 중 가장 많은 민란이 일어나던 시기였는데, 민란을 일으킨 사람들도 민초였고 민란진압에 동원되는 사람들도 힘없는 민초였다. 부패한 세도층은 허수아비 왕을 앞세우고 전횡했다. 마치 삼국지연의에서 조조가 황제를 능멸하던 형편과 다를 바 없었다. 이러한 부패구조는 사회전반에 민생착취를 일반화시켰고 피폐한 민생은 마치 참전한 병졸들처럼 내일을 기약하기 어려웠다. 민초들의 生命運化는 막히고 恨은 깊어졌다. 한편으로 민중종교운동이 일어나면서 開闢과 解冤相生 등이 주창된다. 그러한 시대에 신재효는 중인으로서 상층의 부패와 생명착취를, 민초들의 심각한 생명고를 동시에 목격할 수 있는 위치에 있었다. 또 외세의 제국주의가 밀려드는 때였다.

이렇게 볼 때 중국의 나관중이 삼국지연의를 저술하던 시대와 우리나라의 신재효가 판소리 적벽가의 정리하던 19세기가 역사적으로 긴밀한 동질성을 지님을 확인할 수 있다.

---

21) 신재효의 가계와 생애에 대한 연구로는 강한영(1969)의「신재효의 판소리 사설 연구」,『영인신재효판소리전집』, 연세대인문과학연구소. 서종문(1984)의「신재효 판소리 사설 연구」,『판소리 사설의 연구』, 형설출판사. 정병헌(1986)의 「신재효 판소리 사설의 형성배경과 작품세계」, 서울대박사논문.에서 자세하게 다루어 졌다.

6. 양 담론의 전술과 전략

판소리는 열려있는 텍스트, 즉 말하기·듣기·읽기·쓰기를 포함하는 의사소통의 행위인 담론이다. 판소리는 기본적으로 담론이라는 전제 위에서 논의되어야 그 전반적인 모습을 구명하기 쉽다. 담론은 권력의 역학관계 속에서 이루어지므로 전략과 전술이 개재된다. 그런데 전략은 저절로 드러나기 어렵고 전술을 통해서 드러나기 마련이다. 미셸푸코는 모든 담론에는 배제와 수용이 적용된다고 했다. 그리고 배제와 수용의 양태를 잘 관찰하면 그 담론의 전략이 드러난다고 보았다.[22]

『삼국지연의』와 『적벽가』에서도 그 배제와 수용의 양상을 살펴볼 수 있고 이를 통해 양 작품의 전략도 유추해 볼 수 있다. 『삼국지연의』는 魏正統論을 배제하고 蜀正統論에 입각한 漢室復興論을 수용하며 주장한다. 결국 『삼국지연의』는 왕도정치와 한족의 민족주의라는 명분론을 통해 권력의 광정을 추구하고 있다.

『적벽가』도 『삼국지연의』의 이러한 주제로부터 완전히 자유로울 수는 없다. 그러나 『적벽가』는 민생을 위한 왕도정치를 펴야한다는 명분을 수용하고 있을 뿐, 한실정통론이나 한실부흥론 같은 시효가 다한 명분을 중요시하지 않는다. 그러한 종류의 명분론은 가급적 배제하면서 민초들의 생명의지를 수용했다. 이 과정에서 권력지향 영웅들의 부패한 권력의지를 해제하면서 동시에 억압된 민초들의 생명운화를 풀어 신명풀이를 의도하고 있다. 신명을 푼다는 것은 곧 생명운화의 울결된 바, 즉 맺힘을 푼다는 것을 말한다.

동양에서 전통적으로 파악하고 있는 우주는, 크게 두 개의 상반되는 힘

---

22) 담론에 대해서는 다이안 맥도넬(1994, 임상훈 옮김), 『담론이란 무엇인가』(한울). 미셸푸코(1993, 이정우 옮김), 『담론의 질서』(새길). 이지은(1991), 「'담화이론의 조류'와 문예이론과의 관계」, 『지식과 권력』(한울). 정호근(1994, 겨울호), 「하버마스의 담론이론」, 『철학과 현실』(철학과 현실사)등에 잘 나타나 있다.

에 의해 움직이고 있는데, 하나는 푸는 힘이요 하나는 맺는 힘이다. 그래서 우주의 움직임을 氣로 이해할 때, 이러한 氣의 작용을 聚散으로 이해했는데, 이 聚散이 바로 맺고 푸는 것이다. 이는 음양론적 사고 방식과도 긴밀한 연관을 가진다. 이러한 맺음과 풀이가 원활해야 뭇 생명들의 원활한 생명운화가 이루어진다. 그러나 문명 속을 살아가는 인간의 삶에서 이 '맺음'과 '풀이'가 항상 순조로울 수만은 없다. 특히 맺음이 과도하여 한이 될 때, 이것을 비일상적으로 풀어내는 문화적 장치가 필요하다. 그리하여 신명풀이라는 문화형태가 나타나게 된다. 이러한 신명풀이는 무속의 '살풀이', 음악의 '산조', 그리고 서사양식 중에서는 '판소리' 등 우리 기층문화 전반에 나타나는 현상이다.23)

『적벽가』에서도 이러한 맺음과 풀이는 담론의 중요한 한 과정이며 전술로 작용한다. 특히 북서풍과 동남풍은 중요한 의미를 지닌다. 북서풍은 계절로는 가을과 겨울을 의미하며 만물을 맺는(凝結, 聚하는) 힘을 뜻한다. 이에 반해 동남풍은 봄과 여름을 의미하며 응축된 생명력을 발산하고 푸는(解, 散하는) 힘을 뜻한다. 이러한 의미를 확장하면, 북서풍을 몰고오는 조조는 만물을 수렴하고자 하는 권력의지의 화신이고 동남풍을 빌어오는 생명의지의 화신이다. 그러나 제갈공명은 단지 동남풍을 빌어오는 데서 끝나고, 동남풍을 통해 신명풀이를 완결단계로 이끌어가는 실질적인 과정은 정욱과 군졸, 兔鳥, 장승 등이 담당하고, 그 정점에 관우가 있다.『적벽가』는 북서풍을 배제하고 동남풍을 수용하는 담론의 전략을 취하고 있다. 북서풍을 통해 한을 맺은 다음, 동남풍을 통해 신명을 푼다. 동남풍과 북서풍, 맺음과 풀이는 서로 待對的인 關係로 담론의 전술을 형성하면서, 부정적인 절대권력을 민초의 생명의지로 풀어내는데 이바지하고 있다.

이것이『적벽가』와『삼국지연의』와 주제면에서 취하고 있는 서로 다른 전략이다. 나관중은 명분있는 권력을 이룩하기 위해 투쟁했던 영웅들의 비

---

23) 필자(2000), 「신명풀이로 본 판소리의 연행방식 연구」(한국정신문화연구원 한국
　　학대학원 박사학위논문), 23～40면 참조.

장한 인생을 강조했고, 신재효의『적벽가』는 명분없는 간웅의 부당한 권위를 해체시키면서 민초들의 건강한 생명운화를 주장하고 있다.

7. 결 언

『적벽가』는 판소리이지만 중국소설에서 소재를 빌어왔기 때문에 판소리연구사에서 그다지 비중있게 다루어지지 못했다. 또 고소설 연구사에서도 그다지 주목을 받지 못했다. 판소리연구와 소설연구 양쪽으로부터 주목을 받지 못한 것은『적벽가』가『삼국지연의』의 아류라는 인식이 은연중에 개입되었기 때문이다. 지금까지 우리는『적벽가』와『삼국지연의』를 비교 검토해 보았다. 이를 통해『적벽가』와『삼국지연의』가 역사적 생성배경과 주제의식 및 미의식 면에서 각기 상이한 기반 위에 서있음을 확인할 수 있었다.

『적벽가』는 외형상『삼국지연의』와 크게 세 가지의 차이점을 가지고 있다. 구성상 사소한 대목들과 한실부흥론류의 명분론들은 대거 삭제되어 있으며, 둘째,『병졸자탄사설』,『죽고타령』,『병졸점고사설』,『새타령』,『장승타령』등이 새로이 첨가되었다. 그리고 셋째, 이러한 구성상의 변모를 통해 정욱과 무명병졸, 자연물등이 자신들의 견해를 떳떳하게 발언할 수 있는 입지를 확보하고 있다는 점이다.

생성배경과 주제면으로 보면,『삼국지연의』는 남송기와 원말명초의 漢族中心主義라는 시대사조를 반영하고 있지만, 신재효본『적벽가』는 19세기 지도층의 부패와 민생의 황폐 속에서 민초들이 지도층의 경직된 명분이 해체되며 민생이 풍요로와지기를 원하는 사회적 분위기가 반영되어 있다. 그러한 면에서 양 담론의 전술과 전략은 근본적인 차이를 보여준다.『삼국지연의』는 魏正統論을 배제하고 漢室復興論을 수용하여 정당한 권력을 수

립하려는 영웅들의 노력을 제시하고 있다. 반면『적벽가』는 한실부흥론등 여러 명분론을 대거 배제하고, 기층민들의 정서를 표출할 수 있는 통로를 개척하여 심각하게 맺힌 신명을 풀 수 있는 장치를 단계적으로 마련했다. 그리하여 부당한 절대권력의 권위해체와 민초들의 생명사상 표출이라는 두 측면으로 신명을 풀고 있다.

미의식 면에서도 상이한 점이 나타난다.『삼국지연의』가 한실부흥과 정통성회복이라는 역사의 이념을 실현하기 위해 투쟁한 영웅들의 삶에 중심을 두면서 비장미를 구현하고 있다면,『적벽가』는 부당한 절대권력을 해체시키면서 민초들의 신명을 진작시키는 신명풀이 미의식에 기반하고 있다.

이를 통해『적벽가』가 비록『삼국지연의』의 소재와 줄거리를 빌어오긴 했지만, 여러 국면에서 새로운 문학적 성취를 보여주고 있음을 알 수 있다. 陳壽(233~297)의 정사 삼국지로부터 비롯된 삼국지의 역사가 나관중의 『삼국지통속연의』에서 문학적 집대성을 이루었고, 조선에 건너와『적벽가』를 통해 한국적 미의식으로 새로운 성취를 이루어 냈다. 그러므로 적벽가는 그 이전 1600여년 동안 중국에서 온축된 삼국지문학의 여향을 이어 한국적 정취로 뛰어난 문학적 성취를 새롭게 보여준 특기할 만한 작품이라 할 수 있다.

참고 문헌

강한영(1969),「신재효의 판소리 사설 연구」,『영인신재효판소리전집』, 연세대인문과학연구소.

곽정식(1996),「심청전 사설의 문학적 특질에 관한 연구」,『고소설연구』제2집, 한국고소설학회.

김기형(1993),「적벽가의 역사적 전개와 작품 세계」, 고려대박사논문, 1993.

______ (1993),「적벽가 이본의 특징과 계열별 사설 비교」,『판소리연구』제3집.

김상훈(1992),「적벽가의 이본과 형성 연구」, 인하대박사논문.

김영범(1985),「19세기 민중집단의 집합의식에의 한 접근 : 판소리의 의사소통적 신고찰」, 서울대석사논문.

______(1986, 여름호), 「조선후기 판소리담론과 민중집단의 집합의식」, 『한국학보』
　　43, 일지사.

김종철(1995), 「적벽가의 민중정서와 미적 성격」, 『판소리연구』제6집, 판소리학회.

다이안 맥도넬(1994, 임상훈 옮김), 『담론이란 무엇인가』, 한울.

미셸푸코(1993, 이정우 옮김), 『담론의 질서』, 새길.

서종문(1984), 「신재효 판소리 사설 연구」, 『판소리 사설의 연구』, 형설출판사.

______(1976), 「申在孝本 赤壁歌에 나타난 作家意識」, 『국어국문학』72·73호, 국어
　　국문학회.

설중환(1992), 「적벽가 연구」, 『한국학연구』제4집, 고려대 한국학연구소.

이경선(1976), 『삼국지연의의 비교문학적 연구』, 일지사.

이보형(1976), 「판소리고법(1)」, 『문화재』10, 문화재관리국.

______(1977), 「판소리고법(2)」, 『문화재』11, 문화재관리국.

______(1978), 「판소리 사설의 극적 상황에 따른 장단조의 구성」, 『판소리의 이해』,
　　창작과비평사.

______(1979), 「판소리고법(3)」, 『문화재』12, 문화재관리국.

이성권(1988), 「적벽가 사설연구」, 고려대석사논문.

______(1996), 「적벽가의 주제론적 검토와 문제점」, 『판소리연구』제7집, 판소리학
　　회.

이지은(1991), 「'담화이론의 조류'와 문예이론과의 관계」, 『지식과 권력』, 한울.

정병헌(1986), 「신재효 판소리 사설의 형성배경과 작품세계」, 서울대박사논문.

정호근(1994, 겨울호), 「하버마스의 담론이론」, 『철학과 현실』, 철학과 현실사.

최래옥(1978), 「적벽가의 해학적 구조」, 『한국 소설문학의 탐구』, 일조각.

최정락(1992), 「적벽가 연구 - 판소리사설의 구조시학 정립을 위하여 -」, 경북대박
　　사논문.

허원기(2000, 가을호), 「西浦 金萬重의 三國志 評說」, 『정신문화연구』통권80호, 한국
　　정신문화연구원.

______(2000), 「신명풀이로 본 판소리의 연행방식연구」, 한국정신문화연구원 한국
　　학대학원박사논문.

고전 산문의 계보적 연구

인쇄일 초판 1쇄 2001년 04월 16일
        2쇄 2013년 04월 06일
발행일 초판 1쇄 2001년 04월 20일
        2쇄 2013년 04월 16일

지은이 박 용 식
발행인 정 찬 용
발행처 **국학자료원**
등록일 1987.12.21, 제17-270호

서울시 강동구 성내동 447-11 현영빌딩 2층
Tel : 442-4623~4 Fax : 442-4625
www. kookhak.co.kr
E- mail : kookhak2001@hanmail.net
ISBN 978-89-279-0934-7
가 격 24,000원

*저자와의 협의 하에 인지는 생략합니다.